Reader's Digest Auswahlbücher

Reader's Digest Auswahlbücher

Verlag DAS BESTE
Stuttgart · Zürich · Wien

Inhalt

H

DER
WEISSE

AI

Eine Kurzfassung des Buches von PETER BENCHLEY

Ins Deutsche übertragen von Otto Bayer

Illustrationen von Stanley Galli

Deutsche Buchausgabe: »Der weiße Hai« (Jaws)
Verlag Ullstein GmbH Berlin, Frankfurt/M.,Wien, 1974
© 1974 by Peter Benchley

*Als sich das kleine Seebad zu einem strahlenden
Sommer rüstet, taucht ein Ungeheuer aus der Tiefe auf
und macht die Saison zu einem Alptraum.*

*Ein Menschenhai lauert im flachen Wasser, hält den
Badestrand in Schrecken und holt sich wahllos seine
Opfer. Niemand, ob Meereskundler, Fischer oder
Küstenwache, weiß, warum der Hai sich gerade diesen
Sommer und ausgerechnet dieses Städtchen an der
Südküste von Long Island ausgesucht hat, doch nun
wird die drohende Gegenwart des gefräßigen Räubers
für viele zum persönlichen Drama.*

*Polizeichef Martin Brody erkennt klar seine Pflicht:
Er muß den Strand sperren. Bürgermeister Larry
Vaughan ist anderer Meinung: Alles muß weitergehen
wie gewöhnlich, sonst ist die ganze Gemeinde ruiniert.
Und für Brodys hübsche, doch unzufriedene Frau
ergibt sich die unerwartete Gelegenheit zu einer
Romanze.*

*Aber die Todesopfer mehren sich; und die Frage,
was zu tun ist, spaltet die Stadt in zwei feindliche
Lager, bis man endlich einsieht: Die Bestie muß gefangen und getötet werden . . .*

ERSTER TEIL

EINS

DER große Fisch zog lautlos durchs nächtliche Wasser, getrieben von kurzen Schlägen seiner sichelförmigen Schwanzflosse, das Maul gerade weit genug geöffnet, um Wasser durch seine Kiemen strömen zu lassen. Sonst bewegte er sich kaum; hin und wieder korrigierte er seinen scheinbar ziellosen Kurs durch leichtes Heben oder Senken einer Brustflosse – ganz wie ein Vogel, der durch das Kippen seiner Flügel seine Richtung ändert.

Nichts Ungewöhnliches meldeten seine Sinne an das kleine, primitive Gehirn. Bis auf die Bewegung, die der in Millionen Jahren gewachsene Instinkt ihm vorschrieb, war es, als ob der Fisch schliefe. Da er im Gegensatz zu anderen Fischen weder eine Schwimmblase noch bewegliche Kiemendeckel besaß, die seine Kiemen mit sauerstoffhaltigem Wasser versorgt hätten, konnte er nur durch ständige Bewegung überleben. Sowie sie aufhörte, würde er auf den Grund sinken und an Sauerstoffmangel eingehen.

Das Land an der Südküste Long Islands wirkte fast so düster wie das Wasser. Es schien kein Mond. Nur ein langgestreckter, gerader Strand – so weiß, daß er leuchtete – trennte Küste und Meer. Ein Haus hinter den von Grasbüscheln bewachsenen Dünen warf einen gelben Lichtschimmer auf den Sand.

Die Haustür öffnete sich, und ein Mann und eine Frau traten auf die hölzerne Veranda hinaus. Sie blieben einen Augenblick stehen und sahen aufs Meer, dann umarmten sie sich kurz und liefen zusammen an den Strand.

„Erst mal ins Wasser", sagte die Frau, „damit du einen klaren Kopf kriegst."

„Mein Kopf ist nicht so wichtig", meinte der Mann. Kichernd ließ er sich rückwärts in den Sand fallen und zog die Frau mit herunter. Ungeduldig fummelten sie einander an den Kleidern herum.

Danach streckte der Mann sich lang aus und schloß die Augen. Die Frau sah ihn an und lächelte. „Wie wär's denn jetzt mit einem Bad?" fragte sie.

„Geh du nur. Ich warte hier auf dich."

Die Frau erhob sich und ging nackt, wie sie war, ans Wasser, wo die Brandung ihr sanft um die Knöchel spülte. Das Wasser war kälter als die Nachtluft, denn es war erst Mitte Juni. Sie rief zurück: „Willst du nicht doch mitkommen?" Aber der Mann war eingeschlafen und gab keine Antwort.

Sie nahm einen kurzen Anlauf und rannte ins Wasser. Zuerst waren ihre Schritte lang und anmutig, bis eine kleine Welle ihr gegen die Knie schlug. Sie taumelte, fing sich wieder und ging weiter, bis ihr das Wasser über die Schultern ging. Dann begann sie zu schwimmen, den Kopf hoch über Wasser und mit den ruckartigen Bewegungen des Ungeübten.

Hundert Meter vor dem Strand spürte der Fisch eine Änderung im Rhythmus des Meeres. Er konnte die Frau nicht sehen und auch noch nicht riechen. Aber über seinen ganzen Körper zogen sich lauter schmale, schleimgefüllte Kanäle voller Nervenenden, die Vibrationen wahrnahmen und an das Gehirn meldeten. Der Fisch drehte auf die Küste zu.

Die Frau entfernte sich weiter vom Strand und hielt nur hin und wieder inne, um sich an den Lichtern des Hauses zu orientieren. Der Ebbstrom war nur schwach und hatte sie nicht abgetrieben. Doch allmählich wurde sie müde, und nachdem sie sich wassertretend ein wenig ausgeruht hatte, schwamm sie wieder zurück zum Strand.

Die Vibrationen wurden stärker, und der Fisch witterte Beute. Seine Schwanzschläge beschleunigten sich und jagten den wuchtigen Leib so schnell voran, daß die kleinen phosphoreszierenden Wassertierchen aufwirbelten und den Fisch in einen funkelnden Mantel hüllten.

Der Fisch holte die Frau ein und schoß an ihr vorbei, etwa vier Meter seitlich und zwei Meter unter der Oberfläche. Die Frau spürte nur eine Druckwelle, die sie hochzuheben und sanft wieder hinabzulassen schien.

Nun konnte der Fisch sie riechen und begann dicht unter der Wasseroberfläche zu kreisen. Seine Rückenflosse stieg aus dem Wasser, und sein hin und her peitschender Schwanz zerschnitt zischend den glatten Spiegel.

Die Frau bekam es zum erstenmal mit der Angst zu tun, wenngleich sie nicht wußte, wovor. Adrenalin schoß durch ihren Körper und trieb sie an, schneller zu schwimmen. Etwa fünfzig Meter trennten sie noch vom Ufer. Sie sah die Lichter des Hauses und glaubte einen beruhigenden Augenblick lang, jemanden an einem der Fenster vorbeigehen zu sehen.

Der Fisch war etwa zwölf Meter weit neben der Frau, als er sich plötzlich nach links drehte, ganz untertauchte und mit zwei schnellen Schwanzschlägen bei ihr war.

Zuerst fühlte die Frau gar keinen Schmerz, nur einen heftigen Ruck an ihrem rechten Bein. Zunächst glaubte sie, an einen Stein gestoßen zu sein. Sie wollte nach ihrem Fuß greifen, fand ihn aber nicht. Sie griff höher und wurde schlagartig von Schwindelgefühlen und Übelkeit erfaßt. Ihre suchenden Finger hatten einen Knochenstumpf und zerfetztes Fleisch gefühlt. Sie wußte, daß der warme, pulsierende Strom, der ihr im kalten Wasser über die Finger lief, ihr eigenes Blut war.

Schmerz und Angst erfaßten sie zu gleicher Zeit. Die Frau warf den Kopf zurück und stieß einen schrillen, heiseren Schreckensschrei aus.

Der Fisch drehte wieder um, angezogen von dem Blut, das aus der Oberschenkelarterie der Frau strömte. Diesmal kam er von unten. Sein großer, kegelförmiger Kopf rammte die Frau wie eine Lokomotive und schleuderte sie aus dem Wasser, dann schnappten die aufgerissenen Kiefer zu und schlossen sich um ihren Körper. Mit einem lauten Klatschen fiel der Fisch, die Frau im Maul, ins Wasser zurück, daß der blutige, glitzernde Schaum nach allen Seiten spritzte.

Der Mann erwachte frierend in der Kühle des frühen Morgens. Die Sonne war noch nicht aufgegangen, aber ein rötlicher Streifen am östlichen Horizont sagte ihm, daß es bald Tag würde. Er stand auf und zog sich an. Er ärgerte sich, daß die Frau ihn nicht geweckt hatte, als sie ins Haus zurückging, und er wunderte sich, daß sie ihre Kleider am Strand zurückgelassen hatte. Er nahm die Sachen an sich und ging aufs Haus zu.

Auf Zehenspitzen schlich er über die Veranda und öffnete die Tür. Im verlassenen Wohnzimmer standen leere Gläser, benutzte Aschenbecher und Teller. Er ging weiter, wandte sich nach rechts und ging durch den Korridor an zwei geschlossenen Türen vorbei. Die Tür zu dem Zimmer, das er mit der Frau teilte, stand offen, und eine Nachttischlampe brannte. Beide Betten waren unberührt. Er warf die Kleider der Frau auf das eine.

Das Haus hatte zwei weitere Schlafzimmer. In dem einen schliefen die Gastgeber. Zwei andere Hausgäste bewohnten das zweite. So leise wie möglich öffnete der Mann die Tür zum ersten Zimmer. Zwei Betten standen da, und in jedem lag nur ein Schläfer. Er schloß die Tür wieder und ging zum nächsten Zimmer. Die Gastgeber schliefen je in einer Hälfte eines großen Doppelbetts. Der Mann schloß die Tür und ging im Bad nachsehen. Es war leer. Dann ging er wieder in sein Zimmer und holte seine Uhr. Es war fast fünf.

Er setzte sich auf das eine Bett und starrte das Kleiderbündel auf dem anderen an. Die Frau war nicht im Haus, das stand jetzt fest. Allmählich kam ihm der Gedanke, daß etwas passiert sein könnte.

Schnell wurde die Möglichkeit zur Gewißheit. Er ging wieder ins Zimmer der Gastgeber, blieb zögernd vor dem einen Bett stehen und faßte dann nach der Schulter des Mannes. „Jack", sagte er. „He, Jack."

Der Mann seufzte und schlug die Augen auf. „Was ist los?"

„Ich bin's, Tom. Es ist mir schrecklich peinlich, Sie zu wecken, aber haben Sie Chrissie gesehen?"

„Was soll das heißen? Ist sie nicht bei Ihnen?"

„Nein. Und ich kann sie auch nirgends finden."

Jack setzte sich auf und knipste ein Licht an. Seine Frau regte sich und zog sich das Laken über den Kopf.

„Entschuldigung", sagte Tom. „Aber wissen Sie noch, wann Sie sie zuletzt gesehen haben?"

„Klar weiß ich das noch. Sie wollte mit Ihnen schwimmen gehen, und dann sind Sie zusammen auf die Veranda hinaus. Wann haben *Sie* sie denn zuletzt gesehen?"

„Am Strand. Dann bin ich eingeschlafen. Ist sie nicht wiedergekommen?"

„Nicht bevor wir zu Bett gegangen sind. Das war gegen eins."

„Ich habe am Strand ihre Kleider gefunden."

„Haben Sie schon im Wohnzimmer nachgesehen?"

Tom nickte. „Auch im Zimmer der Henkels. Im ganzen Haus hab ich schon nachgesehen."

„Und was glauben Sie jetzt?"

„Allmählich glaube ich", sagte Tom, „daß ihr vielleicht etwas zugestoßen sein könnte. Vielleicht ist sie ertrunken."

Jack sah ihn kurz an, dann warf er einen Blick auf die Uhr. „Ich weiß nicht, wann die Polizei in dieser Stadt ihren Dienst anfängt", meinte er, „aber das können wir ja gleich mal feststellen."

ALS auf der Polizeiwache das Telephon klingelte, saß Streifenpolizist Leonard Hendricks am Schreibtisch und las in einem Kriminalroman *Mit tödlichen Grüßen*.

Er nahm ab. „Polizeiwache Amity, Streifenpolizist Hendricks", sagte er. „Was kann ich für Sie tun?"

„Hier ist Jack Foote vom Alten Mühlenweg. Ich möchte eine Vermißtenmeldung aufgeben. Wenigstens glauben wir, daß die Person vermißt ist."

„Wiederholen Sie." Hendricks hatte als Funker in Vietnam gedient und liebte die militärische Ausdrucksweise.

„Einer meiner Hausgäste, eine Frau, ist heute nacht gegen ein Uhr schwimmen gegangen", sagte Foote. „Sie ist noch nicht zurück. Ihr Freund hat ihre Kleider am Strand gefunden."

Hendricks schrieb auf einem Notizblock mit. „Name?"

„Christine Watkins."

„Alter?"

„Weiß ich nicht. Sagen wir fünfundzwanzig."

„Größe und Figur?"

„Augenblick." Nach einer Pause: „Etwa einssiebzig, schlank."

„Farbe der Haare und Augen?"

„Hören Sie, wozu brauchen Sie das denn alles? Wenn die Frau ertrunken ist, dürfte sie heute nacht die einzige sein. Klar?"

„Wer sagt, daß sie ertrunken ist, Mr. Foote? Vielleicht ist sie nur spazierengegangen."

„Splitternackt, um ein Uhr morgens? Haben Sie eine Meldung bekommen, daß irgendwo eine Frau nackt herumläuft?"

Hendricks genoß es, einmal so richtig unausstehlich kalt bleiben zu dürfen. „Bisher nicht. Aber wenn die Saison erst losgeht, weiß man nie, was auf einen zukommt. Farbe der Haare und Augen?"

„Ihre Haare . . . na ja, ich würde sagen, dunkelblond. Augenfarbe weiß ich nicht. Sagen wir haselnußbraun."

„Danke, Mr. Foote. Sobald wir etwas hören, bekommen Sie Bescheid."

Hendricks hängte auf und sah auf die Uhr. Es war zehn nach fünf, und er war nicht unbedingt darauf versessen, den Chef um diese Zeit mit einer nichtssagenden Vermißtenmeldung im Schlaf zu stören. Wenn aber die Leiche irgendwo antrieb, wollte Mr. Brody die Sache sicher erledigt wissen, bevor ein Kindermädchen mit einer Schar von Gören sie fand.

Urteilsfähigkeit brauchte er, das predigte sein Chef ihm immer wieder; wer sie hatte, war ein guter Polizist. Die geistigen Anforderungen des Polizeiberufs hatten Hendricks Beschluß mitbestimmt, nach seiner Rückkehr aus Vietnam zur Polizei von Amity zu gehen. Und er war überzeugt, daß er auch Spaß an seiner Arbeit bekommen würde, wenn er nur erst diese Schicht von Mitternacht bis acht Uhr morgens hinter sich hätte. Chef Brody pflegte seinen Nachwuchs langsam einzuarbeiten – auf einer Schicht, bei der sie nicht überfordert wurden.

Von acht bis vier war die Schicht, bei der man Erfahrung und diplomatisches Geschick brauchte. Sechs Mann stellten diese Schicht. Einer hatte die Verkehrskreuzung Main Street und Water Street. Zwei fuhren im Streifenwagen. Einer besetzte auf dem Revier das Telephon. Einer besorgte die Schreibarbeit. Und der Chef erledigte den Publikumsverkehr: Beschwerden von Damen, die wegen des Lärms aus dem Randy Bear oder Saxon's, den beiden Spelunken der Stadt, nicht hatten schlafen können; Klagen von Hausbesitzern über friedensstörende Landstreicher; Bankiers und Rechtsanwälte, die hier auf Urlaub waren und mit Vorschlägen ankamen, wie man Amitys Charakter als unverfälschte, exklusive Sommerfrische erhalten könne.

Von vier bis Mitternacht, das war die schwierigste Schicht, denn da kamen die jungen Burschen aus den nahen Hamptons in Scharen in den Randy Bear, fingen Schlägereien an oder rasten betrunken auf der Schnellstraße nach Montauk herum; da lauerten auch hin und wieder ein paar Straßenräuber aus Queens in einer Seitengasse Passanten auf und überfielen sie; und wenn sich die Polizei im Sommer etwa zweimal im Monat genötigt sah, in einer der großen Ferien-Villen am Strand eine Haschparty hochgehen zu lassen, tat sie es zwischen vier und Mitternacht. Die sechs kräftigsten Männer der Truppe arbeiteten während dieser Stunden.

Aber von Mitternacht bis acht Uhr morgens war es gewöhnlich ruhig. Normalerweise taten da den Sommer über drei Beamte Dienst. Zur Zeit aber nahm der junge Dick Angelo noch schnell seinen zweiwöchigen Urlaub, ehe die Saison richtig anfing. Der dritte, Henry Kimble, war ein Veteran mit dreißig Dienstjahren, der tagsüber noch im Saxon's als Barmixer arbeitete.

Hendricks versuchte Kimble über Funk zu erreichen, wußte aber, daß es aussichtslos war. Wie gewöhnlich würde Kimble irgendwo hinter der Apotheke in seinem Streifenwagen sitzen und schlafen. Hendricks nahm den Hörer vom Telephon und wählte Chef Brodys Privatnummer.

Martin Brody lag gerade in dem halbbewußten Dämmerzustand kurz vor dem Aufwachen. Beim zweiten Klingeln drehte er sich herum und nahm den Hörer ab. „Ja?"

„Chef, hier Hendricks. Entschuldigen Sie die frühe Störung, aber ich glaube, wir haben's mit einem Stück Treibgut zu tun."

„Stück Treibgut? Zum Teufel, was soll denn das heißen?"

Hendricks hatte den Ausdruck aus seiner nächtlichen Lektüre. „Ein Ertrunkener", sagte er verlegen. Dann berichtete er Brody von Footes Anruf. „Ich wußte nicht, ob Sie sich darum kümmern wollten, bevor die Leute zum Baden gehen. Sieht aus, als ob es ein schöner Tag würde."

Brody gestattete sich einen vernehmlichen Seufzer. „Wo ist Kimble?" fragte er. „Ach ja, schon gut. Dumme Frage. Demnächst werde ich mal sein Funkgerät so umbauen, daß er es nicht mehr ausschalten kann."

Hendricks sagte: „Nochmals, Chef, entschuldigen Sie die Störung ..."

„Ich weiß, Leonard. Es war schon richtig, mich anzurufen. Ich werde mal einen Blick auf den Strand in Richtung Alte Mühle und Scotch werfen, und dann unterhalte ich mich mit Foote und dem Freund von diesem Mädchen. Bis später."

Brody legte auf und streckte sich. Er warf einen Blick zu seiner Frau, die neben ihm im Ehebett lag. Als das Telephon klingelte, hatte sie sich bewegt, war aber bald wieder in Schlaf gesunken.

Ellen Brody war sechsunddreißig, fünf Jahre jünger als ihr Mann. Daß sie kaum wie dreißig aussah, war für Brody einerseits Grund

zum Stolz, andererseits aber auch ärgerlich. Trotz ihrer drei Kinder
hatte sie es geschafft, ihr gutes Aussehen zu bewahren, während
Brody – wenn auch mit seinen einsfünfundachtzig bei neunzig Kilo
nicht gerade dick – sich doch langsam um seinen Blutdruck und Bauch-
umfang zu sorgen begann. Manchmal ertappte er sich dabei, wie er
mit trägem Wohlgefallen den langbeinigen jungen Mädchen nachsah,
die im Sommer durch die Stadt spazierten. Aber er genoß dieses
Gefühl nie so recht, denn dann mußte er sich gleichzeitig fragen, ob
Ellen wohl ähnlich empfand, wenn sie die sonnengebräunten, schlanken jungen Männer sah.

Der Sommer war für Ellen Brody immer eine schlimme Zeit, denn
im Sommer quälten sie Gedanken an verpaßte Chancen. Sie sah ihre
erfolgreich verheirateten früheren Klassenkameradinnen aus dem
Internat ihre Sommer in Amity und die Winter in New York verbringen, elegante Frauen, die mit der gleichen Leichtigkeit Unterhaltungen bestritten, mit der sie Tennisbälle schlugen, Frauen, die sich
(davon war Ellen überzeugt) untereinander über Ellen Shepherd
lustig machten, die diesen Polizisten geheiratet hatte.

Ellen war einundzwanzig gewesen, als sie Brody kennenlernte. Sie
hatte eben ihr erstes Collegejahr hinter sich und verlebte den Sommer mit ihren Eltern in Amity – wie schon die elf Sommer davor.
So sehr sie den bescheidenen Wohlstand genoß, den das Einkommen
ihres Vaters ihnen ermöglichte, so wenig war sie darauf versessen, ein
Leben zu führen wie ihre Eltern. Deren kleine gesellschaftlichen
Problemchen langweilten sie.

Ihre erste Begegnung mit Brody war amtlich. Eines späten Abends
war sie von einem stark angetrunkenen jungen Mann sehr schnell
nach Hause gefahren worden. Dabei waren sie von einem Polizisten
angehalten worden, der auf Ellen mit seiner Jugend, seinem guten
Aussehen und seiner Höflichkeit Eindruck machte. Nachdem er ihre
Personalien aufgenommen hatte, nahm er die Wagenschlüssel an sich
und fuhr zuerst Ellen und dann ihren Freund nach Hause. Am andern
Morgen bedankte Ellen sich mit einem Kärtchen bei Brody und
schickte auch ein Briefchen an den Polizeichef, worin sie den Streifen-
polizisten Martin Brody lobte. Brody rief sie an, um sich bei ihr zu
bedanken.

Als er sie an seinem freien Abend zum Abendessen und ins Kino
einlud, nahm sie aus reiner Neugier an. Sie hatte sich bis dahin selten

mit einem Polizisten unterhalten, geschweige einen ganzen Abend mit ihm verbracht. Brody war nervös, doch Ellen schien sich so für ihn und seine Arbeit zu interessieren, daß er endlich ruhiger wurde und den Abend genießen konnte. Ellen fand ihn angenehm: stark, unkompliziert, freundlich – offen. Er war seit sechs Jahren bei der Polizei. Sein Ziel sei es, sagte er, Polizeichef von Amity zu werden, Söhne zu haben, mit denen er im Herbst zur Entenjagd gehen könne, und Geld genug zu verdienen, um alle zwei, drei Jahre mal in Urlaub zu fahren.

Im November heirateten sie.

Es gab ein paar peinliche Momente in den ersten Jahren. Ellens Freunde luden sie zum Essen ein, und Brody fühlte sich fehl am Platz und von oben herab behandelt. Und wenn sie mit Brodys Freunden zusammen waren, schien Ellens Herkunft jeden Spaß zu unterdrükken. Nach und nach machten sie neue Bekanntschaften, und die peinlichen Momente wurden weniger. Aber Ellens alte Freunde trafen sie nie mehr.

Bis vor etwa vier Jahren war sie zu beschäftigt und auch zu glücklich gewesen, um sich von ihrer Entfremdung etwas anhaben zu lassen. Als aber dann ihr jüngstes Kind in die Schule kam, fühlte sie sich langsam überflüssig und fing an, Erinnerungen an das Leben ihrer Mutter nachzuhängen: die Einkaufsbummel (die Spaß machten, weil Geld zum Ausgeben da war), Essen mit Freunden, Tennis, Cocktailparties, Wochenendausflüge. Was ihr damals seicht und langweilig vorgekommen war, erschien ihr jetzt in der Erinnerung als Paradies.

Zuerst versuchte sie, wieder mit den Freunden in Verbindung zu treten, die sie seit zehn Jahren nicht mehr gesehen hatte, aber alle ihre gemeinsamen Interessen waren längst dahin. Ellen plauderte fröhlich über Lokalereignisse oder ihre Arbeit als freiwillige Helferin im Krankenhaus von Southampton. Ihre Freundinnen erzählten vom New Yorker Leben, von Kunstausstellungen, Malern und Schriftstellern, mit denen sie bekannt waren. Meist endeten die Unterhaltungen mit dem halbherzigen Versprechen, einmal wieder zusammenzukommen.

Ab und zu versuchte sie auch, mit Sommergästen Bekanntschaft zu schließen, die sie nicht kannte, aber diese Bekanntschaften waren gezwungen und kurz. Ellen genierte sich wegen ihres Hauses und wegen des Berufs ihres Mannes. So mußte sie jedem neuen Bekannten klarmachen, daß sie ihr Leben in Amity auf einem ganz anderen Niveau begonnen hatte. Sie war sich dessen bewußt und haßte sich selbst dafür, denn in Wirklichkeit liebte sie ihren Mann aus ganzem Herzen, vergötterte ihre Kinder und war – das meiste Jahr über – mit ihrem Los recht zufrieden. Irgendwie aber blieben ihr Groll und ihre Sehnsüchte lebendig.

Brody drehte sich zu Ellen um, stützte sich auf den Ellbogen und legte den Kopf auf die Hand. Mit der anderen Hand schnippte er eine Haarsträhne weg, die Ellen an der Nase kitzelte, so daß sie immer zuckte. Er überlegte, ob er sie wecken solle, obwohl er wußte, daß sie so früh am Morgen eher zänkisch als romantisch veranlagt war. Aber lustig wäre es schon. Es hatte in letzter Zeit bei den Brodys nicht viel Sex gegeben. Das war immer so, wenn Ellen in ihre Sommerlaune kam.

Eben in diesem Augenblick ging Ellens Mund auf, und sie fing an zu schnarchen. Brody stand auf und ging ins Bad.

Es WAR kurz vor halb sieben, und die Sonne stand schon voll am Himmel, als er in den Alten Mühlenweg einbog. Vom Weg aus konnte er den Strand nicht überblicken. Er sah nur die Dünen. Deshalb mußte er etwa alle hundert Meter den Wagen abstellen und einen Fußpfad entlanggehen, bis er freie Sicht auf die Küste hatte.

Nichts von einer Leiche zu sehen. Alles, was er auf der langgestreckten weißen Fläche sah, waren ein paar Stücke Treibholz, da und dort eine Konservendose und ein meterbreiter Gürtel aus Seetang, den der Südwind angetrieben hatte. Es herrschte so gut wie keine Brandung, so daß eine eventuell auf dem Wasser treibende Leiche unbedingt zu sehen gewesen wäre.

Bis sieben hatte Brody den ganzen Strand entlang des Alten Mühlenwegs und der Straße nach Scotch abgekämmt. Er fuhr auf dem Lorbeer-Weg in nördlicher Richtung zur Stadt und traf um zehn nach sieben auf dem Revier ein.

„Kein Glück gehabt, Chef?" fragte Hendricks.

„Kommt darauf an, was man Glück nennt, Leonard. Wenn Sie meinen, ob ich eine Leiche gefunden habe, sage ich nein."

Brody schenkte sich eine Tasse Kaffee ein, ging in sein Dienstzimmer und nahm sich die Morgenzeitungen vor – die Frühausgabe der New Yorker *Daily News* und den *Amity-Anzeiger*.

Kimble kam kurz vor acht. Seine Uniform sah mit Recht so aus, als ob er darin geschlafen hätte. Er trank mit Hendricks zusammen noch eine Tasse Kaffee, während sie auf die Ablösung durch die Tagschicht warteten. Punkt acht traf die Ablösung für Hendricks ein, und er wollte gerade fortgehen, als Brody aus seinem Dienstzimmer kam.

„Ich gehe zu den Footes, Leonard", sagte Brody. „Wollen Sie mitkommen? Ich meine, Sie möchten vielleicht erfahren, was aus Ihrem . . . Treibgut geworden ist." Er lächelte.

„Aber klar", sagte Hendricks. „Ich habe heute sonst nichts vor und kann den ganzen Nachmittag schlafen."

Bei den Footes ging die Haustür schon auf, kaum daß Brody richtig angeklopft hatte. „Ich heiße Tom Cassidy", sagte ein junger Mann. „Habt ihr sie gefunden?"

„Ich bin Polizeichef Brody. Das ist Streifenpolizist Hendricks. Nein, Mr. Cassidy, wir haben sie nicht gefunden. Dürfen wir eintreten?"

„Natürlich. Gehen Sie ins Wohnzimmer. Ich hole die Footes."

Fünf Minuten später wußte Brody alles, was er wissen wollte. Dann ging er der Gründlichkeit halber noch einmal die Kleidungsstücke der vermißten Frau durch. „Hatte sie keinen Badeanzug mit?"

„Nein", sagte Cassidy. „Der liegt noch da in der oberen Schublade."

„Aha", sagte Brody. „Dann sollten wir wohl noch mal an den Strand gehen. Sie brauchen nicht mitzukommen. Hendricks und ich schaffen das schon allein."

„Ich würde aber gern mitkommen, wenn Sie nichts dagegen haben."

Am Strand zeigte Cassidy den Beamten, wo er eingeschlafen war – und wo er Christine Watkins' Kleider gefunden hatte.

Brody schaute den kilometerlangen Strand hinauf und hinunter. So weit er blicken konnte, stammten alle dunklen Flecken auf dem weißen Sand von Seegrasbüscheln. „Machen wir einen Spaziergang", sagte er. „Leonard, Sie gehen nach Osten bis zur Landspitze. Sie und ich, Mr. Cassidy, gehen nach Westen. Haben Sie Ihre Trillerpfeife bei sich, Leonard? Für alle Fälle?"

„Habe ich", sagte Hendricks. „Stört es Sie, wenn ich mir die Schuhe ausziehe? So geht es sich leichter im Sand."

„Meinetwegen", sagte Brody. „Wenn Sie wollen, können Sie auch die Hose ausziehen. Nur müßte ich Sie dann natürlich wegen Erregung öffentlichen Ärgernisses festnehmen."

Hendricks brach nach Osten auf. Der feuchte Sand kühlte seine Füße. Er ging mit gesenktem Kopf, den Blick auf kleinen Muscheln und Seegrasbüscheln. Ein paar kleine schwarze Käfer flitzten ihm eilig aus dem Weg, und sooft die Wellen zurückwichen, sah er winzige Bläschen über Löchern aufsteigen, die von Sandwürmern stammten. Er genoß den Spaziergang. Komisch, dachte er, wenn man an so einem Ort wohnt, tut man fast nie das, was die Touristen machen – etwa am Strand spazierengehen oder im Meer baden.

Einmal schaute Hendricks sich um, ob Brody und Cassidy schon etwas gefunden hätten. Nach seiner Schätzung waren sie schon fast einen Kilometer weit weg. Er wollte gerade weitergehen, da sah er vor sich einen ungewöhnlich großen Klumpen Tang. Sowie er heran war, bückte er sich, um den Klumpen etwas auseinanderzuziehen. Plötzlich hielt er wie versteinert inne. Er kramte in seiner Hosentasche nach der Trillerpfeife und ließ einen schwachen Pfiff ertönen, dann wich er taumelnd zurück, fiel auf die Knie und übergab sich.

In den Seetang gewickelt war ein Frauenkopf, an dem noch die Schultern, ein Stück von einem Arm und ein Drittel des Rumpfes hingen.

HENDRICKS lag noch auf den Knien, als Brody und Cassidy ihn erreichten. Brody sagte zu Cassidy, der ein paar Schritte hinter ihm war: „Bleiben Sie mal etwas zurück, Mr. Cassidy." Er zog den Seetang auseinander, und als er sah, was darin war, fühlte er es bitter in seiner Kehle hochkommen. Er schluckte und schloß die Augen. Nach einer Weile sagte er: „Sie können sich das auch gleich ansehen, Mr. Cassidy, und mir sagen, ob sie es ist."

Cassidy kam zaghaft näher. Brody zog ein Stück Seetang zurück, damit er ungehindert in das graue Gesicht mit dem aufgerissenen Mund sehen konnte. „O mein Gott!" sagte Cassidy und fuhr mit der Hand zum Mund.

„Ist sie das?"

Cassidy nickte. „Was ist denn da passiert?"

„So aus dem Stegreif würde ich sagen, sie ist von einem Hai angefallen worden", sagte Brody.

Cassidys Knie wurden weich, und während er sich in den Sand fallen ließ, sagte er: „Ich glaube, ich muß mich übergeben."

Brody wußte sofort, daß sein eigener Kampf um Beherrschung vergebens war. „Aller guten Dinge sind drei", sagte er und übergab sich auch.

ZWEI

MINUTEN vergingen, bis Brody sich soweit in der Gewalt hatte, daß er aufstehen und zum Wagen gehen konnte, um vom Krankenhaus Southampton eine Ambulanz herbeizurufen. Um elf war er wieder in seinem Dienstzimmer und füllte die Formulare zu dem Unfall aus. Er hatte bis auf die Todesursache alles eingetragen, als das Telephon klingelte.

„Martin, hier ist Carl Santos", sagte die Stimme des Leichenbeschauers.

„Hallo, Carl. Was haben Sie denn für mich?"

„Falls Sie keinen Grund haben, Mord zu vermuten, würde ich sagen, es war ein Hai."

„Ich glaube nicht an Mord, Carl. Ich habe kein Motiv, keine Mordwaffe und – wenn ich mir keinen an den Haaren herbeiziehen will – auch keinen Verdächtigen."

„Dann war es ein Hai. Ein großer. So was kriegt nicht einmal die Schraube eines Ozeanriesen fertig. Die hätte sie zwar entzweigeschnitten, aber –"

„Schon gut, Carl", sagte Brody. „Ersparen Sie mir die Einzelheiten."

„Entschuldigung, Martin. Jedenfalls klingt es am plausibelsten, wenn Sie *Hai* hinschreiben, es sei denn, es spielen ... andere Erwägungen mit."

„Nein. Diesmal nicht, Carl. Danke für den Anruf." Er legte den Hörer auf, tippte „von Hai angefallen" auf das Formular und lehnte sich zurück.

Daß andere Erwägungen mitspielen könnten, war Brody noch gar nicht in den Sinn gekommen. Sie waren mit das Kniffligste an seinem Beruf, denn sie zwangen ihn immer, abzuwägen, was dem Gemeinwohl am besten diente, ohne ihn oder das Gesetz zu kompromittieren.

Die Sommersaison begann, und Brody wußte, daß vom Erfolg oder Mißerfolg dieser zwölf kurzen Wochen das Wohl der Gemeinde für ein ganzes Jahr abhing. Im Winter hatte Amity ganze tausend Einwohner; in einem guten Sommer schnellte diese Zahl auf fast zehntausend.

Und diese neuntausend Sommergäste hielten die tausend ständigen Bewohner das ganze übrige Jahr am Leben.

Die örtliche Geschäftswelt – vom Haushaltswarenladen über Sportartikel und die beiden Tankstellen bis zur Apotheke – brauchte ein fettes Sommergeschäft, um den mageren Winter zu überleben. Die Charterfischer brauchten alles Glück, das sie nur haben konnten: gutes Wetter, viel Fische und vor allem Gäste.

Selbst nach einem denkbar guten Sommer waren die Winter in Amity hart. Drei von zehn Familien lebten von der Fürsorge. Dutzende Männer waren gezwungen, im Winter an die Nordküste von Long Island umzusiedeln und für ein paar Dollar pro Tag Muscheln zu öffnen.

Brody wußte, daß ein einziger schlechter Sommer die Zahl der Fürsorgeempfänger verdoppeln würde. Und zwei oder drei schlechte Sommer hintereinander – was zum Glück seit mehr als zwei Jahrzehnten nicht mehr vorgekommen war – konnten die Stadt ruinieren. Wenn die Leute nicht mehr das Geld hatten, um Lebensmittel und Kleidung zu bezahlen, mußten ganze Unternehmen schließen. Die Stadt verlor Steuereinnahmen, öffentliche Dienstleistungen mußten eingeschränkt werden, und die Leute würden anfangen fortzuziehen. So mußte ein jeder das Seine dazutun, damit Amity eine begehrte Sommerfrische blieb.

Im allgemeinen leistete Brody seinen Beitrag – neben der Wahrung von Recht und Ordnung –, indem er Gerüchte unterdrückte und in Absprache mit Harry Meadows, dem Redakteur des *Amity-Anzeigers,* dafür sorgte, daß die wenigen unerfreulichen Vorfälle, die eine Zeitungsmeldung wert waren, im rechten Licht erschienen.

Wurde etwa ein wohlhabender Sommergast mit Alkohol am Steuer erwischt, so war Brody bereit, ihn nur wegen Fahrens ohne Führerschein zu belangen, wie es dann auch brav im *Anzeiger* berichtet wurde. Allerdings pflegte Brody den Fahrer nachdrücklich zu warnen, daß ihm beim nächsten Mal eine Anzeige wegen Trunkenheit am Steuer drohe.

Wenn Halbstarke aus den Hamptons Krawall machten, bekam Harry Meadows jede Einzelheit berichtet – Name, Alter, Höhe der Strafe. Wenn aber die Jugend von Amity einmal bei einer Party zu laut wurde, brachte der *Anzeiger* darüber gewöhnlich nur einen kleinen Absatz, ohne Namensnennungen.

Den Vorfall mit dem Hai jedoch wollte Brody ausführlich veröffentlicht wissen. Er wollte auch den Strand für die nächsten Tage sperren, um dem Hai Zeit zu geben, sich von der Küste zu entfernen.

Er wußte, daß es ein starkes Argument gegen die Veröffentlichung gab. Bisher versprach der Sommer für Amity höchstens mittelmäßig zu werden. Die Vorausbuchungen lagen höher als im Vorjahr, aber es waren keine „guten" Buchungen. Vielfach waren es Gruppen, zehn bis fünfzehn junge Leute, die aus der Stadt kamen und sich in die Miete für ein großes Haus teilten. Von den teuren Anwesen am Strand war mindestens ein Dutzend noch nicht vermietet. Sensationelle Berichte über den Angriff eines Hais konnten die Saison restlos kaputtmachen.

Andererseits, fand Brody, erregte ein Toter sicherlich weniger Aufsehen als drei oder vier. Der Fisch konnte bereits verschwunden sein, aber Brody war nicht bereit, daraufhin Menschenleben zu riskieren.

Er wählte Meadows' Nummer. „Bist du zum Lunch noch frei, Harry?" fragte er.

„Klar", sagte Meadows. „Bei mir oder bei dir?"

„Bei dir", sagte er. „Wir können uns was aus dem Restaurant bringen lassen."

„Meinetwegen", sagte Meadows. „Das Donnerstagsmenü?"

Plötzlich wünschte Brody, er hätte nicht gerade um die Mittagszeit angerufen. Vom bloßen Gedanken an Essen wurde ihm schon übel. „Nein, ich möchte lieber nur Eiersalat und ein Glas Milch. Bin gleich da."

HARRY MEADOWS war ein ungeheuer dicker Mann, dem schon das bloße Atemholen den Schweiß auf die Stirn trieb. Er war ein Endvierziger, der zuviel aß, eine billige Zigarre nach der anderen rauchte, unverzollten Whisky trank und nach den Worten seines Arztes der Spitzenkandidat der westlichen Welt für einen gewaltigen Herzinfarkt war.

Als Brody eintrat, stand Meadows am Fenster und wedelte mit einem Handtuch die Luft zum Fenster hinaus. „Mit Rücksicht auf deinen verstimmten Magen, wenn ich deine Bestellung zum Lunch richtig deute", meinte er, „versuche ich soeben, die Luft von den Wohlgerüchen einer *White Owl* zu reinigen."

„Nett von dir", sagte Brody. Er sah sich in dem kleinen, voll-gekramten Zimmer um und erspähte einen Stuhl, den er an Meadows' Schreibtisch heranzog. Er setzte sich.

Meadows wühlte in einer großen braunen Papiertüte, holte einen Pappbecher und ein in Zellophan gewickeltes Sandwich mit Eiersalat heraus und schob Brody beides über den Schreibtisch zu. Dann packte er sein eigenes Mittagessen aus: ein dickes Frikadellensandwich, einen Pappteller Pommes frites und eine viertel Zitronencremetorte. Er griff hinter seinen Stuhl und holte aus einem kleinen Kühlschrank eine Dose Bier.

„Nicht zu fassen", sagte Brody. „Ich muß schon an die tausendmal mit dir gegessen haben, Harry, und kann mich noch immer nicht daran gewöhnen."

„Jeder hat so seine kleinen Schwächen, mein Freund", meinte Meadows, indem er das Sandwich zum Mund führte. „Der eine stellt den Frauen anderer Männer nach, der andere sucht Vergessen im Whisky. Ich tröste mich an der reinen Nahrung der Natur."

Sie aßen eine Weile schweigend. Brody hatte sein Sandwich auf-gegessen und zündete sich eine Zigarette an. Meadows aß zwar noch, aber Brody wußte, daß es dem Appetit seines Gegenübers nichts anhaben konnte, wenn sie von Christine Watkins' Tod sprachen.

„Was diese Watkins-Geschichte betrifft", sagte er, „habe ich mir ein paar Gedanken gemacht, falls du sie hören willst." Meadows nickte. „Erstens, die Todesursache scheint ein klarer Fall zu sein. Santos meint, sie wäre von einem Hai angefallen worden, und wenn du die Leiche gesehen hättest, würdest du ihm recht geben."

„Ich habe sie gesehen."

„Und du bist derselben Meinung?"

„Ja. Was die Todesursache angeht. Über einiges andere bin ich mir nicht so sicher."

„Zum Beispiel?"

„Wieso sie um diese nächtliche Zeit schwimmen gegangen ist. Weißt du, was wir um Mitternacht für Temperaturen hatten? Etwa fünfzehn Grad. Und das Wasser hatte zehn. Man muß glatt verrückt sein, um bei dieser Kälte schwimmen zu gehen."

„Oder betrunken", sagte Brody, „und das war sie wahrscheinlich."

„Du wirst wohl recht haben. Aber noch etwas stört mich. Es kommt mir verdammt komisch vor, daß sich ein Hai hier herumtreiben soll, wo es noch so kalt ist."

„Vielleicht gibt es Haie, die kaltes Wasser mögen. Wer kennt sich schon mit Haien aus?"

„Ich weiß jetzt einiges mehr über sie als heute morgen. Nachdem ich die Überreste von dieser Miß Watkins gesehen hatte, habe ich einen jungen Mann vom Ozeanographischen Institut in Woods Hole angerufen, den ich kenne. Ich habe ihm die Leiche beschrieben, und er hat gemeint, dafür käme wahrscheinlich nur eine bestimmte Art von Haien in Frage."

„Was für eine?"

„Der große Weiße. Auch andere Haie greifen Menschen an, zum Beispiel Tiger- und Hammerhaie, vielleicht auch noch Makos und Blauhaie, aber dieser Matt Hooper meint, um eine Frau mittendurchzubeißen, muß ein Fisch schon so ein Maul haben" – er hielt die Hände etwa einen Meter weit auseinander –, „und der einzige Hai, der so groß wird *und* Menschen anfällt, ist der große Weiße. Er hat noch einen anderen Namen – Menschenfresser."

„Was meint er zu dem kalten Wasser?"

„Daß es für einen weißen Hai nichts Ungewöhnliches ist, sich in so kaltes Wasser zu begeben. Vor ein paar Jahren ist bei San Franzisko ein Junge von einem getötet worden. Da betrug die Wassertemperatur knapp vierzehn Grad."

Brody sagte: „Du hast dich ja wirklich hineingekniet, Harry."

„Ich hielt es im öffentlichen Interesse für geboten, genau herauszubekommen, was da passiert ist und wie groß die Wahrscheinlichkeit ist, daß es wieder passiert."

„Und wie groß ist die Wahrscheinlichkeit?"

„So gut wie Null. Soweit ich es sehe, war das ein reiner Zufall. Laut Hooper können wir getrost annehmen, daß der Hai längst wieder weg ist. Hier in der Gegend gibt es keine Riffe. Wir haben weder eine Fischfabrik noch ein Schlachthaus, die Blut und Innereien ins Wasser lassen würden. Es ist also überhaupt nichts da, wofür ein Hai sich auf die Dauer interessieren könnte." Meadows sah Brody an. „Folglich habe ich den Eindruck, Martin, daß wir keinen Grund haben, die Öffentlichkeit mit etwas zu erschrecken, was sich so gut wie sicher nicht wiederholen wird."

„So kann man es von der einen Seite sehen, Harry. Andererseits, wenn es sowieso nicht wieder vorkommt, kann es auch nicht schaden, den Leuten zu sagen, daß es einmal passiert ist."

Meadows seufzte. „Journalistisch gesehen magst du recht haben. Aber ich glaube nicht, daß es im öffentlichen Interesse wäre, damit hausieren zu gehen. Ich denke nicht an unsere Einheimischen; die werden es bald genug erfahren, soweit sie es nicht jetzt schon wissen. Aber wie steht's mit denen, die den *Anzeiger* in New York, Philadelphia oder Cleveland lesen? Eine ganze Menge Sommergäste abonnieren das ganze Jahr über. Und du weißt, wie das Immobiliengeschäft in dieser Saison aussieht. Wenn ich die Meldung bringe, daß eine junge Frau vor Amity von einem Meeresungeheuer mitten durchgebissen wurde, wird in dieser Stadt kein Haus mehr vermietet. Mit Haien ist es wie mit Massenmördern, Martin. Die Leute reagieren auf so was rein gefühlsmäßig."

Brody nickte. „Dagegen kann ich nichts einwenden. Und ich will ja den Leuten auch gar nicht erzählen, daß es hier tatsächlich einen Mörderhai gibt. Du wirst schon recht haben. Wahrscheinlich ist er inzwischen hundert Kilometer weit weg und läßt sich hier nie wieder blicken. Aber angenommen – nur einmal angenommen –, wir sagen kein Wort, und dann wird noch jemand von diesem Fisch angefallen. Was dann? Ich möchte, daß du die Meldung bringst, Harry. Ich möchte auch sicherheitshalber den Strand ein paar Tage sperren. Wenn wir den Leuten sagen, was passiert ist und warum wir das tun, sind wir, glaube ich, ein Stück voraus."

Meadows lehnte sich auf seinem Stuhl nach hinten. „Es wird keine Meldung über den Vorfall im *Anzeiger* erscheinen, Martin."

„Das sagst du einfach so?"

„Nicht ganz. Ich bin zwar der Redakteur der Zeitung, und mir gehört auch ein Stückchen davon, aber das Stück ist nicht so groß, daß ich mich einem bestimmten Druck widersetzen könnte."

„Zum Beispiel?"

„Ich habe schon sechs Anrufe bekommen. Fünf von Inserenten – einem Restaurant, einem Hotel, zwei Grundstücksmaklern und einer Eisdiele. Sie legen großen Wert darauf, daß wir die Sache still einschlafen lassen. Der sechste Anrufer war ein Mr. Coleman aus New York, dem der *Anzeiger* zu fünfundfünfzig Prozent gehört. Wie es aussieht, hat Mr. Coleman seinerseits ein paar Anrufe bekommen. Er hat mir gesagt, daß im *Anzeiger* keine Meldung erscheinen wird."

„Gut, Harry, dann sieht es also so aus: Du bringst keine Meldung, und somit ist für die lieben Leser des *Anzeiger* einfach nichts geschehen. Ich sperre den Strand und stelle ein paar Schilder auf, wo draufsteht, warum."

ZEHN Minuten, nachdem Brody wieder in seinem Dienstzimmer war, meldete eine Stimme über die Sprechanlage: „Chef, der Bürgermeister ist hier und möchte Sie sprechen."

Brody lächelte. Der Bürgermeister. Nicht Laurence Vaughan vom Maklerbüro Vaughan & Penrose; nicht Larry Vaughan, der einfach mal reinschaute. Nein, Bürgermeister Lawrence P. Vaughan, der Erwählte des Volkes. „Exzellenz sollen reinkommen", sagte Brody.

Larry Vaughan war ein gutaussehender Fünfziger mit vollem, graumeliertem Haar und einem durchtrainierten Körper. Er war in Amity geboren, hatte mit Grundstücksspekulationen ein schönes Sümmchen Geld verdient und war der Hauptgesellschafter (manche meinten, der einzige Gesellschafter) des erfolgreichsten Maklerbüros der Stadt. Er kleidete sich mit schlichter Eleganz, trug zeitlose englische Jacketts und Hemden und teure italienische Schuhe. Im Gegensatz zu Ellen Brody, die von der Sommergemeinde in die Wintergemeinde herabgestiegen war, hatte Vaughan ungehindert den Aufstieg von der Wintergemeinde zur Sommergemeinde geschafft. Als ortsansässiger Geschäftsmann gehörte er zwar nicht dazu und wurde daher nie nach New York oder Palm Beach eingeladen. Aber in Amity bewegte er sich frei unter ihnen, sofern es sich nicht gerade um die allererlauchtesten Mitglieder der Sommergemeinde handelte, und das war natürlich gut fürs Geschäft.

Brody mochte Vaughan gut leiden. Den Sommer über bekam er nicht viel von ihm zu sehen, aber im Herbst, nach Saisonschluß, luden Vaughan und seine Frau Eleanor manchmal die Brodys zum Essen in einem der besseren Restaurants in den Hamptons ein. Diese Abende waren so recht nach Ellens Geschmack, und darüber allein war Brody schon glücklich. Vaughan schien Ellen zu verstehen. Er behandelte sie immer wie eine Gleichgestellte.

Vaughan kam in Brodys Büro und setzte sich. „Ich habe eben mit Harry Meadows gesprochen", sagte er. „Woher wollen Sie eigentlich die Befugnis nehmen, den Strand zu sperren?"

Vaughan war sichtlich erregt, worüber Brody sich wunderte. „Ob ich offiziell befugt bin, weiß ich nicht so genau", sagte er. „Nach der Dienstvorschrift kann ich in Notfällen jede Maßnahme ergreifen, die ich für richtig halte, aber ich glaube, dazu müßte der Gemeinderat den Notstand ausrufen. Ich kann mir nicht vorstellen, daß Sie auf diesen Zirkus Wert legen."

„Bloß nicht! Aber ich will auch nicht, daß Sie den Strand sperren. Der vierte Juli ist nicht mehr fern, und an diesem Wochenende fallen die Würfel. Wir würden uns ja selbst die Kehle durchschneiden."

„Das Argument kenne ich schon, und Sie kennen sicher auch meine Gründe. Schließlich habe ich ja nichts davon, wenn ich den Strand sperre."

„Im Gegenteil, würde ich sagen. Sehen Sie, Martin, die Stadt kann diese Art von Reklame nicht brauchen."

„Sie kann auch nicht noch mehr Tote brauchen."

„Es wird doch keinem mehr was passieren. Wenn Sie den Strand sperren, hetzen Sie uns nur einen Haufen Reporter auf den Hals, die ihre Nase überall reinstecken, wo sie nichts verloren haben."

„Na und? Die kommen her, und wenn sie nichts Berichtenswertes finden, gehen sie wieder nach Hause."

„Angenommen, sie finden doch was. Das gäbe ein Riesentheater, das keinem was nützen würde."

„Was denn vielleicht, Larry? Was könnten sie finden? Ich habe nichts zu verbergen. Sie etwa?"

„Natürlich nicht. Aber wenn Sie schon auf meine Argumente nicht hören, dann hören Sie mir wenigstens als Freund zu. Ich stehe unter einigem Druck von seiten meiner Partner. So etwas könnte für uns sehr schlecht sein."

Brody lachte. „Zum erstenmal höre ich Sie zugeben, daß Sie überhaupt Partner haben, Larry. Ich habe immer gedacht, Sie wären der König in Ihrem eigenen Laden."

Vaughan schien verlegen, als glaubte er plötzlich, zuviel gesagt zu haben. „Meine Geschäfte sind kompliziert", sagte er. „Manchmal weiß ich selbst nicht genau, ob ich noch verstehe, was gerade läuft. Tun Sie mir den Gefallen. Nur diesmal."

Brody sah Vaughan an und versuchte, sich über seine Motive klarzuwerden. „Tut mir leid, Larry, ich muß meine Pflicht tun."

„Wenn Sie nicht auf mich hören", sagte Vaughan, „werden Sie bald keine Pflichten mehr haben."

„Sie haben über mich nichts zu sagen. Sie können nicht jeden Polizeibeamten in dieser Stadt entlassen."

„Nicht aus dem Polizeidienst. Aber ob Sie's glauben oder nicht, über die Besetzung des Postens eines Polizeichefs habe ich ein Wörtchen mitzureden." Er zog die Gemeindeverfassung von Amity aus der Tasche. Er fand die Seite, die er suchte, und reichte Brody das Heftchen.

„Im Grunde steht hier drin, daß der Gemeinderat Sie absetzen kann, obwohl Sie von der Bevölkerung gewählt sind."

Brody las den Absatz, den Vaughan ihm zeigte. „Sie haben recht", sagte er. „Aber interessieren würde mich, was Sie als ‚zwingenden und ausreichenden Grund' anführen würden."

„Ich hoffe von Herzen, daß es nicht bis dahin kommt, Martin. Ich hatte gehofft, Sie würden sich einfügen, wenn Sie erst wüßten, wie der Gemeinderat dazu steht."

„Der ganze Gemeinderat?"

„Eine Mehrheit."

„Wer zum Beispiel?"

„Ich habe keine Lust, hier herumzusitzen und Namen zu nennen. Sie brauchen nur zu wissen, daß ich den Gemeinderat hinter mir habe, und wenn Sie nicht tun, was richtig ist, setzen wir auf Ihren Posten jemand andern, der es tut."

Brody hatte Vaughan noch nie in so widerlich aggressiver Stimmung erlebt. Er war fasziniert, aber auch ein wenig aus dem Gleichgewicht gebracht. „Ihnen liegt sehr viel daran, nicht wahr, Larry?"

„Ja." Vaughan witterte Sieg und sagte ruhig: „Vertrauen Sie mir, Martin. Es wird Ihnen nicht leid tun."

Brody seufzte. „Gern tue ich's nicht", sagte er. „Die Geschichte ist nicht in Ordnung. Aber wenn es so wichtig ist, gut."

„Es ist wichtig." Vaughan lächelte. „Danke, Martin."

BRODY kam kurz vor fünf nach Hause. Sein Magen hatte sich wieder so weit beruhigt, daß er vor dem Abendessen ein Bierchen oder zwei vertragen konnte. Ellen stand in der Küche, noch in ihrer

Krankenschwesterntracht. Ihre Hände waren mit einem Hackbraten beschäftigt.

„Tag", sagte sie und drehte den Kopf, damit Brody ihr einen Kuß auf die Wange geben konnte. „Was hat es Aufregendes gegeben?"

„Du warst doch im Krankenhaus. Hast du nichts gehört?"

„Nein. Ich war hinten im Ferguson-Flügel."

„Vor dem Alten Mühlenweg ist ein Mädchen von einem Hai getötet worden." Er griff in den Kühlschrank und nahm sich ein Bier.

Ellen hielt mit Fleischkneten inne und sah ihn an. „Von einem Hai? So etwas habe ich hier noch nie gehört. Man sieht ab und zu mal einen, aber die tun einem nie was."

„Ja, ich weiß. Für mich war's auch das erste Mal."

„Und was machst du jetzt?"

„Nichts."

„Wirklich? Ist das richtig? Kannst du denn nichts tun?"

„Doch, tun könnte ich schon etwas. Theoretisch. Aber die herrschenden Mächte sind nun mal der Ansicht, es sähe nicht gut aus, wenn wir großes Geschrei machten, nur weil eine Fremde von einem Fisch gefressen worden ist. Sie wollen darauf vertrauen, daß es schon nicht wieder vorkommt."

„Wen meinst du mit ‚herrschenden Mächten'?"

„Larry Vaughan zunächst mal. Er hat gesagt, daß er mich absetzt, wenn ich den Strand sperre."

„Das kann ich gar nicht glauben, Martin. So einer ist Larry doch nicht."

„Ich hab's auch nicht geglaubt. Sag mal, weißt du etwas über seine Partner?"

„Im Geschäft? Ich dachte, er hätte gar keine. Gehört ihm nicht der ganze Laden?"

„Anscheinend nicht."

„Na ja, jedenfalls ist mir wohler, wenn ich weiß, daß du mit Larry gesprochen hast. Er hat doch einen besseren Überblick als die meisten. Da wird er schon wissen, was am besten ist."

Brody fühlte das Blut in seinen Nacken steigen. Er riß den Verschluß der Bierdose auf, warf ihn in den Mülleimer und ging ins Wohnzimmer, um die Abendnachrichten einzuschalten.

DREI

DIE nächsten Tage blieb das Wetter klar. Eine leichte Brise kräuselte das Meer, ohne ihm Schaumkronen aufzusetzen. Nur nachts war die Luft noch frisch, und nach Tagen ununterbrochenen Sonnenscheins hatten Erde und Sand sich erwärmt.

Sonntag war der zwanzigste Juni. Gegen Mittag ließ ein kleiner Junge am Strand Richtung Alte Mühle und Scotch Steine übers Wasser hüpfen. Er beendete sein Spiel, ging zu seiner Mutter, die im Sand lag und döste, und ließ sich neben ihr hinfallen. „Du, Mama", sagte er, „ich hab nichts zu tun."

„Geh Ball spielen."

„Mit wem denn? Ist doch keiner da. Kann ich schwimmen?"

„Nein. Es ist zu kalt. Außerdem weißt du, daß du nicht allein schwimmen gehen darfst."

„Kommst du mit?"

„Alex, Mama ist so müde, fix und fertig. Kannst du denn nicht was anderes tun?"

„Darf ich dann mit der Luftmatratze ins Wasser? Ich gehe nicht schwimmen. Ich lege mich nur auf die Luftmatratze."

Die Mutter setzte sich auf und blickte über den Strand. Einige Dutzend Meter weiter stand ein Mann mit einem Kind auf den Schultern hüfttief im Wasser. Sie sah in die andere Richtung. Bis auf verschiedene Paare in der Ferne war der Strand leer. „Na gut", sagte sie. „Aber geh nicht zu weit raus." Und um zu zeigen, wie ernst es ihr war, nahm sie die Sonnenbrille ab, damit der Junge ihr in die Augen sehen konnte.

„Klar", sagte er. Damit schnappte er sich seine Luftmatratze und schleifte sie zum Wasser hinunter. Als ihm das Wasser bis zur Hüfte ging, hielt er das Gummifloß vor sich und lehnte sich vornüber. Eine Woge hob es mitsamt dem Jungen hoch. Er paddelte gleichmäßig mit den Armen und ließ die Beine hinten herunterhängen. So entfernte er sich ein paar Meter vom Ufer, dann paddelte er parallel zum Strand immer auf und ab. Er merkte nicht, wie eine leichte Strömung ihn langsam vom Ufer fortzog.

Fünfzig Meter weiter draußen fiel der Meeresboden steil ab. Die Wassertiefe vergrößerte sich von fünf auf acht, zwölf und fünfzehn Meter und flachte bei dreißig Metern noch einmal ab, bevor die eigentlichen Tiefen des Meeres begannen.

ZEHN Meter unter der Wasseroberfläche schwamm der große Fisch gemächlich dahin. Seine Schwanzflosse schlug gerade so viel hin und her, daß er in Bewegung blieb. Er sah nichts, denn das Wasser war von Plankton getrübt. Auch der Fisch war parallel zur Küste geschwommen. Jetzt machte er eine Drehung und folgte dem ansteigenden Meeresboden.

Der Junge ruhte sich aus, seine Arme baumelten herunter, seine Füße und Knöchel hoben sich mit jeder kleinen Welle aus dem Wasser. Sein Kopf zeigte zum Ufer, und jetzt sah er, daß er weiter abgetrieben worden war, als seine Mutter noch als sicher ansehen würde. Er konnte sie von hier aus auf ihrem Handtuch liegen sehen, während der Mann mit dem Kind in der Dünung spielte. Er begann zu strampeln und zu paddeln, um näher zum Ufer zu kommen. Seine Arme schoben das Wasser fast lautlos zurück, doch die strampelnden Beine klatschten und spritzten und erzeugten hinter ihm einen Strudel von Luftblasen.

Der Fisch hörte den Lärm nicht, aber er nahm die durch das Strampeln erzeugten harten, unrhythmischen Impulse wahr. Er stieg hoch, langsam zuerst, dann immer schneller, denn die Signale wurden stärker.

Der Junge hielt kurz inne, um sich auszuruhen, und die Signale verstummten. Der Fisch wurde langsamer und warf den Kopf hin und her, um sie wiederzufinden. Der Junge lag ganz still, und der Fisch schwamm unter ihm hindurch und suchte den sandigen Meeresboden ab. Wieder machte er kehrt.

Der Junge begann wieder zu paddeln. Er schlug nur bei jedem dritten bis vierten Zug mit den Beinen, doch auch die wenigen Schläge sandten neue Signale zu dem Fisch aus. Diesmal brauchte er sie nur kurz zu orten, denn er befand sich unmittelbar unter dem Jungen.

Der Fisch stieg. Fast senkrecht über sich sah er jetzt die Bewegung an der Oberfläche. Er wußte keineswegs, ob das, was da oben strampelte, eßbar war, aber der Instinkt des Fisches zwang ihn zum Angreifen. Wenn er etwas Unverdauliches verschluckte, würde er es wieder auswürgen. Sein Maul ging auf, und mit einem letzten Schlag des Sichelschwanzes schnappte der Fisch zu.

Der Junge hatte keine Zeit zu schreien. Der Kopf des Fisches schleuderte die Luftmatratze aus dem Wasser. Die Kiefer klappten zu und verschlangen Kopf, Arme, Schultern, Rumpf, Hüften und den größten Teil der Luftmatratze.

Am Ufer rief der Mann mit dem Kind laut: „He!" Er war nicht sicher, was er da gesehen hatte. Er hatte aufs Meer hinausgeschaut und gerade den Kopf umwenden wollen, als eine Bewegung seinen Blick auf sich zog. Er warf den Kopf herum, um wieder aufs Meer zu sehen, aber inzwischen gab es dort nichts mehr zu sehen, höchstens noch die Wellen und Spritzer. „Hast du das gesehen?" rief er. „Hast du das gesehen?"

„Was denn, Vati, was?" Sein Kind sah aufgeregt zu ihm auf.

„Da draußen! Ein Hai oder Wal oder so ähnlich! Ganz groß jedenfalls!"

Er lief zur Mutter des Jungen, die halb schlafend auf ihrem Handtuch lag. Sie schlug die Augen auf und blinzelte den Mann an. Sie verstand nicht, was er sagte, aber da er aufs Meer zeigte, setzte sie sich auf und sah hinaus. Zuerst fand sie nichts dabei, daß alles leer war. Dann sagte sie: „Alex."

BRODY saß zu Hause beim Lunch, als das Telephon klingelte.

„Bixby", ertönte eine Stimme von der Polizeiwache. „Chef, ich glaube, Sie sollten herkommen. Ich habe eine hysterische Frau hier sitzen."

„Wieso ist sie hysterisch?"

„Ihr Kleiner. Draußen am Strand."

In Brodys Magen begann es unangenehm zu kribbeln. „Was ist passiert?"

„Es ist . . ." Bixby stockte, dann sagte er rasch: „Donnerstag."

Brody verstand. „Bin gleich da." Er legte den Hörer auf. Angst, Schuldgefühl und Wut vereinten sich in ihm zu einem rasenden Schmerz. Er fühlte sich als Betrogener und Betrüger zugleich, ein zum Verbrechen gezwungener Verbrecher. Er hatte das Richtige tun wollen; Larry Vaughan hatte ihn mit Gewalt davon abgehalten. Aber was war er für ein Polizist, wenn er sich gegen Vaughan nicht durchsetzen konnte? Er hätte den Strand sperren sollen.

„Was gibt's?" fragte Ellen.

„Eben ist ein Kind umgekommen."

„Wie denn?"

„Durch einen gottverdammten Hai!"

„O nein! Hättest du doch nur den Strand gesperrt –"

„Ja doch, ich weiß."

HARRY MEADOWS erwartete Brody auf dem Parkplatz hinter der Polizeiwache. „Da haben wir unsere Wahrscheinlichkeit", sagte er.

„Kann man wohl sagen. Wer ist da drinnen, Harry?"

„Einer von der *Times,* zwei vom *Newsday.* Und die Frau. Außerdem der Mann, der gesehen haben will, wie's passiert ist."

„Wie hat die *Times* denn Wind davon bekommen?"

„Pech. Er war am Strand. Einer von den *Newsday*-Leuten auch. Beide sind zum Wochenende hier bei Leuten zu Besuch. Nach zwei Minuten hatten sie schon ihre Nasen drin."

„Wissen sie etwas von der Watkins-Geschichte?"

„Glaube ich kaum. Sie hatten noch keine Zeit zum Bohren."

„Früher oder später kommen sie dahinter."

„Ich weiß", sagte Meadows. „Das bringt mich in eine schwierige Situation."

„*Dich!* Daß ich nicht lache!"

„Wirklich, Martin. Wenn die *Times* morgen den Watkins-Fall zusammen mit dem von heute bringt, wie steht dann der *Anzeiger* da! Ich muß die Geschichte jetzt selbst bringen, schon um mich zu decken, auch wenn die andern sie nicht bringen."

„Wen willst du für die Vertuschung verantwortlich machen? Vaughan?"

„Ich werde überhaupt nichts von einer Vertuschung erwähnen. Schließlich hat keine Verschwörung stattgefunden. Ich werde mit Carl Santos reden. Wenn ich ihm die richtigen Worte in den Mund legen kann, bleibt uns allen vielleicht eine Menge Ärger erspart."

„Wie wär's denn mit der Wahrheit? Schreib doch, daß ich den Strand sperren und die Leute warnen wollte, der Gemeinderat aber anderer Meinung war. Und daß ich mitgemacht habe, weil ich zu feige war, zu kämpfen und meinen Posten aufs Spiel zu setzen."

„Hör auf, Martin, es war nicht deine Schuld. Niemand ist schuld. Wir haben das Spiel riskiert und verloren, basta."

„Wunderbar. Und jetzt brauche ich nur noch hinzugehen und der Mutter des Kleinen zu sagen, es täte uns furchtbar leid, aber wir hätten ihren Sohn nun mal als Spieleinsatz nehmen müssen."

Brody betrat sein Dienstzimmer durch einen Seiteneingang. Die Mutter des Jungen saß vor dem Schreibtisch, die Hände in ein Taschentuch gekrallt. Sie trug einen kurzen Frotteemantel über dem Badeanzug. Ihre Füße waren nackt. Brody betrachtete sie nervös und voll neuer Gewissensbisse. Er konnte nicht sehen, ob sie weinte, denn ihre Augen waren hinter einer großen Sonnenbrille versteckt.

An der rückwärtigen Wand stand ein Mann. Brody nahm an, daß es der war, der den Unfall beobachtet haben wollte.

Brody hatte es noch nie besonders gut verstanden, Leute zu trösten. Er stellte sich nur kurz vor und begann sofort zu fragen. Die Frau sagte, sie habe nichts gesehen; eben sei ihr Junge noch dagewesen, gleich darauf nicht mehr, „und dann habe ich nur noch Reste von der Luftmatratze gesehen." Ihre Stimme klang leise, aber fest. Der Mann beschrieb, was er gesehen zu haben glaubte.

„Dann hat also niemand diesen Hai wirklich gesehen", sagte Brody mit einem schwachen Hoffnungsschimmer.

„Nein", sagte der Mann. „Aber was soll es sonst gewesen sein?"

„Alles mögliche." Brody log sich selbst ebenso etwas vor wie den anderen, wie um festzustellen, ob er seinen eigenen Lügen glauben könne. „Vielleicht ist der Matratze die Luft ausgegangen, und der Junge ist ertrunken."

„Alex ist ein guter Schwimmer", begehrte die Frau auf. „Das heißt ... er war."

„Und was soll das Klatschen gewesen sein?" fragte der Mann.

Brody sah ein, daß es keinen Sinn hatte. „Nun gut", sagte er. „Wahrscheinlich werden wir es sowieso bald genau wissen."

„Was heißt das?" fragte der Mann.

„Wenn einer im Wasser umkommt, wird er so oder so gewöhnlich irgendwo angeschwemmt. Wenn es ein Hai war, wird sich das zweifelsfrei feststellen lassen." Die Schultern der Frau fielen nach vorn, und Brody hätte sich für seine Ungeschicklichkeit ohrfeigen können. „Entschuldigung", sagte er. Die Frau schüttelte den Kopf und weinte.

Brody bat die beiden, in seinem Büro zu warten, dann ging er ins Vorzimmer. Meadows lehnte neben der Eingangstür an der Wand.

Ein junger Mann in Badehose und Sporthemd stand gestikulierend vor Meadows und schien ihn auszufragen. Zwei Männer saßen auf einer Bank. Einer trug eine Badehose, der andere einen Freizeitanzug.

„Was kann ich für Sie tun?" fragte Brody.

Der junge Mann neben Meadows trat vor und sagte: „Ich bin Bill Whitman von der *New York Times*. Ich war am Strand."

„Was haben Sie gesehen?"

Einer der beiden anderen – sicher vom *Newsday* – antwortete. „Nichts. Ich war auch da. Niemand hat was gesehen. Höchstens der Mann da in Ihrem Büro."

Der von der *Times* fragte: „Werden Sie es als das Werk eines Hais ausgeben?"

„Ich werde überhaupt nichts als irgend etwas ausgeben, und ich schlage vor, Sie tun das auch nicht, solange Sie nicht wesentlich mehr darüber wissen."

Der *Times*-Reporter lächelte. „Nun mal mit der Ruhe, Chef. Wie sollen wir es denn Ihrer Meinung nach nennen? Geheimnisvolles Verschwinden? Junge auf See verlorengegangen?"

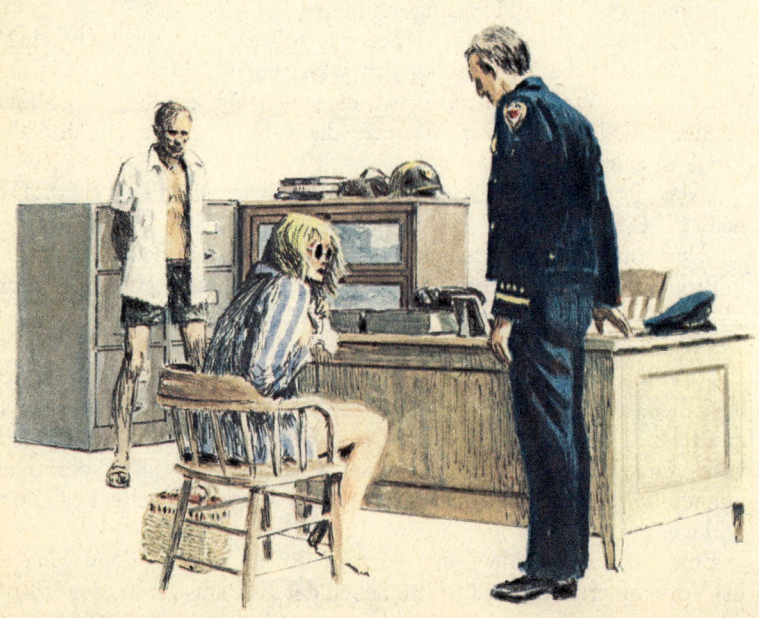

Brody sagte: „Hören Sie, Mr. Whitman. Wir haben keinen Zeugen, der mehr gesehen hätte als ein paar Wasserspritzer. Der Mann in meinem Büro glaubt etwas Großes, Silbriges gesehen zu haben, was ein Hai gewesen sein könnte; aber er hat nach eigenen Angaben noch nie einen lebenden Hai gesehen. Also, eine zuverlässige Aussage ist das nicht gerade. Wir haben keine Leiche und keinen eigentlichen Beweis dafür, daß dem Jungen irgendwas Gewaltsames zugestoßen wäre –"

Brody unterbrach sich, als auf der Kiesfläche vor dem Gebäude Reifen knirschten. Eine Autotür schlug zu, und Hendricks kam in der Badehose hereingerannt. „Chef! Schon wieder ein Unglück!" rief er.

Der *Times*-Reporter fragte rasch: „Wann war das erste?"

Bevor Hendricks antworten konnte, sagte Brody: „Wir sprechen gerade darüber, Leonard. Ich möchte nicht, daß Sie oder andere voreilige Schlüsse ziehen. Schließlich könnte der Junge auch ertrunken sein."

„Junge?" fragte Hendricks. „Was für ein Junge? Es war ein Mann, ein alter Mann. Vor fünf Minuten. Er war nur kurz hinter der Brandung. Plötzlich hat er geschrien wie am Spieß und ist mit dem Kopf unter Wasser gesunken, dann ist er wieder aufgetaucht und hat noch einmal was geschrien, und dann ist er wieder untergegangen. Und ein Gespritze! Und der Fisch ist immer wiedergekommen. Das war der größte Fisch, den ich je gesehen habe, so groß wie ein Kombiwagen. Ich bin ins Wasser gesprungen und hab versucht, an den Mann heranzukommen, aber der Fisch hat ihn immer wieder angegriffen."

Hendricks verstummte und starrte zu Boden. Sein Atem ging in kurzen, gepreßten Stößen. „Dann hat der Fisch es aufgegeben", sagte er. „Vielleicht ist er weggeschwommen, ich weiß es nicht. Ich bin hingewatet, wo der Mann im Wasser trieb. Sein Gesicht war unter Wasser. Ich habe einen Arm zu fassen bekommen und gezogen... da hatte ich den Arm in der Hand." Hendricks sah auf. In seinen roten Augen standen Tränen der Erschöpfung und Angst.

„Haben Sie einen Krankenwagen gerufen?"

Hendricks schüttelte den Kopf.

Brody sagte: „Bixby, rufen Sie im Krankenhaus an. Leonard, fühlen Sie sich imstande, etwas zu tun?" Hendricks nickte. „Dann ziehen Sie sich etwas über und besorgen Sie ein paar Schilder, um den Strand zu sperren."

ALS Brody am Montag morgen sein Dienstzimmer in der Polizeiwache betrat, lag die *New York Times* mitten auf seinem Schreibtisch. Rechts unten auf der ersten Seite sah er die Schlagzeile und
las:

ZWEI MENSCHEN VON HAI GETÖTET
Von William F. Whitman
Sonderbericht der New York Times

AMITY, 20. Juni. Ein sechsjähriger Junge und ein fünfundsechzig Jahre alter Mann kamen heute innerhalb einer Stunde
ums Leben, als sie im Meer vor dem Strand des Badeortes Amity
auf Long Island von einem Hai angefallen wurden.

Obwohl die Leiche des kleinen Alexander Kintner noch nicht
gefunden wurde, besteht nach offiziellen Aussagen kein Zweifel,
daß er von einem Hai getötet wurde. Augenzeuge Thomas
Daguerre aus New York berichtet, er habe etwas Großes, Silbriges aus dem Wasser auftauchen, den Jungen mitsamt seiner
Luftmatratze packen und mit einem Aufklatschen wieder im
Wasser verschwinden sehen.

Laut Carl Santos, dem Leichenbeschauer von Amity, lassen
Blutspuren an den geborgenen Resten des Gummifloßes keinen
Zweifel daran, daß der Junge gewaltsam ums Leben gebracht
wurde.

Mindestens fünfzehn Personen beobachteten, wie der fünfundsechzigjährige Morris Cater gegen zwei Uhr nachmittags und
etwa vierhundert Meter von der Unglücksstelle des kleinen
Kintner entfernt angefallen wurde. Mr. Cater rief um Hilfe, aber
alle Rettungsversuche waren vergebens.

Es handelt sich um die ersten beiden belegten Fälle von Haiangriffen auf Badende an der Ostküste seit über zwanzig Jahren.

Nach den Worten des Ichthyologen Dr. David Dieter vom
New Yorker Aquarium auf Coney Island ist es sehr wahrscheinlich – wenn auch keineswegs sicher –, daß beide Überfälle das
Werk desselben Hais waren.

Wie Dr. Dieter sagt, handelt es sich wahrscheinlich um einen
„Großen Weißen" *(Carcharodon carcharias),* eine auf der ganzen Welt für ihre Gefräßigkeit und Angriffslust bekannte Art.

Im Jahre 1916, sagt er, tötete ein weißer Hai an einem einzigen Tag vier Badende vor der Küste New Jerseys – der einzige andere belegte Fall dieses Jahrhunderts, daß in den Vereinigten Staaten mehrere Menschen nacheinander von einem Hai angefallen wurden.

Brody hatte den Artikel zu Ende gelesen und legte die Zeitung hin. Jetzt waren schon drei Menschen tot, und zwei von ihnen könnten noch am Leben sein, wenn Brody nur . . .

Meadows stand in der Tür. „Hast du die *Times* gelesen?" fragte er.

„Ja, hab ich. Die Watkins-Geschichte haben sie nicht mitgekriegt."

„Ich weiß. Ein bißchen merkwürdig, besonders nach Leonards kleinem Versprecher."

„Aber du hast sie gebracht."

„Mußte ich ja. Hier." Meadows reichte Brody ein Exemplar des *Amity-Anzeiger.*

Der Aufmacher lief über alle sechs Spalten der ersten Seite: ZWEI MENSCHEN VOR AMITY VON HAI ANGEFALLEN. Darunter in kleineren Lettern die Unterzeile: Zahl der Opfer des Menschenfressers auf drei gestiegen.

Bei den Opfern handelt es sich um den sechsjährigen Alexander Kintner, der mit seiner Mutter bei Mr. und Mrs. Richard Packer im Goose Neck Lane wohnte, und den fünfundsechzigjährigen Morris Cater, der übers Wochenende im Abelard-Arms-Hotel abgestiegen war. Streifenpolizist Leonard Hendricks, der zufälligerweise zum erstenmal seit fünf Jahren schwimmen gegangen war, unternahm einen mutigen Versuch, den um sein Leben kämpfenden Mr. Cater zu retten, aber der Fisch gab kein Pardon. Mr. Cater konnte nur noch tot aus dem Wasser geborgen werden.

Der Anzeiger zählte dann die anderen Überfälle auf:

Mittwoch nacht wollte Miß Christine Watkins, zu Gast bei Mr. und Mrs. John Foote in der Straße zur Alten Mühle, schwimmen gehen und kam nicht wieder.

Am Donnerstag morgen fanden Polizeichef Martin Brody und Streifenpolizist Hendricks ihre Leiche. Nach den Worten des Leichenbeschauers Carl Santos wurde sie „eindeutig und unbestreitbar von einem Hai getötet". Auf die Frage, warum die Todesursache nicht bekanntgegeben worden sei, verweigerte Santos jeden Kommentar.

Brody sah von der Zeitung auf und fragte: „Und daß der Strand nicht gesperrt wurde, bist du darauf eingegangen?"
„*Du* bist darauf eingegangen. Lies nur weiter."

Gefragt, warum er den Strand nicht gesperrt habe, bis der räuberische Hai gefangen sei, antwortete Polizeichef Brody: „Der Atlantik ist groß. Fische bleiben nicht an einem Ort, schon gar nicht hier, wo sie keine Nahrung finden. Was hätten wir machen sollen? Unsern Strand sperren? Dann wären die Leute nach East Hampton zum Schwimmen gefahren, und dort hätten sie ebenso getötet werden können wie in Amity."
Nach den gestrigen Vorfällen hat Polizeichef Brody jedoch den Strand bis auf weiteres gesperrt.

„Mein Gott, Harry", sagte Brody, „du hast es mir ja ganz schön gegeben. Erst läßt du mich eine Sache vertreten, an die ich nicht glaube, dann werde ich widerlegt und bin *gezwungen,* genau das zu tun, was ich von vornherein tun wollte. Das ist eine ziemliche Gemeinheit."
„Gar keine Gemeinheit. Ich mußte jemanden mit der offiziellen Version zitieren. Larry Vaughan habe ich zu erreichen versucht, aber er war übers Wochenende fort. Folglich warst du der richtige Mann. Du mußt doch zugeben, daß du dich der Entscheidung gefügt und dich ihr somit – ob widerstrebend oder nicht – angeschlossen hast."
„Wird schon stimmen. Jetzt ist es sowieso passiert. Steht hier noch was drin, was ich lesen sollte?"
„Nein. Ich zitiere nur noch diesen Matt Hooper aus dem Ozeanographischen Institut in Woods Hole. Er meint, es wäre schon ungewöhnlich, wenn das jetzt noch einmal passierte. Aber so sicher wie letztes Mal war er nicht mehr."
„Glaubt er, daß es ein und derselbe Hai war?"

„Das weiß er natürlich nicht, aber er nimmt es vorerst an. Er meint, es sei ein großer Weißer."

„Ich auch. Ich meine, für mich war es auch ein und derselbe Hai."

„Warum?"

„Ich bin nicht direkt sicher. Aber gestern nachmittag habe ich die Küstenwache in Montauk angerufen. Ich habe sie gefragt, ob sie hier in letzter Zeit viele Haie gesichtet haben, aber sie sagen, sie hätten dieses Frühjahr überhaupt noch keinen gesehen. Sie wollten später ein Boot hier herausschicken und mich anrufen, wenn sie etwas sähen. Schließlich habe ich zurückgerufen. Sie sagen, sie seien zwei Stunden lang hier umhergekreuzt und hätten nichts gesehen. Also können hier nicht viele Haie sein."

„Hooper meint, wir könnten etwas tun", sagte Meadows. „Wir könnten ihn ködern. Weißt du, Fischabfälle und ähnliche Leckereien ins Wasser werfen. Wenn ein Hai in der Nähe ist, sagt er, kommt er gleich angeschossen."

„Prima. Und wenn er da ist? Was machen wir dann mit ihm?"

„Harpunieren."

„Harry, ich habe hier nicht einmal ein Polizeiboot, von einem Harpunenboot ganz zu schweigen."

„Es gibt doch Fischer hier. Ich habe den Eindruck –" Ein Tumult im Gang ließ Meadows mitten im Satz verstummen.

Sie hörten Bixbys Stimme: „Ich sage Ihnen doch, Madam, er hat eine Besprechung."

Dann eine Frauenstimme: „Das ist mir egal! Ich gehe hinein!"

Die Tür zu Brodys Dienstzimmer flog auf, und vor ihnen stand mit tränenüberströmtem Gesicht, eine Zeitung in der Hand, Alexander Kintners Mutter.

Meadows wollte ihr einen Stuhl anbieten, aber sie ignorierte ihn und trat vor Brody hin.

„Was kann ich für Sie –"

Die Frau schlug ihm die Zeitung ins Gesicht. Es klatschte laut und hallte noch lange in seinem linken Ohr nach. „Was ist das hier?" schrie Mrs. Kintner. „Was ist das?"

„Was soll was sein?" fragte Brody.

„Was hier steht. Daß Sie gewußt haben, daß es gefährlich war, schwimmen zu gehen. Daß schon jemand von einem Hai angefallen worden ist. Daß Sie es verheimlicht haben!"

Brody konnte es nicht leugnen. „Sozusagen", antwortete er. „Ich meine, ja, es stimmt, aber das ... Hören Sie, Mrs. Kintner –"

„Sie haben Alex umgebracht!" Sie schrie die Wörter hinaus, daß Brody sicher war, ganz Amity müsse sie hören. Er war sicher, daß seine Frau sie hörte und seine Kinder.

Er dachte: Bring sie zum Schweigen, bevor sie noch etwas sagt. Aber er brachte nur ein „Schsch!" heraus.

„Jawohl, Sie! Sie haben ihn umgebracht!" Sie hatte die Fäuste geballt und warf beim Schreien den Kopf nach vorn. „Und Sie kommen mir nicht davon!"

„Bitte, Mrs. Kintner", sagte Brody. „Beruhigen Sie sich doch. Lassen Sie es sich erklären." Er wollte sie um die Schulter fassen und zu einem Stuhl führen, aber sie riß sich los.

„Finger weg von mir!" schrie sie. „Sie haben es gewußt! Die ganze Zeit haben Sie Bescheid gewußt, aber nichts gesagt. Und jetzt ist ein sechsjähriger Junge, ein schöner sechsjähriger Junge, mein Sohn..." Die Tränen schossen ihr förmlich aus den Augen. „Sie haben es gewußt! Warum haben Sie nichts gesagt? Warum?"

„Weil wir nicht geglaubt haben, daß es noch einmal vorkommen könnte." Brody war von seiner eigenen Kürze überrascht. So war es doch, nicht wahr?

Die Frau schwieg eine Weile, damit die Worte bis in ihren verwirrten Kopf durchdringen konnten. Sie sagte: „Oh", dann ließ sie sich auf den Stuhl fallen, der neben Meadows stand, und begann keuchend und halberstickt zu schluchzen.

Meadows versuchte sie zu beruhigen, aber sie hörte ihn nicht. Sie hörte Brody nicht zu Bixby sagen, er solle einen Arzt rufen. Sie sah, hörte und fühlte nichts, als der Arzt eintrat, ihr ein Beruhigungsmittel verabreichte, sie zu seinem Wagen führte und ins Krankenhaus fuhr.

Als sie fort war, sagte Brody: „Jetzt könnte ich einen Schluck zu trinken vertragen."

„Ich habe einen Whisky in meinem Büro stehen", sagte Meadows.

Brody lächelte. „Nein. Wenn das ein Vorgeschmack darauf war, was der Tag noch alles bringt, versuche ich lieber einen klaren Kopf zu behalten."

Das Telephon läutete. Im Vorzimmer wurde abgenommen, dann meldete eine Stimme über die Sprechanlage: „Es ist Mr. Vaughan."

Brody drückte auf den Leuchtknopf, nahm den Hörer ab und sagte: „Tag, Larry. Schönes Wochenende gehabt?"

„Bis gegen elf Uhr gestern abend", sagte Vaughan, „als ich auf der Heimfahrt das Radio anknipste. Ich wollte Sie schon anrufen, aber dann habe ich mir gedacht, Sie haben auch so schon bestimmt einen schweren Tag gehabt, da brauche ich Sie nicht noch so spät zu stören."

„Da bin ich wirklich einmal ganz Ihrer Meinung."

„Reiben Sie's mir nur noch tüchtig rein, Martin. Mir ist so schon elend genug zumute."

Brody hätte am liebsten noch Salz in die Wunde gestreut, um von den Qualen, die er selbst litt, einem andern etwas abzugeben, aber er wußte, daß es nicht helfen würde, und sagte nur: „Gewiß."

„Ich hatte heute morgen schon zwei Abbestellungen. Große Projekte. Gute Kunden. Ich trau mich schon gar nicht mehr ans Telephon. Dabei habe ich zwanzig Häuser, die für August noch nicht vermietet sind."

„Ich würde Ihnen gern etwas Erfreulicheres sagen, Larry, aber das kommt noch schlimmer, nachdem jetzt der Strand gesperrt ist."

„Sie wissen, nächstes Wochenende ist der vierte Juli. Um auf einen guten Sommer zu hoffen, ist es jetzt schon zu spät, aber es wäre wenigstens noch etwas zu retten, wenn der vierte Juli gut würde."

Brody wußte mit dem Ton in Vaughans Stimme nichts Rechtes anzufangen. „Wollen Sie mir dreinreden, Larry?"

„Nein. Ich habe wohl nur laut gedacht, glaube ich. Jedenfalls, wie lange wollen Sie den Strand gesperrt lassen? Ewig?"

„Ich hatte noch keine Zeit, so weit in die Zukunft zu denken. Darf ich Sie mal was fragen, Larry? Aus reiner Neugier?"

„Was denn?"

„Wer sind Ihre Partner?"

Es dauerte ziemlich lange, bis Vaughan sagte: „Warum wollen Sie das wissen? Was hat das mit dem allen hier zu tun?"

„Wie gesagt, reine Neugier."

„Sparen Sie sich Ihre Neugier für Ihre Arbeit, Martin. Und überlassen Sie mir meine Geschäfte."

„Na klar, Larry. Nichts für ungut."

„Also, was wollen Sie machen? Wir können nicht einfach dasitzen und hoffen, daß die Bestie schon wieder verschwindet."

„Das weiß ich. Ein Freund von Harry ist Fischexperte, und der meint, wir könnten versuchen, den Hai zu fangen. Wie wär's damit, ein paar hundert Dollar locker zu machen und Ben Gardners Boot für ein, zwei Tage zu chartern? Ich weiß nicht, ob Ben schon einmal einen Hai gefangen hat, aber ein Versuch kann nicht schaden."

„Einen Versuch ist es immer wert, wenn wir nur dieses Vieh loswerden und wieder unsern Lebensunterhalt verdienen können. Machen Sie nur. Sagen Sie ihm, das Geld kriege ich schon irgendwoher."

Brody legte auf und sagte zu Meadows: „Ich gäbe was darum, wenn ich ein bißchen mehr über Mr. Vaughans Geschäfte wüßte."

„Warum?"

„Er ist sehr reich. Und wenn dieser Hai hier noch so lange sein Unwesen treibt, ihm kann das nicht viel anhaben. Aber wenn er so mit einem redet, meint man, es ginge um Leben und Tod – und nicht etwa nur für die Stadt. Für ihn."

VIER

Am Donnerstag nachmittag saß Brody am Strand, die Ellbogen auf die Knie gestützt, um das Fernglas ruhig in seinen Händen zu halten. Wenn er das Glas absetzte, konnte er das Boot kaum sehen – ein weißer Fleck, der in der Dünung des Ozeans verschwand und wieder auftauchte.

„Hallo, Chef", sagte Hendricks im Näherkommen. „Ich komme eben vorbei und sehe da Ihren Wagen stehen. Was machen Sie hier?"

„Ich versuche festzustellen, was Ben Gardner da bloß treibt."

„Fischen, oder?"

„Dafür wird er bezahlt. Aber ich sitze jetzt schon eine Stunde hier, und auf diesem Boot hat sich noch nichts gerührt."

„Darf ich mal sehen?" Brody gab ihm das Fernglas. Hendricks hob es an die Augen und schaute aufs Meer. „Nichts. Sie haben recht. Wie lange ist er schon da draußen?"

„Den ganzen Tag, nehme ich an. Er hatte gesagt, er wollte um sechs Uhr früh rausfahren."

„Wollen Sie mal nachsehen? Wir haben noch mindestens zwei Stunden Tageslicht. Ich leihe mir Chickerings Boot."

Brody fühlte die kalte Angst über seinen Rücken laufen. Er war ein sehr mäßiger Schwimmer, und bei der bloßen Vorstellung, sich auf dem – geschweige im – Wasser zu befinden, bekam er, wie seine Mutter es früher immer genannt hatte, „Zustände": seine Hände wurden feucht, er mußte dauernd schlucken, und sein Magen schmerzte – etwa so, wie es manchen Leuten beim Fliegen ergeht. „Gut", sagte er. „Das sollten wir wohl. Vielleicht ist Gardner schon auf dem Rückweg, bevor wir am Anlegeplatz sind. Gehen Sie schon mal das Boot fertig machen. Ich rufe schnell seine Frau an und frage, ob er sich bei ihr über Funk gemeldet hat."

Hendricks stand in Chickerings *Aquasport* und hatte den Motor schon laufen, als Brody über den Anlegesteg kam und in das Boot hinunterstieg.

„Was hat sie gesagt?" fragte Hendricks.

„Sie hat kein Wort von ihm gehört. Eine halbe Stunde lang hat sie versucht, ihn zu erreichen. Sie meint, er wird das Gerät abgeschaltet haben."

„Ist er allein?"

„Soviel sie weiß, ja. Sein Gehilfe hatte einen eingeklemmten Weisheitszahn, der mußte heute raus."

Hendricks warf die Bugleine ab, ging zum Heck, um dort die Leine zu lösen, und warf sie aufs Deck. Er ging ans Steuerpult und schob einen Hebel nach vorn. Das Boot schoß knatternd vorwärts.

Brody hielt sich an einem stählernen Griff neben dem Steuerpult fest. „Haben wir Schwimmwesten an Bord?" fragte er.

„Nur die Kissen", sagte Hendricks. „Einen achtjährigen Jungen würden sie schon tragen."

„Danke."

Der Wind hatte sich gelegt, aber es ging noch eine leichte Dünung, die das Boot voll von vorn nahm; klatschend tauchte der Bug in jede Welle und hob sich zitternd wieder heraus, was Brody ganz nervös machte. „Das Ding geht uns noch in die Brüche, wenn Sie nicht langsamer fahren", sagte er.

Hendricks lächelte. „Keine Sorge, Chef. Aber wenn ich langsamer fahre, brauchen wir eine Woche, bis wir da draußen sind."

Gardners Boot ankerte etwa zwölfhundert Meter vor der Küste, mit dem Heck aufs Land zu. Im Näherkommen konnte Brody die schwarzen Buchstaben auf dem Heckspiegel erkennen: FLICKA.

Fünfzig Meter vor der *Flicka* drosselte Hendricks den Motor, und das Boot ging in ein sanftes Schlingern über. Kein Lebenszeichen zu sehen. In den Haltern steckten keine Angelruten. „He, Ben!" rief Brody.

Keine Antwort.

„Vielleicht ist er unter Deck", sagte Hendricks.

Sowie die *Aquasport* mit dem Bug nur noch knapp vor der Backbordwandung der *Flicka* war, stellte Hendricks den Motor auf Leerlauf und schaltete kurz in den Rückwärtsgang. *Die Aquasport* stoppte, und mit der nächsten Welle packte Brody das Schandeck.

Hendricks machte eine Leine an dem andern Boot fest, dann stiegen beide in die Plicht der *Flicka*. Brody steckte den Kopf in die Luke. „Bist du da, Ben?" Er sah sich um, zog den Kopf wieder zurück und sagte zu Hendricks: „Er ist nicht an Bord. Eine andere Erklärung gibt's nicht."

„Was ist das da für Zeug?" fragte Hendricks, indem er auf einen Eimer in einer Ecke des Hecks zeigte.

Brody ging zu dem Eimer und bückte sich. Fisch- und Ölgestank stieg ihm in die Nase. „Müssen Fischabfälle sein", sagte er. „Die wirft man ins Wasser, um Haie anzulocken. Viel hat er nicht davon verbraucht. Der Eimer ist fast noch voll."

Plötzlich krächzte eine Stimme im Funkgerät. „Hier *Pretty Belle*. Bist du da, Jake?"

„Er hat sein Funkgerät gar nicht abgestellt", sagte Brody.

„Ich kapier das nicht, Chef. Ein Beiboot hatte er nicht bei sich, mit dem er hätte wegrudern können. Schwimmen konnte er wie ein Fisch und wäre einfach wieder ins Boot geklettert, wenn er von Bord gefallen wäre."

Das Boot machte eine leichte Schaukelbewegung, und Brody, der steuerbord stand, mußte sich mit der rechten Hand aufs Schandeck stützen. Er ahnte etwas Sonderbares und schaute hinunter. Er sah vier ausgerissene Schraubenlöcher, wo eine Klampe gesessen hatte. Um die Löcher herum war das Holz zersplittert. „Sehen Sie sich das mal an, Leonard."

Hendricks fuhr mit der Hand über die Löcher. Er sah nach backbord, wo eine zehnzöllige Stahlklampe noch fest auf ihrem Platz saß. „Womit kann man nur so ein Riesending herausreißen?" fragte er.

„Sehen Sie mal hierher, Leonard." Im Schandeck war eine zwanzig Zentimeter lange Schramme. „Hier sieht's aus, als ob jemand das Holz mit der Raspel bearbeitet hätte."

Brody ging zum Heck und stützte die Ellbogen aufs Schandeck. Als er zum Heckspiegel hinuntersah, fiel ihm dort ein Muster auf, ein Muster aus Löchern, tiefen Eindrücken im Holz, die etwa einen Halbkreis mit einem Meter Durchmesser bildeten. Gleich daneben war ein zweites, ähnliches Muster. Und ganz unten, dicht über der Wasserlinie, sah man drei kurze, verschmierte Blutspuren. Bitte, lieber Gott, dachte Brody, nicht noch einer! „Kommen Sie mal her, Leonard", sagte er.

Hendricks kam zum Heck und beugte sich hinüber. „Was ist denn da?"

„Wenn ich Sie an den Beinen festhalte, können Sie sich dann mal runterbücken und vielleicht feststellen, woher diese Löcher stammen?"

„Ich denke doch." Hendricks legte sich aufs Heck. Brody nahm unter jeden Arm eines seiner Beine und hob ihn an.

„Gut so?" fragte Brody.

„Etwas weiter. Nicht zu weit! Sie tauchen mich ja mit dem Kopf ins Wasser."

„Entschuldigung. Wie ist es jetzt?" fragte Brody.

„Ja, so geht's." Hendricks nahm die Löcher in Augenschein. „Wenn jetzt hier ein Hai vorbeikäme, könnte er mich Ihnen direkt aus der Hand fressen."

„Denken Sie nicht an so was. Sehen Sie nur nach."

Nach einer Weile sagte Hendricks: „He, ziehen Sie mich mal wieder rauf! Ich brauche mein Taschenmesser."

„Was ist denn los?" fragte Brody, als Hendricks wieder an Bord stand.

„Da steckt ein weißer Splitter oder so was Ähnliches in einem der Löcher", antwortete Hendricks. Er nahm das Messer in die Hand und ließ sich wieder über die Reling hieven. Er arbeitete kurz und angestrengt. Dann rief er: „So, ich hab's. Hochziehen!"

Brody zog Hendricks ins Boot zurück. „Lassen Sie mal sehen", sagte er, und Hendricks ließ ihm ein weiß schimmerndes, zahnartiges Dreieck auf die Hand fallen. Die Seitenkanten waren wie kleine Sägen. Brody kratzte damit übers Schandeck, und es schnitt ins Holz.

„Das ist ein Zahn, nicht wahr?" meinte Hendricks. „Mein Gott! Glauben Sie, der Hai hat Ben geholt?"

„Ich weiß nicht, was ich sonst glauben soll", sagte Brody. Er steckte den Zahn in die Tasche. „Wir sollten gleich zurückfahren. Hier können wir nichts mehr tun."

„Was wollen Sie mit Bens Boot machen?"

„Es wird dunkel. Wir lassen es hier. Vor morgen früh braucht niemand dieses Boot, Ben Gardner schon gar nicht."

Sie trafen im späten Dämmerlicht bei der Anlegestelle ein. Harry Meadows und noch ein Mann, den Brody nicht kannte, erwarteten sie. Als Brody die Leiter zum Anlegesteg hinaufstieg, zeigte Meadows auf den Mann neben sich. „Das ist Matt Hooper. Matt Hooper, Polizeichef Brody."

Die beiden Männer gaben sich die Hand. „Sie sind also der Mann aus Woods Hole", sagte Brody, indem er versuchte, sich den andern im schwindenden Licht näher anzusehen. Er war jung – Mitte Zwanzig, schätzte Brody – und gutaussehend: braun, das Haar von der Sonne gebleicht. Er war etwa einsfünfundachtzig, so groß wie Brody, aber schlanker.

„Ganz recht", sagte Hooper.

Meadows sagte: „Ich habe ihn hergerufen, weil ich dachte, er kann vielleicht rauskriegen, was hier los ist."

Brody fühlte Unmut in sich aufkommen, über die Störung, die Komplikationen, die Hoopers Fachwissen mit sich bringen mußte, die Teilung der Macht, die Hoopers Ankunft automatisch bedeutete. Und er erkannte, wie dumm dieser Unmut war. „Gewiß, Harry", sagte er.

„Was habt ihr da draußen gefunden?" fragte Meadows.

Brody wollte nach dem Zahn in seiner Tasche greifen, hielt aber inne. „Ich weiß nicht so recht", sagte er. „Komm mal mit aufs Revier, da erkläre ich es dir."

„Bleibt Ben die ganze Nacht draußen?"

„Sieht so aus, Harry." Brody wandte sich an Hendricks, der gerade das Boot festgemacht hatte. „Gehen Sie nach Hause, Leonard?"

„Ja, ich will noch aufräumen, bevor ich zum Dienst komme."

Brody war vor Meadows und Hooper auf der Wache. Es war beinahe acht Uhr. Er hatte zwei Anrufe zu machen – bei Ellen, um zu hören, ob noch etwas vom Abendessen übrig war, und dann den Anruf, vor dem er sich fürchtete: bei Sally Gardner. Zuerst rief er Ellen an. Sie sagte, sie könne den Schmorbraten aufwärmen. Es werde dann zwar schmecken wie ein alter Pantoffel, aber es wäre wenigstens warm. Er legte auf, suchte im Telephonbuch Gardners Nummer heraus und wählte.

„Sally? Hier Martin Brody." Plötzlich bedauerte er, daß er angerufen hatte, ohne vorher zu überlegen, was er überhaupt sagen wollte.

„Martin, wo ist Ben?" Die Stimme klang ruhig, aber etwas höher als normal.

„Ich weiß es nicht, Sally. Auf dem Boot war er nicht."

„Waren Sie an Bord? Haben Sie überall nachgesehen? Auch unter Deck?"

„Ja." Dann ein schwacher Hoffnungsschimmer: „Ben hatte kein Beiboot mit, oder?"

„Nein. Wie ist es dann möglich, daß er nicht da war?" Die Stimme klang jetzt schriller.

Brody wünschte, er wäre persönlich hingegangen. „Sind Sie allein, Sally?"

„Nein, die Kinder sind hier."

Brody durchstöberte sein Gedächtnis nach dem Alter der Gardner-Kinder. Zwölf vielleicht; dann neun, dann etwa sechs. Wer waren die nächsten Nachbarn? Die Finleys. „Moment mal, Sally." Er rief dem Beamten vorn in der Wachstube zu: „Clements, rufen Sie mal bei Grace Finley an, sie möchte zu Sally Gardner rübergehen. Sagen Sie, ich erklär's ihr später." Als er sich wieder dem Telephon zuwandte, traten gerade Meadows und Hooper in sein Büro. Er machte ihnen ein Zeichen, Platz zu nehmen.

„Aber wo kann er denn sein?" fragte Sally Gardner. „Man verschwindet doch nicht mitten auf dem Meer von seinem Boot."

„Nein."

„Vielleicht ist jemand mit einem anderen Boot vorbeigekommen und hat ihn mitgenommen. Vielleicht wollte der Motor nicht. Haben Sie ihn mal ausprobiert?"

„Nein", sagte Brody verlegen.

„Dann wird's wohl so sein." Sallys Stimme klang etwas leichter, ein wenig mädchenhaft fast, mit einem Lack von Hoffnung, der, wenn

er barst, zerspringen würde wie ein vereister Kristall. „Und wenn
die Batterie leer war, würde das auch erklären, warum er sich nicht
über Funk melden konnte."

„Das Funkgerät war in Ordnung, Sally."

„Augenblick mal ... Wer ist denn da? Ach, du." Brody hörte
Sally mit Grace Finley sprechen. Dann kam Sally wieder an den
Apparat. „Grace sagt, Sie hätten zu ihr gesagt, sie soll herkommen.
Warum?"

„Ich dachte —"

„Sie glauben, er ist tot, nicht?" Sie begann zu schluchzen.

„Ich fürchte, ja, Sally. Im Augenblick können wir nichts anderes
annehmen. Können Sie Grace mal eben an den Apparat lassen, ja?"

Sekunden später meldete sich Grace. „Ja, Martin?"

„Können Sie ein Weilchen bei ihr bleiben?"

„Ja. Die ganze Nacht."

„Das wäre vielleicht am besten."

„Ist es ... schon wieder dieses Vieh?"

„Vielleicht. Wir versuchen es noch herauszubekommen. Aber tun
Sie mir einen Gefallen, Grace. Erwähnen Sie Sally gegenüber nichts
von einem Hai. Es ist so schon schlimm genug." Er legte den Hörer
auf und sah Meadows an. „Du hast mitgehört?"

„Wenn ich es richtig verstehe, ist Ben Gardner das vierte Opfer
geworden."

Brody nickte. „Ich glaube, ja." Er erzählte Meadows und Hooper
von seiner Fahrt mit Hendricks. Dann und wann unterbrach Meadows
ihn mit einer Frage. Hooper hörte zu. Sein kantiges Gesicht blieb
völlig gelassen, die Augen, von einem hellen Kobaltblau, waren unverwandt auf Brody gerichtet. Am Ende seines Berichts griff Brody
in die Hosentasche. „Das hier haben wir gefunden", sagte er. „Leonard hat es aus dem Holz geschnitten." Er warf Hooper den Zahn
zu, der ihn in der Hand hin und her drehte.

„Was meinen Sie, Matt?" fragte Meadows.

„Das ist ein großer Weißer."

„Wie groß?"

„Zwischen viereinhalb und sechs Meter. Ein unwahrscheinlicher
Fisch muß das sein." Er sah Meadows an. „Danke, daß Sie mich
angerufen haben. Ich könnte ein ganzes Leben unter Haien verbringen und nie so einem Exemplar begegnen."

Brody fragte: „Wieviel würde denn so ein Fisch etwa wiegen?"

„So um die fünfzig Zentner."

Brody stieß einen Pfiff aus. „Fast drei Tonnen!"

„Haben Sie irgendeine Vorstellung, was da passiert sein könnte?" fragte Meadows Hooper.

„Nach der Schilderung des Polizeichefs sieht es so aus, als ob der Fisch Mr. Gardner getötet hätte."

„Wie denn?" fragte Brody.

„Da gibt es viele Möglichkeiten. Gardner könnte über Bord gefallen sein. Wahrscheinlicher ist, daß er hinübergezogen wurde. Vielleicht ist er mit einem Bein in einem Harpunentau hängengeblieben. Oder der Fisch hat ihn erwischt, als er sich übers Heck beugte."

„Wie erklären Sie die Zähne im Heck?"

„Der Fisch hat das Boot angegriffen."

„Wozu denn, zum Teufel?"

„Haie sind nicht besonders intelligent, Chef. Sie leben von Instinkten und Trieben. Und der Freßtrieb ist stark."

„Aber ein neun Meter langes Boot –"

„Für ihn war das kein Boot. Nur etwas Großes."

„Aber doch nicht eßbar."

„Das mußte er erst probieren. Sie müssen das so verstehen: Im ganzen Meer gibt es nichts, was dieser Fisch zu fürchten hätte. Andere Fische fliehen vor allem, was größer ist als sie. Dazu treibt sie ihr Instinkt. Dieser Fisch flieht vor nichts."

„Haben Sie eine Ahnung, warum er sich hier so lange herumtreibt?" fragte Brody. „Ich weiß ja nicht, wie gut Sie das Wasser hier kennen, aber –"

„Ich bin hier aufgewachsen."

„Tatsächlich? Hier in Amity?"

„Nein. Southampton. Ich habe jeden Sommer da verbracht."

„*Sommer*. Dann sind Sie nicht wirklich hier aufgewachsen." Brody suchte blind nach irgend etwas, womit er seine Gleichwertigkeit, um nicht zu sagen Überlegenheit, gegenüber dem jüngeren Mann wiederherstellen könnte, und schließlich verfiel er auf eine Art umgekehrten Snobismus, eine bei den Einheimischen in Ferienorten nicht ungewöhnliche Schutzhaltung. Im allgemeinen fand Brody das ebenso abstoßend wie dumm. Aber er fühlte sich von dem Jüngeren irgendwie bedroht.

„Meinetwegen", sagte Hooper gereizt. „Geboren bin ich hier nicht. Aber ich habe so einige Zeit in den Gewässern hier zugebracht und eine Arbeit über diese Küste geschrieben. Jedenfalls haben Sie recht. Normalerweise ist das hier keine Umgebung, in der ein Hai es lange aushalten würde. Andererseits, nur ein Narr würde sein Geld oder gar sein Leben auf das Verhalten eines Hais wetten. Vielleicht hält ihn irgend etwas hier – natürliche Gegebenheiten, Launen."

„Zum Beispiel?"

„Veränderungen der Wassertemperatur, der Strömungen, des Futterangebots. Die Räuber ziehen mit dem Futter. Vorigen Sommer zum Beispiel war die Küste vor Connecticut plötzlich übersät von Menhaden – die Fischer nennen sie Bunker. Sie waren wie ein Ölfleck auf dem Wasser. Menhaden sind Futter für Blaufisch und Seebarsch, und plötzlich wimmelte es unmittelbar vor dem Strand von Blaufischen. Dann kamen die großen Räuber – Thunfische von vier, fünf und sechs Zentnern. Die Hochseefischer konnten hundert Meter vor der Küste Thunfisch fangen. Und plötzlich war alles wieder vorbei. Die Menhaden zogen weg, und mit ihnen die anderen Fische. Ich habe drei Wochen da oben zugebracht und herauszubekommen versucht, was da los war. Ich weiß es bis heute nicht."

„Aber das hier ist ja noch unheimlicher", sagte Brody. „Dieser Fisch hält sich seit einer Woche in einem Gebiet von höchstens drei Quadratkilometern auf. Weder in East Hampton noch Southampton hat er jemandem was getan. Was ist an Amity so Besonderes?"

„Ich weiß es nicht. Ich glaube auch nicht, daß Ihnen jemals einer die Antwort geben kann."

Meadows sagte: „Minnie Eldridge weiß die Antwort."

„Wer ist Minnie Eldridge?" fragte Hooper.

„Die Posthalterin", sagte Brody. „Sie sagt, es ist Gottes Wille oder so ähnlich. Strafe für unsere Sünden."

Hooper lächelte. „Im Augenblick ist diese Antwort jedenfalls so gut wie jede andere, die ich Ihnen geben könnte."

„Sehr ermutigend", sagte Brody. „Haben Sie schon eine Vorstellung, wie Sie die *richtige* Antwort finden könnten?"

„Da gibt es schon einiges. Ich werde von hier und East Hampton Wasserproben nehmen. Ich werde untersuchen, wie die anderen Fische sich verhalten – und ich möchte diesen Hai finden. Dabei fällt mir ein – kann man hier ein Boot bekommen?"

„Ja, leider", sagte Brody. „Das von Ben Gardner. Glauben Sie wirklich noch, nachdem das mit ihm passiert ist, daß Sie den Fisch fangen können?"

„Ich will ihn gar nicht fangen. Jedenfalls nicht allein."

Brody sah Hooper in die Augen und sagte: „Ich will diesen Fisch tot sehen. Wenn Sie das nicht können, suchen wir uns einen, der es kann."

Hooper lachte. „Sie reden wie so ein Gangsterboß. ‚Ich will diesen Fisch tot sehen.' Bitte, setzen Sie ein Kopfgeld darauf aus. Und wen wollen Sie für den Job anheuern?"

„Weiß ich nicht. Wie steht's, Harry? Du weißt doch angeblich über alles Bescheid, was sich hier tut. Gibt es denn auf dieser ganzen dämlichen Insel keinen Fischer, der für große Haie gerüstet ist?"

Meadows dachte kurz nach, bevor er antwortete. „Vielleicht doch. Ich weiß nicht viel über ihn, aber ich glaube, sein Name ist Quint, und er arbeitet von einem privaten Anlegeplatz aus, irgendwo bei Promised Land. Ich kann mich ja mal bei ihm erkundigen, wenn du willst."

„Warum nicht?" meinte Brody. „Klingt nach einer Möglichkeit."

Hooper sagte: „Hören Sie, Chef, dieser Hai ist nicht böse. Er ist kein Mörder. Er gehorcht nur seinen Instinkten. Sich an einem Fisch rächen zu wollen, ist idiotisch."

„Hören Sie mal, Sie . . ." Brody wurde wütend – es war eine aus Enttäuschungen und Demütigungen geborene Wut. Er wußte, daß Hooper recht hatte, aber Recht oder Unrecht spielten in dieser Situation keine Rolle. Der Fisch war ein Feind. Er war über die Gemeinde gekommen und hatte zwei Männer, eine Frau und ein Kind getötet. Die Leute von Amity würden den Tod des Fisches fordern. Sie mußten ihn tot sehen, ehe sie sich sicher genug fühlen würden, ihr normales Leben wiederaufzunehmen. Vor allem aber brauchte Brody den Tod des Fisches, denn für ihn würde es sozusagen eine Reinwaschung sein. Aber er schluckte seine Wut hinunter und sagte nur: „Ach was."

Das Telephon klingelte. „Mr. Vaughan ist dran, Chef", rief Clements.

„Prima. Den kann ich gerade brauchen." Brody nahm den Hörer ab. „Ja, Larry?"

„'n Abend, Martin. Wie geht's?" Vaughan war freundlich, fast überschwenglich. Wahrscheinlich hat er ein paar hinter die Binde gekippt, dachte Brody.

„So gut es die Umstände erlauben, Larry."

„Ich habe von Ben Gardner gehört. Sind Sie sicher, daß es der Hai war?"

„Wahrscheinlich. Es gibt sonst keine vernünftige Erklärung."

„Martin, was *machen* wir denn bloß? Ich bekomme jeden Tag neue Absagen. Seit Sonntag habe ich keinen neuen Kunden gesehen."

„Was soll ich Ihrer Meinung nach tun?"

„Nun ja, ich dachte schon mal... ich meine, ich frage mich, ob unsere Reaktion nicht ein bißchen übertrieben ist."

„Sie machen wohl Witze. Geben Sie zu, daß Sie Witze machen."

Es war einen Augenblick still, dann sagte Vaughan: „Was hielten Sie davon, den Strand wieder freizugeben, nur für das Wochenende am 4. Juli?"

„Kommt nicht in Frage."

„Jetzt hören Sie doch mal –"

„Nein, Larry, jetzt hören *Sie* mal. Als ich letztes Mal auf Sie gehört habe, sind zwei Menschen umgekommen. Wenn wir diesen Fisch fangen, wenn wir ihn töten, dann können wir den Strand freigeben. Bis dahin schlagen Sie sich das aus dem Kopf."

„Wie wär's denn mit Posten? Wir könnten Leute anstellen, die mit Booten vor dem Strand auf und ab fahren."

„Das reicht nicht, Larry. Was ist denn überhaupt mit Ihnen los? Sind Ihre Partner Ihnen wieder auf der Pelle?"

„Das geht Sie nichts an, Martin. Aber um Gottes willen, Mann, die Stadt geht vor die Hunde!"

„Das weiß ich, Larry", sagte Brody ruhig. „Und soviel ich noch weiß, können wir nicht das mindeste dagegen tun. Guten Abend." Damit legte er den Hörer auf.

Meadows und Hooper erhoben sich, um zu gehen. Brody brachte sie bis vors Haus. Als sie sich zum Gehen wandten, sagte er zu Meadows: „Moment, Harry. Du hast dein Feuerzeug bei mir liegenlassen. Komm mit, ich geb's dir." Er winkte Hooper zu. „Bis demnächst."

Als sie wieder in Brodys Dienstzimmer waren, nahm Meadows sein Feuerzeug aus der Tasche und sagte: „Ich nehme an, du willst mir etwas sagen."

Brody schloß die Tür. „Sag mal, ob du wohl etwas über Larrys Partner herausfinden könntest?"

„Ich denke doch. Warum?"

„Seit die Geschichte hier angefangen hat, liegt Larry mir in den Ohren, ich soll den Strand offen lassen. Und jetzt, nachdem das alles passiert ist, will er ihn am vierten Juli geöffnet haben. Neulich hat er gesagt, er stände unter starkem Druck von seinen Partnern. Das habe ich dir schon erzählt."

„Und?"

„Ich finde, wir sollten wissen, wer an so einem langen Hebel sitzt, daß er Larry ins Schwitzen bringen kann. Er ist hier Bürgermeister, und wenn es Leute gibt, die ihm sagen können, was er zu tun oder zu lassen hat, finde ich, wir sollten uns darum kümmern, wer das ist."

Meadows seufzte. „Gut, Martin. Ich werde tun, was ich kann. Aber ich könnte mir etwas Vergnüglicheres vorstellen, als in Larry Vaughans Angelegenheiten herumzuwühlen."

Brody brachte Meadows zur Tür, dann kehrte er zu seinem Schreibtisch zurück und setzte sich. In einer Hinsicht hat Vaughan ja recht, dachte er: Amity legte alle Anzeichen eines Todeskampfes an den Tag. Und nicht nur, was die Immobilien betraf.

Zwei neue Boutiquen, die eigentlich morgen eröffnen wollten, mußten ihr Debüt auf den dritten Juli verschieben. Das Sportgeschäft hatte eine Art Schlußverkauf angekündigt – der normalerweise Anfang September stattfinden sollte. Das einzige Gute an der wirtschaftlichen Entwicklung in Amity war, soweit es Brody anging, daß die Saxon's Bar schlechte Geschäfte machte und Henry Kimble entlassen hatte. Seit er nicht mehr dort als Barmixer arbeitete, brachte er dann und wann eine ganze Schicht ohne Nickerchen hinter sich.

Seit Montag morgen – dem Tag, an dem der Strand zum erstenmal gesperrt wurde – hatte Brody dort Posten stehen. Aus der Bevölkerung waren seitdem vier Meldungen eingegangen, man habe den Hai gesehen. Der eine hatte sich als Baumstamm herausgestellt. Bei zweien handelte es sich nach Aussage von Fischern um Schwärme kleinerer Fische. Und einer erwies sich, soweit man feststellen konnte, als ein blankes Nichts.

Am Dienstag abend in der Dämmerung bekam Brody einen anonymen Anruf, ein Mann werfe Haiköder vor dem Strand ins Wasser.

Der Mann entpuppte sich als Frau in einem Männer-Regenmantel –
Jessie Parker, eine Verkäuferin aus Waldens Schreibwarengeschäft,
die zugab, eine Papiertüte in die Brandung geworfen zu haben. In
der Tüte waren drei leere Wermutflaschen.

„Warum werfen Sie so etwas nicht in den Mülleimer?" hatte
Brody gefragt.

„Ich wollte nicht, daß der Müllmann mich für eine Trinkerin
hält."

„Dann werfen Sie's doch bei irgend jemand anderem in die Müll-
tonne."

„Das wäre aber wirklich nicht anständig", hatte sie geantwortet.
„Abfälle sind doch . . . sozusagen privat, meinen Sie nicht?"

Brody hatte ihr geraten, künftig ihre leeren Flaschen in eine
Plastiktüte zu tun, diese in eine braune Papiertüte zu stecken und
die Flaschen dann so lange mit dem Hammer zu bearbeiten, bis sie
völlig zermahlen wären und niemand sie mehr als Flaschen erkennen
würde.

Brody sah auf die Uhr. Es war schon neun vorbei. Bevor er sein
Dienstzimmer verließ, rief er noch die Küstenwache in Montauk an
und meldete dem wachhabenden Offizier die Sache mit Ben Gardner.
Der Offizier sagte, er werde bei Tagesanbruch ein Patrouillenboot
schicken, das nach der Leiche suchen solle.

„Danke", sagte Brody. „Hoffentlich finden Sie die, bevor sie angetrieben wird." Er war plötzlich über sich selbst entsetzt. „Die" war
Ben Gardner, sein Freund.

„Wir werden es versuchen", sagte der Offizier. „Mann, ich kann
es euch nachfühlen. Das ist ja ein Sommer für euch!"

„Ich hoffe nur, es ist nicht unser letzter", sagte Brody. Er legte
auf, knipste das Licht in seinem Büro aus und ging hinaus zu seinem
Wagen.

Als er sich seinem Haus näherte, sah er das gewohnte bläuliche
Licht des Fernsehers durchs Fenster scheinen. Er ging ins Haus und
steckte den Kopf ins Wohnzimmer. Sein Ältester, der vierzehnjährige
Billy, lag auf der Couch. Martin, zwölf Jahre alt, lümmelte sich in
einem Sessel. Der achtjährige Sean saß mit dem Rücken zur Couch auf
dem Fußboden.

„Wie geht's?" fragte Brody.

„Gut, Daddy", sagte Bill, ohne einen Blick von der Röhre zu wenden.

„Wo ist eure Mutter?"

„Oben. Wir sollen dir sagen, dein Essen steht in der Küche."

„Schon recht. Laßt es nicht zu spät werden, nicht wahr, Sean? Es ist schon gleich halb zehn."

Brody ging in die Küche und nahm ein Bier aus dem Kühlschrank. Die Reste des Schmorbratens standen in einer Pfanne auf dem Anrichtetisch. Er schnitt eine dicke Scheibe Fleisch ab und machte sich ein Sandwich. Das legte er auf einen Teller, nahm sein Bier und stieg die Treppe zum Schlafzimmer hinauf.

Ellen saß im Bett und las in einer Illustrierten. „'n Abend", sagte sie. „Anstrengenden Tag gehabt? Am Telephon hast du gar nichts gesagt."

„Hast du von Ben Gardner gehört? Ich war mir noch nicht sicher, als ich dich anrief." Er stellte seinen Teller und das Bier aufs Nachttischchen und setzte sich, um die Schuhe auszuziehen.

„Ja. Grace Finley hat angerufen und gefragt, ob ich wüßte, wo Dr. Craig ist. Sie wollte Sally etwas zur Beruhigung geben."

„Hast du ihn gefunden?"

„Nein. Aber ich habe einen von den Jungen mit ein paar Schlaftabletten hingeschickt."

„Ich wußte gar nicht, daß du Schlaftabletten nimmst."

„Nicht oft. Nur ab und zu mal. Ich hab sie von Dr. Craig bekommen, als ich letztes Mal wegen meiner Nerven bei ihm war. Das habe ich dir erzählt."

„Ach ja." Brody begann sein Sandwich zu essen.

Ellen sagte: „Schrecklich, der arme Ben. Was wird Sally bloß machen?"

„Weiß ich nicht", sagte Brody. „Hast du mal mit ihr über Geld gesprochen?"

„Viel kann nicht dasein. Sie hat immer gesagt, sie gäbe was drum, wenn sie öfter als einmal die Woche Fleisch essen könnte, nicht immer nur den Fisch, den Ben fängt. Ob sie Sozialrente bekommt?"

„Das nehme ich doch an. Aber viel wird's nicht ausmachen. Vielleicht kann die Stadt was tun. Ich werde mal mit Vaughan darüber reden."

„Seid ihr irgendwie weitergekommen?"

„Du meinst, ob wir das Mistvieh schon gefangen haben? Nein. Meadows hat diesen Bekannten aus Woods Hole hergerufen. Der ist jetzt da."

„Wie ist er?"

„Ganz in Ordnung, scheint's. Ein bißchen neunmalklug, scheint aber die Gegend hier zu kennen. Als Kind ist er den Sommer über immer in Southampton gewesen."

„Zum Arbeiten?"

„Weiß ich nicht. Wahrscheinlich mit seinen Eltern." Er aß schweigend sein Sandwich auf, während Ellen wahllos die Seiten ihrer Illustrierten umblätterte.

„Weißt du", meinte sie, „wir sollten die Jungen Tennis lernen lassen."

„Wozu? Haben sie gesagt, sie möchten Tennis spielen lernen?" Brody erhob sich, zog sich aus und ging sich seinen Pyjama aus dem Schrank holen.

„Nein, nicht so direkt. Aber es wäre gut, wenn sie es könnten. Wenn sie erst groß sind, kann es ihnen nur nützen."

„Wo würden sie denn die Stunden bekommen?"

„Ich habe an den Field Club gedacht. Ich meine, da könnten wir reinkommen. Ich kenne noch ein paar Mitglieder."

„Schlag's dir aus dem Kopf. Das können wir uns nicht leisten. Ich wette, das kostet einen Tausender Aufnahmegebühr und dann mindestens ein paar hundert pro Jahr."

„Wir haben doch etwas gespart."

„Aber nicht für Tennisstunden! Komm, reden wir nicht mehr davon." Er ging zum Toilettentisch, um das Licht auszumachen.

„Es wäre gut für die Jungen."

Brody ließ die Hand auf den Toilettentisch fallen. „Hör doch mal, wir sind keine Leute für Tennis. Wir würden uns da nicht wohl fühlen." Er knipste das Licht aus, kam zum Bett und legte sich neben Ellen. „Außerdem", sagte er, indem er ihren Hals zu küssen versuchte, „verstehe ich mich auf einen anderen Sport viel besser."

Ellen gähnte. „Ich bin so schläfrig", sagte sie. „Ich habe eine Tablette genommen, bevor du gekommen bist."

„Wozu?" fragte Brody.

„Ich habe letzte Nacht nicht gut geschlafen und wollte nicht wach werden, falls du wieder spät nach Hause gekommen wärst."

„Diese Pillen schmeiße ich noch mal fort." Er küßte ihre Wange, dann versuchte er sie auf den Mund zu küssen.

„Entschuldige", sagte sie, „aber ich fürchte, es hat keinen Zweck." Brody drehte sich auf den Rücken und starrte an die Decke.

Wenig später fragte Ellen: „Wie heißt Harrys Freund?"

„Hooper."

„Doch nicht etwa David Hooper?"

„Nein. Ich glaube, Matt."

„Ach so. Ich bin nämlich mal vor langer, langer Zeit mit einem David Hooper gegangen. Ich erinnere mich..." Ehe sie den Satz zu Ende sagen konnte, fielen ihr die Augen zu, und bald verriet ihr schwerer Atem, daß sie schlief.

ZWEITER TEIL

FÜNF

AM FREITAG mittag, nachdem sie morgens im Krankenhaus von Southampton gearbeitet hatte, ging Ellen auf dem Heimweg noch schnell bei der Post vorbei, um Briefmarken zu kaufen und die Post abzuholen. Hauszustellung gab es in Amity nicht.

Das Postamt, das etwas abseits von der Hauptstraße lag, hatte 500 Postfächer, von denen 340 an Dauereinwohner vermietet waren. Die übrigen 160 wurden von der Posthalterin Minnie Eldridge je nach Lust und Laune an Sommergäste vergeben. Wer ihre Sympathie besaß, durfte für den Sommer ein Postfach mieten. Wer nicht, der hatte sich am Schalter anzustellen.

Nach einhelliger Überzeugung mußte Minnie Eldridge schon mindestens Anfang Siebzig sein, aber irgendwie das Postministerium in Washington überzeugt haben, daß sie noch weit unter dem obligatorischen Pensionsalter sei. Sie sah klein und schwächlich aus, doch mit Päckchen und Paketen hantierte sie noch so schnell wie die beiden jungen Männer, die bei ihr arbeiteten. Sie sprach nie über ihre Vergangenheit. Man wußte nur, daß sie auf Nantucket geboren war. Aber sie lebte schon so lange in Amity, wie die Erinnerung der Einwohner zurückreichte.

Ellen spürte, daß Minnie sie nicht mochte, und da hatte sie recht. Minnie war Ellen gegenüber unsicher, weil sie weder Sommergemeinde noch Wintergemeinde war. Ellen hatte sich ihr ganzjähriges Postfach nicht verdient, sie hatte es geheiratet.

Minnie sortierte Briefe, als Ellen eintrat.

„Guten Morgen, Minnie", sagte Ellen.

Minnie warf einen Blick zur Uhr und sagte: „Guten Tag."

„Kann ich bitte eine Rolle Achtcentmarken haben?" Ellen legte eine Fünf- und drei Eindollarnoten auf den Schaltertisch.

Minnie gab ihr die Briefmarken und warf die Banknoten in eine Schublade. „Was will Martin wegen des Hais unternehmen?" fragte sie.

„Ich weiß es nicht. Soviel ich annehme, wollen sie versuchen, ihn zu fangen."

„Kannst du Leviathan ziehen mit einer Schnur?"

„Wie bitte?"

„Buch Hiob", sagte Minnie. „Kein Sterblicher wird diesen Fisch jemals fangen."

„Wie kommen Sie darauf?"

„Es ist uns einfach nicht bestimmt, ihn zu fangen."

„Aha." Ellen steckte die Briefmarken ein. „Nun ja, vielleicht haben Sie recht. Danke, Minnie."

Ellen ging in die Hauptstraße und trat in das Haushaltswarengeschäft von Amity. Die Glöckchen bimmelten, als sie die Tür öffnete, aber sonst geschah zunächst nichts.

Sie ging durch den Laden nach hinten, zu einer offenen Tür, die in den Keller führte. Unten hörte sie zwei Männer reden.

„Komme gleich rauf!" rief Albert Morris' Stimme. „Hier ist eine ganze Kiste", sagte Morris dann zu dem anderen Mann. „Sehen Sie nur mal, ob Sie finden, was Sie brauchen."

„Klampen", sagte Morris, als er heraufkam.

„Wie?" fragte Ellen.

„Klampen. Der Kerl will Klampen für 'n Boot. Nach der Größe, die er sucht, muß er der Kapitän von einem Schlachtschiff sein. Was kann ich für Sie tun?"

„Ich brauche eine Tülle für den Wasserhahn in der Küche."

„Hier." Morris führte Ellen zu einem Schrank in der Mitte des Ladens. „Meinen Sie so was?" Er zeigte ihr eine Gummitülle.

„Haargenau."

Während Morris den Betrag in die Kasse tippte, meinte er: „Ganz schöne Aufregung, das mit dem Hai. Vielleicht kann dieser Fischexperte uns da raushelfen."

„Ach ja, ich habe gehört, daß einer in der Stadt ist."

„Unten im Keller. Das ist doch der mit den Klampen."

Im selben Augenblick hörte Ellen Schritte auf der Treppe. Sie sah Hooper in der Tür erscheinen und fühlte, wie eine mädchenhafte Nervosität sie überkam, als ob sie einem Galan wiederbegegnete, den sie seit Jahren nicht mehr gesehen hatte.

„Ich habe sie gefunden", sagte Hooper und hielt zwei große Klampen aus rostfreiem Stahl hoch. Er lächelte Ellen höflich an und sagte zu Morris: „Die werden's tun." Er reichte Morris eine Zwanzigdollarnote.

Ellen hoffte, Albert Morris würde sie miteinander bekannt machen, aber der schien keinerlei Absicht zu haben. „Entschuldigen Sie", sagte sie zu Hooper, „aber ich möchte Sie etwas fragen."

Hooper sah sie an und lächelte wieder – ein angenehmes, freundliches Lächeln. „Bitte", sagte er. „Fragen Sie nur."

„Sie sind nicht zufällig verwandt mit einem David Hooper?"

„Das ist mein älterer Bruder. Kennen Sie David?"

„Ja", sagte Ellen. „Das heißt, ich habe ihn gekannt. Früher bin ich einmal mit ihm gegangen. Ich heiße Ellen Brody. Damals Ellen Shepherd."

„Aber natürlich. Ich kann mich an Sie erinnern."

„Das ist nicht wahr."

„Doch! Ich mach keinen Spaß. Warten Sie... Damals haben Sie das Haar kürzer getragen, eine Art Pagenkopf. Sie hatten ein Armband mit einem Amulett daran, das aussah wie der Eiffelturm. Und dann haben Sie immer dieses Lied gesungen – wie ging das noch? – ‚Tschibumm', nicht wahr?"

Ellen lachte. „Mein Gott, haben Sie ein Gedächtnis!"

„Es ist schon komisch, was einen als Kind beeindruckt. Sie sind wie lange mit David gegangen – zwei Jahre?"

„Zwei Sommer", sagte Ellen. „Es war lustig."

„Erinnern Sie sich an mich?"

„Ganz dunkel. Sie müssen etwa neun oder zehn gewesen sein."

„So ungefähr. David ist zehn Jahre älter als ich. Da fällt mir noch etwas ein: Alle haben mich Matt genannt, aber Sie haben Matthew zu mir gesagt, weil das, wie Sie sagten, erwachsener klang. Wahrscheinlich war ich in Sie verliebt."

„So?" Ellen errötete, und Albert Morris lachte.

Morris gab Hooper das Wechselgeld, und Hooper sagte zu Ellen: „Ich fahre zur Anlegestelle runter. Kann ich Sie irgendwo absetzen?"

„Danke, aber ich habe meinen Wagen dabei. Sie sind also jetzt Wissenschaftler", meinte sie, als sie zusammen hinausgingen.

„Eigentlich nur durch Zufall. Ich hab mit Englisch angefangen. Dann habe ich einen Kurs in Meeresbiologie belegt, um mein naturwissenschaftliches Soll zu erfüllen, und peng – schon war ich an der Angel."

„Was hat Sie so gelockt? Das Meer?"

„Ja und nein. Das Meer hatte es mir zwar schon immer angetan, aber was mich eigentlich faszinierte, waren die Fische, oder ganz genau gesagt, die Haie."

Ellen lachte. „Das ist ja fast wie eine Leidenschaft für Ratten."

„Das meinen die meisten Leute", sagte Hooper. „Aber es ist falsch. Haie sind schön. Sie sind unvorstellbar vollkommene Maschinen. Sie sind so anmutig wie Vögel und so geheimnisvoll, wie ein Tier auf Erden nur sein kann. Niemand weiß genau, wie lange sie leben, welchen Trieben – außer dem Hunger – sie gehorchen. Es gibt über zweihundertfünfzig Arten von Haien, und alle sind voneinander verschieden." Er unterbrach sich und sah Ellen lächelnd an. „Verzeihung. Ich wollte keinen Vortrag halten."

„Sie müssen der größte lebende Haiexperte der Welt sein."

„Kaum", meinte Hooper lachend. „Aber nach meinem Vorexamen habe ich ein paar Jahre lang Haie rund um die Welt studiert. Ich habe im Roten Meer Haie markiert und bin vor Australien zwischen ihnen herumgetaucht."

„Zwischen ihnen getaucht?"

Hooper nickte. „Meist mit Käfig, manchmal aber auch ohne. Ich weiß, was Sie jetzt denken. Die meisten Leute meinen, ich hätte einen Todestrieb, aber wenn man weiß, was man tut, kann man die Gefahr fast auf Null reduzieren."

„Erzählen Sie mal von David", sagte Ellen. „Wie geht's ihm?"

„Dem geht's gut. Er ist Makler in San Franzisko. Zum zweitenmal verheiratet. Seine erste Frau war – vielleicht kennen Sie die
sogar – Patty Fremont."

„Aber ja. Mit der habe ich Tennis gespielt."

„Drei Jahre ist das gegangen, dann hat sie sich jemand anderem
an den Hals gehängt. Und David hat sich ein Mädchen gesucht, dessen
Vater die Aktienmehrheit einer Ölgesellschaft besitzt. Soweit ganz
nett, aber sie hat den Intelligenzquotienten einer Artischocke. Wenn
David nur ein bißchen gescheiter gewesen wäre, hätte er sich an Sie
gehalten."

Ellen errötete und sagte leise: „Nett von Ihnen gesagt."

„Im Ernst. Jedenfalls hätte ich es so gemacht."

„Und was haben Sie gemacht? Welche glückliche Frau hat Sie am
Ende geangelt?"

„Bisher noch keine. Ich glaube, es laufen eine Menge Mädchen
herum, die gar nicht wissen, wie glücklich sie sein könnten." Hooper
lachte. „Erzählen Sie mal von sich. Oder nein, lassen Sie mich raten.
Drei Kinder. Richtig?"

„Stimmt. Ich hätte nicht gedacht, daß man es mir so ansieht."

„O nein, so war das nicht gemeint. Man sieht's Ihnen nicht an,
überhaupt nicht. Ihr Mann ist – Moment – Rechtsanwalt. Sie haben
eine Wohnung in der Stadt und ein Ferienhaus am Strand von
Amity."

Ellen schüttelte lächelnd den Kopf. „Nicht ganz. Mein Mann ist
der Polizeichef von Amity."

Hooper zeigte seine Überraschung nur einen kleinen Augenblick.
Dann sagte er: „Natürlich – Brody. Ich habe das nur nicht in Beziehung gebracht. Scheint ein tüchtiger Mensch zu sein, Ihr Mann."

Ellen glaubte einen Unterton von Ironie aus Hoopers Worten
herauszuhören, doch dann sagte sie sich: Sei nicht albern. Du leidest
schon an Einbildungen.

„Wohnen Sie in Woods Hole?" fragte sie.

„Nein. In Hyannis Port. In einem kleinen Haus am Wasser. Ich
muß immer nah am Wasser sein. Sagen Sie, tanzen Sie noch?"

„Tanzen?"

„Ja. David hat immer gesagt, Sie wären die beste Tänzerin, mit
der er je ausgegangen ist. Sie haben doch einmal ein Tanzturnier
gewonnen, nicht wahr?"

Die Vergangenheit schwirrte ihr plötzlich um den Kopf und über-
rieselte sie in Sehnsucht. „Ja, ein Sambaturnier", sagte sie. „Im
Strandclub. Das hatte ich ganz vergessen. Nein, ich tanze nicht mehr.
Martin tanzt nicht, und selbst wenn er tanzte, heute spielt ja auch
keiner mehr diese Musik."

„Zu schade. So, aber jetzt muß ich zum Anlegeplatz. Kann ich Sie
bestimmt nirgends absetzen?"

„Bestimmt nicht, danke. Mein Wagen steht gleich da drüben."

„Gut." Hooper streckte die Hand aus. „Ob ich Sie wohl irgendwann einmal nachmittags auf den Tennisplatz entführen könnte?"

Ellen lachte. „Du meine Güte. Ich kann mich gar nicht mehr erinnern, wann ich zum letztenmal einen Tennisschläger in der Hand
gehabt habe. Danke jedenfalls für das Angebot."

„Na gut. Dann bis demnächst mal." Hooper eilte zu seinem Wagen.
Als er in die Fahrbahn einschwenkte und an ihr vorbeifuhr, hob sie
die Hand und winkte zaghaft, schüchtern. Hooper winkte zurück.
Dann bog er um die Ecke und war fort.

Ellen fühlte sich von einer entsetzlichen Traurigkeit gepackt. Mehr
denn je hatte sie das Gefühl, ihr Leben – wenigstens den besten Teil
ihres Lebens – hinter sich zu haben. Und als ihr dieses Gefühl bewußt wurde, hatte sie ein schlechtes Gewissen, denn sie sah darin
den Beweis, daß sie eine unbefriedigende Mutter und eine unbefrie-
digte Ehefrau war. Sie dachte an den Text der Schallplatte, die Billy
immerzu auf dem Stereogerät abspielte: *All mein Morgen gäb ich für
ein einz'ges Gestern.* Ob sie so einen Handel auch eingehen würde?
Sie wußte es nicht.

Im Geiste sah sie Hoopers lächelndes Gesicht vorüberziehen. Denk
nicht mehr daran, sagte sie sich.

DER gesperrte Strand hatte zur Folge, daß Amity zum Wochenende so gut wie verlassen war. Hooper kreuzte in Ben Gardners
Boot vor der Küste auf und ab, aber im Wasser entdeckte er außer
einem Schwarm kleinerer Fische und ein paar Blaufischen kein
Lebenszeichen. Am Sonntag abend sagte er zu Brody, er nehme jetzt
an, daß der Hai wieder ins tiefe Wasser zurückgekehrt sei.

„Was bringt Sie zu dieser Annahme?" fragte Brody.

„Nichts von ihm zu sehen", sagte Hooper. „Und es sind andere
Fische da. Nach Aussage von Tauchern sucht alles andere das Weite,

wenn ein weißer Hai in der Nähe ist. Wenn sie in der Nähe sind, ist es im Wasser schrecklich still."

„Das überzeugt mich nicht", sagte Brody. „Jedenfalls nicht so sehr, daß ich den Strand wieder freigeben würde. Noch nicht." Er wünschte fast, Hooper hätte den Fisch gesehen. Dieser negative Beweis genügte seinem Polizeiverstand nicht.

Am Montag nachmittag saß Brody in seinem Büro, als Ellen anrief.

„Entschuldige die Störung", sagte sie. „Aber was würdest du von einer Dinnerparty halten? Ich erinnere mich gar nicht, wann wir die letzte gegeben haben."

„Ich auch nicht", sagte Brody. Aber das war gelogen. Er erinnerte sich an ihre letzte Dinnerparty allzu gut. Vor drei Jahren, mitten in Ellens Kampagne zu ihrer Wiederaufnahme in die Sommergemeinde, hatte sie drei Paare eingeladen, Sommergäste. Es waren ganz nette Leute gewesen, soweit Brody sich erinnerte, aber die Unterhaltung hatte sich nur steif dahingeschleppt. Brody und die Gäste hatten wenig an gemeinsamen Interessen, und nach einer Weile hatten die Gäste sich allein unterhalten. Nachdem sie fort waren und Ellen das Geschirr gespült hatte, fragte sie ihren Mann zweimal: „War *das* nicht mal ein netter Abend?" Dann hatte sie sich ins Bad eingeschlossen und geheult.

„Also, was meinst du?" fragte Ellen.

„Wird schon recht sein. Wen willst du einladen?"

„In erster Linie meine ich, wir sollten Matt Hooper dabeihaben."

„Wozu denn das? Er ißt doch im Abelard, oder? Das ist im Zimmerpreis inbegriffen."

„Darum geht's doch wohl nicht. Er ist allein in der Stadt und ein sehr netter Mensch."

„Ich wußte gar nicht, daß du ihn kennst."

„Ich bin ihm am Freitag bei Morris begegnet. Das habe ich dir aber *bestimmt* erzählt, denn dabei hat sich herausgestellt, daß er der Bruder von dem Hooper ist, den ich mal gekannt habe."

„Hm. Und für wann hast du den Rummel vorgesehen?"

„Ich hatte an morgen abend gedacht. Und es soll kein Rummel werden, sondern ein gemütliches kleines Abendessen mit ein paar Leuten. Wie wär's mit den Baxters? Wären die recht?"

„Die kenne ich gar nicht, glaube ich."

„O doch, du kennst sie. Clem und Cici Baxter. Sie ist eine geborene Davenport. Sie wohnen drüben in Scotch. Er hat jetzt Urlaub."

„Meinetwegen. Versuch's, wenn du willst. Und die Meadows?"

„Aber Matt Hooper kennt Harry schon."

„Er kennt Dorothy nicht."

„Na schön", sagte Ellen. „Ein bißchen Lokalkolorit kann nie schaden."

„Ich dachte weniger an Lokalkolorit", sagte Brody scharf. „Sie sind unsere Freunde."

„Ich weiß. Ich habe ja damit auch nichts sagen wollen."

„Wenn du Lokalkolorit sehen willst, brauchst du dich nur mal in deinem eigenen Bett umzudrehen."

„Ich *weiß*. Ich habe mich doch schon entschuldigt."

„Wie steht's mit einem Mädchen?" fragte Brody. „Ich finde, du solltest für Hooper ein nettes junges Mädchen einladen."

Es war kurz still, bevor Ellen antwortete: „Gut. Ich werde mal überlegen, ob mir eine einfällt, mit der er was anfangen kann."

Als Brody am nächsten Abend nach Hause kam, deckte Ellen eben die Tafel. Er gab ihr einen Kuß und meinte: „Ist schon lange her, daß ich dieses Silberzeug zuletzt gesehen habe." Es war Ellens Hochzeitssilber, ein Geschenk ihrer Eltern.

„Ich weiß. Ich habe Stunden daran herumpoliert."

„Und sieh sich das einer an." Brody nahm ein tulpenförmiges Weinglas in die Hand. „Wo hast du die denn her?"

„Gekauft."

„Wie teuer?" Brody stellte das Glas wieder auf den Tisch.

„Zwanzig Dollar. Natürlich für das ganze Dutzend."

„Mit Kleinigkeiten gibst du dich ja nicht ab, wenn du eine Party schmeißt."

„Wir hatten keine anständigen Weingläser", verteidigte sie sich.

Brody zählte die Gedecke. „Nur sechs?" meinte er.

„Die Baxters konnten nicht. Clem mußte geschäftlich in die Stadt, und Cici wollte lieber mit. Sie bleiben die Nacht da." In ihrer Stimme schwang ein Unterton von falscher Unbeschwertheit.

„Ach so", sagte Brody. „Wie schade." Er wagte nicht zu zeigen, wie recht ihm das war. „Wen hast du für Hooper? Irgendeine dufte Biene?"

„Daisy Wicker. Sie arbeitet im Bibelot. Nettes Ding."

„Wann kommen die Gäste?"

„Die Meadows und Daisy kommen um halb acht. Matthew habe ich schon für sieben hergebeten. Ich wollte, daß er früher kommt, damit die Kinder ihn kennenlernen. Ich glaube, er wird sie furchtbar interessieren."

Brody sah auf die Uhr. „Wenn sie um halb acht kommen, essen wir ja erst um halb neun oder neun. Ich glaube, ich mache mir schnell ein Sandwich." Er wollte in die Küche.

„Stopf dich nicht voll", sagte Ellen. „Es gibt was Wunderbares zu essen."

Brody schnupperte die Küchendüfte, musterte das Aufgebot an Töpfen und Packungen und fragte: „Was denn?"

„Es heißt Lamm Butterfly. Hoffentlich verpatze ich es nicht."

„Riechen tut's gut", sagte Brody. „Was ist das für Zeug da in dem Topf neben der Spüle? Soll ich das wegwerfen?"

Ellen kam in die Küche gerannt. „Untersteh dich –" Sie sah das Lächeln auf Brodys Gesicht. „Scheusal." Sie gab ihm einen Klaps hintendrauf. „Das ist Gazpacho. Suppe."

Brody schüttelte den Kopf. „Dieser Hooper wird sich noch wünschen, er hätte doch im Abelard gegessen", meinte er.

„Du bist gemein", sagte sie. „Warte nur, bis du davon gekostet hast. Dann wirst du anders reden."

Um fünf nach sieben klingelte es. Brody ging öffnen. Er trug ein blaues Madras-Hemd, blaue Uniformhose und schwarze Korduan-lederschuhe. Er fühlte sich schick und sauber. Als er aber Hooper die Tür öffnete, kam er sich deklassiert vor. Hooper trug weite Blue jeans und Mokassins ohne Socken. Es war die Uniform der Jungen und Reichen in Amity.

„Tag", sagte Brody. „Treten Sie ein."

„Tag", sagte Hooper. Er streckte die Hand aus, und Brody schüttelte sie.

Ellen kam aus der Küche, in langem Batikrock und Seidenbluse. Sie hatte die Zuchtperlenkette, die Brody ihr zur Hochzeit geschenkt hatte, um den Hals. „Matthew", sagte sie. „Wie nett, daß Sie gekommen sind."

„Es war nett von Ihnen, mich einzuladen", sagte Hooper, indem er Ellen die Hand reichte.

Dann wandte er sich an Brody. „Haben Sie etwas dagegen, wenn ich Ellen etwas gebe?"

„Wie meinen Sie das?" fragte Brody. Er dachte: Was will er ihr geben? Einen Kuß? Eine Schachtel Pralinen? Eins auf die Nase?

„Ein Geschenk. Nichts Besonderes. Ich hab's von irgendwo mitgebracht."

„Nein, ich habe nichts dagegen", sagte Brody.

Hooper griff in die Tasche seiner Jeans und holte ein kleines, in Seidenpapier gewickeltes Päckchen heraus, das er Ellen gab. „Für die Gastgeberin", sagte er.

Ellen kicherte und machte das Päckchen vorsichtig auf. So etwas wie ein Anhänger kam zum Vorschein, etwa zweieinhalb Zentimeter groß.

„Das ist der Zahn eines Tigerhais", sagte Hooper. „Die Fassung ist aus Silber."

„Wo haben Sie denn das her?"

„Aus Macao. Vor ein paar Jahren bin ich da auf einer Forschungsreise durchgekommen. Man hängt dort dem Aberglauben an, wer den Zahn bei sich trage, sei vor Haien sicher. Unter den herrschenden Umständen hielt ich das für ein passendes Geschenk."

„Und wie", sagte Ellen. „Haben Sie selbst auch einen?"

„Das schon", sagte Hooper, „aber ich weiß nicht, wie ich ihn tragen soll. Ich habe nicht gern etwas am Hals hängen, und wenn man einen Haifischzahn in der Hosentasche trägt, macht man sich nur Löcher in die Hose."

Ellen lachte und sagte zu Brody: „Martin, darf ich dich um einen Riesengefallen bitten? Würdest du mal nach oben gehen und die Silberkette aus meiner Schmuckschatulle holen? Ich möchte mir Matthews Haifischzahn gleich umhängen."

Brody ging zur Treppe, und Ellen rief ihm nach: „Ach, Martin, und sag den Jungen, sie sollen runterkommen."

Als er oben in den Gang bog, hörte Brody Ellen unten sagen: „Es ist ja so *riesig* nett, Sie wiederzusehen."

Brody ging ins Schlafzimmer, setzte sich auf die Bettkante und machte die Fäuste auf und zu. Er hatte das Gefühl, als ob ein Eindringling in sein Haus gekommen wäre, der über geheime Waffen verfügte, denen er nichts entgegenzusetzen hatte: gutes Aussehen, Jugend, feine Manieren und vor allem eine Gemeinsamkeit mit Ellen, die aus einer Zeit stammte, von der Brody wußte, daß Ellen wünschte, sie wäre nie zu Ende gegangen. Er spürte, wie Ellen auf Hooper Eindruck zu machen versuchte. Er wußte nicht, warum. Es setzt sie so herab, dachte Brody; und es setzte Brody herab, daß sie durch ihr Gehabe versuchte, ihr Leben mit ihm zu verleugnen.

„Zum Teufel mit ihm", sagte er laut. Er stand auf, öffnete Ellens Schmuckschatulle und nahm die Silberkette heraus. Bevor er hinunterging, schaute er ins Zimmer der Jungen und sagte: „Los geht's, Leute."

Ellen und Hooper saßen auf der Couch, und Brody hörte beim Eintreten Ellen sagen: „Oder möchten Sie lieber, daß ich Sie nicht Matthew nenne?"

Hooper lachte. „Ich habe nichts dagegen. Es weckt sozusagen Erinnerungen."

„Hier", sagte Brody und gab Ellen die Kette.

„Danke." Sie nahm die Perlenschnur ab und warf sie aufs Kaffeetischchen. „Und nun zeigen Sie mir, Matthew, wie man das trägt."

Brody ging in die Küche, um Getränke zu mixen. Ellen hatte um einen Wermut auf Eis gebeten, Hooper um ein Glas Gin-Tonic. Er goß den Wermut ein und mixte Hoopers Gin, dann machte er sich selbst einen Whisky-Ingwer. Gewohnheitsmäßig wollte er den Roggenwhisky mit einem Schnapsgläschen abmessen, doch dann überlegte er es sich anders und goß das Glas zu einem Drittel voll. Er füllte mit Ingwerbier auf, warf zwei Eiswürfel hinein und griff nach den beiden anderen Gläsern. Die einzige Möglichkeit, sie in einer Hand zu tragen, schien darin zu bestehen, daß er in eines seinen Zeigefinger steckte.

Inzwischen hatten die Jungen, adrett in Sporthemden und lange Hosen gekleidet, sich bei Ellen und Hooper im Wohnzimmer eingefunden. Billy und Martin drängten sich mit ihnen auf der Couch, Sean saß auf dem Fußboden. Brody hörte Hooper etwas von einem Schwein sagen, und Martin rief: „Auweia!"

„Hier", sagte Brody, indem er Ellen das Glas reichte, in dem sein Zeigefinger steckte.

„Mein guter Mann, Sie kriegen heute kein Trinkgeld", sagte sie. „Ein Glück, daß du dich nicht für eine Kellnerlaufbahn entschieden hast."

Brody sah sie an und überlegte, ob er darauf eine anzügliche Antwort geben solle, aber er beließ es bei: „Verzeihung, Hoheit." Er reichte Hooper das andere Glas.

„Matt hat uns eben von einem Hai erzählt, den er gefangen hat",
sagte Ellen. „Der hatte fast ein ganzes Schwein im Magen."

„Nicht zu fassen", sagte Brody. Er trank einen langen Schluck aus
seinem Glas.

„Und das ist noch nicht alles, Dad", sagte Martin. „Es war auch
noch eine Rolle Dachpappe darin."

„Und ein Menschenknochen", sagte Sean.

„Ich habe nur gesagt, er sah aus wie ein Menschenknochen", sagte
Hooper. „Genau konnte ich das damals nicht feststellen. Es hätte
auch eine Rinderrippe sein können."

„He, Dad", sagte Billy. „Weißt du eigentlich, wie ein Delphin
einen Hai tötet?"

„Mit dem Gewehr?"

„Nicht doch, Mann. Er boxt ihn tot. Sagt Mr. Hooper."

„Unglaublich", sagte Brody und trank sein Glas leer. „Ich trinke
noch was. Sonst noch jemand ohne?"

„An einem gewöhnlichen Wochentag?" sagte Ellen. „Puh!"

„Warum nicht? Schließlich schmeißen wir nicht jeden Abend so
eine stinkvornehme Dinnerparty." Brody wollte in die Küche, aber
die Hausklingel rief ihn zur Tür. Er öffnete, und vor ihm stand
Dorothy Meadows in einem dunkelblauen Kleid mit einer einzelnen
Perlenschnur. Hinter ihr stand ein Mädchen – Daisy Wicker, wie
Brody annahm –, groß, schlank, mit glattem Haar. Sie war in Hosen
und Sandalen und ohne Make-up. Hinter ihr erschien Harry Meadows' unverkennbare Figur.

„Da seid ihr ja", sagte Brody. „Hereinspaziert."

„Guten Abend, Martin", sagte Dorothy Meadows. „Wir haben
Miß Wicker vorn an der Einfahrt getroffen."

„Ich bin zu Fuß gekommen", sagte Daisy Wicker. „Es war nett."

„Schön, schön. Kommen Sie rein." Brody führte sie ins Wohnzimmer und übergab sie Ellen, die sie Hooper vorstellte. Er fragte,
was sie trinken möchten, aber bevor er ihnen die Getränke machte,
mixte er sich selbst eines und trank davon, während er die anderen
Gläser füllte. Bis er damit fertig war, hatte er sein eigenes Glas
halb leergetrunken, weshalb er mit einer großzügigen Portion Whisky
und einem Tropfen Ingwer auffüllte.

Zuerst brachte er Dorothy und Daisy ihre Gläser, dann kam er
in die Küche zurück, um Meadows' und seins zu holen. Er wollte

sich noch ein Schlückchen genehmigen, bevor er wieder zu den anderen ging, als Ellen hereinkam.

„Meinst du nicht, du solltest ein bißchen bremsen?" fragte sie.

„Ich bin völlig klar", sagte er. „Mach dir um mich keine Sorgen." Während er sprach, wußte er, daß sie recht hatte. Er sollte etwas bremsen. Er ging ins Wohnzimmer.

Die Kinder waren wieder hinaufgegangen. Dorothy Meadows unterhielt sich mit Hooper über seine Arbeit, und Harry hörte zu. Daisy Wicker stand allein an der gegenüberliegenden Wand, ein mattes Lächeln im Gesicht, und sah sich um. Brody ging langsam auf sie zu.

„Sie lächeln so", meinte er.

„So? Ich habe wohl nur interessiert geschaut. Ich war noch nie in der Wohnung eines Polizisten."

„Und zu welchem Urteil sind Sie gekommen? Daß sie aussieht wie die Wohnung eines ganz normalen Menschen?"

„Ich denke, ja." Sie trank einen Schluck und fragte: „Sind Sie gern bei der Polizei?"

Brody konnte nicht erkennen, ob in der Frage eine gewisse Feindseligkeit mitschwang. „Ja. Es ist ein schöner Beruf, und die Arbeit hat einen Sinn."

„Worin besteht der Sinn?"

„Wie meinen Sie das?" fragte er ein wenig verwirrt. „Das Recht zu wahren."

„Fühlen Sie sich nicht entfremdet?"

„Warum in aller Welt sollte ich mich entfremdet fühlen? Entfremdet wovon?"

„Von den Menschen. Ich meine, Ihre ganze Existenzberechtigung liegt doch darin, daß Sie den Leuten sagen, was sie alles nicht dürfen. Kommen Sie sich da nicht ein bißchen ulkig vor?"

Im ersten Moment glaubte Brody, sie wolle ihn aufziehen, aber das Mädchen lächelte nicht eine Sekunde und ließ keinen Blick von ihm. „Nein, ich komme mir gar nicht ulkig vor", sagte er. „Ich wüßte auch nicht, warum ich mir eher ulkig vorkommen sollte als Sie in diesem Dingsbums da, wie heißt der Laden noch?"

„Im Bibelot."

„Ach ja. Was verkaufen Sie da überhaupt?"

„Wir verkaufen den Leuten die Vergangenheit. Das tröstet sie."

„Was für eine ,Vergangenheit' verkaufen Sie den Leuten?"

„Antiquitäten. Sie werden von Menschen gekauft, die ihre Gegenwart hassen und die Sicherheit ihrer Vergangenheit brauchen. Wenn nicht die eigene, dann die der anderen. Ich wette, das ist auch bei Ihnen ausschlaggebend."

„Was? Die Vergangenheit?"

„Nein, die Sicherheit. Gehört sie nicht zu den Hauptmerkmalen des Polizeiberufs?"

Brody blickte sich im Zimmer um und sah, daß Harry Meadows' Glas leer war. „Entschuldigen Sie", sagte er. „Ich muß mich mal eben um die anderen Gäste kümmern."

Brody trug Meadows' Glas und das eigene in die Küche. Ellen kontrollierte soeben das Fleisch im Bratofen.

„Wo hast du nur um Gottes willen dieses Mädchen aufgetrieben?" fragte er. „Ist das eine Gewitterziege! Eine von dem Typ, die wir manchmal hochnehmen und die uns dann auf der Wache frech werden." Er füllte Meadows' Glas, dann sein eigenes. Als er aufblickte, sah Ellen ihn mit großen Augen an.

„Was ist nur mit dir los?" fragte sie.

„Ich glaube, ich mag einfach keine Leute, die in mein Haus kommen und mich beleidigen." Er nahm die Gläser und wollte zur Tür.

„Martin", sagte Ellen, und er blieb stehen. „Um meinetwillen ... bitte."

„Beruhige dich", sagte er. „Es geht schon alles klar."

Er füllte Hoopers und Daisy Wickers Gläser nach. Dann setzte er sich und hielt sich an seinem Glas fest, während Meadows Daisy eine lange Geschichte erzählte. Brody fühlte sich völlig in Ordnung – sogar sehr wohl – und wußte, wenn er vor dem Essen nichts mehr trank, konnte nichts schiefgehen.

Um halb neun brachte Ellen die Suppenteller aus der Küche und stellte sie ringsum auf den Tisch. „Martin", sagte sie, „würdest du dich um den Wein kümmern, während ich zu Tisch bitte? Im Kühlschrank steht eine Flasche Weißwein, auf der Anrichte zwei Flaschen Rotwein. Du kannst sie gleich alle öffnen. Der rote muß atmen."

„Klar", sagte Brody im Aufstehen. „Wer müßte das nicht?"

In der Küche fand er den Korkenzieher und nahm sich die beiden Flaschen Rotwein vor. Der erste Korken kam glatt heraus, der zweite zerbröckelte, und die Stücke fielen in die Flasche. Er nahm den Weißwein aus dem Kühlschrank und brachte ihn ins Eßzimmer.

Ellen saß am Kopfende des Tisches, der Küche am nächsten. Links von ihr saß Hooper, rechts Meadows. Neben Meadows saß Daisy Wicker, dann war das andere Tischende frei für Brody, und gegenüber Daisy saß Dorothy Meadows.

Brody schenkte Wein ein, setzte sich und probierte einen Löffel von der Suppe, die vor ihm stand. Sie war kalt und schmeckte überhaupt nicht nach Suppe, aber nicht schlecht.

„Ich liebe Gazpacho", sagte Daisy, „aber sie macht so viel Arbeit, daß ich sie nicht oft zu essen bekomme."

„Hm", machte Brody und probierte noch einen Löffel.

„Haben Sie schon einmal G und G versucht?"

„Nicht daß ich wüßte."

„Das müssen Sie mal versuchen. Natürlich würde es Ihnen vielleicht nicht schmecken, da es ungesetzlich ist."

„Was ist das denn überhaupt?"

„Gazpacho mit Gras. Anstelle von Kräutern streut man ein bißchen Haschisch darauf. Das ist echt scharf."

Brody antwortete nicht sofort. Er löffelte seine Suppe zu Ende, leerte sein Weinglas mit einem Zug und sah zu Daisy, die ihn süß anlächelte.

„Wissen Sie", sagte er, „ich finde nicht –"

„Ich wette, Matt hat's schon versucht." Daisy hob die Stimme und rief: „Matt, entschuldigen Sie mal kurz." Die Unterhaltung am anderen Tischende verstummte. „Ich bin nur neugierig. Haben Sie schon einmal G und G probiert? Übrigens, Mrs. Brody, diese Gazpacho ist einmalig."

„Danke", sagte Ellen. „Aber was ist G und G?"

„Ich hab's mal versucht", sagte Hooper. „Aber so richtig hab ich mich mit so etwas nie abgegeben."

„Matt wird es Ihnen erklären", sagte Daisy zu Ellen, dann wandte sie sich Meadows zu.

Brody räumte die Teller ab, und Ellen folgte ihm in die Küche. „Ich brauche Hilfe beim Tranchieren."

„Gemacht", sagte Brody, und Ellen wuchtete den Lammbraten aufs Tranchierbrett.

„Etwa zwei Zentimeter dicke Scheiben", sagte sie. „Wie Steak."

Brody suchte in einer Schublade nach Tranchiermesser und Gabel. In einer Hinsicht, dachte er, hat diese Wicker ja recht: ich fühle mich entfremdet, und zwar jetzt. Eine Scheibe Fleisch fiel ab, und er sagte: „Holla, hast du nicht gesagt, es gibt Lamm?"

„Das ist Lamm."

„Es ist ja nicht mal durch. Sieh dir das an." Er hielt das abgeschnittene Stück Fleisch in die Höhe. Es war rosa und auf die Mitte zu fast noch rot.

„Genau so soll es sein."

„Aber doch nicht Lamm, auf keinen Fall. Lamm muß gut durchgebraten sein."

„Martin, glaub mir, es ist ganz richtig so; Lamm Butterfly muß halbgar sein. Laß dir das sagen."

Brody wurde laut. „Ich esse keinen rohen Hammel!"

„Pst!" machte Ellen. „Das Fleisch ist genau richtig! Wenn du es nicht essen willst, laß es bleiben, jedenfalls bringe ich es so auf den Tisch."

„Dann kannst du's auch selber schneiden." Er warf Messer und Gabel hin, nahm die beiden Flaschen Rotwein und verließ die Küche.

„Es gibt eine kleine Verzögerung", sagte er auf dem Weg zum Tisch. „Die Köchin muß noch den Braten schlachten. Sie wollte ihn so servieren, wie er war, da hat er sie ins Bein gebissen."

Brody füllte die Weingläser und setzte sich. Er trank einen Schluck Wein, sagte: „Gut" und trank noch einen.

Ellen kam mit dem Braten. Sie ging noch einmal in die Küche und kehrte mit zwei Schüsseln Gemüse zurück. „Hoffentlich ist es gut geworden", sagte sie. „Ich habe das noch nie gemacht."

„Was ist es denn?" fragte Dorothy Meadows. „Riecht jedenfalls wunderbar."

„Lamm Butterfly. Mariniert."

„Tatsächlich? Was ist in der Marinade?"

„Ingwer, Sojasauce, allerlei." Sie legte jedem ein Stück Fleisch, ein paar Spargel und ein Stück Sommerkürbis auf den Teller.

Nachdem alle bedient waren und Ellen saß, hob Hooper sein Glas. „Auf das Wohl der Köchin", sagte er.

Alle hoben ihre Gläser, und Brody sagte: „Viel Glück."

Meadows nahm ein Stückchen Fleisch. „Herrlich", sagte er. „Wie ein ganz zartes Lendensteak, nur noch besser. Dieses Aroma!"

„Aus deinem Munde, Harry", sagte Ellen, „ist das ein besonderes Kompliment."

„Köstlich", sagte Dorothy. „Versprich mir, daß du mir das Rezept verrätst. Harry würde es mir nie verzeihen, wenn ich ihm das nicht mindestens einmal die Woche machte."

„Dann soll er lieber eine Bank ausrauben", meinte Brody.

„Aber es ist doch wirklich köstlich, Martin, findest du nicht?"

Brody antwortete nicht. Er hatte gerade auf ein Stückchen Fleisch gebissen, als eine Welle von Übelkeit ihn überkam. Er fühlte sich leicht, als ob sein Körper jemand anderem gehörte. Die Gabel wurde ihm schwer in der Hand, und einen Augenblick fürchtete er, sie würde ihm aus den Fingern gleiten. Der Wein. Das mußte der Wein sein. Betont vorsichtig streckte er die Hand aus, um sein Weinglas von sich wegzuschieben. Er ließ sich zurücksinken und holte tief Luft. Vor seinen Augen verschwamm alles. Er versuchte seinen Blick auf ein Bild über Ellens Kopf zu fixieren, wurde aber vom Anblick Ellens und Hoopers abgelenkt, die sich unterhielten. Jedesmal, wenn sie etwas sagte, faßte sie Hoopers Arm an – nur leicht, aber intim, fand Brody, ganz als ob sie Geheimnisse miteinander hätten. Er verstand nicht, was ringsum gesprochen wurde. Er erinnerte sich nur, als letztes gehört zu haben: „Findest du nicht?" Wer hatte es gesagt? Er schaute zu Meadows, der sich mit Daisy unterhielt. Dann sah er Dorothy an und sagte benommen: „Doch."

Sie sah zu ihm auf. „Was hast du gesagt, Martin?"

Er konnte nicht antworten. Er wäre gern aufgestanden und in die Küche gegangen, aber er traute seinen Beinen nicht. Bleib einfach still sitzen, sagte er sich. Es wird schon vergehen.

Es verging auch. Sein Kopf wurde langsam klarer, und als das Dessert kam, fühlte er sich wieder ganz wohl. Er nahm zweimal von dem Mokkaeis mit Schokoladensoße und unterhielt sich liebenswürdig mit Dorothy.

Sie tranken den Kaffee im Wohnzimmer, und Brody bot Getränke an, aber nur Meadows nahm an. „Einen ganz kleinen Kognak, wenn du so was hast", sagte er.

Brody schenkte Meadows ein Gläschen Kognak ein und überlegte kurz, ob er selbst eins trinken sollte.

Er widerstand jedoch und dachte bei sich: Fordere das Schicksal nicht heraus.

Kurz nach zehn gähnte Meadows und sagte: „Dorothy, ich glaube, wir sollten uns jetzt verabschieden."

„Ich gehe wohl besser auch", sagte Daisy. „Ich muß um acht im Geschäft sein. Obwohl wir ja dieser Tage nicht eben viel verkaufen."

Meadows erhob sich. „Na ja, hoffen wir, daß das Schlimmste überstanden ist", sagte er. „Wenn ich unseren Experten hier richtig verstanden habe, besteht alle Aussicht, daß die Bestie sich verzogen hat."

„Die Aussicht schon", sagte Hooper. „Ich hoffe es." Er stand auf. „Ich sollte mich auch auf den Weg machen."

„O nein, gehen Sie noch nicht!" sagte Ellen. Ihre Worte kamen viel beschwörender heraus, als sie beabsichtigt hatte, weshalb sie rasch hinzufügte: „Ich meine, es ist doch erst zehn."

„Ich weiß", sagte Hooper. „Aber bei gutem Wetter möchte ich schon früh aufs Wasser hinaus. Ich kann ja Daisy auf dem Heimweg zu Hause absetzen."

„Die Meadows können sie mitnehmen", sagte Ellen.

„Schon", sagte Hooper, „aber ich müßte wirklich jetzt gehen, damit ich früh aus dem Bett komme. Vielen Dank jedenfalls."

Sie nahmen Abschied an der Haustür. Hooper und Daisy gingen als letzte, und als er Ellen die Hand reichte, hielt sie ihn mit beiden Händen fest und sagte: „Und *allerherzlichsten* Dank für meinen Haifischzahn."

„Nichts zu danken. Freut mich, daß er Ihnen gefällt."

„Sehen wir uns noch einmal, bevor Sie wieder abreisen?"

„Verlassen Sie sich darauf."

„Wunderbar." Sie ließ ihn los. Er verabschiedete sich mit einem raschen „Gute Nacht" von Brody und ging zu seinem Wagen.

Ellen blieb noch an der Haustür stehen, bis beide Wagen fort waren, dann löschte sie die Außenlampe. Wortlos begann sie Gläser, Tassen und Aschenbecher wegzuräumen.

Brody trug einen Stapel Dessertgeschirr in die Küche, stellte es in die Spüle und sagte: „So, das hat ja gut geklappt."

„Was nicht dein Verdienst ist", sagte Ellen. „Du warst schrecklich."

Die Heftigkeit dieser Attacke überraschte ihn. „Wovon redest du?"

„Ich will nicht darüber sprechen."

„Einfach so: Du willst nicht darüber sprechen. Hör mal ... also gut, was das verdammte Fleisch betrifft, war ich im Unrecht. Entschuldige. Und jetzt –"

„Ich habe gesagt, ich will nicht darüber sprechen!"

Brody war durchaus in Kampfstimmung, sagte aber nur: „Nun, es tut mir jedenfalls leid." Er ging aus der Küche und stieg die Treppe hinauf.

Beim Ausziehen fiel ihm ein, daß der Urheber dieser ganzen Reibereien ein Fisch war: ein hirnloses Tier, das er bisher noch nicht einmal gesehen hatte. Er mußte lächeln, so albern fand er das.

Er kroch ins Bett und sank in einen traumlosen Schlaf.

SECHS

BRODY schreckte aus dem Schlaf. Irgendein Signal sagte ihm, daß etwas nicht stimmte. Er streckte den Arm aus, um übers Bett nach Ellen zu greifen. Sie war nicht da. Er richtete sich auf und sah sie auf einem Stuhl beim Fenster sitzen. Regen klatschte gegen die Scheiben, und er hörte den Wind durch die Bäume peitschen.

„Ekliger Tag, was?" meinte er. Sie antwortete nicht, sondern starrte weiter auf die Tropfen, die an der Scheibe herunterliefen. „Wieso bist du schon so früh auf?"

„Ich konnte nicht schlafen", sagte sie kleinlaut, traurig.

„Was ist denn los?"

„Nichts."

„Wie du meinst." Brody stieg aus dem Bett.

Nachdem er sich rasiert und angezogen hatte, ging er hinunter in die Küche. Die Jungen beendeten gerade ihr Frühstück, und Ellen briet ihm sein Ei. „Was habt ihr Burschen denn heute vor, an so einem lausigen Tag?" fragte er.

„Rasenmäher reinigen", sagte Billy, der den Sommer über beim Gärtner im Ort arbeitete. „Menschenskind, wie ich Regentage hasse!"

„Und wie steht's mit euch beiden?" wandte Brody sich an Martin und Sean.

„Martin geht in den Jugendclub", sagte Ellen, „und Sean ist heute den ganzen Tag bei den Santos'."

„Und du?"

„Ich bin den ganzen Tag im Krankenhaus. Dabei fällt mir ein, daß ich ja mittags nicht nach Hause komme. Könntest du irgendwo in der Stadt essen?"

„Natürlich. Ich wußte gar nicht, daß du mittwochs den ganzen Tag arbeitest."

„Tu ich auch sonst nicht. Aber eins von den Mädchen ist krank, und ich habe gesagt, daß ich einspringe. Könntest du auf dem Weg zum Dienst Sean und Martin fortbringen? Ich möchte unterwegs noch etwas einkaufen, wenn ich zum Krankenhaus fahre."

„Kein Problem."

Nachdem sie alle fort waren, sah Ellen auf die Küchenuhr. Es war ein paar Minuten vor acht. Zu früh? Vielleicht. Aber besser ihn gleich erwischen, bevor er irgendwohin fuhr. Sie streckte die rechte Hand aus und versuchte ihre Finger ruhig zu halten, aber sie zitterten unkontrollierbar. Sie ging hinauf ins Schlafzimmer und nahm das grüne Telephonbuch in die Hand. Sie fand die Nummer des Abelard-Hotels, zögerte eine Sekunde, dann wählte sie.

„Abelard-Hotel."

„Bitte, Mr. Hoopers Zimmer."

Ellen hörte das Telephon einmal klingeln, zweimal. Sie hörte auch ihr Herz klopfen und sah den Pulsschlag an ihrem rechten Handgelenk. Leg auf, sagte sie sich. Noch ist es Zeit.

„Hallo?" meldete sich Hoopers Stimme.

Ellen schluckte und sagte: „Guten Morgen. Ich bin's, ich meine... Ellen."

„Oh, guten Morgen!"

„Hoffentlich habe ich Sie nicht geweckt."

„Nein. Ich wollte gerade frühstücken gehen."

„Gut. Der Tag ist ja nicht besonders. Werden Sie überhaupt arbeiten können?"

„Weiß ich noch nicht. Darüber mache ich mir gerade Gedanken."

„Aha." Sie stockte und kämpfte gegen die Benommenheit an, die sich ihrer bemächtigen wollte. Tu's, befahl sie sich. Die Worte haspelten ihr aus dem Mund: „Ich dachte schon mal, wenn Sie heute nicht arbeiten können... vielleicht haben Sie Lust... und sind noch frei zum Lunch."

„Zum Lunch?"

„Ja. Natürlich nur, wenn Sie sonst nichts zu tun haben."

„Sie meinen, Sie, der Chef und ich?"

„Nein, nur Sie und ich. Martin ißt mittags meist auf dem Revier. Ich möchte natürlich nicht Ihre Pläne durchkreuzen..."

„O nein, das geht schon klar. Woran hatten Sie gedacht?"

„Es gibt ein hübsches Restaurant in Sag Harbor. Banner's. Kennen Sie das?" Sie hoffte, er kenne es nicht. Sie kannte es selbst nicht, hatte aber gehört, es sei dort nett, ruhig und schön dunkel.

„Sag Harbor", meinte Hooper. „Ganz schön weit für einen Lunch."

„Nur fünfzehn, zwanzig Minuten. Wir können uns dort treffen, wann es Ihnen recht ist."

„Mir paßt es jederzeit."

„Dann gegen halb eins?"

„Gut. Halb eins. Bis dann."

Ellen legte den Hörer auf. Ihre Hände bebten immer noch, aber sie war in Hochstimmung, voller Erregung. Alle ihre Sinne schienen unglaublich wach und lebendig zu sein. Sie hatte sich seit Jahren nicht mehr so sehr als Frau gefühlt.

Sie duschte. Dann stellte sie sich vor den großen Spiegel und betrachtete sich prüfend. Würde ihre Opfergabe akzeptiert werden? Sie hatte sich große Mühe gegeben, in Form zu bleiben, sich die Glätte und Geschmeidigkeit der Jugend zu bewahren. Der Gedanke, abgewiesen zu werden, war ihr unerträglich.

Sie zog ihre Krankenhaustracht an. Hinten aus ihrem Kleiderschrank holte sie eine Plastiktüte hervor, in die sie frische Unterwäsche, ein lavendelfarbenes Sommerkleid und ein Paar Pumps mit flachen Absätzen tat. Sie trug die Tüte in die Garage, warf sie in ihren Volkswagen und fuhr zum Krankenhaus von Southampton.

Sie hätte nicht genau zu sagen gewußt, wann sie diesen waghalsigen, gefährlichen Plan gefaßt hatte. Gedacht hatte sie daran – und versucht, nicht daran zu denken –, seit sie Hooper damals begegnet war. Sie hatte die Risiken abgewägt und irgendwie ausgerechnet, daß es sich lohnte, sie einzugehen. Sie wollte sich vergewissern, ob sie noch begehrenswert war – nicht nur für ihren Mann, sondern für Menschen, die sie wirklich als ihresgleichen betrachtete, denen sie sich immer noch zugehörig fühlte. Der Gedanke an Liebe kam ihr nie in den Sinn. Sie wollte keine tiefe oder gar dauerhafte Beziehung. Sie wollte nur wieder sie selbst sein.

Ellen war froh, daß ihre Arbeit im Krankenhaus Konzentration und Gesprächigkeit erforderte, denn das hielt sie vom Denken ab. Um viertel vor zwölf sagte sie der Oberschwester, sie fühle sich nicht wohl. Ihre Schilddrüse mache sich wieder bemerkbar, sagte sie, und es sei wohl das beste, wenn sie nach Hause führe und sich hinlegte.

Sie fuhr bis kurz vor Sag Harbor, dann hielt sie an einer Tankstelle an. Nachdem der Tank gefüllt und das Benzin bezahlt war, ging sie in die Damentoilette und zog sich um.

Es war zwanzig nach zwölf, als sie im Banner's ankam, einem kleinen Steak- und Fischrestaurant am Meer. Der Parkplatz war von der Straße aus nicht einzusehen, worüber sie froh war; es könnte ja einer vorbeifahren, den sie kannte, und für diesen Fall wollte sie ihren Wagen nicht vor aller Augen sichtbar stehen lassen.

Das Restaurant war schummrig, und wenn man eintrat, befand sich rechts eine Bar. Der Barkellner, ein junger Mann mit Knebelbart, saß an der Registrierkasse und las die *New York Daily News,* und eine Kellnerin stand am Tresen und faltete Servietten. Sie und ein Paar an einem Tisch waren die einzigen Leute im Raum. Ellen sah auf die Uhr. Fast halb eins.

Die Kellnerin erblickte Ellen und sagte: „Guten Tag. Kann ich Ihnen behilflich sein?"

„Ja. Ich möchte einen Tisch für zwei. Diese Ecknische, wenn es geht."

„Selbstverständlich", sagte die Kellnerin. „Wo Sie wünschen." Sie führte Ellen zu der Nische, und Ellen setzte sich mit dem Rücken zur Tür. Hooper konnte sie hier finden. „Darf ich Ihnen etwas zu trinken bringen?"

„Ja, bitte, einen Gin-Tonic."

Die Kellnerin brachte ihr das Gewünschte, und Ellen trank das Glas gleich zur Hälfte leer, um die entspannende Wärme des Alkohols zu spüren. Es war das erste Mal in ihrer ganzen Ehe, daß Ellen am Tage etwas trank. Alle paar Sekunden sah sie zur Tür und dann wieder auf die Uhr. Es war schon bald viertel vor eins. Er kommt nicht, dachte sie. Was mache ich nur, wenn er nicht kommt?

„Schönen guten Tag." Hooper schob sich ihr gegenüber in die Nische und sagte: „Entschuldigen Sie, daß ich zu spät komme. Ich mußte noch tanken, und an der Tankstelle war Hochbetrieb." Er sah ihr in die Augen und lächelte.

Ellen senkte den Blick auf ihr Glas. „Sie brauchen sich nicht zu entschuldigen. Ich war selbst zu spät."

Die Kellnerin kam, und Hooper, der Ellens Glas sah, bestellte auch Gin-Tonic.

„Ich trinke auch noch einen", sagte Ellen. „Das Glas ist schon fast leer."

Die Kellnerin ging, und Hooper sagte: „Normalerweise trinke ich ja nichts zum Lunch."

„Ich auch nicht."

„So ungefähr nach drei Gläsern fange ich an, dummes Zeug zu reden. Ich war noch nie sehr trinkfest."

Ellen nickte. „Das Gefühl kenne ich. Ich werde dann sozusagen..."

„Leichtsinnig? Ich auch."

„Wirklich? Ich dachte immer, ihr Wissenschaftler könntet gar nicht leichtsinnig sein."

Hooper lächelte. „Unter unserer eisigen Schale", sagte er, „sind wir die größten Wüstlinge auf der Welt."

Sie sprachen von alten Zeiten, ehemaligen Bekannten, Hoopers ichthyologischen Ambitionen. Sie erwähnten nichts von dem Hai, von Brody oder Ellens Kindern. Ihre Unterhaltung war oberflächlich und zusammenhanglos, und Ellen war es nur recht so. Nach dem zweiten Gin fühlte sie sich gelöster und gab sich fröhlich und selbstbewußt.

Sie wünschte, Hooper würde noch einen Gin trinken, wußte aber, daß er von sich aus keinen bestellen würde. Sie nahm die Speisekarte und sagte: „Mal sehen, was uns davon gefällt."

Hooper nahm die andere Karte, und gleich kam die Kellnerin an den Tisch. „Möchten Sie bestellen?"

„Wir sind noch nicht ganz soweit", sagte Ellen. „Aber wir könnten noch etwas trinken, während wir aussuchen."

Hooper überlegte kurz. Dann nickte er und meinte: „Natürlich. Es ist ja ein besonderer Anlaß."

Die Kellnerin brachte die Getränke. „Sind Sie jetzt soweit?" fragte sie.

„Ja", sagte Ellen. „Ich möchte Krabbencocktail und das Huhn."

Hooper fragte: „Sind das wirklich echte Kammuscheln?"

„Ich nehme es an", sagte die Kellnerin „wenn's dasteht."

„Gut. Dann nehme ich die Muscheln."

„Eine Vorspeise?"

„Nein", sagte Hooper und hob sein Glas. „Das genügt."

Ein paar Minuten später brachte die Kellnerin Ellens Krabben-cocktail.

Als sie wieder fort war, meinte Ellen: „Wissen Sie, worauf ich jetzt richtig Lust hätte? Ein Glas Wein."

„Prima Idee", sagte Hooper und sah sie an. „Aber vergessen Sie nicht, was ich über meinen Leichtsinn gesagt habe. Ich könnte alle Hemmungen verlieren."

„Davor ist mir nicht bange." Ellen fühlte, wie ihr die Röte in die Wangen stieg.

„Dann gut", sagte Hooper, „aber zuerst ziehe ich lieber mal die Staatskasse zu Rate." Er faßte in die Gesäßtasche nach seinem Portemonnaie.

„Nicht doch! Das geht auf mich."

„Reden Sie keinen Unsinn."

„Nein, wirklich. Ich habe Sie zum Lunch eingeladen." Verzweiflung packte sie. Sie wollte ihn doch nicht mit einer hohen Rechnung verärgern.

„Ich weiß", sagte er. „Aber ich möchte *Sie* gern zum Lunch einladen."

Sie spielte mit der letzten Krabbe auf ihrem Teller. „Also –"

„Ich weiß, Sie wollen nur Rücksicht nehmen", sagte Hooper, „aber das ist wirklich nicht nötig. Hat David Ihnen nie von unserem Großvater erzählt?"

„Nicht daß ich wüßte. Was ist mit ihm?"

„Der alte Matt wurde – und nicht sehr liebevoll – der Bandit genannt. Wenn er heute noch lebte, wäre ich wahrscheinlich an der Spitze der Meute, die seinen Skalp fordern würde. Aber da er nicht mehr lebt, brauche ich mir nur noch Gedanken darüber zu machen, ob ich den Packen Geld, den er mir hinterlassen hat, behalten oder ausgeben soll."

„Was hat Ihr Großvater denn gemacht?"

„Eisenbahn und Bergbau. Offiziell, heißt das. In Wirklichkeit war er ein Raubritter. Eine Zeitlang hat ihm fast ganz Denver gehört. Er war der Besitzer des Rote-Laternen-Viertels." Hooper lachte. „Und soviel ich gehört habe, hat er gern die Miete in natura kassiert."

„Davon träumen ja angeblich alle Schulmädchen", ließ Ellen einen Versuchsballon los.

„Wovon?"

„Eine . . . Sie wissen schon . . . zu sein. Mit vielen verschiedenen Männern zu schlafen."

„War das auch Ihr Traum?"

Ellen lachte, um ihr Erröten zu verbergen. „Ich kann mich nicht erinnern, ob es genau das war", sagte sie. „Aber wir haben wohl alle so unsere Träume."

Hooper lächelte und rief die Kellnerin. „Bringen Sie uns bitte eine Flasche kalten Chablis?"

Es ist etwas geschehen, dachte Ellen. Ob er wohl die Einladung, die sie angedeutet hatte, verstand? Jedenfalls war er jetzt in die Offensive gegangen.

Jetzt mußte sie nur noch darauf achten, daß sie ihn nicht wieder entmutigte.

Ihr Essen kam, kurz darauf der Wein. Hoopers Kammuscheln hatten die Größe von Kastanien. „Doch keine echten", sagte er, nachdem die Kellnerin fort war.

„Woran sieht man das?"

„Einmal sind sie zu groß. Und die Kanten sind zu glatt. Wie abgeschnitten."

„Sie könnten sie wahrscheinlich zurückschicken." Sie hoffte jedoch, er werde es nicht tun; ein Streit mit der Kellnerin könnte ihnen die Stimmung verderben.

„Könnte", sagte Hooper und grinste Ellen an. „Unter anderen Umständen." Er schenkte ihr ein Glas Wein ein, füllte sein eigenes und hob es hoch. „Auf unsere Träume", sagte er. Er beugte sich vor, bis sein Gesicht ganz dicht vor dem ihren war. Seine Augen waren von einem strahlenden, wäßrigen Blau, seine Lippen zu einem halben Lächeln geöffnet.

Ellen sagte impulsiv: „Machen wir uns unsere Träume selbst."

„Einverstanden. Wie wollen Sie anfangen?"

„Was würden wir tun, wenn wir . . . Sie wissen schon."

„Eine sehr interessante Frage", meinte er mit spöttischem Ernst. „Aber vor dem Was müßten wir das Wo klären. Wir hätten natürlich mein Zimmer."

„Zu gefährlich. Im Abelard kennt mich jeder. Überall in Amity wäre es zu gefährlich."

„Es wird doch zwischen hier und Montauk ein Motel geben."

„Gut. Das wäre geklärt."

ELLEN kam kurz vor halb fünf nach Hause. Sie ging nach oben ins Badezimmer und ließ Wasser in die Wanne laufen. Nach dem Bad zog sie ein Nachthemd an und legte sich ins Bett. Sie schloß die Augen und überließ sich ihrer Müdigkeit.

Es kam ihr vor, als würde sie im selben Augenblick schon von Brody geweckt, der sagte: „He, sag mal, fehlt dir was?"

Sie gähnte. „Wieviel Uhr ist es?"

„Fast sechs."

„Oha! Da muß ich Sean abholen. Phyllis Santos wird schon ganz kribblig sein."

„Den habe ich schon geholt", sagte Brody. „Nachdem ich dich nicht erreichen konnte, hab ich das fürs Gescheiteste gehalten."

„Du hast versucht, mich zu erreichen?"

„Ein paarmal. Gegen zwei habe ich im Krankenhaus angerufen. Die meinten, du wärst nach Hause gefahren. Dann habe ich versucht, dich hier zu erreichen."

„Meine Güte, das muß ja was Wichtiges gewesen sein."

„Nein. Aber wenn du's wissen willst, ich hatte mich nur dafür entschuldigen wollen, daß ich dich gestern abend so geärgert habe."

Ellen fühlte sich ein wenig beschämt.

Sie sagte: „Wie nett. Aber mach dir keine Gedanken, ich hatte es schon vergessen."

„So?" meinte Brody. „Na ja, und wo warst du nun?"

„Ich bin nach Hause gekommen und habe mich ins Bett gelegt. Meine Tabletten für die Schilddrüse taugen anscheinend nichts."

„Und da hast du das Telephon nicht gehört? Es steht doch gleich hier!" Brody zeigte auf das Tischchen auf der anderen Bettseite.

„Nein, ich ... Ich habe eine Schlaftablette genommen. Da könnte mich das Geschrei der Verdammten nicht wecken."

Brody schüttelte den Kopf. „Die Dinger schmeiße ich doch noch mal ins Klo. Du wirst mir noch süchtig." Er ging ins Bad. „Hast du was von Hooper gehört?" rief er.

Ellen überlegte sich kurz ihre Antwort, dann sagte sie: „Er hat heute früh angerufen, um sich zu bedanken. Warum?"

„Weil ich ihn heute gesucht habe. Im Hotel haben sie gesagt, sie wüßten nicht, wo er sei. Wann hat er denn hier angerufen?"

„Kurz, nachdem du zum Dienst gegangen warst."

„Hat er gesagt, was er heute vorhatte?"

„Er hat gesagt ... er hat gesagt, er wolle vielleicht etwas am Boot arbeiten, glaube ich. So genau kann ich mich nicht erinnern."

„So? Das ist aber komisch."

„Was?"

„Ich bin auf dem Heimweg nämlich am Anlegeplatz vorbeigefahren. Der Aufseher sagt, er habe Hooper den ganzen Tag nicht gesehen."

AM DONNERSTAG morgen bekam Brody einen Anruf, der ihn zu einer mittäglichen Besprechung mit dem Gemeinderat in Vaughans Büro bestellte. Er wußte schon, worum es bei der Besprechung gehen würde: Freigabe des Strandes fürs Wochenende – das Wochenende des 4. Juli. Nach Brodys Überzeugung war die Freigabe des Strandes ein Wagnis. Ob der Hai wirklich fort war, konnte niemand mit Sicherheit sagen.

Das Rathaus war ein schrecklich pompöses Gebäude – rote Ziegel mit weißen Fugen und zwei weißen Säulen rechts und links des Eingangs. Das Innere war von ebenso anmaßender Großartigkeit wie das Äußere: große Räume mit hohen Decken, in jedem ein prächtiger Kronleuchter. Bürgermeister Vaughans Dienstzimmer lag an der Südostseite im ersten Stock, von wo man fast die ganze Stadt überblicken konnte.

Vaughans Sekretärin, die draußen im Vorzimmer saß, war eine natürliche, hübsche junge Frau namens Janet Sumner. Brody empfand eine väterliche Zuneigung für Janet, und ein wenig wunderte es ihn, daß sie – mit sechsundzwanzig – noch nicht verheiratet war. Normalerweise vergaß er nie, sich nach ihrem Liebesleben zu erkundigen, heute aber fragte er nur: „Sind alle drin?"

„Soweit sie kommen, ja." Brody wollte ins Bürgermeisterzimmer weitergehen, und Janet fragte: „Wollen Sie denn heute gar nicht wissen, mit wem ich gerade gehe?"

Er blieb stehen und fragte lächelnd: „Wer ist es?"

„Niemand. Ich bin im zeitweiligen Ruhestand. Aber ich will Ihnen was verraten." Sie senkte die Stimme und beugte sich vor. „Dieser Mr. Hooper könnte mich schon schwach machen."

„Ist er da drinnen?" Janet nickte. „Möchte wissen, wann der in den Gemeinderat gewählt wurde."

„Das weiß ich auch nicht", sagte sie. „Aber ist er nicht süß?"

Kaum im Sitzungszimmer, wußte Brody, daß er auf verlorenem
Posten kämpfte. Die anwesenden Gemeinderäte waren samt und son-
ders Vaughans Verbündete: Tony Catsoulis, ein Bauunternehmer;
Ned Thatcher, ein gebrechlicher alter Mann, dessen Familie das Abelard-Hotel gehörte; Paul Conover, Besitzer der Spirituosenhandlung
von Amity; und Rafe Lopez, ein Portugiese mit sehr dunklem Teint,
den die Farbigen von Amity als ihren Vertreter in den Gemeinderat
gewählt hatten.

Die Gemeinderäte saßen um ein Kaffeetischchen in der einen Zim-
merecke. Hooper stand am Südfenster und starrte aufs Meer hinaus.

„Wo ist Albert Morris?" wandte Brody sich an Vaughan, nachdem er die andern begrüßt hatte.

„Konnte nicht kommen", sagte Vaughan. „Ich glaube, er fühlt sich
nicht wohl."

„Und Fred Potter?"

„Dasselbe. Es muß ein Virus in der Luft sein." Vaughan stand
auf. „Nun, ich glaube, wir sind vollzählig. Nehmen Sie sich einen
Stuhl und setzen Sie sich mit hierher."

Er sieht schlecht aus, dachte Brody. Vaughans Augen waren eingesunken und finster. Seine Haut wirkte wie Mayonnaise.

Als alle saßen, sagte Vaughan: „Sie wissen, warum wir hier sind.
Und man kann wohl mit Recht sagen, daß nur einer unter uns ist,
der erst davon überzeugt werden muß, was wir tun sollten."

„Sie meinen mich", sagte Brody.

Vaughan nickte. „Sehen Sie's mal von unserer Seite, Martin. Die
Stadt stirbt. Die Leute haben keine Arbeit. Geschäfte können nicht
aufmachen. Es werden keine Häuser gemietet, geschweige gekauft.
Und jeden Tag, den wir den Strand gesperrt lassen, schlagen wir
einen weiteren Nagel in unseren eigenen Sarg."

„Angenommen, Sie geben für den vierten Juli den Strand frei,
Larry", sagte Brody. „Und angenommen, es kommt jemand um."

„Es ist ein kalkuliertes Risiko, aber ich glaube – wir glauben –, es
lohnt sich, das einzugehen."

„Wieso?"

Vaughan sagte: „Mr. Hooper?"

„Aus mehreren Gründen", sagte Hooper. „Zuallererst: Seit einer
Woche hat keiner mehr den Fisch gesehen."

„Es war auch keiner mehr im Wasser."

„Stimmt. Aber ich bin alle Tage mit dem Boot draußen gewesen und habe nach ihm Ausschau gehalten – außer einmal."

„Das wollte ich Sie gerade fragen. Wo waren Sie gestern?"

„Es hat geregnet", sagte Hooper. „Erinnern Sie sich?"

„Also, was haben Sie gemacht?"

„Ich bin nur ..." Er stockte, dann sagte er: „Ich habe Wasserproben untersucht und gelesen."

„Wo? In Ihrem Hotelzimmer?"

„Teilweise ja. Was soll das?"

„Ich habe in Ihrem Hotel angerufen. Man hat mir gesagt, Sie wären den ganzen Nachmittag fort."

„Schön, dann war ich eben fort!" sagte Hooper ärgerlich. „Ich brauche mich doch nicht alle fünf Minuten bei Ihnen zu melden, oder? Sie bezahlen mich ja nicht einmal."

Vaughan mischte sich ein. „Bitte! Das bringt uns doch nicht weiter."

„Jedenfalls", sagte Hooper, „habe ich keine Spur von diesem Fisch gesehen. Nichts. Und das Wasser wird alle Tage wärmer. Es hat jetzt fast einundzwanzig Grad. An sich ziehen weiße Haie kühleres Wasser vor."

„Sie meinen also, er wäre weiter nach Norden gezogen?"

„Oder in größere Tiefen, wo es kälter ist. Er könnte sogar nach Süden gewandert sein. Man weiß bei diesen Tieren nie im voraus, was sie tun."

„Das meine ich ja gerade", sagte Brody. „Sie stellen hier nur Vermutungen an."

„Eine Garantie können Sie nicht verlangen, Martin", sagte Vaughan.

„Sagen Sie das Christine Watkins. Oder der Mutter des Jungen."

„Ich weiß, ich weiß", sagte Vaughan. „Aber wir müssen etwas tun. Es wird kein Gott an den Himmel schreiben: ‚Der Hai ist weg!' Wir müssen die Indizien abwägen und eine Entscheidung treffen."

„Die Entscheidung ist doch schon gefallen", sagte Brody.

„Ja, das könnte man sagen."

„Und wenn wieder jemand dabei umkommt? Wer übernimmt die Verantwortung? Wer geht zu dem Mann oder der Mutter oder der Frau und sagt: ‚Wir haben's riskiert und leider Pech gehabt'?"

„Nun mal langsam, Martin."

„Wenn Sie über die Freigabe des Strandes entscheiden wollen, dann müssen Sie schon auch die Verantwortung übernehmen."

„Was soll das heißen?"

„Das heißt, solange ich Polizeichef in dieser Stadt bin, wird der Strand nicht freigegeben."

„Ich will Ihnen mal was sagen, Martin", sagte Vaughan. „Wenn dieser Strand am 4. Juli gesperrt bleibt, haben Sie Ihren Posten nicht mehr lange. Wenn die Bürger dieser Stadt erfahren, daß Sie den Strand nicht freigeben wollen, wird man Sie zwanzig Minuten später wegen Amtsmißbrauchs anklagen oder Ihnen sonstwie einen Strick drehen. Stimmen Sie mir zu, meine Herren?"

„Den Strick stelle ich gratis", meinte Catsoulis.

„Meine Leute haben keine Arbeit", sagte Lopez. „Wenn Sie die Leute nicht arbeiten lassen, sollen Sie auch nicht arbeiten."

Brody sagte gleichmütig: „Sie können meinen Posten jederzeit haben."

Auf Vaughans Schreibtisch ertönte ein Summer. Ärgerlich stand er auf und nahm den Hörer ab. Es war einen Augenblick still, dann sagte er zu Brody: „Es ist für Sie. Janet sagt, es sei dringend. Sie können das Gespräch hier annehmen oder draußen."

„Draußen", sagte Brody und überlegte dabei, was wohl wichtig genug sein könnte, um ihn aus einer Besprechung mit dem Gemeinderat herauszurufen. Er verließ das Zimmer und machte die Tür hinter sich zu.

Janet reichte ihm das Telephon von ihrem Schreibtisch, aber bevor sie noch die Rückfragetaste loslassen konnte, fragte Brody: „Sagen Sie mal, hat Larry heute morgen Albert Morris und Fred Potter angerufen?"

Janet wich seinem Blick aus. „Ich soll niemandem etwas sagen."

„Sagen Sie's mir, Janet. Ich muß es wissen."

„Ich habe nur die vier da drinnen angerufen."

„Dann drücken Sie mal aufs Knöpfchen." Janet tat es, und Brody meldete sich: „Hier Brody."

Als Vaughan in seinem Büro sah, daß das Lämpchen nicht mehr blinkte, nahm er vorsichtig den Finger von der Rückfragetaste und deckte die Sprechmuschel mit der Hand zu. Er sah sich um und suchte nach Vorwürfen in den Gesichtern der andern. Niemand erwiderte seinen Blick.

„Martin, hier ist Harry", meldete sich Meadows. „Ich weiß, daß du in einer Besprechung bist, und will mich kurz fassen. Larry Vaughan ist bis über beide Ohren verschuldet."

„Das glaube ich nicht."

„Es ist lange her, vielleicht schon fünfundzwanzig Jahre, als Larry noch überhaupt kein Geld hatte, da ist seine Frau krank geworden. Irgendwas Schlimmes. Und teuer. Mein Gedächtnis ist da ein bißchen unklar, aber ich kann mich erinnern, daß er hinterher gesagt hat, ein Freund habe ihm ausgeholfen und ihm einen Kredit gegeben, der ihn über Wasser hielt. Es muß sich um mehrere tausend Dollar gehandelt haben. Larry hat mir auch den Namen des Mannes genannt. Tino Russo."

„Komm zur Sache, Harry."

„Tu ich ja. Jetzt machen wir einen Sprung in die Gegenwart. Vor ein paar Monaten, bevor das mit diesem Hai überhaupt losging, ist hier eine Firma namens Caskata-Immobilien gegründet worden. Eine Holdinggesellschaft. Das erste, was sie kaufte, war ein großer Kartoffelacker nördlich der Straße nach Scotch. Als dann der Sommer nicht so richtig werden wollte, hat Caskata nach und nach immer mehr Grundstücke zu niedrigen Preisen gekauft. Alles völlig legal. Aber dann – sowie die ersten Zeitungsberichte über den Hai erschienen – hat Caskata erst richtig zu kaufen angefangen. Je tiefer die Grundstückspreise sanken, desto mehr hat sie gekauft – mit sehr wenig Bargeld. Lauter kurzfristige eigene Wechsel. Unterzeichnet von Larry Vaughan, der als Präsident der Firma auftritt. Vizepräsident ist Tino Russo, den die *Times* schon seit Jahren als zweitklassigen Gangster aus einer der fünf New Yorker Mafia-Familien einstuft."

Brody pfiff durch die Zähne. „Und Vaughan stöhnt mir dauernd was vor, daß keiner ihm etwas abkauft. Aber ich verstehe immer noch nicht, wieso er unter Druck steht, den Strand freizugeben."

„Da bin ich auch nicht sicher. Vielleicht aus persönlicher Verzweiflung. Ich könnte mir vorstellen, daß er sich übernommen hat. Die einzige Chance für ihn, da mit heiler Haut herauszukommen, wäre ein Umschwung der Marktlage mit steigenden Preisen. Dann kann er das Gekaufte wieder verkaufen und den Gewinn einstreichen. Oder Russo streicht den Gewinn ein, je nach Vereinbarung. Wenn die Preise aber weiter sinken – mit anderen Worten, wenn der Strand weiterhin offiziell als nicht sicher gilt –, kann er unmöglich seine

Wechsel bei Fälligkeit einlösen. Er verliert seine Anzahlungen, und die Grundstücke gehen entweder an die ursprünglichen Besitzer zurück oder werden von Russo geschluckt, wenn er das Bargeld aufbringen kann. Ich schätze, Russo macht sich noch Hoffnungen auf große Profite, die er aber nur bekommen kann, wenn Vaughan es durchsetzt, daß der Strand freigegeben wird. Soviel ich weiß, hat Russo keinen roten Heller in diesem Unternehmen stecken. Es ist alles –"

„Sie sind ein gottverdammter Lügner, Meadows!" brüllte Vaughans Stimme durch die Leitung. „Wenn Sie davon nur ein Wort drucken, mache ich Sie vor Gericht fertig!" Es klickte, als er den Hörer auf die Gabel knallte.

„Soweit die Honorigkeit unserer gewählten Vertreter", sagte Meadows.

„Was soll ich tun, Harry? Vorhin habe ich ihnen meinen Posten angeboten. Bevor ich rauskam, um mit dir zu reden."

„Gib nicht auf, Martin. Wir brauchen dich. Wenn du aufsteckst, setzen Russo und Vaughan sich zusammen und suchen einen Nachfolger für dich aus. An deiner Stelle würde ich den Strand freigeben. Irgendwann mußt du das ja doch, da kannst du es auch gleich tun."

„Und die Bande ihr Geld kassieren und abhauen lassen."

„Was kannst du denn schon machen? Wenn du weiter den Strand sperrst, schickt Vaughan dich in die Wüste und gibt ihn selbst frei. Dann kannst du gar keinem mehr was nützen. Wenn du aber den Strand freigibst und es passiert nichts mehr, hat die Stadt noch eine Chance. Vielleicht finden wir dann später etwas, womit wir Vaughan zur Rechenschaft ziehen können."

„Gut, Harry. Ich denke darüber nach", sagte Brody. „Aber wenn ich ihn freigebe, dann auf meine Art."

Als Brody wieder in Vaughans Büro kam, sagte Vaughan: „Die Sitzung ist geschlossen."

„Was heißt hier geschlossen?" fragte Catsoulis. „Wir haben noch gar nichts entschieden."

Vaughan sagte: „Machen Sie mir keine Schwierigkeiten, Tony! Es kommt schon alles in Ordnung. Nur lassen Sie mich jetzt mal mit dem Polizeichef ein Wort unter vier Augen reden. Klar?"

Hooper und die vier Gemeinderäte verließen das Zimmer. Vaughan schloß die Tür, ging zur Couch und ließ sich schwer darauf-

fallen. Er stützte die Ellbogen auf die Knie und rieb sich mit den Fingerspitzen über die Schläfen. „Ich schwöre Ihnen, Martin", sagte er, „wenn ich geahnt hätte, wie weit das geht, ich hätte mich nie darauf eingelassen."

„Wieviel schulden Sie ihm denn?"

„Ursprünglich zehntausend Dollar. Ich hab's zurückzuzahlen versucht, aber ich habe sie nie dazu bringen können, meine Schecks einzulösen. Als sie vor ein paar Monaten an mich herantraten, habe ich ihnen hunderttausend in bar angeboten. Sie haben gesagt, das reiche nicht. Sie wollten kein Geld. Sie wollten, daß ich für sie ein paar Investitionen machte. Alle würden nur dabei gewinnen, haben sie gesagt."

„Und wieviel haben Sie inzwischen da hineingesteckt?"

„Jeden Cent, den ich hatte. Und mehr als jeden Cent. Fast eine Million." Vaughan holte tief Luft. „Können Sie mir helfen, Martin?"

„Ich kann Ihnen höchstens eine Verabredung beim Staatsanwalt verschaffen. Wenn Sie als Zeuge auftreten, können Sie den Burschen vielleicht einen Kreditwucher anhängen."

„Und bevor ich vom Staatsanwalt wieder nach Hause käme, wäre ich tot, und Eleanor stünde allein und ohne Mittel da. Diese Art Hilfe hatte ich nicht gemeint."

Brody blickte auf Vaughan hinab, der zusammengesunken dasaß wie ein verwundetes Tier, und empfand Mitleid. Allmählich zweifelte er an seinem eigenen Widerstand gegen die Freigabe des Strandes. Wieviel davon war Selbstschutz und wieviel Sorge um die Stadt? „Ich will Ihnen etwas sagen, Larry. Ich gebe den Strand frei. Nicht, um Ihnen zu helfen, denn wenn ich es nicht täte, würden Sie schon eine Möglichkeit finden, mich abzuschieben und es selbst zu tun, da bin ich ganz sicher. Ich gebe ihn frei, weil ich mir selbst nicht mehr sicher bin, ob mein Handeln richtig ist."

„Danke, Martin, das weiß ich zu würdigen."

„Ich bin noch nicht fertig. Wie gesagt, ich gebe den Strand frei. Aber ich werde Posten aufstellen. Und ich lasse Hooper vor dem Strand im Boot patrouillieren. Außerdem werde ich dafür sorgen, daß jeder, der hierherkommt, die Gefahr kennt."

„Das können Sie nicht machen!" sagte Vaughan. „Da können Sie den verdammten Strand ja gleich gesperrt lassen. Es geht doch keiner hin, wenn es da von Polizei wimmelt."

„Ich kann das machen, Larry, und ich werde es machen. Ich werde hier nicht so tun, als ob nichts wäre."

„Na schön, Martin." Vaughan stand auf. „Sie lassen mir nicht viel Wahl. Wenn ich Sie abschiebe, werden Sie wahrscheinlich als privater Bürger auf dem Strand herumrennen und ,Hai!' brüllen. Also gut. Aber halten Sie sich zurück — wenn schon nicht meinetwegen, dann für die Stadt."

BRODY kam an diesem Nachmittag um zehn nach fünf nach Hause. Als er in den Hof fuhr, ging die Hintertür auf und Ellen kam ihm entgegengerannt. Sie hatte geweint und war immer noch sichtlich außer sich.

„Gott sei Dank, daß du da bist!" rief sie. „Komm mal hierher. Schnell!" Sie ging voran in den Schuppen, wo sie die Mülleimer stehen hatten. „Da drin." Sie zeigte auf einen der Eimer. „Sieh dir das mal an."

Auf einem Müllbeutel lag in verrenkter Haltung Seans Kater — ein großes, kräftiges Tier mit Namen Frisky. Sein Kopf war vollständig herumgedreht, und die gelben Augen blickten über seinen Rücken.

„Wie ist denn das passiert?" fragte Brody. „Ein Auto?"

„Nein, ein Mann." Ellens Atem ging in Schluchzen über. „Sean war dabei, als es passierte. Drüben am Bürgersteig ist ein Mann aus seinem Wagen gestiegen. Er hat die Katze gepackt und ihr das Genick gebrochen, dann hat er sie ins Gras geworfen, ist wieder eingestiegen und abgefahren."

„Hat er etwas gesagt?"

„Ich weiß es nicht. Sean ist drinnen. Er ist völlig durchgedreht, und ich kann's ihm nicht verdenken. Martin, was geht hier vor?"

Brody knallte den Deckel wieder auf die Tonne. „So ein Dreckschwein!" sagte er. Er biß die Zähne aufeinander. „Gehen wir ins Haus."

Fünf Minuten später kam Brody wieder durch die Hintertür heraus. Er riß den Deckel vom Mülleimer und nahm die tote Katze heraus. Er brachte sie zum Wagen, warf sie durchs offene Fenster hinein und stieg ein. Er setzte rückwärts aus dem Hof und fuhr mit quietschenden Reifen davon.

Er brauchte nur ein paar Minuten bis zu Vaughans Tudor-Haus, das gleich neben der Straße nach Scotch lag. Er stieg aus dem Wagen, nahm die Katze an einem der Hinterbeine und ging die Vordertreppe hinauf. Er läutete.

Die Tür ging auf, und Vaughan sagte: „Hallo, Martin. Ich –"

Brody hob die Katze hoch und hielt sie Vaughan vors Gesicht. „Was ist das hier, Sie Lump? Das war einer Ihrer Freunde. Direkt vor den Augen meines Kindes. Die haben meine Katze umgebracht! Haben Sie ihnen das gesagt?"

„Seien Sie nicht albern, Martin." Vaughan wirkte aufrichtig erschrocken. „So etwas würde ich doch nie tun. Nie!"

Brody ließ die Katze sinken und sagte: „Haben Sie Ihre Freunde angerufen, nachdem ich gegangen war?"

„Nun ... ja. Aber nur, um ihnen zu sagen, daß morgen der Strand freigegeben wird."

„War das alles, was Sie gesagt haben?"

„Ja. Warum?"

„Sie elender Lügner!" Brody schlug ihm die Katze gegen die Brust und ließ sie fallen. „Wissen Sie, was dieser Kerl gesagt hat, nachdem er meine Katze umgebracht hatte? Wissen Sie, was er zu meinem achtjährigen Sohn gesagt hat?"

„Nein, natürlich weiß ich das nicht. Wie soll ich denn?"

„Er hat dasselbe gesagt wie Sie. Er hat gesagt: ‚Sag deinem Alten, er soll sich nur ja zurückhalten.'"

Brody machte kehrt und ging die Treppe hinunter. Vaughan ließ er vor dem verdrehten Fellbündel stehen.

SIEBEN

DER Freitag war bewölkt, mit vereinzelten leichten Schauern, und außer einem jungen Paar, das frühmorgens einmal schnell ins Wasser hüpfte, gerade als Brodys Mann eintraf, ging niemand schwimmen. Hooper kreuzte sechs Stunden lang herum und bekam nichts zu sehen. Am Freitag abend rief Brody die Küstenwache an und bat um einen Wetterbericht. Er wußte selbst nicht recht, was er hoffen sollte. Er wußte, daß er für das Ferienwochenende gutes Wetter hätte wünschen müssen, aber insgeheim wünschte er sich drei Tage Sturm, damit der Strand leer blieb. Der Wetterbericht prophezeite klaren, sonnigen Himmel bei leichtem Südwestwind. Nun ja, dachte Brody, vielleicht ist es so am besten. Wenn wir ein gutes Wochenende haben und niemand zu Schaden kommt, kann ich vielleicht glauben, daß der Hai fort ist. Und sicher wird Hooper dann verschwinden.

Er wollte, daß Hooper nach Woods Hole zurückkehrte. Es war nicht nur Hoopers ständige Gegenwart, die Stimme des Fachmanns, die seinen Warnungen widersprach. Brody hatte irgendwie das Gefühl, daß Hooper in sein Zuhause eingedrungen war. Er wußte, daß Ellen nach der Party noch mit Hooper gesprochen hatte. Der kleine Martin hatte angedeutet, Hooper wolle sie vielleicht zu einem Picknick am Strand einladen und mit ihnen Muscheln suchen. Dann diese Geschichte am Mittwoch. Ellen hatte gesagt, sie sei krank, und sie hatte wirklich mitgenommen ausgesehen, als er nach Hause gekommen war. Aber wo war Hooper an diesem Tag gewesen? Warum war er ausgewichen, als Brody sich danach erkundigt hatte? Zum erstenmal in seiner Ehe plagten Brody Zweifel.

Er ging in die Küche, um Hooper im Abelard anzurufen. Ellen wusch das Geschirr vom Abendessen. Brody sah das Telephonbuch unter einem Stapel Rechnungen und Comics liegen. Er wollte es sich nehmen, stockte aber. „Ich muß Hooper anrufen", sagte er. „Weißt du, wo das Telephonbuch ist?"

„Die Nummer ist sechs fünf vier drei", sagte Ellen.

„Woher weißt du das?"

„Du weißt doch, daß ich ein Gedächtnis für Telephonnummern habe."

Er wußte es und schalt sich selbst für seine dummen Tricks. Er wählte die Nummer und ließ sich Hoopers Zimmer geben.

„Hier Brody", sagte er, als Hooper sich meldete.

„Ach. Guten Abend."

„Ich glaube, wir sind morgen dran", sagte Brody. „Der Wetterbericht ist gut."

„Ja, ich weiß."

„Dann treffen wir uns um halb zehn am Anlegesteg. Vorher geht niemand schwimmen."

„Gut. Halb zehn."

„Übrigens", meinte Brody, „hat das mit Daisy Wicker geklappt?"
„Was?"

Brody wünschte, er hätte die Frage nicht gestellt. „Reine Neugier. Ob Sie – Sie wissen schon – gelandet sind."

„Ach so ... nun ja, jetzt wo Sie's erwähnen. Gehört das zu Ihren Aufgaben, sich um anderer Leute Liebesleben zu kümmern?"

„Lassen wir's. Vergessen Sie, daß ich Sie je gefragt habe." Er legte auf und drehte sich zu Ellen um. „Dich wollte ich auch etwas fragen. Martin hat von einem Picknick am Strand gesprochen. Wann soll das sein?"

„Eine bestimmte Zeit ist nicht vereinbart", sagte sie. „Es war nur so ein Gedanke."

„Ach so." Er sah sie an, aber sie erwiderte seinen Blick nicht. „Ich glaube, es wird Zeit, daß du mal ausschläfst."

„Wie kommst du darauf?"

„Du hast dich in letzter Zeit nicht wohl gefühlt. Und dieses Glas spülst du jetzt schon zum zweitenmal."

SAMSTAG mittag stand Brody auf einer Düne, von wo aus er den Strand vor der Straße nach Scotch überblicken konnte, und fühlte sich halb als Geheimagent, halb als Narr. Er war in Polohemd und Badehose. In einer Strandtasche an seiner Seite befanden sich ein Fernglas, ein Funkgerät, zwei Dosen Bier und ein Sandwich. Vor der Küste glitt die *Flicka* langsam ostwärts. Brody sah dem Boot nach und dachte: Wenigstens weiß ich, wo *er* heute ist.

Die Küstenwache hatte recht behalten. Der Tag war wolkenlos und warm, und eine leichte Brise wehte vom Meer herüber. Der Strandabschnitt vor ihm war kaum bevölkert. Einige Paare lagen dösend in der Sonne, etwa ein Dutzend Teenager lümmelte sich in ritueller Reihe. Eine Familie saß um ein Holzkohlenfeuer herum, und der Duft gegrillter Hackbällchen stieg Brody in die Nase.

Brody griff in die Strandtasche und nahm das Funkgerät heraus. Er drückte auf den Knopf und sagte: „Leonard, sind Sie da?"

Eine Sekunde später kam krächzend die Antwort aus dem Lautsprecher. „Ich höre Sie, Chef. Kommen." Hendricks hatte sich freiwillig als dritter für die Strandwache am Wochenende gemeldet.

„Tut sich was an Ihrem Strand?" fragte Brody.

„Nichts, womit wir nicht fertigwürden, aber hier sind ein paar vom Fernsehen und interviewen Leute. Kommen."

„Wie lange sind die schon da?"

„Fast den ganzen Morgen. Ich weiß nicht, wie lange sie noch bleiben wollen, wo hier bis jetzt nicht einmal jemand ins Wasser geht. Kommen."

„Solange sie nur keinen Ärger stiften."

„Keine Spur. Kommen."

„Gut. Übrigens, Leonard, Sie brauchen nicht immer ‚Kommen' zu sagen. Ich merke auch so, wann Sie fertig sind."

„Gehört einfach dazu, Chef. Der Deutlichkeit halber. Ende."

Brody wartete ein Weilchen, dann drückte er wieder auf den Knopf und sagte: „Hooper, hier Brody. Ist da draußen etwas los?" Es kam keine Antwort. „Brody ruft Hooper. Hören Sie mich?" Er wollte gerade noch ein drittes Mal rufen, als Hooper sich meldete.

„Entschuldigung, ich war gerade am Heck. Ich glaubte etwas gesehen zu haben."

„Was glauben Sie gesehen zu haben?"

„Ich kann es nicht richtig beschreiben. Einen Schatten vielleicht. Nichts weiter."

„Haben Sie sonst etwas gesehen?"

„Nicht das mindeste. Den ganzen Morgen nicht."

„Hoffentlich bleibt's dabei. Ich melde mich später wieder."

„Gut. In ein paar Minuten bin ich näher am Strand."

Brody steckte das Funkgerät wieder in die Tasche, setzte sich und packte sein Sandwich aus.

Um halb drei war Brodys Strandabschnitt so gut wie leer. Die Leute waren zum Tennis, Segeln oder zum Friseur gegangen. Die letzten am Strand waren ein halbes Dutzend Halbwüchsige.

Brody bekam allmählich Sonnenbrand an den Beinen. Er legte ein Handtuch darüber. Dann nahm er das Funkgerät aus der Tasche und rief Hendricks. „Ist was los, Leonard?"

„Überhaupt nichts, Chef. Kommen."

„Gehen welche schwimmen?"

„Nein. Ein paar waten vorn im Wasser herum, das ist alles. Kommen."

„Dasselbe hier. Was machen die Fernsehfritzen?"

„Weggefahren. Vor ein paar Minuten. Sie wollten wissen, wo Sie sind. Kommen."

„Haben Sie's ihnen gesagt?"

„Klar. Ich wüßte keinen Grund, warum nicht. Kommen."

„Schon recht. Ich rufe später wieder." Brody stand auf, schlang sich das Handtuch um die Hüften, um seine Beine vor der Sonne zu schützen, nahm das Funkgerät und schlenderte aufs Wasser zu.

Als er einen Motor hörte, drehte er sich um und stieg auf die Düne. Ein weißer Kastenwagen hatte auf der Straße nach Scotch angehalten. An der Seitenwand stand: WNBC-TV NEWS. Die Fahrertür ging auf, ein Mann stieg aus und kam auf Brody zu durch den Sand gewatet. Er war jung, hatte lange Haare und einen Schnurrbart, der wie eine Lenkstange aussah.

„Chef Brody?" fragte er schon, als er noch ein paar Schritte entfernt war.

„Stimmt."

„Bob Middleton, Viertes Programm. Ich würde Sie gern interviewen."

„Zu welchem Thema?"

„Über die Sache mit dem Hai. Was Sie dazu gebracht hat, den Strand freizugeben."

Brody dachte: Zum Teufel, ein bißchen Rummel kann der Stadt nicht schaden, jetzt wo die Gefahr, daß etwas passiert, ziemlich gering ist – wenigstens heute. „Gut", sagte er. „Wo?"

„Unten am Strand. Es dauert ein paar Minuten, bis die Geräte aufgebaut sind. Wenn wir fertig sind, rufe ich Sie." Damit ging er zurück zum Wagen.

Brody ging zum Wasser hinunter. Als er an der Gruppe von Jugendlichen vorbeikam, hörte er einen Jungen sagen: „Also, wie ist es? Hat einer den Mumm? Zehn Dollar sind zehn Dollar."

Ein Mädchen sagte: „Mensch, Limbo, hör doch auf."

Brody blieb stehen und tat, als habe er vor der Küste etwas Interessantes gesehen.

Ein anderer Junge sagte: „Wenn du so ein toller Hund bist, warum gehst du nicht selber rein?"

„Ich bin es, der hier das Angebot macht", antwortete der erste Junge. „*Mir* zahlt ja keiner was dafür, wenn ich ins Wasser gehe. Also, was sagt ihr?"

Es war eine Weile still, dann fragte ein anderer Junge: „Wie weit müßte ich denn rausschwimmen?"

„Mal sehen. Hundert Meter. Einverstanden?"

„Abgemacht." Der Junge stand auf.

Das Mädchen sagte: „Du bist doch verrückt, Jimmy. Warum willst du ins Wasser? Du brauchst keine zehn Dollar."

„Meinst du, ich hätte Angst?"

Der Junge machte kehrt und ging aufs Wasser zu. Brody rief: „He!", und er blieb stehen.

Brody ging zu dem Jungen. „Was hast du vor?"

„Schwimmen."

Brody zeigte ihm seine Dienstmarke. „Möchtest du wirklich schwimmen gehen?" fragte er.

„Klar. Wieso nicht? Es ist doch erlaubt, oder?"

Brody nickte. Dann sagte er mit leiser Stimme: „Oder soll ich es dir lieber verbieten?"

Der Junge sah an ihm vorbei zu seinen Freunden. Er zögerte, dann schüttelte er den Kopf. „Nee. Ich kann die zehn Eier brauchen."

„Bleib aber nicht zu lange drin", sagte Brody.

„Nein." Er lief ins Wasser und schwamm los.

Brody hörte eilige Schritte hinter sich. Bob Middleton kam an ihm vorbeigerannt und rief dem Jungen zu: „He! Komm mal zurück!"

Der Junge hielt mit Schwimmen inne und stand auf. „Was ist?"

„Ich möchte eine Aufnahme von dir machen, wie du ins Wasser gehst. In Ordnung?"

„Klar, schon", sagte der Junge und kam ans Ufer zurück.

Zwei Männer traten an Brodys Seite. Einer trug eine Kamera und ein Stativ. Der andere trug einen rechteckigen Kasten mit lauter Skalen und Knöpfen. Um den Hals hatte er Kopfhörer hängen.

„Da ist's gut, Walter", sagte Middleton. Er zog ein Notizbuch aus der Tasche und begann dem Jungen Fragen zu stellen.

Der Toningenieur reichte Middleton das Mikrophon, der in die Kamera blickte und sagte: „Wir befinden uns seit dem frühen Morgen am Strand von Amity, und bisher hat sich noch niemand ins Wasser gewagt, obwohl von dem Hai nichts zu sehen war. Ich stehe hier mit Jim Prescott, einem jungen Mann, der sich soeben entschlossen hat, schwimmen zu gehen. Sag mal, Jim, machst du dir gar keine Gedanken darüber, was da draußen außer dir noch herumschwimmen könnte?"

„Nein", sagte der Junge. „Ich glaube nicht, daß da was ist."

„Du hast also keine Angst?"

„Nein."

Middleton gab ihm die Hand. „Also, dann viel Glück, Jim. Und vielen Dank."

Der Junge lief ins Wasser und fing an zu schwimmen.

„Wieviel willst du davon haben?" fragte der Kameramann, indem er dem davonschwimmenden Jungen mit der Kamera folgte.

„Vielleicht dreißig Meter", sagte Middleton. „Aber bleiben wir hier, bis er wieder rauskommt. Und halt dich für alle Fälle bereit."

Brody hatte sich so an das ferne, kaum hörbare Motorbrummen der *Flicka* gewöhnt, daß sein Gehirn es kaum noch als Geräusch registrierte. Plötzlich aber verwandelte sich das tiefe Brummen in ein aufgeregtes Knurren. Brody sah über den Jungen hinaus und beobachtete, wie das Boot eine scharfe Wendung machte, ganz im Gegensatz zu den langsamen, trägen Bögen, die es bisher gefahren war. Er hielt das Funkgerät vor den Mund, drückte den Knopf und fragte: „Sehen Sie etwas, Hooper?"

Das Boot wurde langsamer und stoppte.

„Ja", antwortete Hoopers Stimme. „Da war wieder dieser Schatten. Aber jetzt sehe ich ihn nicht mehr. Vielleicht werden auch nur meine Augen müde."

Middleton rief dem Kameramann zu: „Nimm das auf, Walter." Er ging zu Brody und fragte: „Tut sich etwas, Chef?"

„Weiß ich nicht", sagte Brody. „Das will ich gerade erfahren." Dann sagte er ins Funkgerät: „Da draußen schwimmt ein Junge."

„Wo?" fragte Hooper.

Middleton näherte sich Brody mit dem Mikrophon und schob es ihm zwischen Mund und Funkgerät. Brody wehrte ab, aber Middleton hielt es schnell wieder hin.

„Vielleicht dreißig, vierzig Meter weit draußen. Ich will ihn lieber zurückrufen." Brody steckte das Funkgerät in das Handtuch um seine Hüfte. Er formte mit den Händen einen Trichter vor dem Mund und rief: „He, komm zurück!"

Der Junge hörte den Ruf nicht. Er schwamm schnurstracks vom Ufer fort.

Brody packte das Funkgerät und rief wieder Hooper. „Er hört mich nicht. Könnten Sie näherkommen und ihm sagen, er soll umkehren?"

„Natürlich", sagte Hooper. „Bin gleich da."

Der Fisch war jetzt getaucht und schwamm dicht über dem sandigen Grund dahin, fünfundzwanzig Meter unter der *Flicka*. Seit Stunden verfolgten seine Sensoren jetzt schon das fremdartige Geräusch über ihm. Bisher hatte er weder den Drang verspürt, die „Kreatur" da über ihm anzugreifen, noch wegzuschwimmen.

Brody sah das Boot, das in Richtung Westen gefahren war, jetzt mit weißem Schaum vor dem Bug auf die Küste zuschwenken.

„Nimm das Boot auf, Walter", wies Middleton den Kameramann an.

In der Tiefe spürte der Fisch, wie das Geräusch über ihm anschwoll und dann schwächer wurde, als das Boot sich entfernte. Er machte eine Wendung, stieg langsam höher und folgte dem Boot auf die Küste zu.

Der Junge hielt mit Schwimmen inne und sah wassertretend zum Ufer. Brody winkte mit den Armen und rief: „Komm zurück!" Der Junge winkte und schwamm zurück. Er schwamm gut, drehte das Gesicht nur zum Atemholen aus dem Wasser und bewegte Arme und Beine in gleichmäßigem Rhythmus. Nach Brodys Schätzung war er noch sechzig Meter weit vom Ufer und würde noch eine Minute bis zum Strand brauchen.

Hooper brauchte nur dreißig Sekunden für die paar hundert Meter, um in die Nähe des Jungen zu kommen.

Er stoppte kurz vor der Brandung und ließ den Motor im Leerlauf drehen. Näher wagte er sich nicht heran, um nicht von der Brandung erfaßt zu werden.

Der Junge hörte den Motor und hob den Kopf aus dem Wasser. „Was ist los?" rief er Hooper zu.

„Nichts", rief Hooper zurück. „Schwimm weiter."

Der Junge legte wieder den Kopf ins Wasser und schwamm. Eine Welle trug ihn vorwärts, und nach noch ein paar Zügen konnte er stehen.

„Komm weiter!" rief Brody.

Middleton redete ins Mikrophon. „Irgend etwas ist los, meine Damen und Herren, aber wir können nicht feststellen, was. Mit Sicherheit wissen wir nur, daß Jim Prescott schwimmen gegangen ist und ein Mann draußen auf einem Boot etwas gesehen hat. Polizeichef Brody bemüht sich soeben, Jim zur Rückkehr an Land zu bewegen. Es könnte der Hai sein, aber wir wissen es nicht."

Hooper schaltete in den Rückwärtsgang, um von der Brandung
wegzukommen. Als er vom Heck hinunterblickte, sah er einen Silber-
streifen durch das graublaue Wasser schießen. Im ersten Augenblick
begriff Hooper gar nicht, was er da sah. Dann wurde es ihm bewußt,
und er rief: „Vorsicht!"

„Was ist?" rief Brody.

„Der Fisch! Holt den Jungen raus! Schnell!"

Der Junge hörte Hooper und versuchte zu laufen. Aber im brust-
tiefen Wasser kam er nur langsam und mühsam voran.

Brody lief ins Wasser und streckte die Arme aus. Eine Welle schlug
gegen seine Knie und warf ihn zurück.

Middleton sagte ins Mikrophon: „Der Mann im Boot hat soeben
etwas von einem Fisch gesagt. Ich weiß nicht, ob er den Hai meint."

Der Junge kam jetzt schneller im Wasser voran. Er sah nicht die Rückenflosse, die hinter ihm auftauchte, eine spitze, graubraune Sichel.

„Da ist er, Walter", rief Middleton. „Hast du ihn?"

„Ich hole ihn gerade näher ran", sagte der Kameramann. „Ja, jetzt habe ich ihn."

„Beeil dich!" sagte Brody. Er griff nach dem Jungen, dessen Augen schreckensweit aufgerissen waren. Brodys Hand bekam die des Jungen zu fassen, und er zog.

Dann packte er den Jungen um den Leib, und sie taumelten zusammen aus dem Wasser.

Die Sichel tauchte unter, und der Fisch folgte dem abfallenden Meeresboden in die Tiefe.

Brody hielt den Arm um den Jungen gelegt. „Alles in Ordnung?"

„Ich will nach Hause." Der Junge zitterte.

„Das kann ich mir denken", sagte Brody.

Middleton kam zu ihnen. „Können Sie das noch einmal für mich wiederholen?"

„Was wiederholen?"

„Was Sie eben zu dem Jungen gesagt haben. Können wir das noch einmal hören?"

„Gehen Sie mir aus dem Weg!" schnauzte Brody ihn an. Er brachte den Jungen zu seinen Freunden und sagte zu dem, der das Geld geboten hatte: „Bring ihn nach Hause. Und gib ihm seine zehn Dollar." Der andere Junge nickte, bleich und erschrocken.

Brody sah sein Funkgerät im flachen Wasser liegen und hob es auf. Er drückte auf den Sprechknopf. „Leonard, hören Sie mich?"

„Ich höre Sie, Chef. Kommen."

„Der Fisch war hier. Wenn jemand bei Ihnen im Wasser ist, holen Sie ihn raus. Sofort. Der Strand ist offiziell gesperrt."

Als Brody seine Strandtasche holen wollte, rief Middleton ihm nach: „He, Chef! Können wir jetzt das Interview machen?"

Brody seufzte und kehrte zu Middleton und seinem Kamerateam zurück.

„Na gut", sagte er. „Schießen Sie los."

„Chef Brody", begann Middleton, „das ist ja gerade noch einmal gutgegangen, oder wie würden Sie sagen?"

„Um Haaresbreite. Der Junge hätte umkommen können."

„Was haben Sie also weiter vor?"

„Der Strand ist gesperrt. Das ist im Augenblick alles, was ich tun kann."

„Demnach ist das Baden hier in Amity noch nicht sicher?"

„So würde ich sagen, ja."

„Was bedeutet das für Amity?"

„Schwierigkeiten, Mr. Middleton. Wir sind in großen Schwierigkeiten."

„Chef, wie ist Ihnen jetzt zumute, nachdem doch Sie den Strand freigegeben hatten?"

„Wie mir zumute ist? Was soll denn die Frage? Wütend bin ich, ärgerlich, durcheinander. Und froh, daß niemand zu Schaden gekommen ist. Reicht das?"

„Durchaus, Chef", sagte Middleton mit einem Lächeln. „Vielen Dank, Chef Brody."

Er machte eine kurze Pause, dann sagte er: „Genug, Walter, das reicht für heute. Fahren wir nach Hause, um das Zeug zusammenzuschneiden."

UM SECHS Uhr saß Brody mit Hooper und Meadows in seinem Dienstzimmer. Er hatte bereits mit Larry Vaughan gesprochen, der ihn – betrunken und in Tränen – angerufen und über den Ruin seiner Existenz gejammert hatte. Bei Brody ertönte der Summer, und er nahm den Hörer ab.

„Ein Bill Whitman möchte Sie sprechen, Chef", sagte Bixby. „Er sagt, er sei von der New York Times."

„Oh, zum ... Schon gut. Schicken Sie ihn rein."

Die Tür ging auf, und Whitman stand da und fragte: „Störe ich Sie bei irgend etwas?"

„Bei nichts Wichtigem", sagte Brody. „Was können wir für Sie tun?"

„Ich wüßte nur gerne", sagte Whitman, „ob Sie sicher sind, daß es derselbe Fisch war, der die andern umgebracht hat."

Brody wies auf Hooper, und der sagte: „Ich kann es nicht mit Bestimmtheit sagen. Aber aller Wahrscheinlichkeit nach ist es derselbe Hai. Es wäre – für mich jedenfalls – zu weit hergeholt, anzunehmen, daß sich gleich zwei große Menschenfresserhaie zur selben Zeit vor der Südküste Long Islands aufhalten sollen."

Whitman fragte Brody: „Was gedenken Sie zu tun, Chef? Ich meine, außer der Sperrung des Strandes."

„Ich bin für Vorschläge dankbar. Persönlich glaube ich, daß wir von Glück reden können, wenn nach diesem Sommer noch etwas von der Stadt übrig ist."

„Übertreiben Sie da nicht ein bißchen?"

„Ich glaube nicht. Was meinst du, Harry?"

„Ich finde es nicht übertrieben", sagte Meadows. „Zumindest – und das ist wirklich das allermindeste – wird der nächste Winter der schlimmste in unserer Geschichte, weil eine Menge Leute von Arbeitslosenunterstützung leben werden."

„Ich begreife nur nicht, wieso es nicht möglich sein soll, diesen Hai zu fangen", sagte Whitman.

„Vielleicht kann man ihn fangen", sagte Hooper. „Ob wir es allerdings können, glaube ich nicht. Jedenfalls nicht mit unserer jetzigen Ausrüstung."

„Haben Sie schon mal von einem gewissen Quint gehört?" fragte Whitman.

„Dem Namen nach", sagte Brody. „Hast du dich schon einmal mit dem Kerl befaßt, Harry?"

„Das bißchen, was es über ihn zu lesen gibt, habe ich gelesen. Soviel ich weiß, hat er nie etwas Illegales getan."

„Nun ja", meinte Brody. „Ein Anruf ist vielleicht der Mühe wert."

„Sie scherzen doch", sagte Hooper. „Mit dem würden Sie sich einlassen?"

„Haben Sie einen besseren Vorschlag?" Brody nahm das Telephonbuch vom Schreibtisch und schlug es bei Q auf. Er fuhr mit dem Finger die Seite hinunter. „Hier. Quint. Mehr steht nicht da. Kein Vorname. Aber er ist der einzige auf dieser Seite. Demnach muß er es wohl sein." Er wählte die angegebene Nummer.

„Quint", meldete sich eine Stimme.

„Mr. Quint, hier ist Martin Brody. Ich bin der Polizeichef von Amity. Wir haben ein Problem."

„Schon gehört. Ich habe mit Ihrem Anruf fast gerechnet."

„Können Sie uns helfen?"

„Kommt drauf an."

„Worauf?"

„Zunächst mal, wieviel Sie anlegen wollen."

„Wir zahlen Ihren Tagessatz."

„Das glaube ich kaum", sagte Quint. „Das hier ist ein Sonderfall."

„Was soll das heißen?"

„Mein normaler Tagessatz beträgt zweihundert. Aber ich glaube, Sie werden das Doppelte zahlen."

„Ausgeschlossen."

„Wiederhören."

„Moment! Hören Sie doch! Wieso versuchen Sie mich zu erpressen?"

„Sie können sich an sonst niemanden wenden."

„Es gibt noch andere Fischer."

Brody hörte Quint lachen – ein kurzes, höhnisches Bellen. „Na klar", sagte Quint. „Einen haben Sie ja schon ausgeschickt. Schicken

Sie noch einen. Schicken Sie gleich noch ein halbes Dutzend. Wenn Sie dann wieder zu mir kommen, zahlen Sie vielleicht das Dreifache. Ich habe mit Warten nichts zu verlieren."

„Ich bitte Sie nicht um eine Gefälligkeit", sagte Brody. „Aber könnten Sie mich nicht behandeln wie einen regulären Kunden?"

„Sie brechen mir das Herz", sagte Quint. „Sie wollen einen Fisch getötet haben. Ich will versuchen, ihn für Sie zu töten. Garantieren kann ich nicht, aber ich werde mein Bestes tun. Und mein Bestes ist vierhundert Dollar pro Tag wert."

Brody seufzte. „Ich weiß nicht, ob der Gemeinderat mir das Geld bewilligen wird."

„Sie werden es schon irgendwo auftreiben."

Brody zögerte. „Also gut", sagte er dann. „Können Sie morgen anfangen?"

„Nein. Frühestens Montag. Morgen habe ich schon eine Charter."

„Können Sie der nicht absagen?" fragte Brody.

„Nein. Stammkunden. Sie sind nur Laufkundschaft. Und noch etwas", sagte Quint. „Ich brauche noch einen Mann. Mein Gehilfe hat gekündigt, und mir wäre nicht ganz wohl bei dem Gedanken, so einen großen Fisch ohne ein zweites Paar Hände anzugehen."

„Warum hat Ihr Gehilfe gekündigt?"

„Die Nerven. So geht's den meisten in diesem Beruf nach einer Weile."

„Aber Ihnen nicht?"

„Nein. Ich weiß, daß ich schlauer bin als die Fische."

„Und das genügt schon, schlauer zu sein?"

„Bisher hat's genügt. Ich lebe noch. Also, was ist? Haben Sie einen Mann für mich?"

„Wen nehmen Sie denn morgen mit?"

„Einen Jungen. Aber mit dem gehe ich nicht gegen einen großen Weißen an."

Brody sagte ruhig: „Ich werde da sein." Er erschrak über seine eigenen Worte, kaum daß er sie ausgesprochen hatte.

„Sie? Haha!"

Brody knirschte mit den Zähnen. „Ich kann schon auf mich aufpassen", sagte er.

„Vielleicht. Trotzdem brauche ich einen Mann, der etwas vom Fischen versteht. Oder wenigstens von Booten."

Brody sah über den Schreibtisch zu Hooper. Das letzte, was er sich wünschte, war ein Tag mit Hooper zusammen auf einem Boot – erst recht in einer Situation, in der Hooper ihn an Wissen, wenn nicht an Autorität, ausstechen würde. Er konnte Hooper allein schicken und selbst an Land bleiben. Aber er hätte das als ein Eingeständnis dafür empfunden, daß er nicht imstande war, den fremden Feind zu besiegen, der die Stadt mit Krieg überzog.

Außerdem – im Laufe eines langen Tages auf so einem Boot konnte Hooper sich vielleicht verplappern und ihm verraten, was er vergangenen Mittwoch gemacht hatte. Brody war inzwischen fast besessen von dem Wunsch, herauszubekommen, wo Hooper an diesem Tag gewesen war, als es regnete. Er wollte *Gewißheit* haben, daß Hooper nicht mit Ellen zusammengewesen war.

Er legte die Hand auf die Sprechmuschel und sagte zu Hooper: „Möchten Sie mitkommen? Er braucht einen Gehilfen."

„Ja", sagte Hooper. „Wahrscheinlich werde ich's noch bereuen, aber ich muß diesen Fisch sehen, und ich fürchte, das ist meine einzige Chance."

Brody sagte zu Quint: „Also, Sie haben Ihren Mann."

„Versteht er was von Booten?"

„Er versteht was von Booten."

„Montag morgen, sechs Uhr. Sie wissen, wie man hierherkommt?"

„Straße siebenundzwanzig auf Cranberry Hole zu, richtig?"

„Ja. Biegen Sie etwa hundert Meter hinter den letzten Häusern nach links in einen Feldweg ein. Der führt Sie direkt zu meinem Steg. Mein Boot ist das einzige dort. Es heißt *Orca*."

„Gut. Also bis Montag."

„Noch etwas", sagte Quint. „Barzahlung. Täglich im voraus."

„In Ordnung", sagte Brody. „Sie sollen es haben." Er legte auf und sagte zu Hooper: „Montag früh um sechs, in Ordnung?"

„Ja. Wie heißt sein Boot?"

„Ich habe *Orca* verstanden", sagte Brody. „Keine Ahnung, was das heißt."

„Das *heißt* nichts, das *ist* etwas. Ein Mörderwal."

Meadows, Hooper und Whitman standen auf, um zu gehen. An der Tür drehte Hooper sich um und sagte: „Bei dem Wort *Orca* fällt mir etwas ein. Wissen Sie, wie die Australier den großen weißen Hai nennen?"

„Nein", antwortete Brody, nicht wirklich interessiert. „Wie denn?"
„Weißer Tod."

„Das konnten Sie nicht für sich behalten, was?" sagte Brody, als
er die Tür hinter ihnen schloß.

DRITTER TEIL

ACHT

DAS Meer war glatt wie Gelatine. Kein Lüftchen wehte, das seinen
Spiegel gekräuselt hätte. Das Boot lag still auf dem Wasser und ließ
sich unmerklich vom Gezeitenstrom dahintreiben. Von zwei Angelruten, die in den Haltern am Heck steckten, hingen Drahtschnüre in
die ölige Spur aus Fischabfällen hinunter, die sich hinter dem Boot
nach Westen ausbreitete. Sie waren mit künstlichem Fischköder bestückt. Hooper saß auf dem Heck, neben sich einen Achtzigilitereimer.
Alle paar Sekunden tauchte er mit einer Schöpfkelle hinein und
schleuderte weitere Fischabfälle in den öligen Köderfleck.

Weiter vorn lagen in zwei am Bug zusammenlaufenden Reihen
zehn rote Holztonnen wie große Dreihundertliterfässer. Jede war
mit mehreren Lagen eines zwei Zentimeter starken Seils umwickelt,
das sich in einer Dreißigmeterrolle neben jeder Tonne fortsetzte. Am
Ende eines jeden Seils war eine pfeilförmige, stählerne Harpunenspitze befestigt.

Brody saß auf dem „Kampfstand", einem mit Bolzen an die Decks-
planken geschraubten Drehstuhl, und versuchte wach zu bleiben. Er
war erhitzt und verklebt. Sechs Stunden saßen sie schon so da, und
sein Nacken hatte einen bösen Sonnenbrand.

Brody sah zu der Gestalt auf der Brücke hinauf: Quint. Er trug
ein weißes Sporthemd, verwaschene Blue jeans, weiße Socken und
nicht mehr ganz weiße Tennisschuhe. Brody schätzte Quint um die
Fünfzig. Er war über einsneunzig groß und sehr hager – vielleicht
achtzig bis fünfundachtzig Kilo schwer. Wenn die Sonne hoch stand
und so herunterbrannte wie jetzt, trug er seine Schirmmütze wie bei

der Marineinfanterie. Sein Gesicht war, wie alles an ihm, hart und scharf geschnitten. Das Auffallendste darin war die lange, gerade Nase. Wenn Quint von der Brücke herabsah, schien er mit den Augen – den dunkelsten Augen, die Brody je gesehen hatte – an der Nase entlang zu zielen wie an einem Gewehrlauf. Seine Haut war dauergebräunt und von Wind, Salz und Sonne gegerbt. Mit starrem Blick, kaum daß er einmal mit den Lidern zuckte, schaute er nach hinten in die Ölspur.

Brody versuchte ebenfalls in den Köderfleck zu sehen, aber das vom Wasser zurückgeworfene Sonnenlicht tat seinen Augen weh, so daß er wieder fortsah. „Ich weiß nicht, wie Sie das machen, Quint", sagte er. „Setzen Sie nie eine Sonnenbrille auf?"

„Nie." Quints Ton lud nicht zu weiterer Unterhaltung ein.

Brody warf einen Blick auf die Uhr. Kurz nach zwei. Noch drei bis vier Stunden also, bis sie für heute Feierabend machen und nach Hause fahren würden.

„Haben Sie oft solche Tage, an denen Sie nur dasitzen und nichts passiert?"

„Manchmal."

„Und die Leute bezahlen, auch wenn nie ein Fisch bei ihnen anbeißt?"

Quint nickte. „Das kommt nicht allzuoft vor. Irgendwas beißt im allgemeinen immer an." Er unterbrach sich. „So wie jetzt."

Brody und Hooper sahen, wie der Draht der Steuerbordangel mit leisem, metallischem Zischen über Bord zu schießen begann.

„Nehmen Sie die Angel", sagte Quint zu Brody, „und wenn ich es Ihnen sage, legen Sie die Bremse ein und halten ihn."

„Ist das der Hai?" fragte Brody. Der Gedanke, endlich den Kampf mit der Bestie, dem Ungeheuer, dem Schreckgespenst aufzunehmen, ließ sein Herz wie wild pochen. Er wischte sich die Hände an der Hose trocken, nahm die Angel aus der Halterung und steckte sie zwischen seinen Beinen in den Drehzapfen.

Quint lachte – ein kurzes, böses Kläffen. „Das Ding da? Nein! Das ist nur ein kleiner. Damit Sie was zum Üben haben, bevor Ihr Fisch uns findet." Er beobachtete die Leine ein paar Sekunden, dann sagte er: „Jetzt! Stopp!"

Brody warf den kleinen Hebel an der Rolle nach vorn, dann riß er die Angel zurück. Die Rute spannte sich zu einem Bogen. Brody begann an der Kurbel zu drehen, um den Fisch einzuholen, aber der Draht schoß weiter hinaus.

„Verschwenden Sie Ihre Kräfte nicht", sagte Quint.

Brody hielt mit beiden Händen die Rute fest. Der Fisch war untergetaucht und schwamm langsam hin und her, zog aber keine Leine mehr nach. Als der Draht erschlaffte, kurbelte Brody schnell und zog nach hinten.

„Zum Teufel, was hängt denn da dran?" fragte er.

„Ein Blauer", sagte Quint.

„Der muß eine halbe Tonne wiegen."

Quint lachte. „Vielleicht hundertfünfzig Pfund."

Brody zerrte, bis Quint endlich sagte: „Ja, Sie schaffen's. Festhalten!" Brody hörte auf zu kurbeln.

Quint sprang mit elegantem, lässigem Schwung von der Brücke. In der einen Hand hatte er ein Gewehr, eine alte M 1 von der Armee. Er blieb an der Reling stehen und sah nach unten. „Wollen Sie ihn mal sehen?" fragte er. „Kommen Sie."

Im dunklen Wasser wirkte der Hai indigoblau. Er war gut zweieinhalb Meter lang, schlank und hatte lange Brustflossen. Langsam und ohne länger zu kämpfen, schwamm er von einer Seite zur anderen.

„Schön ist er, nicht wahr?" meinte Hooper.

Quint stellte die Sicherung seines Gewehrs auf „Feuer", und als der Hai einmal dicht an die Oberfläche kam, schoß er dreimal schnell hintereinander. Die Kugeln rissen runde, saubere Löcher in den Kopf des Hais, ohne daß Blut herauskam. Den Hai durchlief ein Zittern, dann bewegte er sich nicht mehr.

„Tot", sagte Brody.

„Betäubt vielleicht, mehr aber nicht", sagte Quint. Er nahm aus einer seiner Hüfttaschen einen Handschuh, schob die Hand hinein und packte die Drahtschnur. Dann zog er das Messer aus dem Futteral an seinem Gürtel. Er zog den Hai ein Stück aus dem Wasser und schlitzte ihm mit einem einzigen schnellen Schnitt den Bauch auf. Dann trennte er die Leitschnur mit einer Drahtschere ab, und der Fisch glitt über Bord.

„Jetzt passen Sie mal auf", sagte Quint. „Wenn wir Glück haben, sind gleich ein paar andere Blauhaie da, und dann gibt's eine Freßorgie. Da tut sich was. So etwas lieben die Leute."

Brody sah etwas Blaues von unten heraufschießen. Ein kleiner Hai, höchstens einszwanzig lang, schnappte nach dem Körper des ausgeweideten Fischs. Er schlug die Kiefer in das Fleisch und schüttelte heftig den Kopf hin und her. Bald erschien ein zweiter Hai, dann noch einer, und das Wasser begann zu brodeln. Rückenfinnen schossen durchs Wasser, Schwänze peitschten. Und mitten durch das Geklatsche und Gespritze ertönte dann und wann ein Ächzen, wenn Fisch auf Fisch traf.

Das Getümmel tobte mehrere Minuten, bis nur noch drei größere Haie übrig waren, die dicht unter der Wasseroberfläche hin und her schwammen.

„Mein Gott", sagte Hooper.

„Gefällt es Ihnen nicht?" fragte Quint.

„Ich sehe nicht gern Tiere zur Belustigung der Menschen sterben. Sie etwa?"

„Hier geht's nicht um Gern oder Ungern", sagte Quint. „Ich lebe davon." Er griff in einen Kühlkasten und nahm einen neuen, mit Köder versehenen Haken und eine neue Leitschnur heraus. Mit einer Zange befestigte er die Leitschnur an dem Angeldraht und warf den Köder über Bord.

Hooper ging wieder seine Fischabfälle ins Meer löffeln. Brody sagte: „Möchte jemand ein Bier?" Quint und Hooper nickten beide, er ging unter Deck und nahm drei Dosen aus der Kühlbox. Als er die Kabine verließ, fiel sein Blick auf zwei alte, zerknitterte und gewellte Photos, die mit Reißnägeln ans Schott geheftet waren. Das eine zeigte Quint, wie er hüfttief in einem Haufen großer, merkwürdig aussehender Fische stand. Das andere zeigte einen toten Hai auf dem Strand. Da auf dem Bild kein Vergleichsgegenstand zu sehen war, konnte Brody seine Größe nicht feststellen.

Brody ging nach oben, gab den beiden anderen ihr Bier und nahm wieder auf dem Kampfstand Platz. „Ich habe Ihre Bilder da unten gesehen", sagte er zu Quint. „Was sind das für Fische, in denen Sie da mitten drinstehen?"

„Tarpone", sagte Quint. „Das war vor einer ganzen Weile in Florida. So was hab ich noch nie erlebt. Wir müssen in vier Nächten an die dreißig, vierzig große Tarpone gefangen haben."

„Und die haben Sie behalten?" fragte Hooper. „Man soll sie doch eigentlich wieder ins Meer werfen."

„Die Kunden wollten sie haben. Zum Photographieren, nehme ich an. Immerhin, kleingehackt geben sie keine schlechten Köder ab."

„Wollen Sie damit sagen, daß sie tot nützlicher sind als lebendig?"

„Klar. Die meisten Fische sind das. Andere Tiere übrigens auch. Ich hab jedenfalls noch nicht versucht, einen lebenden Ochsen zu fressen." Quint lachte.

„Und das andere Bild?" fragte Brody. „Einfach ein Hai?"

„Nun ja, nicht *einfach* ein Hai. Es war ein großer Weißer – vier bis viereinhalb Meter lang. Fast dreißig Zentner schwer."

„Wie haben Sie ihn gefangen?"

„Mit der Harpune. Aber ich kann Ihnen sagen" – Quint lachte leise –, „eine Zeitlang war nicht sicher, wer wen fangen würde."

„Wie meinen Sie das?"

„Das verdammte Biest hat mein Boot angefallen. Ohne jeden Grund. Mein Gehilfe, ein Kunde und ich, wir haben hier nur gesessen, ohne was zu ahnen – und rums! – als wenn uns ein Güterzug gerammt hätte. Meinen Gehilfen hat's gleich auf den Hintern geschmissen, und der Kunde hat wie am Spieß gebrüllt, wir gingen unter. Da kam das Biest schon wieder auf uns los. Ich hab ihm eine Harpune verpaßt, und dann haben wir ihn gejagt – über den halben Atlantik müssen wir ihn gejagt haben."

„Warum ist er nicht einfach getaucht?" fragte Brody.

„Ging nicht. Nicht mit dieser Tonne. Die Dinger haben Auftrieb. Für eine Weile hat er sie mit nach unten gezogen, aber bald war ihm das doch zu anstrengend, und er ist wieder raufgekommen. Wir sind einfach der Tonne gefolgt. Nach ein paar Stunden haben wir ihm noch zwei Harpunen verpaßt, und schließlich ist er hochgekommen, ganz friedlich. Da haben wir ihm ein Seil um den Schwanz geschlungen und ihn an Land geschleppt."

„Sie wollen aber den Fisch, hinter dem wir jetzt her sind, doch nicht mit Schnur und Haken fangen, wie?" fragte Brody.

„Teufel, nein! Was man so hört, muß unser Fisch von damals im Vergleich mit Ihrem ein harmloses Tierchen gewesen sein."

„Warum liegen denn dann die Angelschnüre aus?"

„Aus zwei Gründen. Erstens nimmt auch ein großer Weißer mal ein Stückchen Fischköder. Er würde zwar den Draht schnell durchbeißen, aber wir wüßten, daß er in der Nähe ist. Zweitens könnten wir auch auf etwas anderes treffen, was den Köder nimmt. Wenn

Sie mir schon vierhundert Piepen bezahlen, dürfen Sie auch ein bißchen Spaß für Ihr Geld erwarten."

„Angenommen, der Weiße käme wirklich", sagte Brody. „Was
täten Sie als erstes?"

„Ich würde versuchen, sein Interesse wachzuhalten, damit er hier-
bleibt, bis wir mit unseren Harpunen soweit sind. Das dürfte ein
bißchen schwierig werden. Das bißchen Ködermasse wird ihn nicht
lange interessieren. Ein Fisch von dieser Größe schluckt so was runter und merkt's nicht mal. Wir müssen ihm schon etwas Besonderes
anbieten, was er nicht abschlagen kann, aber mit einem schönen
dicken Haken drin, der ihn wenigstens so lange festhält, bis wir ihn
ein- oder zweimal getroffen haben."

Hooper fragte vom Heck her: „Was soll das Besondere denn sein,
Quint?"

Quint zeigte auf einen grünen Plastikeimer mittschiffs in einer
Ecke. „Da in dem Eimer. Sehen Sie selbst."

Hooper ging hin, klappte die Metallklammern hoch und nahm den
Deckel ab. Als er sah, was darin war, verschlug es ihm fast den
Atem. In dem mit Wasser gefüllten Eimer lag ein winziger Tümmler, nicht länger als sechzig Zentimeter. Aus einem Loch im Unter-
kiefer ragte die Öse eines großen Haihakens, und aus dem Bauch bog
sich die Spitze mit ihren Widerhaken. Hooper faßte den Eimer mit
beiden Händen und rief: „Ein Junges!"

„Noch besser", meinte Quint grinsend. „Ein Ungeborenes. Ich
hab's von seiner Mutter geholt."

Hooper starrte wieder in den Eimer, dann knallte er den Deckel
zurück und sagte: „Woher hatten Sie die Mutter?"

„Also, schätzungsweise zehn Kilometer östlich von hier. Warum?"
„Sie haben sie getötet!"

„Nein." Quint lachte. „Sie ist ins Boot gesprungen und hat eine
Handvoll Schlaftabletten geschluckt."

Er wartete auf ein Lachen, und als keines kam, sagte er: „Natürlich
hab ich sie getötet. Man kann sie nämlich nicht im Laden kaufen, müssen Sie wissen."

Hooper starrte Quint an, wütend, außer sich. „Sie wissen doch,
daß diese Tiere gesetzlich geschützt sind."

„Was arbeiten Sie eigentlich, Hooper?"

„Ich bin Ichthyologe. Fischkundler. Darum bin ich ja hier."

„Schön. Sie leben also davon, daß Sie die Fische studieren. Wenn Sie für Ihren Lebensunterhalt arbeiten müßten – ich meine eine Arbeit, bei der Ihr Verdienst davon abhängt, wieviel Schweiß Sie investieren –, dann wüßten Sie besser, was die Gesetze in Wirklichkeit bedeuten. Dieses Gesetz ist nicht dafür gemacht, daß Quint sich nicht den einen oder anderen Tümmler als Köder holen soll. Es soll die Massenjagd auf sie verhindern, es soll die Verrückten davon abhalten, sie zum Spaß abzuschießen. Darüber dürfen Sie jammern, soviel Sie wollen, Hooper, aber sagen Sie Quint nicht, er dürfe nicht mal ein paar Fische fangen, um seinen Lebensunterhalt zu verdienen."

„Hab schon verstanden", sagte Hooper. „Nimm, was du kriegen kannst, und wenn nach einer Weile nichts mehr davon da ist, nehmen wir eben was anderes. Eine Dummheit ist das!"

„Vorsicht, Söhnchen", sagte Quint. Seine Stimme war ausdruckslos und gleichmütig, während er Hooper unverwandt in die Augen sah. „Nennen Sie mich nicht dumm."

„Mein Gott, so hab ich es doch nicht gemeint. Ich wollte nur sagen –"

Brody, der genau zwischen ihnen saß, fand es an der Zeit, den Streit zu beenden. „Lassen Sie's gut sein, Hooper", sagte er. „Wir sind nicht hier draußen, um über Ökologie zu diskutieren."

„Was wissen denn Sie von Ökologie, Brody?" fragte Hooper. „Für Sie bedeutet dieses Wort doch höchstens, daß Sie gesagt bekommen, Sie dürften hinter Ihrem Haus kein Laub mehr verbrennen."

„Verdammt, jetzt hören Sie mal zu! Wir sind hier, um zu verhindern, daß ein Fisch noch mehr Menschen umbringt, und wenn wir durch einen kleinen Tümmler soundsoviele Menschenleben retten können, ist das in meinen Augen ein ganz gutes Geschäft."

Hooper grinste hämisch, als er zu Brody sagte: „Sie sind jetzt also Lebensrettungsexperte. Mal sehen. Wie viele wären gerettet worden, wenn Sie den Strand gleich gesperrt hätten, nachdem –"

Brody war aufgesprungen und ging auf Hooper zu, ehe er sich überhaupt bewußt wurde, daß er seinen Platz verlassen hatte. „Halten Sie ja die Schnauze!" sagte er. Dann blieb er wie angewurzelt stehen.

Ein kurzes, lautes Lachen von Quint löste die Spannung auf. „Das hab ich vorausgesehen, seit Sie beide heute früh hier an Bord gekommen sind", sagte er.

DER zweite Tag der Jagd verlief so ruhig wie der erste. Das Boot lag bewegungslos auf der spiegelglatten See wie ein Pappbecher in einer Pfütze.

Brody hatte sich ein Buch mitgebracht, um sich die Zeit zu vertreiben; einen Sexreißer, von Hendricks ausgeliehen. Er wollte seine Zeit nicht mit Unterhaltungen totschlagen müssen, die zu einer Wiederholung der gestrigen Szene mit Hooper hätten führen können. Ihm war es peinlich gewesen – und Hooper wohl auch, dachte er. Heute sprachen sie kaum miteinander, und wenn sie etwas zu sagen hatten, richteten sie es meist an Quint.

Am Mittag hingen die Leinen schon über vier Stunden in der Abfallspur. Die Männer aßen zu Mittag – Sandwichs und Bier –, und als sie fertig waren, lud Quint seine M 1. Die nächste Stunde saßen sie schweigend da – Brody döste auf seinem Kampfstand, einen Hut schützend ins Gesicht gezogen; Hooper saß am Heck und schöpfte Fischabfälle ins Meer, und ab und zu schüttelte er den Kopf, um wach zu bleiben; Quint schließlich saß auf der Brücke, die Schirmmütze in den Nacken geschoben, und starrte in die Ölspur.

Plötzlich sagte Quint leise: „Wir haben Besuch."

Brody war schlagartig wach. Hooper stand auf. Die Steuerbordleine schoß heraus, gleichmäßig und sehr schnell.

„Nehmen Sie die Angel", sagte Quint. Er nahm die Mütze ab und warf sie auf die Bank.

Brody nahm die Angelrute, steckte sie in den Drehzapfen und hielt sie fest.

„Wenn ich es sage", sagte Quint, „legen Sie die Bremse ein und geben ihm einen Ruck." Die Leine stoppte. „Moment! Er macht kehrt. Er kommt wieder." Aber die Leine hing tot im Wasser, schlaff und reglos.

Ein paar Sekunden später sagte Quint: „Einholen."

Die Leine kam aus dem Wasser und baumelte von der Angelrute. Kein Haken, kein Köder, keine Leitschnur. Der Draht war glatt abgeschnitten. Quint sprang von der Brücke und sah ihn sich an. „Ich glaube, wir sind soeben unserem Freund begegnet", sagte er. „Dieser Draht ist glatt durchgebissen. Der Fisch hat wahrscheinlich nicht einmal gemerkt, daß er ihn im Maul hatte. Er hat bloß den Köder geschnappt und das Maul geschlossen."

„Und was machen wir jetzt?" fragte Brody.

„Wir warten, ob er auch noch den anderen Köder nimmt oder ob er auftaucht."

„Wie wär's denn mit dem Tümmler?"

„Erst wenn ich weiß, daß er's ist", sagte Quint, „dann geb ich ihm den Tümmler. Ich möchte so einen erstklassigen Köder nicht an irgendeinen Kümmerling verschwenden."

Sie warteten. Das Platschen der Fischabfälle, die Hooper über Bord warf, war das einzige Geräusch. Plötzlich begann die Backbordleine auszulaufen.

Brody empfand Erregung und Furcht zugleich. Der Gedanke, daß da unter ihm ein Wesen schwamm, dessen Kraft er sich nicht vorzustellen vermochte, schüchterte ihn ein. Hooper stand, wie gebannt von der auslaufenden Leine, an der Reling.

Die Leine stoppte und wurde schlaff.

„Er hat's wieder so gemacht", sagte Quint. Er nahm die Angel aus der Halterung und begann zu kurbeln. Der gekappte Draht sah genauso aus wie der erste. „Geben wir ihm noch eine Chance", sagte Quint, „und diesmal nehme ich eine stärkere Leitschnur. Die wird ihn natürlich auch nicht weiter aufhalten, wenn es der Fisch ist, für den ich ihn halte."

Damit nahm er aus einer Schublade im Cockpit eine einszwanzig lange, fast einen Zentimeter starke Kette.

„Sieht aus wie eine Hundekette", sagte Brody.

„War's auch mal", sagte Quint.

„Was kommt als nächstes, wenn das nicht klappt?"

„Weiß ich noch nicht. Ich könnte einen vierzölligen Haihaken und eine Kette nehmen und das Ganze mit einem Klumpen Fischköder über Bord werfen. Aber wenn er ihn nähme, wüßte ich anschließend nichts mit ihm anzufangen. Er würde mir jede Klampe an Bord ausreißen." Quint warf den mit Köder versehenen Haken über Bord und gab nur wenige Meter Leine nach. „Komm her, du Schwein", sagte er. „Laß dich mal ansehen."

Die drei Männer beobachteten die Backbordleine. Hooper bückte sich und warf wieder eine Kelle voll Fischgedärm in die Heckspur. Etwas erregte seine Aufmerksamkeit und ließ ihn nach links sehen. Was er sah, entlockte ihm ein so tiefes Stöhnen, daß die anderen sich umwandten.

„Mein Gott!" sagte Brody.

Kaum drei Meter hinter dem Heck, ein bißchen nach steuerbord hin, sah man die kegelförmige Schnauze eines Fischs. Sie ragte einen guten halben Meter aus dem Wasser. Der Kopf war an der Oberseite schmutziggrau, mit zwei schwarzen Augenflecken darin. Das Maul, nicht ganz zur Hälfte geöffnet, war ein finsterer Schlund, bewacht von großen, dreieckigen Zähnen.

Etwa zehn Sekunden lang starrten Fisch und Männer einander an. Dann brüllte Quint: „Harpune!" und rannte, seinem eigenen Befehl gehorchend, nach vorn. Im selben Augenblick glitt der Fisch ruhig zurück ins Wasser.

Ein Schlag mit dem langen, sichelförmigen Schwanz, und er war verschwunden.

„Er ist weg", sagte Brody.

„Phantastisch!" rief Hooper. „Dieser Fisch ist genauso, wie ich ihn mir vorgestellt habe. Und mehr. Phantastisch! Der Kopf allein muß über einszwanzig breit sein."

„Möglich", sagte Quint, während er nach hinten kam und zwei Harpunenspitzen mit ihren Seilen und Tonnen auf dem Heck deponierte.

„Haben Sie je so einen Fisch gesehen, Quint?" fragte Hooper.

„Nicht ganz", sagte Quint.

„Wie lang würden Sie ihn schätzen?"

„Sechs Meter. Vielleicht länger. Bei den Biestern kommt's nicht mehr so darauf an. Ab zwei Metern fangen sie an, gefährlich zu werden."

„Hoffentlich kommt er wieder", sagte Hooper.

Brody überlief es kalt. „Der sah aus, als ob er grinste", sagte er.

„Machen Sie nicht mehr aus ihm, als er ist", sagte Quint. „Er ist nichts weiter als ein stumpfsinniger Mülleimer."

„Wie können Sie das sagen?" rief Hooper. „Dieser Fisch ist eine Schönheit. Solche Geschöpfe lassen einen einfach an Gott glauben."

Ein Geräusch ließ Hooper herumfahren. Keine zehn Meter hinter ihm zerschnitt eine dreieckige, fast einen halben Meter hohe Rückenflosse das Wasser, der ein riesiger, rhythmisch hin und her peitschender Schwanz folgte.

„Er greift das Boot an!" rief Brody und lehnte sich unwillkürlich tief in seinen Drehsitz.

„Die Harpune her!" rief Quint.

Der Fisch hatte das Boot fast erreicht. Er hob den Kopf, warf mit einem seiner schwarzen Augen einen leeren Blick auf Hooper und schwamm unter dem Boot hindurch. Quint hob die Harpune und rannte zurück nach Backbord. Die Wurfstange stieß gegen den Drehstuhl, und die Spitze löste sich und fiel aufs Deck.

„Verdammt!" schrie Quint. „Ist er noch da?" Er bückte sich, schnappte die Harpunenspitze und steckte sie wieder auf die Stange.

„Auf Ihrer Seite!" schrie Hooper. „Hier ist er schon durch."

Quint drehte sich um, gerade als die graubraune Gestalt sich entfernte und untertauchte. Er ließ die Harpune fallen, riß das Gewehr hoch und leerte das ganze Magazin hinter dem Fisch ins Wasser. „Du Saukerl!" sagte er. „Gib mir nächstens etwas Zeit." Dann stellte er das Gewehr hin und lachte. „Wenigstens hat er das Boot nicht angegriffen", sagte er und sah Brody an. „Hat Ihnen wohl 'nen kleinen Schrecken versetzt."

„Mehr als einen kleinen", sagte Brody. Er schüttelte den Kopf, wie um seine Gedanken wieder zusammenzubekommen. „Ich weiß noch immer nicht, ob ich es glauben soll." Durch seinen Kopf geisterten Bilder von einer torpedoförmigen Gestalt, die aus der Dunkelheit hochgeschossen kam und Christine Watkins in Stücke riß; von dem Jungen, unwissend und ahnungslos auf seiner Luftmatratze, bis ein Fabelungeheuer ihn plötzlich packte. „Meinen Sie, er kommt wieder?"

„Weiß ich nicht", sagte Quint. „Bei denen weiß man nie, was sie vorhaben." Er zog ein Notizbuch und einen Bleistift aus der Tasche. Dann streckte er den linken Arm zur Küste hin aus. Er schloß das rechte Auge, zielte über den Zeigefinger seiner linken Hand und kritzelte etwas in das Notizbuch. Dann bewegte er die Hand ein Stückchen nach links, zielte wieder und notierte. „Zur Orientierung", nahm er Brodys Frage vorweg. „Falls er heute nicht mehr auftaucht, weiß ich morgen wenigstens, wo wir hinmüssen."

Brody sah zur Küste. „Woran orientieren Sie sich?"

„Am Leuchtturm auf der Landzunge und am Wasserturm in der Stadt. Je nachdem, wo man ist, stehen sie in einem verschiedenen Winkel zueinander."

Hooper lächelte. „Glauben Sie wirklich, der bleibt an einem Ort?"

„Fest steht, daß er in der Nähe von Amity geblieben ist", sagte Brody.

„Weil er was zu fressen hatte", sagte Hooper. Es lag keine Ironie in seiner Stimme, kein Hohn. Trotzdem stach die Bemerkung wie eine Nadel in Brodys Hirn.

Sie warteten, aber der Fisch kam nicht wieder. Kurz nach fünf Uhr sagte Quint: „Ich glaube, wir können nach Hause."

„Meinen Sie nicht, wir sollten die Nacht über hierbleiben, damit der Köderfleck erhalten bleibt?" fragte Brody.

Quint dachte kurz nach. „Nein. Erstens würde die Köderspur zu groß und unübersichtlich, das würde uns am nächsten Tag nur behindern. Zweitens hab ich das Boot bei Nacht gern drinnen."

„Das kann ich Ihnen nicht verdenken", sagte Brody. „Ihrer Frau wird das auch lieber sein."

Quint sagte gleichmütig: „Hab keine Frau."

„Oh, tut mir leid."

„Keine Ursache. Hab nie eine gebraucht." Quint drehte sich um und stieg die Leiter zur Brücke hinauf.

ELLEN machte den Kindern gerade das Abendessen, als es läutete. Sie hörte die Haustür aufgehen, dann Billys Stimme, und einen Augenblick später sah sie Larry Vaughan in der Küchentür stehen. Es war noch keine zwei Wochen her, seit sie ihn zuletzt gesehen hatte, aber sein verändertes Aussehen war erschreckend. Er war wie immer tadellos gekleidet, aber er hatte abgenommen, und das machte sich in seinem Gesicht bemerkbar. Seine Haut wirkte grau und schien an den Backenknochen schlaff herunterzuhängen.

Ellen ertappte sich dabei, daß sie ihn anstarrte, und schlug verlegen die Augen nieder. „Larry", sagte sie. „Guten Tag."

„Guten Tag, Ellen. Ich komme mich nur verabschieden."

„Verreisen Sie?" fragte Ellen. „Für wie lange?"

„Vielleicht für immer. Hier kann ich nicht mehr bleiben."

„Was ist denn mit Ihrer Firma?"

„Die ist futsch. Oder wird's bald sein. Das bißchen, was übrigbleibt, wird meinen... Partnern gehören." Er spie das Wort förmlich aus, dann fragte er: „Hat Martin Ihnen erzählt, wie..."

„Ja." Ellen sah auf das Huhn hinunter, das sie zubereitete.

„Ich kann mir denken, daß Sie nicht mehr viel von mir halten."

„Ich habe Sie nicht zu richten, Larry. Aber Eleanor, weiß die was?"

„Nichts, die Arme. Ich möchte sie verschonen, wenn es geht. Das ist mit ein Grund, warum ich gehe." Vaughan lehnte sich gegen die Spüle. „Wissen Sie was? Manchmal habe ich schon gedacht, wir beide hätten ein wunderbares Paar abgegeben."

Ellen errötete. „Wie meinen Sie das?"

„Sie sind aus guter Familie. Sie kennen alle die Leute, die ich erst mühsam kennenlernen mußte. Wir hätten nach Amity gepaßt. Sie sind hübsch und gut und tüchtig. Sie wären ein wirklicher Gewinn für mich gewesen. Und ich hätte Ihnen ein Leben bieten können, wie Sie es geliebt hätten."

Ellen lächelte. „Ich bin nicht so gut, wie Sie meinen, Larry."

„Seien Sie nicht zu bescheiden. Ich hoffe nur, daß Martin weiß, was für ein Juwel er hat. Na ja. Träumen hat keinen Sinn." Er kam durch die Küche und küßte Ellen auf den Scheitel. „Leben Sie wohl, meine Liebe", sagte er. „Und denken Sie ab und zu mal an mich."

Ellen sah ihn an. „Das werde ich." Sie gab ihm einen Kuß auf die Wange. „Wohin gehen Sie?"

„Ich weiß es nicht. Vermont vielleicht, oder New Hampshire. Da könnte ich den Skisportlern Land verkaufen."

„Schicken Sie uns eine Karte, damit wir wissen, wo Sie sind."

„Wird gemacht. Auf Wiedersehen." Vaughan ging hinaus, und Ellen hörte die Haustür hinter ihm zugehen.

Nachdem sie den Kindern das Essen auf den Tisch gestellt hatte, ging Ellen hinauf und setzte sich auf ihr Bett. „Ein Leben, wie Sie es geliebt hätten", hatte Vaughan gesagt. Wie hätte das ausgesehen? Sie würde Geld und Ansehen besitzen. Sie hätte nie das Leben zu vermissen brauchen, das sie als Kind gehabt hatte, denn es hätte nie geendet. Sie hätte sich nie nach seiner Wiederkehr gesehnt, nie um ihr Selbstbewußtsein und eine Bestätigung ihrer Weiblichkeit zu kämpfen brauchen, sich nie einem Menschen wie Hooper an den Hals werfen müssen. Aber es wäre ein Leben ohne Prüfungen gewesen, ein Leben voll billiger Befriedigungen.

Während sie noch über Vaughans Worte nachdachte, ging ihr auf, wie reich dagegen ihre Beziehung zu Brody war. Sie bot viel mehr Befriedigung, als ein Larry Vaughan sich jemals würde vorstellen können, eine Unzahl kleiner Prüfungen und winziger Triumphe, die sich vereinigten zu einem Gefühl der Freude. Und mit dieser Erkenntnis wuchs ihr Bedauern, daß sie so lange gebraucht hatte, um zu sehen, wieviel Zeit und Gefühlsenergie sie verschwendete, wenn sie sich an ihre Vergangenheit zu klammern versuchte. Und plötzlich hatte sie Angst – Angst, sie könnte zu spät erwachsen geworden sein und Brody könne etwas zustoßen, ehe sie sich ihres neuen Bewußtseins freuen konnte. Sie sah auf die Uhr. Zwanzig nach sechs. Er hätte mittlerweile zu Hause sein müssen.

Sie hörte die Haustür gehen. Sie eilte die Treppe hinunter, schlang die Arme um Brody und küßte ihn fest auf den Mund.

„Meine Güte!" sagte er, als sie ihn losließ. „Ist das eine Begrüßung!"

NEUN

„Das Ding da kommt mir nicht aufs Boot", sagte Quint.

Sie standen im dämmernden Tageslicht auf dem Anlegesteg. Die Sonne war schon über dem Horizont, aber eine niedrige Wolkenbank verdeckte sie. Das Boot war zum Ablegen bereit. Der Motor tuckerte gleichmäßig und spuckte Blasen, wenn kleine Wellen über den Auspuff schlugen.

Quint stand mit dem Rücken zum Boot und sah Brody und Hooper an, die beiderseits neben einem übermannshohen, ebenso breiten und gut einen Meter tiefen Aluminiumkäfig standen. Darin befanden sich eine Preßluftflasche, ein Druckregler, eine Tauchermaske und ein Taucheranzug aus Neopren.

„Was, zum Teufel, ist das überhaupt?" fragte Quint.

„Ein Haikäfig", sagte Hooper. „Zum Schutz für Taucher, wenn sie im offenen Meer tauchen. Ich habe gestern abend in Woods Hole angerufen, und meine Kollegen haben ihn mir hergebracht."

„Und was haben Sie damit vor?"

„Wenn wir den Fisch finden, will ich mit dem Käfig hinunter und ein paar Aufnahmen machen."

„Ausgeschlossen", sagte Quint. „Ein Fisch von dieser Größe verschluckt doch diesen Käfig zum Frühstück."

„Könnte er, aber ob er's täte? Ich rechne damit, daß er den Käfig anrempelt, vielleicht sogar mal danach schnappt, aber nicht ernsthaft versucht, ihn zu fressen."

„Also, schlagen Sie sich das aus dem Kopf."

„Hören Sie, Quint, das ist die Chance meines Lebens. Der Gedanke ist mir auch erst gestern gekommen, als ich den Fisch sah. Es sind zwar schon weiße Haie gefilmt worden, aber ein sechs Meter langes Exemplar im freien Meer hat noch nie einer filmen können. Noch nie."

„Er hat gesagt, Sie sollen es sich aus dem Kopf schlagen", sagte Brody. „Also tun Sie das. Wir sind hier, um diesen Fisch zu töten, nicht, um Filme fürs Heimkino von ihm zu drehen."

„Ich zahle dafür", sagte Hooper zu Quint.

Quint lächelte. „So? Wieviel denn?"

„Hundert Dollar. Bar und im voraus, wie Sie es gern haben." Er griff nach dem Portemonnaie in seiner Gesäßtasche.

„Ich habe nein gesagt!" sagte Brody.

„Ich weiß nicht", meinte Quint. Dann sagte er: „Himmel, es ist doch nicht meine Aufgabe, einen daran zu hindern, sich umzubringen, wenn er will."

„Wenn Sie diesen Käfig aufs Boot nehmen", sagte Brody zu Quint, „kriegen Sie Ihre vierhundert Dollar nicht."

Wenn Hooper sich umbringen will, dachte er, soll er es auf eigene Rechnung tun.

„Und wenn der Käfig nicht mitgeht", sagte Hooper, „gehe ich nicht mit."

„Wir finden schon einen andern", sagte Brody.

„Das kann ich nicht", sagte Quint. „Nicht so kurzfristig."

„Zum Teufel aber auch!" rief Brody. „Dann fahren wir eben morgen. Hooper kann nach Woods Hole zurückfahren und mit seinen Fischen spielen."

Hooper war wütend – wütender, als er selbst wußte, denn ehe er sich besann, sagte er: „Das ist nicht das einzige, womit ich . . . Ach, lassen wir das."

Ein bleiernes Schweigen legte sich über die drei Männer. Brody starrte Hooper an und wollte nicht glauben, was er gehört hatte. Dann packte ihn plötzlich die Wut. Mit zwei Schritten war er bei Hooper, packte ihn mit beiden Händen am Kragen und rammte ihm die Fäuste gegen den Hals. „Was war das?" rief er. „Was haben Sie da gesagt?"

Hooper zog an Brodys Fingern. „Nichts!" sagte er halberstickt.

„Wo waren Sie letzten Mittwoch nachmittag?"

„Nirgends!" Hoopers Schläfen pochten. „Lassen Sie mich los!"

„Wo waren Sie am Mittwoch?" Brodys Fäuste drehten stärker zu.
„In einem Motel! Jetzt lassen Sie mich los!"

Brody lockerte seinen Griff. „Mit wem?" fragte er.

„Daisy Wicker." Hooper wußte; daß es eine schwache Lüge war.
Brody konnte das ohne weiteres nachprüfen. Aber ihm fiel nichts
anderes ein. Er konnte ja auf dem Heimweg bei Daisy Wicker anrufen und sie bitten, seine Geschichte zu bestätigen.

„Das werde ich nachprüfen", sagte Brody. „Verlassen Sie sich
darauf."

„Also, was ist?" meinte Quint. „Fahren wir heute raus oder nicht?
So oder so kostet es Ihr Geld, Brody."

Brody war versucht, die Fahrt abzusagen, nach Amity zurückzu-
kehren und die Wahrheit zu suchen. Doch er sagte zu Quint: „Wir
fahren."

„Mit dem Käfig?"

„Mit dem Käfig. Wenn der Armleuchter sich umbringen will, soll
er doch."

„Mir soll's recht sein", sagte Quint. „Dann machen wir uns mal
mit diesem Zirkus auf den Weg."

„Ich steige ins Boot", sagte Hooper heiser. „Sie beide können den
Käfig zu mir herunterkippen, dann kommt einer runter und hilft
mir, ihn zu verstauen."

Brody und Quint schleiften den Käfig über den hölzernen Steg,
und Brody war erstaunt, wie leicht er war. Selbst mit der Taucherausrüstung darin wog er höchstens zwei Zentner. Sie kippten ihn
auf Hooper zu, der ihn solange festhielt, bis Quint zu ihm in die
Plicht kam.

Beide zusammen luden dann den Käfig an Deck und verstauten ihn
unter dem Vordach der Brücke.

„Machen Sie mal die Heckleine los", rief Brody zu Quint hinüber.
Sowie Brody dann an Bord gesprungen war, schob er den Gashebel
vor und steuerte das Boot auf die offene See hinaus.

Während die *Orca* sich dem Rhythmus der Dünung anpaßte, legte
sich Brodys Wut allmählich. Vielleicht sagte Hooper die Wahrheit.
Er war sicher, daß Ellen ihn bis dahin noch nie betrogen hatte. Aber
einmal ist immer das erste Mal, sagte er sich. Und wieder schnürte
der bloße Gedanke ihm die Kehle zu. Er kletterte auf die Brücke und
setzte sich neben Quint auf die Bank.

Quint lachte leise. „Was ist denn, meinen Sie, Hooper hätte sich mit Ihrer Frau amüsiert?"

„Das geht Sie einen Dreck an", sagte Brody.

„Wie Sie wollen. Aber wenn Sie mich fragen, bei dem ist das nicht drin."

„Sie hat niemand gefragt." Und um nach Möglichkeit das Thema zu wechseln, fragte Brody: „Fahren wir an dieselbe Stelle?"

„Ja. Ist jetzt nicht mehr weit."

„Wie groß ist die Chance, daß der Fisch noch da ist?"

„Wer weiß? Aber uns bleibt nichts anderes übrig."

„Sie haben neulich davon gesprochen, schlauer zu sein als die Fische. Ist das alles, worauf es ankommt?"

„Ja. Kein Trick dabei. Die sind so dumm wie die Sünde."

„Aber es kommt doch auch vor, daß Sie einen Fisch mal nicht kriegen, oder?"

„Na klar, aber das bedeutet nur, daß er entweder nicht hungrig oder zu schnell für einen ist oder daß man den falschen Köder genommen hat."

Quint schwieg eine Weile, dann fing er wieder an zu reden. „Einmal", sagte er, „hat ein Hai beinahe *mich* gefangen. Das ist an die zwanzig Jahre her. Ich hatte einen ziemlich großen Blauhai am Haken, aber plötzlich hat er geruckt und mich über Bord gerissen."

„Was haben Sie da gemacht?"

„Ich war so schnell übers Heck wieder drinnen, als ob meine Füße zwischen Wasser und Deck nichts berührt hätten."

Quint nahm das Gas zurück, und das Boot wurde langsamer. Er zog ein Stück Papier aus der Tasche, las seine Notizen und visierte wieder über den ausgestreckten Arm, um die Richtung zu prüfen. „Alles klar, Hooper", sagte er. „Über Bord mit dem Zeug!"

Hooper setzte sich aufs Heck und fing wieder an, Fischdärme ins Meer zu löffeln.

Gegen zehn Uhr kam eine Brise auf – nicht stark, aber frisch genug, um das Wasser zu kräuseln und die Männer zu kühlen, die dasaßen, ins Wasser starrten und nicht sprachen. Brody saß wieder auf dem Drehstuhl und kämpfte mit dem Schlaf. Er gähnte, stand auf, streckte sich und ging die drei Stufen zur Kabine hinunter. „Ich hole mir ein Bier", rief er. „Will noch jemand eins?"

„Und ob", sagte Quint.

Brody nahm zwei Dosen und wollte gerade wieder hinaufgehen, als er Quints ausdruckslose, ruhige Stimme sagen hörte: „Da ist er."

Hooper sprang auf. „Menschenskind! Tatsächlich!"

Brody kam schnell an Deck. Seine Augen mußten sich zuerst anpassen, doch dann sah er neben dem Heck die Finne – ein bräunlichgraues Dreieck, das den Wasserspiegel durchschnitt und dem ein hin- und herschlagender Schwanz folgte. Brody schätzte den Fisch noch mindestens zehn Meter weit weg. Vielleicht auch zwölf.

Quint ging nach vorn und setzte eine Harpunenspitze auf die hölzerne Wurfstange. Er stellte eine Tonne links neben Hoopers Eimer aufs Heck und legte das aufgerollte Seil daneben. Dann stieg er aufs Heckwerk und ging in Stellung, den rechten Arm angewinkelt, die Harpune in der Hand. „Komm her, Fisch", sagte er. „Komm nur her."

Der Fisch kreuzte vor- und rückwärts, kam aber nicht näher als auf fünfzehn Meter heran.

„Ich schaff's nicht", sagte Quint. „Er müßte herkommen und sich uns ansehen. Brody, schmeißen Sie mal diese Köder da über Bord. Möglichst mit viel Lärm. Er soll wissen, daß was da ist."

Brody tat wie geheißen, aber der Fisch hielt Abstand.

Hooper fragte: „Wie wär's mit dem Tümmler?"

„Aber Mr. Hooper", sagte Quint. „Ich dachte, Sie hätten was dagegen."

„Lassen Sie das jetzt", sagte Hooper aufgeregt. „Ich will diesen Fisch sehen!"

„Wir werden sehen", sagte Quint. „Wenn ich ihn einsetzen muß, tu ich es schon."

Sie warteten – Hooper Gedärme löffelnd, Quint wie angewachsen auf dem Heck, Brody bei einer der Angeln.

„Zum Teufel", sagte Quint. „Ich glaube, ich hab keine andere Wahl." Er legte die Harpune nieder und sprang vom Heck herunter. Er nahm den Deckel von dem Abfalleimer, und Brody, der daneben stand, sah die leblosen Augen des winzigen Tümmlers, der da im salzigen Wasser schaukelte. Der Anblick stieß ihn ab, und er drehte sich um.

„Nun, mein Kleiner", sagte Quint, „es ist soweit." Er nahm eine Hundekette und hakte das eine Ende in die Öse unter dem Kiefer des Tümmlers. An das andere Ende band er ein zwei Zentimeter dickes Hanfseil, mehrere Meter lang, das er auf der Steuerbordseite an einer Klampe befestigte.

„Sagten Sie nicht, der Hai kann so eine Klampe herausreißen?" meinte Brody.

„Kann er schon", sagte Quint. „Aber ich wette, bevor er es so straff gespannt hat, daß die Klampe ausreißt, habe ich ihm ein Eisen verpaßt und das Seil durchgeschnitten." Quint trug den Tümmler nach hinten an die Reling und schnitt ein paar dünne Streifen in seinen Bauch, bevor er ihn ins Wasser warf. Dann ließ er zwei Meter von dem Seil nach und stellte sich mit dem Fuß auf das andere Ende.

„Warum stellen Sie sich aufs Seil?" fragte Brody.

„Damit unser Kleiner da bleibt, wo ich dem Hai eins verpassen kann. Ich möchte ihn aber nicht so dicht an einer Klampe befestigen, denn wenn der Hai ihn nimmt und dann keinen Bewegungsraum hat, schlägt er womöglich um sich und haut uns in Stücke."

Der Hai kreuzte immer noch vor- und rückwärts, kam aber dem Boot jetzt jedesmal näher. Dann hielt er in sieben bis acht Meter Entfernung inne. Sein Schwanz versank unter der Wasseroberfläche, die Rückenflosse glitt nach hinten und verschwand; der große Kopf hob sich aus dem Wasser, das Maul zu einem trägen, wüsten Grinsen geöffnet, die Augen schwarz und unergründlich. Brody starrte ihn in stummem Entsetzen an.

„He, Fisch!" rief Quint. Er stand auf dem Heck, die Beine gespreizt, die Hand um den Harpunenschaft geklammert, der auf seiner Schulter ruhte. „Komm, sieh mal, was wir für dich haben."

Noch einen Augenblick hing der Fisch auf diese Weise im Wasser. Dann versank der Kopf lautlos und verschwand.

„Jetzt kommt er gleich", sagte Quint.

Plötzlich legte das Boot sich ruckartig auf die Seite. Quint wurden die Beine fortgerissen, und er fiel rückwärts aufs Heck. Die Harpunenspitze löste sich vom Schaft und fiel klappernd auf die Bohlen. Brody taumelte zur Seite und konnte sich noch an der Lehne des Drehstuhls festhalten, als dieser herumwirbelte. Hooper krachte gegen die Backbordreling.

Das Seil, an dem der Tümmler hing, spannte sich und zitterte. Dann schlug es zurück und hing schlaff im Wasser.

„Ich werd verrückt!" rief Quint. „So was hab ich noch nie bei einem Fisch gesehen. Entweder hat er die Kette durchgebissen,

oder ..." Er ging an die Steuerbordreling und holte die Kette ein.
Sie war noch ganz, aber der Haken daran war fast geradegebogen.

„Hat er das mit dem Maul gemacht?" fragte Brody.

„Einfach geradegebogen", sagte Quint. „Und wahrscheinlich hat
ihn das nicht mehr als zwei Sekunden aufgehalten."

Brody wurde schwindlig. Er ließ sich auf den Stuhl fallen und
holte ein paarmal tief Luft, um seine immer größer werdende Angst
zu unterdrücken.

„Was meinen Sie, wo er hin ist?" fragte Hooper.

„Er ist hier irgendwo in der Nähe", sagte Quint. „Dieser Tümmler
war für ihn nicht mehr als eine Sardelle für einen Blaufisch. Er wird
noch mehr zu fressen suchen." Er setzte die Harpune wieder zusammen und rollte das Seil auf. „Ich werde noch etwas Ködermasse
zusammenbinden und über Bord hängen."

Brody sah Quint zu, wie er eine Schnur um jeden Köder wickelte
und ihn dann über Bord warf. Nachdem ein Dutzend Köder um das
Boot herum auslagen, stieg Quint wieder auf die Brücke und
setzte sich.

Brody sah auf die Uhr. Fünf nach elf. Um halb zwölf erschrak
er durch einen scharfen, lauten Knall. Quint kam die Leiter herunter-
gesprungen, rannte übers Deck und schnappte die Harpune. „Er ist
wieder da", sagte er. „Er hat einen Köder genommen." Mittschiffs
hingen ein paar Zentimeter schlaffe Schnur an einer Klampe.

Während Brody dieses Stück noch betrachtete, sah er plötzlich eine
weitere Schnur – ein Stück von der ersten entfernt – erschlaffen.
„Er muß gleich unter uns sein", sagte er.

„Hängen wir den Käfig über Bord", sagte Hooper.

„Sie machen wohl Witze", sagte Brody.

„Ganz und gar nicht. Das lockt ihn vielleicht heraus."

„Mit Ihnen drin?"

„Nicht gleich. Erst mal abwarten, was er tut. Was meinen Sie,
Quint?"

„Warum nicht?" meinte Quint. „Kann nicht schaden, ihn nur mal
ins Wasser zu hängen." Er legte die Harpune fort.

Er und Hooper kippten den Käfig auf die Seite, und Hooper holte
die Taucherausrüstung und den Neoprenanzug heraus. Dann stellten
sie den Käfig wieder aufrecht, schoben ihn übers Deck und banden
ihn mit zwei Seilen an den Klampen auf der Steuerbordreling fest.

„Los", sagte Hooper. „Rein damit." Sie hoben den Käfig über Bord und ließen ihn fallen. Die Seile hielten ihn ein Stückchen unter der Wasseroberfläche fest.

„Wie kommen Sie darauf, das könnte ihn hervorlocken?" fragte Brody.

„Ich nehme an, er wird ihn sich ansehen und feststellen wollen, ob er ihn vielleicht fressen möchte", sagte Hooper.

Aber der Käfig hing vollkommen unbehelligt im Wasser.

„Da geht schon wieder ein Köder", sagte Quint. „Er ist also hier."

„Na schön", sagte Hooper und ging unter Deck. Sekunden später kam er mit einer Unterwasserkamera und einer Art Stock mit einem Riemen an einem Ende wieder herauf.

„Was haben Sie vor?" fragte Brody.

„Ich geh runter. Vielleicht kommt er dann."

„Sie sind ja verrückt. Und was wollen Sie machen, wenn er kommt?"

„Zuerst mache ich ein paar Aufnahmen. Dann werde ich versuchen, ihn zu töten."

„Womit, wenn ich fragen darf?"

„Hiermit." Hooper hob den Stock. „Wir nennen das einen Knallstock oder Sprengkopf. Es ist sozusagen ein Unterwassergewehr." Er zog an beiden Enden, und der Stock ging in zwei Teile auseinander. „Hier", sagte er, indem er auf eine Patronenkammer zeigte, „steckt man eine zwölfkalibrige Schrotpatrone hinein." Er nahm eine Patrone aus der Tasche und schob sie in die Kammer. „Damit stößt man nach dem Fisch, und die Patrone geht los. Wenn man richtig trifft – am sichersten ins Gehirn –, ist er tot."

„Auch ein Fisch von dieser Größe?"

„Ich glaube, ja. Wenn ich ihn richtig treffe."

„Und wenn nicht? Wenn Sie ihn um Haaresbreite verfehlen?"

„Ich fürchte nur, daß ich ihn vertreiben könnte, wenn ich ihn verfehle", sagte Hooper. „Wahrscheinlich würde er untertauchen, und wir wüßten nicht, ob er tot wäre oder nicht."

„Bis er wieder jemanden frißt", sagte Brody.

„Ganz recht."

„Sie sind doch glatt verrückt", meinte Quint.

„Bin ich das, Quint? Sie haben jedenfalls bisher nicht viel Glück bei diesem Fisch. Ich glaube, er ist zuviel für Sie."

„Wirklich, Jungchen? Sie meinen, Sie könnten's besser als Quint? Na fein, dann zeigen Sie mal, was Sie können."

Brody sagte: „Hören Sie, wir können ihn nicht in das Ding da steigen lassen."

„Worüber regen denn Sie sich auf?" meinte Quint. „Soweit ich gesehen habe, wär's Ihnen doch am liebsten, wenn er da runterstiege und nie mehr raufkäme. Wenigstens könnte er dann nicht mehr –"

„Halten Sie den Mund!" Brodys Gefühle waren zwiespältig. Konnte er wirklich den Tod eines Menschen wünschen? Nein. Noch nicht.

„Los", sagte Quint zu Hooper. „Steigen Sie schon rein."

„Sofort." Hooper zog Hemd, Schuhe und Hose aus und stieg in den Neoprenanzug.

„Wenn ich im Käfig bin", sagte er, während er die Arme in die Gummiärmel zwängte, „stellen Sie sich hierher und halten die Augen offen. Vielleicht können Sie was mit Ihrem Gewehr ausrichten, wenn er nah genug an die Oberfläche kommt."

Nachdem er fertig war, setzte Hooper den Druckregler auf die Preßluftflasche und öffnete das Ventil. Er nahm zwei Atemzüge aus dem Tank, um sich zu vergewissern, daß Luft herauskam. „Helfen Sie mir mal beim Umhängen", sagte er zu Brody.

Brody hielt den Tank fest, während Hooper die Arme durch die Gurte steckte und einen dritten Gurt um seine Taille schlang. Dann setzte er die Maske auf den Kopf. „Gewichte hätte ich mitbringen sollen", sagte er.

Quint sagte: „Verstand hätten Sie mitbringen sollen."

Hooper schob die rechte Hand durch die Schleife am Ende des Knallstocks, nahm die Kamera und trat an die Reling. „Wenn jeder von Ihnen ein Seil nimmt und Sie den Käfig an die Oberfläche ziehen, kann ich die Luke öffnen und von oben einsteigen."

Quint und Brody zogen an den Seilen, und der Käfig hob sich. Sowie die Luke über Wasser war, sagte Hooper: „So ist's recht." Er spuckte in die Maske, verrieb den Speichel auf dem Glas und setzte sich die Maske aufs Gesicht. Dann nahm er den Luftschlauch, steckte sich das Mundstück in den Mund und tat einen Atemzug. Er entriegelte die Luke und öffnete sie, setzte ein Knie auf die Reling, zögerte und nahm das Mundstück noch einmal heraus. „Ich hab was vergessen." Er ging übers Deck zu seiner Hose, wühlte in den Taschen und öffnete dann seinen Taucheranzug.

„Was ist denn das?" fragte Brody.

Hooper hielt einen Haifischzahn in die Höhe, den gleichen, wie er ihn Ellen geschenkt hatte. Er steckte ihn unter den Taucheranzug. „Man kann nie zu vorsichtig sein", sagte er lächelnd. Dann nahm er das Mundstück wieder in den Mund, tat einen Atemzug und sprang über Bord, genau in die offene Luke.

Noch ehe seine Füße den Käfigboden berührten, drehte er sich um und schloß die Luke. Schließlich stand er, sah zu Brody auf und formte Daumen und Zeigefinger zu einem Kreis, um zu zeigen, daß alles in Ordnung war.

Brody und Quint ließen den Käfig wieder hinunter, bis der Deckel gut einen Meter unter Wasser war.

„Nehmen Sie das Gewehr", sagte Quint. Er selbst stieg aufs Heckwerk und legte sich die Harpune auf die Schulter.

Brody ging unter Deck, fand das Gewehr und eilte wieder hinauf.

Hooper im Käfig wartete, bis die bei seinem Eintauchen erzeugten Luftbläschen sich verzogen hatten, dann schaute er auf die Uhr. Er fühlte sich gelöst. Er war allein in der blauen Stille des Meeres, inmitten der im Wasser tanzenden Sonnenstrahlen. Er blickte empor zu dem grauen Bootskörper. Trotz des strahlenden Sonnenlichts war die Sicht in diesem trüben Wasser schlecht – er sah nicht weiter als zwölf Meter. Hooper drehte sich langsam um und versuchte die Düsterkeit mit den Augen zu durchdringen, damit kein Pünktchen Farbe, keine Bewegung ihm entging. Nichts. Er schaute wieder auf die Uhr und rechnete sich aus, daß er bei sparsamem Umgang mit seinem Luftvorrat noch eine halbe Stunde unten bleiben konnte.

Von der Strömung getrieben, schlüpfte einer der kleinen weißen Köderklumpen durch die Gitterstäbe und wedelte, von der Schnur gehalten, Hooper ins Gesicht. Er stieß ihn aus dem Käfig. Dann sah er nach unten und wollte gerade den Blick wieder wenden, als er blitzartig erneut hinuntersah. Aus dem dunklen Blau kam langsam, majestätisch der Hai zu ihm emporgestiegen.

Hooper starrte ihn an, zur Flucht getrieben, doch zu keiner Bewegung fähig. Immer näher kam der Fisch, und er mußte seine Farben bewundern: die Oberseite dieses gewaltigen Körpers war von einem harten Eisengrau, das bläulich wurde, wo die Sonne hinflimmerte. Unterhalb der Seitenlinie war er cremeweiß. Hooper wollte die Kamera heben, aber sein Arm gehorchte nicht.

Noch näher kam der Fisch, leise wie ein Schatten, und Hooper wich zurück. Nur noch ein Meter trennte seinen Kopf vom Käfig, als der Fisch eine Wendung machte und vor Hoopers Augen vorbeizog, als wollte er ihm stolz seine Größe und Kraft zeigen. Zuerst kam die Nase, dann der halboffene, grinsende Rachen. Danach das schwarze, unergründliche Auge, das ihn wie festgeheftet anstarrte. Ganz leicht bewegten sich die Kiemen – blutlose Wunden in der stählernen Haut.

Zaghaft streckte Hooper die Hand aus dem Käfig und berührte seine Flanke. Sie fühlte sich kalt und hart an. Mit den Fingerspitzen liebkoste er die Brustflossen, die Klasper – das Zeugungsorgan –, bis ein Schlag des Schwanzes seine Hand endlich wegfegte.

Hooper hörte leise, platzende Geräusche und sah drei zornige Bläschen in gestreckten Spiralen von der Oberfläche herabschießen, langsamer werden und ein gutes Stück über dem Fisch enden. Gewehrkugeln. Noch nicht, dachte er. Noch einmal muß er vorbei, damit ich filmen kann.

„Zum Teufel, was macht er da unten?" fragte Brody. „Warum hat er's ihm nicht mit dem Stock gegeben?"

Quint stand, die Harpune in der Faust, auf dem Heck und sah ins Wasser. „Komm rauf, Fisch", sagte er. „Komm zu Quint."

Der Hai hatte abgedreht, bis Hooper ihn kaum noch sah – nur noch ein verschwommenes, buntes Schillern. Hooper hob die Kamera und drückte auf den Auslöser. Er wollte das Tier aufnehmen, wenn es wieder aus der Dunkelheit auftauchte.

Im Sucher sah er, wie der Fisch sich zu ihm umdrehte. Er kam schnell, mit heftig schlagendem Schwanz, das Maul öffnend und schließend. Hooper änderte die Entfernungseinstellung. Vergiß nicht, dachte er, sie wieder zu ändern, wenn er kehrtmacht.

Aber der Fisch machte nicht kehrt. Er krachte mit dem Kopf gegen den Käfig, rammte die Nase zwischen zwei Stäbe und bog sie auseinander. Seine Schnauze stieß gegen Hoopers Brust und warf ihn nach hinten. Die Kamera flog ihm aus der Hand, er verlor das Mundstück. Der Fisch legte sich auf die Seite, sein peitschender Schwanz zwang den großen Körper weiter in den Käfig hinein. Hooper tastete nach seinem Mundstück und fand es nicht. Seine Brust krampfte sich vor Luftnot zusammen.

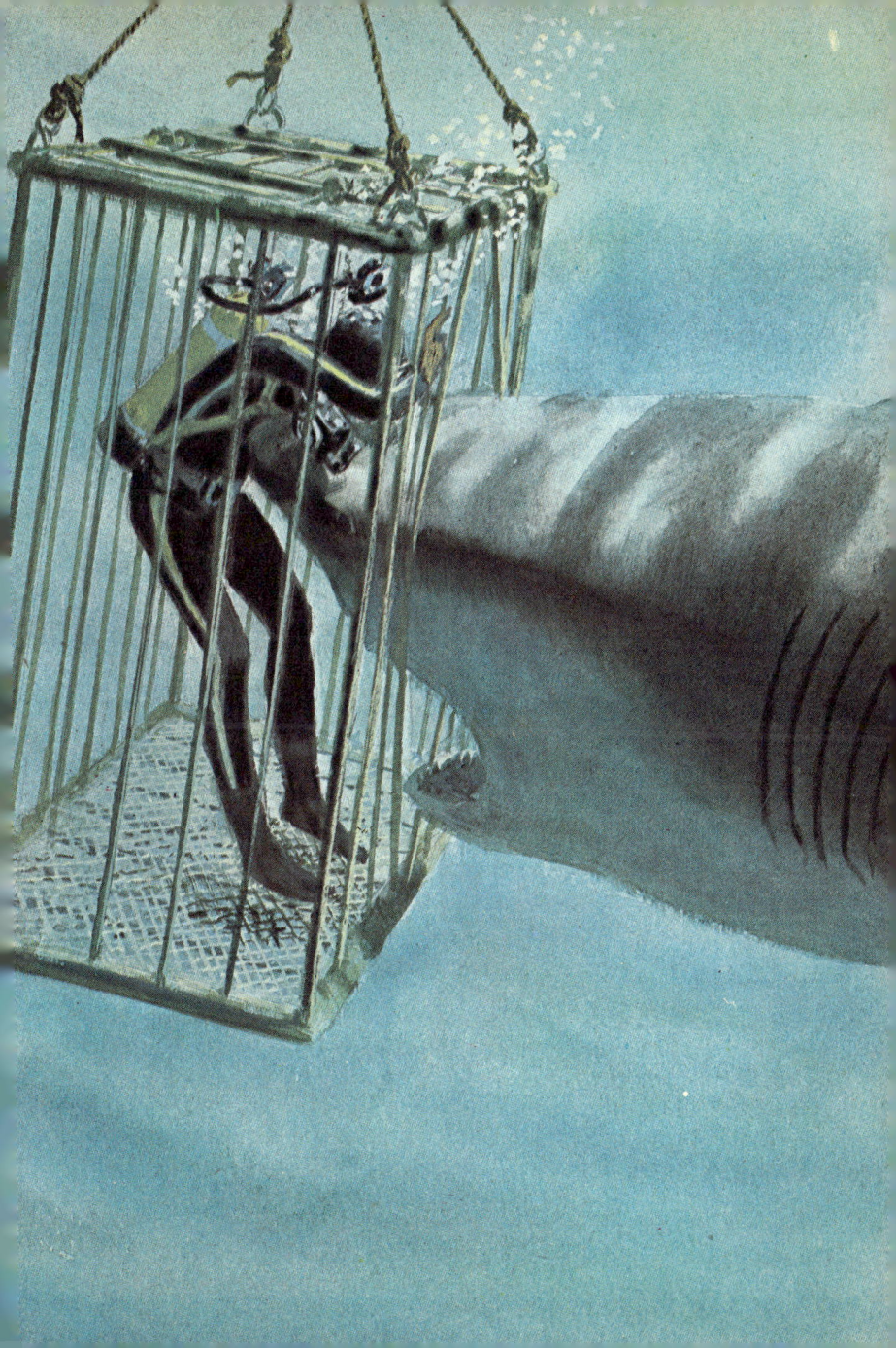

„Er greift an!" schrie Brody. Er packte eines der Halteseile und riß verzweifelt daran, um den Käfig hochzuziehen.

„Dreimal verdammtes Biest!" brüllte Quint.

„Die Harpune!" schrie Brody. „Werfen Sie doch!"

„Geht nicht. Er muß erst oben sein. Komm rauf, du Satan!"

Der Fisch glitt rückwärts aus dem Käfig und machte eine scharfe Kehrtwendung nach rechts. Hooper griff hinter seinen Kopf und fand das Mundstück. Er steckte es sich in den Mund und holte verzweifelt Luft. Erst jetzt sah er die breite Lücke zwischen den Stäben, sah den riesigen Kopf, der sich wieder hereinzwängte. Er hob die Hände über den Kopf und wollte nach der Ausstiegluke greifen.

Der Fisch rammte sich in die Lücke zwischen den Stäben und verbreiterte sie immer mehr. Hooper stand gegen die Rückwand des Käfigs gedrückt und sah das Maul nach ihm schnappen, sich nach ihm drängen. Er versuchte den Arm zu senken und nach dem Knallstock zu fassen. Der Fisch stieß wieder zu, und seine Zähne schlossen sich um Hoopers Körper. Hooper fühlte einen entsetzlichen Druck, als ob ihm die Eingeweide herausgepreßt würden. Er stieß mit der Faust in das schwarze Auge. Der Fisch biß zu, und das letzte, was Hooper sah, bevor er starb, war dieses Auge, das ihn durch eine Wolke seines eigenen Blutes anstarrte. „Er hat ihn!" rief Brody. „Tun Sie doch was!"

„Der Mann ist tot", sagte Quint.

„Woher wissen Sie das? Vielleicht können wir ihn noch retten."

„Er ist tot."

Der Fisch zog sich mit Hooper im Maul aus dem Käfig zurück. Dann stieß er sich mit einem kräftigen Schwanzschlag nach oben.

„Er kommt rauf!" sagte Brody.

„Nehmen Sie das Gewehr!" Quint machte sich zum Wurf bereit.

In vier bis fünf Meter Entfernung zum Boot tauchte der Fisch aus dem Wasser, schoß in die Höhe, daß die Gischt spritzte. Hoopers Körper hing ihm beiderseits aus dem Maul. Eine Sekunde lang glaubte Brody Hoopers glasige, tote Augen durch die Taucherbrille starren zu sehen.

Brody riß im selben Augenblick das Gewehr hoch, als Quint die Harpune warf. Das Ziel war groß, eine breite weiße Fläche, und die Entfernung war nicht zu weit für einen Wurf über Wasser. Doch als Quint warf, sank der Fisch gerade wieder nach unten, und die Harpune flog über ihn hinweg.

Brody schoß, ohne zu zielen, und die Kugeln platschten vor dem Fisch ins Wasser.

„Geben Sie her, das verdammte Ding!" Quint schnappte sich das Gewehr, riß es mit einer einzigen schnellen Bewegung an die Schulter und feuerte zwei Schüsse ab. Aber der Fisch war bereits unter die Oberfläche gesunken. Die Kugeln platschten harmlos in den Strudel.

Es war, als ob der Fisch nie dagewesen wäre. Kein Laut war zu hören, nur das Flüstern der Brise. Der Käfig sah von oben unbeschädigt aus. Das Wasser war ruhig. Der einzige Unterschied war das Fehlen von Hooper.

„Was machen wir jetzt?" fragte Brody. „Was können wir in Gottes Namen jetzt noch tun? Nichts mehr. Wir können gleich nach Hause fahren."

„Wir fahren nach Hause", sagte Quint. „Für heute."

„Für heute? Wie meinen Sie das? Wir können nichts mehr tun. Der Fisch ist zuviel für uns. Der ist unnatürlich, übernatürlich."

„Geben Sie sich etwa geschlagen?"

„Ich bin geschlagen. Jetzt können wir nur noch warten, bis Gott oder die Natur oder wer uns das sonst antut, einsieht, daß wir genug haben. Das hier liegt nicht mehr in der Hand des Menschen."

„In meiner schon noch", sagte Quint. „Ich werde das Biest töten."

„Ich weiß nicht, ob ich nach diesem Vorfall von heute noch Geld bewilligt bekomme."

„Behalten Sie Ihr Geld. Darum geht's hier nicht mehr."

„Was wollen Sie damit sagen?"

Quint sagte: „Ich werde diesen Fisch töten. Kommen Sie mit, wenn Sie wollen. Wenn nicht, bleiben Sie daheim. Aber ich werde diesen Fisch töten." Seine Augen wirkten so dunkel und unergründlich wie das Auge des Hais.

„Ich komme mit", sagte Brody. „Uns bleibt wohl keine Wahl."

„Nein", sagte Quint, „uns bleibt keine Wahl."

Nachdem das Boot vertäut war, ging Brody zu seinem Wagen. Am Ende des Anlegestegs war ein Telephonhäuschen, und gemäß seinem am Morgen gefaßten Beschluß, Daisy Wicker anzurufen, blieb er davor stehen. Aber was soll's? dachte er. Wenn es etwas gegeben hat, jetzt ist es jedenfalls vorbei.

Doch während er auf Amity zufuhr, fragte Brody sich, wie Ellen wohl auf die Nachricht von Hoopers Tod reagiert haben mochte.

Quint hatte die Küstenwache über Funk verständigt, bevor sie einfuhren, und Brody hatte den diensthabenden Offizier gebeten, Ellen anzurufen.

Bıs Brody nach Hause kam, hatte Ellen längst zu weinen aufgehört. Sie hatte Tränen der Wut geweint, weniger aus Trauer um Hooper als aus Hoffnungslosigkeit und Erbitterung über dieses erneute Todesopfer. Hooper war nur im oberflächlichsten Sinne des Wortes ihr Geliebter gewesen. Sie hatte ihn nicht *geliebt,* sie hatte ihn benutzt.

Sie hörte Brodys Wagen im Hof und öffnete die Hintertür. Mein Gott, wie fertig er aussieht, dachte sie. Seine Augen waren gerötet und eingesunken, und er sah gebeugt aus, wie er so aufs Haus zukam. An der Tür küßte sie ihn und sagte: „Du siehst aus, als ob du etwas zu trinken brauchtest."

„Kann man sagen." Er ging ins Wohnzimmer und ließ sich in einen Sessel fallen.

„Was möchtest du denn?"

„Irgend etwas. Nur stark muß es sein."

Sie ging in die Küche, füllte ein Glas halb mit Wodka, halb mit Orangensaft und brachte es ihm. Sie setzte sich auf die Sessellehne und sagte: „Nun ist es also aus, nicht wahr? Du kannst nichts mehr machen."

„Wir fahren morgen raus. Sechs Uhr."

„Wieso?" Ellen war wie vor den Kopf geschlagen. „Was denkst du denn jetzt noch tun zu können?"

„Den Fisch fangen. Und töten."

„Glaubst du das etwa?"

„Sicher bin ich nicht. Aber Quint glaubt es. O Gott, und wie er daran glaubt!"

„Dann laß ihn rausfahren. Soll er sich doch umbringen lassen."

„Das kann ich nicht."

„Warum nicht?"

Brody dachte einen Augenblick nach, dann sagte er: „Ich glaube nicht, daß ich es erklären kann. Aber aufgeben ist keine Lösung."

Die Tränen strömten Ellen aus den Augen. „Und was wird aus mir und den Kindern? Willst du denn unbedingt umkommen?"

„Nein. Mein Gott, nein! Es ist doch nur . . ."

„Du glaubst, es sei alles deine Schuld. Du meinst, du wärst für den kleinen Jungen und den alten Mann verantwortlich. Und du denkst, wenn du den Hai tötest, kannst du alles wieder in Ordnung bringen. Du willst Rache."

Brody seufzte. „Vielleicht. Ich weiß es nicht. Ich finde . . . ich glaube, die Stadt kann erst wieder leben, wenn wir diese Bestie töten."

„Und du läßt dich bei diesem Versuch bereitwillig selbst umbringen –"

„Sei nicht albern! Ich fahre nicht einmal ‚bereitwillig‘ – wenn es dieses Wort schon sein muß – in diesem verdammten Boot mit hinaus. Jede Minute, die ich da draußen bin, habe ich solche Angst, daß ich kotzen könnte."

„*Warum* fährst du denn dann mit?" Sie flehte, bettelte. „Kannst du nie an jemand anders denken als dich selbst?"

Der Vorwurf des Egoismus schockierte Brody. „Ich liebe dich", sagte er. „Das weißt du doch . . . was auch passiert."

„Aber ja doch", sagte sie verbittert. „Aber ja."

Gegen Mitternacht tat sich ein scharfer Nordostwind auf, der durch die Jalousien pfiff und bald einen peitschenden Regen mitbrachte. Brody stieg aus dem Bett und schloß das Fenster. Er versuchte wieder einzuschlafen, aber seine Gedanken wollten nicht zur Ruhe kommen.

Um fünf Uhr stand er auf und zog sich leise an. Bevor er das Schlafzimmer verließ, warf er einen Blick zu Ellen, in deren schlafendem Gesicht ein sorgenvoller Ausdruck stand. „Ich liebe dich, das weißt du doch", flüsterte er und küßte sie auf die Stirn. Er wollte hinuntergehen, doch dann fiel ihm plötzlich ein, noch einmal in das Zimmer der Jungen zu sehen. Sie schliefen alle.

ZEHN

Als er an den Anlegesteg kam, erwartete Quint ihn schon – eine große, teilnahmslose Gestalt in gelbem Ölzeug, das unter dem düsteren Himmel leuchtete.

„Ich hätte Sie beinahe angerufen", sagte Brody, indem er seinen Regenmantel überzog. „Was bedeutet dieses Wetter?"

„Nichts", sagte Quint. „Nach einer Weile wird es aufklaren. Und wenn nicht, er wird trotzdem dasein." Er sprang aufs Boot.

„Sind wir beide allein? Ich dachte, Sie hätten gern ein zweites Paar Hände an Bord."

„Sie kennen den Fisch so gut wie sonst einer, und noch mehr Hände ändern jetzt nichts mehr. Außerdem geht es sonst niemand an."

Brody machte die Heckleine los und wollte gerade an Bord springen, da sah er in einer Ecke etwas unter einer Segeltuchplane liegen. Er zeigte darauf. „Was ist das?" fragte er.

„Ein Schaf." Quint drehte den Zündschlüssel. Der Motor spuckte einmal, sprang an und begann gleichmäßig zu tuckern.

„Wozu?" Brody stieg in die Plicht. „Wollen Sie es opfern?"

Quint ließ kurz ein bitteres, bellendes Lachen ertönen. „Warum auch nicht?" meinte er. „Nein, es soll als Köder dienen." Er ging nach vorn und warf die Bugleine los. Dann schob er den Gashebel vor, und das Boot glitt vom Steg fort.

Vor Montauk war die See rauh, denn der Wind stand gegen den Gezeitenstrom. Der stampfende Bug warf einen Gischtschleier auf.

Sie waren erst fünfzehn Minuten an der Landzunge vorbei, als Quint das Gas zurücknahm und ihre Fahrt verlangsamte.

„Wir sind nicht so weit draußen wie sonst", sagte Brody. „Wir können doch erst ein paar Kilometer von der Küste weg sein."

„Kann schon sein."

„Warum stoppen Sie dann hier?"

Quint zeigte nach links die Küste hinunter, wo Lichter durcheinanderschienen. „Das ist Amity. Ich glaube, er ist irgendwo zwischen hier und Amity."

„Warum?"

„Ich hab so 'n Gefühl. Bei so was gibt's nicht immer ein Warum."

„Wir haben ihn zwei Tage hintereinander weiter draußen gefunden."

„Oder er uns." Quints Ton klang rätselhaft.

Brody wurde ungehalten. „Was für ein Spielchen treiben Sie eigentlich?"

„Überhaupt kein Spielchen. Wenn ich mich irre, dann irre ich mich eben."

„Und wir versuchen es morgen woanders." Halb hoffte Brody, daß Quint sich irrte, damit es einen Tag Aufschub gab.

„Oder heute noch, später. Aber ich glaube nicht, daß wir so lange warten müssen." Quint ging zum Heck und stellte einen Eimer mit Fischabfällen aufs Heck. „Sie können schon mal anfangen", sagte er zu Brody und gab ihm die Kelle. Er schlug die Plane über dem Schaf zurück, legte ihm einen Strick um den Hals und legte es auf das Schandeck. Dann schlitzte er ihm den Bauch auf, warf es über Bord und ließ es sechs Meter vom Boot abtreiben, ehe er das Seil an einer Achterklampe festmachte. Er ging wieder nach vorn, band zwei Tonnen los und trug sie mitsamt den Seilrollen und Harpunenspitzen zum Heck. „So", sagte er. „Nun wollen wir sehen, wie lange es dauert."

Es war Tag geworden; der Himmel war von einem hellen Grau, und an der Küste ging ein Licht nach dem anderen aus. Der Gestank der Fischabfälle, die er über Bord schöpfte, drehte Brody fast den Magen um.

Plötzlich sah er – keine anderthalb Meter entfernt, so nah, daß er ihn mit der Schöpfkelle hätte berühren können – den ungeheuren Kopf des Fisches, die schwarzen Augen starr auf ihn gerichtet, mit der silbergrauen Nase auf ihn zielend, den grinsenden Rachen aufgerissen. „Quint!" rief Brody. „Da ist er!"

Quint war mit einem Satz am Heck. Als er aufs Heck sprang, glitt der Kopf des Fisches ins Wasser zurück und krachte Sekunden später gegen den Heckspiegel. Seine Zähne gruben sich ins Holz, und er schüttelte heftig den Kopf hin und her. Brody klammerte sich an einer Klampe fest und vermochte den Blick nicht von diesen Augen zu wenden. Quint fiel auf die Knie. Der Fisch ließ los und tauchte unter, und das Boot lag wieder ruhig.

„Er hat auf uns gewartet!" schrie Brody.

„Ich weiß", sagte Quint. „Jetzt haben wir ihn."

„*Wir* haben *ihn*? Haben Sie nicht gesehen, was er mit dem Boot gemacht hat?"

„Hat uns ganz schön durchgeschüttelt, was?"

Das Seil, an dem das Schaf hing, straffte sich, zitterte und erschlaffte.

Quint stand auf und nahm die Harpune. „Er hat das Schaf geholt. Jetzt dauert's ein Weilchen, bis er wiederkommt."

Brody sah Fieber in Quints Augen glühen – eine Erwartung, die an seinem Hals die Sehnen hervortreten und seine Knöchel weiß werden ließ.

Das Boot erzitterte von neuem, und es gab einen dumpfen, hohlen Krach.

„Was macht er da?" fragte Brody.

„Er versucht ein Loch in den Bootsboden zu beißen, das macht er! Sehen Sie mal in der Bilge nach." Quint hob die Harpune hoch über den Kopf. „Komm raus da, du Schwein!"

Brody hob den Lukendeckel über dem Maschinenraum und sah in das dunkle, ölige Loch. Es stand etwas Wasser in der Bilge, aber das war immer so, und ein neues Loch sah er nicht. „Scheint in Ordnung zu sein", sagte er.

Zehn Meter vom Heck tauchten die Rückenflosse und der Schwanz aus dem Wasser und näherten sich wieder dem Boot. „Da kommst du ja", schmeichelte Quint. „Da kommst du ja!" Er richtete sich auf, die rechte Hand mit der Harpune zum Himmel emporgehoben. Als der Fisch fast am Boot war, warf Quint die Harpune.

Sie traf den Fisch nah bei der Rückenflosse. Dann krachte der Fisch gegen das Boot, daß Quint nach hinten taumelte. Er schlug mit dem Kopf gegen den Drehstuhl, und Blut lief ihm in einem dünnen Rinnsal den Hals hinunter. Er sprang auf und schrie: „Ich hab dich! Ich hab dich, du verdammtes Miststück!"

Das Seil, das an der Harpunenspitze hing, schoß über Bord, als der Fisch tauchte. Die Tonne flog vom Heck und verschwand.

„Er hat sie mit nach unten genommen", sagte Brody.

„Nicht für lange", sagte Quint. „Er kommt wieder hoch, und dann verpassen wir ihm noch eins und noch eins und noch eins, bis er aufgibt." Quint holte die Schnur ein, die den hölzernen Harpunenschaft hielt, und zog ihn wieder an Bord. Dann setzte er eine neue Spitze darauf.

Seine Zuversicht war ansteckend; Brody war fast übermütig vor Triumph und Erleichterung – der Nebel des Todes hatte sich verzogen. Dann sah er das Blut an Quints Hals und sagte: „Sie bluten."

„Holen Sie noch ein Faß", sagte Quint, „und bringen Sie's hierher."

Brody eilte nach vorn, band eine Tonne los, hängte sich die Seilrolle über den Arm und brachte alles zu Quint.

„Da kommt er", sagte Quint und zeigte nach links. Das erste Faß war wieder aufgetaucht und tanzte im Wasser. Quint hob die Harpune über den Kopf. „Er kommt rauf!"

Der Fisch schoß aus dem Wasser wie eine abhebende Rakete. Nase, Maul und Brustflossen stiegen steil in die Höhe, und Quint beugte sich vor zum Wurf. Der zweite Haken traf den Fisch in den Bauch, als der gewaltige Leib gerade wieder zu sinken begann. Der Bauch klatschte mit Donnergetöse aufs Wasser, und das Boot war in eine Wand von Gischt gehüllt.

Das Boot holte einmal über, noch einmal, und dann hörte man ferne, knirschende Geräusche.

„Angreifen willst du mich?" sagte Quint. Er lief, den Gashebel vorzuschieben, und das Boot entfernte sich von den tanzenden Fässern.

„Hat er uns was gemacht?" fragte Brody.

„Ein bißchen. Wir liegen hinten etwas schwer im Wasser. Wahrscheinlich hat er uns ein Loch gebohrt. Aber das pumpen wir aus."

„Das wär's also", sagte Brody glücklich.

„Was wäre was?"

„Der Fisch ist doch so gut wie tot."

„Nicht ganz. Sehen Sie mal."

Zwei rote Holzfässer folgten dem Boot in gleichbleibendem Abstand. Sie tanzten nicht. Gezogen von der ungeheuren Kraft des Fisches, durchschnitten sie das Wasser und schoben Bugwellen vor sich her.

„Jagt er uns?" fragte Brody. „Er kann doch nicht immer noch denken, wir wären was zu fressen."

„Nein. Jetzt will er's wohl wissen."

Zum erstenmal sah Brody ein beunruhigtes Stirnrunzeln auf Quints Gesicht. „Zum Teufel auch", sagte Quint, „wenn er Krieg will, soll er ihn haben." Er schaltete in den Leerlauf, kam an Deck und sprang wieder aufs Heck. Er nahm eine neue Harpunenspitze. Erregung stand in seinem Gesicht. „Na schön!" rief er. „Komm und hol dir das!"

Die Fässer kamen immer näher – noch dreißig Meter, fünfundzwanzig, zwanzig. Brody sah den großen grauen Fleck an der Steuerbordseite vorbeiziehen. „Hier ist er!" rief er. „Er schwimmt nach vorn."

Quint löste die Harpunenspitze vom Schaft, durchtrennte die Schnur, die den Schaft an einer Klampe festhielt, sprang vom Heck und lief nach vorn. Am Bug angekommen, bückte er sich, befestigte die Schnur an einer der vorderen Klampen, band ein Faß los und steckte die Harpunenspitze auf den Schaft. Dann richtete er sich mit erhobener Harpune auf.

Dreißig Meter vor dem Boot machte der Fisch kehrt. Sein Kopf erhob sich aus dem Wasser und tauchte wieder unter. Die wie ein Segel aufgerichtete Schwanzflosse begann hin und her zu schlagen. „Jetzt kommt er!" sagte Quint.

Der Fisch rammte mit dem Kopf in den Bug, daß es wie eine gedämpfte Explosion klang. Quint warf die Harpune. Die Spitze drang dem Fisch über dem rechten Auge in den Kopf und blieb stecken. Das Seil schlängelte sich langsam über Bord, als der Fisch sich zurückzog.

„Paßt", sagte Quint. „Diesmal hab ich ihn am Kopf erwischt."

Jetzt glitten drei Fässer über die Wasseroberfläche. Plötzlich verschwanden sie.

„Verdammt!" rief Quint. „Das ist kein normaler Fisch mehr, der mit drei Eisen im Leib und drei Fässern obendran noch tauchen kann!"

Das Boot erbebte und schien in die Höhe steigen zu wollen, dann sank es zurück. Zwanzig Meter vom Boot entfernt tauchten die Tonnen wieder auf.

„Gehen Sie mal runter", sagte Quint zu Brody, während er eine neue Harpune vorbereitete. „Sehen Sie nach, ob er vorn was angerichtet hat."

Brody sprang in die Plicht. Er schlug den durchgetretenen Teppich zurück und öffnete die Luke. Ein Strom Wasser floß nach hinten. Er ging wieder nach oben und sagte zu Quint: „Sieht nicht gut aus. Unter der Plicht ist eine Menge Wasser."

„Das seh ich mir besser mal selber an. Hier." Quint gab Brody die Harpune. „Wenn er wiederkommt, verpassen Sie ihm das Ding, damit er genug hat."

Brody stand am Bug, die Harpune in der Hand. Die Fässer zuckten hin und her, wenn der Fisch sich unten bewegte. Na, wie stirbt sich's? fragte er stumm den Fisch. Er hörte einen Elektromotor anlaufen.

„Ist nichts weiter", sagte Quint, als er wieder nach vorn kam. Er nahm Brody die Harpune aus der Hand. „Die Pumpen müßten es schaffen. Wenn er tot ist, ziehen wir ihn rein."

Brody trocknete sich die Hände am Hosenboden ab. „Und bis dahin?"

„Warten wir."

SIE warteten drei Stunden. Zuerst tauchten die Fässer alle zehn bis fünfzehn Minuten einmal unter, dann seltener, und gegen elf Uhr waren sie seit einer ganzen Stunde nicht mehr unter Wasser gewesen. Um halb zwölf tanzten sie träge auf dem Wasser.

„Was meinen Sie?" fragte Brody. „Ob er tot ist?"

„Ich glaube kaum. Aber er könnte dem Tod so nah sein, daß wir ihm eine Schlinge um den Schwanz legen und ihn rückwärts abschleppen können, bis er ertrunken ist."

Quint schaltete einmal kurz die elektrische Winde ein, um zu kontrollieren, ob sie funktionierte, dann schaltete er sie wieder ab. Er gab Gas und steuerte das Boot vorsichtig auf die Fässer zu.

Sowie er neben den Fässern war, nahm Quint einen Fischhaken, angelte sich damit ein Seil und zog eines der Fässer an Bord. Er nahm sein Messer aus dem Futteral und schnitt das Seil vom Faß ab. Dann stieß er das Messer ins Schandeck, um beide Hände frei zu haben und gleichzeitig das Seil halten und das Faß aufs Deck schieben zu können. Er stellte sich aufs Schandeck, führte das Seil durch eine Rolle und zur Winde hinunter. Dann legte er es mit ein paar Schlägen um die Windentrommel und schaltete erneut die Winde ein.

Das schlaffe Seil spannte sich, und das Boot legte sich unter dem Gewicht des Fisches hart nach steuerbord.

Die Winde drehte sich langsam. Das Seil zitterte unter der Belastung derart, daß Wassertropfen auf Quints Hemd spritzten.

Plötzlich kam das Seil viel zu schnell nach. Es verwickelte sich auf der Winde und kringelte sich. Das Boot richtete sich ruckartig auf.

„Seil gerissen?" fragte Brody.

„Teufel, nein!" rief Quint, und da sah Brody die Angst in seinem Gesicht stehen. „Das Miststück kommt rauf!"

Senkrecht schoß der Fisch neben dem Boot aus dem Wasser, mit einem gewaltigen Rauschen, und Brody stöhnte beim Anblick des Riesenkörpers auf. Er ragte so hoch vor ihnen auf, daß er den Himmel verdunkelte. Seine Brustflossen standen straff und ausgestreckt wie Flügel in der Luft, als der Fisch vornüber kippte.

Unter Splittern und Krachen landete er auf dem Heck und drückte das Boot unter die Wellen. Wasser strömte übers Heck. Sekunden später standen Quint und Brody bis zu den Hüften im Wasser.

Der Haifischrachen war keinen Meter von Brodys Brust entfernt. In dem tennisballgroßen schwarzen Auge glaubte Brody sein eigenes Spiegelbild zu erkennen.

„Du verdammtes Schwein!" schrie Quint. „Du hast mein Boot versenkt!" Ein Faß trieb in die Plicht, das Seil dahinter ringelte sich wie ein Wurm. Quint packte die Harpunenspitze am Ende des Seils

und stieß sie dem Fisch in den weißen, weichen Bauch. Blut strömte aus der Wunde und ergoß sich über Quints Hand. Das Boot sank weiter. Schon war das Heck völlig untergetaucht, der Bug hob sich. Der Fisch rollte vom Heck und versank in den Wellen. Das Seil an der Harpunenspitze, die Quint dem Tier in den Leib gebohrt hatte, folgte ihm nach.

Plötzlich verlor Quint das Gleichgewicht und fiel ins Wasser. „Das Messer!" schrie er. Sein linkes Bein erschien über dem Wasser, und Brody sah das Seil, das sich um Quints Fuß geschlungen hatte.

Brody stürzte nach dem Messer, das steuerbords im Schandeck steckte. Er riß es los, kehrte um, kämpfte sich durch das immer tiefer werdende Wasser. Er war nicht schnell genug. Hilflos mußte er zusehen, wie Quint, die Arme nach ihm ausgestreckt, die Augen flehend aufgerissen, langsam ins finstere Wasser hinuntergezogen wurde.

Für Sekunden war es still, bis auf das schmatzende Geräusch des gleichmäßig sinkenden Bootes. Das Wasser ging Brody schon bis zu den Schultern, als gleich neben ihm eines der Sitzkissen an die Oberfläche kam. „Einen Achtjährigen würden sie schon tragen", erinnerte Brody sich an Hendricks Worte. Aber er griff nach dem Kissen.

Er sah Schwanz- und Rückenflosse des Hais zwanzig Meter vor ihm aus dem Wasser tauchen. Der Schwanz schlug einmal nach links, einmal nach rechts, und die Rückenfinne kam näher. „Hau ab, verdammtes Biest!" schrie Brody.

Der Fisch kam, fast ohne sich zu bewegen, immer näher.

Brody versuchte zum Bug des Bootes zu schwimmen, der jetzt fast senkrecht stand. Doch bevor er ihn erreicht hatte, sank der Bug unter die Oberfläche. Er umklammerte das Kissen und fand, daß er, ohne sich zu verausgaben, über Wasser bleiben konnte, wenn er die Unterarme darauf legte und ununterbrochen mit den Beinen stieß.

Der Fisch kam näher. Er war nur noch einen Meter entfernt, und Brody schrie und schloß die Augen in Erwartung einer Todesqual, die er sich nicht vorzustellen vermochte.

Nichts geschah. Er öffnete die Augen. Der Fisch war nur einen halben Meter vor ihm, aber er bewegte sich nicht mehr. Und vor Brodys Augen begann der stahlgraue Körper in die Finsternis zu sinken.

Brody tauchte das Gesicht ins Wasser und riß die Augen auf. Er sah den Fisch in einer eleganten Spirale abwärts sinken, hinter sich am Seil den Körper Quints – die Arme ausgebreitet, den Kopf zurückgeworfen, den Mund geöffnet in stummem Protest.

Der Fisch war jetzt nicht mehr zu sehen. Doch durch den Auftrieb der Fässer am Weitersinken gehindert, hing er irgendwo jenseits der Grenzen des Lichts, und irgendwo dazwischen hing die Leiche Quints, ein Schatten, der sich im Dämmerlicht langsam drehte.

Brody hob den Kopf. Er wischte sich über die Augen und schwamm fort, auf die Küste zu.

Peter Benchley

„Mein Interesse an Haien", sagt Peter Benchley, „reicht zurück bis zu den Sommern auf Nantucket, wo meine Eltern und ich uns öfters ein Boot charterten und auf Haifischjagd gingen." Sein Großvater, der weltberühmte Humorist Robert Benchley, verbrachte in den Zwanzigern zum erstenmal den Sommer auf dieser hübschen Insel vor Massachusetts; seine Eltern, der Schriftsteller Nathaniel Benchley und seine Frau, haben manchmal das ganze Jahr dort gewohnt.

Peter Benchley vertritt erfolgreich die dritte Generation einer Schriftstellerfamilie. Nach seinem Studium arbeitete er ab 1961 als Reporter bei der *Washington Post* und ging dann zu *Newsweek,* wo er drei Jahre als Redakteur der Sparte Rundfunk und Fernsehen tätig war. Von März 1967 bis zum Ende der Präsidentschaft Lyndon Johnsons schrieb Benchley Reden für das Weiße Haus.

Seitdem arbeitet er freiberuflich: als Fernsehkommentator und freier Mitarbeiter verschiedener großer Zeitschriften. Er hat auch selbst das Drehbuch für den Weißen Hai geschrieben, der im Sommer 1974 verfilmt wurde.

Peter Benchley, zu dessen Hobbys Tauchen, Tennis und Gitarrespiel gehören, lebt mit seiner Frau Wendy, dem sechsjährigen Töchterchen Tracy und dem vierjährigen Sohn Clayton in Pennington in New Jersey. Zur Zeit arbeitet er an seinem zweiten Roman, der vom Tauchen nach versunkenen Schätzen handelt.

Eine Handvoll

Menschlichkeit

Eine Kurzfassung des von Hans Herlin
herausgegebenen Buches von
MONIKA SCHWINN
UND BERNHARD DIEHL

Fünf junge Menschen zwischen neunzehn und achtund-
zwanzig Jahren, die Malteserhelfer Georg Bartsch, Bern-
hard Diehl, Marie-Luise Kerber, Hindrika Kortmann
und Monika Schwinn, brechen am 27. April 1969, einem
Sonntagmorgen, von An Hoa zu einer Landpartie auf.
Sie können nicht ahnen, wie tragisch diese Fahrt enden
wird.

Fünf junge Menschen gehen aus den verschiedensten
Motiven nach Vietnam. Sie arbeiten in den Hospitälern
des Malteser-Hilfsdienstes in Da Nang und An Hoa. Sie
sind gekommen, um zu helfen, Leiden zu mildern, und
erleben selbst das Schrecklichste. Zwei überleben vier Jahre
Gefangenschaft. Und darüber berichten sie.

Über den Zeitraum bis zu ihrer Gefangenschaft gibt es
ausführliche Aufzeichnungen, Tagebücher, Briefe. Aus der
Gefangenschaft rettet nur Monika Schwinn einen Teil
ihrer Notizen. Die meisten Berichte sind also Nacherzäh-
lungen, Gespräche, in einer langen und für die Beteiligten
oft qualvollen Klausur, denn der Abstand zu dem Erleb-
ten ist noch nicht groß; es ist kein Nacherzählen, sondern
ein Wiedererleiden.

Hier wird der Versuch gemacht, Gefangenschaft zu
beschreiben. Es scheint, als habe der oft vor Augen ste-
hende Tod die Beobachtungsgabe dieser beiden Menschen
geschärft. Was entsteht, ist ein Lebensdokument von
seltener Aussagekraft, roh oft, unbeholfen nach Worten
ringend, aber ohne alle falschen Zutaten, die Wirklichkeit.
Die Fragen und Zweifel des Menschen und seine nie
versagende Hoffnung.

Dem Herausgeber blieb die Aufgabe, das Material zu
ordnen, zusammenzustellen; die Kapitelüberschriften sind
von ihm hinzugefügt. Wer jeweils berichtet, wird am
Beginn der Kapitel durch die Initialen seiner Namen
angezeigt.

Hans Herlin

DER REISBAUER

M. S.

VOR UNS, in der Ferne, erhoben sich die Berge, dunkelblau, hinter uns lag der Fluß, der Khe-Le, und meine Füße waren davon noch ganz schlammgelb. Eine Zeitlang waren wir in seinem flachen Wasser flußaufwärts gegangen, die Schuhe in den Händen. Aber die Sonne schien heiß, schon jetzt am Vormittag, und so hatten wir den Schatten eines Gehölzes aufgesucht. Auch dort war es heiß, die tiefhängenden dunkelgrünen Blätter der Bananen schienen zu dampfen.

Von dieser Stelle aus konnte ich die Reisfelder sehen und den Bauern. Man hatte mir erzählt, daß buddhistische Vietnamesen ihre Toten auf den Reisfeldern bestatten und daß ihnen, weil es so viele Tote gab, oft nicht genug Platz blieb für den Reis.

Das hatte ich nicht gewußt. Im Grunde wußten wir alle auch nach acht Monaten kaum etwas von diesem Land. Die Arbeit im Hospital der Malteser in Da Nang ging von morgens bis abends, dann fiel man todmüde ins Bett, schlief, wenn man Glück hatte, wachte auf, sah sich von neuem seinen Aufgaben gegenüber – alle diese Kinder, all dieses Elend! Was man auch tat, es war zu wenig, dafür war kein Tag lang genug. Ich hatte mich auf diesen Ausflug gefreut und die Filmkamera dabei, ein paar Bilder wollte ich wenigstens mit nach Hause bringen, die man allen zeigen konnte, nicht von den napalm-verbrannten Kindern, nicht von dem Elend des Krieges, *schöne* Bilder: So wie die lachenden Kinder auf dem schwarzen Wasserbüffel, die ich noch vom Fluß aus gefilmt hatte. Und dieser Reisbauer in seinem Feld, der zu uns herübersah, das war auch so ein Motiv: Wie er sich gerade aufrichtete, sich den spitzen Strohhut auf dem Rücken zurechtrückte und langsam und zögernd auf uns zukam.

Er war kein junger Mann mehr. Er trug eine schwarze Bluse, auf der Brust offen, die Hosen hochgekrempelt bis über die Waden, die Beine waren graugelb vom Schlamm. Seine Füße steckten in Ho-

Tschi-Minh-Sandalen – das sind aus alten Autoreifen geschnittene Sohlen mit vier kreuzweise verlaufenden Verschnürungen. Sein Haar war lang und so grau wie der Dreck an den Beinen. Sein Gesicht war breit, eckig, aber er lächelte uns zu, als er uns entgegenging. Bernhard, der ein paar Redewendungen kannte, sagte: „Chao ông! – Guten Tag!"

Dieser Reisbauer sagte nichts, lächelte nur, zeigte dabei, daß er kaum noch Zähne hatte. Wir nickten und lachten. Es ist schon traurig, dachte ich, daß du nichts von dieser Sprache gelernt hast, daß du ihm nichts Freundliches sagen kannst.

Wir hatten zuvor in der Ferne ein Dorf gesehen. Dort wollten wir hin, die Bambushütten, das Leben der Bauern, das wollte ich filmen. Als wir uns jetzt wieder auf den Weg machten, blieb der Reisbauer zurück. Er stand da, sah uns nach, plötzlich nachdenklich.

Wir gingen langsam weiter. Und dann vernahm ich hinter mir dieses Klatschen seiner Gummisandalen, patsch, patsch, so kam der Reisbauer hinter uns hergelaufen.

Er lächelte nicht mehr, sein Gesicht war sorgenvoll, er redete und gestikulierte mit den Händen: „Om! Om! Om!" Und er deutete dabei in eine andere Richtung, weg vom Dorf, in das wir wollten.

Das kannte ich nun, dieses: „Om! Om!" Es war das erste Wort, das ich auf vietnamesisch gelernt hatte, es heißt „krank". Mit diesem Wort brachten uns die Eltern ihre Kinder auf die Krankenhausstation. Dieses Wort ging mir in den Träumen nach, und deshalb sagte ich sofort zu den anderen: „Da müssen wir wohl hingehen! Wenn jemand krank ist, müssen wir ihm helfen!"

Der Reisbauer lief vor, wir gingen hinter ihm her, und er drehte sich immer wieder um und schaute, ob wir auch wirklich nachkamen. „Hoffentlich bringt er uns nicht ins Vietkong-Gebiet", sagte Rika. Wir gingen immer zögernder, denn er führte uns immer weiter weg von diesem Dorf, und schließlich blieben wir stehen. Der Reisbauer stürzte wieder auf uns zu, und seine Stimme wurde immer lauter und eindringlicher: „Om! Om!" Es hat nicht viel gefehlt, daß er uns angestupst hätte wie ein Hund, dessen Schafe nicht so wollten wie er.

Wir alle wurden plötzlich mißtrauisch. Wir beratschlagten und entschlossen uns, nicht weiterzugehen. Wir gaben ihm zu verstehen, daß er den Kranken zu uns bringen solle, hierher.

Da fing der Reisbauer an zu schreien. Mit einer hohen Stimme, die sich ein paarmal überschlug. Und dann hob er zwei Finger an den zahnlosen Mund und stieß einen Pfiff aus. Und plötzlich stand da einer mit einem Gewehr. Es war ein langer schwarzer Karabiner, fast größer als der Mann, der da kaum über das Gras herausragte, eine schmale Gestalt. Die beiden sprachen miteinander, der alte Reisbauer und der andere mit seinem Gewehr. Er trug eine verwaschene, hellbeige Jacke, ein Zivilist, ein Guerilla vielleicht, jedenfalls kein Militär. Dann sagte der alte Bauer zu uns: „Di, di, di – vorwärts!" Und der Junge unterstrich mit dem schwarzen Karabiner seine Worte: Geht! Tut, was er sagt! Er deutete stumm mit dem Gewehr vom Pfad weg; und als ich mich umdrehte, sah ich, daß dieser eine nicht allein war. Es waren noch zwei andere bei ihm, auch sie trugen die schwarzen Karabiner.

WIR LIEFEN im Gänsemarsch. Der alte Reisbauer führte uns an, die Bewacher waren an unserer Seite, einer hinter uns. Marie-Luise Kerber, Zahnarzthelferin in An Hoa – die jüngste von uns –, ging vor mir. Sie drehte sich um und sah mich fragend an. „Hast du Angst?" Ich schüttelte den Kopf. Sie sagte: „Wir hätten sofort weglaufen sollen." Ich sagte: „Wie kann man weglaufen, wenn man uns zu einem Kranken ruft. Du wirst schon sehen, alles ist in Ordnung."

Man führte uns auf einen freien Platz, der von dichtem Gestrüpp umgeben war, zwei Meter hoch. Noch immer dachte ich, daß sie den Kranken vielleicht hierher bringen würden. Aber ich sah, daß mich meine Hoffnung getrogen hatte: Wir waren umstellt von zwölf bis fünfzehn Männern mit Gewehren. Sie waren alle schmächtig, schlecht gekleidet in ihren Pyjamahosen.

Hindrika Kortmann, die mit mir in Da Nang arbeitete und erst vor kurzem begonnen hatte, ein paar Stunden Vietnamesisch zu nehmen – sie und Bernhard versuchten den Männern klarzumachen, daß wir Deutsche seien, Krankenpfleger. Aber das sahen sie ja an unserer Kleidung, denn wir alle trugen auf diesem Ausflug unsere offizielle Malteseruniform. Sie reagierten nicht.

Wir gingen weiter, bewacht von den Männern mit den schwarzen Karabinern. Der alte Reisbauer war verschwunden, aber an den sollte ich noch oft denken, er sollte mir immer wieder in den Träumen erscheinen, wie er uns da lächelnd in die Gefangenschaft lockte. Warum? Was haben wir ihm getan?

Der Weg führte über freies Feld, durch hohes Schilfgras, durch
gewässerte Reisfelder, immer so, daß wir in der Nähe von Gebüsch
und Dickicht blieben, wo wir uns vor Aufklärern verstecken konnten.
Die Sonne stach herab, es war Mittag vorbei, meine Füße schmerzten
in den Riemchen-Sandaletten, und ich hatte Durst.

Wir kamen durch mehrere Dörfer. Die Hütten waren verfallen,
einige niedergebrannt. Die Kinder hatten die typischen Zeichen der
Unterernährung, aufgeblähte Bäuche, dünne Arme und dünne Beine
und diese eingefallenen Gesäßmuskeln.

Wir liefen durch ein Gelände, das erst vor kurzer Zeit von Napalm
getroffen worden sein mußte – alles war verbrannt, ein entsetzlicher
Gestank hing in der Luft. Auf einem Feld lag ein abgeschossener
amerikanischer Hubschrauber, eines dieser großen Dinger, die sie
„Bananen" nennen.

Wir liefen danach noch eine gute Stunde und kamen zu einer
Pagode. Der Khe-Le lag weit hinter uns, wir waren immer weiter
in dieses Tal hineingegangen, auf die blaugrauen Berge zu, und die
Stelle war schon dicht bewaldet. Man sagte uns, wir sollten uns in
die Pagode setzen und warten. Es war die erste Rast. Wir legten uns
auf den Boden, erschöpft und müde. Rika meinte besorgt: „Wenn
wir morgen früh nicht zurück sind, muß Dr. Kröger schon wieder
einen neuen Dienstplan entwerfen."

Es muß gegen 5 Uhr gewesen sein, als ein kleiner dünner Vietnamese auftauchte. Er trug eine Uniform aus olivgrünem Leinen; er
übernahm nun das Kommando. Ein Tisch wurde herbeigeschafft, und
wir wurden aufgefordert, nacheinander vorzutreten und alles, was
wir besaßen, darauf abzulegen. Unsere Ausweise, Uhren, Autoschlüs-
sel, Geld, meine Filmkamera, Marie-Luises grünes Täschchen, von
dem sie sich nie trennte: Puder und Lidschatten, Spiegel und Kamm
waren darin. Sie sammelten die ganzen Sachen ein und stopften sie
in einen grauen Leinensack, den sich später eine der Wachen an einer
Schnur über die Schulter hängte. Sie brachten uns zu einer abgele-
genen Hütte. Es gab nur eine durchlöcherte Bambuspritsche, auf der
wir uns abwechselnd hinlegen konnten. Zum erstenmal waren wir
allein, aber niemand sagte etwas.

Es wurde schnell dunkel. Sie ließen eine Frau zu uns in die Hütte.
Sie machte ein Feuer, ein Erdloch, zwischen zwei Steinen, obendrauf
kam ein verrußter Topf. Sie kochte Reis, verteilte ihn an uns in kleinen

Plastikschalen, dann kochte sie Wasser ab, packte ihre Sachen zusammen, verschwand wieder, alles ohne ein Wort.

Ich konnte nichts essen. Ich trank nur. Wir sprachen immer noch nicht viel, es war so, als hätten wir noch gar nicht begriffen, was mit uns geschah. Einmal hörte ich Marie-Luise weinen. Sie sagte: „Ich bin doch nur hierhergekommen, um zu helfen. Meine armen Eltern. Was werden sie denken, wenn sie hören, daß ich gefangen bin."

Gefangen. Es war ein Wort, das etwas Schreckliches für mich bedeutete, das meine früheste Kindheit geprägt hat. Ich bin 1942 geboren worden, mitten im Krieg, an seinem Ende war ich kaum drei Jahre alt, und doch war dieses Wort immer da, die Erinnerung an meinen Vater, der in russische Gefangenschaft geriet und nie mehr zurückkehrte.

Ich stamme aus Lebach an der Saar, und wir wohnten direkt dem Bahnhof gegenüber, von unserem Küchenfenster aus konnte man die ein- und abfahrenden Züge sehen, und in meiner Erinnerung bestand der Krieg nur aus zwei Dingen: Dem Bunker, in dem ich bei Fliegeralarm in einem Wäschekorb schlief; und meiner Mutter, die an diesem Küchenfenster saß, Wäsche flickte und auf meinen Vater wartete, daß er dort drüben plötzlich auftauchte. Sie wartete noch 1956 auf ihn, als sie selber starb, Vater galt ja nur als vermißt.

Ich habe meine Mutter mit Fragen bestürmt: Warum lassen sie den Papa nicht nach Hause? Meine Mutter hatte mir nur Gutes erzählt über meinen Vater. Ich konnte nicht verstehen, daß man einen Menschen einfach gefangenhielt. Und was bedeutet das? Wie leben sie dort? Da erzählte mir meine Mutter: In der Gefangenschaft leidet man Hunger. Aber Mutter – sagte ich, warum geht Vater dann nicht raus und holt sich vom Feld Kartoffeln und kocht sie? – Er wird erschossen, wenn er sich irgend etwas holt. Aber wie kann man einen Menschen töten, nur weil er etwas nimmt, aus Hunger? Warum können wir denn nicht dorthin fahren und unseren Vater zurückholen? Meine Mutter sah mich an, schüttelte den Kopf und sagte: „Mein Gott, Kind, was verstehst du von Gefangenschaft."

Jetzt war ich also auch in Gefangenschaft. Jetzt sollte ich also auch lernen, wie das war.

Inzwischen war es in der Hütte ganz dunkel. Grillen zirpten. Durch eine kleine Öffnung sah man Sterne, und dann diese an Fallschirmen hängenden Leuchtkugeln der Amerikaner. Ob sie uns suchten?

Unsere Bewacher scheinen dasselbe gedacht zu haben. Wir hörten Schritte, Taschenlampen flackerten, in ihrem Lichtschein waren die Gewehre noch schwärzer, und Stimmen schrien: „Di di mau! Di di mau!"

Bernhard flüsterte: „Es geht weiter. Wir sollen uns beeilen."

AMO, AMAS, AMAT

B. D.

DER 27. April 1969, der Sonntag, an dem wir unseren Ausflug machten, war ein herrlicher Tag. Seit Wochen war es ruhig um An Hoa. Ich war zu den Amerikanern ins Camp gefahren, und der Sicherheitsoffizier hatte keine Bedenken. Der Ausflug war auch nichts Außergewöhnliches; viele andere waren ihm vorausgegangen.

Wir waren zu fünft. Rika Kortmann – sie hatte erst Wochen zuvor in Da Nang den Grundstein für das neue Krankenhaus legen dürfen – und Monika Schwinn waren am Tag zuvor mit dem Hubschrauber nach An Hoa zu einem kurzen Besuch gekommen. Marie-Luise Kerber und Georg Bartsch arbeiteten mit mir in An Hoa.

An Hoa ist ein richtiges „Tal des Friedens", und das, glaube ich, bedeutet es auch. In Wirklichkeit war es, als ich 1968 dorthin kam, Frontgebiet, und es war für die Lebenden wie die Toten nur auf dem Luftweg zu erreichen. Da Nang, die Küstenstadt, liegt achthundert Kilometer nördlich von Saigon und gut hundert Kilometer südlich des 17. Breitengrades, aber bis An Hoa ist es dann von dort nur noch ein Viertelstundenflug. In Da Nang, Hoi An, ebenfalls am Meer, und in An Hoa im Distrikt Duc-Duc lagen die drei Malteserstationen.

Das Gebiet dazwischen ist vom Vietkong kontrolliertes beziehungsweise umstrittenes Gebiet. Die Amerikaner schraffierten kontrollierte Gebiete auf ihren Karten rot, und dieses Gebiet war damals rot schraffiert, wenn sich das auch immer wieder änderte: Durch das Gebiet führt die berühmt-berüchtigte Straße Nr. 1 von Saigon an der Küste entlang nördlich bis Hué, eine der heißumkämpften Straßen des Vietnamkrieges.

Das Hospital lag am Rande eines künstlich angelegten Sees, dahinter lagen die Berge.

Vietnamesen beim Pflanzen von Reissetzlingen.

DIE MISSION, im Sinne von Sendung, Auftrag, Botschaft, das war mein Jugendtraum, und Missionar wollte ich werden, Heidenbekehrer. Das war der Ausgleich zu einem Elternhaus, in dem Zucht und Ordnung das erste Gebot waren. Mein Vater war Studienrat in Worms, unterrichtete Griechisch und Latein, und jeden Nachmittag kamen meine Brüder und ich in sein Arbeitszimmer, er sah unsere Schulaufgaben nach, und während er rhythmisch auf den Schreibtisch schlug, hatten wir die Stammformen aufzusagen oder Verben zu konjugieren: Amo, amas, amat . . .

Aber es gab eine andere Welt, von der niemand etwas ahnte; vier alte Damen, darunter die Großmutter, hatten sich der Mission verschrieben und hatten mich in ihren Kreis aufgenommen. Sie sammelten für die Mission Briefmarken, sie nähten Rosenkranztäschchen aus Kunststoffresten, sie fertigten unzählige Buchhüllen und Lesezeichen an. Das alles ging nach Afrika, zu den Heidenkindern. Ich hörte fasziniert den Geschichten der vier alten Damen zu: von Patres, die den Eingeborenen vom lieben Gott erzählen, die Kirchen, Schulen und Häuser bauen und gegen wilde Tiere kämpfen müssen. Sie sahen meinen Eifer, und eines Tages überraschten sie mich: Sie kauften mir ein Heidenkind!

Sie bezahlten einen bestimmten Betrag, und dafür wurde ein Heidenkind getauft, auf meinen Namen, und es war plötzlich kein Heidenkind mehr, sondern ein Christ. Es gab nun einen zweiten kleinen Bernhard in Afrika, und es kamen laufend Nachrichten von ihm. „Mein" Bernhard lernte den Katechismus. „Mein" Bernhard lernte lesen und schreiben. „Mein" Bernhard war von einer Schlange gebissen worden. Und dann kam auch ein Bild von ihm, er war kohlrabenschwarz, hatte dünne Beine und trug eine kurze Hose, die Großmutter ihm geschickt hatte, nur daß sie ihm viel zu groß war. Es stand fest für mich, daß ich eines Tages selbst dorthin fahren würde, zu „meinem" Bernhard. Ich würde einer dieser Patres werden, in den schönen weißen Umhängen, und ganz selbstverständlich würde auch mein Bernhard Priester werden müssen, und ich sah uns gemeinsam auf einer Missionsstation arbeiten. Ein schwarzer und ein weißer Priester!

Es gibt noch ein Erlebnis, das, wie es mir heute scheint, meinen Weg nach An Hoa vorgezeichnet hat, das schwere Eisenbahnunglück bei Abenheim, ganz in der Nähe von Worms. Der Omnibusfahrer muß den herankommenden Zug zu spät gesehen haben: Es gab viele Tote. Aber ich habe das Unglück nicht dort miterlebt, sondern in unserer Straße bei Frau G., einer der vier alten Damen und Vorsitzende im Ortsverein des Roten Kreuzes.

Ein Wagen nach dem anderen fuhr vor, und ich war dabei, ein Junge von elf Jahren damals. Die Sanitäter drückten mir die blutgetränkten Wolldecken in die Hand, blutige Kopfkissen. Ich schleppte sie ins Haus, dort wurden sie gewaschen. Ich sah zum erstenmal Blut, Blut von Menschen. Ich soll kreidebleich gewesen sein, aber Frau G. lobte mich am Abend und meinte: „Du wirst einmal ein guter Arzt!"

Von diesem Tag an stand mein Ziel endgültig fest. Ich wollte Arzt und Priester zugleich werden.

Nach dem Abitur meldete ich mich freiwillig zur Bundeswehr. Nach zwei Jahren wurde ich als ausgebildeter Sanitätsunteroffizier entlassen. Die letzten Monate dieser Zeit arbeitete ich an der Kölner Universitätsklinik, und dort lernte ich einen Malteser kennen. Damals hörte ich zum erstenmal vom Einsatz der Malteser in Vietnam. Ich ging zum Generalsekretariat der Malteser in Köln. Nach langem Nachdenken unterschrieb ich meinen Vertrag für Vietnam. Ich war gerade einundzwanzig geworden.

Man mußte sich zu diesem Einsatz für neun Monate verpflichten, nicht länger, nicht kürzer, es gab nur diese eine Möglichkeit, neun Monate exakt. Du wirst, dachte ich damals, neugeboren zurückkommen.

EIN DSCHUNGELHOTEL

M. S.

ELF TAGE marschierten wir durch den Dschungel, in einer Landschaft, in der jeder Baum, jedes Dickicht, jede Hütte der anderen glich. Es war, als liefen wir im Kreis, als wüßten unsere Bewacher selbst nicht, wohin mit uns. Zweimal wechselten sie, übergaben uns an andere, als dürften sie sich selber nur von einer Bannmeile zur anderen bewegen. Aber es waren immer drei, und erst später habe ich erfahren, daß diese Dreimanngruppen *Chibos* heißen, die kleinste Kampfeinheit der Guerillas im Dschungel. Einer war immer der Anführer, an der umhängenden Kartentasche zu erkennen. Einer war sozusagen der Gepäckkuli, er trug den Rucksack mit unseren Sachen, die Hängematten, in denen unsere Bewacher schliefen, einen Sack mit Fischkonserven, bisweilen auch den Reis in zwei langen Strümpfen um den Hals. Der dritte schließlich hielt immer sein Gewehr bereit, und er war dazu eine Art Meldegänger, verschwand für halbe Stunden, kundschaftete irgend etwas aus und kam dann zurück.

Meist marschierten wir nur nachts. Oft schien der Mond, fast immer begleiteten uns die Glühwürmchen, aber im Grunde wußte man nicht, wo man hintrat, erkannte man die Hindernisse, über die man stolperte, zu spät. Doch so langsam lernte man, mit den Füßen zu fühlen. In diesen elf Tagen gab es nichts, was man uns nicht zugemutet hätte. Es ging steile, felsige Hänge hinauf, wieder herunter in einem ausgetrockneten Bergbach mit Geröll und Steinbrocken, die einem in die Füße schnitten. Meine Riemchensandalen waren schon in der ersten Nacht zerschlissen, und hätten Rika und Marie-Luise mir nicht immer wieder für ein Stück ihre Schuhe geliehen, ich hätte immer barfuß gehen müssen. Es gab Bombenkrater, denen wir ausweichen konnten, aber durch andere mußten wir hindurchklettern. Wir liefen durch hohes Gras, das so scharf wie ein Messer war, wir brauchten Minuten für einen Meter Dickicht, und wir sackten in schlammigen Feldern ein. Aber meist bewegten wir uns im Dschungel, es ging tiefer in die Berge hinein.

Wir ertrugen das längst alles wortlos, ohne Proteste. Wir hatten keine Kraft mehr, uns zu widersetzen.

Auf diesen Nachtmärschen gab es meist gegen 2 Uhr oder 3 Uhr morgens eine Pause, eine halbe bis dreiviertel Stunde. Da gab es Reis, abgekochtes Wasser aus den geleerten Fischdosen, dann ging es weiter. Die restlichen Stunden, bis die Vögel wach wurden, waren immer die schlimmsten, da wurden wir immer stärker getrieben, da wurden unsere Bewacher ganz nervös, grob, wurden ihre Stimmen schriller. Wir mußten laufen, als gäbe es ein Ziel, das wir unbedingt noch erreichen mußten. Erst langsam begriff ich, daß sie einfach den Tag fürchteten, denn dann kamen die amerikanischen Flugzeuge, da gehörte der Dschungel den Guerillas nicht mehr allein.

An einem dieser elf Tage war es wohl notwendig, daß wir auch am Tag marschierten, wir liefen wie die Hasen von Busch zu Busch, jeweils dreißig Meter auseinander. Vor Beginn hatten unsere Bewacher Georg Bartsch, der ein leuchtendweißes Hemd trug, ein dunkelgrünes Hemdchen zum Überstreifen gegeben. Aber plötzlich war doch das Knattern über uns.

Wir standen in diesem Augenblick auf einer Anhöhe, schutzlos, sichtbar, und die einzige Deckung bot das Gestrüpp, das am Fuße des Abhangs in einem ausgetrockneten Bachbett wuchs. Die anderen rannten sofort los. Ich zögerte, und einer der Guerillas nahm mich bei der Hand. Er wollte mich mit sich ziehen. Da wurde mir schwarz vor den Augen, ich fiel, ich muß den Berg hinuntergerollt sein, ich kam erst wieder zu mir, als dieser Mann mich vollends in das Gestrüpp hineinzog.

Ich lag dort, bekam keine Luft, neben mir der Vietnamese. Der Hubschrauber kreiste ständig über uns, entfernte sich für Augenblicke, kam zurück.

Bis dahin hatten wir alle mehr oder weniger unsere Hoffnung auf die amerikanischen Flugzeuge gesetzt, daß sie uns bemerken würden. Aber jetzt fürchtete ich das Aufklärungsflugzeug über uns fast so sehr wie unsere Bewacher. Ich lag dort wie ein aufgespießter Schmetterling.

Und ich dachte: Warum muß dir immer alles schiefgehen? Warum hatte ich nie einen Vater haben dürfen? Warum mußte meine Mutter so früh sterben? Warum zerbrechen meine Freundschaften mit Männern? Nicht einmal den Beruf, den ich mir erträumt hatte, durfte ich haben.

Das Theater war immer meine heimliche Liebe, aber ich wußte, zur Schauspielerin, dazu reicht es nicht, dazu war ich selber zu unscheinbar. So wollte ich Maskenbildnerin werden, auch damit würde ich ganz in der Nähe meines Traumes sein. Ich stellte mir das vor: Gesichter zu verwandeln. Dazu brauchte man selber nicht schön zu sein, dazu brauchte man nur Gesichter zu verstehen und zu wissen, was alles sich in ihnen ausdrücken kann. Aber nicht einmal meine Friseurlehre – der einzige Weg für mich zu meinem Ziel – konnte ich zu Ende führen, weil meine Haut die Laugen, die Fixiermittel, die Dämpfe, das Hantieren mit Cremes und Schminke nicht vertrug, weil sie überall blutige Ekzeme verursachten, so daß die Ärzte mir das verboten.

Das waren die Gedanken, die ich spann, bis das Flugzeug irgendwann von uns abließ. Übrigens war jeder von uns fünfen mit sich allein, mit seinen Gedanken, mit seinen Hoffnungen, Ängsten, mit seinem Hunger, seinem Durst. Jeder von uns war auf sich selbst konzentriert, auch in den Ruhepausen. Es war eine Tatsache, die mich nachdenklich machte, auch später noch ...

DIESE Ruhepausen fanden meist am Tag statt. Manchmal war es eine Hütte, oft verfallen, nicht mehr als ein auf sechs Pfosten ruhendes Dach. Einmal waren drei Felsbrocken unsere Unterkunft, über die man ein Dach gesetzt hatte. Wir schliefen in Erdhöhlen, Erdbunkern, auf der blanken Erde, während unsere Bewacher ihre Hängematten zwischen den Bäumen aufspannten.

Wir waren immer tiefer in die Berge gekommen, die Gegend wurde einsamer. Und plötzlich, mitten im Dschungel, war eine sauber gefegte Lichtung, standen ein paar Hütten, Wasser war da, helles, klares Wasser, das in Bambusrohren hergeleitet wurde, es plätscherte in einen ausgehöhlten Baumstamm. Jetzt erinnerte ich mich auch, daß wir im Dschungel einem Vietnamesen begegnet waren, der uns gesagt hatte, in drei Tagen würden wir an einen Platz *bien confortable* kommen. Das war er also nun, der komfortable Platz, ein Dschungel- hotel.

Im Grunde waren es nur zwei Wohnhütten, die eine für „Durch- reisende", die andere für den Besitzer. Als wir die Lichtung betraten, saß der vor seiner Hütte auf den Fersen, die Hände über Kreuz, eine dicke Zigarre im Mund, aus Tabakblättern selbst gedreht. Eine Frau, die ihr Baby auf den Rücken gebunden hatte, warf den Hühnern Reisspreu hin.

Wir mußten richtig bezahlen, für Übernachtung, für das Essen, für alles. Man hatte schon am ersten Tag Georg Bartsch die 7000 Piaster abgenommen, die er bei sich trug. Ich hatte schon vorher beobachtet, daß unsere Bewacher davon verschiedenes bezahlt hatten: einen Füh- rer, der uns ein Stück begleitete, einen Bauern, der uns Reis gab; auch die Fischkonserven waren so „gekauft" worden. Das heißt, wir lebten in diesem Dschungelhotel sozusagen auf unsere Kosten.

Wir konnten uns zum erstenmal waschen. Es gab ein Stück rich- tige Seife und ein Handtuch. Wir schliefen auf heilen Bambusbetten, und sogar unsere Moskitonetze waren heil. Natürlich gab es Reis, aber dazu einen „Salat", das waren in feine Scheiben geschnitzelte Bananenblüten, die man einen Tag in einer Mischung aus Zwiebeln,

Salz und Öl hatte ziehen lassen, und dann kam noch eine Soße darüber. Es gab einen Nachtisch, Wassermelonen, Erdnüsse, und wer rauchte, konnte Tabakblätter erstehen. Später, als wir dann nicht mehr auf eigene Kosten lebten, ist mir das immer wieder als unser Abschiedsessen erschienen. Und am anderen Morgen erwachten wir zum erstenmal nicht von dem „Di di mau! Di di mau!" unserer Bewacher, sondern von dem Gekreisch der Affen in den Bäumen.

In jenen achtzehn Stunden im Dschungelhotel – am anderen Tag kamen noch neue „Gäste" – habe ich zum erstenmal etwas geahnt von dieser besonderen Welt im Dschungel, der Welt der Guerillas, der Partisanen. Ich begriff, daß hinter allem ein Plan steckte, daß diese unwegsame Landschaft in Wirklichkeit ein großes Aufmarschgebiet war. Und ich begann die Amerikaner zu verstehen, die, wie es schien, oft sinnlos ihre Bomben in den Dschungel warfen, was nur so zu erklären war, daß sie einem Feind gegenüberstanden, den sie einfach nicht zu fassen kriegten, der aus dem Dschungel auftauchte, sie angriff und dann wieder verschwand, spurlos.

Nein, das war kein zielloses Umherirren von unseren Bewachern gewesen, wie es mir erschienen war. In Wirklichkeit hatte man uns nach einem genauen Plan von Stützpunkt zu Stützpunkt gebracht, an Orte, wo man sicher sein konnte, Leute anzutreffen, die mit einem sympathisierten. Niemals in den elf Tagen hatte ich so etwas wie ein Sprechgerät oder einen Funkapparat gesehen. Deshalb war es so unheimlich, so rätselhaft, wie die Verständigung dennoch vonstatten ging. Einer kannte offenbar den anderen nicht. Dennoch hingen alle irgendwie zusammen, die Bauern in einem Dorf, die plötzlich ausschwärmten, wenn wir uns näherten, als wollten sie das Dorf absichern, die Lastenträger, die uns auf den Dschungelwegen begegnet waren, dieser Mann, der ein Fahrrad vor sich herschob, ohne Kette und Pedal, aber hoch bepackt. Alles das mußte von irgendeiner Stelle gelenkt werden, aber welcher, von wo? Ich sah nur, daß Befehle ausgeführt wurden, die irgend jemand gegeben haben mußte, daß alle immer zur richtigen Zeit an der richtigen Stelle waren.

Unser Marsch näherte sich dem Ende nach dem Aufbruch aus dem Dschungelhotel. Wir wurden plötzlich nicht mehr gehetzt, wir marschierten auch am Tag.

Es wurde Zeit, daß wir unser Ziel erreichten, denn meine Füße waren seit dem ersten Tag dick geschwollen, von den Steinen aufgeschlagen, von Dornen aufgerissen, dazu die Zehen ganz eitrig. Vor allem die große Zehe des rechten Fußes schmerzte rasend, klopfte, rot, dick vor Eiter. Ich bestand nur noch aus dieser Zehe und Schmerzen. Ich bekam Schüttelfrost, mir war entsetzlich kalt, so brennend heiß es auch war. Mir brach kalter Schweiß aus, ich wurde immer langsamer.

Rika hatte eine Sicherheitsnadel, die man ihr nicht abgenommen hatte – ein Versehen. Sie stach mir also die Zehe auf. Der Eiter spritzte nur so heraus, es war natürlich Unsinn, denn die Wunde schmutzte danach noch mehr, aber für einen Augenblick wenigstens war der Schmerz weg. Danach geschah übrigens etwas Typisches. Einer unserer Bewacher verschwand für eine halbe Stunde, und als er wieder auftauchte, hatte er einen Mann bei sich in einem komischen kurzen, wehenden Mäntelchen in einem verschossenen Grün.

Er hatte ein Kästchen dabei, ein kleines hölzernes Köfferchen mit einem Metallgriff, und ich bekam einen Verband, den Rika mir anlegte. Er war wie ein Engel aus dem Nichts aufgetaucht, aus dem dichten Dschungel. Er betrachtete sein Werk voller Stolz, grinste mich an, deutete mit dem Finger auf sein Kästchen, dann auf seine Brust und sagte in gebrochenem Englisch: „Y Si ... medic first class ... me!" Er sei also ein Y Si, ein Hilfsarzt, Pharmazeut Erster Klasse. Ich sollte dem Y Si nicht das letztemal begegnen, aber jetzt packte er seine Sachen zusammen und verschwand wieder im Eilschritt.

Ich lief mit verbundenen Füßen weiter. Es ging besser für ein paar Stunden, dann waren die Schmerzen so schlimm wie zuvor. Es dunkelte schnell. Ich sehnte mich nach unserem Ziel, ich hätte wissen müssen, daß das, was uns erwartete, nicht besser sein würde.

Es ging noch langsamer voran, mit Pausen, und später habe ich mir überlegt, diese letzten drei Bewacher, die wir hatten, die haben das so eingerichtet, daß wir erst bei vollständiger Dunkelheit am elften Tag unser Ziel erreichten, als wollten sie uns den Anblick unseres Gefängnisses bei Tag ersparen.

Plötzlich waren vor uns lauter Lichter, Gestalten mit glimmenden Holzscheiten, flackernden Fackeln, dazwischen ein kleines Petroleumlämpchen. Diese Lichter kamen auf uns zu.

Wir sind plötzlich von diesen Gestalten umgeben. Wir müssen uns

Vietnamesische Kinder vor
dem Hospital der Malteser
in Da Nang.

Monika Schwinn 1968 mit
„Mickymaus", wie die
Helfer die Zweieinhalb-
jährige genannt haben, die
bei der Einlieferung in das
Spital nur Haut und Kno-
chen war, sich aber bei ge-
duldiger Pflege langsam
erholen konnte.

aufstellen, in einer Reihe. Wir werden angeschrien, man glaubt, auf einem Kasernenhof zu sein. Wenn ein Windstoß die Fackeln heller aufleuchten läßt, kann ich erkennen, daß wir von Soldaten umgeben sind, sie halten die Gewehre im Anschlag.

Es beginnt die Übergabezeremonie. Aber ich sehe im Grunde nur eines: ein Bambustor vor uns, der Eingang zum Lager. Wir sind in unserem Lager angekommen, dem ersten von vielen, aber das weiß ich in diesem Augenblick nicht, ich sehe nur das Tor. Die vor uns schreien. Sie deuten mit den Gewehrmündungen auf den Weg. Dann gehen wir durch das Tor ...

GIVE ME ... GIVE ME ...

M. S.

DIESMAL weckte uns eine Trillerpfeife, gegen 5 Uhr. Ich war froh, daß der Tag kam. Man hatte uns am Abend zuvor zu einer Hütte geführt, uns drei Decken nachgeworfen, und wir hatten entsetzlich gefroren auf der Bambusliege. Das Lager lag in den Bergen, und die Nächte waren kalt.

Aber die Nacht, die Dunkelheit, hatte wenigstens den Zustand der Holzhütte vor uns verborgen, jetzt sah man den Schmutz, die schiefen Wände. Unsere Hütte war in drei Räume eingeteilt, wir lagen im mittleren, in den beiden anderen mußten sich auch Gefangene befinden. Wir hatten sie in der Nacht gehört.

Daß es wirklich Gefangene wie wir waren, sahen wir, als wir hinaustraten zum Frühsport, dazu hatte uns die Trillerpfeife gerufen. Es waren Soldaten der ARVN, der Armee von Saigon. Wir alle waren schlecht dran, nach diesem Marsch durch den Dschungel, hatten Fieber oder Kopfschmerzen – die ersten Anzeichen einer beginnenden Malaria –, aber das vergaß man, wenn man diese gefangenen Vietnamesen sah, ausgemergelte Gestalten in schwarzen Pyjamas, zum Teil drei, vier Jahre in Gefangenschaft, verhungert. Und doch verließen sie nach dem „Frühstücken" das Lager, um draußen auf den Feldern zu arbeiten ...

Es war kein großes Lager. Drei Hütten für die Gefangenen. Zwei Hütten für die Wachen. Küche, Schweine- und Hühnerstall. Es lag am Rande des Dschungels, und es gab dort nur etwa zwanzig gefangene Vietnamesen, aber das war in allen diesen Camps im Dschungel so, sie hielten diese Lager klein, damit sie jederzeit sofort geräumt und verlegt werden konnten, dafür muß es unzählige davon gegeben haben.

Mit der Bewachung machte man sich nicht viel Mühe. Es gab keinen Zaun, aber gleich neben dem Tor begann eine „sinnvolle" Einrichtung: um das Lager lief ein Gürtel von Bambusspitzen. Nur zehn Zentimeter ragten diese Bambusspitzen aus dem Boden, eine neben der anderen, eisenharte Spitzen, ein richtiger Bambusspitzenteppich. Er war nur drei Meter breit, aber sie rechneten wohl damit, daß dies für die entkräfteten Gefangenen bereits ein zu weiter Sprung war, außerdem begann hinter dem Gürtel der dichte Dschungel.

Wir haben allen anderen Lagern später Namen gegeben, oder sie hatten sie bereits, Lager der Amerikaner, das Lager Bao Cao, Lager 77, das Mountain Village; dieses erste war und blieb einfach Camp I, vielleicht auch, weil wir uns in ihm am kürzesten aufhielten; nur drei Tage die anderen, Marie-Luise Kerber und ich vierzehn Tage. Aber die Erinnerung an diese Tage ist bitter.

HUNGER, davon bekam ich zum erstenmal in diesem Lager einen Begriff. Wir bekamen unser „Frühstück" nach dem Frühsport zusammen mit den Südvietnamesen in der Küche des Lagers. Das war eine Hütte, halb in die Erde gebaut, eine Feuerstelle, an der gekocht wurde, ein paar schiefe Regale aus Baumstämmen, darauf ein paar verrußte Aluminiumtöpfe und die kleinen Plastikschälchen, aus denen es Reis gab, dazu eine undefinierbare Soße, die manchmal nach Fisch, manchmal nach Maggi schmeckte.

Neben der Küche lag ein kleiner Eßraum, drei Tischreihen, so schmal, daß gerade das Schälchen darauf Platz hatte, Balken zum Sitzen, und dort gab es den Reis, dreimal am Tag, das war das Frühstück, Mittag- und Abendessen, sonst nichts. Als ich das erstemal dort vor meinem Schälchen saß, spürte ich diesen Blick in meinem Rücken. Als ich mich umwandte, stand einer der vietnamesischen Gefangenen hinter mir, er hatte sein Schälchen Reis schon hinuntergeschlungen und starrte auf meine noch volle Schale. Der Hunger stand in seinen Augen, Gier. Er sagte nichts, aber er brauchte auch gar nicht auszusprechen, was er dachte, es stand ihm im Gesicht geschrieben. Er machte keinen Versuch zu bitten, aber als ich dann aufstand, ich konnte unter diesem Blick nicht anders, da stürzte er sich auf die Schale, riß sie an sich und schlang meine Portion auch hinunter.

Ich weiß nicht, ob man das in Worten überhaupt beschreiben kann — was das heißen kann: Hunger! Die Schale Reis, sie teilte die endlosen Tage; später, in der Einzelhaft, war es die einzige Möglichkeit, einen Menschen zu sehen; dreimal kamen die Schritte, dreimal öffnete sich wenigstens die Zellentür. Essen und Hunger — das wurde ein beherrschender Teil der vier Jahre unserer Gefangenschaft. Es war erniedrigend und oft die einzige Gelegenheit, zu träumen, die Lagermauern aufzubrechen.

Bernhard und ich, wir saßen oft stundenlang Rücken an Rücken und haben ganze Menüs entworfen. „So, und nun nehmen wir noch ein Ei dazu, damit es wirklich gut wird", und ich sah das goldgelbe Dotter dort schwimmen in dem herrlichen grünlichen Eiweiß. Bis Bernhard es dann nicht mehr aushielt, bis er aufschrie: „Verdammt noch mal, hör auf! Ich kann es nicht mehr ertragen. Dieser Stumpfsinn! Können wir denn von nichts anderem reden!" Dann schwiegen wir, aber es dauerte nicht lange, bis Bernhard dann sagte: „Wie geht das weiter, du hast diese fünf Eier dran getan, und dann?"

Im Wachen träumen — das war eine richtige Methode, die ich entwickelt hatte. Das ging dann so: Vor mir stand der Reis, dieser Salzwasserreis, der immer das Schlimmste für mich war, und Bernhard sagte: „Du mußt essen!" — „Ich kann nicht essen!" — „Du mußt essen!" Dann starrte ich auf den Reis, hypnotisierte ihn förmlich und fing an zu murmeln: „Wirklich, heute ist der Reis aber ganz anders! Wo haben sie nur den Zucker und die Vanille her? Nein, wirklich, einen so guten Reis haben sie uns noch nie gegeben, ein bißchen zu süß vielleicht, da ist dem Koch wohl der Zuckertopf ausgerutscht." Dann fing ich an zu essen, während Bernhard mich anstarrte, als sei ich irre, ein paar Löffel aß ich von dem süßen Reis, dann ließ die Illusion nach, und ich mußte mich erbrechen.

Später, als mir vor Unterernährung die Haare ausgefallen waren, im Camp in den Bergen, begann ich zu stehlen; und auch im Norden habe ich gestohlen, was ich bekommen konnte. Ich stahl selbst Reis damals, den gehaßten Reis. Nur eines habe ich nie getan, in den ganzen vier Jahren nicht: Nie habe ich etwas angenommen, wenn man es mir durch ein Gitter reichen wollte! Sie versuchten das immer wieder, nicht die Zellentür aufzusperren, sondern die Sachen durch das Gitter hereinzureichen. Es hätte das herrlichste Essen sein können – ich habe mich einfach abgewandt und gedacht, so weit bringt ihr mich nicht, daß ich mich wie ein Tier durch ein Gitter füttern lasse. Vielleicht hing das mit einem Erlebnis in Camp I zusammen, ein Bild, das mich in meinem Leben nie mehr loslassen wird.

In unserer Hütte gab es zwei Trennwände, die unseren Teil von dem der anderen Gefangenen abteilten. Dort mußte auch ein kranker Vietnamese liegen; ich hörte immer sein Gemurmel und sein Stöhnen. Ich war damals schon mit Marie-Luise allein. Sie hatte einen schweren Malaria-Anfall, ich pflegte sie, und das Essen wurde uns in die Hütte gebracht. Wir bekamen weiter unseren Reis, aber einmal brachte man uns eine Frucht, eine süße Kürbisart. Marie-Luise aß davon, den Rest hob ich für sie auf. Aber der war plötzlich verschwunden. Wir bekamen zwei Bananen. Schon vorsichtiger, versteckte ich die zweite unter Marie-Luises Strohhut. Aber auch die verschwand spurlos.

Eines Abends sah ich dann die Hand. Der gefangene Vietnamese von nebenan hatte ein Loch in die Bambuswand gebohrt, und da kam plötzlich diese Hand hindurch und tastete herum; so mußte er also die Sachen gestohlen haben. Jedesmal, wenn sie uns das Essen brachten, wurde die Hand sichtbar, und dabei flehte er zu uns herüber: „Give me! Give me ...!"

Es war damals schon schwer, Marie-Luise zum Essen zu bewegen. Vielleicht hatte der Gefangene das mitbekommen. Wenn ich also dort vor Marie-Luise kniete und sie beschwor zu essen, dann sah ich immer gleichzeitig diese Hand, die da nach dem Schälchen Reis griff, die immer länger wurde. Es war fürchterlich. Hier Marie-Luise, die immer mehr verfiel, und dort der Gefangene, der immer „Give me! Give me!" rief. Aber je mehr ich ihm gab, um so schlimmer wurde es, er kannte in seiner Gier keine Grenzen mehr ... immer war die Hand da, und immer flehte er.

In all den Jahren, wenn es besonders schlimm war, wenn der Hunger einen rasend machte, der Durst vor allem, wenn man sich am liebsten auf die Knie geworfen und gebettelt hätte, nach Wasser geschrien, dann habe ich nur an den vietnamesischen Gefangenen denken müssen, an die Hand, die da durch das Bambusgeflecht kam, an die Stimme, die „Give me! Give me!" flehte ...

M. S.

EINER der Wachsoldaten in der olivgrünen Uniform hatte die Petroleumlampe an die Wand der Bambushütte gehängt. Es war eine jämmerliche Lampe mit einem kümmerlichen, zuckenden Licht. Es tanzte auf den Wänden, es zeigte das dunkle, verrußte Bambusholz, es zeigte den Schmutz, es machte die Gesichter braun, so daß selbst Marie-Luise jetzt aussah wie eine Vietnamesin.

Sie lag auf der Pritsche mit hohem Fieber, Schüttelfrost, allen Anzeichen einer schweren Malaria, und vor ihr kniete der Y Si und wühlte in seinem Kästchen herum. Es war der gleiche Vietnamese, der sich damals vorgestellt hatte: Ich, Y Si, Pharmazeut Erster Klasse. Er trug auch jetzt wieder diesen olivgrünen Mantel aus Fallschirmseide, der um ihn herumflatterte; man hat mir gesagt, sie alle trügen solche Mäntel auf ihren Wegen durch den Dschungel, eine Art Tarnhemd wegen der Flieger. Die Y Sis haben eine Ausbildung von zwei Jahren, und jeder betreut einen Bezirk. Der Y Si kniete ziemlich ratlos vor Marie-Luises Lager. In seinem Kästchen lag alles kunterbunt durcheinander, Tabletten und Fläschchen ohne Aufschriften. Was er Marie-Luise davon verabreichte, war beim besten Willen nicht auszumachen. Aber wenigstens war er da, hatte man ihn wirklich gerufen, denn Marie-Luise ging es schlecht...

Es war am Morgen des vierten Tages in Camp I geschehen. Bernhard, Georg und Marie-Luise hatten schon vorher Fieber gehabt, ziemlich hoch, aber an diesem Morgen sollte es weitergehen, in das andere Lager, das viel besser sein sollte. Wir trugen zu diesem Marsch wieder unsere Malteserkleidung; die schwarzen Pyjamas, die wir zuvor im Lager tragen mußten, hatten wir am Fluß waschen und abgeben müssen, sie gehörten zum Inventar des Camps.

Wir standen zum Abmarsch bereit, da sagte Marie-Luise neben mir auf einmal: „Ich kann nicht mehr stehen." Und schon sackte sie in die Knie, ich konnte sie gerade noch auffangen. Sie war schneeweiß im Gesicht, fieberte, und es war klar, daß sie nicht mit auf diesen Marsch gehen konnte.

Dann ging das Verhandeln mit den Vietkongs los, vielleicht eine halbe Stunde. Sie bestanden darauf, daß wir das Lager verließen. Marie-Luise konnten wir zurücklassen. Endlich gestattete der Lagerchef, daß einer bei ihr bleiben dürfe. So bin ich dann bei ihr geblieben. Ich hab sie unter den Arm genommen und bin mit ihr zurück in die Hütte gegangen. Ich sah, daß die anderen noch vor dem Bambustor standen und daß man Anstalten machte, sie zu fesseln und wegzuführen. Ich hatte das ungute Gefühl: Nun hat man uns getrennt. Vielleicht für immer? Ich hatte Angst davor.

IN DER Hütte war es dunkel. Der Y Si war gegangen, die Wache hatte die Lampe mitgenommen. Marie-Luise schlief. Ich deckte sie zu. Vor der Pritsche standen ihre roten Leinenschuhe. Sie trug ihr graues Malteserkleid. Die Dinge, die sie bei sich gehabt hatte, vor allem ihr kleines grünes Täschchen, das steckte in dem Rucksack, und den hatten die anderen mitgenommen, niemand hatte daran gedacht, ihre Sachen noch herauszugeben. Das einzige, was sie noch besaß, außer den Schuhen, war ihre Brille und ein vietnamesischer Strohhut.

In den nächsten Tagen stieg das Fieber bei Marie-Luise immer höher. Ihr Atem ging schwer. Vor der Küche stand ein ausgehöhlter Baumstamm mit Wasser. Von dort holte ich Wasser und machte ihr Wadenwickel, um das Fieber herunterzubringen. Ich mußte sie oft umziehen, zwei-, dreimal am Tag und mindestens einmal in der Nacht, weil sie so stark schwitzte. Zum Glück hatten sie uns die schwarzen Pyjamas zurückgegeben.

Marie-Luise aß kaum, hatte nur Durst. Man gab uns jeden Morgen eine Feldflasche mit abgekochtem Wasser, die mußte für den ganzen Tag reichen, auch wenn sie morgens um 10 Uhr schon leer war ...

War Marie-Luise wach, so bat sie mich immer, ihr Geschichten zu erzählen, und es sollten immer lustige sein. Ich kannte nicht viele solcher Geschichten. So habe ich dann angefangen, Geschichten zu erfinden wie der Lügenbaron, der sich an seinem eigenen Zopf aus dem Sumpf zog; es war ein richtiges Aus-dem-Sumpf-Ziehen, ich merkte es, sie hing an meinen Lippen, sie hat sich daran festgehalten, an meinen Lügengeschichten, in denen es immer lustig zuging, in denen immer alles ein glückliches Ende hatte. Das war gar nicht so einfach, aber ich habe es immer wieder versucht. Sie war nun mal die Jüngste. Sie war neunzehn Jahre alt.

Marie-Luise wurde immer schwächer. Der Y Si kam ein paarmal, immer eilig, mit seinem Kästchen, in dem er herumwühlte. Die Mittel halfen nicht, Marie-Luise glitt in eine Art Dämmerzustand.

Umziehen, Kleider waschen, Geschichten erzählen. Zwischendurch setzte ich mich vor die Hütte hinaus. Meine Beine waren voller Geschwüre durch Kratzer, Blutegelbisse, Moskitostiche. Das entzündete sich, die Wunden eiterten, besonders die Zehe war immer noch schlimm.

Anfang der dritten Woche stieg das Fieber so hoch, daß Marie-Luise anfing zu phantasieren. Zum erstenmal mußte ich sie zur Toilette schleppen, weil sie nicht mehr allein aufstehen konnte. Ich bin in die Hocke gegangen, habe sie auf den Rücken gezogen, habe selbst einen Stock suchen müssen, weil ich nicht mehr die Kraft hatte, sie zu tragen. Niemand nahm Notiz von uns, weder die Wachen noch die Mitgefangenen; die meisten stierten vor sich hin, andere schliefen, denn sie waren müde von der Arbeit auf den Feldern.

In dieser Nacht phantasierte Marie-Luise weiter. Ihr erschienen alle möglichen Leute, die sich nicht in die Hütte hineinwagten, denn immer wieder rief sie ungeduldig: „Nun kommt doch schon näher!" Sie rief nach ihrem Vater, ihrer Mutter, im Ton der Verzweiflung, als wollte sie sagen: Helft mir doch! Dann weinte sie, schlief mit dem Weinen ein. Dann schrie sie laut, setzte sich auf. All das wiederholte sich immer wieder, und in einer Nacht begann sie, an den Wänden der Hütte zu rütteln. Von der Decke fiel Ungeziefer auf uns herunter und kroch in unsere Kleider, weil die Tiere Wärme suchten ...

Wir haben auch zusammen gebetet. Ich habe ihr Hoffnungen gemacht. Ich sagte: „Das braucht eben seine Zeit, bis die Meldegänger ihre Kommandostellen im Dschungel erreicht haben. Sicher haben sie jetzt herausgefunden, daß wir nur in dieses Land gekommen sind, um zu helfen. Du weißt selbst, wie viele Menschen aus diesem Gebiet ihr behandelt habt in An Hoa. Alle diese Zeugen werden sie jetzt befragen. Du mußt nur durchhalten, wenigstens diese paar Tage noch."

Bei diesen Worten wurde sie immer wieder zuversichtlicher. Und sie erzählte zum erstenmal von sich selbst, ihre Geschichte. Sie stammte aus einem noch kleineren Ort an der Saar als ich. Als sie dann als Gehilfin zu einem Zahnarzt nach München ging, war das eine Weltreise für sie. Damals hatte sie sich verlobt, das kam ganz langsam aus ihr heraus. Die Verlobung war auseinandergegangen. Er hatte ein anderes Mädchen – so einfach war das, und darum hatte Marie-Luise sich für den Dienst in Vietnam gemeldet. Ich sagte: „Das war aber keine lustige Geschichte." Und sie antwortete nur: „Die sollst ja auch du mir erzählen."

So vergingen die Tage. Marie-Luise bekam wieder Mut. Aber die ganze Kraft, die sie am Tage aufspeicherte, gab sie nachts wieder her. Es waren richtige Tobsuchtsanfälle, in denen sich noch einmal alles aufbäumte. Aber sie war immer schnell erschöpft.

Der Y Si erschien jetzt morgens und abends. Er maß das Fieber. Die Skala zeigte an, in welcher Gefahr Marie-Luise schwebte. Bestenfalls ging das Fieber auf 39 herunter. Meistens war es über 40. Wieder gab er ihr seine Mittel.

AN EINEM Sonntagmorgen hatte es den Anschein, als hätte Marie-Luise das Schlimmste überstanden. In der Nacht von Samstag auf Sonntag schlief sie ruhig durch, und ich tat dem Y Si Abbitte.

Am Morgen wollte Marie-Luise aufstehen und hinausgehen. Sie sagte, wenn ich sie nur leicht stützen würde, hätte sie Kraft genug, den Gang zur Toilette allein zu unternehmen. Sie ist auch tatsächlich aufgestanden. Ich stützte sie auf der einen Seite, während sie in der anderen Hand den Bambusstock hielt. So gingen wir den Weg zur Latrine und wieder zurück zu unserem Bambuslager.

Dann wollte sie zum Wasser hinüber, zu einem großen Tonkrug. Sie wollte sich erfrischen, herrichten, sie vermißte zum erstenmal ihr grünes Täschchen, und sie machte sich Sorgen, wie sie denn wohl aussehe, so ganz ohne Lippenstift und Lidschatten. Sie dachte an Lidschatten – das war ein gutes Zeichen! Sie wusch ihr Gesicht und befeuchtete ihren Nacken. Sie aß sogar etwas Reis. Dann wollte sie sich vor die Hütte in die Sonne setzen, die sie so sehr vermißt hatte. Während sie hinaustorkelte, blieb ich liegen. Ich war von den Nächten zuvor erschöpft. Jetzt, da ich glaubte, daß Marie-Luise wieder auf ihren eigenen Beinen stehen konnte, machte ich schlapp. Ich hätte Tage und Wochen durchschlafen können. Ich bekam wahnsinnige Kopfschmerzen, eine halbe Stunde später hatte ich Schüttelfrost, jetzt hatte auch ich die Malaria.

Der Y Si war an diesem Tag nicht im Lager. Ich hoffte, er würde kommen und mir von seinen Mitteln etwas gegen den Malaria-Anfall geben. Vielleicht konnte er auch etwas für meine Füße tun. Sie schmerzten, ich konnte sie im Knöchelgelenk nicht mehr abbiegen. Die Zehen, voller Eiter, waren zum Platzen.

So kam die Nacht von Sonntag auf Montag. Marie-Luise schlief verhältnismäßig ruhig. Nur zweimal mußte ich ihr hinaushelfen. Am Montagmorgen war ihre ganze Kraft aber wieder verbraucht. Sie konnte nicht mehr aufstehen.

Am Abend kam der Y Si wieder ins Lager. Marie-Luise hatte über 40 Fieber. Der Y Si gab ihr eine Spritze, zum erstenmal. Da fing Marie-Luise zu toben an. Sie schrie: „Helft mir ... Bitte, helft mir doch!"

Diese Anfälle wiederholten sich. Sie schrie eine halbe Stunde lang, tobte und war dann vollkommen erschöpft, so daß sie für zehn Minuten tief schlief.

Dann kam sie plötzlich wieder zu sich, setzte sich auf. Ihre Stimme war ganz klar. Sie sagte: „So kann ich nicht weiterleben. So möchte ich wirklich sterben."

Ich tröstete sie: „Du bist jetzt schwach, Marie-Luise. Du mußt wenigstens noch einen Tag durchhalten, dann wird alles anders werden. Du weißt doch, wie man mit hohem Fieber reagiert. Schau da hinüber, in diese Hütte, diesen Gefangenen ist es genauso ergangen wie dir, und sie sind alle noch am Leben."

Als ich das sagte, war ich selbst nicht mehr überzeugt, daß wir am Leben bleiben würden. Wenn Marie-Luise in den Nächten zuvor schlief, dann weinte ich leise, ich bin vor die Hütte hinausgegangen, damit sie mich nicht hörte. Sie sollte ihre Hoffnung nicht verlieren. Denn wer die Hoffnung verliert, dachte ich, der ist tot.

Tat, ein vietnamesischer Gefangener, der ein paar Brocken Englisch sprach und im Lager dolmetschte, hatte mir einmal mit Gesten klargemacht, daß in dem anderen Lager, in das man die drei anderen von uns gebracht hatte, ein Arzt sei. Ich hatte Marie-Luise bereits davon erzählt, und mit der Hoffnung auf das andere Lager versuchte ich auch jetzt wieder, sie zum Durchhalten zu bewegen. Ihre Augen leuchteten noch einmal auf. „Aber wie sollen wir dort hinkommen? Ich kann doch nicht mehr den ganzen Weg dahin gehen?"

Gegen Mittag griff ich mir Tat. Ich ging mit ihm zum Lagerleiter und flehte ihn an, er solle uns in das andere Lager bringen lassen. Die Verständigung war schwierig. Ich redete und redete und machte Zeichen. Irgendwie versuchte ich zu sagen, daß wir ein paar Männer bräuchten, die Marie-Luise in das andere Lager bringen sollten, eine Liege, die ließe sich doch sicher ganz einfach machen.

Ich spürte langsam ein Verstehen, Mitgefühl bei dem Lagerleiter. Er sah mich freundlich an und versprach, am Morgen würden wir zu dem anderen Lager aufbrechen. Ich sollte nur schon mit den Vorbereitungen beginnen, vor allem die Sachen waschen, die schwarzen Pyjamas, die man uns gegeben hatte, sie müßten im Camp zurückbleiben, sie gehörten zum Inventar, und das Inventar müsse stimmen. Ich verstand, daß wir zum Marsch wieder unsere Malteserkleidung anlegen sollten.

Ich ging zu Marie-Luise in die Hütte zurück. Sie sagte: „Dann ist ja alles gut... Dann sind wir gerettet." In dieser Stimmung brachte ich sie auch dazu, etwas zu essen.

Auch ich hatte wieder etwas Hoffnung geschöpft, und so legte ich mich für unsere letzte Nacht in diesem Lager neben Marie-Luise nieder. Sie schlief ruhig ein. Aber kurz vor Mitternacht begann ein Tobsuchtsanfall, wie ich ihn bis dahin noch nie erlebt hatte. Wieder schrie sie um Hilfe, so laut, daß die Gefangenen nebenan zu murren anfingen und zu uns herüberschrien.

Aber was sollte ich tun? Ich wußte jetzt, sie würde sterben, und ich wußte, ich konnte nichts tun. Sie einfach sterben lassen zu müssen, so jung, ein ganzes Leben noch vor sich; mir war zum Erbrechen elend, und ich hatte einen ganz sonderbaren Gedanken.

Ich besaß ja selbst nichts mehr, nicht einmal eine Brille oder einen Strohhut wie Marie-Luise, nichts außer den Dingen, die ich am Körper trug, und diesen meinen Körper selbst. Aber ich hatte doch noch etwas, meine angeschwollene Zehe, feuerrot entzündet, ein Eiterherd, der jeden Augenblick zu platzen drohte. Den Schmerz spürte ich mit jedem Herzschlag heftiger werden.

Ist es so eigenartig, daß man sich in solchen Situationen an alles klammert, das man hat? Und das einzige, was ich in dieser Stunde besaß, war eben dieser Schmerz. Ich hatte mir vorgenommen, mir noch an diesem Abend die Zehe aufzustechen. Es war das Vernünftigste, was ich tun konnte. Aber als ich sah, daß es Marie-Luise zunehmend schlechter ging, als ich nichts mehr für sie tun konnte, hab ich mit dieser schmerzenden Zehe mit dem Herrgott einen Handel begonnen.

Ich habe ihm vorgeschlagen: Laß sie leben! Ich will dafür die Zehe so lassen, wie sie jetzt ist, entzündet, geschwollen und voller Schmerzen. Ich will leiden, solange Du willst. Nur laß sie leben!

Ich hatte nichts, was ich sonst für ihr Leben hätte verpfänden können. Und immer wieder habe ich gebeten: Bitte, nimm doch dieses kleine erbärmliche Opfer an von mir ...

PLÖTZLICH stand der Y Si nach Mitternacht in der Tür. Er hat auf Anhieb die Situation erfaßt, denn er rannte kurz davon und kam mit einer Spritze zurück. Er gab Marie-Luise noch ein paar Tabletten – sie trank noch ein paar Schluck Tee.

Ich saß an ihrer Pritsche. Ich hielt ihre Hand. Sie atmete langsam und gleichmäßig, allerdings sehr schwach. Ich merkte, wie sich ihre Hände immer fester um die meinen schlossen. Plötzlich ging ein Zittern durch ihren Körper. Die Verkrampfung der Hände löste sich. Als das geschah, sagte sie freudig erstaunt zum Hütteneingang hin: „Papa!" Und dieses sanfte „Papa" klang so wie „Du hier?" Und damit kam ihr Ende.

Ich öffnete ihr Kleid über der Brust. Ich machte eine Herzmassage, ich weiß nicht, wie lange, ich habe mein Ohr auf ihre Brust gelegt, um ihre Herztöne zu hören, aber es schlug nicht mehr, dieses Herz, so sehr ich auch horchte.

Ich habe durch die Bambuswand nach Tat gerufen. Es dauerte eine halbe Stunde, bis die anderen Gefangenen ihn wachgerüttelt hatten, bis er aufstand, bis er zu den Wachen am Tor gegangen war, bis jemand reagierte, bis man ein Licht gefunden hatte, bis sie die Türen aufsperrten ... endlos dauerte das.

Dann kamen sie. Der Reihe nach, mit Bambusfackeln. Sie blieben vor der Hütte stehen. Und dann kam der Y Si gerannt, er drängte sich durch die Wartenden, trat in die Hütte. Er faßte an Marie-Luises Füße, die nackt unter der Decke hervorragten. Dann drehte er sich wortlos um, den anderen zu, die am Eingang standen, und nickte, was soviel bedeuten sollte wie: Tot!

Sie standen noch alle eine Weile vor der Hütte herum. Inzwischen brach die Morgendämmerung an. Es war kurz vor 5 Uhr, denn die Gefangenen nebenan standen auf. Ich hörte keine Trillerpfeife.

ICH WAR mit Marie-Luise allein. Sie trug ihr Malteserkleid, das ich ihr für den Weg in das andere Lager angezogen hatte. Ich habe

ihre Hände genommen, habe sie gefaltet. Ich habe sie zugedeckt.
Ich setzte mich auf das Bambuslager neben Marie-Luise. Ich habe
geweint, ohne eine einzige Träne.

Nach ein paar Minuten stand ich dann auf. Vor der Hütte blinkte
am Boden etwas in der Sonne. Es war ein Nagel. Ich habe damit
meine Zehe aufgestochen, und damit war der pochende Schmerz
dahin, den ich für das Leben Marie-Luises beim Herrgott eintauschen
wollte.

GEDANKEN UNTERWEGS
M. S.

WAS MIT Marie-Luise geschehen ist? Ich weiß es nicht. Sie werden
ein Grab im Dschungel ausgehoben haben – oder am Fluß, wo die
Erde weicher ist. Ich bin nicht sicher, ob ich das Camp je wieder-
finden würde. Vielleicht existiert es auch längst nicht mehr, ist es
längst zugewachsen vom Dschungel.

Sie hatten mir die Hände auf den Rücken gebunden. Aber sobald
wir außer Sichtweite des Lagers waren, hatten meine beiden Bewacher
die Verschnürung gelockert, so daß nur die Ellbogen zusammen-
geschnürt blieben. Die Vorschrift war erfüllt, aber meine Arme hingen
seitlich so herunter, daß ich mit den Händen Zweige und Äste beiseite schieben konnte.

Ich hatte mich gewundert, warum ich, ganz gegen die Gewohnheit,
vorausgehen mußte. Aber das hatte seinen Sinn. Es hatte geregnet
in der Nacht, die Sträucher und Pflanzen troffen vor Nässe. Da ich
als erste ging, bekam ich das Schlimmste ab, schüttelte ich für sie die
Nässe ab. Äste schlugen mir ins Gesicht. Ich war in Kürze durchnäßt
bis auf die Haut. Das Malteserkleid klebte mir am Körper, die Haare
hingen mir um das Gesicht, und hinter mir hörte ich meine Bewacher
lachen. Ich war ja nur eine Frau. Eine Frau, was war das schon,
soviel wie nichts. Das hatte ich schon gemerkt in diesen vier Wochen;
eine Frau nahm in diesem Land die niedrigste Stufe ein. Eine Frau,
dazu noch eine Gefangene, war ein Ding ohne Recht. In den Camps
gab es immer den schlechtesten Platz. Man bekam die schlechteste
Kleidung, wurde immer übergangen. Wenn in der Nacht die amerikanischen Bomber ihre Angriffe auf Nordvietnam flogen, dann wur-

den alle Gefangenen aus ihren Zellen in die Bunker gebracht – bei mir machte man sich nicht die Mühe, ich war ja nur eine Frau, das war nicht weiter schlimm, wenn die umkam.

Eine Frau zu sein hatte nur zwei Vorteile in der Gefangenschaft. Der eine, das waren die Verhöre. Da man eine Frau war, bekam man immer die dümmsten Befrager, die man bluffen und hinters Licht führen konnte, und nur so ist es mir gelungen, meine ganzen Notizen aus der Gefangenschaft herauszuretten, während man Bernhard alles abnahm. Der zweite Vorteil war, daß man nie von einem Vietnamesen angerührt wurde. Sie waren grob, aber in den ganzen Jahren rührte mich niemand an. Eine Frau und gar eine Gefangene, ein Ding ohne Ehre und Recht, anzurühren, das wäre das größte Verbrechen gewesen ...

So ging ich also meinen Bewachern voraus, machte ihnen den Weg frei. Ich lief wahnsinnig schnell die erste Zeit. Ich wurde getrieben von einer unerklärlichen Kraft, nur weg von diesem Lager. Ich trug Marie-Luises rote Leinenschuhe auf diesem Marsch. Ohne sie hätte ich nie den Weg ins nächste Camp geschafft. Aber das Tempo, das ich angeschlagen hatte, konnte ich nicht lange durchhalten. Mit jeder Stunde ging ich langsamer, mit jedem Kilometer mußte ich mehr und mehr daran denken: Marie-Luise ist tot! Und die anderen? Werden sie noch am Leben sein?

Wir stiegen durch ausgewaschene Flußbetten, über moosbeschichtete, glitschige Steine. Steile Aufstiege, Abhänge – das alles kannte ich schon. So gingen wir den ganzen Tag. Es dämmerte bereits. Meine Bewacher blickten zum Himmel, beunruhigt von der schnell hereinbrechenden Nacht. Außerdem schien ein Gewitter im Anzug zu sein. Wir gingen nahe zusammen, und ich empfand mit ihnen diese tierische Angst, die einen befällt, wenn man bei Anbruch der Dunkelheit noch immer nicht seinen Platz gefunden hat für die Nacht.

In der Ferne rollte das Gewitter. Sie hatten wohl die Hoffnung, noch eine Hütte zu finden, aufgegeben. Sie hielten zuletzt an der Gabelung eines Baches. Einer sammelte Reisig für ein Feuer. Der andere spannte eine Zeltplane zwischen vier Bäume, und darunter hängte er drei Hängematten auf. Ich bekam Reis und Wasser aus der Feldflasche. Sie redeten laut miteinander, so, als fürchteten sie das Schweigen. Es begann heftig zu regnen. Wir legten uns in die Hängematten. Ich war am Ende meiner Kraft.

Das Gewitter war nun direkt über uns, und der Regen prasselte auf die Zeltplane. Sie war zu klein, und ich hatte auch hier den schlechtesten Platz. Die Hälfte meines Körpers war ungeschützt, außerdem schwappte das Wasser, das sich in der Zeltplane sammelte, von Zeit zu Zeit über den Rand, direkt auf mich.

Ich war todmüde. Ich fror, ich schüttelte mich vor Kälte, es regnete, aber ich hörte es nicht mehr, jemand hatte meine Ohren zugestopft. Ich dämmerte dahin. Ich blickte verwundert auf den Mann, der da plötzlich auf unserer kleinen Lichtung an der Flußgabelung stand. Er war ungeheuer korrekt gekleidet, dunkler Anzug, Krawatte. Er hatte ein schmales Gesicht, blonde, gewellte Haare, und ich dachte mir, das ist allerhand, daß er in seinem Anzug und in Halbschuhen hier mitten in den Dschungel kommt!

„Schön, daß ich Sie endlich gefunden habe!" Er sagte das ein bißchen steif, sehr offiziell. Er stellte sein schwarzes Aktenköfferchen auf den Boden ab. „Nun kommen Sie mal da raus aus Ihrer Hängematte. Bis zum Wagen laufen werden Sie wohl schon noch können." Er lachte. „Ja, da staunen Sie, was? Es ist zwar nur ein VW, nur ein Käfer, aber ich denke, ich bringe Sie schon alle fünf da hinein, notfalls muß eben einer in den Kofferraum ... Ich konnte nicht ganz heranfahren, selbst mit dem Käfer nicht, aber gehen Sie nur ein paar Schritte, dann sehen Sie ihn stehen, mitten in der Kurve ..."

Ich rannte, aber da war keine Kurve, kein VW, es regnete, der Weg wurde immer tiefer, und der Regen schüttete auf mich herab ...

Ich schreckte hoch. Ich war nicht nur naß von dem Wasser, ich war in Schweiß gebadet.

Neben mir hörte ich tiefe Atemzüge. Da waren die beiden Bewacher in ihren Hängematten, schmale Gestalten, das Gewehr lag neben ihnen, diese schwarzen Karabiner, die sie auch im Schlaf in den Händen hielten. Am Boden schwelte das Feuer.

Ich hatte Schüttelfrost. Ich war todmüde, aber noch größer war jetzt die Angst vor Träumen, die mir etwas vorgaukelten, was es nicht gab, was nie eintreten würde. Ich hielt mit Gewalt die Augen offen. Ich dachte an den nächsten Tag. Es seien nur zwei Tagesmärsche bis zu diesem mächtigen Camp, hieß es. Aber wie ging es den anderen? Lagen auch sie jetzt krank in einer Hütte und dachten an mich?

Ich hatte wenig Hoffnung in dieser Nacht. Wenig Hoffnung für mich und wenig für die anderen.

CAMPREGELN

B. D.

SEIN Name war John Young, Little John, wie wir ihn nannten, denn er war ein schmales, blondes Kerlchen, zweiundzwanzig damals, und in den zwei Jahren seiner Gefangenschaft war er nicht kräftiger geworden. Little John war vielleicht der zufriedenste Gefangene in unserem neuen Camp, denn er beherrschte eine Kunst, die bei allen gefragt war. Und um sie auszuüben, besaß er drei Dinge – den Rückspiegel eines Jeeps, einen Kamm und eine Schere.

So saß Little John auch an diesem Morgen vor unserer Hütte und schnitt mir meine Haare und meinen Bart. Es gab dort eine Bank und einen abgesägten Baumstamm, der als Tisch diente. John Young war einer von den sechzehn Amerikanern, die hier gefangengehalten wurden.

Alles in allem bestand das Camp aus etwa fünfzehn Hütten; für die Gefangenen, das Wachpersonal, den Lagerchef und seinen Dolmetscher, für den Y Si, den es auch hier gab, die Hütte für die Vorträge und Verhöre, die größer war als alle anderen, und dazu die üblichen Verschläge für Hühner und Schweine, einen Lagerraum und die Latrine. Und doch hatten wir von dem Camp im Dschungel nichts bemerkt, bis wir praktisch mittendrin gestanden waren; das war überall so, man läuft bis auf zehn Meter an ein solches Camp heran, ohne etwas davon zu sehen.

Es gab keinen Zaun um das Lager, nicht einmal den Gürtel aus Bambusspitzen. Nur die Hütten der Amerikaner standen für sich, ein Camp innerhalb des Camps, und sie waren von einem Gestrüppzaun umgeben. Noch bevor wir einen von ihnen zu Gesicht bekamen, kannten wir ihre Namen; gleich am Abend unserer Ankunft flog Rika Kortmann bei einem Gang zur Latrine eine Liste vor die Füße mit all ihren Namen, derer, die noch lebten, und anderer, die gestorben waren, und ein zweiter Zettel, der uns aufforderte, bei unserer Entlassung die Liste der nächsten amerikanischen Dienststelle auszuhändigen.

Sie dachten wohl, wir kämen schneller raus als sie. Aus diesem Camp waren bereits Gefangene entlassen worden, die zuvor an einem

Das Hospital An Hoa mit dem See und dem Bergland, durch das die Malteserhelfer im Jahr nach der Gefangennahme von Camp zu Camp zogen.

Das Hospital nach der Zerstörung durch den Vietkong und nordvietnamesische Truppen.

politischen Kurs teilgenommen hatten; denn dieses Camp war ein Lager zur Umerziehung, zur Gehirnwäsche.

Das alles erfuhren wir später von den amerikanischen Gefangenen. Ich weiß nicht, was mit uns geworden wäre, wenn sie uns nicht geholfen hätten, als wir alle immer elender und schwächer wurden. Die Amerikaner holten das Essen für uns und wuschen unsere Wäsche. Und dabei waren sie selber alle schon zwei oder drei Jahre in Gefangenschaft, in vielen Camps, in denen es härter und grausamer zugegangen war als in diesem ...

DIE ERSTEN Tage hatte man uns zu zwei gefangenen Offizieren der ARVN in die Hütte gelegt. Dort war gerade noch Platz für uns drei, und wir hatten uns schon gefragt, ob das hieß, daß man gar nicht beabsichtigte, Marie-Luise Kerber und Monika Schwinn nach hier zu bringen. Aber dann hatten wir die Amerikaner beobachtet, wie sie mit Holz aus dem Dschungel kamen und wie die Wachen eine neue Hütte errichteten, fast direkt neben dem Zaun der Amerikaner.

In wenigen Tagen stand sie. Es war eine große Hütte. Und das wichtigste war, sie hatte eine lange Bettstelle. Es war das übliche harte Lager aus Bambus, hoch über dem Boden, und es gab eine dünne Trennwand. Auf der einen Seite war Platz für drei – drei Frauen –, auf der anderen für zwei – zwei Männer. Und wenn wir noch Zweifel gehabt hätten: In der Hütte lagen fünf „Decken", das waren leere Reissäcke, die an den Seiten aufgeschlitzt und zusammengenäht worden waren. Verwaschen war noch das Zeichen der amerikanischen Wirtschaftshilfe zu erkennen, zwei Hände, in freundschaftlichem Händedruck.

Wir wußten nichts von den beiden anderen in Camp I. Man hatte uns so abrupt auseinandergerissen, die Hände gebunden und schnell aus dem Lager weggeführt. Jetzt hatten wir wieder Hoffnung. Unsere Hütte hatte fünf Plätze! Man wird sie also herbringen! Es war auch ein ganz egoistischer Gedanke dabei: Solange die anderen nicht bei uns waren, würde man uns sicher nicht entlassen; waren sie einmal da, dann gab man uns sicher die Freiheit zurück ...

Schon am ersten Abend war der Campleiter zusammen mit seinem Dolmetscher bei uns erschienen. Und Huong übersetzte seine Begrüßung ins Englische: „Wir hoffen, daß es Ihnen hier gefällt. Wir hoffen, daß Sie bereit sind, hier zu lernen."

Ich weiß nicht, ob Huong korrekt übersetzte. Ich hatte ihn oft in Verdacht, daß vieles *seinem* Kopf entsprang. Dieser Mensch konnte gar nicht anders, als einen selbst mit der einfachsten Frage zu beleidigen, zu demütigen.

Er sollte der einzige Vietnamese sein, der mich in der ganzen Gefangenschaft schlug, mit der Faust ins Gesicht, und nur, weil ich es gewagt hatte, den Lagerchef sprechen zu wollen. Er war bei allen gefürchtet. Ich glaube, sogar bei seinen eigenen Leuten. Er war der eigentliche Herr des Camps.

Huong war ein Mann Ende Zwanzig. Sein Gesicht war weich, mit einem schiefen Mund. Die sehr kurzen Haare waren drei Finger breit über dem Ohr abgeschnitten, der Rest stand fast waagerecht zur Seite. Er trug den schwarzen Leinenanzug der Guerillas mit den großen Taschenaufschlägen.

Schon am zweiten Tag wurde ich – Georg und Rika waren zu schwach – von den Wachen in die Vortragshütte geholt. Hinter dem Pult hing die Flagge der NFL, der Befreiungsfront, blau-rot, mit dem goldenen Stern. An den Wänden klebten handgezeichnete Plakate. Der Campleiter sagte etwas, und Huong übersetzte mit seinem arroganten Lächeln: „Da ich selber nicht Englisch spreche, wird mein junger Freund mich hier vertreten. Er wird Ihnen Fragen zu stellen haben. Er wird Ihnen alles erklären. Er wird Sie über den Krieg und den Kampf des vietnamesischen Volkes um seine Unabhängigkeit und Freiheit informieren. Sie sollten ihm gut zuhören, denn das, was mein junger Genosse Ihnen zu sagen hat, wird sehr wichtig sein für Sie."

Er verschwand damit und überließ Huong das Feld. Huong zündete sich erst einmal eine Zigarette an, setzte sich dann zurück und begann.

Bei diesem ersten Mal ging es vor allem um die Vorschriften, die jedermann hier zu beachten hatte. Es gab fünf Campregeln. Sie lauteten:

Machen Sie keinen Fluchtversuch!

Sehen Sie zu, daß Sie genügend Bewegung haben!

Essen Sie soviel wie möglich!

Schlafen Sie soviel wie möglich!

Denken Sie nicht an zu Hause!

Nur zu dem letzten Punkt gab Huong eine weitere Erklärung ab. „Wenn Sie an zu Hause denken, schwächt das nur Ihren Geist. Denken Sie lieber darüber nach, was ich Ihnen hier sage. Das stärkt Ihren Geist."

Die Regeln waren offensichtlich ernst gemeint. Daß wir nicht genug zu essen bekamen, daß man körperlich viel zu schwach war, um seine tägliche Gymnastik zu machen – das existierte nicht. Und Huong fügte hinzu, was ich auch später immer wieder zu hören bekam: „Die Campregeln sind der Ausdruck der ‚Politik der Menschlichkeit und Milde des vietnamesischen Volkes‘." In seinem Fall war das reiner Sarkasmus, denn Huong war intelligent.

Damit war für diesen ersten Tag Schluß. Aber schon am nächsten begann Huong mit seinen Vorträgen. Es war immer dasselbe. Ich kann noch heute alles wörtlich wiederholen, so hat es sich in mein Gehirn eingefressen.

Wir sind das vietnamesische Volk. Wir kämpfen für die Freiheit unseres Landes. Die Nationale Befreiungsfront ist der einzige und wahre Repräsentant des friedliebenden vietnamesischen Volkes. Unsere Brüder und Schwestern in Nordvietnam unterstützen unseren Freiheitskampf. Präsident Ho Tschi Minh ist der große Führer unseres Volkes. Die Regierung von Saigon ist nur eine Marionettenregierung, von den USA eingesetzt, als Handlanger des amerikanischen Imperialismus. Auch Sie sind ein Handlanger des amerikanischen Kapitalismus. Sie sind ein Kriegsverbrecher wie die Amerikaner. Sie werden jetzt in Ihre Hütte zurückgehen. Sie werden sich Gedanken machen über das, was Sie von mir gehört haben. Wir werden heute nachmittag über all das diskutieren. Aber die „Diskussion" bestand dann nur darin, daß Huong alles wiederholte.

Eine andere Sache waren die Verhöre. Auch die führte Huong. Er war ein Mann, der einem dabei das Fürchten lehren konnte, und ich habe ihn gefürchtet.

Er begann mit den Personalien. Es gab nichts, was sie nicht wissen wollten. Sie haben Abitur? In welchen Fächern waren Sie gut? In welchen schlecht? Wo haben Sie Ihre Ferien verbracht? Wann haben Sie sich nach Vietnam gemeldet? Was war Ihre Tätigkeit in Vietnam?

„Ich war im Malteserhospital in An Hoa. Wir haben Kranke und Verwundete gepflegt."

„Ihr Krankenhaus war ein getarnter Spionagering."

„Nein, das ist nicht wahr. Es ist ein rein deutsches Krankenhaus."

„Sie wollen behaupten, daß Sie nicht wissen, daß der Dolmetscher, den sie in An Hoa beschäftigen, ein Mitglied des südvietnamesischen Geheimdienstes ist? Sie wissen nicht, daß er Vietkong-Verdächtige dem Geheimdienst meldet?"

„Davon ist mir nichts bekannt", sagte ich. „Wir haben Patienten gepflegt, Zivilisten, von jeder Seite. Es war eine notwendige Arbeit. Wir haben in einem Monat dreitausend Patienten behandelt."

Da schlug er auf das Pult und schrie: „Wenn Sie sagen, Sie haben im Monat dreitausend Patienten behandelt, dann sage ich Ihnen, daß die Amerikaner in einem Monat dreißigtausend Menschen töten, durch ihre Bomben, Raketen und Artillerie. Und Sie unterstützen die Amerikaner."

Und dann kamen wieder neue Fragen. Es endete immer mit der Drohung: „Sie haben nicht alles gesagt, was Sie wissen. Wir werden die volle Wahrheit aus Ihnen herausquetschen. Ich mache Sie darauf aufmerksam, daß wir in der Lage sind, alles über Sie herauszubekommen. Wir werden Ihnen Ihre Lügen nachweisen. Sie können jetzt gehen. Und halten Sie die Campregeln ein!"

So vergingen die ersten vierzehn Tage, einer wie der andere. Ich war immer ein Mensch gewesen, der nach der Uhr lebte. Ich besaß keine Uhr mehr, und es war mir schwergefallen, während der ersten Wochen ein Empfinden für die Zeit zu behalten. In diesem Lager war es relativ einfach, sich die Zeiten zu merken. Was die Tage betrifft, so führten die Amerikaner einen Kalender. Außerdem kam Huong jeden Morgen mit einem Kofferradio in die Hütte der Amerikaner. Schlag 7 Uhr drehte er ihn auf volle Lautstärke an. Dann kam die Zeitansage, das Datum, und darauf *Voice of Vietnam Radio*, eine englischsprachige Propagandasendung.

Aber der Tag für die Gefangenen hatte schon früher begonnen, um 5 Uhr, mit dem Frühstück. Um 11 Uhr gab es dann das nächste Zeitzeichen, nach dem man sich richten konnte. Eine Wache gab das Zeichen zum Mittagessen. Um 13.15 Uhr verkündete das Schlagen des Bambusgongs das Ende der Mittagspause, die im übrigen strikt einzuhalten war; niemand durfte in der Zwischenzeit seine Hütte verlassen. Um 4 Uhr 30 zum Abendessen ertönte dann der rhythmische Schlag zum letztenmal. Und dann war man allein, dann lagen der lange Abend und die noch längere Nacht vor einem.

Von Marie-Luise Kerber und Monika Schwinn hatten wir noch immer nichts gehört.

B. D.

DER ABENDGONG hatte geschlagen. Wir durften uns dann nicht mehr draußen aufhalten, aber durch die offene Tür der Hütte hatte man einen weiten Blick über das Camp.

Die Abende waren kühl, und wir hatten die Reissäcke über unsere Schultern gehängt. Man sah den freien Platz vor der Hütte, der leicht abfiel bis zum Bach, wo wir uns wuschen, und plötzlich sahen wir sie diese leichte Steigung heraufkommen, zuerst war es der spitze Hut, der zu sehen war, dann erkannten wir Monika.

Man sah, sie konnte kaum noch richtig laufen. Sie stolperte über eine Wurzel; sie wankte wie in Trance auf unsere Hütte zu.

Sie war allein, aber wir hatten uns schon ausgemalt, daß man Marie-Luise vielleicht in einer Hängematte würde tragen müssen, wegen ihrer Krankheit. Monika hatte tiefe Ringe unter den Augen. Wir guckten sie alle nur an. Sie stand da und konnte nicht sprechen. Auch wir sagten nichts. Ich sah, daß sie Marie-Luises Leinenschuhe anhatte, aber auch das machte uns nicht stutzig, denn sie hatten ja immer die Schuhe untereinander ausgewechselt.

Als Monika bei den flachen Stufen vor unserer Hütte stolperte, sagte ich: „Na, Monika, komm! Jetzt hast du es ja hinter dir. Jetzt sind wir wieder alle zusammen."

Wir schüttelten ihr die Hände. Da sagte sie: „Marie-Luise ist tot."

Der Schlag traf uns völlig unvorbereitet. „Was? Das gibt es nicht! Unmöglich!" Wir redeten durcheinander. Mir fiel auf, daß Georg nichts sagte, er stand nur da, bleich im Gesicht, erst in diesem Augenblick wurde mir klar, warum ihn diese Nachricht so besonders traf. Er kannte Marie-Luise ja kaum, aber in den elf Tagen auf dem Marsch in die Gefangenschaft waren die beiden immer Hand in Hand gegangen. Als wir das Camp I verlassen mußten, hatte er den Campleiter immer wieder gebeten, doch *ihn* bleiben zu lassen. Damals hatte ich dem keine Beachtung geschenkt.

Denn so war es doch: Fünf Menschen steigen an einem Sonntagmorgen zusammen in einen Jeep, um einen Ausflug zu machen – fünf Menschen, die sich kaum kannten. Allein mit Rika war ich per du gewesen, ein mehr kameradschaftliches Du, mit allen anderen war ich per Sie. Das Sie war dann natürlich weggefallen, das Du kam aus der Situation heraus; wir saßen alle im gleichen Boot – da führte ich Rika an der Hand, Georg Marie-Luise –, und doch waren wir uns alle im Grunde noch fremd.

Aber wie Georg nun dort stand, bleich, da dachte ich, da ist etwas entstanden, was du gar nicht bemerkt hast, was Georg vielleicht selber bis zu diesem Augenblick nicht gewußt und was Marie-Luise sicher nie gewußt hatte.

Das Schlimmste, woran wir gedacht hatten, war, daß wir getrennt werden könnten. Aber daß einer aus unserem Kreis tot war, das war unvorstellbar.

Dann war es plötzlich ganz still in der Hütte. Monika begann zu weinen. Georg Bartsch half ihr auf das Lager. Ich hielt es nicht mehr in der Hütte aus. Ich trat nach draußen. Auch hier hörte man das Weinen. Sterne standen am Himmel. Tot – dachte ich, und: Da muß doch etwas geblieben sein von deiner so strengen religiösen Erziehung. Der Glaube an den absoluten Sinn von allem, was da geschieht! Der Glaube an das absolute, übergeordnete Wesen. Ein Gott, den ich zwar nicht kannte, den ich trotzdem liebte. Ich, das machtlose Wesen, das ganz in seiner Hand war.

Wo war das alles geblieben?

Von dem Bambuszaun um die Hütten der amerikanischen Gefangenen rief jemand meinen Namen, flüsternd. Ich ging näher an den Zaun. Ich sah Dr. Kuschner, den amerikanischen Arzt, der einem immer mathematische Formeln erklärte, so als sei dies das einzige, was ihn davor bewahrte, verrückt zu werden. Er hatte mich gerufen. Er stand dort, in dem flackernden Licht, in seinem olivgrünen Jäckchen, abgemagert, den Kopf kahlgeschoren, und mit der Brille, die von einem Gummiband gehalten wurde; sie hatte einem anderen Gefangenen gehört, der gestorben war. Nun trug Dr. Kuschner sie, weil man ihm seine eigene gleich im ersten Camp abgenommen hatte.

„Was ist geschehen?" fragte er.

Ich sagte es ihm. Und dann sagte ich, weil ich immer noch meine Fragen an Gott hatte: „Wenn ich nur eine Bibel hätte."

Er sagte: „Willie hat eine."

„Du meinst, er würde sie mir geben?" Willie war ein junger Neger. Dr. Kuschner verschwand in einer der Hütten. Als er zurückkam, hatte er die Bibel dabei. Er reichte sie mir über den Zaun. „Willie sagt, du kannst sie vorläufig behalten."

Ich bin dann mit der Bibel zurück in unsere Hütte gegangen. Ich habe zu den anderen gesagt: „Laßt uns zusammen für Marie-Luise beten." Ich habe versucht, das Englische ins Deutsche zu übersetzen, denn es war natürlich eine englische Bibel. Ich las vor. Aber Monika hörte nicht zu.

VON DEM Augenblick an, als Monika unsere Hütte betreten hatte, als sie sich auf das Bambuslager sinken ließ, schlief sie nur noch, stand nicht mehr auf, aß nichts. Sie war ohne jede Kraft, nur beherrscht von dem einen Gedanken – zu schlafen.

In der ersten Woche brachten wir sie noch dazu, wenigstens für Stunden aufzustehen, aber die Zeiten, die sie bewußtlos dalag, wurden immer länger. Wir machten uns große Sorgen. Was können wir tun, daß sie aufsteht? Daß sie sich wenigstens einmal eine halbe Stunde in die Sonne setzt!

Wir hatten in den ersten Tagen noch Erfolg damit. Sie kam dann heraus für eine halbe Stunde, saß auf der Bank vor der Hütte, schweigend, unansprechbar. Dann kroch sie wieder zurück auf ihre Schlafstelle. Kam das Essen, versuchten wir, sie zu wecken. „Du mußt essen!"

„Nein, laßt mich!"

Manchmal haben wir sie so weit gebracht, daß sie ein Löffelchen Reis gegessen hat, aber eine Minute später erbrach sie sich. Der Y Si des Lagers kam, hielt lange Vorträge und tat nichts. Monika wurde immer schwächer, bis sie einfach wie tot liegenblieb. Rika und ich hoben sie von der Bettstelle, schleppten sie zur Latrine, es war zum Glück nicht weit, hoben sie dann wieder auf ihr Lager, und sie merkte nichts, die Augen waren verdreht, sie stammelte unartikulierte Worte. Ihre Lippen waren ganz schmal und dunkelblau. Wir dachten, für Monika gibt es keine Hilfe mehr. Sie wird die nächste sein, die sterben wird.

Von Zeit zu Zeit kam der Y Si des Lagers, schritt gravitätisch daher, hielt seine Vorträge, die niemand verstand, benützte sein Stethoskop, auf das er ungeheuer stolz war. Er gab ihr Spritzen in den Oberarm, Vitamine, glaube ich, die Abszesse verursachten, und Medikamente, die Monika meistens erbrach. Sie erbrach eigentlich alles.

Aber vielleicht hatte es die Natur so eingerichtet, mit diesem langen Schlaf, dieser langen Bewußtlosigkeit, daß sie von all dem verschont bleiben sollte, was sich in den nächsten Wochen ereignete, gleich neben ihr ...

RICE FOR THE PEOPLE
B. D.

GEORG BARTSCH war ein Brocken von Kerl, einen Kopf größer als ich, zehn Pfund schwerer, ein Mann, dem in An Hoa keine Arbeit zuviel wurde, der zusätzlich Sonntagsdienst machte, vor allem aber schien er körperlich tauglicher als wir alle. Und vom ersten Tag der Gefangenschaft an hatte ich mich mit dem Gedanken getröstet: Wenn es dir mal dreckig geht, wenn du schlappmachst, der Georg, der kann dir dann bestimmt helfen.

Wir hatten uns in An Hoa kaum gesprochen. Er war erst zwanzig Tage vor unserem Ausflug eingetroffen. Aber daß er dabei war, das war ein Glück, dachte ich, eine Art Versicherung, und es stellte sich heraus, daß er ein toller Kamerad war; von ihm habe ich gelernt, Zigaretten zu drehen, mit dem schlechten Papier und groben Tabak. Und nun war Georg es, der als erster schlappmachte!

Wir alle drei waren von Camp I mit hohem Fieber und nach einem Malaria-Anfall aufgebrochen. Der Weg hatte Georg seine letzte Kraft gekostet. Immer wieder pausierte er, er hatte einen flatternden Puls, hundertundzwanzig in der Minute, er sah Bänke, wo keine waren, und Häuser, die es nicht gab. Er klappte zweimal zusammen.

Er hatte dann im neuen Camp Chinintabletten erhalten wie wir alle. Unser Zustand besserte sich leicht. Wir machten unsere Hütte fertig, Georg half dabei. Aber schon da hatte Dr. Kuschner mich beiseite genommen und mich gewarnt, Georg solle mit der Arbeit aufhören, sich einfach hinlegen und ausruhen. Er äußerte den Verdacht, daß Georg durch die Strapazen des Malaria-Anfalls einen Herzschaden erlitten haben könnte. Er hatte auch versucht, von dem Y Si des Lagers das Stethoskop zu erhalten, um Georg abzuhorchen, das aber hatte der Y Si entrüstet abgelehnt.

Dann kam Monika zu uns, vier Wochen nach unserer Gefangennahme war das, und danach ging es uns allen zunehmend schlechter. Wir hatten alle den schweren Malaria-Anfall noch nicht überwunden, spürten die Erschöpfung, die ersten Auswirkungen der schlechten Ernährung, und bei Rika kam die schreckliche Beriberi hinzu, sie war von Hungerödemen angeschwollen, besonders im Gesicht; ein großer geschwollener Hals, geschwollene Wangen, Augen, die ganz tief lagen. Und was der Y Si unter medizinischer Versorgung verstand, das war schon fast zum Weinen: In einem kleinen Aluminiumtöpfchen kochte er die Spritzen und Nadeln aus, und im selben Topf wärmte er die Ampullen mit Vitamin B1 und Glucose an, die er uns von Zeit zu Zeit spritzte.

Wenigstens gestattete man nun aber den amerikanischen Gefangenen, sich um uns zu kümmern. Sie brachten uns das Essen, sie wuschen unser Geschirr. Wir hatten auch in diesem Lager eine Art Gefangenenkleidung bekommen, die Frauen weiße, die Männer schwarze Pyjamas; die wurden nun auch von den Amerikanern gewaschen, am Bach, etwa dreißig Meter vom Lager entfernt.

Georgs Zustand verschlechterte sich auffallend nach der Nachricht vom Tod Marie-Luises. Auch Georg wollte nun nicht mehr aufstehen, nicht mehr essen. Hinzu kam, daß er offene Beine hatte, Geschwüre bis hinauf zu den Hüftknochen, die nicht mehr heilten. Der Y Si zerdrückte Penicillin-Tabletten und streute das Pulver auf die Wunden, aber sie wässerten und bluteten weiter.

Nach Monikas Ankunft hatten wir ein ganzes Paket Tabak und Zigarettenpapier erhalten, wohl um uns aufzumöbeln und Mut zu machen, aber Georg rauchte nicht mehr. Er rollte mir nur hin und wieder meine Zigaretten, weil er immer noch nicht zufrieden damit war, wie ich es machte. Wir hatten auch zwei Handtücher bekommen und zwei Stück Seife, und die Amerikaner machten einen großen Topf mit Wasser heiß, trugen Georg zu ihren Hütten und badeten ihn. Als sie ihn zurückbrachten, war er in Tränen aufgelöst, vor Rührung und Freude. Er weinte eine halbe Stunde lang.

Es war eine verzweifelte Situation. Mir wurde dauernd schwarz vor den Augen, Monika war bewußtlos, bekam von allem nichts mit, und Rika lag mit schwerer Beriberi auf ihrem Lager. Sie hatte schon in Da Nang an Schlaflosigkeit gelitten, aber dort hatte sie Tabletten bekommen. Jetzt bekam sie keine, obwohl sie da waren. In ihrer ganzen Gefangenschaft schlief sie kaum. Meistens lag sie wach.

Georg faßte eines Abends meine Hand und sagte: „Fühl mal, wie kalt ich bin. Es fühlt sich an, als sei ich schon gestorben."

Ich sagte zu ihm: „Komm, steh auf, etwas Bewegung wird dir guttun." Er schüttelte den Kopf. Ich ging zu Rika, sie schüttelte den Kopf. Ich ging zu Monika, aber die lag wie immer mit dem Gesicht zur Wand, hörte mich erst gar nicht.

Ich machte für mich allein meine Gymnastik. So war es! Der eine konnte dem anderen nichts mehr sagen. Wir haben in diesen Tagen nur das Wichtigste miteinander gesprochen – oder das Unwichtigste, wenn man will. Iß etwas. Willst du dich nicht waschen? Willst du nicht an die Luft gehen? Eine andere Unterhaltung gab es nicht. Nichts sonst existierte. Es gab nur: Ach, was gäbe ich jetzt für ein Stück Fleisch! Jetzt eine warme Decke! Rika sagte: „Einmal möchte ich mir noch die Haare waschen, in warmem Wasser, mit einem guten Shampoo." Nur diese primitiven Notwendigkeiten des Menschen beherrschten uns. Ich hatte nicht mehr in Willies Bibel gelesen. Und wenn die anderen beteten, so merkte ich es nicht, dann taten sie auch das für sich allein.

Georg verließ den ganzen Tag nicht seinen Platz. Erst gegen Abend, schon in der Dunkelheit, half ich ihm auf; darin war er eigen, er wollte immer erst zur Latrine gehen, wenn die anderen nichts davon merkten. Er legte den Arm um meine Schultern. Wir torkelten dann bis zum Eingang der Hütte. Von dort aus wollte er dann allein gehen, und bisher hatte er die wenigen Meter auch immer geschafft. Diesmal schlug er schon beim ersten Schritt auf den Boden. Er gab keinen Laut von sich.

Es war stockdunkel. Kein Mond, kein Stern schien. Ich war auch schwach, mir zitterten die Knie. Ich sagte: „Komm, Georg, steh auf!" Er versuchte, sich zu erheben, ich stützte ihn dabei, er kam ein bißchen hoch, dann schlug er wieder hin. Irgendwie habe ich es geschafft, ihn hochzuziehen. Irgendwie habe ich den schweren Körper hochgekriegt. Ich stieg voraus auf das Lager, zog ihn auf die Bambuspritsche, streifte ihm die Schuhe herunter und legte mich dann wieder dicht neben ihn. Wir hatten zusammen nur ein Moskitonetz.

Plötzlich sagte er: „Hör mal, kannst du mir helfen?"

„Ja, was ist es?"

„Es ist ganz dumm, aber ich kann das ‚Vaterunser' nicht mehr, ich komme über die erste Zeile nicht hinaus, ‚Vater unser, der Du bist im

Himmel...', dann ist es aus, ich habe das wirklich total vergessen."

„Nichts einfacher als das", sagte ich. „Vater unser, der Du bist im Himmel...", und dann blieb ich stecken. „Warte!" sagte ich, „einen Moment, das haben wir gleich." Ich dachte an zu Hause, sofort würde es mir einfallen, ich brauchte nur an das Mittagessen zu denken; alles steht um den Tisch, denn es wird im Stehen gebetet, mit dem Blick zum Kruzifix über der Tür. „Aller Augen warten auf Dich, o Herr..." Jetzt muß das „Vaterunser" kommen. *Einen Moment noch, Georg, gleich weiß ich weiter.* Aber das Bild verschwindet, ich kann es nicht festhalten.

„Es tut mir leid, Georg, aber ich habe es vergessen, es geht mir wie dir, ich komme über die erste Zeile nicht hinaus."

Es muß ein Schock gewesen sein für ihn. „Daß *du* das vergessen hast! Weißt du, was das heißt!"

„Aber, Georg, was soll das heißen! Es heißt, daß ich einfach vollkommen verblödet bin, das ist nur der Hunger, das schlechte Essen."

„Nein!" sagte er heftig. „O Gott, jetzt weiß ich, daß ich nicht mehr nach Hause komme."

Am nächsten Tag zeigte Georg keine Reaktionen mehr. Der Y Si kam, horchte das Herz und die Lunge ab und sagte: „Es ist alles in Ordnung. Er ist nur ein bißchen schwach. Das gibt sich wieder." Aber er log, er wußte, daß er log, und diesmal tat er es wohl aus Mitleid mit uns.

In dieser Nacht wurde es entsetzlich kalt. Georgs Zustand war unverändert; er lag einfach da. Auf einmal sagte Rika: „Könnte ich nicht zwischen euch schlafen, ich friere so? Ich werde unter diesen ‚Reisdecken‘ nicht warm." Sie legte sich in unsere Mitte. Etwa gegen 10 Uhr merkte ich, wie es immer enger wurde in meiner Ecke. Ich bat Rika, ein bißchen zu rücken.

„Ich kann nicht", sagte sie, „der Georg macht mir keinen Platz. Ich hab ihn schon drum gebeten, aber er antwortet nicht."

„Bitte, Georg", sagte ich, „rück ein Stückchen." Aber er antwortete auch mir nicht. Da sagte Rika: „Du, ich glaube... mein Gott, ich höre ihn gar nicht mehr atmen."

Ich beugte mich über Rika. „Georg! Sag etwas. Sag doch etwas, Georg, Georg!" Aber Georg war tot.

Ich rannte nach draußen. Ich schrie nach dem Hilfsarzt. Ich rief

nach Dr. Kuschner. Da kamen schon die Wachen angerannt. Kurz
darauf kamen die andern, Huong, der Dolmetscher, der Y Si. Einer
hatte ein kleines Petroleumlämpchen dabei.

Georg lag da, ganz friedlich, die Augen geschlossen, wie ein Schla-
fender, nicht vom Tod gezeichnet. Er hatte dunkle Haare, und in
den Wochen der Gefangenschaft war ihm ein dunkler, voller Bart
gewachsen, und er war sehr stolz darauf gewesen. Little John durfte
immer nur die Spitzen abschneiden.

Ich dachte, eigentlich gibt es gar keinen Unterschied zwischen
Georg, dem Lebenden, und Georg, dem Toten. Er sah immer noch
so kräftig aus. Aber dann dachte ich: Wozu? Wie kann Gott das
alles zulassen? Warum macht er einen Menschen so gut, macht ihn
so stark und läßt ihn dann einfach so elend sterben, was ergibt das
für einen Sinn?

Und plötzlich konnte ich es wieder, das „Vaterunser", diesmal
stockte ich nicht, aber es war nun zu spät. Er hörte es nicht mehr.
Georg war gestorben, am 76. Tag seiner Gefangenschaft, fünfundzwanzig Jahre alt.

Rika und ich zogen Georg aus. Wir wuschen ihn, zogen ihm den
schwarzen Pyjama an, die Kleidung seiner Gefangenschaft. Wir deckten ihn mit den Reissäcken zu, die ihm als Decken gedient hatten,
diese grauen und verwaschenen Decken, auf denen noch zu lesen war
US AID, *Rice for the People,* auch das Zeichen war da, die beiden
sich haltenden Hände.

Aber auch das sah ich nur mit Bitternis. Jeder wußte, wie dieser
Reis, der für das südvietnamesische Volk gedacht war, in die Hände
der Kommunisten geriet. Ich stellte mir den Weg der beiden zusam-
mengenähten Reissäcke vor, wie sie im Hafen von Saigon oder Da
Nang unterschlagen, geschmuggelt und dann an die Kommunisten
gegen harte Dollars verkauft worden waren.

Und jetzt lag Georg dort, unter den Reissäcken. Er ist auch mit
ihnen begraben worden.

VIER Tage später verliert Rika Kortmann das Bewußtsein, und
nach weiteren drei Tagen stirbt sie, ohne noch einmal zu sich gekommen zu sein. Sie, mit achtundzwanzig Jahren die Älteste von uns,
seit Oktober 1968 im Malteserhospital in Da Nang tätig, stirbt an
den Folgen der Unterernährung, der Hungerödeme, der Schlaflosig-

keit und an der unzureichenden medizinischen Versorgung. Ich bin überzeugt, man hätte sie retten können, und ebenso, daß die notwendigen Medikamente dazu vorhanden waren. Sehr viel später habe ich die Aussage von Sergeant Willie A. Watkins, Neger, zweiundzwanzig Jahre, gelesen, der im September jenes Jahres aus dem Camp in die USA entlassen wurde. Willie erinnerte sich genau an Rika Kortmann, sie sei, nach seinen Worten, immer diejenige gewesen, die von allen die stärkste Willens- und Überlebenskraft gehabt habe, und vor allem sei sie für alle übrigen Gefangenen des Camps „Vorbild und Ermutigung" gewesen, und jeder habe ihren Tod als „besonders überraschend und sehr plötzlich" empfunden.

Ich weiß nur, daß Rika seit dem Tod von Georg selber mit dem Schlimmsten rechnete. Sie war medizinisch die Erfahrenste von uns, Krankenschwester seit über sechs Jahren. Sie wußte, wie schwer krank sie war, obwohl sie nie darüber gesprochen hat, um uns nicht zu beunruhigen. Aber am Tag nach Georgs Tod sagte sie: „Wenn wir nicht bald hier herauskommen, dann sterben wir alle." Und sie fügte hinzu: „Wer weiß, was uns damit erspart bleibt."

Im Grunde wollte sie auch keine Hilfe mehr annehmen, ich merkte, wie zuwider ihr dieser Y Si des Lagers war. Sie zitterte schon, wenn er sich ihr nur näherte. Sie als Operationsschwester, die immer auf Ordnung und Sauberkeit bedacht war, konnte es kaum mit ansehen, wie der Y Si mit seinen Spritzen verfuhr, sich nicht einmal die Mühe machte, die Einstichstelle vorher mit Alkohol zu säubern.

Und dann war Rika zusammengebrochen, wir mußten sie in die Hütte tragen, und der Y Si gab ihr eine Morphin in den Oberarm, die erste, und viel zu spät.

Von diesem Augenblick an schlief Rika, erwachte nicht mehr aus ihrer Bewußtlosigkeit. Sie lag da, auf dem Rücken, das schöne Haar ungekämmt und zerzaust, das Haar, das sie nicht mehr hatte waschen können. Aber sie war immer noch schön. Wenn man Beriberi hat, sieht man nicht verhungert aus, im Gegenteil, bei dieser Krankheit sind die weiblichen Formen noch betont, und ich fand sie schön wie immer. Sie trug ihr Malteserkleid.

Ich habe getan, was mir noch möglich war, den Schweiß von ihrer Stirn getrocknet, die Lippen abgewischt, damit sie freier atmen konnte. Und dann sehe ich, wie ihre Hände nach Halt suchen, wie ihr ruhiges Gesicht sich plötzlich verzerrt.

Ich laufe nach draußen. Ich schreie nach dem amerikanischen Arzt. Kusch, wie ich Dr. Kuschner nannte, kommt angerannt. Gleichzeitig sehe ich den Y Si aus seiner Hütte treten, sehe auch ihn kommen, so langsam, als wolle er damit ausdrücken, die stirbt ohnehin, was brauche ich mich hier noch zu beeilen. Er kommt herein mit seiner Spritze, stößt die Nadel einfach in den Arm, zieht an, um zu sehen, ob er ein Gefäß getroffen hat. Er beugt sich über sie, hebt ihre Augenlider, streift sie wieder herunter. Er breitet den „Reissack" über sie.

Rika! Ich wende mich an Monika, die in der Hütte liegt und nichts mitbekommen hat. Ich sage ihr, daß Rika gestorben ist, aber sie versteht mich nicht. Ich gehe nach draußen. Da stehen sie vor der Hütte herum, die Wachen, auf ihre Waffen gestützt, und ich merke, sie wundern sich, daß ich nicht weine, daß sie keine Tränen sehen, daß ich mich nicht auf den Boden werfe und schreie und mir die Haare raufe.

Ich hatte es oft genug in An Hoa gesehen, und ich wollte plötzlich, ich hätte es gekonnt in diesem Augenblick...

ZWEI Stunden später schon war Rika Kortmann beerdigt. Als ich von dem Grab, zwei Gräbern nun, zurückkam, sah ich die Kleider in der Hütte liegen, ein Bündel in der Ecke, Georgs weißes Malteserhemd, das voller dunkler Flecken war, denn er hatte aus der Nase geblutet, und Rikas Malteserkleid – wir hatten sie in dem weißen Camp-Pyjama bestattet. Ich habe die Sachen genommen und bin damit zum Fluß hinuntergegangen; es war gut, jetzt etwas zu tun.

Ich kniete dort an dem ins Wasser gebauten Steg, ich schrubbte das Hemd und das Kleid, aber ich bekam beides nicht sauber. Ich wollte die Sachen schon wegwerfen, ich dachte mir, tragen wirst du es ja doch nie können, dieses Hemd, das dich immer nur an Georgs Tod erinnern wird. Da legte jemand die Hand auf meinen Arm, es war Dr. Kuschner, er schüttelte den Kopf und sagte: „Es sind die Sachen von Toten, ich weiß. Aber heb sie auf. Nirgendwo im Dschungel wirst du so ein gutes Hemd finden. Du wirst einmal froh darum sein. Du wirst es tragen, ohne dir nur das Geringste dabei zu denken. Es ist traurig, aber eines Tages wirst du nur noch an dich denken. Das ist alles, was schließlich bleibt, es ist nur eine Frage, ob du am Leben bleibst."

UND ICH wollte leben! Jetzt, da ich ganz begriff, daß Monika und ich allein zurückgeblieben waren, mehr denn je. Ich hängte die Sachen vor unsere Hütte zum Trocknen in die Sonne, und ich habe Georgs Hemd bis zum letzten Tag meiner Gefangenschaft getragen, und ganz waren die dunklen Flecken auch dann noch nicht verschwunden.

Ich hatte Angst, in die Hütte zu gehen, die jetzt so leer war, drei leere Plätze, und wer weiß, wie lange Monika noch durchhielt; alle hatten ja immer gesagt, sie würde als erste sterben. Nun aber lebten nur noch sie und ich.

Monika lag in ihrer Ecke, das Gesicht abgewandt, zusammengekrümmt; so vegetierte sie nun schon seit sieben Wochen dahin. Da bemerkte ich plötzlich, daß Monika meinen schwarzen Pyjama trug; während wir Rika begruben, mußte sie meine sauberen Kleider angezogen haben.

Ich weiß nicht, was mit mir geschah. Ich habe wohl die Nerven verloren. Ich schrie sie an, ich packte sie, und immer wieder schrie ich, völlig besinnungslos: „Wer hat dir erlaubt, meine Kleider anzuziehen? Das sind *meine* Kleider!"

Ich packte ihre Hand, riß sie hoch. Sie saß da, starrte mich an, das Gesicht geschwollen, die Augen mit tiefen Ringen. Sie stammelte: „Man hat mir die Kleider hingelegt. Jemand hat gesagt, ich soll sie anziehen... Ich sollte frische Kleider anziehen, sonst würden sie mich nicht mitnehmen in dem VW... der VW hätte ganz frische Bezüge." Sie weinte.

Ich aber dachte nur, sie hat *meine* Kleider angezogen. *Meine* Kleider. „Wenn du dir einbildest, du kannst einfach deine dreckige Wäsche hier hinschmeißen, dann irrst du dich." Ich schrie noch immer. „Das waren *meine* Kleider!"

Sie brach wieder in Tränen aus. Sie wollte sich wieder hinlegen, aber ich hielt ihren Arm gepackt und schrie: „Damit ist es jetzt aus! Hör zu! Wir waren fünf, als wir in Gefangenschaft kamen. Drei sind bereits vor die Hunde gegangen, und du wirst die nächste sein, wenn du so weitermachst. Meinetwegen kannst du krepieren, aber ich nicht, ich will leben! Und wenn ich über Leichen gehen muß." Ich war völlig von Sinnen. „Ich will hier raus! Und du gehst mit! Du gehst mit mir, verstehst du, mit mir nach Haus, wie lange es auch dauert, wir gehen zusammen nach Haus. Hast du das verstanden!"

„Ja."

Hatte sie wirklich ja gesagt? „Von morgen früh an hol ich dich aus dem Bett raus, jeden Tag. Und dann wird gelaufen, dann machst du Gymnastik, bis du wieder ganz auf den Beinen bist! Und du machst, was ich dir sage. So, und jetzt wird gegessen!"

Ich habe sie mit kaltem Reis gefüttert, einen Löffel, zwei, drei, und sie erbrach sich nicht, das war das erstemal. Das war am Tag von Rikas Tod, und am nächsten Morgen holte ich sie aus dem Bett, und Dr. Kuschner, der es beobachtet hatte, schüttelte den Kopf und sagte: „Vorsicht, Bernhard, was hast du vor? Willst du sie umbringen?"

Aber ich war wie besessen von der Idee, sie wieder zum Laufen zu bringen.

LAUFÜBUNGEN
B. D.

Sie kamen sofort alle angerannt, die ganzen Amerikaner, die unsere Laufübungen immer verfolgten, Dr. Kuschner an der Spitze. Monika hatte zum erstenmal allein auf den Füßen gestanden, die ersten Schritte allein gemacht, aber dann war sie auf der Bank zusammengebrochen. Dr. Kuschner half mir, sie in die Hütte zu tragen.

Ich glaube, das brachte mich zur Besinnung. Ich dachte darüber nach, warum ich das tat. Um Monika zu helfen – oder mir? Es war eine Frage, auf die ich keine Antwort wußte. Ging es darum, ihr Leben zu retten, oder ging es nur darum, daß ich Angst hatte, allein zu sein, ganz allein?

Nach zwei Tagen Pause nahm ich unser Programm wieder auf, diesmal vorsichtiger. Die ersten Schritte, die Monika gemacht hatte, das waren nicht mehr als Schrittchen von fünf Zentimetern, sie konnte die Beine gar nicht mehr heben. Sie mußte praktisch das Laufen von neuem lernen.

Sie schaffte mit diesen winzigen Schritten nur drei Meter, dann war sie ganz kaputt und stöhnte, sie könne nicht mehr. Ich teilte unser Programm nun besser ein, wir liefen kürzere Zeit, dafür öfter; dreimal am Vormittag, zweimal am Nachmittag. Bis Ende Juli, vierzehn Tage nach Rikas Tod, brachte sie es auf zehn Meter hin und zehn zurück, wobei ich sie immer stützte.

Wir begannen dann auch mit leichter Gymnastik. Arme rollen, Nacken rollen. Anfang August sagte ich, nun seien wir so weit, daß wir die erste Kniebeuge versuchen könnten. Ich stand hinter ihr, griff ihr unter die Arme und sagte: „So, jetzt gehst du in die Knie."

Sie versuchte es, langsam, ich ließ sie los; sie knickte zusammen. Es kostete mich alle meine Kraft, sie wieder auf die Beine zu bringen, und sie stand da und sagte einfach: „O Gott, o Gott, das wird nie mehr etwas."

Aber am Nachmittag waren wir wieder draußen und machten einen neuen Versuch. Diesmal gab ich ihr einen Stock in die Hand, und es gelang ihr, zwei Kniebeugen zu machen. Ich war sehr stolz und sehr glücklich.

Und langsam begann Monika zu begreifen, was mit ihr vorging. Es waren allerdings nur Augenblicke, Minuten nur, in denen sie mich richtig ansah, mich erkannte, wußte, was wir taten, dann geriet das wieder in Vergessenheit.

Und eines Tages – ich saß wieder mal auf dem Baumstamm – kam sie aus der Hütte heraus, ganz unvermutet. Ich traute meinen Augen nicht. Sie stand da, mit dem Stock in der Hand, stieg die Stufen herunter, lief drei, vier Meter. Plötzlich lag sie am Boden. Sie brach in Tränen aus, weil sie wieder zusammengebrochen war. Aber ich hatte ihre Schritte beobachtet, sie waren jetzt schon zwanzig Zentimeter groß.

Es ging von Tag zu Tag besser. Wir führten weitere Übungen ein. Sie hielt sich an einem Querbalken in der Hütte fest und ließ sich durchhängen, um das Kreuz zu dehnen, die Wirbelsäule zu trainieren. Ich massierte ihr die Waden und Oberschenkel, weil sie von unseren Laufübungen immer entsetzlichen Muskelkater hatte.

Gegen Ende August konnte sie wieder allein laufen. Und eines Tages schaffte sie es, von der Hütte aus über den kleinen Hügel bis zum Bach hinunterzulaufen, um sich zu waschen. Das war das erstemal seit der Ankunft im Camp der Amerikaner, seit dem 26. Mai, daß sie sich selber waschen konnte.

Nur eines war eigenartig. Sie hatte bisher nie nach den anderen gefragt, und ich hatte von mir aus auch nie davon gesprochen. Wir hatten beide Angst vor diesem Augenblick, und ich hatte mir vorgenommen, ihr so wenig wie möglich zu erzählen. Aber dann kam ein Abend, wir saßen draußen vor der Hütte, die Sonne war am

Untergehen, es war ein richtiger schöner Herbstabend, da fragte sie auf einmal: „Jetzt sag es mir. Sag mir, was ist mit den anderen passiert?"

EINE BLUME AUS DEM DSCHUNGEL
M. S.

Wir sassen bis spät draußen. Irgend etwas mit meinen Augen war nicht in Ordnung, ich konnte nur die Dinge, die seitlich in meinem Blickfeld lagen, richtig sehen. Was ich hörte, auch Bernhards Stimme, klang gedämpft, als hätte ich Watte in den Ohren, und beim Essen, wenn ich den Reis hinunterdrückte, hatte ich überhaupt keinen Geschmack. Aber das eigenartigste war, ich wußte immer noch nicht mit ganzer Sicherheit, was Wirklichkeit oder Traum war, und ich fragte mich, saßen wir wirklich hier draußen?

Ich trug zum Beispiel einen blauen Mantel, aber ich wußte beim besten Willen nicht, wie ich zu dem Mantel gekommen war. Ich fragte Bernhard.

„Der ist von Lin Quy."

„Und wer ist Lin Quy?"

Bernhard deutete zu einer der Hütten. „Ein gefangener südvietnamesischer Offizier, Captain Lin Quy. Wir haben die ersten Tage hier in seiner Hütte verbracht. Er hat ihn dir geschenkt, als die Nächte so kalt wurden."

„Und was ist mit den Verbänden an meinen Oberarmen?" Sie mußten alt sein, sie waren verschmutzt, steif von getrocknetem Eiter.

„Der Y Si hat dich gespritzt, Vitamin B1 und Glucose, vermute ich. Er hat es nicht gerade mit der Reinlichkeit, er benützt für alles dieselbe Nadel." Er sah mich an. „Woran erinnerst du dich eigentlich?"

Ich hatte bis dahin Bernhard nie gefragt, ich hatte mich in mein Schneckenhaus zurückgezogen, aber jetzt fragte ich: „Was ist mit den anderen passiert? Wo liegt denn ihr Grab?"

Bernhard zeigte in den Dschungel. „Es sind zwei Gräber. Es ist nicht weit, gleich vor dem Camp. Ich werde morgen mit dir hingehen."

Ich nahm meinen Mut zusammen. „Wer hat sie begraben? Die Vietnamesen?"

„Nein, die Amerikaner." Er war sehr einsilbig.

„Du kannst es mir ruhig sagen. Haben sie einen Sarg bekommen?" Denn irgendwo hatte ich gelesen, daß wilde Tiere Tote ausgraben, wenn sie hungrig sind.

Da erzählte er mir, wie Dr. Kuschner und die anderen amerikanischen Gefangenen sofort nach dem Tod von Georg und Rika weggegangen waren, um im Dschungel Bambus zu schlagen. Und die Vietnamesen hätten dann mit ihren Buschmessern den Bambus aufgeschlitzt, so daß es richtige Bretter gab, von dreißig Zentimetern Breite, und daraus hätten sie dann den Sarg gezimmert. Dann wurden die Särge mit Lianen verschnürt, und Willie und Ike, auch ein Neger, hätten die Särge zu der Stelle getragen, wo die anderen die Erde ausgehoben hatten.

Jeder hatte eine Handvoll Erde auf die Särge geworfen. Bernhard hatte ein paar Worte gesprochen. Er erzählte mir an jenem Abend auf der Bank, vielleicht um mich zu trösten, vielleicht auch nur, um irgend etwas zu sagen: „Weißt du, es ist schrecklich, das alles, aber wie ich es jetzt sehe, ist unser ganzes Leben nur eine Art von Gefangenschaft, wir sind immer eingesperrt, wir kommen da nicht raus – oder nur auf *eine* Weise; denn bis in den Himmel wächst kein Stacheldraht . . ."

AM NÄCHSTEN Tag ging ich dann zu den Gräbern. Ich benützte noch einen Stock, aber ich konnte jetzt immer besser gehen. Und ich ging allein. Ich hatte Bernhard gebeten, mir nur den Weg zu zeigen.

Es war leicht zu finden. Die beiden Stellen waren noch kahl, ein kleiner kahler Fleck im Dschungel. Es gab kein Kreuz, keine Blumen, nur die beiden aufgegrabenen Flecken, die irgendwann nach dem nächsten Regen wieder zuwachsen würden.

Ich bin dann immer wieder zu den Gräbern gegangen. Ich habe ein paar Gräser gesammelt, ein bißchen Grün, das habe ich in einer alten Fischdose zwischen die Gräber gestellt.

Ich konnte einfach keine Blume finden. Ich dachte mir, warum gibt es in dem ganzen Dschungel keine Blume! Ich bin dann auch weitergelaufen in den Dschungel hinein, auf der Suche nach einer Blume oder wenigstens einer besonders schönen Pflanze. Niemand folgte mir, sie trauten mir wohl nicht zu, daß ich weglaufen könnte, so schwach, wie ich war.

Plötzlich stand ich an einem Weg! Es war ein richtiger Weg mit Fahrspuren, und als ich dem Weg folgte, sah ich die Kurve, von der ich geträumt hatte. Genau diese Kurve, und ich dachte, wie ist das möglich, ich war ja nie hier gewesen zuvor. Und ich dachte, jetzt könntest du gut weglaufen.

Ich war weit vom Lager weg. Es würden Stunden vergehen, bis man nach mir suchen würde, denn sie wußten, daß ich mich immer lange bei den Gräbern aufhielt. Aber wie lange würde ich die Kraft haben zu laufen? Und wohin führte dieser Weg? Und wenn sie dich einholen, dann werden sie dich gleich erschießen, weil du versucht hast zu fliehen.

Und ich dachte auch an die Worte von Bernhard: Willst du, daß ich ganz allein übrigbleibe? Willst du mich im Stich lassen? Ich dachte, nein, aber daran können sie dich doch nicht hindern, daß du in Gedanken immer deine Freiheit behalten wirst. Das hab ich mir vorgenommen, damals.

ANFANG September tauchten plötzlich immer wieder amerikanische Hubschrauber über dem Camp auf. Und dabei blieb es nicht. Wir hörten jetzt Tag und Nacht, wie Flugzeuge ihre Bomben abwarfen. Es gab einen Bunker im Camp, und die amerikanischen Gefangenen haben ihn mehrmals aufgesucht. Wir hatten keinen Bunker. Wir konnten nur in unserer Hütte sitzen bleiben und hoffen, daß nichts passierte.

Dann war Huong, der Dolmetscher, gekommen und sagte, Bernhard und ich sollten uns fertig machen, wir würden in einigen Tagen das Camp verlassen.

Wir bekamen einen geflochtenen Korb aus Bambus, in den wir unsere Sachen einpacken sollten. Was sich da alles angesammelt hatte; ich kam mir ungeheuer reich vor. Die Decken aus Reissäcken; ein Aluminiumteller; ein Handtuch; Georgs Hose und Hemd; Rikas Malteserkleid. Den blauen Mantel von Captain Lin Quy mußte ich zurücklassen, der war ganz zerschlissen. Die roten Leinenschuhe von Marie-Luise hatten sich auf dem Marsch durch den regennassen Dschungel aufgelöst. Ich bekam Georgs Turnschuhe, Bernhard trug seine „weißen" Tennisschuhe, die auch bereits in Stücke gingen. Und dann besaßen wir noch Marie-Luises grünes Täschchen und ihren Strohhut.

Man hatte uns nicht gesagt, wie lange der Marsch diesmal dauern würde. Ich fürchtete mich davor. Und ich würde nie mehr zu den Gräbern gehen können.

Aber bevor wir dann das Camp verließen, war noch mein Geburtstag. Bernhard hatte ihn vergessen, ich hatte damit gerechnet, daß er mir gratulieren würde. Ich war ein bißchen traurig, deshalb habe ich ihm auch nichts gesagt. Aber dann stand auf einmal dieser Captain Lin Quy da mit einer Blume. Er kam aus dem Dschungel zurück, ein Bündel Holz auf dem Rücken und eine rotgelbe Orchidee in der Hand. Nun hatte ich also doch etwas bekommen zu meinem Geburtstag.

Außer „Good morning", das er sagte, wenn er in den Dschungel ging und an unserer Hütte vorbeikam, hatten wir beide nie miteinander gesprochen. Er wußte auch nicht, daß ich Geburtstag hatte, es war ein reiner Zufall, daß er die Blume gerade an diesem Tag gefunden hatte und mir brachte.

Ich hab die Blume genommen und bin damit zu den beiden Gräbern gegangen, ein letztes Mal. Ich habe die Fischdose frisch mit Wasser gefüllt und die Blume dort hingestellt.

Man sagte, daß sie besonders lange halten, diese Art von Orchideen . . .

WEIHNACHTSGESCHENKE
M. S.

DAS NEUE Camp lag hoch in den Bergen. Das letzte Stück stieg man siebenundachtzig Stufen hinauf, die in das steinige Erdreich hineingeschlagen waren. Ich weiß es deshalb so genau, weil jede einzelne mich soviel Mühe kostete.

Wir kamen gegen Abend in dieses Camp, und wir bekamen eine der beiden Hütten, die sich hinter einem Bambuszaun befanden. Die Pfähle waren drei bis vier Meter hoch, mit scharfen Spitzen.

Wir hatten zwei und einen halben Tag gebraucht für unseren Marsch vom Camp der Amerikaner hierher. Es war immer bergan gegangen; das Camp lag in etwa tausend Meter Höhe – die beste Höhe, um sich zu erholen, meinte Bernhard.

Das Lager war wirklich so etwas wie ein Erholungscamp für die Vietnamesen, meistens Verwundete, die von der Front kamen. Um uns kümmerte man sich wenig. Wir waren die beiden einzigen Gefangenen. Es gab keine Campregeln. Wir konnten tun und lassen, was wir wollten, in unserer Hütte hinter dem Bambuszaun. Es war eine dunkle, feuchte und kalte Hütte, halb in die Erde gebaut. Sie hatte zwei Schlafstellen, zwischen denen eine Feuerstelle lag.

Diese Feuerstelle war das Wichtigste überhaupt. Es war Ende September, die Monsunzeit stand vor der Tür, die Zeit des Regens. Wir hatten gleich Holz gesucht, gehackt und in unserer Hütte gestapelt. Es gab bitterkalte Tage, und wir hatten nur unsere dünnen Kleider, die dünnen Pyjamas und die Malteserkleidung, dazu die Decken aus Reissäcken. Von Anfang Dezember an ließen wir das Feuer des Nachts nicht mehr ausgehen. Alle zwei Stunden stand jemand auf und legte Holz nach.

Die Tage waren sogar schlimmer, denn am Tage durfte das Feuer nicht brennen; die Rauchschwaden hätten den amerikanischen Flugzeugen das Camp verraten können.

Die Kälte, der Regen, die Einsamkeit des Bergcamps – sie traf uns alle, und das schuf fast so etwas wie eine Gemeinschaft zwischen Gefangenen und Bewachern. Sie ließen uns hungern, aber auch das war, weil sie selber wenig hatten, und es gab nicht den Haß und die Gleichgültigkeit wie in den anderen Camps. Wir halfen in der Küche, beim Reisstampfen und Aussieben, wir fegten den Hof zwischen den Hütten, säuberten ihn von Laub und Ästen, die Wind und Regen heruntergerissen hatten.

Es wurde immer kälter. Manchmal regnete es vierzehn Tage an einem Stück, Tag und Nacht, ununterbrochen; dann gab es zwei Tage Pause, und dann begann es erneut zu regnen. Wir wagten uns kaum noch aus unserer Hütte heraus. Niemand sagte uns, was man mit uns vorhatte. Wir waren nun wirklich vollkommen vergessen von der Welt.

So kam Weihnachten. Der Heiligabend war ein eiskalter Tag, aber wenigstens regnete es nicht mehr. Seit Tagen schon war das Camp wie ausgestorben; die Vietnamesen waren einer nach dem anderen verschwunden. Nur der Campleiter und der Koch blieben zurück.

Am Morgen des 24. Dezember ging Bernhard in den Dschungel. Er schleppte Berge von Palmenzweigen und Farnkraut herbei. Er dekorierte den Eingang des Bambuszaunes damit, er steckte Palmwedel vor unserer Hütte in den Boden.

Ich dachte, vielleicht findest du ein Bäumchen. Ich fand keinen Baum, aber ich fand etwas anderes. Am Rande des Camps gab es einen ausgehöhlten Baumstamm mit Wasser, das von weither in Bambusröhren hergeleitet wurde. Auf dem Rand des Stammes lagen ein Stück von einem Spiegel und ein Kamm. Der Spiegel war nur eine Scherbe, und dem Kamm fehlte ein Teil der Zähne, und doch war es das herrlichste Weihnachtsgeschenk der Welt.

Marie-Luise hatte als einzige von uns einen Kamm besessen, aber sie hatte ihn auf dem Elf-Tage-Marsch bei einer Rast verloren. Das war eines der schrecklichsten Dinge in der Gefangenschaft, diese ganzen Jahre, sich nie richtig waschen zu können, immer dieselben Kleider zu tragen, sich nicht kämmen zu können, keinen Spiegel zu haben. Da lag nun ein Stück Spiegel. Und ich hatte plötzlich Angst. Was würde ich sehen, wenn ich hineinschaute?

Wir hatten fast die ganzen ersten drei Monate lang unsere Kleider nicht gewechselt. Wir trugen wegen der Kälte immer alles am Leib, was wir besaßen. Die Kleider wurden klamm von der hohen Luftfeuchtigkeit, sie wurden naß, wenn man durch den Regen in die Küche mußte, um das Essen zu holen. Die Verbände an meinen Oberarmen waren jetzt vier Monate alt; nein, das konnte kein schöner Anblick sein.

Fingernägel wurden abgekaut. Die Zehennägel ließ man wachsen, bis man sie abreißen konnte. Die Zähne „putzten" wir im Dschungel, indem man mit kleinen Bambusspießchen darin herumstocherte und sie mit Tee spülte. Das Schlimmste war natürlich, daß man eine Frau war; die Tage ein immer wiederkehrender Alptraum, und ich war glücklich, als ich einmal ein paar Fetzen Papier hatte oder wenn die Menstruation manchmal für Monate ausblieb...

Ich hatte Angst, in den Spiegel zu blicken; denn da war noch etwas – mein Haar! Das war so erniedrigend für eine Frau; meine Haare waren mir immer mehr ausgefallen, rundherum hatte ich nur noch einen dünnen Kranz. Die Haare, die mir oben langsam nachwuchsen, waren nicht mehr dunkel, es war ein brauner Flaum. Ich hatte das schon bei den vietnamesischen Kindern auf unserer Station in Da Nang beobachtet: Die hochgradig unterernährten Kinder hatten alle braune Haare im Gegensatz zu den tief blauschwarzen Haaren der anderen. Ich schämte mich immer, vor Bernhard, vor den Vietnamesen, vor mir selber.

Am Morgen hatte Bernhard noch gesagt: „Was meinst du, sollten wir uns nicht für heute abend etwas schön machen?" Schön machen? Ich weiß noch, daß ich mir überlegte, wie ich es anstellen könnte, aus kleinen Bambusstöckchen „Lockenwickler" zu produzieren, um den Rest meines Haares einzulegen; jetzt, wo ich einen Kamm besaß, konnte ich das Haar vielleicht toupieren, damit es voller aussah. Dieses schrecklich dünne Haar.

Schließlich nahm ich allen Mut zusammen und blickte in den Spiegel, und sogleich wünschte ich, ich hätte es nicht getan. Es war furchtbar. Dieses geschwollene Gesicht, in dem die Augen nur noch Schlitze waren! Die Mundwinkel waren wund und eingerissen. Selbst die Haare hatte ich mir nicht so schlimm vorgestellt; unter dem dünnen Flaum schimmerte überall die Kopfhaut hindurch. Der Anblick war so deprimierend, daß ich die Scherbe wegschleuderte. Und ich stand da und weinte.

Am Abend saßen wir am Feuer wie immer. Wir sprachen – gegen alle Campregeln – von zu Hause, und es deprimierte uns noch mehr. Wir sprachen von den anderen, von Marie-Luise, von Georg und Rika. Bernhard besaß ein kleines Meßbuch, in Englisch. Der Amerikaner, dem es gehört hatte, war im anderen Camp gestorben, und Bernhard hatte es geschenkt bekommen. Bernhard übersetzte das Weihnachtsevangelium. Wir beteten für die drei Verstorbenen. Wir sangen Weihnachtslieder. Es war unsere erste Weihnacht in der Gefangenschaft, und wir hatten ein starkes Gefühl der Zusammengehörigkeit. Den Kamm hatte ich gesäubert und Bernhard geschenkt. Er war ganz überrascht und glücklich darüber. Es war bereits dunkel geworden, als Bernhard unser leeres Geschirr in die Küche zurückbrachte. Es verging eine halbe Stunde. Und dann kam er an, mit einer Petroleumlampe und einem Paket unter dem Arm.

Er hatte Kaffeemehl für zwei, frisches Wasser zum Kochen, eine Schachtel Zigaretten und eine kleine Tüte Bonbons, vier Stück Zucker. Nun waren wir doch noch richtig beschenkt worden!

Wir kochten den Kaffee. Wir rauchten jeder eine Zigarette. Dann kam wieder die Nacht, die Kälte, das Aufstehen und Holznachlegen.

Und es kamen die Geräusche von Clothilde, unserer Hausratte. Bernhard hatte ein hölzernes Kästchen gezimmert, das er hoch unter das Hüttendach hängte, dort bewahrten wir unsere „Wertsachen" auf: ein Handtuch, ein halbes Stück Seife, sein Meßbuch. Wir hatten die Bonbons und die restlichen zwei Stück Zucker dort hineingelegt, aber am Morgen stellten wir fest, daß Clothilde die Stäbe durchgenagt hatte; der Zucker war weg. Nun ja, schließlich war Weihnachten...

VON ALLERLEI TIEREN
M. S.

ICH HABE Ratten immer gefürchtet. Diese Ratte war schon am ersten Tag bei unserem Einzug in die Hütte aufgetaucht, und sie hatte sich durch nichts vertreiben lassen. Natürlich hätten wir sie fangen und töten können, aber irgendwie kamen wir gar nicht auf die Idee, vielleicht, weil es auch ein Lebewesen war, das unsere Gefangenschaft teilte. So hatte ich ihr sogar einen Namen gegeben, Clothilde, nach einer Lehrerin, die genau dieselben Knopfaugen hatte.

Clothilde schien sich mit der Zeit recht wohl zu fühlen. Sobald wir Feuer machten, sprang und turnte sie mit einem hellen Gepiepse herum. Schliefen wir, stahl sie, was sie bekam, Zucker, Bananen, nur den Reis rührte sie nicht an. Ganz verlor ich nie ein leises Ekelgefühl, besonders, weil Clothildes Lieblingsschlafplatz direkt neben meinem Kopf war; ich sah es morgens immer an den Spuren, die sie hinterlassen hatte. Aber dann war es wiederum gut, daß ich mich rechtzeitig daran gewöhnte, denn in allen Gefängnissen des Nordens sollten uns Ratten begleiten...

Überhaupt spielten Tiere in der ganzen Zeit der Gefangenschaft eine wichtige Rolle. Da waren einmal die Tiere, die uns plagten und zur Verzweiflung brachten. Aber auch die anderen, ohne die man es manchmal nicht mehr ausgehalten hätte.

Es gab natürlich Ungeziefer. Die Moskitos zerstachen einen immer und überall. In Camp Bao Cao konnte ich jeden Tag die Parade von großen roten Ameisen beobachten, die unter der Tür in die Zelle hereinliefen, am Bettpfosten hochkletterten; was man auch tat, ich hatte immer das Gefühl, als ob tausend Ameisen über meinen Körper liefen. In Camp K 77 gab es Wanzen. Woanders gab es Spinnen, der

Körper so groß wie ein Fünfmarkstück, und auf dem einzelnen Baum in dem Hof, der zu meiner Zelle im Camp K 77 gehörte, hingen immer Hunderte von Stinkkäfern – nicht nur, daß der ganze Hof davon stank, sie ließen sich immer dann fallen, wenn man sich unter den Baum in den Schatten setzen wollte. Aber die schlimmste Plage waren die Blutegel.

Es gab sie im Dschungel an Stellen, an denen es besonders feucht und naß war. Auf dem Marsch vom Camp der Amerikaner in das Berglager waren wir durch eine solche Gegend gekommen. Da hingen einem in kürzester Zeit zehn bis fünfzehn Blutegel an den Händen und Beinen. Sie kletterten in die Schuhe, saßen einem zwischen den Zehen. Wir wußten nicht, wie man sie am besten abkriegt, und so haben wir sie einfach abgezogen, was große Wunden verursachte, die ständig bluteten. Bernhard hatte ziemlich geschlossene Schuhe an, und doch mußte er von Zeit zu Zeit stehenbleiben, um das Blut auszuleeren; und ich bekam ständig Gleichgewichtsstörungen durch den hohen Blutverlust...

Aber es gab natürlich auch all die Tiere, die einem über die langen Stunden hinweghalfen. Im Camp K 77 lagen im Hof Steinplatten, da gab es immer Eidechsen zu beobachten, und eine grau-schwarz gefleckte Schlange, die ganz ruhig zusammengerollt blieb und nur den Kopf aufrichtete, wenn der amerikanische Gefangene, den wir nie zu sehen bekamen, *My Fair Lady* pfiff.

Sie wußten schon in diesem Lager, daß ich Tiere gern hatte. Sie brachten mir Hunde zum Waschen, sie ließen einen Hasen und ein Huhn zu mir in den Hof. Am liebsten waren mir die Vögel, die ich nach und nach anlockte. Ich hatte manchmal bis zu fünfzehn Vögel, sie waren so zahm, daß sie mir auf die Hand flogen. Und dann war natürlich da noch die Katze, Méo, aber das ist eine Geschichte für sich...

Außer Clothilde und Méo, der Katze, bekam in all diesen Jahren nur noch ein drittes Tier einen Namen, das war Amanda. Es war auch im Camp in den Bergen, und ich war lange nicht sicher, war Amanda nun ein Schwein oder ein Hund. Bernhard jedenfalls behauptete allen Ernstes, es sei eine Mischung zwischen beiden.

Dem Aussehen nach hatte Amanda tatsächlich Ähnlichkeit mit einem mageren Schwein. Benehmen tat – sie oder es? – sich wie ein Hund. Sie oder es sprang auf hohen Beinen herum, apportierte kleine

Stöcke, und wenn man pfiff oder den Namen rief, kam sie oder es sofort angerannt. Ich habe nie ein so gut gelauntes Tier gesehen wie Amanda.

Es gab zwei richtige Schweine in diesem Camp, die hatten eine Hütte, ihren Auslauf, aber Amanda lief frei herum, verschwand im Dschungel, kam zurück und schlief des Nachts vor unserer Hütte wie ein Hofhund. Wohin ich auch ging, sie oder es begleitete mich, sprang um einen herum, machte Kunststücke.

Ich hatte mich so an Amanda gewöhnt, daß ich Bernhard sagte, als es hieß, daß wir das Camp in den Bergen verlassen würden, am liebsten würde ich Amanda mitnehmen. Dann, eines Morgens, war Amanda verschwunden; ich konnte pfeifen, wie ich wollte. Wir hatten gerade unser Frühstück geholt, da hörten wir ein Schreien und Quietschen. Bernhard sah auf und sagte: „Das *war* Amanda." Ich wollte es nicht glauben. Ich kam in die Küche, und dort hing tatsächlich ein Schwein, ganz dünn und mager. Sie hatten wirklich Amanda geschlachtet.

Sie haben das Fleisch dann besonders präpariert mit Gewürzen und Salz, in Dosen gefüllt, und als wir das Camp verließen, bekam jeder von uns eine Dose mit auf den Weg. Da sagte Bernhard: „Siehst du, jetzt nimmst du Amanda doch noch mit."

SCHMECKT IHNEN DAS GEMÜSE?
B. D.

IM MÄRZ wurde das Wetter endlich besser. Wir brauchten des Nachts nicht mehr unser Feuer zu unterhalten. Das dauernde Heranschleppen von Holz fiel weg; es blieb wenig zu tun. Ich half jetzt meistens in der Küche, um eine Beschäftigung zu haben.

Ich saß vor der Küche in der Sonne und schälte Calla-Blätter. Das waren die Blätter einer Staude, aus denen die Vietnamesen Gemüse zubereiteten – allerdings nicht für uns, obwohl davon genug in dieser Gegend wuchs.

Ich saß dort, als ein Pfiff ertönte, immer das Zeichen, daß jemand die Stufen zu unserem Camp heraufkam. Das geschah so oft, daß ich die beiden Männer, die dann auch erschienen, nicht weiter beachtete; außerdem waren meine Augen in der letzten Zeit immer schlechter geworden, in die Ferne sah ich nicht mehr gut. So erkannte ich den einen von beiden erst, als er direkt vor mir stand, in seinem schwarzen Anzug mit den aufgenähten Taschen und seinen über den Ohren abgescherten Haaren, Huong, der Dolmetscher aus dem Camp der Amerikaner.

Ich war so überrascht, daß ich unwillkürlich aufstand und Huong die Hand entgegenstreckte, denn hier im Camp in den Bergen war ein Händedruck üblich geworden. Aber Huongs Mund verzog sich nur noch etwas schiefer, und er übersah meine Hand.

Er sagte auf englisch: „Guten Tag! Wie geht es Ihnen?"

Ich antwortete nicht. Ich setzte mich und fuhr mit meiner Arbeit fort.

„Es freut mich, Sie zu sehen!" sagte Huong. „Man behandelt Sie hier gut? Sie haben wenig an zu Hause gedacht? Sie sehen viel besser aus als früher. Ich sehe, die Politik der Menschlichkeit und Milde des vietnamesischen Volkes zeigt ihre Wirkung."

Er hatte sich weiß Gott nicht geändert, dieser Huong.

Er sagte: „Ich sehe, Sie betätigen sich. Wie schmeckt Ihnen das Gemüse?"

„Das kann ich Ihnen nicht sagen."

„Sie können nicht sagen, daß es Ihnen gut schmeckt?"

„Calla-Gemüse gibt es für uns nicht", sagte ich, „das gibt es nur für Vietnamesen und die Schweine."

Er starrte mich an aus Augen, die plötzlich kalt und gehässig waren. „Ich sehe, Sie haben immer noch nicht gelernt, daß Sie ein Gefangener sind. Ich bedaure das. Ich bin hierhergekommen, um Ihnen eine gute Nachricht zu bringen. Ich weiß nicht, ob ich den Weg nicht vergeblich gemacht habe. Wir werden sehen. Was Ihnen fehlt, sind ein paar Tage Unterricht. Wir werden heute nachmittag mit der Diskussion beginnen. Ich hoffe, Sie werden sehr aufmerksam sein. Es wird sehr viel davon abhängen für Sie."

Was hatte das zu bedeuten? Huong, der einen Zwei-Tage-Marsch auf sich nahm, nur um uns „Unterricht" zu geben? Und seine Bemerkung? Ich hatte immer die Hoffnung gehabt, daß dieses unser letztes Lager sein würde, daß man uns bald entlassen werde. Es gab sogar, wie mir schien, sichere Anzeichen dafür, daß dies nicht nur eine unbegründete Hoffnung war. Anfang Dezember war ein Vietnamese über die Stufen in unser Camp heraufgekommen, der zu den Wachen

des Camps der Amerikaner gehörte. Von diesem Mann hatte ich
erfahren, daß im September, gar nicht lange nach unserem Weggang,
drei Amerikaner aus dem Camp – darunter unser Willie, der Neger –
nach Hause entlassen worden waren. Sie hatten einen politischen
Kurs von fünf Tagen mitgemacht, hatten ein Dokument unterzeichnet,
daß man sie gut behandelt hätte, daß man medizinisch ausgezeichnet
für sie gesorgt hätte, daß das Essen gut gewesen sei und daß sie nie
mißhandelt worden seien. Jedenfalls waren sie entlassen worden. War
Huong zu demselben Zweck hierhergekommen?

Ich kehrte in unsere Hütte zurück und berichtete Monika von
allem. Aber sie dämpfte meinen Optimismus. Sie erinnerte mich an
das, was Dr. Kuschner uns kurz vor dem Aufbruch gesagt hatte: daß
er nicht glaube, man werde uns entlassen, denn wir sollten bedenken, daß drei von uns gestorben seien und daß die Vietnamesen unter
allen Umständen versuchen würden, diese Tatsache vor der Öffentlichkeit zu verheimlichen!

„Dann hätten sie die drei Amerikaner auch nicht entlassen dürfen",
sagte ich, „denn sie haben ja auch alles mitbekommen und werden
sicher darüber berichten." Und ich erinnerte sie an die Briefe, die
wir beide Mitte November hatten nach Hause schreiben dürfen. Auch
dem stand eine andere Tatsache gegenüber: Dr. Kuschner und einigen
anderen amerikanischen Gefangenen hatte man ebenfalls erlaubt, zu
schreiben – und dann hatten sie durch einen Zufall ihre Briefe Wochen später in der Müllgrube neben der Küche wiedergefunden. Aber
so ging es die ganze Zeit – diese Waage zwischen Hoffnung und
Ernüchterung, die sich dauernd hob und senkte; mal war die
eine Schale oben, mal die andere ...

ICH KONNTE den Nachmittag kaum erwarten. Sie hatten eine der
Hütten provisorisch hergerichtet, mit einem Tisch in der Mitte für
Huong und seinen Begleiter, der eine Art Protokollführer war. Er
schrieb jedenfalls unaufhörlich.

Und dann kamen die alten Phrasen, wiederholten sich die „Diskus-
sionen", die Huong mit uns schon im Camp der Amerikaner geführt
hatte.

Das alles sollte fünf Tage dauern, begann am Morgen um sechs
Uhr, ging bis elf, dann wieder von zwei bis fünf Uhr. Ich hörte schon
gar nicht mehr hin, sondern klammerte mich an den Gedanken, daß

die drei Amerikaner nach einem solchen Fünf-Tage-Kurs entlassen worden waren.

Dann, am letzten Tag, fragte Huong plötzlich: „Waren Sie schon einmal in Nordvietnam?"

„Nein."

Huong lächelte sein falsches Lächeln. „Haben Sie Interesse, nach Nordvietnam zu gehen?"

„Ich habe Interesse daran, nach Hause zu gehen", antwortete ich, „gleich über welchen Weg und gleich wie lange."

„Sie glauben also, wir werden Sie entlassen?"

Ich gab ihm mit steinernem Gesicht die Antwort, die er von mir erwartete: „Ich vertraue auf die Milde und Güte des vietnamesischen Volkes, wie man sie uns so oft gezeigt hat." Wir sahen uns an. Wir wußten beide, was wir dachten, aber ihm genügte der Triumph, daß ich das ausgesprochen hatte.

„Sie haben endlich dazugelernt", sagte er. Und nach einer Pause: „Wir können Sie nicht den Amerikanern oder der Armee von Saigon übergeben. Verstehen Sie das?"

Ich sagte, daß ich es verstünde.

„Wir könnten Sie nach Nordvietnam bringen und von dort entlassen."

„Wann wird das sein?" fragte ich.

Huong erhob sich. „Ich werde mir überlegen, ob ich Ihre Entlassung befürworten kann. Sie sollten sich jedenfalls vorbereiten. Es ist ein weiter Weg."

Am Nachmittag verließen Huong und sein Begleiter das Camp. Was war mit der Schale der Hoffnung? War sie ganz oben? Ich sah Huong nach, bis schließlich seine abstehenden Haare hinter der Bergkuppe verschwanden. Jemand berührte mich an der Schulter. Es war ein Vietnamese, den wir „Künstler" nannten, weil er die Haare länger trug als die anderen und eine große Fertigkeit darin hatte, Körbe zu flechten und allerlei Dinge aus Bambus zu basteln. Er hielt die beiden Reissäcke in den Händen oder das, was er daraus gemacht hatte: Er hatte sie auseinandergeschnitten und neu zusammengenäht, so daß sich zwei Schläuche von je einem Meter Länge ergaben, daran waren die Schnüre über Kreuz so angebracht, daß man das Ganze wie einen Rucksack auf dem Rücken tragen konnte.

Er winkte mir, mitzukommen. Wir gingen zur Küche. Dort lag ein

Haufen Steine, und er begann, die Rucksäcke damit zu füllen. Er sagte: „Das ist zum Training für Sie beide. Sie werden das Training brauchen. Das wird ein langer Marsch in den Norden . . .“

„MONSIEUR“

B. D.

IN DEN nächsten vierzehn Tagen trainierten wir mit dem „Reisrucksack“ voller Steine. Ich war ganz besessen, als könnte ich damit unsere Entlassung erzwingen oder beschleunigen.

Manchmal kam mir der Gedanke, das alles könne nur eine Schikane sein, aber da gab es schließlich noch andere gute Anzeichen. Das Essen wurde plötzlich besser; während der zwei Wochen unseres Trainings bekamen wir zum erstenmal zusätzlich zu unserer üblichen Ration Fleisch. Es mußte also etwas Entscheidendes bevorstehen, und am Spätnachmittag des 31. März traf dann „Monsieur“ in unserem Camp ein.

Wir hatten gerade eine Nachmittagsrunde beendet, als die Gruppe eintraf. Es waren vier Mann, und daß es sich bei einem davon um einen hohen Funktionär handelte, daran gab es keinen Zweifel für mich. „Monsieur“ – wir erfuhren seinen Namen nie, und so nannten wir ihn so, weil er französisch sprach – kam mit eigenem Dolmetscher und zwei Leibwachen, die sein gesamtes Gepäck trugen, die ihm im Camp sein ganz besonderes Essen kochten, ihm Feuer für seine Zigaretten reichten.

Es dämmerte bereits, und ich dachte, ist er vielleicht gar nicht wegen uns hergekommen, als der Dolmetscher auf uns zukam und uns aufforderte, ihm zu folgen. Er führte uns zu jener Hütte, in der uns Huong seine Fünf-Tage-Kur verabreicht hatte. Jetzt saß „Monsieur“ hinter dem Tisch, seine beiden Leibwachen hinter ihm, immer auf dem Sprung, ihm seine Zigaretten anzuzünden. Auch der Campleiter war da. Lächelte er? Meine Hoffnungen stiegen.

Wir nahmen „Monsieur“ gegenüber an dem Tisch Platz. Zu meiner Rechten bemerkte ich einen anderen Tisch, und darauf lagen unsere beiden Reisrucksäcke, die wir nach dem Training immer abzugeben hatten. Davor standen zweimal ein Pfund Zucker, zwei kleine Büchsen Pudermilch mit französischer Aufschrift und zwei der Dosen, in denen man Monikas geliebtes Schwein eingepökelt hatte.

Der Dolmetscher erklärte, „Monsieur" sei ein *officier majeur,* der *chef du departement* –, aber zunächst gab es noch einmal eine Unterbrechung. „Monsieur" hatte an Monikas Oberarmen die beiden verschmutzten und uralten Verbände entdeckt, mit denen sie die nie ausgeheilten Spritzenabszesse verbunden hatte. „Monsieur" gab einen Befehl, wir warteten, dann kam der Y Si des Lagers angerannt. Mit Zornesfalten auf der Stirn schrie „Monsieur" ihn an, der Y Si lief mit hochrotem Kopf davon, kam wieder, hatte plötzlich einen sauberen Streifen Mull. Während er eine Penicillintablette zerdrückte, das Pulver auf die Wunden streute und zwei neue Verbände anlegte, rauchte „Monsieur".

Danach begann er zu sprechen. Der Dolmetscher übersetzte seine Worte ins Englische. „Es tut mir leid", sagte „Monsieur", „daß Ihre Gefangenschaft so lange dauerte. Sie waren Fremde, und viele Fremde sind unsere Feinde, und so mußten wir untersuchen, ob Sie nicht Spione waren. Wir haben Ihre Aussagen nachgeprüft. Wir mußten feststellen, daß Ihre Aussagen wahr sind, daß Sie Mitglieder einer medizinischen Organisation und als Krankenpfleger tätig waren. Wir haben daher beschlossen, Sie nach Deutschland zu entlassen."

Was redet er noch weiter, dachte ich. Laß uns sofort losmarschieren. Laß uns Tag und Nacht marschieren, ohne Pause. Laß uns laufen, ohne zu essen, ohne anzuhalten. Ich blickte Monika triumphierend an, aber ihr Gesicht war verschlossen wie immer.

„Es tut uns leid, daß drei Ihrer Freunde nicht mehr nach Hause zurückkehren können", fuhr „Monsieur" fort. „Wir haben alles getan, um diese Leute durchzubringen, aber Sie wissen, daß unsere Mittel hier im Dschungel beschränkt sind. Abgesehen davon, daß Ihre Freunde bereits mit einer Krankheit behaftet in die Gefangenschaft gekommen sein müssen. Ich habe dazu den Bericht des Y Sis vorliegen, der diese Tatsache einwandfrei bestätigt." Der Dolmetscher schob uns ein Schriftstück hin, dazu einen Federhalter.

Das Dokument war in vietnamesisch abgefaßt. Niemand machte Anstalten, uns seinen Inhalt zu übersetzen. Ich war entschlossen, alles zu unterschreiben, was man mir vorlegte, wenn ich dafür die Freiheit bekam. Ich drückte Monika den Federhalter in die Hand. „Mach jetzt keine Geschichten!" sagte ich so natürlich wie möglich und sicher, daß mich keiner verstand. Sie setzte ihre Unterschrift auf ihr Protokoll, und ich unterzeichnete das meine.

„Monsieur" drückte seine Zigarette aus. Er lehnte sich weit in seinen Stuhl zurück. Seine Stimme bekam etwas Offizielles, aber es war der schönste Satz der Welt: *Von jetzt an sind Sie entlassen!* Und der Dolmetscher fuhr fort zu übersetzen: „Das vietnamesische Volk gibt Ihnen die Freiheit zurück. Sie werden in Ihre Heimat und zu Ihren Familien zurückkehren."

„Monsieur" deutete auf den Tisch mit den Rucksäcken. „Sie werden von hier aus nach Nordvietnam laufen müssen. Die ersten zehn Tage werden beschwerlich sein, aber dann werden Sie an eine Straße kommen und den Rest des Weges in Autos zurücklegen. Man wird Sie nach Hanoi bringen und Ihnen dort ein Flugzeug zur Verfügung stellen, das Sie in die Heimat zurückbringt. Haben Sie noch Fragen?"

Ich hatte nur eine Frage. „Wann werden wir aufbrechen?"

„Morgen früh. Sie werden drei Begleiter erhalten, die mit Ihnen in den Norden gehen. Wenn Sie Wünsche haben, können Sie diese Herrn Bô vorbringen; er wird Ihre Gruppe anführen."

„Monsieur" erhob sich. Wir wollten aufstehen, aber er winkte ab, wir sollten sitzen bleiben. Dann brachten sie Tee, „Monsieur" bot uns von seinen Zigaretten an. Wir rauchten und tranken Tee, es war, als seien wir niemals von ihnen als Feinde behandelt worden . . .

Wir gingen dann zu unserer Hütte zurück. Wir hatten unsere Rucksäcke mitbekommen und die Sachen, die wirklich unsere Marschverpflegung waren, den Zucker, die Pudermilch, die Dose Fleisch. Der Rucksack war ganz federleicht auf meinem Rücken. Ich glaube, ich habe gesungen, als ich meinen Rucksack packte.

Monika war ruhig. „Er hat wirklich gesagt, wir sind entlassen?" fragte sie. „Hast du mal daran gedacht, was für ein Datum morgen ist? Morgen ist der 1. April. Kennst du das nicht, einen in den April schicken . . ."

Aber mir konnte sie die Stimmung nicht verderben. Ich hätte sie am liebsten gepackt und wäre mit ihr durch den Raum getanzt.

HERR BÔ UND DER LANGE MARSCH

B. D.

GEGEN 7 Uhr brachen wir auf. Es hatte in der Nacht geregnet, der Morgen war dunstig und feucht, aber was spielte das für eine Rolle. Ich trug die schwarze Pyjamahose und Georgs Malteserhemd. Monika hatte ihre weiße Pyjamahose angezogen und ihre Malteserbluse; das war sozusagen unsere Festkleidung.

Jeder trug seine eigenen Sachen in dem „Reisrucksack" auf dem Rücken, die Kleider zum Wechseln, die wenigen persönlichen Dinge, die Sonderrationen. Und dazu hatte jeder eine Reisration für fünfzehn Tage bekommen, die wir in einem langen Strumpf um den Hals trugen. Es war gut, daß wir fleißig trainiert hatten, denn das alles zusammen war ein ganz hübsches Gewicht.

Es ging in die Berge hinein. Der Dschungel war feucht. Bald plagten uns die Blutegel in unbeschreiblicher Weise. Man machte keine zehn Schritte und hatte sie an den Füßen und Händen. Endlich, gegen 10 Uhr, kam die Sonne heraus. Es wurde schnell heiß. Wir kletterten steil bergauf. Die Mittagspause war nur kurz, denn Wolken zogen sich zusammen, und in der Ferne donnerte und blitzte es. Wir machten keine weitere Pause mehr. Als wir dann hoch in den Bergen eine Siedlung erreichten, mußte ich an einem Baum stehenbleiben und mich vor Schwäche übergeben.

Wir waren durch den Regen, der unterwegs eingesetzt hatte, durchnäßt. Wir hängten unsere nassen Kleider in die Nähe der Feuerstelle. Anh Sinh, einer unserer Begleiter, bereitete das Essen. Wir aßen Reis, dazu von dem gesalzenen Fleisch, dann gab es Tee. Wir legten uns auf unsere Plastiktücher auf den Boden, deckten uns mit der „Reisdecke" und mit der Hängematte, die wir in unserem Gepäck hatten, zu, rückten ganz nahe zusammen, um uns gegenseitig zu wärmen. Das war unser erster Tag auf diesem Marsch.

UNSERE Begleitung bestand aus drei Männern. Der Leiter unserer kleinen Gruppe war Ong Bô, das heißt „Herr Bô". Er legte Wert darauf, so angesprochen zu werden, obwohl wir bald herausfanden, daß er Oberleutnant der nordvietnamesischen Armee war. Mit neunzehn

Jahren war er in den Krieg gezogen, jetzt war er einunddreißig, und dies war seine erste Rückkehr in den Norden, aus dem er stammte.

Bô war in eine schwarze Uniform gekleidet, und er trug das Koppel mit dem breiten, viereckigen Metallschloß mit dem Stern des Nordens, dazu jenen Hut aus Leinen, der bei den Vietkongs Wasserlilienhut heißt, weil der aus mehreren Schichten zusammengenähte und dadurch Wellen schlagende Rand ihn dieser Pflanze gleichen läßt. Bô war ein Einzelgänger, der tagsüber am liebsten allein der Gruppe voranging und abends für sich allein dasaß, seinen Hut wusch und so in Form brachte, daß die Krempe schön steif abstand, seine Pistole reinigte und eine Zigarette nach der anderen rauchte.

Der zweite Mann, der mit uns ging, das war der „Doktor". Er hatte für den Vietkong die letzten acht Jahre als Hilfsarzt gearbeitet und ging jetzt nach Hanoi zurück, um dort fertig zu studieren. Er war ein ewiger Spaßmacher; ob es bergauf oder bergab ging, ob es brütend heiß war oder regnete, immer war er es, der mit jedem schwätzte, der einmal vornweg lief, einmal hinten war und noch seine Späße machte, wenn keiner von uns mehr Puste hatte. Er war groß, hatte einen langen, dürren Körper, war aber muskulös und zäh.

Der dritte Mann, der mit uns ging, war ein Sergeant der nordvietnamesischen Armee, der sechs Jahre in Südvietnam gekämpft hatte und jetzt aufgrund seiner Verwundungen zu seiner Frau und zwei Kindern nach Nordvietnam zurückkehrte. Er war ein kleines Kerlchen, hieß Simh, aber sie nannten ihn Anh Simh, was soviel heißt wie „junger Mann Simh". Er war vierzig. Er, der kleinste und schwächlichste, hatte das meiste von allen zu tragen; neben seinen eigenen Sachen, den Kochutensilien, hatte er sich schon am ersten Tag auch noch die Reisration von Monika umgehängt. Außerdem war Anh Simh es, dem man die Dinge anvertraut hatte, die man uns bei der Gefangennahme abgenommen hatte: die Kameras, Uhren, unsere Ausweise, all das war bei unserem Abmarsch wieder aufgetaucht ...

DIESE ersten Tage unseres Marsches, da war einer wie der andere. Die Nächte verbrachten wir in den Hütten der Montagnards, der Bergbauern des Dschungels. Es waren feste Hütten, mit einem Dach aus Reisstroh, das auch den stärksten Wolkenbruch abhielt.

Es gab meistens zwei Feuerstellen, die unterhalten wurden. Es war so recht angenehm warm, trotz der kalten Nächte. Wenn ich dort lag, konnte ich die Montagnards um das Feuer sitzen sehen, wie sie ihre Pfeile für die Jagd der nächsten Tage herrichteten und wie sie immer wieder zu Monika und mir herübersahen. Wir waren für sie wie Menschen von einem anderen Stern.

Wir standen meist sehr früh auf. Wir aßen unser Frühstück, dasselbe, was wir auch mittags und abends aßen: Reis, das gesalzene Dosenfleisch, dazu tranken wir Tee oder abgekochtes Wasser mit etwas Zucker. Dann führte Ong Bô seine Verhandlungen mit einem der Montagnards, der uns an dem kommenden Tag führen sollte. Bezahlt wurde in Salz. Salz war das Allerwichtigste für diese Bergbewohner, die Währung dieses Dschungelgebietes, und dafür führten sie uns oft Abkürzungen, die uns schneller zu dem Hauptweg bringen sollten. Wir brauchten zehn Tage, um zu dem legendären Ho-Tschi-Minh-Pfad zu kommen.

Diese Straße stammte zum Teil noch aus der Zeit des französischen Indochina-Krieges, und über sie sollte der gesamte Nachschub für die Armeen im Süden fließen, Waffen und Munition, Lebensmittel und Medikamente, Truppen vor allem, über tausend Kilometer hinweg, von den Ausbildungszentren und Nachschublagern nördlich des 17. Breitengrades durch die Berge von Laos, die Regenwälder, bis hinunter zu dem Zipfel, mit dem Kambodscha an Südvietnam grenzt. Es war die Hauptschlagader, durch die immer frisches Blut dem Krieg zufloß, und dementsprechend flogen die Amerikaner ihre Angriffe. Aber auf mysteriöse Weise war der Pfad durch den Dschungel immer intakt geblieben.

Wir liefen auf einem schmalen Weg durch den dichten Wald, als wir plötzlich rechts unter uns einen steilen Abhang und dort unten die Straße sahen, drei bis vier Meter breit. In der Nacht zuvor hatten Bomber ihre Last über dem Tal abgeworfen, und die Bomben hatten einen zweifachen Effekt erzielt: Die gefällten Bäume hatten den Fahrweg blockiert, und einige hatten die Absperrung eines Flusses getroffen: die Straße war auf einer Länge von fast hundert Metern überschwemmt.

Aber überall waren sie schon wieder an der Arbeit, um die Straße wieder passierbar zu machen, mit Schaufeln, Spitzhacken, mit Schubkarren und vielen kleinen Körben, aber auch mit Schubraupen. Auch später sollten uns diese Arbeitskommandos immer wieder begegnen, die meisten alte Männer, viele Frauen, die da auf den steilsten Hän-

gen, den abschüssigsten Straßen wie ein Heer von Ameisen arbeiteten. In Wirklichkeit, das sahen wir bald, war es nicht eine Straße,
die da von Norden nach Süden lief, sondern eine große Ader mit vielen Verästelungen, Querverbindungen. Und wir begegneten jetzt auch
den ersten nordvietnamesischen Einheiten; Truppenkontingente in
grünen Uniformen, Transporteinheiten, schwer beladen mit Kisten,
mit Tragestangen, an denen Munitionskästen hingen; Fahrradkolon-
nen, die ihre hochbepackten Räder neben sich herschoben. Und immer
wieder liefen wir an Munitionslagern vorbei, die unter Zweigen getarnt waren. Wir hatten nach zehn Tagen den Ho-Tschi-Minh-Pfad
erreicht, aber davon, daß uns jetzt ein Auto mitnehmen würde, davon
war nicht die Rede . . .

WIR ÜBERNACHTETEN nicht mehr in den Hütten der Montagnards,
sondern in den Lagern am Rande des Ho-Tschi-Minh-Pfades. Es
mußte unzählige davon geben, um den Strom der Menschen, der von
Süden nach Norden und von Norden nach Süden floß, aufzunehmen,
und sie tauchten immer wie ein Wunder am Abend nach einem langen
Marsch plötzlich im Dschungel auf.

Man kam auf einen großen Hof, und rundherum waren Hütten,
die eigentlich nur aus Dächern und Balken bestanden. In der Mitte
dieses Hofes war eine Art Rampe aufgebaut, fast zwanzig Meter lang,
wo die Ankommenden zuerst einmal ihr Gepäck abstellten. Dann
suchte man sich einen Platz für die Nacht in den Hütten – die Balken,
auf denen die Dächer ruhten, dienten dazu, die Hängematten fest-
zubinden. Dann nahm man aus seinem Gepäck die Reisration für das
Abendessen, brachte sie in die Küche; meist kochten ein oder zwei
Vietnamesen dort für das ganze Lager. War der Reis fertig, dann
wurde ein Gong geschlagen. Die Leute holten ihre Ration, ihr abgekochtes Wasser und kehrten damit zu ihrer Hängematte zurück.

Wir kannten nun schon eine ganze Reihe von anderen Gruppen,
die mit uns in den Norden unterwegs waren. Gleich zu Beginn waren
wir auf eine Gruppe von zehn Kindern gestoßen. Jedes hatte seinen
eigenen kleinen Rucksack dabei. Ein alter Mann begleitete sie. Es
waren Kinder, die aus einem von Amerikanern besetzten Gebiet
stammten; sie hatten ihre Eltern verloren und wurden von dem alten
Mann die tausend Kilometer nach Nordvietnam geführt, um dort eine
Schul- und Berufsausbildung zu erhalten.

Wir waren nie allein, wenn wir morgens losgingen; oft waren wir Gruppen von fünfzig bis hundert Leuten. Der Weg war beschwerlich, es ging immer bergauf, bergab. Während der ersten Zeit regnete es viel. Der Boden war rutschig. Wir fielen oft hin. Eine Feldflasche Wasser mußte für den Tag reichen. Das Fleisch war längst gegessen, der Zucker und die Pulvermilch gingen zu Ende.

Wir hatten die Grenze nach Laos passiert, waren hoch in den Bergen. Es war eiskalt. Wir froren in unseren dünnen Kleidern. Meine Tennisschuhe hatten sich in Fetzen aufgelöst, ich hatte ein Paar chinesische Gummisandalen bekommen, während man Monika mit ein Paar Ho-Tschi-Minh-Sandalen ausgestattet hatte.

Wir mußten nun ganze Tage pausieren. Mir war ein Zehennagel abgebrochen, der Fuß eiterte. Monika hatte Fieber, erbrach, und sie sagte einmal: „Ich weiß nicht, stehe ich mit einem Bein schon im Grab?" Wir fielen abends erschöpft in unsere Hängematten und konnten dann meist doch nicht schlafen.

Vor allem wurde Monikas Fieber immer schlimmer. Morgens war es weg, abends, wenn der „Doktor" ihre Temperatur maß, hatte sie über neununddreißig Grad. Sie bekam von ihm Chinin. Wir waren jetzt schon fast einen Monat unterwegs. Ständig waren am Tag Flieger in der Luft, sie brausten oft ganz tief über uns hinweg und bombardierten Gebiete in der Nähe. Und noch immer hatten wir nichts von dem Auto gesehen, das uns nach Norden bringen sollte.

AN EINEM dieser Abende, gegen 6 Uhr, hatten wir am Hauptstrang des Ho-Tschi-Minh-Pfades Rast gemacht. Herr Bô hatte sich zur Straße hinunterbegeben, und plötzlich hörten wir Motorengeräusch, und ein Lastwagen fuhr aus einem unterirdischen Stollen auf die Straße hinaus.

Der Wagen war mit Zweigen getarnt. Als wir zur Straße hinunterstiegen, bemerkte ich in einem in den Berghang gegrabenen Bunker weitere Fahrzeuge. Ein Soldat mit einem Feldtelefon in der Hand verschwand in diesen Stollen. Schließlich kam er zurück und rief Ong Bô zu sich. Und dann erfuhren wir: Die Straße war frei, der Wagen würde uns in ein Dschungelhospital bringen; dort sollten wir mehrere Tage pausieren.

Bei Anbruch der Dunkelheit fuhren wir los. Wir saßen hinten auf der Ladefläche. Das Geschaukel war unbeschreiblich. Fuhren wir über

ein Schlagloch, und die Straße schien plötzlich nur noch aus Schlag-
löchern zu bestehen, dann hob man sich von der Ladefläche ab, um
ziemlich unsanft wieder darauf zurückzufallen. Am Wegrand standen
Posten mit Taschenlampen, die sofort signalisierten, wenn Flugzeuge
im Anflug waren. Wie der Fahrer bei diesem Höllentempo die engen
Kehren nicht verfehlte, blieb mir ein Rätsel, ebenso, wie es möglich
war, daß der Lastwagen sich nicht in seine Einzelteile auflöste. Aber
es war herrlich! Es war nach zwölf Monaten Gefangenschaft das erste
Auto! Und wir kamen vorwärts!

Um Mitternacht gab es den ersten Aufenthalt, um frisch aufzu-
tanken und Kühlwasser und Öl nachzufüllen. Während wir auf dem
ersten Teilstück unserer Nachtfahrt durch ein von Bombeneinschlägen
verwüstetes Gelände gekommen waren, in dem die Bäume und Sträucher beiderseits der Straße wie abrasiert waren, fuhren wir jetzt durch
dichten, unberührten Wald. Es war eine Vollmondnacht, und der
Fahrer, der gewechselt hatte, brauste mit noch größerer Geschwindigkeit über den Pfad nach Norden.

Gegen 4 Uhr morgens war die Fahrt für uns zu Ende. Wir stiegen
ab. Vietnamesen, die uns ganz offensichtlich erwartet hatten, standen
an der Straße. Wir liefen durch Wald. Langsam ging bereits die Sonne
auf. Wir sahen einen gut angelegten Weg, einen niedrigen Gartenzaun
aus Holz und dahinter Holzhütten, die aus Sicherheitsgründen fast
einen Meter tief in das Erdreich hineingebaut waren. Das war also das
Dschungelhospital.

Im Inneren war es sauber. Es gab Bettstellen aus Holz! Zwei junge
Vietnamesinnen im grünen OP-Kittel und mit Mundschutz brachten
uns ein Essen, wie wir es in der ganzen Zeit der Gefangenschaft
nicht mehr bekommen hatten: eine Hühnersuppe, Rührei, Calla-Gemüse, Bambusspitzen-Salat, Schnittbohnen und dazu schneeweißen ge-
kochten Reis. Wir konnten uns waschen. Wir bekamen frische Schlaf-
anzüge. Man gab uns Decken, heile Moskitonetze. Ich schlief zum
erstenmal seit über einem Jahr wieder richtig gut, ich schlief den Tag
und die Nacht bis in den Morgen hinein ...

AN DEN folgenden Tagen wurden wir untersucht. Es waren aus-
gebildete Ärzte, und sie machten es mit aller Gründlichkeit. Sie ma-
ßen Blutdruck, Puls, Temperatur, sie nahmen Blutproben, legten
Krankenblätter an. Mir selbst fehlte körperlich nicht viel, außer daß

ich schwach und heruntergekommen war; Monikas dauerndes Fieber
war besorgniserregender, sie hatte Anzeichen von Beriberi, und ihre
Malaria war nie richtig ausgeheilt.

Sie erholte sich langsam, nur langsam ging das Fieber herunter,
wurde ihr Blutdruck besser; aber wir mußten ja weiter, uns schwebte
die Freiheit vor Augen.

Ende April, Anfang Mai machten wir uns wieder auf den Weg.
Wir wußten nicht, daß noch einmal fast dreißig Tage Marsch vor uns
lagen. Es gab für uns keine Autos mehr, sondern wieder nur lange
Fußmärsche. Aber wir mußten jetzt nicht mehr die schweren Reis-
rationen mit uns schleppen, denn die Durchgangslager, die wir abends
aufsuchten, konnten schon von Norden aus mit Reis und Lebens-
mitteln beliefert werden. Auch war das Wetter besser, je weiter die
Jahreszeit fortschritt. Der Regen hörte ganz auf. Monika ging es weiter schlecht. Sie schleppte sich dahin. Wir froren nicht mehr, dafür
schwitzten wir nun den ganzen Tag. Aber es ist besser zu schwitzen
als zu frieren.

Und dann – es war schließlich unser Marsch in die Freiheit!

DAS GEWITTER

M. S.

ICH WEISS nicht, woran sie gemerkt hatte, daß wir den 17. Breiten-
grad überschritten hatten, ich sah nur, wie diese Frau sich auf den
Boden warf und die Erde küßte. Sie hatte uns ein langes Stück durch
den Dschungel begleitet, eine Vietnamesin mittleren Alters, die mit
ihren Kindern auf dem Weg in den Norden war. Wer weiß, was sie
im Süden durchgemacht hatte, daß sie so reagierte an diesem Tag!

„Wir haben es geschafft!" sagte Bernhard. „Jetzt sind es sicher nur
noch ein paar Tage, dann sind wir frei!"

In den vergangenen Wochen hatte der Gedanke an unsere Freilassung mir immer wieder Kraft gegeben. Ich sagte mir immer wieder – und wenn du auf allen vieren nach Hause kriechst, laß es dir
nicht anmerken, wie schlecht es dir geht. Jeder Schritt, den du langsamer gehst, jede Stunde, die du unnötig ausruhst, jeder Tag, den
ihr durch deine Schuld verliert, ist ein Tag, der von deiner Freiheit
abgeht. Aber als ich jetzt die Frau sah, die dort kniete, mit beiden

Händen in den Sand griff, ihn durch die Finger rinnen ließ, ganz so, als sei sie in ein gelobtes Land gekommen, und Bernhard sagte, so, jetzt hätten wir es geschafft, war mein Gedanke: Mein Gott, hoffentlich hast du recht, hoffentlich wirst du nicht schrecklich enttäuscht.

Kurze Zeit danach kamen wir in eines der Lager. Ich erbrach vor Fieber. Wir legten uns in unsere Hängematten, aber ich konnte nicht schlafen. Schon nach ein paar Stunden wurden wir rausgeholt. Der „Doktor" sagte, wir sollten sofort aufstehen, ein Lastwagen warte auf uns, der uns weiterbringen würde.

Bernhard war ganz aufgekratzt während der Fahrt. Ich dachte an die vielen Versprechungen, die man uns schon gemacht und dann nicht gehalten hatte. Ich habe versucht, während dieser Stunden auf dem Auto, mir vorzustellen, wie das sein würde. *Sie sind entlassen. Ein Flugzeug wird Sie nach Hause bringen.* In diesem Zustand? In diesen zerfetzten Kleidern? Ich stellte mir das Gesicht der Stewardeß vor, die Gesichter der anderen Passagiere.

Unsere drei Begleiter schienen mir plötzlich verändert; das Überschreiten des 17. Breitengrades hatte sie irgendwie verwandelt. Sie sprachen jetzt kaum noch mit uns. Sie rückten ein bißchen von uns ab. Und warum hatte dieser Oberleutnant Bô jetzt immer die Hand an seinem Koppel, dort wo die Waffe hing?

Wir fuhren die ganze Nacht. Wir hörten die Einschläge von Bomben in der Ferne. Es war noch dunkel, als der Wagen hielt. Wir befanden uns in der Nähe einer kleinen Stadt. Auch hier lagen viele Häuser in Trümmern. Der „Doktor" bedeutete uns, nicht zu sprechen, vor allem kein Englisch. Dieses Gebiet unmittelbar nördlich des 17. Breitengrades werde von den Amerikanern ständig besonders stark bombardiert, und deshalb habe die Bevölkerung einen entsprechend großen Haß.

Wir liefen zu Fuß weiter, bis wir zu einem kleinen Steinhaus kamen, das eine Art Ambulanzstation war. Eine alte Frau empfing uns. Es gab zwei Räume, wir bekamen den hinteren zugewiesen.

Wir sollten hier den Rest der Nacht und den folgenden Tag verbringen, und am Abend würden wir dann mit einem Auto weitergebracht. Den Weg am Tag fortzusetzen sei zu unsicher wegen der Bevölkerung.

Aber wir waren doch keine Amerikaner! Wir waren Deutsche. Und wir waren entlassen! Mit diesem Gedanken schlief ich ein . . .

ICH DÄMMERTE so dahin, bis ich den ohrenbetäubenden Lärm hörte. Es waren die Stimmen von Kindern, und ich dachte, ich träumte, ich sei in Da Nang, auf der Kinderstation des Hospitals, wo die Vietnamesen, die wir hochgepäppelt hatten, auf dem Hof vor unseren Fenstern auch immer einen schrecklichen Lärm machten.

Vor meinem Bett stand die alte Vietnamesin. Sie legte den Finger an den Mund; ich sollte still sein, mich nicht rühren. Ich hörte jetzt, daß der Lärm von draußen kam und daß es kein fröhliches Kindergeschrei war. Es hatte etwas Bedrohliches.

Es gab ein Fenster in dem Raum, und die alte Frau ging dort hin und spähte vorsichtig hinaus. Ich stand auf und trat zu ihr. Und dann sah ich auch die Kinder. Es war eine Gruppe von etwa zwanzig Jungen in schmutzigen und zerlumpten Kleidern, aber ich hatte nicht lange Zeit, sie mir anzusehen. Sie mußten mich, mein Gesicht, am Fenster entdeckt haben. Ihr Geschrei wurde noch wütender, und ich sah noch, wie sie sich bückten und nach Dreck und Steinen griffen. Ich wich zurück. Ein ganzer Hagel von ihren Geschossen traf das Haus, und einige flogen durch das offene Fenster in den Raum.

Ong Bô erschien in der Tür. Er war schrecklich nervös und schrie – er wolle, daß ich vom Fenster weggehe. Er war ganz weiß im Gesicht. Ich sah, daß er wirklich Angst hatte, und das erst machte auch mir Angst.

Es war schließlich die alte Frau, die, mit einem Stock bewaffnet, die Ambulanz verließ. Ich spähte ganz vorsichtig aus dem Fenster und sah, wie sie auf die Kinder losging, allein, wie sie links und rechts auf die Jungen einschlug, aber natürlich schaffte sie es nicht, diese Kinderhorde zu vertreiben. Die Kinder liefen schreiend ein paar Meter weg und kamen dann wieder zurück und warfen mit Dreck und Steinen.

So ging das den ganzen Tag. Unsere Begleiter hatten Holzläden vor die Fenster gelegt, nagelten sie regelrecht zu. Und ich dachte – warum in aller Welt hassen uns diese Kinder so? Ich hatte ihre Augen gesehen, voller Haß, und ich wußte, sie würden nicht zögern, uns zu töten. Aber daß es *Kinder* waren, darüber kam ich nicht hinweg, denn wegen dieser Kinder war ich in dieses Land gekommen, nächtelang hatte ich an den Betten solcher Kinder gesessen, es war das, was als einziges einen Sinn ergab in diesem sinnlosen Krieg, Kindern zu helfen ...

Es WAR jetzt nicht mehr die Rede davon, daß wir am Abend wei-
terfahren würden. Sie hatten die Kinder nicht vertreiben können, im
Gegenteil, es waren immer mehr geworden. Wir spürten, es ging
jetzt auch nicht mehr um uns allein, auch nicht darum, daß unsere
Begleiter ja für unsere Sicherheit verantwortlich waren – sie selber
hatten jetzt einfach Angst.

So brach die Nacht an. Wir zogen uns nicht aus. Die Tür wurde
verriegelt, die Fenster auch von innen verbarrikadiert. Es war Juni,
Hochsommer, und es war eine Bruthitze in den Räumen.

Ich legte mich unter mein Moskitonetz, aber an Schlaf war nicht
zu denken. Draußen war es jetzt ruhig, aber ich dachte, was machen
sie? Schleichen sie sich ganz leise an? Besorgen sie sich Waffen?
Handgranaten? Wir hatten die Tür zwischen den beiden Räumen auf-
gelassen, und ich sah Ong Bô auf seinem Bett sitzen, ganz vorne an
der Kante, die Pistole vor sich auf dem Schoß. So verging eine Stunde
nach der anderen. Ich hatte Angst, richtige Todesangst.

Am Morgen waren die Kinder wieder da. Ich hörte, wie sich unsere
drei Begleiter flüsternd besprachen. Sie hatten schon in aller Früh die
alte Frau weggeschickt, sie solle ein Auto herbeirufen und Soldaten,
die unseren Abzug deckten.

Die Soldaten kamen. Es war eine Gruppe von zwölf Mann, aber
ich hatte sofort das Gefühl, daß sie auf der Seite der Kinder standen.
Ong Bô verhandelte mit einem von ihnen. Die Verhandlung ging
offensichtlich nicht so, wie Ong Bô sich es vorgestellt hatte. Plötzlich
schrien die beiden sich an! Ich glaubte jetzt nicht mehr, daß wir aus
dieser Situation heil herauskommen würden. Es war wie ein Pulverfaß; es fehlte nur noch der Funke.

Der einzige, der kühlen Kopf behielt, war der „Doktor", der, von
dem ich es am wenigsten erwartet hätte. Er stand plötzlich da, riß
Bôs Waffe an sich und brüllte die anderen zusammen. Ich sah, daß
ihm der Schweiß nur so über das Gesicht lief, er war kreidebleich,
aber er brachte sie zur Besinnung mit der Waffe und seinen Worten.
Die Soldaten zogen sich zurück, und wir konnten zu einem wartenden
Lastwagen gehen. Wir saßen auf, der Wagen fuhr an, eine Weile
rannten uns noch die Kinder nach, schrien und bewarfen uns mit
Dreck, aber der Fahrer trat aufs Gas. Der „Doktor" war immer noch
bleich . . .

WIR FUHREN auch in den nächsten Tagen nur des Nachts. Wir nahmen keine anderen Flüchtlinge mit. Wir saßen allein mit unseren Begleitern auf der Ladefläche. Sie schwiegen, wenn wir fragten, wohin es ging. Vielleicht wußten sie es selber nicht. Nur eines war klar, daß es nach Norden ging, und auf den Straßenschildern glaubte Bernhard den Namen Hanoi zu erkennen.

Bernhard war ganz ruhig und zuversichtlich, eigentlich wie immer in den letzten Wochen, obwohl aus den zehn Tagen fast zwei Monate geworden waren. Er konnte auch schlafen, tagsüber, wenn wir Station machten, und selbst nachts auf dem rüttelnden Wagen.

So ging es weiter, zwei, drei Tage, ich weiß es nicht, in meiner Erinnerung sind es unendlich viele Stunden voller Hoffnung und Zweifel. Aber die Zweifel überwogen. Ich hatte Fieber, war übermüdet. Vielleicht lag es nur daran.

An dem dichter werdenden Verkehr merkte man, daß wir uns einer großen Stadt näherten. Wir dachten natürlich sofort an Hanoi.

Es war noch hell, als wir in die Stadt einfuhren. In der Ferne grollte ein Gewitter. Ich bemühte mich, durch die halbverhangenen Fenster des Sanitätsautos, in dem wir an diesem Tag fuhren, etwas zu sehen. Da sah ich eine Uhr, eine Standuhr auf einem Platz, ich sah die großen Zeiger, die Zeit, die sie anzeigte, ich starrte sie an, als sei sie ein Wunderwerk . . .

Und dann entlud sich das Gewitter direkt über uns. Wenn die Blitze aufzuckten, sah man flaches Land und Bäume, die sich im Wind tief herunterbogen. Wir hatten die Stadt wieder verlassen. Kein Haus weit und breit. Plötzlich trat der Fahrer auf die Bremse, als hätte er sein Ziel im letzten Augenblick erkannt. Dann erstarb der Motor. Ich sah und hörte nichts. Es war still bis auf den Regen. Auf einem Flugplatz müßte man doch Flugzeuge hören. Ich hörte Stimmen.

Die hintere Tür des Wagens wurde aufgerissen. Es regnete und blitzte, und vor meinen Augen tanzten die Lichter von Taschenlampen. Ein Mann sagte etwas in Vietnamesisch.

Der „Doktor" stieß mich an. Ich sah, daß Ong Bô und Anh Simh den Wagen bereits verlassen hatten. Der „Doktor" deutete auf meinen Rucksack, auf die Bastmatte, die man uns statt der Hängematten gegeben hatte, um nachts darauf zu schlafen; er sagte nichts dazu, lächelte mich so komisch an, verlegen, entschuldigend, und deutete auf die Sachen, als wolle er mich darauf aufmerksam machen, sie nicht zurückzulassen. Wozu brauchte ich noch diesen schäbigen Rucksack und die Bastmatte? Was sollte ich damit in einem Flugzeug?

Ich sah unsere drei Begleiter weggehen durch den Regen, der „Doktor" drehte sich noch einmal um, aber dann versperrte eine Gestalt mir den Blick. Ein Mund, den ich nicht sah, sagte: „Get out!" Wir hatten diesen Ton lange nicht mehr gehört, und wir hatten lange keine Gewehre mehr gesehen, die auf uns gerichtet waren. „Get out!" schrie der Mann, als wir nicht sofort reagierten.

Ich nahm meinen Rucksack, rollte meine Bastmatte zusammen und nahm sie unter den Arm. Ich stieg aus. Ich sah einen langen Bau mit winzigen Löchern. Diese Löcher sollten Fenster sein. Es war ein Gefängnis. Ich sah nach Bernhard. Der stand wie erschlagen da, auch er mit dem Rucksack und der Bastmatte in der Hand, so, als wolle er nicht glauben, was er sah.

Unsere drei Begleiter waren verschwunden. Nur Fremde waren um uns, Männer in Regenmänteln, mit Helmen. Und Waffen. Ich spürte einen Stoß in meinen Rücken. Ich wollte mich nach Bernhard umwenden, aber sie trieben mich schon fort. Ich spürte jetzt erst, daß ich in der kurzen Zeit vom Regen bis auf die Haut naß geworden war.

Es ging an dem großen, langen Gefängnisbau vorbei. Ich erkannte eine Reihe kleiner, viereckiger Steinbauten. Einer der Männer machte eine Tür auf. Ich sah ein schwaches, rötliches Licht von einer nackten Birne. Ich bekam einen Stoß, ich taumelte in den Raum, und hinter mir ging die Tür zu, und dann kam ein Geräusch, das neu war in meiner Gefangenschaft und vielleicht deshalb so grausam: Zwei Eisenstangen wurden von außen vorgeschoben, durch zwei Halter, so daß Eisen an Eisen knirschte . . .

Der Raum war quadratisch, winzig klein, einen Schritt von der Tür, dann stieß man gegen die Pritsche, ein paar Bretter, niedrig über dem Boden. Ein Eimer stand am Boden. Ein kleiner schwarzer Kasten hing an der Wand, ein Lautsprecher. Die einzelne Birne. Das war alles. Der Boden war aus grauem Beton, und so grau wie der Boden waren auch die Wände, rauh verputzt. Ein Fenster gab es nicht.

Draußen war Geflüster, ein Laufen, hin und her. In der Nähe wiederholte sich das Geräusch, das die Eisenstangen machten, wenn sie durch ihre Scharniere geschoben wurden.

Und dann hörte ich Bernhard schreien! Ich hörte, wie er gegen das

Holz der Tür schlug, mit den Fäusten dagegenschlug, mit den Füßen dagegentrat, und ich dachte: Jetzt haben sie dich doch reingelegt...

Wieviel schlimmer war dies alles für Bernhard, der so fest daran geglaubt hatte, daß sie ihr Wort halten würden. Ich war fast dankbar in diesem Augenblick für meine Zweifel, die mich vor *dem* bewahrten.

Dann wurde es sehr still. Ich stand immer noch an der Tür, hatte mich nicht gerührt. Draußen kamen Schritte näher. Jemand schob eine Klappe auf. Ich sah ein Gesicht. „You sleep!" sagte eine Stimme. „You sleep!"

Wie sie sich das vorstellten. Ich setzte mich an den Rand der Pritsche. Das Licht ging aus. Das Gewitter war abgezogen, nur in der Ferne hörte man noch das Donnergrollen. Ich fing an zu weinen. Ich legte mich erst gar nicht hin. Ich saß dort den Rest der Nacht und weinte.

BAO CAO

B. D.

Es IST das erstemal, daß ich den Begriff Zeit vollkommen verloren habe. Das Datum weiß ich, es ist der 4. Juni, der 404. Tag meiner Gefangenschaft, aber ich weiß nicht, ob die Sonne schon aufgegangen ist. Es ist dunkel in der Zelle. Eine Dunkelzelle. Das Wort allein hat etwas Schreckliches.

An diesem Tag solltest du frei sein, aber sie haben dich in eine Dunkelzelle gesperrt – etwas anderes kann ich nicht denken in diesem Augenblick. Ich will nichts anderes denken. Ich will es mir einprägen, ganz fest, daß ich nie mehr vergeblich hoffe.

Dann höre ich Schritte. Sie halten vor meiner Tür. Sie schieben die Eisenstangen beiseite. Zwei Soldaten mit Gewehren fordern mich auf, herauszukommen. Selbst mit geschlossenen Augen blendet mich das Licht. Als ich ihnen folge, sehe ich zum erstenmal die kleinen Steinhäuser von außen, viereckige Betonklötze, halb in die Erde gebaut, und alle ohne Fenster. Ich sehe Monika nicht.

Die Soldaten führen mich einen schmalen Weg zu einer Mauer. Ein schmaler Einlaß. Dahinter liegt ein weiterer Gefängnishof, das große, langgestreckte Gebäude, das ich am Abend zuvor gesehen habe.

Wir gehen durch den Eingang, Treppen hinauf, einen langen Gang entlang. Wir warten vor einer Tür, der Soldat geht hinein, ich höre Stimmen, dann kommt er wieder, er bedeutet mir mit dem Gewehr, daß ich eintreten soll.

Hinter einem langen Tisch an der Stirnseite des Raumes sitzen mehrere Vietnamesen; ich zähle acht. Vor dem Tisch stehen zwei Hocker. Der in der Mitte sitzende Campleiter zeigt darauf: „Sit down! Wie geht es Ihnen?" Wie immer wird das Gespräch in Englisch geführt. Ich habe ihn gut verstanden, aber ich kann nicht antworten.

„Haben Sie gut geschlafen?"

Erwartete er wirklich, daß ich etwas darauf sagte?

„Ihr Name ist Bernhard Diehl, und Sie sind am 27. April des vergangenen Jahres gefangengenommen worden. Sie haben für die Amerikaner gekämpft."

Ging das wirklich alles wieder von vorne los? „Nein, ich habe nicht für die Amerikaner gekämpft. Ich bin Krankenpfleger."

Hinter mir geht die Türe auf. Monika wird hereingebracht. Sie nimmt neben mir auf dem zweiten Hocker Platz.

„Wie geht es Ihnen?"

Die Frage gilt Monika, und ich bemerke, daß sie lächelt.

„Sie haben mit den Amerikanern gekämpft?"

„Sagen Sie mir, warum wir nicht entlassen werden."

Ich halte es nicht mehr aus. Ich erhebe mich. Ich höre hinter mir, daß die Wachen ihre Gewehre entsichern. Ich sage, was ich zu sagen habe. „Wir sind entlassen worden! Man hat uns gesagt, daß wir in den Norden gebracht werden und daß wir von Hanoi mit dem Flugzeug nach Hause geflogen werden. Mit welchem Recht halten Sie uns jetzt wieder fest? Man hat uns versprochen..."

Der Vietnamese winkt ab. „Wir werden die Frage prüfen. Sie werden warten, bis man an höherer Stelle eine Entscheidung getroffen hat. Es wird seine Zeit brauchen", er lächelt wie einstudiert, „und diese Zeit werden Sie vorläufig bei uns verbringen."

WIR NANNTEN dieses Camp Bao Cao. Was das bedeutete, die Erklärung bekamen wir gleich an diesem ersten Morgen.

„Sie werden sich an die Campregeln halten", sagte der Campleiter, „und die wichtigste Regel lautet: Höflichkeit! Wann immer Sie mit

jemandem reden, wann immer Sie etwas wollen, sagen Sie ‚Bao Cao'."
Ich fragte ihn, was das heiße.

Er wies mich darauf hin, daß ich bereits unhöflich gewesen sei.
Ich hätte zu sagen: *Ich möchte bitte* wissen, was dieses Wort heißt.
Ich möchte bitte mich waschen. *Ich möchte bitte* mein Essen in Empfang nehmen. Das bedeutet Bao Cao, und jeder Gefangene habe sich daran zu halten.

Ich hatte immer noch gestanden, ich setzte mich jetzt. Er schrie mich an, ich hätte ihn erst zu bitten, wenn ich mich setzen wolle. Ich stand wieder auf. Von neuem ging das Geschrei los, ich hätte ihn zu bitten, ob ich mich erheben dürfe.

Er rief die Wachen. „Abführen!" Und als ich mich umwandte, schrie er, ich hätte die Wachen zu bitten, daß sie mich abführten...

Dann sitze ich wieder auf der Pritsche in meiner Dunkelzelle. Die Stunden vergehen, man merkt es nicht. In der Zelle ist es drückend heiß. Die Luft steht. Ich schwitze. Ich kann nicht schlafen. Irgendwann werden die Eisenstangen fortgezogen. Die Sonne blendet. Man bringt das Essen. Aber ich mach schon wieder etwas falsch. Ich werde darauf hingewiesen: Wenn die Tür oder die kleine Luke darin sich öffnet, habe ich sofort aufzustehen, eine tiefe Verbeugung zu machen und zu bitten, daß man mir mein Essen gibt. Und: Man hat nicht von sich aus zu reden, man wartet, bis man angesprochen wird. Wenn man spricht, so redet man im Flüsterton.

Plötzlich ist meine Zelle erfüllt mit Lärm. Erst jetzt bemerke ich den kleinen in die Wand eingebauten Lautsprecher. Nachrichten werden übertragen, Propagandasendungen in Englisch. In der leeren Zelle dröhnt der Lautsprecher, ich kann kaum etwas verstehen. Ich liege auf meiner Pritsche und denke, das wenigstens verbindet dich mit Monika, sie wird in diesem Augenblick dasselbe hören.

Schritte, die Türluke geht auf, ich stehe auf, mache meine Verbeugung. Aber der Vietnamese ist damit nicht zufrieden. Er deutet auf den Lautsprecher: „Sie haben während der Nachrichten nicht zu liegen! Sie haben auf Ihrem Bett zu sitzen und zuzuhören!"

Ich sitze also in Zukunft auf meinem Bett und höre dreimal am Tag die Sendungen der *Voice of Vietnam Radio*.

Dunkelheit. Neue Stunden, die sich nicht zählen lassen. Die Türe, die sich öffnet. Verbeugung. Ich bitte, mein Essen entgegennehmen zu dürfen, den Aluminiumteller mit gekochtem Kürbis und das Stück

Brot, zwei kleine Becher Wasser, meine Ration für einen halben Tag. Es gibt nur zwei Mahlzeiten am Tag; man hat fünf Minuten Zeit, seinen Teller zu leeren. Die Zeit reicht gut aus. Der Wachsoldat kommt zurück, und ich bitte ihn, den Teller zurückreichen zu dürfen. Wie schnell man sich daran gewöhnt.

Kurz nach dem Essen geht die Luke auf. Der Posten reicht mir eine Zigarette herein. Als ich nach den Streichhölzern greifen will – ich halte die Zigarette in der linken Hand und will mit der rechten nach den Streichhölzern zu greifen –, ist der Posten ganz entsetzt. Er schüttelt den Kopf, stürzt davon. Ich stehe da mit meiner Zigarette, ohne Feuer.

Es vergehen ein paar Minuten, dann kommen sie zurück, der Posten und ein höherer Funktionär. Die Tür geht auf, und der Vietnamese schreit mich an: „Sie haben keine Disziplin! Sie haben keine Erziehung! Sie wollen wohl aufmucken?" Wenn man mir ein Streichholz – oder was immer – reicht, so habe ich das mit *beiden Händen* entgegenzunehmen! Ebenso habe ich die Schachtel mit *beiden Händen* zurückzugeben! „Wir werden Ihnen schon beibringen, höflich zu sein!"

Aber ich lerne in den nächsten Tagen noch mehr. Ich hatte in meiner Zelle für mich ein Gedicht aufgesagt; ich wollte wenigstens meine Stimme hören.

Da geht schon wieder die Klapptür auf, und der Funktionär fragt mit finsterem Gesicht, was ich da vor mich hinspräche.

„Ich sage ein Gedicht auf."

„Was für ein Gedicht?"

„Ein deutsches Gedicht, das ich in der Schule gelernt habe."

„Ein westdeutsches Gedicht?"

War Goethe ein Westdeutscher? Eigentlich hatte er lange genug in Weimar gelebt. Ich riskiere es und sage: „Ein ostdeutsches Gedicht."

Er stutzt einen Augenblick, ist verärgert und sagt dann: „Sie wissen, daß Sie nicht laut sprechen dürfen! Richten Sie sich danach."

Und er klärt mich gleich weiter auf. Gefangene klopfen nicht gegen die Wände. Gefangene führen keine Selbstgespräche. Gefangene singen nicht in ihrer Zelle.

Dann bin ich wieder allein. Ich sitze im Dunkeln. Ich weiß nichts von Monika. Und ich denke, was warst du für ein Narr. Du wirst verrückt. Wenn du nicht etwas tust, wirst du hier verrückt ...

DER FIEBERKÖNIG

B. D.

DIE STIMMEN waren immer da, und viele, viele fremde Gesichter, die sich über mich beugten. Kalter Schweiß stand mir auf der Stirn. Ich hatte brennenden Durst. Wo war ich? Wer waren sie? Warum trugen sie weiße Kittel? Ich versuchte, mich aufzurichten. Die Stimmen wurden lauter, dann hörte ich lange nichts mehr. Als ich wieder zu Bewußtsein kam, standen sie schon wieder alle in meiner Zelle. Ich fragte: „Was ist mit mir?"

Einer der Männer sagte auf englisch: „Sie waren sehr krank. Aber Sie haben das Schlimmste überstanden."

Ich blickte auf den Mann; er hielt eine Spritze in der Hand. Ich versuchte, den Kopf zu heben. „Was habe ich?"

„Vermutlich Malaria."

Sie verließen meine Zelle; ich hörte, wie ein Schlüssel gedreht wurde, und falle in einen tiefen Schlaf.

Das Geräusch des Schlüssels – daran erinnerte ich mich sofort, als ich erwachte. Nein, ich hatte mich nicht getäuscht, ein Schloß befand sich an der Zellentür. Durch ein schmales vergittertes Fenster fiel Licht in die Zelle. Licht! Sie hatten mich aus meiner Dunkelzelle herausgeholt. Ich blickte mich um – eine fremde Zelle, und im ersten Augenblick glaubte ich, sie nie gesehen zu haben, aber dann setzt die Erinnerung ein, Bruchstücke fügen sich zusammen... Ich bin in einem anderen Lager...

Es ist Nacht, als sie uns aus den Dunkelzellen holen... Ich habe kaum Zeit, meine Sachen zusammenzuraffen... Sie bringen mich zu einem Jeep... Monika ist auch da. Vier Mann bewachen uns... Wir fahren durch die Nacht, durch eine große Stadt... Hanoi? Eine asphaltierte Straße, Straßenbahnschienen... Wir sind wieder aus der Stadt heraus, holprige Straßen, eine halbe Stunde lang... Eine lange Mauer, ein Tor mit einem pagodenförmigen Dach... Wachtürme... Lange Zellenblocks... Monika und ich werden getrennt, jeder in eine andere Richtung abgeführt.

Und dann?

Die Erinnerung wird immer klarer. Verhöre! Sie verhören mich

sechs Tage; die alten Fragen. Keine Spur von Entlassung. Die Enttäuschung, und dann weiß ich nichts mehr ... Ich richtete mich
langsam auf. Ich wunderte mich, daß ich es konnte. Das also war
mein neues Gefängnis – eine Zelle, zweimal zwei Meter fünfzig, kahle
Wände. Eine Tür aus Holz, mit einer Klappe, die jetzt verschlossen
war. Darüber ein Fenster, vergittert mit Eisenstäben, aber offen, so
daß Licht und Luft hereinkamen. Eine Holzpritsche, auf der ich liege,
ein Toilettenkübel.

Von draußen kamen Schritte näher. Die Tür wurde aufgesperrt.
Und dann starrten sie mich an, wie einen vom Tode Auferstandenen.
Sah ich wirklich so schlimm aus?

Er war einer der Männer, die immer mit dem Arzt gekommen
waren; ich erinnerte mich an ihn, weil er einen goldenen Siegelring
trug. Er war einer der Dolmetscher von K 77, wie das Lager hieß,
und ich gab ihm später den Namen „Sonny Boy", wegen seines strahlenden Lächelns.

Sonny Boy lächelte auch jetzt. „Wissen Sie, daß man Sie schon
aufgegeben hatte?"

„Was für ein Datum haben wir heute?"

„Den 4. August", sagte er.

Am 4. Juni 1970 waren wir im Lager Bao Cao eingetroffen, das
wußte ich. „Seit wann bin ich hier?"

„Seit dem 11. Juni." Wieder grinste er breit. „Wissen Sie, daß Sie
jetzt der Fieberkönig sind? Sie haben sie alle geschlagen! Sie hatten
41,9, und das ist absoluter Rekord hier im Lager."

Ich fragte ihn nach Monika. Ich fragte, ob man mir erlauben würde,
sie zu sehen.

Sein Lächeln erstarb, und er antwortete, die Campregeln sähen
nicht vor, daß Gefangene sich sehen dürften.

In den nächsten Tagen flaute die Malaria langsam ab; die Temperatur wurde normal. Alle vierzehn Tage bekam ich einen leichten Rück-
fall, der ein paar Tage dauerte, mit Schüttelfrost. Dann bekam ich
Spritzen, und ich erhielt vierzehn Tage lang jeden Tag eine Zitrone.
Das Essen sonst war schlecht. Am Morgen gab es ein Stück Brot, ein
Löffelchen Zucker und abgekochtes Wasser. Mittags und abends gab
es eine dünne Kürbissuppe. Ich kam nur aus der Zelle, wenn die
Wachen mich zum Waschen an den Brunnen führten und wenn ich
den Toiletteneimer hinausstellte auf den Hof vor meine Zelle.

Dieser Hof war nicht größer als die Zelle, und von einer Mauer umgeben, drei Meter hoch und oben mit Stacheldraht bestückt. Manchmal sperrte man mich hinaus in diesen Hof; für eine oder zwei Stunden konnte man dann in der Sonne sitzen.

Eigentlich ging es mir hier nicht schlechter als im Süden, in den Dschungelcamps, oder? Und doch war die Situation vollkommen verändert. Dort war ich immer mit Monika zusammen gewesen, mit den anderen Gefangenen. Hier war man in Einzelhaft, in einer Zelle, die mit drei Schritten abzumessen war, in einem Hof, wo man nur die hohen Mauern anstarren konnte, die einen immer wieder daran erinnerten, daß man nichts war als ein gefangenes Tier.

In dem Camp in den Bergen, auf dem Marsch in den Norden, hatte man sich, so schien es mir jetzt, wie in Freiheit bewegen können. Im Grunde hatten unsere Bewacher dieselben Strapazen mitgemacht. Hier dagegen bewachten einen Männer, die gepflegt aussahen, die einem erzählten, daß sie über das Wochenende nach Hanoi fahren würden. Man spürte die Nähe einer großen Stadt, die Nähe von vielen Menschen, und doch war man weiter weg von Menschen denn je.

Im Dschungel, da war die erste und einzige Frage gewesen: Wie überlebst du? Hier fragte ich mich: Wie wirst du nicht verrückt in dieser Einsamkeit?

Ich besann mich auf all die Dinge, die ich in der Schule gelernt hatte. Ich lief in der Zelle hin und her und deklamierte Verse vor mich hin. Ich rief mir die chemischen Elemente ins Gedächtnis zurück, ihre Einteilung, Schmelzpunkt, Wertigkeit, elektrochemischer Charakter, Ordnung nach steigendem Atomgewicht, Aufteilung nach dem periodischen System. K Gruppe 2, L Gruppe 8, M Gruppe 18 ... das ließ sich wochenlang variieren. Aber das Wichtigste war, ich mußte sehen, daß ich an Bücher herankam, an Schreibpapier, an Tinte.

Meine ganze Hoffnung dabei war Sonny Boy. Er war eines Tages erschienen und hatte gefragt, ob ich bereit sei, ihm Deutschunterricht zu geben. Das war die Gelegenheit, auf die ich gewartet hatte. Ich machte ihm klar, daß *wir* dazu Schreibpapier bräuchten, Tinte, damit ich ihm Übungen aufschreiben könne. Ich bekam braune Bogen DIN-A-4-Papier, Tinte und Federhalter. Und ich bekam zu lesen. Es begann damit, daß ich das Nachrichtenblatt der VNA bekam, der *Vietnamese News Agency;* eine besonders für die amerikanischen Gefangenen gedruckte Schrift. Es gab weiter den *Vietnam Kurier*, eine Propagandazeitung, die eigentlich zur Verteilung im Ausland gedacht war. Und es gab plötzlich Bücher, Lenins Werke, die Werke von Mao, die gesammelten Werke des Ho Tschi Minh.

Ich konnte lesen! Ich lernte ganze Kapitel auswendig und sagte sie her. Ich konnte mir, mit Papier und Tinte, ein englisch-deutsches Wörterbuch herstellen, das schließlich einmal zweitausend Wörter umfassen sollte.

Ich übertrug Marx, Engels und Hegel in Alexandriner. Und ich schrieb eigene Gedichte – sechstausend Zeilen in zwei Jahren – alles, um meinen Geist zu trainieren.

Übrigens waren meine Versuche, Sonny Boy Deutsch zu lehren, bald fehlgeschlagen. Ich erinnere mich, wir saßen draußen im Hof, und ich hatte mit dem Satz begonnen: „Ich bin bereit, Sie in Deutsch zu unterrichten."

Ich übersetzte den Satz für ihn ins Englische, da sprang er auf, lief an die Holztür, um nachzusehen, ob uns auch niemand zugehört habe, und kam dann sichtlich wütend zurück. „Das können Sie nicht zu mir sagen!"

Ich verstand nicht, was los war. Was konnte ich nicht sagen? *To teach you German!* Das sei unmöglich! Ich, der Gefangene, könne ihm unmöglich etwas lehren, beibringen! Wenn das jemand höre! Das sei nicht höflich, nicht respektvoll einem Beamten gegenüber. Ich hätte zu sagen, ich sei bereit, *to help you understand German,* ihm *zu helfen,* Deutsch zu verstehen. *To teach* sei eine unmögliche Ausdrucksweise!

Von dem Augenblick an nahm sein Ehrgeiz, Deutsch zu lernen, schnell ab. Ich mußte ihm *helfen* zu sagen: „Guten Morgen", „Guten Abend", „Wie geht es Ihnen", „Ich bin ein höherer Beamter". Als er das gelernt hatte, war er zufrieden.

Aber wenn ich um Papier und Tinte für die Übungen bat, die Deutschstunden, die jetzt immer ausfielen, dann bekam ich beides ...

TRAUMHÄUSER

M. S.

DER UMMAUERTE Hof, der zu meiner Zelle gehörte, war früher einmal mit Fliesen ausgelegt gewesen. Es waren noch Reste davon da,
weiße, hell- und dunkelgraue mit einem kleinen Muster, und ich hatte
sie gesammelt, in verschiedene Stöße aufgestapelt und versucht, damit
Häuser zu bauen. Alles andere hatte man mir abgelehnt, Bücher,
Schreibzeug.

Zuerst hatte ich richtige Häuser gebaut, mit den Fliesen, mit Holz-
teilen, mit dem Sand; ich merkte aber bald, daß meine Häuser viel
größer und schöner wurden, wenn ich mich einfach in den Hof setzte,
eine große Fläche Sand mit den Händen glattstrich, ein Bambusstäb-
chen nahm und den Grundriß aufzeichnete. Aber selbst mit den
Grundrissen war das so eine Sache. Mein Bruder ist Hochbauinge-
nieur, und ich merkte, daß er mir dauernd über die Schulter sah und
etwas auszusetzen hatte. Er hatte Bedenken wegen der Tragfähigkeit
von Decken, wegen der Statik. Ich beachtete keine Fluchtlinien und
Bauvorschriften; er war immer da und hemmte mich und korrigierte
mich, so wie es eben ein größerer Bruder mit seiner jüngeren Schwester tut. So baute ich nur noch in meiner Phantasie.

Von da an ging es wunderbar. Ich baute hemmungslos, tage-,
wochen-, monatelang. Ich brauchte nicht mal mehr den Hof dazu,
jetzt genügte auch die Zelle.

Zuerst baute ich alle die Häuser nach, die ich kannte, das Haus,
in dem mein Bruder lebte, meine Verwandten. Dann bekam ich Auf-
träge, die Häuser umzubauen, einen Wintergarten hinzuzufügen, den
Dachstock auszubauen. Aber dann wurde ich kühner, ich baute eigene
Häuser, und das beste war, ich nahm nur Bauaufträge an, bei denen
ich auch selber die Einrichtung übernahm.

Eigentlich war mir das Einrichten noch lieber als das Bauen. Dazu
mußte man weite Reisen unternehmen, um wirklich etwas Besonderes zu finden, ein besonderes Bild, eine Holzverkleidung, einen
Gobelin für die Eingangshalle, am besten im blauen Grundton . . .

An den Tagen, wenn die Wirklichkeit wiederkam, wenn die Zel-
lendecke mir auf den Kopf zu fallen schien, an solchen Tagen blieb

mir nichts, als zu beten. Ich betete dann, wie ein Mensch in seiner
Not nur beten kann. Ich habe wirklich gezweifelt, daß es ihn gibt,
diesen Herrgott, von dem sie alle sprechen. Ich lag da in meiner
Zelle und sagte ihm: Wenn ich schon gefangen bin, warum kannst
du mir diese Tage nicht ein wenig erleichtern? Ich komme hier wirklich um meinen Verstand! Es ist furchtbar, einen Menschen wie ein
Tier einzusperren und ihm nichts zu tun zu geben. Die einzige Antwort, die Gott mir dann gab, war, daß er mich beruhigte – daß ich
betete und wirklich ruhiger wurde . . .

So VERGING die Zeit. Ich baute hin und wieder noch meine Traumhäuser, aber wenn man an Gott zweifelt, stürzen sie zusammen, noch
ehe sie fertig sind. An Schlaf war nicht zu denken, man dämmerte
dahin, ob es Tag oder Nacht war. Zweimal kamen die Wärter und
brachten das Essen. Einmal leerte man seinen Toiletteneimer aus.
Einmal bekam ich ein Stück Stoff, Schere, Faden und Nadel, und ich
durfte mir eine Bluse nähen, aber als ich darum bat, mich für Kinder
Kleider nähen zu lassen, wurde das abgelehnt. Der Sommer verging,
der Herbst, der Winter kam. Im Januar wurde ich in eine neue Zelle
verlegt.

Der Hof, der dazu gehörte, hatte einen Baum, von einem Mäuer-
chen umgeben. Wenn ich den Hocker dort hinaufstellte, konnte ich
den Stacheldraht oben auf der Mauer abbiegen, und so habe ich mir
ein Kreuz gemacht, das Kreuz aus Holz und den Herrgott aus Stacheldraht.

Im Hof sah es aus wie auf einem Müllplatz, Scherben und Abfall,
Schmutzhaufen lagen herum, und überall wucherte das Unkraut. Jetzt
hatte ich wenigstens wieder eine Zeitlang etwas zu tun. Ich räumte
nach und nach den Hof auf, nur mit meinen Händen. Ich wühlte den
ganzen Tag im Dreck herum. Ich legte ein Beet an, ich zog Unkraut.
Einer der *turn-keys*, wie die Amerikaner sie getauft hatten, der
Schlüsseldreher, die die Zellen auf- und zuschlossen, hatte die An-
gewohnheit, in meinem Hof die Kerne von Melonen auszuspucken; ich
sammelte sie, säte sie aus und zog mir kleine Pflänzchen. Mitte Januar
bekam ich von einem der *turn-keys* einen Pfefferstock geschenkt, und
ich hab ihn liebevoll großgezogen; er bekam schöne herzförmige Blätter und schöne Blüten, aber ich meinte es besonders gut und goß ihn
zuviel, so daß er keine Früchte bekam . . .

Ein neues Jahr hatte begonnen, 1971, das dritte Jahr unserer Gefangenschaft. Ich dachte: Ein Jahr warst du im Süden im Dschungel, ein Jahr im Norden, ich bin gespannt, was jetzt geschieht. Irgend etwas mußte geschehen. So ging es nicht weiter. Zwei Jahre Gefangenschaft, vierundzwanzig Monate, 731 Tage meines Lebens, und es ist kein Ende abzusehen.

Nicht, daß ich mich töten wollte. Das brauchte es nicht. Ich mußte mich ja nur in meine Zelle legen, nichts mehr essen, dann würde ich auch so sterben. War es nicht das Beste, was mir geschehen konnte, der Tod? Nur der Tod konnte noch eine Überraschung sein. Das Leben? War das noch ein Leben, eine Welt, in der ich nicht einmal mehr an die Häuser glauben konnte, die ich mir erträumte . . .

ZWEI HERREN AUS SACHSEN

M. S.

DIE HOLZTÜRE ging auf, und der *turn-key* stand da mit seinem großen Schlüsselbund und rief: „An Com! – Essen!" Ich lag auf meiner Pritsche und rührte mich nicht. Er kam in die Zelle, trat an mein Bett und wiederholte, fast flehend: „An Com!" Und ich sagte, weil ich ihn an der Stimme erkannte: „Toô Com An! – Ich esse nicht!"

Es tat mir leid, daß es ausgerechnet ihn traf, denn er hatte mir den Pfefferbaum geschenkt. Er war ein Mann von fünfzig, wie er mir gesagt hatte, aber ich hatte ihn für mich *ba cham* getauft, Vater Hundert, denn wirklich sah er wie ein Hundertjähriger aus, wenn er so gebückt ging, und auch jetzt, wie er dort stand, mit seinem faltigen, ledernen Gesicht. Ganz unglücklich war er, spielte mit seinem Schlüsselbund und sagte noch einmal: „An Com?" Dann drehte er sich um, gebeugt, sperrte hinter mir zu.

Ich wußte, was geschehen würde, und ich brauchte nicht lange zu warten. Sie kamen diesmal gleich zu dritt, der Direktor an der Spitze mit seiner Himmelfahrtsnase und den Geheimratsecken. Er lächelte ganz siegesbewußt. Ich konnte es ertragen, wenn sie mich anschrien, aber wie immer, wenn ein Vietnamese lächelte, hatte ich Angst.

Ich wollte nicht essen? Ich hätte kein Recht, das Essen zu verweigern! Ich hätte die Campregeln zu befolgen. Er gebe mir den Befehl

zu essen, jetzt sofort! Ich gab ihm darauf keine Antwort. Ich drehte
mich zur Wand um und schwieg.

Seltsamerweise fing er nicht an zu schreien und zu drohen. Er
sagte, ich solle nur meine Wünsche äußern, er würde alle erfüllen.
Ich wußte längst, daß sie einem alles versprachen, um einen weich-
zumachen. Aber ich dachte, versuchen kannst du es. Ich verlangte
Papier und Tinte.

Wozu ich das wolle? Ich sagte, ich wolle eine Eingabe machen, ich
wolle hören, was man mir vorwerfe. Ich wolle vor ein Gericht. Ich
wolle, daß mein Fall entschieden werde, so oder so.

„Sie bekommen Papier und Tinte. Sie können Ihre Eingabe
machen. Ich werde sie weiterleiten. Ich werde dafür sorgen, daß Ihr
Fall entschieden wird. Ich verspreche es. Werden Sie jetzt essen?"

„Nein", sagte ich. „Ich glaube nichts von dem, was Sie gesagt
haben."

Ich setzte meinen Hungerstreik fort. Ich bekam wirklich, gleich
am ersten Tag, Papier und Tinte. Ich schrieb meine Eingabe. Ich
verlangte unsere Freilassung oder ein sofortiges Verfahren vor einem
neutralen Gericht, die Erlaubnis, nach Hause schreiben und Briefe
empfangen zu dürfen. Eine ausreichende medizinische Versorgung.
Aber ich erhoffte nichts.

Einige Tage später – ich rührte immer noch kein Essen an – sperrte
einer der turn-keys die Zelle auf, er sagte, ich bekäme Besuch. Eine
Vietnamesin kam herein, lächelnd und sehr freundlich.

Es war immer ein großer Wunsch von mir gewesen, daß einmal
eine Frau kommen möge, mit der ich reden konnte. Ich bot ihr den
Hocker an. Die Verständigung war zuerst schwer, denn sie sprach nur
ein klein bißchen Französisch und ein paar Worte Englisch, aber mit
Zeichen und Gesten kam eine Unterhaltung zustande.

So viel verstand ich, daß sie Krankenschwester sei, achtundzwanzig
Jahre, seit fünf Jahren verheiratet. Ihr Mann sei seit vier Jahren tot;
er war in Südvietnam auf der Seite des Vietkong gefallen.

Warum war sie dann in diesem Lager, eine Gefangene?

Sie habe in Hanoi in einem Hospital gearbeitet. Sie habe dort, aus
der Not heraus, Vitamine und Medikamente gestohlen, für Angehö-
rige ihrer Familie. Sie sei dabei erwischt worden und habe dafür zwei
Jahre Gefängnis bekommen.

Inzwischen war es 11 Uhr geworden. Das Essen wurde gebracht;

obwohl ich es nicht anrührte, stellten sie es mir jeden Tag weiter in die Zelle. Es war eine Wache, die ich nie zuvor gesehen hatte, und mir fiel auf, daß die Vietnamesin recht vertraulich mit ihm sprach. Sie sagte mir hinterher, das wäre ein Freund von ihr, ich dürfe das niemandem verraten. Aber ich war mißtrauisch geworden, und ich sah sie mir genauer an. Sie trug ganz neue Wäsche, ganz weiß; wie konnte eine Gefangene weiße Wäsche haben? Mit dem schmutzigen Wasser, das wir immer zum Waschen bekamen, immer voller Dreck und Tiere? Ich sah, daß sie gekämmt war, woher hatte eine Gefangene einen Kamm? Und sie hatte ihre Augenbrauen gezupft! Ich nahm Papier und Tinte und zeichnete eine Pinzette auf. Sie erklärte mir, das heiße *dip* auf vietnamesisch. Ich fragte sie, ob sie mir ihre Pinzette leihe. Sie sagte, sie habe keine. Wie konnte sie dann ihre Augenbrauen frisch gezupft haben?

Wenig später ertappte ich sie bei einer neuen Lüge. Sie erzählte, sie habe mit neunzehn geheiratet; ja, wieso, dachte ich . . . fünf Jahre verheiratet, und jetzt ist sie achtundzwanzig. Sie hatte ihre Geschichte schlecht gelernt! Am Nachmittag, als sie sich verabschiedete, sagte sie, sie hoffe, in wenigen Tagen entlassen zu werden; ich solle einen Brief schreiben, sie werde ihn hinausschmuggeln und dafür sorgen, daß er nach Deutschland komme. Da wußte ich vollends Bescheid, daß sie ein Spitzel war.

Sie kam auch die nächsten Tage wieder. Sie war weiter sehr nett, und sie drängte mich weiter, daß ich einen Brief schreiben solle. Sie brachte mir Bonbons mit, sie besorgte mir Buntstifte, damit ich Bilder malen konnte; ich malte ihr einen Rosenzweig, denn Rosen sind meine Lieblingsblumen. Es war schon traurig; da hatte ich endlich jemanden, mit dem ich sprechen konnte, und nun mußte ich mir jedes Wort zweimal überlegen. Ich schrieb den Brief nicht. Aber ich brach den Hungerstreik nach acht Tagen ab, weil ich einfach nicht genug Willenskraft mehr aufbrachte.

Mein Hungerstreik hatte noch eine zweite Folge. Der Herr Direktor bemühte sich höchstpersönlich. Er kam plötzlich und völlig überraschend, und es hieß, ich solle meine blaue Bluse, die ich mir genäht hatte, anziehen.

Ich wurde in die Villa der vietnamesischen Beamten geführt, das erste richtige Haus, das ich wieder sah, und kam in einen Raum, der durch einen Vorhang abgeteilt war, hinter dem ein Bett stand. Es gab einen breiten Tisch, eine Fahne an der Wand, einen Ventilator an der Decke. Aber das nahm ich kaum wahr zuerst, denn hinter dem Tisch saßen zwischen zwei Vietnamesen – zwei Weiße! Ich war völlig überrumpelt.

Sie hatten blaue Augen, der eine helle, der andere dunkelblonde Haare. Der eine war hager, der andere ein Fettkoloß. Der eine sagte: „Nehmen Sie schon Platz", und der andere meinte: „Wie Sie hören, sind wir der deutschen Sprache mächtig." Sie sächselten beide.

Ich hatte alle Hoffnungen abgeschrieben bis auf eine, die ich monatelang in mir aufgebaut hatte, seitdem ich wußte, daß es in Hanoi eine ostdeutsche Botschaft gab. Ich hatte einmal darum gebeten, mir doch deutsche Bücher zu besorgen, aber man hatte mir darauf geantwortet, die Beziehungen zu der Botschaft der Ostdeutschen in Hanoi seien nicht die besten! Ja, ich hatte daraufhin schon Pläne geschmiedet, wie ich es anstellen könnte, aus dem Lager zu fliehen, um dort in der Botschaft Hilfe zu suchen. Ich traute mir zu, aus dem Lager hinauszukommen. Bis Hanoi konnten es nicht mehr als dreißig Kilometer sein, die konnte man gut in einer Nacht laufen. Aber dann? Wie findet man eine Botschaft, wenn man niemanden fragen kann? Wer immer die beiden Männer waren, sie waren Deutsche, und ich hatte plötzlich eine ganz unsinnige Hoffnung ...

„Nu hören Sie mal zu", sagte der Hagere, „also als erstes möchte ich mal feststellen, Hungerstreik, das gibt es nicht! Und Proteste noch weniger! Also, haben wir uns da verstanden! Unterlassen Sie derlei Dinge in Zukunft! Solche Fisimatenten nützen Ihnen gar nichts! Im Gegenteil. Damit schaden Sie sich nur. Und nun beantworten Sie uns mal schön ein paar Fragen ..."

Mein ganzes schönes Kartenhaus brach zusammen. Ich wußte, daß ich wieder etwas vergeblich erhofft hatte.

Sie wollten nun auch wieder all das wissen, was ich immer wieder gefragt worden war, nur daß sie noch genauer waren. Ich sagte ja und nein, und dann sagte ich nichts mehr. Sie rauchten nervös, zündeten sich eine Zigarette an, machten ein paar Züge, drückten sie wieder aus. Der Dicke fing an zu schreien, aber damit erreichten sie das genaue Gegenteil bei mir. Sie unterbrachen die „Verhandlung". Man brachte mich in meine Zelle zurück. Aber sie holten mich wieder. Später erfuhr ich von Bernhard, daß sie es mit ihm genauso gemacht hatten.

Ich weiß nicht, was ich beim zweitenmal antwortete. Ich hatte viele Verhöre überstanden, aber dies war das schlimmste, einfach, weil es in Deutsch geführt wurde, *in unserer gemeinsamen Sprache!* Einmal habe ich versucht, sie daran zu erinnern, daß wir doch gemeinsam Deutsche seien. Worauf sie beide im Chor sagten: „Gemeinsam ist gar nichts bei uns. Nicht mal die Sprache ist mehr dieselbe!" Sie waren für mich schlimmer als die Vietnamesen.

Von da an konnte ich sie nicht mal mehr ansehen. Ich hab auf die Fahne gestarrt, die dort an der Wand hing, über dem Bett des Direktors. Das Tuch war alt und verwaschen, die Stickerei verblichen, das untere Ende hing in Fetzen; sie sah aus wie die Fahne eines Regiments, einer kämpfenden Truppe. Haßte der Direktor diesen Posten hier im Gefängnis, und dachte er, wenn er unter seiner Fahne schlief, zurück an die Zeit, da er keine Gefangenen bewacht, sondern Gefangene gemacht hatte? Aber was ging das mich an! Nein, ich wollte sie nicht verstehen, sie, die mich auch nicht verstanden ...

Ich hörte den Dicken schreien. Ich müsse ihnen schon antworten, wenn sie meinen Fall wohlwollend weiterleiten sollten. Und dann stellte sich heraus, daß sie nur darauf aus waren, von mir eine Stellungnahme gegen den „schmutzigen Krieg der US-Aggressoren" zu erhalten!

Ich konnte nicht mehr. Ich zitterte am ganzen Körper. Mir wurde schlecht; es blieb ihnen nichts übrig, als mich in meine Zelle zurückzubringen; vor der Tür sackte ich zusammen.

Am anderen Tag sperrten sie die Vietnamesin noch einmal in meine Zelle. Sie wußte genau Bescheid. Sie versuchte, mich zu trösten; was ich denn hätte, die beiden Deutschen meinten es doch nur gut mit mir. Und sie fing noch einmal an von dem Brief, den sie für mich aus dem Lager schmuggeln werde.

Diesmal gab ich das Versteckspielen auf. Ich sagte ihr, sie werde nie einen Brief von mir bekommen, denn ich sei überzeugt, daß sie ihn sofort abliefern würde. Ihre Reaktion war überraschend. Sie lachte und war plötzlich ganz heiter und sagte, daß sie ganz erleichtert sei, daß sie mich nicht zu verraten brauche.

Was für ein Volk war das? Anstatt es zu begreifen, verstand ich es immer weniger. Ein Spitzel, der sich freute, daß er einen nicht zu verraten braucht. Ein *turn-key,* der traurig war, wenn man nichts aß. Ich kam mir verloren vor in einer Welt, die nicht zu verstehen war. Woran konnte man sich noch klammern?

DANN geschah etwas Seltsames, eigentlich nur eine Winzigkeit, die mir wieder Mut gab. Eine der Zellen in meinem Block war neu belegt worden, denn an einem dieser Tage hörte ich zum erstenmal das Pfeifen. Es war immer die gleiche Melodie, die der Gefangene in seinem Hof pfiff, ein paar Takte aus *My Fair Lady*.

Es mußte ein Amerikaner sein, und ich dachte mir, wenn ich ihn doch nur einmal sehen könnte, denn sein Pfeifen klang immer so fröhlich und lustig.

Aber er lag nicht in der Zelle nebenan, sondern in der übernächsten, eine Zelle lag dazwischen, in der niemand war; und ich überlegte mir die ganze Zeit, wie stellst du es an, daß du diesen Amerikaner einmal siehst. Eines Tages sah ich, daß der *turn-key* vergessen hatte, die Holztür zum Nebenhof abzuschließen. Ich wartete, bis ich das Pfeifen hörte, dann nahm ich meinen Hocker und lief in den anderen Hof. Ich stellte ihn vor die Tür. Oben war ein Spalt, durch den man hindurchsehen konnte.

Er stand da, an dem Wassertrog im Hof, mit nacktem Oberkörper, und rasierte sich gerade. Ich hatte mir einen jungen Mann vorgestellt; was ich sah, war ein lebendes Skelett. Man sah jede einzelne Rippe und die weit herausstehenden Schlüsselbeinknochen. Seine Haarstoppeln waren grau. Und als er sich umwandte, so, als spüre er, daß ich ihn beobachtete, sah ich sein Gesicht, grau und eingefallen, die Augen in tiefen Höhlen ... und doch pfiff er auch jetzt vor sich hin, und es klang wirklich ganz lustig und fröhlich.

Ich dachte, sieh ihn dir gut an. Wer weiß, wie lange *er* schon gefangen ist, wer weiß, was *er* durchgemacht hat.

Seither ging es mir immer gleich besser, bekam ich neuen Mut, wenn ich hörte, wie er seine Melodie pfiff – *My Fair Lady*. Ich war nicht allein!

FRACHTEN UND HEISSE FRACHTEN
B. D.

ICH SASS draußen im Zellenhof. Es war Abend, die Sonne kam kaum noch über die drei Meter hohe Mauer. Da hörte ich ein kurzes Pochen an der Holztür, die zur Nachbarzelle führte. Im gleichen Augenblick sah ich den Zettel, der durch den oberen Spalt hindurchgeschoben wurde. Ich sprang auf, nahm ihn an mich und hatte gerade noch Zeit, ihn in den Saum meiner Pyjamahose zu schieben, als die andere Tür, die in den Gefängnishof führte, aufgeschlossen wurde. Meine Zeit war um, und der *turn-key* brachte mich in meine Zelle zurück. Ich stand da, mit meinem Zettel, mit Herzklopfen; es war die erste schriftliche Nachricht, die ich von jemandem in diesem Lager erhielt, die erste nach einem Jahr im Camp K 77, und schon dieser erste Kontakt wäre beinahe schiefgegangen, und das hätte, wie ich später erfahren sollte, drei Monate Einzelhaft unter verschärften Bedingungen bedeutet.

Ich wartete, bis alles still war. Dann schaute ich meinen Zettel an, winzige Buchstaben auf Toilettenpapier. Auf englisch stand dort: Wir sind Amerikaner. Zunächst keine Namen. Wir haben von Dir gehört. Wenn Du antwortest, würden wir uns freuen. Wenn nicht, ist das auch o. k. Sei vorsichtig. Benütze das Papier dazu, wofür es gedacht ist.

Ich lag auf meiner Pritsche und hütete den Zettel wie eine Kostbarkeit. Seit einigen Tagen war ich innerhalb des Camps verlegt worden.

In der Sektion A, in der ich bisher meine Zelle gehabt hatte, war ein Kontakt mit den amerikanischen Gefangenen praktisch unmöglich gewesen. Sie hatten entweder jede angrenzende Zelle leer gelassen oder mit einem Vietnamesen belegt. Dies war Sektion C, Zelle 1, und ich hatte nebenan schon manchmal Stimmen gehört. Zelle 2 mußte eine Gemeinschaftszelle sein; ich hatte eine tiefe, sonore Baßstimme heraushören können und eine weiche hohe Fistelstimme, die, so wenigstens meinte ich, Zahlen hersagte – eine Stimme, die ich nie vergessen sollte, auch nicht den Mann, dem sie gehörte. Aber in dieser Nacht las ich nur meinen Zettel, immer und immer wieder. Was für eine Frage, ob ich ihnen antworten wollte!

Ich konnte kaum den nächsten Tag erwarten. Ich hatte Glück. Am Nachmittag durfte ich wieder in meinen Hof, was ziemlich ungewöhnlich war, zwei Tage hintereinander. Ich saß dort und formulierte in Gedanken meinen Antwortbrief; ich hatte ihn noch nicht geschrieben, weil ich nicht damit gerechnet hatte, schon wieder in den Hof zu kommen. Ich hörte ein leises *ssst,* direkt über mir. Ich blickte auf. Ich sah ihn dann, ein Gesicht über der Mauer, hinter dem Stacheldraht, ein kahl geschorener Kopf, große, abstehende Ohren, ein Mund, der breit lächelte und die Zähne zeigte.

Ich sprang auf, Schweiß auf der Stirn, starrte den Amerikaner an, zog mir dann das Wasserfaß heran, stieg hinauf, und es gelang mir wirklich, seine Hand zu fassen ... Es ist unbeschreiblich, was es bedeutete für mich in diesem Augenblick, jemandem die Hand zu geben, der mein Schicksal teilte. Es dauerte nur Sekunden. Ich flüsterte: „Go back!" Denn ich hatte gleichzeitig Angst, weil ich wußte, daß man uns beobachten konnte.

Da war diese andere Holztüre, die auf den Gefängnishof hinausging, und sie hatte einen großen Spalt in der Mitte. Die Wachen hatten es sich angewöhnt, wenn sie meine Tür passierten, immer einen Blick in meinen Hof zu werfen, und das konnte jederzeit geschehen. Die Tür war ein Problem. Es mußte gelöst werden, wenn wir unsere Zettel gefahrlos austauschen wollten.

Es war einfacher, als ich dachte. Immer, wenn ich jetzt in meinen Hof gelassen wurde, postierte ich mich an die Tür und schielte durch den Spalt nach draußen. Ich tat es immer so auffällig, daß die Wachen es sofort merkten, und die Reaktion war entsprechend. Sie kamen, beschimpften mich, drohten, mich zu melden, mich sofort in meine Zelle einzusperren. Ich ließ mich nicht beirren. Ein paar Tage später war es dann soweit: Die Tür wurde ausgehängt, ich saß eine Woche lang in meiner Zelle, bis die neue Tür angefertigt war, solide, ohne Spalt.

Die Vietnamesen waren ganz stolz, mich ausgetrickst zu haben, aber sie hatten sich selbst die Möglichkeit genommen, mich weiterhin in meinem Hof zu beobachten. Ich hatte erreicht, was ich wollte.

Gleich an dem Abend, als die neue Tür eingesetzt war, schrieb ich meinen Brief an die Amerikaner. Ich nahm keinen Zettel, sondern einen der großen vierseitigen DIN-A 4-Bogen. Ich mußte mir alles von der Seele schreiben, denn dies war mein erster Brief seit meiner Gefangennahme vor über zwei Jahren!

Ich schrieb alles nieder, was ich seit langem hatte sagen wollen, ich, anders kann ich es nicht sagen, kotzte meine ganze Wut gegen die Vietnamesen aus; ich wußte nicht, daß dieser Brief oder sein Inhalt die Runde im Lager machen sollte.

Ich wurde den Brief drei Tage später los – auf dem bekannten Weg. Ich bekam bald Antwort. Sie gaben mir ihre Namen durch. Der Mann mit der Baßstimme war ein Neger, Donald Rander. Der Mann mit dem kahlgeschorenen Kopf war ein Captain Thompson.

Es lag noch ein Mann in der Zelle, der mit der hohen Fistelstimme, aber seinen Namen gaben sie mir seltsamerweise nicht durch.

Unsere Korrespondenz ging auch in den nächsten Wochen weiter. Ich erfuhr, daß die Amerikaner diese Zettel *Cargos* nannten, Frachten, und daß es davon zweierlei Sorten gab. Die einfachen Mitteilungen über allgemeine Dinge im Lager, Grüße von Zelle zu Zelle, Zettel, die man dann in kleine Fetzen zerriß und dem Toilettenkübel anvertraute. Daneben gab es die *hot Cargos,* die heißen Frachten, die sofort über der Petroleumlampe zu verbrennen waren. *Hot Cargos* waren alle Nachrichten, die irgend jemand von draußen erfahren hatte, und vor allem Namen.

Namen von anderen Gefangenen waren immer „heiß". Die Namen mußte jeder kennen, denn immer war da die Hoffnung, daß doch einmal einer entlassen werden könnte, und dann hätte er davon Mitteilung machen können. Immer wenn ein Name zu mir kam, prägte ich ihn mir sofort ein, ehe ich den Zettel verbrannte. Ganze Nächte ging ich in der Zelle auf und ab und wiederholte die Namen, die Anschriften. Es waren die Namen von Toten und von Lebenden . . .

Ohne daß man jemanden je sah, jemanden je sprach, allein durch die *Cargos* erfuhr man Geschichten, Detail um Detail setzte sich, oft über lange Zeiträume hinweg, ein Schicksal zusammen. Ich glaube, über nichts wurde so viel nachgedacht, an nichts anderes wurde so viel Energie gewandt, wie an diese *Cargos* und *hot Cargos;* jeder zerbrach sich den Kopf, damit der Strom ja nicht abriß. Er floß ohnehin manchmal nur spärlich, denn die Wachen und *turn-keys* waren auf der Hut.

Die Gelegenheit zum Beispiel, sich von Zellenhof zu Zellenhof einfach Zettel zuzuschieben, wie wir es am Anfang praktiziert hatten, war beschränkt. Es vergingen manchmal vierzehn Tage, bis ich und die Amerikaner gleichzeitig draußen in den Höfen waren, und nur dann war ein Austausch möglich. Wir mußten also andere Wege suchen.

Jeden Morgen wurde ein großer Toiletteneimer von Hof zu Hof gereicht; die einzelnen Gefangenen entleerten dann ihre Nachttöpfe in dieses Faß. Wir steckten Zettel unter den Deckel – zuerst einen unbeschrifteten Testzettel –, aber dieser Weg funktionierte nicht immer, weil die Wachen hinter einem standen, wenn man seinen Topf ausleerte. Außerdem mußte man erst in seine Zelle zurück, ehe der Nachbar den großen Eimer in seinen Hof weiterschleppte.

Einer der Amerikaner hatte festgestellt, daß eine Ratte den unteren Teil meiner Zellentür angenagt hatte; das Loch war groß genug, um einen Zettel hindurchzuschieben. Er hatte mir angekündigt, daß er bei der nächsten sich bietenden Gelegenheit versuchen werde, mir auf diese Weise eine Nachricht zukommen zu lassen.

Ich wartete. Tage vergingen, nichts geschah. Da hörte ich eines Morgens draußen Geschrei, meine Türe wurde aufgesperrt, einer der *turn-keys* kam hereingestürzt, gestikulierte, schrie. Ich verstand nur „Giáy", Papier, und dann kam auch schon ein Funktionär dazu: „Wo haben Sie den Zettel?"

„Ich habe keinen Zettel! Was meinen Sie überhaupt mit Zettel?" Ich konnte mir nur zusammenreimen, daß der Amerikaner den Versuch gemacht hatte, mir eine Nachricht unter der Tür durchzuschieben, und dabei erwischt worden war. Ich wußte, jetzt wird es heiß, denn ich hatte mich meinerseits auf den Austausch vorbereitet: ich trug einen *Cargo* im Saum meiner Hose.

„Sie lügen! Sie lügen einen Beamten an. Das wird Sie teuer zu stehen kommen!"

Ich versicherte noch einmal, daß ich nicht wisse, wovon er rede, und ich hatte Glück. Sie ließen mich allein, ich hörte sie in der Nachbarzelle, aber ich wußte, die kommen wieder! Ich konnte nur eines tun, den Zettel schlucken; mein Pech war es, daß der *Cargo* diesmal ein Stückchen Pappe war, der Teil einer Zigarettenschachtel. Ich kaute und würgte und brauchte fünf Minuten, bis ich das Ding weich hatte und schlucken konnte. Da kamen sie auch schon wieder.

Diesmal fragten sie erst gar nicht. Sie stellten die Zelle auf den Kopf, ließen keine Ecke aus; ich mußte mich bis auf die Haut ausziehen, dann machten sie sich über meine Kleider her. Sie fanden natürlich keinen Zettel. Sie schienen das gar nicht zu verstehen. Wütend gingen sie raus. Mein Mittagessen wurde gestrichen. Um 12 Uhr holten sie mich und brachten mich ins Verhörzimmer.

Es war Sonny Boy, dem ich gegenübersaß, aber ich erkannte ihn kaum wieder, so war er in Wut. Er schrie mich an, bis ich endlich sagen konnte: „Ich habe keinen Zettel bekommen. Ich kann folglich keinen haben. Außerdem haben die Wachen keinen bei mir gefunden. Was wollen Sie also!"

„Natürlich haben Sie keinen Zettel mehr, wenn man Sie eine halbe Stunde allein läßt. Aber Sie kennen die Namen. Mit wem standen Sie in Verbindung? Welche Namen kennen Sie? Nennen Sie mir alle Namen. Denken Sie an die Bücher, die Sie bekommen. Denken Sie an das Papier und an das Schreibzeug. Also, wollen Sie reden?"

„Ich kann nichts anderes sagen."

Wieder begann er zu schreien. „Sie sind undankbar. Und Sie sind dumm! *Ich* kann Ihnen genau sagen, mit wem Sie in Verbindung standen. Wollen Sie die Namen hören!" Die Namen stimmten. „Ich brauche Sie gar nicht! Ich habe alle Informationen, die notwendig sind. Ich gebe Ihnen noch eine Chance."

Ich sagte nichts, sondern schüttelte nur den Kopf.

Er holte den Funktionär, und sie verkündeten meine Strafe: Einzug aller Bücher und Schreibutensilien. Kürzung der Essensration. Und ich dürfe für drei Monate nicht mehr aus meiner Zelle in den Hof.

Sie hielten ihr Wort. Ich blieb drei Monate in meiner Zelle, bis auf die wenigen Male, wo ich mich waschen durfte. Die *turn-keys* und Wachen befolgten mir gegenüber ein striktes Sprechverbot. Ich hörte nichts, nichts von Monika, nichts von den anderen. Die Stimmen in der Zelle nebenan waren verändert, offensichtlich waren die Amerikaner verlegt worden.

Ich wußte, die drei Monate würden vorübergehen; nach zweieinhalb Jahren Gefangenschaft waren drei Monate nicht viel. Was mich erschreckte, war der Gedanke, daß mich jemand verraten hatte! Sonny Boy hatte nicht gebluft. Dazu hatte er zu gut Bescheid gewußt. Ich war sicher, daß ich verraten worden war, und ich hatte auch einen bestimmten Verdacht: Der Mann aus der Zelle nebenan, jener Amerikaner mit der hohen Fistelstimme, dessen Namen mir die anderen verschwiegen hatten.

Sein Name war Captain Ted Gostas, ein Mann des Geheimdienstes, und ich haßte ihn bis zu dem Augenblick, da ich seine Geschichte hörte. Ted Gostas war während der Tet-Offensive 1968 gefangengenommen worden. Er war in den Norden gebracht worden, in das Camp, das wir Camp Bao Cao nannten. Dort hatte man begonnen, ihn zu verhören.

Aber Gostas war nicht nur ein verhaßter Amerikaner, er war ein Geheimdienstmann, und das ließen sie ihn spüren.

Gostas wollte nicht reden. So banden sie ein Seil um sein linkes Handgelenk und hängten ihn in seiner Zelle an der Decke auf. Sie ließen ihn eine Stunde dort hängen, und sie taten es achtzehnmal. Als

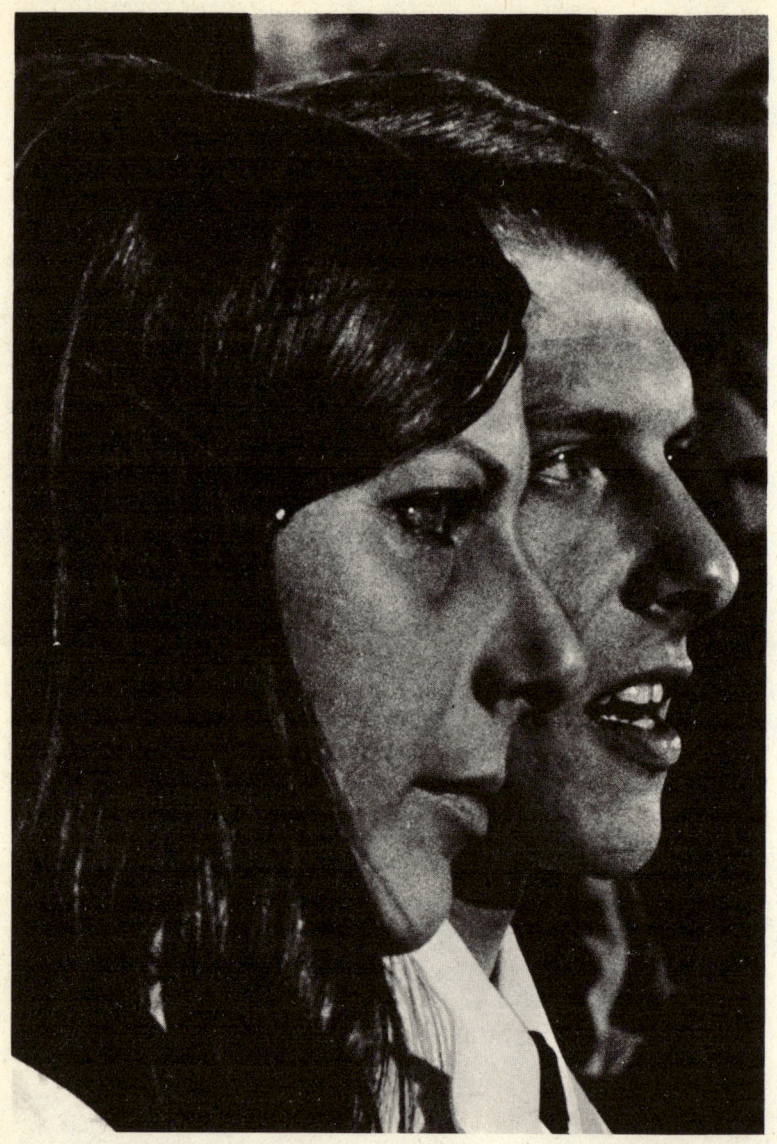

Monika Schwinn und Bernhard Diehl nach der Ankunft in Frankfurt am
8. März 1973.

er nicht redete, nahmen sie Draht, wickelten ihn um sein Handgelenk und wiederholten das Ganze.

Nächtelang schrie Ted Gostas immer dasselbe: Er flehte sie an, ihn endlich umzubringen, ihn endlich sterben zu lassen.

Sie wollten ihn nicht sterben lassen. Sie wollten, daß er „redete". Nach einem Monat hatten sie ihn soweit. Nur, er verstand nicht mehr, was er sagte ...

Das war der Mann, den ich gehaßt und verachtet hatte, ein seelisches Wrack, ein lebender Toter dieses Krieges. Später im Hanoi-Hilton lagen wir lange Bett an Bett in einer Gemeinschaftszelle. Ich versuchte, mit ihm zu reden. Jeder versuchte es. Aber Ted saß nur da, spielte mit seinen Händen, wie Kinder es tun, und sprach mit sich selber. Er sprach den ganzen Tag, Worte, Satzfetzen und Zahlen, immer wieder Zahlen, oder er schrieb, schrieb, schrieb – „Bücher", die bis zu zweitausend Seiten hatten und von denen nicht eine Zeile einen Sinn ergab ...

DIE DREI Monate waren vorbei. Sonny Boy stand plötzlich in meiner Zelle, lächelnd, wollte wieder einmal eine Deutschstunde nach langer Zeit. Er sagte, für ihn sei die Sache vergessen. So waren sie eben. Wer wollte sie verstehen.

Die *Cargos* kamen wieder zu mir, spärlich, aber sie kamen. Ich wußte bald die Namen der neuen Amerikaner aus der Nebenzelle. Dann, Anfang Dezember – wir waren jetzt eineinhalb Jahre in diesem Camp – kam ein *hot Cargo:* Es gehe das Gerücht, wir würden verlegt.

Gerüchte wurden immer sehr ernst genommen. Etwas anderes erfuhr man sowieso nicht, und meistens war an den Gerüchten etwas dran. Sobald das Gerücht das Camp K 77 durchwandert hatte, wurden überall Vorbereitungen getroffen. Das Geschäft mit den *Cargos* florierte wilder denn je, noch einmal wurden Namen ausgetauscht, sich eingeprägt. Und es wurde ein Zeichen verabredet: Der erste, den man wegbringen würde, sollte die ersten Takte von *Good bye, my love* pfeifen.

Am 10. Dezember hörte ich jemanden pfeifen. Selbst daran erkannte ich Donald Rander. Laut und fröhlich pfiff er *Good bye, my love,* als er draußen an der Mauer vorbei über den Gefängnishof geführt wurde.

Es ging also weiter. Wir wurden wieder einmal verlegt. Etwas
Gutes hatte es eigentlich nie bedeutet.

MÉO, DAS HEISST DIE KATZE
M. S.

AM SPÄTNACHMITTAG holten sie mich, es mußte alles ganz schnell
gehen, sie breiteten eine Decke aus, schmissen meine Sachen hinein,
drückten mir das Bündel in die Hand. Es war der 11. Dezember 1971,
und ich war jetzt zweiunddreißig Monate in Gefangenschaft.

Der Jeep stand da mit laufendem Motor, und Bernhard war da,
hinten auf dem Rücksitz. Sie hatten zwei richtige kleine Käfige auf
den Jeep aufgebaut, durch Blech und Gitter voneinander getrennt,
und sie transportierten uns wie zwei Tiere von einem Zoo zum anderen. Es war schon kalt gewesen, aber während der Fahrt wurde es
immer noch kälter, und so überlegte ich mir, daß es in die Berge hin-
aufging, daß es keinen Sinn hatte, sich Hoffnungen zu machen, daß
ich wieder in den Hungerstreik treten würde.

Während der Fahrt konnte ich kein Wort mit Bernhard sprechen.
Aber dann, in dem neuen Camp, ehe sie uns wieder trennten, konnte
ich ihm zuflüstern, was ich vorhatte. „Du mußt mich unterstützen.
Sag ihnen, wenn sie nicht eine Tote haben wollen, müssen sie meine
Wünsche erfüllen. Ich will Papier und Schreibzeug, ich will, daß sie
dir eine Zelle neben mir geben und daß wir uns sehen können."

Wir waren fast zwei Stunden gefahren, das Camp lag wirklich
höher in den Bergen. Mountain Village tauften die Amerikaner das
Lager, was für ein romantischer Name, aber als ich vor meiner Zelle
stand, dachte ich, am besten fängst du gleich mit dem Hungerstreik
an.

Es waren fünf aneinandergereihte Zellen mit Höfen wie in K 77.
Sie waren funkelnagelneu und offensichtlich noch nicht ganz fertig
geworden. Die ganze Zelle war naß, die grauen Wände, der Boden
glänzten vor Nässe. Es gab eine Pritsche aus Holz, einen Tisch, Hok-
ker und eine nackte Glühbirne. Eine schwere doppelte Holztür mit
Eisenbeschlägen. Das übliche Klappgitter und über der Tür ein offenes, aber vergittertes Fenster. Ich konnte mich nicht mal setzen, alles
war klatschnaß. Ich stand da, und die Tränen liefen mir herunter,

und ich dachte, so, jetzt mußt du etwas tun. Und dann sah ich das Brot auf dem Tisch und ein Stück Speck.

Ich hatte schrecklichen Hunger, und ich hatte Angst gehabt vor meinem Entschluß, wieder einen Hungerstreik zu machen. Es war nicht nur eine körperliche Sache, dazu mußte man vor allen Dingen innerlich stark sein; aber jetzt, als ich diese Zelle sah, spürte ich soviel Trotz, daß ich zu dem Tisch ging, das Brot und den Speck nahm und dem *turn-key* in die Hand drückte. Er legte es auf den Tisch. Ich nahm beides und legte es vor die Zelle. Er brachte es zurück. Ich ließ es liegen. Ich dachte, ihr werdet schon merken, wer der Stärkere ist ...

Die Nacht war sehr kalt. Ich hatte alles angezogen, was ich besaß, aber ich fror jämmerlich. Ich hatte mir vorgenommen, mich diesmal auf nichts einzulassen.

Sie kamen dann auch bald, zwei Dolmetscher, der Direktor. Ich gab keine Antworten. Sie mußten unverrichteter Dinge wieder abziehen.

Ich blieb dabei, ich rührte nichts an, aber das Schlimme dabei war: es war ein sehr gutes Essen, das beste, das wir bisher überhaupt bekommen hatten! Wenn sie weg waren, stand ich auf und sah es mir an. Es war jedesmal Fleisch dabei, es gab ein gebackenes Ei! Es gab Gemüse! Ich weiß nicht, ob die anderen Gefangenen auch dieses Essen bekamen. Es fiel mir von Tag zu Tag schwerer, es anzusehen und zu riechen. Ich hatte den ersten Schock der neuen Umgebung überwunden. Die Zelle trocknete. Sie war größer als meine alte. Sie hatte Tisch und Hocker. Die Latrine und der Waschtank waren abgeteilt. Und dieser Hunger! Aber ich wußte ja, die ersten Tage waren bei einem Hungerstreik immer die schlimmsten.

Sie waren raffinierter als im Camp K 77. Sie kümmerten sich einfach nicht um mich. Sie stellten mir jeden Tag das Essen in die Zelle. Sie wechselten es aus, wenn es neues gab. Sie ließen es auch die ganze Nacht dort. Und es blieb immer gleich gut.

Ich hielt die erste Woche durch. Ich trank Wasser, ich nahm auch schon einmal zwei Löffelchen von dem Reis; die Portion war immer so groß, daß sie das gar nicht merken konnten. Dann, nach zehn Tagen, konnte ich meinen ersten Erfolg verbuchen.

Es war schon dunkel, eine Zeit, in der gewöhnlich niemand mehr kam. Ich lag auf meiner Pritsche, das Gesicht zur Wand, wie immer,

wenn ich sie kommen hörte. Einer sperrte auf, ein zweiter kam in
die Zelle. Er stellte etwas auf den Boden. Ich hörte leises Schnurren.
Ich konnte nicht anders, ich drehte mich um. Auf dem Boden stand
ein kleiner Bambuskäfig, und ich sah etwas Graues hinter den Bam-
busstäben. Der Vietnamese bog einen Draht beiseite, ein Türchen
sprang auf, und aus dem Käfig kam meine Katze, mit kleinen un-
sicheren Schritten ...

Das Kätzchen war ein Geschenk von Vater Hundert, der wirklich der einzige „Mensch" unter den Wachen war. Ich hatte in Camp
K 77 seit Tagen ein Kätzchen gehört, das irgendwo schrie, und ich
hatte *ba cham* gebeten, es mir zu bringen, wenigstens für kurze Zeit.
Er kam dann damit an, hielt es mit zwei Fingern an den Ohren, so
klein war es, so verhungert, erst wenige Wochen alt.

Ich hab das Kätzchen gefüttert; ich habe ihm den Reis vorgekaut,
denn es konnte nicht einmal allein fressen. Ich habe meinen Hocker
umgedreht, ein paar Kleider von mir reingelegt, den Hocker neben
mein Bett gestellt, und dort schlief das Kätzchen die erste Nacht. Daß
sie dann bei mir bleiben konnte, das verdanke ich *ba cham,* der es
einfach immer wieder vergaß, sie zurückzubringen.

Dann, als ich verlegt wurde, da saß die kleine Katze unter meinem
Bett und sah mich so an. Sie hatte sich in den zehn Tagen, die sie
bei mir war, so an mich gewöhnt. Nachts lag sie unter meiner Decke,
tagsüber saß sie auf meinem Schoß. Und nun ging alles ganz schnell,
und ich mußte das Kätzchen zurücklassen. Ich hatte gebetet und
gebetet, aber vergeblich ...

Niemand kann ermessen, was mir die Katze bedeutete. Und jetzt
war sie wieder da, sprang auf mein Bett, rollte sich zusammen. Ich
war überglücklich, daß ich sie wiederhatte!

Der Mann, der sie mir gebracht hatte, sagte: „Werden Sie jetzt
wieder essen?" Ich dachte an die schönen großen Portionen, die das
Kätzchen nun allein bekommen würde. Ich schüttelte den Kopf.

„Wir haben extra jemanden weggeschickt, um die Katze für Sie
zu holen." Der Dolmetscher war richtig gekränkt. Er schien zu überlegen, was er mir noch versprechen könne. „Wollen Sie Sand haben
für Ihren Hof und Steine?" Er habe gehört, daß ich im Camp K 77
immer so schöne Beete angelegt hätte. „Sie bekommen Sand und
richtige Bausteine, wenn Sie wieder essen."

Aha, dachte ich, das ist also doch die richtige Methode, und beschloß, weiter zu hungern. Ich war so glücklich, daß ich meine Katze wiederhatte. Ich gab ihr jetzt einen Namen – Méo, das heißt die Katze auf vietnamesisch.

Ich hungerte weiter. Ich hielt es zwanzig Tage aus, dann konnte ich einfach nicht mehr, ich war am Ende meiner Kraft. Außerdem verbuchte ich einen weiteren Erfolg: Bernhard lag in der Nachbarzelle, wir bekamen die Erlaubnis, uns zweimal in der Woche je eine halbe Stunde zu sehen.

Am meisten von dem Hungerstreik profitiert hatte aber Méo. Die Katze war groß und stark geworden. Ich konnte sie nicht mehr den ganzen Tag in meiner Zelle halten; ich zerbrach mir den Kopf, wie ich ihr einen Auslauf verschaffen konnte. Wir fanden dann eine Lösung.

Es regnete viel, und oft stand das Wasser fußhoch in unseren Höfen. Die Vietnamesen hatten die einzelnen Mauern durchbohrt, damit das Wasser abfließen konnte, aber das waren ganz dünne, bleistiftdicke Löcher. Nur in Bernhards Hof, der äußersten Zelle, hatte man ein schönes großes Wasserloch gemacht. Immer, wenn ich Bernhard besuchte, schlüpfte die Katze dort hinaus. Aber das war nur zweimal in der Woche, und so ließ ich abends, wenn keine Wachen mehr zu erwarten waren, die Katze durch das Fenster über meiner Zellentür hinaus. Es gab dort einen Balken, der direkt von meiner Tür zu der Bernhards führte. Diesen Weg benutzte die Katze in Zukunft, über den Balken in Bernhards Hof, durch das Wasserloch ins Freie, und so kam sie dann auch immer wieder zurück.

Das brachte Bernhard auf eine Idee. Er hatte mir von den *Cargos* erzählt. Wie wäre es, wenn wir der Katze einen Zettel mitgäben? Denn obwohl wir Zelle an Zelle lagen, war es tagsüber streng verboten, auch nur ein Wort miteinander zu sprechen.

Ich nähte also ein kleines Täschchen für unsere Zettel, und das bekam die Katze abends umgebunden, ehe sie sich auf ihren Weg machte. Von nun an hatten wir eine eigene Postlinie. Ich klopfte an die Wand, dann wußte Bernhard, Achtung, jetzt kommt die Katze. Er nahm sie dann an seinem Zellenfenster in Empfang, nahm ihr das Täschchen ab und ließ sie in den Hof. Dann wartete er, bis Méo zurückkam, hängte ihr wieder das Täschchen mit seinen Nachrichten um und klopfte, Achtung, sie ist wieder soweit.

Wir konnten uns nun täglich schreiben. Die Zettel wurden größer, die Briefe länger. Méo erledigte alles. Ich schickte sogar ein Päckchen zu Bernhard, Zuckerstückchen, Brot.

Leider ging das nur ein Vierteljahr, bis Ende April, dann mußten wir unsere schöne Postverbindung einstellen. Méo war so gewachsen, daß das Wasserloch in Bernhards Hof nicht mehr groß genug war für sie.

Aber Méo brauchte das Loch nicht mehr. Die Katze hatte sich als Kater mit einem großen Freiheitsdrang entpuppt. Méo sprang die dreieinhalb Meter hohe Mauer hinauf, und er war sich auch zu gut, um mit lächerlichen Täschchen herumzulaufen. Er verschwand jetzt jeden Abend, aber er kam immer wieder zurück. Punkt 5 Uhr, wenn das Camp wach wurde, schnurrte er neben mir, und dann kroch er müde unter die Decke.

Aber damals bekamen Bernhard und ich einen neuen Korrespondenzpartner. Plötzlich, eines Morgens, hatte ich wieder das Pfeifen gehört. Bernhard hatte die Zelle Nummer 5, ich war in Zelle 4. Das Pfeifen kam aus dem Zellenhof Nummer 3, direkt neben mir. Es klang wieder ganz fröhlich und lustig, und es war dieselbe Melodie; er pfiff *My Fair Lady*.

ER WAR also zurück; es war fast ein Jahr vergangen, seit ich ihn damals für einen kurzen Augenblick gesehen hatte. Ich wußte noch immer nicht, wer er war. Ich schrieb einen *Cargo*. Ich habe lange gebraucht, bis ich genug Englisch konnte, um mich auszudrücken. Ich schrieb meinen Namen, wann und wo ich in Gefangenschaft gekommen war; den Zettel trug ich nun schon seit vielen Wochen mit mir herum. Ich hatte nicht den Mut, ihn am Tag über die Mauer zu werfen.

Eines Morgens, ich hatte gewaschen und hängte meine Kleider im Hof auf, da bemerkte ich, daß ich diesen Zettel verloren hatte. Ich suchte fieberhaft alles ab und fand ihn dann glücklich auf der Stufe zu meiner Zelle.

Mir brach der Schweiß noch nachträglich aus. Ich dachte, das hätte dich Kopf und Kragen kosten können, nun sieh zu, dachte ich, daß du den Zettel schleunigst los wirst. Ich holte mir den Hocker, stellte ihn an die Mauer. Dann klopfte ich einmal, und wirklich hörte ich nebenan die Zellentür aufgehen. Ich holte tief Atem und warf das Zettelchen, das ich um einen Stein gewickelt hatte, über die Mauer.

Zunächst geschah nichts. Doch auf einmal klopfte es an die Mauer, und schon flog ein Zettel zu mir herüber. Ich lief in meine Zelle und strich ihn glatt. Es war dunkles Toilettenpapier, und er schrieb in ganz winzigen Buchstaben.

Er teilte mir seinen Namen mit, Philipp Manhard. Er war 1968 während der Tet-Offensive in Gefangenschaft geraten. Er war verheiratet, hatte drei Kinder. Der Zettel enthielt seine Heimatadresse. Und er schrieb dann: „Sie wissen zu Hause nicht, daß ich lebe. Bitte, gib Nachricht, wenn du hier früher herauskommen solltest. Vielen Dank. Verbrenn diesen Zettel. So long, Phil."

Ich habe dann alles auswendig gelernt, ich hab Bernhard bei meinem nächsten Besuch in seiner Zelle unterrichtet, und so fing dann ein reger Schriftwechsel an. Es war etwas Eigenartiges: Man sah sich nie, sprach nicht miteinander, und doch lernte man sich kennen im Laufe der Wochen und Monate, kam man sich so nahe, wie vielleicht Menschen, die immer zusammenleben und sich nicht nahe sind. Man bekam eine Vorstellung voneinander, die aus Wirklichkeit und Unwirklichkeit bestand. Es war so, wie ich meine Traumhäuser gebaut hatte, wie ich einen Garten mir anlegte, voller Blumen, die es nicht gab und die doch da waren. Manchmal, wenn er drüben in seinem Hof war, starrte ich auf die Mauer, und wenn ich lange genug dasaß, dann wurde sie zu Glas, durch das ich hindurchsehen konnte ...

Phil Manhard oder der „Diplomat", wie die anderen Amerikaner ihn nannten, war kein Soldat, sondern vor seiner Gefangennahme der Chef des zivilen amerikanischen Entwicklungsdienstes in Hué. Er war davor in anderen amerikanischen Botschaften in Asien, in Korea und Japan und auch in China tätig gewesen. Der „Diplomat" war also ein Mann, der sich mit Asiaten und mit Kommunisten auskannte, und er war die Quelle der meisten *hot Cargos,* die im Lager umgingen; er war der bestinformierte Amerikaner im ganzen Camp. Für uns waren die Zeitungen, die wir erhielten, reine Propaganda, mit der wir nichts anfangen konnten, Phil las zwischen den Zeilen. Aber er informierte uns nicht nur über politische Tagesereignisse; er gab uns Tips, wie wir uns gegenüber den Wachen und *turn-keys* verhalten sollten.

Dabei war der „Diplomat" ein schwerkranker Mann, mit einem schweren Magenleiden und Zysten, und es war fast ein Wunder, daß er die ganzen Jahre überlebt hatte. Manchmal, wenn ich Bananen bekam, warf ich sie ihm über die Mauer, denn es war praktisch das einzige, was er essen konnte.

An meinem vierten Geburtstag in der Gefangenschaft schickte Phil
mir ein Geburtstagsgedicht. Und dann kam ein Zettel, auf dem nur
stand: In vier Wochen sind in Amerika Wahlen. Mit zwei Ausrufezeichen. Die Wahlen gingen vorüber, ohne Friedensvertrag. Überall
große Enttäuschung.

Aber es gab andere Anzeichen. Die *turn-keys* gingen von Zelle zu
Zelle und verteilten die reinsten Wunderdinge: Ich bekam ein Stück
Toilettenseife! Eine Waschschüssel. Kamm und Spiegel. Eine Ther-
mosflasche zum Warmhalten nicht von Wasser, sondern von Tee.
Sechs Ausrufezeichen.

Nachdem wir über den Sommer hinweg viereinhalb Monate täglich
zweimal das gleiche Essen bekommen hatten – ein bißchen Reis und
verkochten „Spinat à la Vietnamienne", das war einfach eine Art
Gras –, wurde das Essen wieder so gut wie zur Zeit meines Hunger-
streiks. Wir bekamen plötzlich täglich sechs Zigaretten. Und man
legte uns jedesmal ein Heft vor, in dem genau eingetragen war, was
wir alles zum Essen bekommen hatten, das mußten wir dann durch
unsere Unterschrift bestätigen. Hoppla, dachte ich, die fangen an,
sich abzusichern und uns schnell hochzupäppeln.

Dann kamen die Bombenangriffe auf Hanoi, und man begann wieder zu fürchten. Eine eigenartige Spannung lag über dem Lager.
Dauernd gingen die wildesten Gerüchte herum. Weihnachten kam,
das neue Jahr, 1973, aber jeder war mit seinen Gedanken in Paris, bei
den Friedensverhandlungen. Die Spannung wurde immer größer. Man
lebte sozusagen nur noch mit angehaltenem Atem. Es kam der 25.
Januar. Ein Dolmetscher verteilte Briefpapier und Luftpostumschläge.
Wir könnten nach Hause schreiben. Es war der zweite Brief in vier
Jahren Gefangenschaft, aber nicht einmal der sollte befördert werden.

27. Januar. Die Briefe waren abgeholt. Ich war draußen im Hof;
man durfte nun den ganzen Tag draußen sein. Méo lag in der Zelle
und schlief sich von seinem nächtlichen Streifzug aus. Der Tag verging, ohne daß etwas Besonderes geschah. Wieder ein Tag. Seltsam,
zuvor hatte man in Monaten und Jahren gerechnet, jetzt zählte man
schon wieder in Tagen.

Am Spätnachmittag hörte ich, daß man die Amerikaner aus ihren
Zellen herausholte. Ich hörte sie draußen außerhalb der hohen Mauer
vorbeigehen. Eine halbe Stunde verging. Was war das? Es klang wie
Gebrüll. War es ein Freudengebrüll? Mein Gott, dachte ich, erkennst

du nicht einmal mehr, wenn Menschen sich freuen. Dann hörte ich die Amerikaner zurückkommen. Jemand pfiff ein Lied, direkt vor unserer Mauer, eine Melodie, die ich nicht kannte, aber Bernhard wußte Bescheid. Das Lied hieß *Good bye, my love,* und es bedeutete, daß die Amerikaner das Lager verlassen würden.

Wenig später flog ein Papier über die Mauer. Es war unser letzter *Cargo.* Darauf stand: Frieden. Heute in Paris unterzeichnet. Sie haben Listen mit allen Namen der Gefangenen übergeben. Wir verlassen das Camp in dreißig Minuten. Kopf hoch! Viel Glück! Ich hoffe, wir sehen uns in Freiheit.

Frieden. Eine Liste mit den Namen der Gefangenen. Und ich fragte mich, standen wir auch darauf?

BEHALTEN SIE UNS IN GUTER ERINNERUNG
M. S.

SIE WAREN honigsüß und lächelten. Der Direktor hatte extra ein Jackett über das weiße Hemd gezogen. Er lächelte hinter seiner Goldrandbrille. Der Dolmetscher lächelte. Die Wachen im Hintergrund lächelten.

Ich wolle meine Katze mitnehmen? Aber selbstverständlich! Sie würden mir einen Korb mitgeben! Sie würden einen Brief schreiben, der Herr Direktor höchstpersönlich, über die Katze, eine Bestätigung, daß sie mir gehöre, daß sie ihr Essen bekomme, ihren Auslauf. Und wir würden ja auch nur kurz dort bleiben, bis zu unserer Entlassung. Wie, ich wolle die Katze mit nach Deutschland nehmen? Aber natürlich! Das sei eine großartige Idee. Eine deutsche Krankenschwester nimmt ein vietnamesisches Kätzchen mit in die Heimat, das sollten wir sofort den Presseleuten sagen. Er würde das alles in seinen Brief hineinschreiben, damit es ja keine Schwierigkeiten gebe. Wir sollten doch das vietnamesische Volk in guter Erinnerung behalten.

Da standen sie und lächelten, und ich fürchtete sie wie am ersten Tag. Ich mußte plötzlich an den Reisbauern denken, wie er da aus dem Reisfeld herausgekommen war, lächelnd – und uns lächelnd in die Falle gelockt hatte.

ALS ICH in meinen Hof zurückkam, saß Méo oben auf der Mauer. Sie war recht ungeduldig; sie konnte sich gar nicht erklären, warum ich so lange weggeblieben war. Bekam sie jetzt ihr Essen oder nicht? Sie hatte eine Freundin im Camp gefunden, sie wollte weg auf ihren nächtlichen Streifzug.

Was war mit dem Korb, mit dem ich da ankam? Was, sie sollte in diesen lächerlichen Korb? Wir hatten über eine Stunde Verspätung, bis wir endlich losfahren konnten, alles wegen diesem Kater.

Wir fuhren in einem Jeep, der Fahrer, ein Dolmetscher, Bernhard und ich mit Méo, meinem Kater. Ich hielt den Korb auf meinem Schoß. Die Fahrt dauerte drei oder vier Stunden. Es war fast Mitternacht, bis wir nach Hanoi kamen, in das Lager mitten in der Stadt, das die Amerikaner Hanoi-Hilton nannten; Amerikaner waren einfach unverbesserliche Optimisten.

Das alte Spiel ging wieder los. Runter vom Jeep, rein in eine Zelle. Es waren zwei nebeneinanderliegende Räume, ebenerdig, mit winzigen vergitterten Luken. Der Direktor war zur Begrüßung erschienen. Er lächelte nicht. Wir sollten uns an die Campregeln halten. Wer hatte gesagt, daß wir entlassen seien? Der Direktor? Hier sei er Direktor! Er wußte nur, daß die Amerikaner entlassen werden.

Méo strich unzufrieden durch die dunklen Räume ohne Tageslicht. Sie sprang gegen die Holztür, kratzte sich die Pfoten wund. Warum ließ man sie nicht heraus? *Ich* wußte ja, daß Frieden war, daß es nach Hause geht, aber der Kater wußte nur, daß er eine Freundin verloren hatte ...

WIR KAMEN die nächsten acht Tage nicht aus unserer Zelle. Durch die Lagerlautsprecher wurde immer wieder das Abkommen von Paris verlesen, aber wir saßen in der verdreckten Zelle, bekamen dreimal Essen, dreimal einen Becher Wasser. Méo lief von Tür zu Tür – es gab im hinteren Raum eine zweite, verschlossene –, aber wenn es Abend wurde, war es erst richtig schlimm für sie. Am vierten Tag konnte ich die Quälerei nicht mehr mit ansehen. Méo fraß auch nicht mehr; am Abend, als sie uns das Essen brachten, habe ich sie nach draußen schlüpfen lassen.

Am frühen Morgen kam sie zurück, Punkt 5 Uhr, so wie sie es im Mountain Village gewohnt gewesen war. Ich hörte ihr Kratzen und Schreien an der hinteren Tür. Ich konnte ihr nicht aufmachen. Ich lief zur vorderen Zellentür. Ich rief eine der Wachen, ich bat ihn, er solle doch bitte die hintere Tür aufsperren, der Direktor hätte es mir ausdrücklich zugesagt. Zum erstenmal in all den vier Jahren bat ich wirklich, ich flehte ihn an. „Was kümmert dich eine Katze", sagte er, „es gibt hier Dutzende von Katzen, es gibt viel zu viele." Er dachte nicht daran, die Tür aufzusperren.

Ich hörte Méo dann die ganzen nächsten Tage. Pünktlich morgens um 5 Uhr erwachte ich von dem Kratzen an der Tür. Und dann, als wir innerhalb des Hanoi-Hilton verlegt wurden, in ein anderes „Stadtviertel", fand Méo mich nicht mehr...

IM HANOI-HILTON lagen vierhundertsechsundsiebzig amerikanische Gefangene. Sie waren aus allen Camps des Nordens dort zusammengeholt worden. Die meisten lagen in großen Gemeinschaftszellen, zwanzig bis dreißig Männer, und nach unserem „Umzug" nach zehn Tagen war Bernhard in eine dieser Zellen gekommen. Ich bekam eine Einzelzelle. Wir konnten uns nun innerhalb unseres „Viertels" frei bewegen. Die ersten, denen wir über den Weg liefen, waren die Amerikaner aus unserem zweiten Dschungelcamp, Dr. Kuschner, der amerikanische Arzt, der immer noch die Gefechtsbrille trug. Aber Little John war nicht dabei, der allen immer die Haare geschnitten hatte, der so zufrieden gewesen war; was er hier hätte für Haare schneiden können! Aber John Young war tot, an Hunger gestorben.

Es waren viele tot, und man erfuhr es erst hier. Die anderen, die Überlebenden, reichten sich die Hände, fielen sich in die Arme; viele hatten sich nie zuvor gesehen, kannten sich nur von den Zetteln, die von Zelle zu Zelle gegangen waren. Jetzt gingen sie aufeinander zu, alle ein bißchen unsicher auf den Beinen, alle grau im Gesicht, alle abgemagert. Andere gingen an Stöcken, schleppten sich an Krücken dahin. Ich sah viele weinen, wenn sie sich umarmten. Und alle sahen ein bißchen verstört aus, als sei auch die Freiheit etwas, vor dem man zuerst die Augen schließen müsse wie vor einem zu grellen Licht.

Nach vierzehn Tagen wurde die erste Gruppe Amerikaner entlassen. Nach vier Wochen, Ende Februar, verließ eine zweite Gruppe das Lager. Wir waren wieder nicht dabei, obwohl es im Friedensabkommen geheißen hatte, daß Frauen als erste zu entlassen seien.

Wir hatten neue Kleider bekommen, Bernhard einen Anzug aus der Sowjetunion, weißes Hemd, Krawatte, Schuhe; ich eine Bluse,

Sandalen, Jacke und ebenfalls eine Hose, keinen Rock. Wir wurden der Presse vorgeführt, aber zuvor ermahnt, nichts zu sagen, was uns schaden könne. Man erlaubte uns, „Stadtrundfahrten" zu machen, in Begleitung eines Dolmetschers.

Wie sehr hatte ich mich nach einer großen Stadt gesehnt, wie hatte ich mir das ausgemalt, durch die Straßen zu gehen, ein Geschäft zu betreten, mich frei zu bewegen, unter Menschen... frei? Nein, ich fühlte es nicht; wenn mir jemand entgegenkam auf der Straße, wich ich ihm aus, ich zuckte erschreckt zusammen, wenn jemand hinter mir plötzlich laut sprach...

Dann kam der 4. März. Am Abend sagte man uns, morgen sei unsere Gruppe an der Reihe, sechsunddreißig Gefangene... Wenn das Wetter entsprechend sei, wenn das amerikanische Flugzeug eintreffe, wenn es starten könne... Wenn!

Ich hatte eine große Tasche bekommen für meine Sachen. Ich trennte das Innenfutter auf und legte die Dinge hinein, die sie nicht zu sehen brauchten: Adressen von Amerikanern, Briefe, Notizen. Ich nähte das Futter wieder fest. Ich ließ mir ganz viel Zeit, aber dann war das getan, ich hatte meine Sachen gepackt, und dann blieb mir nichts, als zu warten. Es war die längste und kürzeste Nacht meiner Gefangenschaft.

Dann kam der Morgen. Ich erinnere mich nur, daß ich nach draußen trat und dachte, lieber Herrgott, laß jetzt nichts mehr geschehen. Sie kamen, um mich zu kontrollieren. Ich sagte ihnen, sie hätten mich nicht zu kontrollieren, dazu habe nur die Befreiungsfront ein Recht. Wir stritten eine Weile hin und her, bis sie nachgaben.

Draußen im Hof stand der Jeep schon, mit laufendem Motor. Und Bernhard war da, und er stritt sich mit dem Direktor. Ich hatte meine Notizen und Papiere einfach behalten, aber Bernhard in seinem grenzenlosen Optimismus und in seinem Glauben, daß alle Dinge ihre Ordnung haben mußten, hatte alle seine Papiere gleich zu Beginn dem Direktor übergeben, um eine offizielle Genehmigung, sie mitnehmen zu dürfen, zu erhalten. Jetzt waren die Papiere nicht da, die Notizen, seine Hefte, seine Gedichte. Und er wollte nicht gehen ohne sie. Ich solle ruhig schon vorausfahren mit dem Jeep.

So fuhr ich los, allein. Vor uns, am Ende der schmalen Straße zwischen den Zellen, sah ich das Tor, das sich gleich öffnen würde.

Das ist nun die Freiheit, dachte ich. Eine Stunde noch, vielleicht zwei, dann schwebst du hoch in der Luft. Warum schreist du nicht, dachte ich. Du müßtest doch schreien vor Freude. Ich hatte mir vorgestellt, in diesem Augenblick, da fällt alles von dir ab, da löst sich alles, zerspringt die Schale. Ich dachte, was ist los mit dir, du bist ja wie ein Stein.

Plötzlich hörte ich das Pfeifen, *My Fair Lady,* und es klang so fröhlich und lustig wie immer. Ich beugte mich vor, legte dem Fahrer die Hand auf die Schulter, und er hielt wirklich an.

Ich drehte mich um, und da kam er schon angelaufen, Phil, der „Diplomat". Ich stand ihm zum erstenmal gegenüber. Er trug einen dunklen Anzug, Krawatte, schwarze Schuhe, aber die grauen Haare waren immer noch sehr kurz und die Falten in seinem Gesicht immer noch sehr tief. Er streckte mir die Hand hin und sagte: „Monika, wir haben sie besiegt." Er sagte nur diese Worte.

Und da war ein kleiner Vorgarten vor einer der Zellen. Da stand ein Rosenstock, direkt neben der Zellentür. Und er ging hin und bückte sich, und als er zurückkam, brachte er mir eine dieser Rosen.

Es war die erste Rose, die ich geschenkt bekam, und sie duftete nach Freiheit.

VIETNAM, WO LIEGT DAS?

B. D.

Sie müssen mich alle für verrückt gehalten haben. In dem Hof, von dem die Jeeps abfuhren, standen eine Menge Reporter und amerikanische Soldaten, die noch nicht an der Reihe waren, die uns beneideten. Und da weigerte sich ein Mensch einzusteigen, wegen ein paar Gedichten, die man ihm abgenommen hatte!

„Nun, wie ist es?" fragte der Direktor. „Wollen Sie entlassen werden?"

„Ich will meine Gedichte und Papiere zurück, so wie Sie es mir versprochen haben."

„Abführen!" sagte er.

So fand ich mich wieder in einer Zelle. Die Tür fiel hinter mir zu. Warum riskierte ich, wegen einiger Aufzeichnungen und Gedichte hier zurückgehalten zu werden? Vielleicht war es ein letzter Versuch, sie zu zwingen, einmal wenigstens ihr Wort zu halten. Wie viele

Versprechen hatten sie uns die ganzen Jahre hindurch gemacht. Nicht eines hatten sie gehalten. Einmal, so hatte ich vielleicht gehofft, würden sie mich nicht anlügen.

Nach einer halben Stunde kamen sie zurück, eine ganze Delegation, der Direktor an der Spitze. Er lächelte. Er hoffe, ich sei zur Vernunft gekommen. „Also, wollen Sie hierbleiben, oder wollen Sie entlassen werden?"

„Sie haben mir versprochen, meine Gedichte zurückzugeben", sagte ich.

„Ich habe sie nicht. Ich kann sie Ihnen nicht zurückgeben."

„Wer hat sie?"

„Der Staatssicherheitsdienst. Ich mußte sie vorlegen."

„Dann haben Sie mich angelogen, als Sie sagten . . ."

„Gehen Sie!" schrie er mich an. „Ich fordere Sie ein letztes Mal auf, gehen Sie!"

Es war sinnlos. Ich sah es ein. Ich folgte ihnen nach draußen. Ich stieg in den Jeep . . .

Monika wartete auf mich im Büro der Vertretung der NFL, der Befreiungsfront, wo wir einem Vertreter der Deutschen Botschaft in Saigon übergeben werden sollten. Wenig später hörten wir ein Auto vorfahren. Ein junger Mann betrat den Raum, mit dunklen Haaren, hellem Anzug, schwarzer Krawatte. Er ging auf uns zu. Er sei von der Deutschen Botschaft in Saigon.

Ich sah ihn an. Ich kämpfte gegen mein Mißtrauen, aber das war stärker. Ich sagte: „Würden Sie sich bitte ausweisen! Sicher haben Sie Dokumente, die Sie legitimieren, uns zu übernehmen."

Er blickte mich verdutzt an, betroffen. Er öffnete sein schwarzes Diplomatenköfferchen. Er zeigte mir einen Diplomatenpaß, ein Fernschreiben. Es kam aus Bonn und war an die Deutsche Botschaft in Saigon gerichtet. Ich war zwar nicht vollkommen beruhigt, aber mehr konnte ich nicht tun . . .

Protokolle lagen auf dem Tisch. Sie wurden durchgesehen, unterzeichnet. Es gab eine Rede, von einem Vertreter der Freiheitsfront. Dann lud man uns in die Stadt zum Essen ein. Der Mann von der Deutschen Botschaft in Saigon protestierte. Das Flugzeug wartete, wir hatten bereits Verspätung. Aber unsere Proteste nützten nichts. An einem solchen Tag könne man ihnen nicht abschlagen, daß wir „in aller Freundschaft" noch einmal gemeinsam essen würden.

So fuhren wir wirklich in die Stadt hinein, in ein französisches Restaurant, es gab viele Trinksprüche, es gab ein großes Essen. Wir brachten keinen Bissen herunter.

Die Maschine wartete auf dem Flughafen. Neben der Besatzung befanden sich zweiunddreißig Amerikaner, zwei Filipinos, ein deutscher Diplomat und zwei Malteserhelfer an Bord. Unser Ziel war Clark Air Base, ein amerikanischer Luftwaffenstützpunkt auf den Philippinen.

Dort, das erzählte uns unser Begleiter, war alles zum Empfang hergerichtet. Dort warteten Kleidung, Ärzte. Dort könnten wir einkaufen, was unser Herz begehrte, Kameras und tragbare Fernsehgeräte und Parfum und, und... schließlich kehrten wir als reiche Leute zurück, unser Gehalt für die ganzen Jahre hatte sich angesammelt. Sie kamen eben doch aus einer anderen Welt. Sie kannten die unsere nicht. Und was wußten wir, nach vier Jahren, von der ihren? Wir wußten nicht einmal, daß Männer die Haare länger trugen; wir waren völlig verblüfft gewesen, als ein paar französische Reporter mit ihren langen Haaren im Hanoi-Hilton aufgetaucht waren.

Und, so hieß es, von Clark Air Base aus dürften wir zum erstenmal nach Hause telephonieren; jedem Gefangenen stand ein Anruf mit seinen nächsten Angehörigen zu, Dauer fünfzehn Minuten.

Was konnte man in fünfzehn Minuten schon sagen. Es war so wenig Zeit – und so schrecklich viel. Ich stellte es mir vor: Hallo Mutter! Und dann ein langes Schweigen. Und ihre Stimme: Bernhard! Mein Gott... mein Junge! Hallo Mutter, verstehst du mich? Wie ist die Verbindung? Junge, bist du es wirklich? Ja, Mutter, ich bin es. Mein Gott, Junge, war das eine lange Zeit! Ja, Mutter, es war eine lange Zeit. Wie geht es dir? Mir geht es gut, Mutter. Wirklich? Ja, Mutter, wirklich. Du wirst sehen, es wird alles gut, Junge. Natürlich, Mutter...

Wie lange fünfzehn Minuten waren. Und niemand würde uns fragen, wie war es denn? Damit würde man vorsichtig sein, am Anfang wenigstens. Es gab auf Clark Air Base sogar einen Befehl an alle, die mit den Gefangenen in Kontakt kommen konnten: Fragt die Gefangenen nicht, wie war es denn so in Hanoi?

Und ich konnte mir auch das andere vorstellen, die Ankunft zu Hause, die Fragen der Reporter, die Empfänge, die Auszeichnungen. Natürlich würden wir geehrt werden, ein paar Tage, ein paar Wochen.

Wie tapfer wir doch gewesen waren, was für ein leuchtendes Beispiel.

Und ich dachte daran, was ein Freund mich gefragt hatte, als ich ihm damals gesagt hatte, ich würde nach Vietnam gehen. Vietnam? Sag mal, wo liegt das? Und ich fragte mich jetzt, Deutschland, wo liegt das?

DREIMAL brach an Bord der C 142 Jubel unter den Gefangenen aus. Das erstemal, als wir von der Piste abhoben. Das zweitemal, als der Kapitän über die Bordsprechanlage verkündete, wir hätten das Hoheitsgebiet der Demokratischen Republik Nordvietnam verlassen. Das drittemal, als wir auf Clark Air Base aufsetzten.

Aber der Jubel war jedesmal verschieden. Das erstemal war es ein lautes Gebrüll, das zweitemal klang es schon gedämpfter, und das drittemal, da war es nicht mehr Freude allein, etwas anderes hatte sich in den Jubel gemischt. Es war ganz deutlich zu spüren, ein Schweigen breitete sich in der Maschine aus, wurde immer beklemmender.

Wir rutschten tiefer in die Sitze, jeder blickte vor sich hin, die lebhaften Unterhaltungen brachen ab. Es war in uns allen, und es war in mir ganz stark, das Wissen, daß die erste so stark empfundene Euphorie der Freiheit vorübergehen würde, ja, daß sie schon vorbei war; wir hatten Angst vor der Freiheit, die wir gewonnen hatten.

Ich wandte den Kopf, blickte Monika an, die neben mir saß. Auch sie war ganz tief in ihren Sitz gesunken. Sie hielt die Rose in der Hand. Ihre Hände schienen sie festhalten zu wollen, für immer. Und ich wußte, wir fühlten beide dasselbe.

Abbildungen: Seiten 148/149, 157 laenderpress; Seite 165 Monika Schwinn; Seite 181 Malteser Hilfsdienst; Seite 249 Ferdi Hartung.

Besuch bei Monika Schwinn

Die Siamkatze Mitschi läßt sich streicheln, buckelt sich und springt lautlos auf die lange altdeutsche Anrichte und von dort weiter auf den Fernseher. Da oben ist ihr Lieblingsplatz. Sie wird ihn bald gegen fünf weitere Katzen verteidigen müssen, die Monika Schwinn alle aufnehmen will, wenn sie in ihr Haus zieht und die behagliche Dachstockwohnung aufgibt, die sie 1968 für nur neun Monate verlassen wollte und erst nach fünf Jahren wiedersah. Ihr Bruder ist der Architekt des hellen, wohldurchdachten Neubaues auf windumpusteter Höhe im Norden der freundlichen Heimatstadt der Geschwister, da, wo das Saarland nicht mehr von der Industrie, sondern zur Mosel hin von Hügeln, Wäldern und Feldern bestimmt wird. Und ein Schäferhund zieht dann auch ein. Dem Schreiner macht das Gedanken, denn in die Pendeltür, durch die der Hund vom Garten aus allein in den Keller kann, soll er noch eine kleinere Pendeltür für die Kätzchen einbauen.

Monika Schwinn war zunächst Kinderpflegerin, jetzt macht sie noch die dreijährige Schwesternausbildung – ein gutes Jahr ist herum. „Auf jeden Fall bleibe ich bei Kindern", sagt sie und erzählt dann von dem Hospital in Da Nang, in dem sie vor der Gefangennahme vietnamesische Kinder aufgepäppelt hat. Ein junges Team stand unüberwindlichen Problemen gegenüber. Sie improvisierten von morgens bis abends, oft mit Hilfe amerikanischer Soldaten.

Das amerikanische State Department hat Monika Schwinn und Bernhard Diehl, der aber nicht mitreisen konnte, im Sommer 1973 nach Washington eingeladen. Es gab ein pausenloses Programm für sie und andere ehemalige Gefangene, die wir aus dem Buch kennen. Großen Eindruck hat Monika Schwinn ein Besuch bei der NASA gemacht. Sie konnte die Herztöne der Skylab-Besatzung, die gerade die Welt umkreiste, hören und bekam eine Satellitenaufnahme von Berlin geschenkt – das Saarland war nicht vorrätig.

Nach einem Sonntag in New York ging es direkt nach München, wo der Droemer-Verlag das just erschienene Buch „Eine Handvoll Menschlichkeit" mit den beiden Autoren vorstellte. Am Dienstag signierten Monika Schwinn und Bernhard Diehl die Neuerscheinung in einer Saarbrücker Buchhandlung. Der Andrang war so groß, daß das Geschäft alle halbe Stunde zumachen mußte. Und am Abend, nach 22 Uhr, mußte die trotz allem Erlebten fröhliche Monika Schwinn im Rundfunk Hörerfragen beantworten. Ruhe gab es auch später nicht. An den Samstagen Signierstunden, zu denen sie, so weit es auch war, am liebsten in ihrem Auto fuhr, dazu kamen der Hausbau und die Ausbildung mit oft zehn Unterrichtsstunden an einem Tag. Selbst im Urlaub gibt Monika Schwinn keine Ruhe, sie mußte unbedingt im Berner Oberland Schi fahren lernen.

Doch dies Leben voller Aktivität wird nicht inszeniert, um zu vergessen. „Ich bedaure mich selbst nicht", sagt sie, „und das ist der beste Weg alles zu verkraften."

Bernhard Diehl sieht sie manchmal. Er setzt in Mainz – also nah von seinem Zuhause in Worms – das Medizinstudium fort.

A. v. E.

EINFACHE LEUTE

Eine Kurzfassung des Buches von
ROBERT NEWTON PECK

Ins Deutsche übertragen von
Annemarie Weber

Illustrationen von Thomas Beecham

Originalausgabe: »A Day No Pigs Would Die«
© 1972 by Robert Newton Peck

Mit kraftvoller, fast biblisch einfacher Sprache erzählt der
Autor die Geschichte eines Jungen, der auf einer kleinen
Farm in den Traditionen der Shaker-Sekte heranwächst.
Diese einfachen Leute werden in Gestalt der Mutter und
der Tante des kleinen Rob – und vor allem durch den
Vater vorgestellt, dessen Kraft und Mut dem jungen Rob
eine so tiefe Liebe einflößen, daß er an der schweren
Prüfung, die der Vater ihm zumutet, nicht zerbricht,
sondern zum Mann wird.

Das Buch gibt Einblicke in Lebensweise und Anschauungen der Shaker, einer gegen Ende des 18. Jahrhunderts
von der Engländerin Anne Lee gegründeten religiösen
Gemeinschaft, die Ordnung, Einfachheit, Reinheit und
ursprünglich auch sexuelle Enthaltsamkeit als Grund-
prinzipien eines gottgewollten Lebens betrachtete. Ihren
Namen, der „Schüttler" bedeutet, bekamen sie nach ihrer
Gewohnheit, beim Gottesdienst den ganzen Körper in
schüttelnde Bewegung zu versetzen, um den Teufel auszu-
treiben. In anderen Berichten liest man, in ihren Gottes-
diensten hätten sie getanzt und in die Hände geklatscht.

Von der Mitte des 19. Jahrhunderts an ging die Zahl
der Shaker zurück. Der letzte männliche Shaker ist 1961
gestorben, und inzwischen ist die Gemeinschaft auf elf
schon alte „Schwestern" zusammengeschrumpft und zum
Aussterben verurteilt.

Im Frühjahr 1974 fand eine Ausstellung der Neuen
Sammlung in München statt, auf der Beispiele für den
Lebensstil, die Architektur und das Handwerk der Shaker
gezeigt wurden. Die Zeit faßte damals zusammen, was
wir heute noch von den Shakern lernen können: Dauer-
haftigkeit an Stelle der Wegwerfideologie, Beschränkung
der Konsumanforderungen an Stelle ihrer ständigen
Ausweitung, eine Alternative zu einer Überfluß produ-
zierenden Gesellschaft.

EINS

In der Schule hätte ich sein müssen an jenem Apriltag, klar. Statt
dessen war ich auf dem Hügel in der Nähe der alten Spatmine oberhalb unserer Farm und drosch mit einem abgestorbenen Ast auf den
grauen Stamm eines Zuckerahorns los – aus Wut auf Edward Thatcher. Der hatte in der Pause mit dem Finger auf mich gezeigt und
sich über meine Sachen lustig gemacht. Und statt ihm das Maul zu
stopfen, hab ich Leine gezogen und bin abgehauen. Als Miß Malcolm
zur nächsten Stunde läutete, war ich schon halbwegs daheim.

Ich hob einen Stein auf und schmiß ihn mit aller Gewalt in das
Farnkraut. Genauso wollte ich eines Tages auf Edward Thatcher losgehen. Bluten sollte er wie ein gestochenes Schwein. Vom einen Ende
Vermonts bis zum andern wollte ich ihn prügeln. Dem wollte ichs
schon beibringen, die Shaker zu verulken. Nie wieder sollte der sich
in der Stadt Learning sehen lassen können. Nie im Leben.

Ein gequälter Laut hinter mir ließ mich zusammenzucken und
herumfahren. Beim Anblick der großen Holsteinkuh sah ich sofort,
daß sie sich bös in Schwulitäten befand. Sie war eine von den vielen
Kühen unseres nächsten Nachbarn, Mr. Tanner. Schürze hatte er sie
genannt, weil sie fast ganz schwarz war bis auf einen Streifen Weiß
am Bauch, der sich nach oben und um den Hals herum fortsetzte wie
eine große, saubere Schürze. Sie sei seine beste Milchkuh, hatte Mr.
Tanner Papa erzählt, und er hätte die Absicht, sie kommenden Sommer auf dem Viehmarkt in Rutland auszustellen.

Wieder gab sie das furchtbare Geräusch von sich, und als ich
näher kam, sah ich auch, warum. Ihr mächtiger Leib pumpte auf und
nieder, um ihr Kalb zur Welt zu bringen. Sie war zu Boden ge-
stürzt, eins ihrer Vorderbeine blutete, und ihr Maul war dick voll
gelblichgrünem Speichelschaum. Ich streckte die Hand aus und wollte
sie streicheln, aber sie starrte wild und bissig um sich, und fast bei
jedem Atemzug kam dies röchelnde Geräusch.

Wenn ihr Rücken sich hob, peitschte der hochaufgebogene Schwanz die Luft. Darunter stak der Kopf samt einem Huf ihres Kalbes, das dermaßen von Blut und Schleim troff, daß ich nicht ausmachen konnte, ob es noch lebte oder tot war. Bis ich es dann blöken hörte.

Schürze stand auf und brach krachend durchs Gebüsch, ich dicht hinterher. Da sie zum Pressen stehenbleiben mußte, holte ich sie ein und kriegte den Kopf des Kalbes zu fassen. Weil der aber so glitschig war und Schürze nicht stillhielt, konnte ich ihn nicht halten. Ich war ja auch grade erst zwölf geworden und wog nicht viel mehr als hundert Pfund. Schürze war gut zehnmal so schwer und konnte mich ohne viel Mühe hinter sich herzerren. Als ich stolperte und hinfiel, erwischte sie mit ihrem Huf mein Schienbein, und das tat scheußlich weh. Aber dann blökte wieder das Kalb, und das brachte mich auf die Beine. Jetzt wollte ich die Sache mal richtig in die Hand nehmen.

Grade hatte ich vor Edward Thatcher Reißaus genommen und vor der Schule auch. Der Teufel sollte mich holen, wenn ich jetzt noch vor irgendwas davonlief.

Ein Seil wär nötig. Gab keins, also mußte ich eins fabrizieren. Brauchte nicht lang zu sein, bloß fest.

Die gute Schürze durchs nächste Dornengestrüpp zu jagen nahm der Sache ziemlich den Spaß. Blöderweise versuchte ich im Laufen meine Hosen auszuziehen. Nicht zu machen. So hockte ich mich in die Dornen, zerrte die Hosenbeine über die Schuhe und holte Schürze ein. Nach ein paar mißlungenen Versuchen brachte ich ein Hosenbein um den Kopf des Kalbes und knotete es fest.

„Kalb", erklärte ich ihm, „bleibst du in deiner Mutter drin, dann bist du bald erstickt. Genausogut kannst du ersticken, indem du dir Mühe gibst, zur Welt zu kommen."

Was Mama Schürze von meinem Tun hinter ihrem Rücken auch bemerkte – es mißfiel ihr. So setzte sie sich mit mir im Kielwasser wieder in Bewegung, und mein nackter Po erwischte bei jedem Schritt einen neuen Dorn. Und das Kalb kam nicht einen einzigen Zentimeter weiter raus. Als Schürze aber zum Pressen wieder stehenblieb, kriegte ich es fertig, das zweite Hosenbein um einen ungefähr zaunpfahldicken Hartriegelstamm zu schlingen.

Jetzt konnte nur dreierlei passieren. Daß meine Hosen rissen. Daß Schürze den Baum entwurzelte. Daß das Kalb herauskam.

Statt dessen passierte überhaupt nichts. Schürze stand bloß zitternd da und preßte, rührte sich aber keinen Schritt mehr vom Fleck. Wieder blökte das Kalb, diesmal schon schwächer. Doch Schürze tat weiter nichts als pressen.

„Blöde Kuh", schrie ich sie an, grapschte eine abgestorbene Brombeerrute, lang wie eine Rinderpeitsche und ungefähr so dick wie 'n Besenstiel. „Jetzt aber los, verstanden?"

Nie hab ich wen, keinen Jungen und kein Tier, so geschlagen wie diese Kuh. Ich drosch auf sie los, daß ich selber heulen mußte. Wo ich die dicke Rute gepackt hielt, rissen mir die Dornen die Hand auf. Und das machte mich noch wütender.

Ich trat nach ihr. Ich warf einen Stein nach ihr. Ich trat sie noch einmal, ein letztes Mal, so hart gegen das Euter, daß ich sie ächzen hörte. Sie kauerte sich mit beiden Hintervierteln irgendwie ins Gestrüpp nieder. Und dann endlich ging sie vorwärts. Meine Hosen spannten sich, ich hörte Reißen und Kälberblöken. Und über mich ergoß sich ein dicker Klumpatsch warmes übelriechendes Zeugs. Als ich darunter zu Boden ging, hatte ich die Vorstellung, daß da entweder irgendwas starb oder zur Welt kam.

Ich wischte mir das Zeug aus den Augen und schaute auf. Über mir Schürzes dicker schwarzer Kopf und ihr großes schwarzes Maul, das erst mich und dann ihr Kalb schleckte.

Aber in Ordnung war die Sache deswegen nicht. Ihr offenes Maul rang nach Luft. Einmal wankte sie, und ich dachte schon, ich täte unter dieser mächtig schweren Kuh meinen letzten Schnaufer. Wieder fiel mir das Röcheln in ihrer Kehle auf und daß die Zunge hin und her schlug wie der Perpendikel einer Uhr. Es hörte sich an, wie wenn sie Atem holen wollte und irgendwas Verflixtes in ihrem Hals wie ein Kork in der Flasche ihr den Atem abschnitt. Der mächtige Leib schwankte, als sei sie schwindlig oder krank. Sie fiel auf die Knie, und da ich am Boden lag, traf ihr Kopf meine Brust, und ihre Nase berührte beinah mein Kinn. Sie atmete nicht mehr!

Da die Kiefer sperrten, steckte ich ihr meine Hand ins Maul, fühlte aber nur ihre geschwollene Zunge. Ich streckte meine Finger bis in ihre Kehle hinunter – und da wars! Ein harter Ball, ungefähr wie ein Apfel. Er stak in ihrer Luftröhre oder in ihrer Speiseröhre. Ich wußte nicht, wo, und es war mir auch Wurscht. Ich schloß einfach die Augen, **packte zu und riß.**

Jemand hat mir mal erzählt, Kühe bissen nicht. Falsch wie Sünde am Sonntag! Ich dachte, mir würde irgendwo zwischen Schulter und Ellbogen der Arm abgesägt. Sie biß und biß und ließ überhaupt nicht los. Sie kam auf die Füße und biß weiter. Die Satanskuh rannte den Hang hinunter, mit meinem Arm im Maul, und zerrte mich halb nackt neben sich her. Was sie mir mit ihren Zähnen nicht antat, erledigten ihre Vorderhufe.

Eigentlich hätte ja heller Tag sein müssen, aber es war Nacht. Schwarze Nacht. So schwarz und so blutig und so schlimm, wie es nur sein kann, wenn man noch und noch geschunden wird.

Es ging einfach immer weiter. Es hörte nicht auf.

„HAVEN PECK."

Jemand schrie Papas Namen, aber ich sah nichts. Und das war richtig komisch, weil ich die Augen offen hatte. Ich blinzelte, aber der Nebel wich nicht. Um mich war eine Wolldecke. Ich konnte spüren, wie die Wolle die Wunde an meinem Arm scheuerte, aber der Schmerz schien mich auch wachzuhalten. Und am Leben.

Jetzt waren da noch mehr Stimmen. Ich hörte Papa antworten, und der Mann, der mich trug, fragte: „Ist das nicht Euer Junge? Er hat so viel Blut und Dreck und Teufelskram an sich, daß ichs nicht genau weiß."

„Ja", sagte Papa. „Das ist unser Robert."

Und dann hörte ich Mamas Stimme, lieb und sanft wie Musik, und ich spürte ihre Hand auf meinem Kopf und meinem Haar. Tante Carrie war auch da, Mamas älteste Schwester, die bei uns wohnte.

Jetzt befühlten kräftige Hände meine Beine und dann meine Rippen. Ich wollte etwas sagen. Jemand wusch mir das Gesicht mit warmem Fliederwasser. Richtig beruhigend roch das.

„Wir sind Euch zu Dank verpflichtet, Benjamin Tanner", sagte Papa, „daß Ihr ihn heimgebracht habt. Was er auch angestellt haben mag, ich komme dafür auf."

„Seht lieber nach seinem Arm. Der ist schlimm zugerichtet. Vielleicht gebrochen."

„Haven", hörte ich Mama sagen, „der Junge hat etwas in der Hand. Ich weiß nicht, was es ist."

Ich spürte, wie sie mir etwas aus der rechten Hand nahmen. Ich wollte es nicht hergeben, aber sie nahmen's.

„So was hab ich noch nie gesehen", sagte Mama. „Sieht beinah wie lebendig aus."

Ich konnte Mr. Tanners rauhe Stimme zwischen denen der andern erkennen. „Ich weiß, was das ist. Es ist ein Kropf."

„Wo hat er denn das her?" fragte Mama.

„Das ist was Schlimmes", sagte Papa. „Aber jetzt wollen wir seinen Arm verbinden. Vielleicht müssen wir von Eurer Decke einen Teil wegschneiden, Mr. Tanner."

„Ist nicht meine. Gehört meinem Pferd. Schneidet nur alles weg, was Euch nötig scheint."

Ich spürte, wie Papa mir die Decke von der rechten Schulter zog, bis sie im geronnenen Blut festklebte. Ich hörte sein Klappmesser aufspringen und fühlte, wie er einen Teil der Wolle wegschnitt.

„Ich hab ihm mein Halstuch um den Arm gebunden", sagte Mr. Tanner, „damit er nicht verblutet." Als Papa es löste, fuhr Mr. Tanner fort: „Wenns ab ist, blutets gleich wieder, Haven."

„Tut es", erwiderte Papa, „und dem Arm tut das gut. Hält ihn offen und schwemmt den ganzen Dreck raus. Ist die einzige Möglichkeit, 'ne Wunde zu behandeln, sie ausbluten zu lassen, bis sie rein ist wie 'n Katzenmäulchen."

„Stimmt."

„Lucy", – Papa sprach leise mit Mama – „am besten fädelst du 'ne Nadel ein. 'n paar Stiche wird er brauchen."

Er hob mich auf die Arme und trug mich ins Haus. Er legte mich auf dem langen Küchentisch flach auf den Rücken. Mama schob mir etwas Weiches unter den Kopf, und Tante Carrie wusch mich weiter mit dem Fliederwasser ab, während Papa mir das Hemd aufschnitt und die Schuhe auszog.

„Armes Lämmchen", sagte Mama.

Jemand legte mir eine Hand auf die Stirn, um zu fühlen, ob sie kühl war. Der Hand folgte ein feuchtkaltes Tuch, und das war sehr angenehm. Komisch, aber das war am ganzen Körper das einzige, was ich fühlen konnte. Dann spürte ich Mamas ersten Stich ins Fleisch meines Armes gehen. Ich hätte gern geschrien, konnte mich aber einfach nicht dazu aufraffen. Statt dessen lag ich bloß auf dem alten Küchentisch und ließ mich von Mama wieder zusammenflicken. Es tat weh. Die Tränen rannen mir in Bächen aus den Augen und in die Ohren, aber ich tat keinen Muckser.

Nachdem ich die ganze Näherei über mich hatte ergehen lassen – inzwischen muß mehr Faden als Junge an mir gewesen sein –, trug Papa mich nach oben in mein Zimmer. Ich roch Mamas frischen Geruch nach gestärkter Wäsche, während sie mein Kissen aufschüttelte.

Dann ließ ich den Kopf in die weichen Federn sinken, daß der kühle Leinenbezug meine beiden Ohren berührte.

„Erzähl Mr. Tanner", sagte ich, „wenn er oben auf dem Hang nachsieht, findet er 'n Kalb. Ich hab geholfen, es zur Welt zu bringen. Hinterher hat aber die alte Schürze immer noch gewürgt, und deshalb hab ich ihr den Ball aus der Kehle rupfen müssen. Und ich hab nicht die Schule schwänzen wollen."

„Ich richte es aus", sagte Papa.

„Wo sind deine Hosen, Rob?" fragte Mama.

„Oben auf dem Hang. Wie ich sie um den Baum gebunden hab, sind sie 'n bißchen kaputtgegangen. Tut mir leid, Mama. Du mußt mir bestimmt 'n Paar neue machen."

Mama legte ihr Gesicht ganz nah an meines, und ich roch förmlich ihre Güte. „Ich flick viel lieber kaputte Hosen als 'nen kaputten Jungen", sagte sie.

„Ich . . . in meiner rechten Hand kann ich gar nichts fühlen."

„Die ruht sich bloß aus", sagte Mama. „Sie möchte wieder heil werden, und du auch. Deshalb gehen wir beide, dein Papa und ich, jetzt gleich auf Zehenspitzen hier heraus und lassen dich 'n bißchen ruhen. Du hast es verdient."

Ich machte die Augen zu und schlief augenblicklich ein. Ich wachte auf, als Mama mir eine heiße Schüssel mit Bohnen, Mais und Fleisch brachte und ein Glas kuhwarme Milch aus dem Abendeimer. Die Blasen standen noch drauf.

„Das schmeckt wirklich gut", sagte ich.

Zur Schlafenszeit brachte Papa mir einen von den letzten Winteräpfeln aus dem Keller. Er zog sich einen Stuhl dicht neben mein Bett und sah mich lange an, während ich meinen Apfel aus der linken Hand aß.

„Gehts besser?"

„Ja, Papa."

„Ich müßte dich ordentlich verwichsen, fürs Schuleschwänzen."

„Ja, Papa. Eigentlich ja."

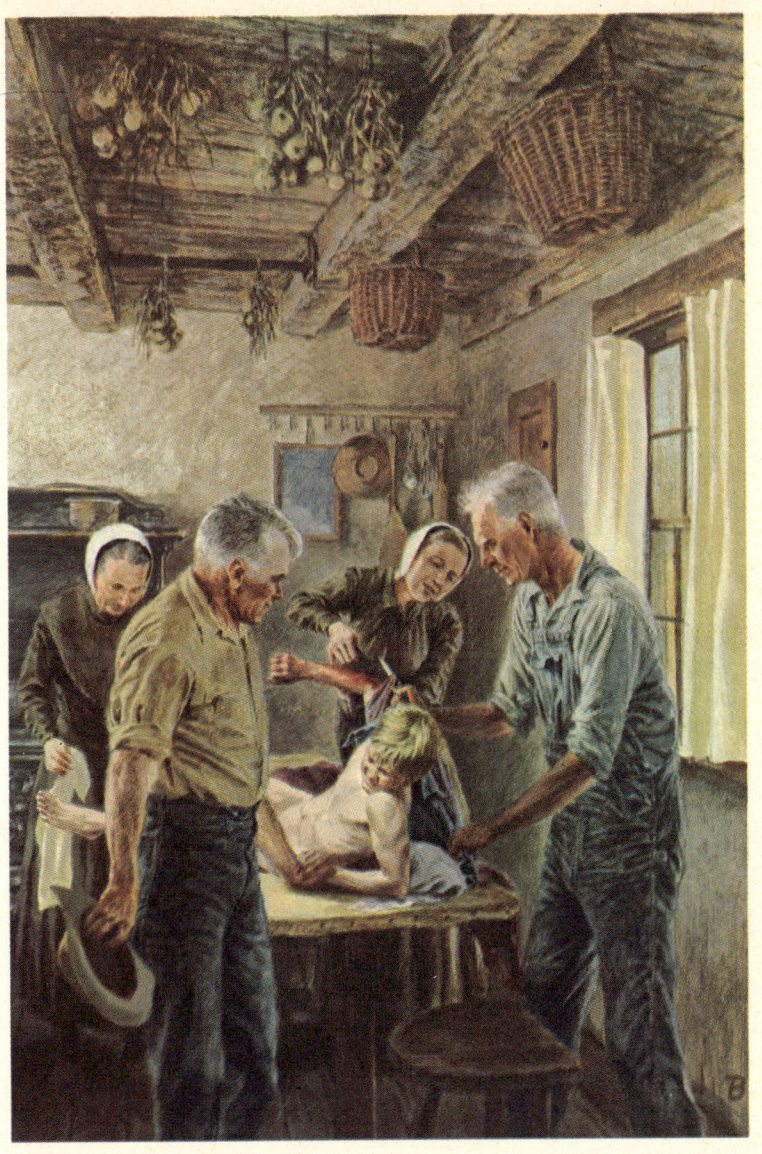

„Eines Tages willst du doch in Learning auf die Bank gehen und deinen Namen schreiben, oder nicht?"

„Ja, Sir."

„Ich reiß mich nicht drum, einen Dummkopf großzuziehen."

„Nein, Papa."

Beim Versuch, meinen rechten Arm zu bewegen, zuckte ich zusammen. Wider Willen entfuhr mir ein Schmerzenslaut.

„Hat dich ganz schön gebissen, die Kuh. Bis auf den Knochen."

„Stimmt. Ich dachte immer, Kühe beißen nicht."

„Jedes Tier beißt, wenn man's reizt. Du hast ihr doch diesen Kropf rausgezogen, nicht?"

„Ja, Sir. Ihr Kalb hing auch fest. Deshalb hab ichs rausgezogen. Hab meine Hose zerrissen und mich auch. Ich und das Kalb und Schürze, wir haben 'nen großen Teil von Vermont in Stücke gerissen und uns selber mit."

„Wie fühlst du dich?"

„Wie wenn ich stürbe, wenigstens täts dann nicht mehr weh."

„Beklag dich lieber nicht. Ein Junge, der die Schule schwänzt und keinen Stock zu spüren kriegt . . ."

„Nein, Sir. Ich will mich auch nicht beklagen. Außer wenn ich ihn plötzlich bewege, ist mein Arm richtig taub. Aber alles übrige tut so elend weh. Ich steck so voll Dornen, daß es schon weh tut, wenn ich bloß dran denke. Jeder von den verfl . . ."

„Wie war das?"

„Sämtliche ollen Dornen von Vermont müssen in mir stecken, arbeiten sich durch und kommen auf der andern Seite wieder raus. Es plagt einen so, daß man am liebsten seine Seele verkaufen täte."

„Na, wenn deine Seele so jämmerlich aussieht wie dein Kadaver, dann bringt sie nicht viel, glaub ich." Papa fischte in seiner Tasche. „Hier sind zwei Stückchen Tannengummi. Eins ist für mich. Du willst ja sicher keins."

„Doch, o ja, bitte."

„Also hier. Hilft dir vielleicht vergessen, wo die Dornen stecken."

„Es hilft schon. Danke, Papa."

Tannengummi ist zuerst hart und körnig. Aber im warmen Mund wird er weich, so daß man ihn kauen kann. Das Stückchen, das Papa mir gegeben hatte, war aromatisch und voll Saft. Bloß, daß man immer wieder Rindenstückchen ausspucken muß.

„Heut hab ich Sumach gesehen, Junge."

„Ist er schon reif?"

Aus seiner Tasche holte Papa einen fingerdicken, zehn Zentimeter langen Sumachzweig. Er ließ sein Messer aufschnappen, schnitt die Rinde ringförmig aus und setzte ans eine Ende eine ordentliche Kerbe. Jetzt brauchte man ihn nur noch über Nacht einzuweichen, grade lange genug, um die Rindenhülse abziehen zu können. Und sie zu kochen, um das Gift zu töten.

„*Das* gibt eine Flöte, Robert. Ein Junge mit einer so feinen Flöte hat keinen vernünftigen Grund mehr, die Schule zu schwänzen. Meinst du nicht auch?"

„Doch, das mein ich auch, Papa."

Er erhob sich. Er war so groß und stattlich, daß sein Kopf beinah gegen den Dachbalken stieß. „Schlaf aber nicht ein mit dem Gummi im Mund."

„Tu ich nicht, Papa."

Er beugte sich herunter und zog mir die Steppdecke bis zum Hals hinauf. Am Geruch seiner Hand konnte ich erkennen, daß er heute Schweine geschlachtet hatte. Es roch fade nach Tod. Der Geruch ging immer von ihm aus, morgens wie abends. Bis er samstags alles auszog, in der Küche im Waschzuber stand und sich von den Schweinen und vom Töten reinigte. Sonntag morgens, wenn ich beim Shakergottesdienst neben ihm saß, roch er genau wie der große braune Seifenriegel, den er benutzte, und manchmal hatte er ein bißchen im Laden gekaufte Pomade auf dem Haar. Aber wenn man für den Lebensunterhalt Schweine schlachtet, kann man nicht immer nach Sonntagmorgen riechen. Dann riecht man eben nach schwerer Arbeit.

ZWEI

FAST eine Woche lag ich im Bett. Samstag war ich zum erstenmal wieder auf. So hatte ich es mir ausgedacht, um zwei Tage außer Bett und außer Haus zu haben, ohne an die Schule denken zu müssen.

„Gut", sagte Papa, als er mich zum Frühstück runtergehoppelt kommen sah. „Ich kann 'ne Hilfe brauchen, und du siehst richtig unternehmungslustig aus."

Ich hinkte ein bißchen mehr als unbedingt nötig, was aber keine

Spur nützte. Eine Stunde später ersetzten wir in dem Zaun, der Mr. Tanners Land von unserm trennte, einen Pfahl.

„Zäune sind was Komisches, nicht, Papa?"

„Wieso?"

„Na ja, du bist doch mit Mr. Tanner befreundet. Nachbarschaft und so. Aber wir halten diesen Zaun im Schuß, wie wenn Krieg wär. Ich glaub, Menschen sind die einzigen Wesen auf der Welt, die alles, was ihnen gehört, nehmen und einzäunen."

„Stimmt nicht", sagte Papa.

„Tiere bauen aber keine Zäune."

„Doch, tun sie. Im Frühling fliegt kein weibliches Rotkehlchen zu einem Männchen, dem nicht ein Teil des Waldes gehört. Den muß er einzäunen."

„Das hab ich nicht gewußt."

„Immer, wenn du den Rotkehlchenmann singen hörst, dann heißt das, was er singt, ‚Bleib von meinem Baum weg.' Das Flöten, das du hörst, ist sein Zaun. Ein Fuchs geht jeden Tag um sein Revier herum und benäßt hier einen Baum und da einen Stein. Das ist sein Zaun. Ich möchte sagen, alle Lebewesen richten so oder so einen Zaun auf. Wie der Baum mit seinen Wurzeln."

„Dann ist das ja gar nicht wie Krieg."

„Ein friedlicher Krieg. Wie ich Benjamin Franklin Tanner kenne, täte der sich mehr giften als ich selber, wenn seine Kühe in meinen Mais fänden. Ein Zaun bringt Menschen zusammen, nicht auseinander."

Während wir redeten, schaute ich von meiner Arbeit auf und Papa von seiner. Was wir da den Hang herunterkommen sahen, war die ulkigste Prozession im ganzen Landkreis. Es war Ben Tanner mit seiner Kuh Schürze, schwarzweiß und adrett wie ein Pfarrer. Und was unter ihrem Bauch einherstapfte und nach ihren Zitzen angelte, war nicht ein Kalb – es waren *zwei!* Und Mr. Tanner trug etwas auf dem Arm.

„Morgen, Haven!"

„Wünsch Euch einen guten Tag, Benjamin."

„Morgen, Rob, mein Junge."

„Morgen, Mr. Tanner." Aber ich sah ihn überhaupt nicht. Was meine ganze Aufmerksamkeit in Anspruch nahm, war das schönste Stierkälberpaar, das man sich nur vorstellen konnte. Sie waren noch schwärzer als Schürze und hatten nur am Hals einen reinweißen Fleck wie ein Lätzchen.

„Bob und Bib", sagte Mr. Tanner. „Und Bob heißt nach dir, Robert."

„Nanu", sagte Papa.

„Ein richtiges Gespann, die beiden. Hab mir immer schon 'n Joch Holsteinochsen gewünscht, um sie in Rutland auszustellen. Und jetzt, Haven, hab ich dank Eurem tüchtigen Sohn das feinste Gespann im ganzen Kreis. Auf dem nächsten Markt sind sie der Stolz von Learning."

„Schürze hatte *zwei?*" war alles, was ich herausbrachte.

„Zwei, Robert. Ich dank dir nochmals. Hier ist ein Ferkel für deine Mühe."

Unter seiner Jacke holte Mr. Tanner einen kleinen, weißen Ball von einem Ferkelchen hervor. Es hatte eine rosa Nase, rosa Öhrchen und in der Gabel seiner Zehen ebenfalls einen Hauch Rosa.

„Sie meinen, das Schweinchen soll mir gehören?"

„Dir, mein Junge. Ist klein genug für das, was du geleistet hast."

„Herr und Vater! Danke, Mr. Tanner."

Mr. Tanner reichte mir das Schweinchen, und ich nahm es. Erst stieß und quiekte es ein bißchen, als ich es aber mit beiden Armen an die Brust drückte, beruhigte es sich und schleckte mir das Gesicht. Sein Speichel hatte einen irgendwie traurigen Geruch, aber das war mir egal.

Es war *meins*.

„Wir danken Euch, Bruder Tanner", sagte Papa. „Aber es ist nicht Shakergewohnheit, sich für Nachbarschaftlichkeit belohnen zu lassen. Robert hat nur getan, was jeder Farmer für einen andern täte. Von Vergeltung oder Verpflichtung kann da keine Rede sein."

Mir wurde schlecht. Richtig schlecht.

„Haven, wann ist der Junge geboren?"

„Februar", sagte ich, ehe Papa antworten konnte.

„Rein verschwitzt", sagte Mr. Tanner. „In dem Fall muß ich mich entschuldigen, daß es mir so spät eingefallen ist. Das Schweinchen gehört dir, Robert, und wenn ichs auf meinem Land erwische, mach ich Schinken draus."

Papa schüttelte den Kopf. „Recht ist das nicht."

„Haven", sagte Mr. Tanner, „gekommen bin ich ja eigentlich, um

Euch zu bitten, mir später die beiden Teufel hier ins Joch spannen
zu helfen. Wollt Ihr?"

„Ja", sagte Papa.

„Gut, gut. Also dann, und weil ich nicht will, daß die Schuld wie
eine Wolke über mir hängt, tut mir den Gefallen, die Bezahlung
für Eure Hilfe schon im voraus anzunehmen, in Form eines neu-
geborenen Ferkels, eben entwöhnt, in der Blüte seiner Jugend."

„Gemacht", sagte Papa.

„Gemacht", sagte ich.

Daraufhin gaben wir beide, das Ferkel und ich, einen Quiekser
von uns. Es war mein, mein, mein, mein, *mein!*

Erst als ich es von neuem betrachtete, sah ich, wie schön es war.
Mein Schweinchen. Es war schöner als Schürze, schöner als ihre Käl-
ber. Es war schöner als unser Ochse Salomon. Schöner als Daisy,
unsere Milchkuh. Schöner als alle Hunde, alle Katzen, alle Hühner,
alle Fische in Learning und Umgebung. Blütenweiß war es und hatte
grade soviel Rosa an sich, um süß wie Marzipan auszusehen.

„Rosie", sagte ich.

„Schöner Name", meinte Mr. Tanner.

„Vielen Dank, Sir", sagte ich. Papas nachdrücklicher Rippenstoß
mit dem Stiel seiner Hacke sorgte dafür, daß meine Dankbarkeit
nicht auf sich warten ließ.

Während ich unserm Nachbarn, der mit seiner Kuh und den Zwil-
lingskälbern davonging, mit den Augen folgte, hielt ich Rosie fest
in den Armen. Noch nie war mir der sehnliche Wunsch nach etwas
Eigenem erfüllt worden. Nach etwas Eigenem von Wert jedenfalls.
Was ich sonst noch ersehnte, war ein Fahrrad; da ich aber wußte,
daß wir das nicht erschwingen konnten, brauchte ich es mir gar nicht
erst zu wünschen. Außerdem hätten Mama und Papa ein Fahrrad als
Teufelswerk betrachtet.

Als Tand! Und in einem Shakerhaus gab es nichts Schlimmeres als
Tand. In meinen Augen war die Welt voll davon. Aber alles, was
Mama sich wünschte und wozu sie kein Geld hatte, war für sie
Tand.

Na ja, selbst ein Blinder konnte Rosie nicht als Tand ansehen.
Was die für eine Zuchtsau abgäbe! Ich zählte die Zitzen an ihrem
Bauch. Zwölf. In einem Jahr oder so lag sie in ihrem Stall mit zwölf
Ferkelchen, die um die Wette sogen.

„Du mußt sie versorgen", sagte Papa. „Ein Schwein versorgen kann einen auf Trab halten wie 'ne Katze mit 'nem langen Schwanz in 'nem Zimmer voller Schaukelstühle. Sie braucht einen Stall und Stroh."

„Einen Stall?"

„Natürlich einen Stall. Was hast du denn gedacht, wo sie schlafen soll? Unter deinem Kissen?"

„Nein. Aber ich dachte, sie könnte bei Salomon und Daisy schlafen."

„Schwein und Rind kann man nicht unterm selben Dach halten. Steht im Buch der Shaker. Und das heißt, daß du, Robert, ihr einen Platz schaffen mußt."

„Na ja, groß muß er ja nicht sein."

„Jetzt nicht, nein. Aber was glaubst du denn, wie groß sie wird? Eh du dich versiehst, wiegt sie zwei Zentner."

„Zwei Zentner, das ist viel."

„Und ob. Sie wird mindestens drei Zentner schwer. Also setzt du am besten das Schweinchen auf die Erde, machst den Zaunpfahl da fertig und sperrst Rosie für die Nacht ein. Anderswo als Daisy."

„Aber warum nur?"

„Schweinefleisch läßt Milch gerinnen, Junge. Das ist allgemein bekannt."

„Ich möcht mal wissen, warum das so ist."

„Das geht auf die Zeit zurück, als Daisy und Rosie noch als wilde Tiere lebten. Daisy weiß, daß Rosie und ihre Artgenossen Zähne haben. Hauer. Und Schweine sind Fleischfresser, Kühe nicht. Vielleicht hat Bruder Tanner dir das Ferkel geschenkt, weil die Muttersau den restlichen Wurf aufgefressen hat. Eine Sau macht so was. Daisy nicht. Schürze auch nicht. Es ist wie mit dem Shakergesetz. Alles geht weit zurück."

„Zurück auf was?"

„Auf die Vernunft. Etwas, worum modernes Stadtvolk sich keinen Deut kümmert. Weil sie nichts davon verstehen, halten sie es für Unsinn. Es ist die Vernunft der Natur. In Salomon regt sie sich gegen Sonnenuntergang, und das ist die einzige Tageszeit, wo der große Ochse störrisch wird. Weil einst, vor langer Zeit, nach Sonnenuntergang die Wölfe kamen. Wenn Salomon auch noch nie einen Wolf gesehen hat, weiß er das doch. Er weiß, daß der Arbeitstag

vorüber ist und daß er Schutz braucht. Er braucht eine Wand, so
daß eine Flanke gedeckt ist und er die andere übersehen kann."

„Und darum will Daisy Rosie nicht in ihrer Nähe haben?"

„Darum: Weil Schweine eigentlich wilde Geschöpfe sind. Wenn du
Rosie freiließest, würde sie als wildes Tier im Gebirge leben. Und
das weiß unsere alte Daisy, und sie regt sich darüber auf."

„Papa, wenn nun Daisy wegliefe, würde sie dann eine Wildkuh?"

„Daisy nicht. Wenn wir sie im Stich ließen, liefe sie zu einer andern
Farm und einer andern Herde. Sie täte die Nacht abwarten und dann
auf ein erleuchtetes Haus zutrotten. Zu Tanners Farm vielleicht. Das
rotleuchtende Fenster von Heim und Herd."

„Weißt du das genau?"

„Nun, du erinnerst dich doch noch, wie wir die ganze Nacht draußen gelagert haben, oben auf dem Bleiberg. Was für ein Tier kam
denn da nachts zu uns, bloß um unser Lagerfeuer zu teilen, und wo
du gemeint hast, es wär ein Bär?"

„Eine *Kuh*. Papa, weißt du noch, was wir gemacht haben, wie die
alte Kuh die ganze Nacht bei uns blieb?"

„Beim ersten Licht haben wir sie 'n bißchen gemolken. So hattest
du 'nen Becher kuhwarme Milch zum Frühstück. Und ich hatte 'nen
Löffelvoll in meinen Kaffee."

„War das gestohlen, Papa?"

„Kaum. Wenn's meine Kuh gewesen wär, hätt ich gern mit andern
geteilt. Und wir haben ja bloß 'nen Becher voll genommen. War ja
nicht, wie wenn wir sie richtig gemolken hätten."

„Meinst du, der Herr vergibt uns das?"

„Glaub ich schon. Der gütige Herr sieht das nicht gern, wenn ein
Mensch 'nen kalten Morgen mit nichts als schwarzem Kaffee
beginnt."

Im Handumdrehen war Rosie mein Schwein.

An dem Samstagmorgen mußten Papa und ich noch unser begon-
nenes Geschäft, den Ostzaun zu reparieren, zu Ende bringen. Die
ganze Zeit, während ich arbeitete, wich Rosie mir nicht von den
Hacken; sie schnoberte mit ihrem rosigen Rüsselchen um mich herum
am Boden, wie das alle Schweine machen. Und als wir beim Mittags-
läuten aufhörten und zum Essen gingen, lief sie den ganzen Weg
über die Ostwiese hinter uns her. Ich wollte sie mit in die Küche

nehmen, aber davon wollte Mama nichts wissen, obwohl sie und Tante Carrie bekannten, daß Rosie so ziemlich das schönste Schwein sei, das sie je gesehen hätten.

Bevor wir aßen, mischte ich in einer Schüssel aus Milch und Maismehl eine Mahlzeit für Rosie. Erst sah es so aus, als wollte sie es nicht nehmen. Als ich aber einen Finger hineintauchte und sie ihn abschlecken ließ, ging sie zur Schüssel. Ich sah nach, ob ich auch die angeknackste genommen hatte, weil es sonst eine Abreibung gesetzt hätte.

Nach dem Essen ging Papa mit Rosie und mir im Kielwasser zum Stall. Er wanderte ein paarmal um ihn herum und blieb schließlich auf der Südseite stehen. Er stellte den Fuß auf einen Baumstumpf, stützte den Ellenbogen aufs Knie und starrte richtig angespannt auf unsern alten Maisspeicher.

„Was hast du vor, Papa?"

„Rob, der Maisspeicher da gäbe doch 'n feines Haus für dein Schwein. Bloß, daß er mächtig nah am Kuhstall steht."

„Nah? Er stößt dran."

„'n Glück, daß er Kufen hat. Wir können ihn verschieben."

„Wir können ihn nicht ziehen, Papa. Wir haben doch nur einen Ochsen."

„Das schafft Salomon. Mit 'ner Winde lassen wir ihn das machen – mit 'ner großen starken Kurbel."

„Wie man sie bei Base Matty braucht, um das Brunnenwasser hochzuziehen?"

„Grad so. Geh Salomon holen und nimm dich vor seinen Hufen in acht."

Bloß mit der Hand an einem seiner Hörner, führte ich Salomon zum Speicher und tat immer zwei Schritte, wenn er einen machte. Dann ging ich in die Geschirrkammer und holte sein Joch. Es war aus festem Hickoryholz und wog ungefähr soviel wie ich selber. Ich mußte zweimal gehen und brachte beim zweitenmal den Halsbogen und den Schließbolzen. Papa erschien mit zwei langen Pfählen, einer Kette und einem Gerät zum Graben von Pfostenlöchern.

Mit dem machte er, wiesenabwärts und ein Stück vom Maisspeicher entfernt, ein Loch in die Erde. Einen an einer Roßhaarschnur befestigten Kieselstein ließ er tief in das Loch hängen, um festzustellen, ob es lotrecht war. Dann senkte er einen der schon beinah stammdicken Pfähle hinein. Ungefähr drei Hände Umfang habe der Pfosten, sagte Papa. Er bildete die Achse der Winde.

Dicht über dem Boden war in der Achse ein Loch, in das Papa jetzt den Pfosten einpaßte, der als Kurbel dienen sollte.

„Ist Salomon fertig?"

„Ich brauch Hilfe, Papa. Ich kann ihm das Joch nicht allein auf die Schulter heben."

Als Salomon angejocht, mit der Windenkurbel verbunden, ein Kettenende am Speicher und das andere an der Achse befestigt war, konnte es losgehen.

„Also", sagte Papa, „du meinst, ein Ochse kann die Scheuer da nicht ziehen?"

„Nein", sagte ich. „Sie ist zu sperrig. Nicht mal Mr. Tanners rotbraune Belgier könnten die bewegen, wenn du meine Meinung wissen willst."

Papa schnalzte, und der Ochse Salomon legte sich ins Joch. Die Kurbel begann sich zu drehen. Salomon ging im Kreis, immer rundum, und die Kette zog sich richtig fest an. Als sie gespannt war, schnappte sie vom Boden hoch, aber der alte Salomon schritt ruhig weiter. Nach der ersten Runde machte Papa einen Graben für die Kette, damit Salomon nicht bei jeder Runde drübertreten mußte. Anzutreiben brauchte man den großen Ochsen überhaupt nicht. Ganz von selbst ging er im Kreise, und der Speicher näherte sich Zentimeter um Zentimeter dem Achsenpfahl.

„Guck mal, Papa. Salomon schafft es allein."

„Aber sicher. Salomon hat mir nämlich Bescheid gesagt, daß er kein Schweineschlafzimmer neben seinem will. Er sagt, er hält sich ans Shakergesetz."

„Papa, glaubst du eigentlich an das ganze Shakergesetz?"

„An das meiste. Ich bin froh, daß im Buch der Shaker alles aufgeschrieben ist."

„Woher weißt du, daß alles aufgeschrieben ist, Papa? Du kannst doch nicht lesen."

Ehe er antwortete, sah Papa mich an. „Nein, lesen kann ich nicht. Aber man hat mir unser Gesetz vorgelesen. Und weil ich nicht lesen kann, mußte ich von ganzem Herzen zuhören. Es hätte ja das einzige und letzte Mal sein können, daß ich den Inhalt zu hören bekam."

„Ich kann mich nicht mit all den Shakergesetzen anfreunden.

Besonders mit dem nicht, das sagt, wir könnten sonntags nicht zum Baseballspiel gehen. Jacob Henry und sein Vater gehn immer. Und ich möchte die Grüberjungs spielen sehen."

„Was ist ein Grüberjunge?"

„Das ist 'ne Abkürzung von Grüne-Berge-Jungs. Die haben was zu tun mit 'nem Mann namens Ethan Allen. Ich dachte, der wär mal der Mannschaftskapitän gewesen. Unsere Schulbücherei hat so ein Buch über die Geschichte des Baseballs. Da steht 'ne Menge drin über Abner Doubleday, aber über Ethan Allen wars dürftig."

„Ich könnte keinen Baseballer vom andern unterscheiden."

„Na ja", sagte ich, „dies Buch, das ich gelesen hab, läßt einen glauben, daß Ethan Allen 'ne Null war. Und daß Abner Doubleday alles gemacht hat, worauf es ankam. Und deshalb hab ich mich bei der Geschichtsarbeit, die wir bei Miß Malcolm geschrieben haben, so verhauen."

„Du hast Mama und mir erzählt, du hättest in der Arbeit die beste Note bekommen. Hast du falsch Zeugnis abgelegt, Rob?"

„Nein, Sir. Die höchste Punktzahl hab ich schon bekommen. Neunundneunzig. Hundert Fragen waren's, und ich hab nur eine verpatzt. Die fragte nach Vermontern, die in unserer Geschichte 'ne Schlüsselrolle *gespielt* hätten. Und weil ich das Buch gelesen hatte, hab ich einfach Abner Doubleday hingeschrieben."

„Statt Ethan Allen?"

„Stimmt, Papa. Das war 'n Fehler, klar. Aber eines weiß ich jetzt, daß Miß Malcolm von den beiden Männern Ethan Allen bevorzugt. Sie sagt, weil wir in 'nem freien Land wie Vermont leben, sollten wir alle stolz auf Ethan Allen und seine Grüne-Berge-Jungs sein. Sie sagt, wir müßten auf unser Gestern genauso stolz sein wie auf unser Heute."

„Wie ist das gemeint?"

„Ich denke, das heißt stolz sein darauf, in Vermont zu leben, und stolz auf Ethan Allen. Genauso wie auf Calvin Coolidge. Mit dem können wir uns auch dicktun."

„Tun wir auch. Er ist unser Präsident."

Salomon zog seine Kreise und mit jeder Runde den Maisspeicher näher an die Achse heran. Was der alte Ochse ziehen konnte, das war 'ne Wucht. Und er wand die dicke Kette um den Pfahl wie 'ne Drachenschnur auf 'ne Spindel.

„Miß Malcolm sagt, sie hätte für Coolidge gestimmt und deshalb sei er Präsident. Hast du auch für Coolidge gestimmt, Papa?"

„Nein. Ich darf nicht wählen."

„Ich auch nicht. Zum Wählen muß man einundzwanzig sein. Ich bin erst zwölf."

„Ich dürfte auf die Sechzig losgehn."

„Und warum kannst du dann nicht wählen? Weil du Shaker bist?"

„Nein. Weil ich nicht lesen und schreiben kann. Wenn ein Mann das nicht kann, dann meinen die Leute, er sei auch schwach im Kopf."

„Wer bestimmt das?"

„Leute, die mich ansehen und mich nicht so nehmen, wie ich bin. Leute, die mich bloß mein Zeichen machen sehen, mein Kreuz, weil ich nicht mit meinem Namen unterschreiben kann. Die können ja nicht sehen, wie ich Balken richte, wenn ich unsere Scheune baue, oder daß der Mais auf meinen Feldern schnurgrade steht wie Zäune. Auf den Straßen von Learning sehen mich die Leute in Sachen, die mir meine eigene Frau gemacht hat. Die kümmert es nicht, daß mein Rock aus festem Stoff ist und mich warm hält. Denen ist es egal, daß ich keine Schulden habe und keinem Menschen verpflichtet bin."

„Und deswegen kannst du nicht wählen, Papa?"

„Ja, Junge. Das ist der Grund."

„Macht dich das nicht traurig?"

„Nein. Ich nehm es, wie es ist. Wir gehören zu den einfachen Menschen, deine Mutter, deine Tante, deine Schwestern, du und ich. Wir leiden weniger, weil uns die weltlichen Bedürfnisse und Wünsche nicht plagen. Ich bin nicht traurig, denn ich bin reich, und sie sind arm."

„Wir sind doch nicht reich, Papa. Wir sind –"

„Doch, Junge, sind wir. Wir haben uns, um einander zu dienen, und wir haben dies Land zu bestellen. Und eines Tages gehört es uns ganz. Wir haben Salomon, der eine Winde drehen kann und uns unsere Lasten tragen hilft. Wir haben Daisys warme Milch. Wir haben den Regen zum Putzen und uns vom Schmutz zu säubern. Wir können den Sonnenuntergang betrachten und haben soviel zu sehen, daß uns die Augen feucht werden und unser Herz rascher schlägt. Wir hören all die Musik, die der Wind macht; soviel Musik, daß es meinen Fuß juckt, den Takt dazu zu treten. Wie bei einer Fiedel."

„Kann ja alles sein, Papa. Aber hauptsächlich haben wir doch Dreck und Arbeit, find ich."

„Schon richtig. Aber es ist *unser* Dreck, Rob. Noch ganz wenige Jahre, dann gehört uns dies Land. Und die Arbeit: was macht das denn, wenn wir einen kräftigen Rücken haben und sie leisten können? Es gibt Tage, da mein ich, ich könnte kein einziges von Clays Schweinen mehr abstechen. Und doch tu ichs, weils getan werden muß. Es ist meine Bestimmung."

„Papa, ist das die Bestimmung, von der im Gottesdienst gepredigt wird?"

„So ist es. Und jeder Mensch muß sich mit seiner eigenen Bestimmung abfinden. Meine sind die Schweine. Und ich bin dankbar dafür, ins Bild zu gehören."

„In was für ein Bild?"

„Das Bild von Vermont, Junge. Weißt du nicht, was Vermont zu einem guten Staat macht?"

„Nein."

„Leicht wie Bohnenstroh. In diesem Staat hier können wir aus Gras Milch machen und aus Mais Schweinefleisch."

„Ist wohl klar wie Kloßbrühe."

„Klarer."

Salomon, der unentwegt im Kreise ging, schnaubte, als wollte er sagen, die ganze Sache hätte seinen Segen.

„In dieser Gegend hier gibts bestimmt 'ne Menge Maisfelder und Wiesen", sagte ich. „Wenn wir das alles in Milch und Schweinefleisch verwandeln wollen, dann können wir von Glück sagen, wenn wir beibleiben. Oder mindestens ungefähr."

„Würden wir kaum, wenn wir alle solche Träumer wären wie du. Der alte Salomon ist auch 'n Träumer. Und doch zieht er seine Kreise. Und jetzt guck mal, wohin er die alte Maisscheuer gezogen hat."

Kaum zu fassen. Während Papa und ich uns unterhielten, hatte Salomon die alte Maisscheuer zweimal so weit gezogen, wie Papa groß ist.

Jetzt machte Papa sich daran, frisch geschnittene Planken aufzunageln, um Rosies Stall winterfest zu machen.

„Papa, muß Holz denn nicht ablagern, ehe man damit baut?"

„Für innen, ja. Aber eine Außenwand kann man damit bauen, da lagert sich das frische Holz ja von selbst ab."

Mit einem Handbohrer machte Papa Löcher in beide Enden der frischen Planken und in das alte Holz darunter. In jedes Loch schlug er mit dem Hammer einen Dübel aus Weißeiche, den er zuvor in Leinöl geweicht hatte. Und fertig war der Stall.

Darin schlief Rosie in ihrer ersten Nacht bei uns. Und ich auch, weil ich mir vorstellte, sie müsse sich an einem neuen Ort und weit weg von ihrer dicken fetten alten Mama einsam fühlen. So kuschelten wir uns denn in dem vielen sauberen Stroh unter den Resten von Mr. Tanners Pferdedecke eng aneinander.

Mit Rosie so dicht neben mir, muß ich in der Nacht ganz sicher der glücklichste Junge von ganz Learning gewesen sein.

DREI

Der nächste Tag war ein Sonntag. Wir vier – Mama, Papa, Tante Carrie und ich – gingen zum Shakergottesdienst. Wir bildeten den Rest der Familie. Meine vier Schwestern waren schon unter der Haube.

Salomon zog den Wagen den ganzen Weg nach Learning und wieder heim. Es war ein richtig schöner sonniger Sonntag; nichts dran auszusetzen. Und das Beste von allem: Ich saß im Gottesdienst so, daß ich Becky Tate sehen konnte, sie mich aber nicht.

Am Nachmittag machten Rosie und ich einen Spaziergang auf den Hügeln zwischen unserm Land und dem von Mr. Tanner. Um den Platz, an dem die gute Schürze und ich aneinandergeraten waren, machten wir einen Bogen. Mir lag so gut wie nichts daran, ihn allzubald wiederzusehen.

Rosie schnoberte zwischen den Blättern herum und fand ihre allererste Walnuß, die noch vom Herbst übrig war. Eine Weile beschnüffelte sie sie mit ihrem rosa Rüsselchen und versuchte sie dann mit ihren Zähnen zu knacken. Brachte das aber nicht fertig, so unermüdlich sie es auch versuchte. So legte ich die Nuß auf einen flachen Stein und knackte sie mit einem andern Stein. Mit dem Kern fütterte ich Rosie, und wir fanden auch noch ein paar mehr. Rosie schien sie zu mögen, und wenn ich mit dem Knacken aufhörte, deutete ihr Rüssel jedesmal zu dem Stein.

Besonders nett am April finde ich, daß fast überall kleine Bächlein fließen. Wo die Fichten dicht standen, konnte man hier und da noch einen Schneefleck erkennen, aber das meiste Land lag schon offen unter der Sonne, war weich und braun und für die neue Saat bereit. Eins der winzigen Wässerlein, nicht ganz so breit wie meine Hand, strömte besonders rasch. Der ganze Fleck war wie geschaffen für ein Bauwerk, mit dem ich mich jedes Frühjahr vergnügte.

„Rosie", sagte ich, „hast du schon mal ein Wasserrad gesehen? Na, ich mach eins, und jetzt paß mal gut auf."

Ich suchte zwei kleine Astgabeln, die ich mit der Gabelung nach oben rechts und links des Bächleins in den Schlamm steckte. Dann legte ich, mit einem kleinen Schmutzklecks als Schmiere, auf die beiden Gabeln eine Achse aus Lindenholz. Jetzt brauchte ich nur noch drei oder vier kleine Schaufeln zu schnitzen und in die Achse zu stecken. Dann trieb ich die beiden Ästchen so tief in den Schlamm, bis das Wasser die Schaufeln berührte und die kräftige Strömung des winzigen Rinnsals sie immer rundum drehte. Einen Augenblick oder zwei sah Rosie zu, fand das Ganze aber dann doch nicht annähernd so gut wie Walnüsse.

Als ich auf dem braunen Nadelteppich am Boden lag, machte sie sich allein auf den Weg. Aber nie sehr weit. Einmal entfernte sie sich ein bißchen weiter, und eine große schwarze Krähe auf einem Hickorybaum über ihr stieß ein lautes Krächzen aus, woraufhin Rosie einen Satz machte und wie gestochen quiekte. Dann kam sie zu mir zurückgerannt, als sei ihr der Leibhaftige auf den Fersen, und hörte nicht auf zu quieken, bis sie in meinen Armen war und mich abschlecken konnte. Ich ließ sie die Wärme meines Hemdes fühlen. Oh, sie war ganz mein Schweinchen!

Aber nur Minuten nachdem die Krähe sie erschreckt hatte, watete sie ins Wasser. Um ein Haar hätte sie auf einen Frosch getreten. Und als der einen Satz machte, tat sie desgleichen. Der Frosch tat aber nur einen einzigen Satz und hockte dann da. Wie wenn er auf sie wartete.

Lange brauchte er nicht zu warten. Im Handumdrehen hatte Rosie ihren Mumm wieder beisammen und ging so nah an ihn heran, daß sie ihn witterte. Diesmal erschrak sie nicht, als er sprang. Rosie nicht! Ich glaube, sie hatte schon heraus, daß man von ihm nichts zu fürchten hatte. Sie jagte ihn gradezu, und er hüpfte immer weiter. Richtig nett anzusehen.

Ist ja was Komisches mit den Fröschen. Einmal hab ich mit Papa zusammen eine ganze Menge gesäubert. „Papa", sagte ich, „ist das nicht sonderbar, daß man von 'nem Frosch bloß zwei Beine essen kann statt vier?"

Und er antwortete: „Paß mal auf, Rob. Du fängst einen richtig großen Ochsenfrosch und zähmst ihn. Und dann bringst du ihm bei, rückwärts zu springen. Davon werden dann seine Vorderbeine genauso dick wie seine Hinterbeine."

Und wißt ihr was? Ich hab das wirklich probiert. Am nächsten Tag bin ich zum Sumpf gegangen, hab mir einen Ochsenfrosch gefangen und mich den halben Vormittag damit abgemüht, ihm das Rückwärtsspringen beizubringen. Meint ihr, er hätte es getan? Kein einziges Mal. Von Papa kann man nicht sagen, daß er jedes Jahr mal lacht, aber da hat ers getan.

Ehe ich mich versah, war ich dabei, Rosie die Froschgeschichte zu erzählen. „Röschen", sagte ich, „wie wärs? Willst du 'nen Frosch zum Abendessen?"

Sie sah mich mit ihren ulkigen Schweinsäugelchen bloß an, was Ja bedeuten konnte. So ließen wir das Wasserrad sich weiterdrehen und stürmten den Hang runter in Richtung Sumpf. Wir langten auch richtig an, begannen im Sumpfgras herumzuwaten und sahen unter ein paar Steine, um nach Fröschen zu suchen. Allzu viele gabs offenbar nicht. Genaugenommen überhaupt keinen. So wollte Rosie denn ihr Glück vermutlich selbst versuchen. Sie bohrte ihre kleine Schnute zwischen zwei Steine am Tümpelrand und fand gleich auf Anhieb was. Etwas, das sehr gut rückwärts springen konnte, bloß daß es kein Frosch war.

Wie Rosie quiekte! Weil an ihrem Rüsselchen ein großer Panzerkrebs hing. Ich machte ihn los und warf ihn in den Tümpel zurück. Aber sie jammerte noch lange weiter.

Vom Gipfel des Hügels aus konnten Rosie und ich Mr. Tanners Farm sehen. Prächtig, wie die aussah, beinah wie unsere. Die langgestreckte Scheune war weiß gestrichen, und die Wiesen hatten weiße Zäune.

An der uns zugekehrten Seite des großen weißen Hauses lag eine kleine Wiese, auf der ich Schürze mit ihren beiden Stierkälbern weiden sah. Beim bloßen Anblick der mächtigen Holsteinkuh tat mir der

Arm weh. Die Fäden waren noch drin, und ich nahm an, daß sie bis zum Nimmerleinstag drinblieben. Sollte Mama die Absicht haben, ihre Näherei zu entfernen, hatte sie mir jedenfalls nichts davon gesagt. Ich konnte mir auch nicht richtig vorstellen, wie man aus jemandes Arm Fäden rauszog, aber bestimmt war das mit allerlei Schneiden verbunden. Und ich war nicht scharf auf 'ne weitere Portion davon.

Schön war das, von der einsamen Höhe herunter Bob und Bib hinter Schürze herzotteln zu sehen. Bob war nach mir genannt. Richtig heiße ich Robert Peck, aber ich werde sehr oft Bob gerufen.

„Rosie", sagte ich, „weißt du, daß ich nach Major Robert Rogers heiße? Der verstand sich auf die Indianer! Es hat 'ne Zeit gegeben, da war in Vermont und im Staat New York kein Irokese, der nicht beim Namen von Major Robert Rogers 'nen Schreck bekam. Manche behaupten, er wär 'n Abkömmling von Shakern gewesen. So wie ich und du. Aber er war nicht angezogen wie Shaker. Er trug Indianerkleider, Hemden und Hosen aus Rehleder und keine Strümpfe – sagen die Leute.

Major Robert Rogers war 'n sehr berühmter Mann. Weißt du, wie berühmt? Wenn man über den See nach Ticonderoga rudert, kommt man an 'nen großen Felssturz. Oberhalb davon auf dem Westufer des Lake George jagten ihn die Indianer, und da rutschte Robert Rogers diesen Felssturz runter, um ihnen zu entkommen."

Falls Rosie so gescheit war, daß sie das schon wußte, merken ließ sie es jedenfalls nicht. Sie schnoberte zwischen den Farnen herum, ohne das mindeste zu finden. Ich erzählte ihr aber trotzdem weiter von Robert Rogers. „Nach allem, was ich in Geschichtsbüchern von ihm gelesen hab, brauchte er natürlich nicht vor den Indianern auszureißen. Er hätte sich umdrehen und einen nach dem andern besiegen können. Er hätte auch jeden einzeln den Rogersfelsen runterstürzen können.

Als mein Großvater noch lebte, hab ich ihm mal erzählt, wie furchtbar Major Rogers die Indianer gehaßt hat. Und da sagte Opa, der Major hätte sie überhaupt nicht gehaßt. Weil nämlich 'ne Anzahl Indianerfrauen in der Gegend Kinder gehabt hätten, die aussahen, wie wenn sie von Robert Rogers abstammten.

Na ja, er muß 'n Allroundmann gewesen sein. Und deshalb bin ich richtig stolz, daß ich seinen Namen trage.

„Jetzt komm. Rosie", sagte ich. „Es wird höchste Zeit für die Abendarbeit. Dich muß ich füttern und Daisy und Salomon. Und wenn ich zur Abendarbeit nicht daheim bin, dann wird Papa mächtig aufgeregt. Und da hat er recht. Stallarbeit ist meine Bestimmung, nicht seine."

So schnell ich konnte, rannte ich den Hang hinunter, bloß um zu sehen, ob meine Rosie mit mir Schritt halten konnte. Und ob! Ich rannte bis zum Bach. Und auch da hielt ich nicht an. Ich sprang einfach drüber. Segelte durch die Luft und landete am andern Ufer. Rosie sprang nicht. Aber sie watete durch, fix wie der Teufel. Platschte richtig durch, daß ihre Hufe das ganze Silber aufwühlten.

„Komm schnell mal her", sagte Mama, die unter der Scheunentür stand. Gleich hinter der Tür war im Heu ein Nest, dicht an der warmen Wand neben Daisy. Darin lag unsere gescheckte Scheunenkatze, Miß Sarah, mit drei der süßesten Kätzchen, die man sich vorstellen konnte. Ein Trio, einfach sehenswert.

„Schau mal, Rosie", sagte ich und hob sie hoch, damit sie Miß Sarah und ihre Jungen sehen konnte.

„Eine Katze kann noch so oft Junge haben", sagte Mama, „es ist immer wieder zum Staunen."

Es WURDE Juni. Am letzten Schultag war ich richtig glücklich. Nachmittags war es heiß und staubtrocken, und ich war froh, daß ich auf dem weichen Grün der Weide heimgehen konnte, statt auf dem langen Umweg über die staubige Straße Steine vor mir her zu kicken. In einiger Entfernung kam rechts von mir auf dem Weg zur Stadt ein Lastwagen den langen Hang herunter. Im Fahren wirbelte er Staubwolken auf, die hinter ihm in der Luft hängenblieben, wie wenn der Wagen von einer langen grauen Schlange verfolgt würde. Der Fahrer hatte seinen Rock ausgezogen und seine Hemdsärmel aufgerollt.

Ich sah dem Wagen nach, bis er in einer Wegbiegung außer Sicht kam. Und bald war auch die Schlange verschwunden. Als sei der Wagen überhaupt nicht vorbeigekommen.

Aus ein paar hundert Meter Entfernung konnte ich die Maisscheuer erkennen und ein bißchen später Rosie herumlaufen und eins der Hühner jagen sehen. Als ich näher heran war, rief ich Rosie, und sie kam mir entgegen. Junge! Wie die wuchs! Seit genau zehn

Wochen hatte ich sie jetzt, und schon war sie beinah so groß wie ich. Ich legte mich auf den Rücken ins Gras, damit sie zu mir kommen und ich ihr ins Gesicht sehen konnte. Für mich sah es immer so aus, als ob sie lächelte. Ich bin sogar überzeugt, daß sie lächelte. Alle möglichen Dinge lächeln doch, die Blumen zum Beispiel in die Sonne. Und eins war sicher. Wie ich bei Rosies Anblick lächeln konnte, so konnte sie's, wenn sie mich sah.

Ich stand auf und rannte heimwärts. Rosie hinter mir her, aber nicht mehr so flink wie damals, als sie noch winzig war. Je dicker, um so schwerfälliger wurde sie. Als wir am Zaun ankamen, sah ich Mama auf der Vorderveranda. Hoffentlich hatte sie mich nicht in meinem Schulanzug auf der Wiese rumrollen sehen.

Da das Gras jetzt hoch stand, arbeitete ich am nächsten Tag mit Papa auf dem Heuwagen. Und dann, nach der Stallarbeit, im weichen Klee auf dem Rücken zu liegen, ohne was andres zu tun, als auf den Abend zu warten, das tat gut.

Rosie war bei mir und legte sich auch hin. Obwohl sie den ganzen Tag keinen Schlag getan hatte. Wie ein Gebirge von weißem Schwein lag sie im weiten roten Kleefeld. Hier und da stand ein Buschen von Johanniskraut. Das schien sich nicht mit dem Klee vermischen zu wollen, sondern hielt sich zu seiner eigenen Art.

Als die Sonne sich zu neigen begann, kam der Klee mir röter vor als je. Er wurde jetzt reif, man konnte einen dicken roten Ball in die Hand nehmen und die Blütchen herauszupfen. War angenehm, sie auszusaugen, und schmeckte genauso süß wie der Honig, den die Bienen daraus machten. Indem ich die Blütchen zwischen den Vorderzähnen durchzog, drückte ich mir den zuckrigen Nektar in den Mund und spuckte das Hülschen aus. Ich wollte es auch Rosie versuchen lassen, aber ich glaube, Schweine haben für Klee überhaupt nichts übrig.

Über uns am Himmel sah ich einen Buntfalken. Er mußte grade sein Nest auf dem Kamm verlassen haben und zog den ersten Kreis seines Abendflugs. Mit ganz leichten Flügelschlägen stieg er höher. Als er über uns hinwegflog, sah ich das Rot seines Schwanzes – wie eine Fackel gegen die milderen Farben seiner Unterseite. Er stieg, stieg, stieg. Dann, als er über dem offenen Wiesenland unserer Farm schwebte, wurden seine Kreise weiter. So hoch, daß er nur mehr ein dunkler Punkt mit Flügeln war. Die Wolken über ihm leuchteten jetzt apfelsinenfarbig. Wie wenn Mama Pfirsichsaft über bröckligen weißen Quark gießt. Am westlichsten Punkt seines Kreises verlor ich ihn beinah im Sonnenuntergang.

Bald aber kam er zurück. Als der winzige Fleck genau über mir stand, hielt er inne. Einen Augenblick stand er reglos, wie gegen eine Wolke geklebt. Aber dann wurde er größer und größer. Ich setzte mich im Klee auf, um seinen Sturzflug zu beobachten, und einen Augenblick lang dachte ich, er zielte auf mich. Wenn ich auch wußte, daß der Falke nicht nach mir jagte. Und er kam tiefer, tiefer, tiefer, tiefer, tiefer. Ohne die Flügel zu regen, als seien sie ihm gegen die Seiten geheftet und könnten seinen Sturz nicht aufhalten. Er mußte einfach zu Boden stürzen, und ich sprang auf die Füße, um das nicht zu verpassen.

Wumm! Nur wenige Meter neben meinem Platz im Klee landete er. Direkt hinter einem Wacholderbusch. Er traf etwas, das so groß war wie er selber, beinah jedenfalls. Und was es auch war, es warf sich auf dem Boden hin und her. Und da der Falke seine Fänge in den Pelz geschlagen hatte, wurde er tüchtig durch den Wacholderbusch gebeutelt. Aber er brauchte ja nur festzuhalten und seine Fänge in Herz oder Lunge zu schlagen.

Dann hörte ich den Schrei. Den jammervollen Schrei, der sogar Rosie auf die Beine brachte. Nur einmal hatte ich ihn bis dahin gehört, den Todesschrei des Kaninchens, den man nicht so leicht vergißt. Wie wenn ein neugeborenes Kind schreit, so ungefähr hört es sich an. Es ist der einzige Schrei, den ein Kaninchen in seinem ganzen Leben je von sich gibt – nur diesen einen Todesschrei, und alles ist vorüber.

Das Kaninchen zuckte nicht mehr, und der Falke ruhte aus, wahrscheinlich, um wieder zu Atem zu kommen. So regte ich mich nicht. Und Rosie auch nicht. Beide lagen wir stockstill, wie angewurzelt, auf den Knien im Klee. Ich wette, daß der Falke uns bemerkte, aber es scherte ihn keinen Deut.

Dann begann ich langsam, langsam mich ihm zu nähern. Auf drei Schritte kam ich heran, dann wars aus. Mr. Falke spreizte blitzschnell seine großen Flügel und war auf und davon, das schlaff herabhängende Kaninchen in den Fängen. Er flog dicht am Boden, bis er genügend Tempo zum Aufsteigen hatte.

Das Gras schlug gegen meine Beine, so lief ich ihm nach, aber er schmolz einfach außer Sicht. Natürlich hätte ich furchtbar gern sein Nest gesehen. Und wie er das frische Kaninchen zerriß und seine Jungen damit fütterte. Ich wette, sobald er mit seiner Beute im Nest landete, hatte die ganze Brut schon die Schnäbel aufgerissen und lechzte nach Brocken vom noch blutwarmen Kaninchenfleisch.

Wenn wir schon mal ein Kaninchen schossen, rieb Papa ihm immer das Bauchhaar gegen den Strich, um festzustellen, ob es gesund war. Fühlte er dabei Knoten, begrub er es, weil es dann Tollwut hatte. War es gesund, wanderte es in die Pfanne. Der bloße Gedanke ließ mir das Wasser im Mund zusammenlaufen.

Wenn also die jungen Falkennestlinge zu Kaninchenfleisch kamen, dann nur, weil sie mir zuvorgekommen waren. Ob Rosie Kaninchenfleisch mochte oder nicht, war mir unbekannt. Aber Schweine sind Fleischfresser. Mit ihren vierundvierzig Zähnen müßten sie Fleischfresser sein, sagt Papa. Soviel Zähne hab nicht mal ich. Also gut möglich, daß Rosie Kaninchen gefressen hätte.

Klar, daß ich sie gut fütterte. Damit sie auch ja richtig wuchs, gab ich ihr soviel Mais, Weizen, Gerste, Roggen, Hafer und Hirse, wie ich aus Papa oder Mr. Tanner rausboxen konnte. Auch von Daisys guter, frischer Milch bekam sie. Jedesmal, wenn ich fischen ging, bekam sie Fisch. Und soviel Sojamehl und Luzerne ich nur organisieren konnte. „Rob", sagte Mama, „du fütterst das Schwein besser als dich selbst." Da konnte sie recht haben. Rosie war ja mein Schwein. Meines! Und ich hätte den Verstand verloren, wenn sie nicht richtig zu essen gehabt hätte.

Das war aber nur die feste Nahrung. Dazu trank sie ungefähr fünf Liter Wasser am Tag. Und wie Salomon und Daisy wollte sie ihr Wasser kalt und frisch. Einmal war ich bei Jacob Henry, als er das Vieh tränkte. Sie hatten ein Pferd und eine Kuh und nur einen Eimer, deshalb mußte Jacob immer das Pferd zuerst tränken. Weil eine Kuh nach einem Pferd trinkt, aber ein Pferd nicht nach einer Kuh.

Und für jeden Eimer, den ein Pferd trinkt, trinkt eine Kuh drei. Aber das Pferd muß zuerst trinken.

Ich führte Buch über alles, was ich Rosie verfütterte, und oben in meinem Schlafzimmer schrieb ich alles auf. Wie ich mir ausgerechnet hatte, mußte sie für je dreihundertfünfzig Pfund Futter hundert Pfund an Gewicht zunehmen. Während ich noch da im Klee hockte

und eine Wacholderbeere kaute, kam Rosie zu mir und rieb sich an
mir. Und das Reiben hatte es in sich, denn sie wurde ja immer größer.

„Rosie", sagte ich, „du bist richtig gut versorgt. Du hast Schutz
und Obdach, und dein Stall hat einen guten Abfluß. Immer hast du
ein Bett aus frischem Stroh und das Sumpfloch am Teich zum Suhlen.
Und damit du keinen Staub in die Nase bekommst, sprenge ich sogar
den Hof." Sie schnorchelte. Natürlich wußte ich, das sollte nicht
danke oder so was heißen, aber es war doch lustig, sich das einzu-
bilden.

„Keine Ursache, Rosie. Und selbstverständlich versorge ich dich
auch weiterhin ordentlich. Warum? Du weißt doch, was aus dir wird?
Kein Schweinefleisch, o nein, Fräuleinchen. Eine Zuchtsau wirst du
und hast ein langes Leben vor dir. Wenn du richtig groß bist, wirst
du brünstig, wie es sich für ein Schwein gehört, und dann bringen
wir dich zum Decken zu Mr. Tanners Eber. Warte nur, bis du Samson
kennenlernst. Der ist der beste Zuchteber in ganz Learning, sagt Papa.
Dein erster Wurf müßte mindestens acht Ferkel bringen. Und später
zehn oder zwölf."

Aber solche Mutterschaftsgespräche schienen Rosie nicht besonders
zu interessieren. Sie wandte sich ab und schnappte nach einer Biene.

„Biene", sagte ich, „du bist bestimmt die letzte, die heute abend
noch draußen ist. Geh lieber heim zu deinem Baum. Es wird dunkel."

Jetzt war der ganze Himmel pfirsichrosa. Bei seinem bloßen Anblick fühlte man sich sauber, selbst wenn man den ganzen Tag gearbeitet hatte. Als ich Rosie für die Nacht in ihren Stall brachte, drückte
ich sie als Gutenachtgruß extra fest an mich. Auf dem Weg zum
Haus begegnete ich Papa, der in die Geschirrkammer ging. Auch eins
der kleinen Kätzchen war da, und ich nahm es auf den Arm. Die
winzigen Krällchen schlugen sich mir durch das Hemd hindurch in
die Schultern, bis ich es so fest hielt, daß es keine Angst vor dem
Fallen mehr hatte.

Papa hatte an einem Geschirr von Mr. Sander den Zugriemen
geflickt, und ich sah ihm zu, wie er seine Werkzeuge wegtat, jedes
an seinen Platz an der Wand der Geschirrkammer. Dann gingen wir
nach draußen, setzten uns auf eine Bank – ich immer noch mit dem
Kätzchen auf dem Arm – und sahen dem Sonnenuntergang zu. Das
Rosa wurde zu Purpur und das Purpur erblich zu einer Farbe, die
Mama Shakergrau nannte.

„Papa", sagte ich, „von allem, was es auf der Welt zu sehen gibt, ist der Himmel bei Sonnenuntergang mein Lieblingsanblick geworden, glaub ich. Und deiner?"

„Der Himmel ist gut zum Ansehen", sagte er. „Und ich denke mir, auch gut zum Verweilen."

VIER

Ich wußte nicht, wie spät es war, und bestimmt war mir das auch Wurscht. Mitten in der Nacht bei strömendem Regen. Auch krachte der Donner. Zu meinem Fenster regnete es herein, und ich warf es zu. Mein Fenster ging auf die Scheune, und durch den Regen konnte ich hinten drin das gelbe Licht einer Laterne erkennen.

Unten wurde gesprochen. Ich konnte Mamas und Tante Carries Stimmen unterscheiden und noch eine dritte Frauenstimme, die ich nicht kannte. Ich wollte wieder unter die Steppdecke schlüpfen, besann mich aber anders. Ich trat in den Winkel am oberen Treppenabsatz und lauschte. Jetzt erkannte ich die Stimme. Mrs. Hillman von weiter oben am Weg. Mit einer Laterne in der Hand stand sie unter der Haustür.

Mama und Tante Carrie versuchten sie ins Haus zu nötigen. Ich hörte etwas von einer Tasse heißem Tee, verstand aber nicht alles, weil der Regen so prasselte. Schließlich kam Mrs. Hillman herein, und sie machten die Haustür zu, was das Lauschen erleichterte.

„Er ist fort", sagte Mrs. Hillman. „Sebring ist fort... ich hab gehört, wie er die Ochsen geholt hat und gegangen ist, und ich glaub, ich weiß, wohin. Mit Spaten und allem. Ich hab ihn gehen sehen. Er hat sich 'ne Nacht wie heute ausgesucht, damit ihn keiner ihr Grab schänden sieht. Ich weiß es."

Wieder war die Rede von Tee, und hinten in der Küche hörte ich Tassen gegen Untertassen klirren.

„Diese Letty Phelbs, die Verwandte Eures Mannes. Sie hatte sich bei uns verdingt, als es mir so schlecht ging, vor Jahren. Aus dem Fenster meines Schlafzimmers hab ich alles sehen können. Sehen können, wie sie zu ihm in die Scheune ging. Und dann das Elend, die Geburt und das Sterben."

Von draußen herein kam Papa. Ich war gerade wieder im Bett,

als ich ihn rufen hörte. „Rob, steh auf, zieh dich an und spann den Ochsen vor den Wagen."

Ich war schnell fertig, fuhr ohne Socken in die Stiefel, lief hinunter und nach draußen zum Stall.

Salomon das Joch aufzulegen war fast zuviel für mich. Zum allererstenmal brachte ich es allein fertig. Aber dann zog es mich wieder ins Haus zurück, weil ich erfahren wollte, was eigentlich los war. Mein Magen fühlte sich irgendwie leer an, und ich zitterte. Als ich grade einen Anlauf nahm, um ins Haus zu laufen, sah ich Papa in seinem langen Regenmantel mit einer größeren Laterne und der Schrotflinte herauskommen.

Ehe ich noch fragen konnte, hob er mich auf den Kutschbock und legte mir eine alte Büffelfelldecke über die Beine. „Halt die Laterne, Junge."

Mit einem langen Stock gab er Salomon einen Stoß in die Seite, und der Wagen schlingerte in die pechschwarze Regennacht hinaus. Mehr als einmal schaute ich durch den Nebel zu unserm Haus zurück und wünschte mir, ich läge daheim im Bett.

„Es wird ja über 'ne neue Landstraße geredet", rief Papa mir durch das Regengeprassel zu, „und es heißt, sie würde so breit, daß sie die Friedhofsecke beim Gemeindehaus abschneidet."

„Fahren wir dahin, Papa?"

„Richtig."

„Warum?"

„Weil Sebring Hillman nicht entweihen soll, was da begraben liegt und uns gehört."

Also zum Friedhof waren wir unterwegs. Soviel wußte ich jetzt. Was Mr. Hillman auszugraben trachtete und warum, war mir egal. Mir war kalt und naß, und ich wollte schlafen.

„Rück näher", sagte Papa. „Und laß nur ja die Laterne nicht fallen."

Zweimal mußten wir absteigen und den Wagen durch den Schlamm schieben, der die Räder wie mit Kuchenteig überzog und an unsern Stiefeln sog. Wie wenn man in Sirup stünde.

Jetzt waren wir in Learning. Die ganze Stadt schlief. Beim Kaufladen fuhren wir um die Ecke und aufs Gemeindehaus zu. Auf dem Friedhof sah man kein Licht. Aber das Geräusch einer Schaufel, die auf Holz stieß, konnten wir hören. Richtig einsam klang das. Am

Friedhofstor stand Salomon still, und wir gingen zu Fuß zu Sebring Hillmans Arbeitsplatz. Der Lichtschein unserer Laterne fing ihn in seinen Kreis ein. Wie er da aus der Grube heraufschaute, war er braun vor Schmutz.

„Wer ist da?" fragte er.

„Nachbarn, Sebring", sagte Papa. „Haven Peck und Sohn Robert. Und wir kommen, um Euch mit heimzunehmen."

„Nicht ehe das hier getan ist. Damit alle sehen und wissen, daß es mit der Sünde und dem Kummer ein Ende hat."

„Sie ist meine Verwandte", sagte Papa, „und ich hab nicht im Sinn, Verwandte ausgraben zu lassen. Legt Eure Schaufel lieber hin."

Ich zog die schwere Büffelhautdecke so fest um mich herum, wie ich konnte. Papa hielt die Flinte in der Armbeuge, mit der Mündung nach unten. Hillman kam aus der Grube, schmutzbedeckt, aber mit erhobener Schaufel. Er deutete auf die beiden Mündungen von Papas Flinte.

„Ihr habt 'ne Flinte mit", sagte er, und seine Stimme klang gereizt.

„Die ist für Raubzeug", sagte Papa, „nicht für Nachbarn."

„Ich will doch dem Sarg nichts tun, in dem Letty ruht", sagte er. „Das könnt Ihr mir glauben."

„Ist auch das beste", antwortete Papa.

Er holte aus unserm Wagen eine Schaufel, und die beiden Männer suchten im Schmutz. Sie fanden einen kleineren Sarg und hoben ihn heraus. Dann schaufelten sie die Erde zurück, bis alles so war wie zuvor. Auf dem Grabstein stand PHELBS, und der war nicht berührt.

„Es wäre rechtens", sagte Papa, „wenn ihr Kind in unserem Obstgarten ruhte."

Jetzt hob Sebring den kleinen Sarg auf und drückte ihn gegen die Brust. Groß wie er war, brauchte er dazu keine Hilfe. Er stand im Regen und rief: „Sie hat keine Verwandten mehr. Die sind aus der Stadt weggelaufen, als Letty das Kind ertränkt und sich selbst aufgehängt hatte. Was geschehen ist, kann ich nicht ungeschehen machen. Aber das kleine Mädchen gehört mir. Versteht Ihr mich, Haven! Dies Kind ist mein, und ich beanspruche es ganz und gar."

„Ihr weckt die Stadt auf", sagte Papa.

„Ja, und das will ich auch. Damals hab ich nichts unternommen. Aber verflucht, jetzt erhebe ich Anspruch."

„So sei's denn", sagte Papa. „Laßt uns unser Jungvolk heimfahren und ordentlich zur Ruhe bringen."

Wir sahen zu, wie Mr. Hillman den kleinen Sarg zu seinem Ochsenwagen brachte, der verborgen hinter dem Gemeindehaus stand. Wir
folgten ihm auf den Fersen, damit er bei unserm Licht sehen konnte.
Er band den Sarg mit Stricken fest und wollte aufsteigen. Er war
durch und durch naß.

„Ihr habt keinen Regenmantel", sagte Papa, und es klang wie eine
Frage.

„Nein."

„Bindet Euer Gespann an unsern Wagen und fahrt mit uns", fuhr
Papa fort. „Wir haben einen Regenmantel und eine Felldecke."

Ich saß dann zwischen Papa und Mr. Hillman auf der Wagenbank.
In enger Nachbarschaft der beiden war es warm und dunkel, und
der moderige Geruch des feuchten Büffelfells stieg mir in die Nase.
Mr. Hillman hielt die Laterne. Ihr Licht beschien Salomons mächtige
Rückseite vor uns, während er in die Dunkelheit schritt und den
Weg aus der Stadt heimwärts nahm.

Bis wir in unsern eigenen Weg einbogen und vor dem Haus hielten, hatte der Regen aufgehört. Es dämmerte. In der Küche war
Licht, und Papa sagte: „Da gibts Kaffee."

„Ich möchte Frühstück, Papa."

„Ich auch, Junge", sagte Sebring Hillman. „So 'ne Menge Frühstück möcht ich, daß es den Gürtel sprengt und die Dielen bricht.
So wohl hab ich mich lange nicht gefühlt."

„Mr. Hillman?"

„Der bin ich."

„Ist das wirklich Euer kleines Mädchen da in dem Sarg?"

„So ist es, Robert. Und wenn es dir und deinem Vater recht ist,
dann begrabe ich's auf Hillmanland."

„Das finde ich richtig."

Ich ging mit Mr. Hillman zum Haus, während Papa Salomon in
den Stall brachte. Wegen des Schmutzes gingen wir zur Küchentür.
Auf der Veranda zog Mr. Hillman mir die Schuhe aus, und ich ging
hinein. Er sei zu schmutzig und zu naß, sagte er. In der Küche saß
Mrs. Hillman. Sie schaute ihrem Mann entgegen, aber gesprochen
wurde kein Wort. Mama reichte Mr. Hillman einen Becher Kaffee.

„Danke Euch, Schwester", sagte er.

Nachdem Mama mich forschend betrachtet hatte, führte sie mich in die Speisekammer und zog mich bis auf die Haut aus. „Wie 'ne Kartoffel siehst du aus, die einer an 'nem Regentag ausgebuddelt hat", sagte sie, während sie mich mit einem Mehlsack trockenrieb, daß ich dachte, die ganze Haut käme runter. Dann wickelte sie mich in eine Decke, die sie aus dem Wärmefach über dem Herd nahm, und gab mir einen großen Löffel heißen Honig.

Als ich auf meinem Weg nach oben durch die Küche ging, stand Mr. Hillman immer noch mit dem weißen Kaffeebecher zwischen beiden Händen in der Küchentür.

„Laß uns heimgehen, May", sagte er zu seiner Frau. Sie gingen nach draußen, machten ihr Gespann los und fuhren den Weg hinauf heimwärts.

Mit ihnen fuhr ein kleiner Kindersarg.

Ich stand unmittelbar vor dem Küchenfenster und wollte Rosie baden. Lauschen wollte ich eigentlich nicht.

Aber ich konnte Mama und Tante Carrie in der Speisekammer reden hören. Es klang, wie wenn sie über irgendwas aufgeregt wären. Den meisten Kummer und Schmerz schien Tante Carrie zu empfinden.

„Eine Schande ist es", sagte sie. Dann hörte ich ein paar Töpfe klappern und hatte die Vorstellung, Tante Carrie hätte das getan, um ihre Klage zu unterstreichen. „Eine Schande ist es. Die beiden unter einem Dach, ohne den Segen der Kirche. Du weißt so gut wie ich, was in dem Hause vorgeht, unmittelbar vor unserer Nase."

„Möglich, daß unsere Nasen wo sind, wo sie nichts zu suchen haben", sagte Mama.

„Du hast es von Matty Plover gehört, als sie kürzlich hier war."

„Matty redet viel, wenn der Tag lang ist."

„Dicht vor unserer Nase dies sündige Treiben."

„Carrie, du weißt so gut wie ich, daß die Witwe Bascom und ihr Knecht Ira nicht vor unserer Nase wohnen. Sie wohnen beinah zwei Kilometer weiter unten am Weg."

„Für mich nicht weit genug, falls mich das trösten soll."

„War vielleicht an der Zeit, daß die Witwe Bascom Trost schöpfte. Und er auch."

„Eine Schande ist's. Wenn man bedenkt, daß Vernal Bascom in seinem Grab noch nicht kalt ist. Arme Seele."

„Carrie, du weißt doch ganz genau, daß Vernal Bascom schon über zwei Jahre tot ist."

„Sie hat aber nicht lange gezögert, sich einen Knecht zu nehmen."

„Haven sagt, er wär 'n tüchtiger Arbeiter. Und ich behaupte, daß der Bascomhof noch nie besser im Stand war. Allein konnte sie die Farm nicht bewirtschaften. Für eine Witfrau ist das Leben nicht leicht."

„Leicht, das ist das richtige Wort für sie."

„Was unter eines Nachbarn Decke vor sich geht, ist nicht meine Sache."

„Eine ganze Menge geht da vor. Er ist ein strammer Bursche, und ich wette, daß er viel älter ist als sie."

„Kennst du ihn denn?"

„Nein."

„Du weißt es also bloß von Matty."

„Hume hat Matty erzählt, wie er letzte Woche spätabends am Bascomhof vorbeigefahren ist, hat er Lachen gehört. Und im ganzen Haus brannte kein Licht."

„Das kann vorkommen."

„Was?"

„Im Dunkeln gibts oft 'ne Menge zu lachen."

„Hume hat alles gehört."

„Ich wette, daß er sein Pferd gezügelt hat, um zu lauschen."

„Hume ist ein anständiger Mann."

„Anständig und langweilig. Mit ihm hätte sie im Dunkeln nicht viel zu lachen."

„Pfui!"

„Also, wenn Hume je den Mund verzöge, bräch er sich beide Beine."

„Hume hat gehört, was er gehört hat", sagte Tante Carrie. „Er hat Matty erzählt, es wär ein solches Gelächter und Getue gewesen, daß er am liebsten seinem Pferd die Peitsche gegeben und es den ganzen Weg zum Friedhof gehetzt hätte, um Vernal aufzuwecken."

„Vernal Bascom war nicht besonders wach, als er noch lebte. Jetzt, wo er in Frieden ruht, soll Hume ihn doch ruhen lassen."

„Amen."

„Ich seh's förmlich", sagte Mama.

„Was siehst du?"

„Ich sehe Hume Plover auf dem Friedhof mit Vernal flüstern. Zu seinen Lebzeiten hat Hume nie mit ihm gesprochen. Jetzt, wo er in Frieden ruht, will er mit ihm schwatzen."

„Du machst immer so weiter."

„Tu ich auch, Miß Carrie. Auf dieser trüben Welt gibts wenig genug Grund zum Kichern. Und sich Hume Plover vorzustellen, wie er auf sein Pferd einschlägt, um mit einem Toten zu reden, das schmeißt mich um. Ich wollte nur, die Witwe Bascom und ihr Knecht könnten es auch sehen." Mama lachte.

„Schande!"

Während ich da draußen auf der Bank saß und Rosie vom Lehm zu säubern suchte, fiel mir mein eigener Zusammenstoß mit der Witwe Bascom ein.

Vernal war damals schon verstorben, und sie lebte allein. Ich und Jacob Henry waren durch ihr Erdbeerfeld und über ihren Hinterhof gelaufen. In Null Komma nichts war sie mit einem Besen draußen und hatte uns in die Enge getrieben, wir wußten nicht, wie. Wir wurden so mächtig verdroschen, daß wir alle beide eine Woche lang keinen Schritt gehen konnten, ohne zu schreien. Mich traf sie so hart ans Schienbein, daß eine Schmarre zurückblieb.

Ich berührte die Stelle, wo Witwe Bascoms Besenstiel getroffen hatte. Die Schmarre war noch fühlbar. Versteht sich, daß Jacob seiner Mutter nichts davon erzählte. Und ich Mama auch nicht, klar. Und auch Papa nicht. Hätte zu einer weiteren Abreibung führen können. Papa hatte nicht allzuviel dafür übrig, wenn ich fremden Boden betrat.

Das war meine erste Begegnung mit der Witwe Bascom gewesen. Die zweite lag erst drei Tage zurück. Ich war auf dem Feldweg an ihrem Anwesen vorbeigegangen – nicht durch ihre blöden Erdbeeren –, und da war sie aus dem Haus gekommen und hatte mich angerufen.

„Morgen", sagte sie.

„Morgen, Mrs. Bascom", erwiderte ich, blieb aber dazu nicht stehen, klar.

„Die Blumentöpfe hier sind so schwer", sagte sie. „Du hast wohl nicht Lust, mir 'n paar schleppen zu helfen?"

Als mein forschender Blick ihren fürchterlichen Besen nirgends ausmachen konnte, stieg ich die Treppe rauf und trat näher. Sie lächelte.

„Blumentöpfe mit Erde drin sind was Vertracktes", sagte sie.
„Tragen kann man die überhaupt nicht, bloß ziehen."

„Ich kann einen tragen", sagte ich und hob einen großen Topf auf.

„Meine Güte", sagte sie, „bist du aber ein starker Junge."

„Ich kann auch unsern Ochsen allein anschirren", sagte ich. Wenn
sie nett sein wollte, ich machte mit. Besser als Besenstiel, klar. Also
half ich ihr ihre Blumenpötte versetzen. Im Buch der Shaker heißt
es, man soll seinen Nachbarn Gefälligkeiten erweisen. Außerdem wars
bis zur Stallarbeit noch eine Weile; ich hatte also Zeit dafür. Noch
nie hab ich so viele Blumen gesehen, und alle so hübsch. Fast ein
bißchen wie Mrs. Bascom selber.

„Danke", sagte sie, nachdem wir die Töpfe an einen sonnigen
Platz gebracht hatten.

„Gern geschehen", sagte ich.

„Warte mal", sagte sie und lief ins Haus. Im Handumdrehen war
sie wieder da: mit einem Glas Buttermilch und einem gehäuft vollen
Teller Ingwerkekse, groß wie Monde.

„Bitte", sagte sie. „Ich wette, du hast Hunger."

„Ich hab immer Hunger", sagte ich. Ich trank die kühle Buttermilch und nahm grade noch mal von den Ingwerkeksen, als ich auf-
schaute und einen Mann erblickte.

„Das ist Ira", sagte sie. „Mein neuer Knecht."

„Tag", sagte ich und versuchte, mich nicht an meinem Ingwerkeks
zu verschlucken. Das war ja 'n Riese.

„Tag", sagte er. „Ich bin Ira Long."

„Ich bin Robert Peck."

„Haven Pecks Junge", erklärte Mrs. Bascom.

Wir schüttelten uns die Hand, und Ira nahm eine Handvoll von
den Ingwerkeksen. Er steckte ungefähr fünf auf einmal in den Mund.

„Sag mal", fragte er, „bist du der Junge, der Ben Tanners Kuh
bei ihrem Kalb geholfen hat? Und einen Kropf rausgezogen?"

„Ja."

„Das war aber 'n Ding, Robert."

„Danke Euch, Sir." Weil mir sonst nichts einfiel, nahm ich noch
einen Ingwerkeks und stopfte ihn mir in den Mund, damit ich nicht
reden mußte. Der Keks stak aus meiner Backe raus wie 'n Bord,
wo man 'ne Schüssel hätte draufstellen können. Ira und Mrs. Bascom sahen mich an und fingen an zu lachen. Da fing ich auch an zu

lachen. Ich weiß aber immer noch nicht, was so verflixt komisch war. War es aber.

„Ich höre, Ben Tanner will die beiden jungen Ochsen auf den Viehmarkt nach Rutland bringen", sagte Ira.

Die bloße Erwähnung des Markts in Rutland ließ mein Herz höher schlagen. Jacob Henry war letztes Jahr da gewesen, und er hat mir erzählt, es sei einfach nicht zu glauben. Was es da in Rutland nicht zu sehen gäbe, das wär einfach nicht sehenswert. Nach Jacobs Bericht mußte dieser Markt 'ne Wucht sein.

„Schon mal da gewesen, Rob?"

„Nein, aber ich wär furchtbar stolz, wenn ich mit meinem Schwein, das ich aufgezogen hab, hingehen könnte. Sie heißt Rosie. Wenn ich groß bin, geh ich bestimmt jedes Jahr. Aber diesmal können wir nicht hin."

„Wieso nicht?"

„Wir haben kein Pferd, und es soll ja 'n weiter Weg sein. Wir haben bloß Salomon."

„Wer ist das?" erkundigte sich Mrs. Bascom.

„Salomon ist unser Ochse. Er geht langsam. Aber er ist groß und stark und klug wie König Salomon. Jetzt aber vielen Dank für die Ingwerkekse und die Buttermilch. Ich muß heim."

„Du bist immer willkommen, Rob", sagte Mrs. Bascom. „Wenn du hier vorbeikommst, schau einfach rein und sag guten Tag."

„Tu ich gern. Auf Wiedersehen."

„Bis dann, Rob."

Daran mußte ich denken, während ich Rosie säuberte. Das Schwein machte sich furchtbar dreckig. Sogar in den Ohren hatte sie Dreck. Als ich sie bekam, war das Waschen 'ne Kleinigkeit, winzig, wie sie war. Aber jetzt! Sie wurde immer größer.

Papa kam um die Küchenecke und trug ein Ersatzteil für die Handmühle, auf der Mama das Mehl mahlte, ins Milchhaus. Ich drehte immer die Kurbel.

„Du wäschst das Schwein noch ganz weg", sagte Papa. „Von Rosie bleibt nichts übrig als 'n Fettfleck."

„Ich mach sie sauber, damit ich ihr 'n Band um den Nacken binden kann und so tun, wie wenn ich mit ihr nach Rutland ginge."

Papa setzte sich auf die Hacken und sah mir zu. Rosie war fleckenlos wie ein Erzengel.

„Rob, meinst du, du könntest allein nach Rutland gehen, ohne was anzustellen?"

Ich brachte kein Wort heraus. Ich wußte, daß er mich bloß aufzog. Es war nicht sein Ernst.

„Ben Tanner war hier. Er hat angeboten, dich zur Ausstellung mitzunehmen. Sieht so aus, wie wenn Mrs. Bascom Mrs. Tanner erzählt hätte, daß du so gern hinmöchtest. Ben hat mich gefragt. Er sagt, er will die jungen Ochsen ausstellen, und er braucht einen Jungen, der sie in der Arena vorführt. Sagt, für ihn wären sie einfach zu klein und er käm sich komisch dabei vor."

„Papa, also wenn das 'n Spaß ist, das kann ich nicht vertragen."

„Du hast noch nicht alles gehört, Junge. Mr. Tanner sagt, er schickt einen Tag vorher 'n paar Stück Vieh hin. Wenn du Rosie ausstellen wolltest, sagt er, könnte sie auch mitkommen."

„Papa, bitte . . ."

„Also dann. Es ist noch mehr als 'ne Woche bis dahin, und ich will nicht über Rutland ein Loch in den Bauch geredet kriegen, ehe du noch 'nen Fuß auf den Markt gesetzt hast. Und bevor du gehst, muß der Hühnerstall gesäubert werden. Da liegt der Mist so dick, daß du dir 'nen Weg bahnen mußt, um an die Eier zu kommen."

„Ich machs, Papa."

„Noch was. Es gibt kein Taschengeld. Für nichts. Hörst du?"

„Ja, Papa."

„Mama macht dir 'nen Eßkorb mit Frühstück, Mittagessen und Abendbrot. Und du mußt alles tun, was die Tanners von dir verlangen. Und *sehen,* was zu tun ist, ehe sie es verlangen."

„Ja, Papa. Ich mach bestimmt alles richtig."

„Falls Schweine und Ochsen zu gleicher Zeit beurteilt werden, dann ist dein Platz bei Tanners Joch und nicht bei deinem eigenen Schwein. Versprich mir das, Junge."

„Ich verspreche es, Papa. Ich mach dir Ehre."

„Noch was. Es wär richtig nett, wenn du vorbeigingst und Witwe Bascom danke sagen würdest. Ihr hast du es zu verdanken, daß sie Mr. Tanner den Floh ins Ohr gesetzt hat."

„Das tu ich, Papa. Ich tus, ich tus."

Mama war glücklich, daß ich nach Rutland durfte. Tante Carrie wußte zuerst nicht recht. Aber später am Abend sagte sie, sie würde mir zehn Cent für den Markt geben, vorausgesetzt, ich würde sie nicht verlieren und Papa und Mama nichts davon sagen. Es sei ein Geheimnis.

In dieser Nacht schlief ich bei Rosie in der Maisscheuer. Sie war so sauber, daß Mama sagte, es sei eine Schande, das nicht auszunutzen. Ehe ich einschlief, legte ich meine Arme um Rosies Nacken und erzählte ihr alles über sich und mich auf der Reise nach Rutland. Und daß sie ein blaues Band gewinnen würde. Ich erzählte ihr von der Witwe Bascom und Ira Long. Und wie die beiden im Dunkeln kicherten.

„Rosie", sagte ich, „vielleicht ist das sündig. Aber ich sage dir, die Witwe Bascom hat sich gebessert."

FÜNF

In der Schule hatten wir gelernt, London, die Hauptstadt von England, sei die größte Stadt in der ganzen weiten Welt. Mag sein. Aber viel größer als Rutland ist es bestimmt nicht.

Morgens holte Mama mich in aller Frühe aus dem Bett. Sie packte meinen Eßkorb so voll, als hätte in ganz Vermont seit über einer Woche keiner was gegessen. Papa war in den Stall gegangen und schirrte Salomon an, um mich zu Tanners zu fahren. Und als Mama nicht guckte, steckte Tante Carrie mir die zehn Cent zu. Sie hatte sie in ein sauberes weißes Taschentuch geknotet und schob sie so tief in meine Hosentasche, daß sie mir halbwegs die Hosen auszog.

„Verlier sie nicht", flüsterte sie mir ins Ohr. Verlieren! Bei der Riesenverpackung konnte ich von Glück sagen, wenn ich sie wiederfand. „Es ist für eine Karussellfahrt", wisperte sie. „Und wenn du sie nicht ausgeben willst, kannst du sie dir ja wegstecken."

Um es kurz zu machen, ich wurde gefüttert und verproviantiert und zu Tanners gefahren. Ich dachte, wir schafften es nie.

„Papa", sagte ich unterwegs, „erzähl mir was von Rutland."

„Ich war noch nie da."

Ich auch nicht, also war das kein ergiebiger Gesprächsstoff. Als ich vom Ochsenkarren sprang, sagte Papa nur ein einziges Wort: „Manieren!"

Es war überhaupt nicht weit bis Rutland. Nicht bei der Geschwindigkeit, mit der Mr. Tanners Apfelschimmel den Wagen zogen. Sie mußten den ganzen Sommer im Stall gestanden haben, so eilig trabten sie. Ben Tanner kutschierte, und ich saß zwischen ihm und seiner Frau. Ganz eng. Aber Mrs. Tanner und mir blieb nichts anderes übrig, als uns aneinanderzuklammern.

Die Apfelschimmel hießen Quäkerherr und Quäkerdame. Junge, konnten die laufen! Auf dem Weg nach Rutland überholten wir sämtliche Fuhrwerke. Auf sein Apfelschimmelgespann war Mr. Tanner genauso stolz wie auf Bob und Bib. Er hatte eine Vorliebe für alles in Paaren. Ich war drauf und dran, ihn zu fragen, warum er sich keine zweite Mrs. Tanner hielt, um sie am Sonntag als Paar spazierenzuführen. Oder warum er nicht einfach Zwillinge geheiratet hatte. Aber dann fielen mir die „Manieren" ein, die mich zum Schweigen verpflichteten.

„Verpaß nie eine Gelegenheit, den Mund zu halten", hatte Papa mal gesagt. Und je mehr ich es mir überlegte, um so richtiger kam es mir vor.

Mit uns war alle Welt nach Rutland gekommen. Ganz bestimmt gab es in Vermont keinen Menschen, der nicht da war, und alle in Sonntagskleidern. Als wir auf dem Ausstellungsgelände anlangten, hatte ich förmlich Angst zu blinzeln, um auch ja nichts zu verpassen.

Zuallererst besuchten wir Bob und Bib. Und was das schönste war, Rosie befand sich ganz nahebei, nur einen Stall weiter. Ich sprang in ihren Verschlag, nahm sie in die Arme und drückte sie an mich.

„Rosie", sagte ich, „wir sind in Rutland. Ist das nicht großartig?"

Im Handumdrehen hatten wir Bob und Bib im Vorführjoch. Bob war immer links und Bib rechts. Wir gingen über ein offenes Ausstellungsgelände, wo ein paar Männer diese Pferde mit den haarigen Hufen vorstellten, um einen Photographen zu finden. Es kostete uns beinah eine Stunde, bis unser Bild aufgenommen war. Der Mann, dem die Kamera gehörte, verschwand unter einem großen schwarzen Zelt. Seine Frau hielt ein komisch aussehendes Ding in die Luft. Wie 'ne Art Schneeschaufel, fand ich.

Aber es war die einzige Schneeschaufel, die ich in meinem ganzen Leben habe explodieren sehn. So was von Knall und Blitz an einem trüben Tag hast du noch nicht erlebt. Ich kippte beinah aus den Pantinen. Bob und Bib mochten es auch nicht. Sie fuhren rückwärts in mich hinein und wollten das Joch abschütteln. Kein Vergnügen für mich.

Bald war es Zeit für die Ochsenschau. Das war ein Anblick! Mr. Tanner deutete auf ein Joch Hereforder und sagte, die wögen jeder ungefähr eine Tonne.

„Werden Bob und Bib auch so groß?" fragte ich.

„Größer. Bob und Bib sind ja Holsteiner, und das sind die größten und besten."

Ich war stolz, als ich das hörte, klar. Und noch stolzer, als das Ochsenvorführen begann. In einer Pause des Wettbewerbs rief der Mann, der die Ansage machte, Mr. Tanners Namen auf.

„Nur zur Ausstellung, nicht zum Verkauf. Aus der Stadt Learning ein fehlerfreies Joch von einjährigen Ochsen namens Bob und Bib. Besitzer Mr. Benjamin Franklin Tanner, und in der Arena vorgeführt von Mr. Robert Peck."

Das war mein Stichwort, Bob und Bib dreimal um die Arena zu führen und dann nach draußen. Aber ich stand wie gelähmt, bis Mr. Tanner mir mit seinem Treiberstock einen kräftigen Schubser in die Kehrseite verpaßte und „Los!" sagte.

Da war ich nun. Ich, auf der Ausstellung in Rutland, marschierte um eine dick mit Sägemehl bestreute Arena, während alle Leute in die Hände klatschten und auf Bob und Bib zeigten. Das brachte mein Herz dermaßen hart zum Schlagen, daß ich dachte, es würde sich hier in dieser Arena einfach auspumpen. Hätten doch Mama und Papa und Tante Carrie mich sehen können. Und Rosie auch. Es war sündhaft, aber ich wünschte, ganz Learning hätte mir dies eine Mal zusehen können. Wenn nur Edward Thatcher mich sehen könnte. Und Jacob Henry und Becky Tate. Ich sah förmlich alle Leute, die ich kenne, um die Arena sitzen. Manieren! mahnte ich mich selber und schritt richtig großartig daher. Es war, wie wenn ich wirklich jemand wäre.

Ein Mann beugte sich über den Zaun und fragte: „Von wem stammen die beiden, Junge?"

„Von Schürze, Mr. Tanners preisgekrönter Milchkuh", sagte ich. „Der Zuchtbulle gehört ihm auch, er heißt Beowulf."

Nach drei Rundgängen berührte ich Bib mit der Gerte leicht am rechten Ohr. Die beiden kleinen Ochsen machten eine prächtige Linkswendung, und hinaus gings durch das Tor. Immer noch klatschten und riefen die Leute. Manche kamen sogar hinter uns her und wollten, während wir Bob und Bib in ihren Stall brachten, allerlei über die Tiere wissen.

Unter der Menge war Bess Tanner nicht. Aber dann sah ich sie angelaufen kommen. Bloß ihren breitkrempigen Hut mit all den Blumen drauf, die nicht echt waren, konnte ich erkennen.

Zwischen ihr und uns waren eine Menge Menschen, aber sie schienen einfach wegzuschmelzen, um Mrs. Tanner Platz zu machen. Als sie bei uns anlangte, war sie so außer Atem, daß sie zuerst kein Wort herausbrachte. „Schnell", stammelte sie zwischen ihren keuchenden Atemzügen. „Die Klubleute beurteilen jetzt die von Kindern aufgezogenen Tiere."

„Schweine?" fragte Mr. Tanner.

„Nein, im Moment sind sie bei den Kälbern. Aber die Schweine kommen gleich dran. Ich bring die Ochsen in ihren Stall. Geh du mit Robert – ich kann keinen Schritt mehr tun."

„Laß uns Rosie holen", sagte Mr. Tanner, und schon waren wir unterwegs. Rosie war beinah das letzte Schwein im Stall. Wir warfen ihr Gitter auf und wollten sie grade hinaustreiben, als ich links an Schulter und Flanke einen großen Dungfleck bemerkte. Der Rest von ihr war so sauber, daß der Schmutz wie eine boshaft gebleckte Zunge aussah. Ich fiel auf die Knie und bearbeitete den Dreck mit Händen und Fingernägeln. Er sah scheußlich aus und stank noch scheußlicher. Der scharfe Geruch des frischen Dungs biß mir in die Augen.

„Junge, so kann man 'n Schwein doch nicht sauberkriegen", sagte Mr. Tanner. „Such irgendwo 'n Stück Seife. Ich hole 'nen Eimer Wasser, und dann gehts los."

Auf der Suche nach einem Stück Seife muß ich ganz Rutland auf den Kopf gestellt haben. Schließlich erblickte ich in einer Werkstätte ein Stück Lederseife und stürzte drauf los. Aber ein Mann sah mich und sagte „He!"

„Seife", stammelte ich. „Ich will Ihre Seife kaufen. Mein Schwein hat sich schmutzig gemacht, und die Schweine werden beurteilt, und wir verpassen den Wettbewerb. Hier, mehr als zehn Cent hab ich nicht. Sie sind in diesem Taschentuch, und Sie können alles haben."

Ich drückte ihm das Taschentuch mit Tante Carries Münze in die Hand, grabschte die Seife und rannte aus der Tür. Der Mann war überhaupt nicht zu Wort gekommen.

Aus wars mit meiner Karussellfahrt. Aber ich hatte es viel zu eilig, um mich darüber zu grämen. Mr. Tanner hatte einen Lappen beschafft, und in Null Komma nichts war Rosie wieder weiß wie ein Engel. Mit dem Wasser übergoß ich hauptsächlich mich selber, daß ich troff, und trotzdem stanken meine Hände immer noch so, daß ich dachte, ich könnte nie mehr zu Mittag essen.

Mr. Tanner meinte, ich hätte so viel Zeit gebraucht, daß wir bestimmt nicht mehr zurechtkämen. Aber es klappte noch.

Die Kinder gingen in einem offenen Kreis, und jedes führte ein Schwein. Ein Junge hatte ein ansehnliches Polen-China-Schwein, ebenso hell wie Rosie, aber nicht so groß. Ein Mädchen, das größer war als ich, hatte ein geflecktes, und ein rothaariger Junge mit einer Menge Sommersprossen führte ein feines Hampshireschwein. Bis auf einen weißen Schultergürtel war es kohlschwarz. Ein paar von den Schweinen spielten sich 'n bißchen auf – sie blieben nicht in der Reihe, und als die Preisrichter sie befühlten, quiekten sie die ganze Zeit. Bis wir hineinkamen, war der Kreis beinah geschlossen, aber Mr. Tanner schob mich mit Rosie im selben Augenblick rein, als ein Mann das Gatter schloß.

Nach der ganzen Hetze war mein Gesicht schweißüberströmt. Der Schweiß der Hetze, sagt Papa, beißt schlimmer als der Schweiß der Arbeit. Da ich kein Taschentuch hatte, fuhr ich mir mit der Hand über die Stirn. Und in dem Moment bekam ich einen solchen Schwall Schweinemistgestank in die Nase, daß ich dachte, ich fiele um. Alles, was ich je gegessen hatte, wurde sauer und wollte raus. Die Preisrichter kamen auf mich zu. Aber wenn schon! Der ganze Lärm und all die Musik und der Staub schienen in einem trüben Traum davonzutreiben. Was brauchte ich eine Karussellfahrt, wo ganz Rutland sich um mich drehte und mich mitriß.

Mein eines Auge war zu, aber das andere war halb offen und bekam gerade noch mit, wie ein Preisrichter etwas an Rosie befestigte. Etwas Blaues. Aber meine ganze Welt war grün, da war mir das egal. Und wenn sie uns alle beide mit 'nem Schlachtmesser abgestochen hätten, wärs mir auch gleich gewesen. Der Preisrichter redete mich an – und da passierte es. Ich beugte den Kopf vornüber, richtete das Gesicht auf die viereckigen kleinen Sägespäne und erbrach mich. Etwas davon ging sogar auf seine Stiefel.

Immer schneller drehte sich das Karussell, und ich wäre bestimmt gefallen, wenn nicht ein paar kräftige Hände nach mir gegriffen und mich gehalten hätten.

„Er gehört zu mir", hörte ich Mr. Tanner sagen. „Ich kümmere mich um ihn."

Das nächste, was ich wieder begriff, war, daß wir uns alle bei Rosies Stall befanden. Ich lag davor auf frischem Stroh, Rosie war drinnen. Mr. Tanner stand dicht neben mir, und Mrs. Tanner rieb mein Gesicht mit einem sauberen Tuch ab.

„Wie konntest du ihn so schmutzig werden lassen?" war offenbar das einzige, was sie ihrem Mann zu sagen hatte.

Mr. Tanner beugte sich herunter und legte mir die Hand unters Kinn. „Wie fühlst du dich, Rob?"

„Hungrig", sagte ich.

„Schau mal", sagte er und deutete auf Rosies Nacken. „Schau mal da hin."

Ein blaues Band! Und darauf, in goldenen Lettern: ERSTER PREIS FÜR DAS AM BESTEN GEHALTENE SCHWEIN!

„Gleich ist Mittag", sagte er. „Wir wollen uns alle den Futtersack umhängen. Was meinst du, Bessie?"

Bess Tanner seufzte. „Fangt ohne mich an. Ich mag im Augenblick überhaupt nichts umhängen. Ich wollte nur, ich könnte dies verflixte Korsett ausziehen."

„ROSIE hat ein blaues Band gewonnen, Papa."

Das war das erste, was ich von mir gab, als Ben Tanner mich nachts wachrüttelte und mir sagte, ich wäre daheim. Ich muß den ganzen Heimweg verschlafen haben, weil ich so gut wie keine Erinnerung an die Rückfahrt habe. Sobald es dunkel war, bin ich wohl eingenickt, während ich zwischen Mr. und Mrs. Tanner saß und das blaue Band festhielt.

„Rosie hat ein blaues Band gewonnen. Für das am besten gehaltene Schwein", sagte ich.

„Und", fuhr Mr. Tanner fort, „er hätte noch ein zweites verdient, für den allergeschicktesten Jungen. Meine Ochsen hat er vorgeführt, wie wenn er mit einer Gerte in der Hand auf die Welt gekommen wäre."

„Und wie waren seine Manieren?" erkundigte sich Papa.

„Vielen Dank, Mr. Tanner", sagte ich eilig. „Und vielen Dank, Mrs. Tanner. Es war sehr schön."

„Gott segne dich, Robert", sagte sie.

„Die Tiere kommen zurück, sobald die Ausstellung zu Ende ist", sagte Mr. Tanner.

„Ich schicke den Jungen nach seinem Schwein", versprach Papa, „und wir sind Euch beiden sehr zu Dank verpflichtet, Bruder Tanner."

„Wir Euch, Haven. Für meine einjährigen Ochsen sind mir fünfhundert geboten worden. Fünfhundert Dollar, und sie sind noch nicht mal halb erwachsen. Dank Eurem Jungen, der ihnen zur Welt verholfen und sie auf der Ausstellung so gut vorgeführt hat. Aber ich verkaufe die beiden nicht."

„Ich freue mich, daß er Euch Ehre gemacht hat", sagte Papa.

Ben Tanner wendete seine Apfelschimmel, und los fuhren sie, wobei Bess ihren Hut mit der flachen Hand festhielt. Ich stand nur da und sah sie den Weg hinauf ins Dunkel fahren, bis ich vom Geräusch ihres Wagens nichts mehr hören konnte.

„Gute Nachbarn", sagte ich.

„Die besten, die ein Mann sich wünschen kann", antwortete Papa. „Benjamin Tanner steht fest, den braucht man nicht zu halten."

Mit ausgestreckten Händen kam Mama aus dem Haus gelaufen. Ich rannte ihr entgegen und umarmte sie herzlich und so fest ich konnte. Auch Tante Carrie war da. Als ich sie umarmte, hätte ich ihr gern erzählt, wie ich ihre zehn Cent ausgegeben hatte, aber ich bremste mich noch rechtzeitig. Zehn Cent für ein angebrauchtes Stück Seife war ein hoher Preis.

„Mama", sagte ich, „guck doch nur, Rosies blaues Band! Sie hats gewonnen."

„Natürlich hat sie's gewonnen", sagte Mama. „Sie ist doch das schönste Schwein von ganz Learning."

„In ein paar Tagen ist sie wieder daheim", sagte ich.

„Ich kanns kaum erwarten", meinte Papa, und Mama lächelte.

„Ins Haus mit dir", mahnte Mama. „Es ist weit über deine Schlafenszeit, und du kommst sonst nicht früh genug raus für die Morgenarbeit." Das brachte mich zur Besinnung.

„Papa? Du hast heute all meine Arbeit gemacht."

„Natürlich. Und außerdem Schweine geschlachtet."

„Danke, Papa. Das muß ich wiedergutmachen."

„Ich nehms zur Kenntnis", sagte Papa, „und morgen früh arbeitest du doppelt."

„Das ist nicht mehr als recht. Ich hab ja auch noch Schulden bei
dir wegen der Hirse."

„Drei Sack", sagte Papa. „Bezahlung erwarte ich nach dem ersten
Wurf deines Schweins."

„Ihr Mannsleute wißt doch nie, wann Schlafenszeit ist", sagte
Mama. „Noch ein Stück Kuchen, Rob?"

„Bitte", sagte ich.

Wir saßen alle um den Küchentisch, aßen Blaubeerkuchen, und ich
durfte über den Markt in Rutland berichten. Ich erzählte, was ich
wußte, und den Rest erfand ich.

Aber daß mein Frühstück auf dem Schuh des Preisrichters gelandet
war, ließ ich aus. Es hätte Mama nur bekümmert.

„Rutland", meinte Papa. „Ich war nie da, nicht als Junge und
nicht als Mann. Und du bist einfach losgezogen und hast den ganzen
Weg allein mit den Nachbarn gemacht."

„So groß ist es gar nicht", sagte ich. „Was einen überwältigt, ist
der Lärm. Wie Blasmusik, die überhaupt nicht zu spielen aufhört.
Die immer so weitermacht."

„Genau wie eine Klappe, die ich kenne", sagte Papa, „und die
ganz mit Blaubeeren verschmiert ist."

Darüber mußten wir alle lachen. Es war richtig gut, daheim zu
sein, und kaum zu glauben, daß ich weniger als einen ganzen Tag
weggewesen war. Mir war, als kehrte ich von einem andern Stern
zurück.

IN DER Nacht gab es draußen im Hühnerstall Lärm. Ich hörte die
Hennen gackern und schimpfen. Oben im Treppenhaus sah ich eine
brennende Laterne, und dann war alles ruhig. Ich tat das Menschen-
mögliche, um wach zu werden, aber es ging einfach nicht.

Kaum hatte ich die Augen wieder zugemacht, da war es schon Zeit
für die Stallarbeit. Ich hatte Daisy gemolken und schüttete grade die
Milch in die Zentrifuge (um den Rahm abzuscheiden), als ich Papa
mit einem toten Huhn aus dem Hühnerstall kommen sah.

„Wiesel", sagte er. „Und kaum was an ihr zu sehen."

„Huhn zum Abendessen, Papa?"

„Ja. – Hör mal, willst du was sehen?"

„Klar."

Papa ging mit mir in die Geschirrkammer. An einem Haken hing ein Rupfensack, der sich ein bißchen bewegte. Immer weniger, je näher wir kamen.

„Was hast du da gefangen, Papa?"

„Was ich gefangen habe? Das Wiesel. Das erstemal, daß ich eins stellen und einsacken konnte. Es hat wirklich 'nen Mundvoll tückischer Zähne."

„Darf ichs sehen?"

„Später. Wenn ich mir ausgedacht hab, was mit ihm geschehen soll. Hat mir zuviel Ärger gemacht, um so ohne Zeremonie getötet zu werden."

„Willst du das Wiesel etwa freilassen?"

„Kaum."

„Papa, du kennst doch Mrs. Bascoms Knecht, Ira Long?"

„Dem Namen nach."

„Na ja, der hat eine ausgewachsene Terrierhündin. Ich hab sie gesehen, als ich mich bei Mrs. Bascom bedankt hab."

„Lauf hin, Junge, und sag Bruder Long, wir hätten ein Wiesel und wollten seinen Hund dran erproben. Und er möchte bitte mitkommen."

„Mach ich, klar. Ich hab noch nie gesehen, wie ein Hund auf ein Wiesel abgerichtet wird."

Eine Stunde später fuhren Pferd und Wagen in unsern Weg ein. Auf dem Bock saß Ira Long mit mir und seinem Hund, Hussy. Eine süße kleine Hündin, und während ich sie den ganzen Heimweg über hielt, fragte ich mich, wie sie wohl mit einem Wiesel fertig würde.

Papa empfing uns und reichte Ira die Hand.

„Haven Peck", stellte er sich vor. „Wir freuen uns, daß Ihr uns besuchen konntest, Bruder."

„Ira Long. Euren Sohn kenne ich schon."

„Den kennen die meisten Menschen." Beide Männer lachten. Ich weiß nicht, warum, aber ich lachte mit.

„Er ist 'n ordentlicher Kerl", sagte Ira.

Papa betrachtete den kleinen grau-weißen Terrier in meinen Armen. „Habt Ihr die Hündin schon auf Wiesel angesetzt?"

„Nein. Aber ich höre, daß Ihr eins habt."

„Ein großes", sagte Papa. „Bös wie die Sünde."

„Papa", sagte ich, „warum setzen die Leute einen Hund auf ein Wiesel an? Bloß zum Spaß?"

„Nein", sagte Papa, „das hat 'nen praktischen Grund. Weil nämlich, wenn man den Hund da einmal auf ein Wiesel angesetzt hat, der Hund das Wiesel haßt bis zu seinem letzten Atemzug. Er wittert sofort, wenn eins in der Nähe ist und verfolgt es bis in seine Höhle, gräbt es aus und reißt es in Stücke. Ein Mann, der Hühner hält, muß einen guten Wieselhund haben."

„Das stimmt", sagte Ira. „Sämtliche Wiesel im Land werden 'nen weiten Bogen um meine kleine Hussy machen."

Als wir drei die Geschirrkammer betraten, hielt ich Hussy immer noch auf dem Arm. Sobald wir eintraten, begann der Sack herumzuhüpfen wie verrückt. Und ich spürte, wie Iras kleine Terrierhündin in meinen Armen zitterte. Als hätte sie gewußt, was bevorstand und was sie zu tun hatte, um zu überleben. Sie winselte auch. Grade so laut, daß ichs hören konnte.

„Ich stell mir vor, daß sie eine gute Wieselhündin abgeben wird", sagte Ira.

„Wir werden sehen", sagte Papa.

Er nahm den Sack vom Haken, und wir gingen nach draußen. Ira hielt seinen Terrier und Papa den Sack, während ich den Deckel von einer ziemlich großen, leeren Apfeltonne nahm.

„Hinein mit dir, Hussy", sagte Ira und setzte die kleine Hündin in die Tonne. „Gib ihm."

Der Hund zitterte am ganzen Leib. Sogar das Faß bebte mit. Papa kam mit dem Sack.

„Sobald ich es aus dem Sack gelassen habe", sagte er zu mir, „machst du den Deckel zu und hältst ihn fest, verstanden?"

„Ja, Papa."

Ohne weitere Umstände schüttete er das Wiesel aus dem Sack ins Faß — obendrauf auf den Hund, und ich knallte den Deckel zu. Ich konnte ihn kaum festhalten, und Ira kam herüber, um zu helfen, damit das Faß nicht umkippte. Papa auch.

Wir hörten wildes Kratzen und Beißen und Jagen aus dem dunklen Innern der Tonne. Ehrlich gesagt, hatte ich mir einen Kampf zwischen einem Hund und einem Wiesel als etwas wirklich Großartiges vorgestellt. Ich fand ihn aber nur scheußlich. Und nach Papas Gesichtsausdruck zu schließen, machte er ihm offenbar auch keinen Spaß.

Endlich hörte der Lärm auf. Als Papa nickte, öffnete ich den Deckel einen Spalt, damit etwas Licht hineinfiel und wir sehen konnten. Dann hörten wir den Hund wimmern. Es war ein Klagelaut, den ich mein Leben lang nicht vergessen werde; ein Jammerton, den man niemals wieder hören möchte.

Ira nahm den Deckel vom Faß und sah hinein. Das Wiesel war tot. In kleine Fetzen Pelz, Knochen und blutiges Fleisch zerrissen. Die Hündin lebte, aber das war auch ziemlich alles. Sie war blutüberströmt und eins ihrer Ohren beinah abgerissen. Und in ihrer Kehle machte sie diesen Laut, der einen anzuflehen schien, ihrem Elend ein Ende zu machen.

Ira holte sie heraus. Als er sie ergriff, bleckte sie die Zähne und riß ihm die Hand auf. Mit einem Schrei ließ er sie zu Boden fallen. Eine ihrer Vorderpfoten war zu einem Klumpen von rohem Fleisch zerbissen.

„Macht sie tot", sagte ich.

„Was?" fragte Ira, von dessen Hand das Blut in seinen Hemdsärmel lief.

„Sie stirbt", schrie ich, „wenn Ihr einen Funken Mitleid in Euch habt, Ira Long, dann tötet sie. Sie ist wahnsinnig vor Schmerzen. Und wenn Ihr sie nicht totmacht, dann tu ich es."

„Paß auf, was du sagst, Robert", sagte Ira. „Du sprichst mit Erwachsenen!"

„Der Junge hat recht", sagte Papa. „Ich hol die Flinte."

Bis Papa mit der Flinte zurückkam, lag die kleine Hussy nur winselnd auf der Erde. Papa schoß, ihr ganzer Körper bäumte sich auf und kam zuckend zur Ruhe. Niemand sagte ein Wort. Alle drei standen wir da, starrten in den Staub auf das, was ein liebes, kleines Haustier gewesen war.

„Ich schwöre", sagte Papa. „Ich schwöre beim Buch der Shaker und allem, was heilig ist, daß ich nie mehr einen Hund auf Wiesel abrichte. Und wenn ich meine sämtlichen Hühner verliere."

Ich holte einen Spaten, hob ein kleines Grab aus und begrub Hussy nah bei einem Apfelbaum. Ich kniete sogar nieder und sprach ein Gebet für sie.

„Hussy", sagte ich, „du hast mehr Mumm in dir gehabt als viele Mannsleute Verstand in ihrem Kopf."

SECHS

ROSIE kehrte heim.

Ich hatte ihr blaues Band an der Wand über meinem Bett befestigt und nahm es jetzt mit nach draußen, um es ihr zu zeigen. Sie beschnüffelte es, und das war so ziemlich alles. Ich war froh, daß die Ehre ihr nicht zu Kopf stieg. Mit einem aufgeblasenen Schwein war bestimmt schwer auszukommen. Ich rannte ins Haus und hängte das blaue Band wieder über mein Bett, und als ich wieder nach draußen kam, war Papa grade vom Schlachten zurück. Seine Kleider waren richtig verdreckt.

„Papa", sagte ich, „wenn du den ganzen Tag Schweinefleisch machst, fängst du dann nicht an, dich vor deinen Kleidern zu ekeln?"

„Verbrennen und vergraben könnt ich sie."

„Aber du trägst doch 'nen Lederschurz, wenn du Schweine schlachtest. Wieso wirst du dann so schmutzig?"

„Sterben ist ein schmutziges Geschäft. Wie Geborenwerden auch."

„Daran hab ich noch nie gedacht. Ich bin richtig froh, daß keiner Rosie schlachtet. Sie wird eine Zuchtsau, nicht, Papa?"

Ohne ein Wort ging er zum Zaun, schwang die Beine drüber und kniete neben Rosie nieder. Er fuhr mit der Hand ihren Rücken entlang und betrachtete eingehend ihre Kehrseite.

„Was ist los, Papa? Ist Rosie krank?"

„Nein, krank nicht. Bloß zurückgeblieben. Sie müßte ihre erste Brunst schon hinter sich haben. Schon seit Wochen. Bei der dritten hätten wir sie zum Eber bringen können. Kann sein, daß sie unfruchtbar ist."

„Unfruchtbar? Du meinst ..."

„Genau weiß ichs nicht, Junge. Vielleicht ist sie unfruchtbar."

„Und du glaubst, sie ist es? Sag mir die Wahrheit, Papa."

„Ja, Junge. Ich glaube es."

„Nein", sagte ich. „Nein! Nein!" Ich hatte die Fäuste geballt und trommelte immer härter damit auf den Zaun. Bis sie mir weh taten.

„Rob, damit änderst du doch nichts. Mit Tatsachen mußt du dich abfinden."

Er ging weg zum Stall. Sein großer hagerer Körper bewegte sich, als wisse er, daß an diesem Tag noch mehr Arbeit zu tun sei, müde oder nicht.

„Rob!" rief Mama aus der Küche. Ich verließ Rosie und lief zu ihr hinauf, wo sie stand und die Hände an der Schürze abtrocknete.

„Geh ein Eichhörnchen holen", sagte sie lächelnd.

Im Hause nahm ich das Kleinkalibergewehr vom Balken über dem Kamin und steckte ein paar Patronen in die Tasche. Unterwegs zur Eichhörnchenjagd hätte ich eigentlich vergnügt sein müssen, aber ich wars nicht.

Am Westende des Hanges stand eine Gruppe von Hickorybäumen. Jetzt im Herbst waren die Nüsse wohl reif und eßbar. Auf der Suche nach einem fetten grauen Tier mit vollem Wanst, schweiften meine Augen zu den Baumwipfeln hinauf. Weit und breit kein graues Eichhörnchen. Ich trat unter die Bäume, setzte mich auf einen Stumpf und schaute ins Tal hinunter. Von blühender Goldrute war es ganz gelb. Wie wenn jemand über das ganze Hügelland hin Eier aufgeschlagen hätte.

Dann hörte ich es! Unmittelbar über meinem Kopf lag es flach auf einem Ast und zuckte mit seinem langen grauen Puschel von einem Schwanz. Und gab das scheltende Tschip-Tschip-Tschip der Eichhörnchen von sich. Frech wie Oskar. Eine Patrone war schon im Lauf. Ich hob das Gewehr und visierte sorgfältig über Kimme und Korn eine Stelle unmittelbar hinter dem Ohr des Eichhörnchens an. Mit einer ruhigen Bewegung drückte ich ab.

Wie mit einem Seil vom Ast geschleudert, stürzte das Eichhörnchen ins Unterholz, und als ich es fand, regte es sich noch. Ich packte es an den Hinterbeinen und schwang den Körper gegen einen Baum. Die Wirbelsäule brach, und es war tot.

Daheim auf der Küchenveranda nahm ich ein Messer und schnitt es auf, wobei ich mich sehr in acht nahm, daß ich den Magen nicht verletzte. Ich holte den feuchtwarmen Sack heraus, brachte ihn in die Küche und wusch ihn unter der Pumpe. Mama hielt ein sauberes weißes Leinentuch bereit. Ich schnitt den Magen auf, und wir leerten die ganzen kleingekauten Nußkerne auf das Tuch und breiteten sie zum Trocknen aus. Dann legte Mama das Tuch ins Wärmefach über dem Herd.

Ich sah nirgends einen Schokoladenkuchen, aber irgendwo mußte er sein. Gäbe es keinen Schokoladenkuchen, hätte Mama nicht nach einem Eichhörnchen verlangt. Draußen schnitt ich den Rest des Tieres in Stücke, die ich den Hühnern vorwarf. Sie stritten sich um die großen Brocken, und die größeren Hennen verjagten die kleineren. Die Schwächlinge kriegten nichts. Darüber dachte ich noch nach, als Papa hinter mich trat. Die würdigen Hennen fraßen, während die Winzlinge zusahen.

„Anständig ist das nicht, Papa."

„Diese Welt ist nicht anständig, Rob."

„Was machen die Äpfel? Meinst du, es wär Zeit zum Pflücken?"

„Noch zwei Tage", meinte Papa. „Die Ernte ist nicht gut dieses Jahr, und wir können keine abfallen lassen. Vergangenen Juni hats zu viele Spannerraupen gegeben; die haben 'ne Menge von den Knospen abgefressen."

„Wir haben doch geräuchert, Papa."

„Haben wir. Aber vielleicht war die Mischung nicht richtig. Sag mir noch mal, Junge, was du gemacht hast."

„Genau, wie du mirs gesagt hast, Papa. Vergangenen Mai hab ich aus dem Kamin und dem Küchenherd den ganzen Ruß rausgekratzt. Den hab ich mit gebranntem ungelöschtem Kalk vermischt und die Mischung in gleich große Häufchen aufgeteilt, so daß ich unter jeden Apfelbaum im Garten eins legen konnte."

„Wie viele?"

„Achtzehn. Einer ist uns ja im Winter eingegangen."

„Das Wasser hast du der Mischung zugesetzt, wie ich dir's gesagt habe?"

„Ja, Papa. Ungefähr eine Tasse voll hab ich auf jedes Häufchen gegossen, und das hat tüchtig geschäumt. Richtig geraucht hat es."

„War es windig?"

„Wenn ich mich richtig erinnere, ja. Manche von den Schwaden wurden weggeweht."

„Junge, du mußtest Ruß und Kalk immer auf die Windseite legen. Und für jeden Baum die Windrichtung prüfen. Im Obstgarten gibts sonderbare Luftströmungen."

„Das hab ich falsch gemacht. Darum waren die Spanner so zahlreich."

„Nächstes Frühjahr machst du's richtig, Rob. Laß dir bei allem Zeit. Eine Sache recht gemacht ist besser als zwei geschlampt."

„Ja, Sir."

„Daran, wie ein Hof geführt wird, kann man immer den Farmer erkennen. Hast du dir schon mal Bruder Tanners Farm angesehen? Seine Zäune stehen aufrecht wie die Tugend. Alles Viehzeug ist gepflegt. Sieh mal zu, wie er sein Gras mäht. Gibt in ganz Learning keine besseren Schwaden."

„Er ist ein guter Farmer", sagte ich.

„Um sechs Uhr morgens und um sechs Uhr abends geht er in seinen Stall. Und danach, wann der erste Milchstrahl im Eimer klingelt, kannst du die Uhr stellen."

„Ist er ein besserer Farmer als du, Papa?"

„Ja, darin übertrifft er mich. Ins Gesicht sagen würde er mir das nicht. Aber er weiß es, und ich weiß es auch, darüber braucht man kein Wort zu verlieren."

„Ich möchte nicht so werden wie Mr. Tanner. Ich will genauso werden wie du, Papa."

„Nein, Junge, so wirst du nicht. Du hast deine Schulbildung. Du kannst lesen und schreiben und rechnen. Und wenn du einmal den Obstgarten sprühst, dann nimmst du dazu die neuen Mittel."

„Chemikalien?"

„Gewiß. Und du mußt dein Land nicht verlassen, um anderer Leute Schweine zu schlachten und dann mit dem Hut in der Hand um deinen Anteil am Fleisch bitten."

„Aber du bist ein guter Metzger, Papa. Sogar Mr. Tanner sagt, du wärst der beste im ganzen Landkreis."

„Hat er das gesagt?"

„Ehrlich, Papa. Er sagt, er braucht 'ne Schweinehälfte nur anzusehen, dann weiß er, daß du sie gebrüht und geschabt hast. Er sagt, du hättest deine eigene Handelsmarke. Wenn du ein geschlachtetes Schwein von Kopf bis Steiß zerteiltest, dann tätest du immer, was sonst keiner macht. Du teiltest sogar das Schwänzchen bis zur Spitze genau in Hälften. Auf der Fahrt nach Rutland hat er das gesagt."

„Das freut mich aber, für etwas berühmt zu sein."

„Abendessen steht auf dem Tisch!" rief Mama aus der Küchentür. „Wollt ihr beiden Mannsleute den ganzen Abend dastehen und den Hühnern predigen?"

„Mit nur einem Hahn", rief Papa ihr nach oben zu, „glaub ich nicht, daß sie viel Predigen nötig haben."

Mama lachte und ging ins Haus. Wir folgten ihr, nachdem wir uns unter der Pumpe gesäubert hatten. Als wir aufs Haus zugingen, legte Papa mir seine Hand auf die Schulter.

„Ich versuch es und versuch es", sagte er, „aber am Tagesende kann ich das Schwein nicht von mir abwaschen. Und deine Mutter beklagt sich nie darüber. Nicht ein einziges Mal in all den Jahren hat sie gesagt, daß ich schlecht rieche. Einmal hab ich mich bei ihr entschuldigt."

„Was hat Mama da gesagt?"

„Sie hat gesagt, ich röche nach ehrlicher Arbeit und dafür brauche man sich nicht zu entschuldigen."

Wir hatten ein gutes Abendessen, mit frischgebackenen Brötchen und Honig. Und hinterher gabs Schokoladenkuchen. Die Nußstückchen aus dem Eichhörnchenmagen waren trocken. Tante Carrie holte sie aus dem Wärmefach und bestreute den Kuchen damit. Wie kleine weiße Sterne an einem großen, braunen Himmel. Und ich bekam ein Stück abgeschnitten, das selbst Salomon nicht hätte vom Fleck bewegen können.

Später, während Mama und Tante Carrie in der Küche schwatzten, saßen Papa und ich im Wohnzimmer am Kamin. Fein war das, so ein Feuer; und ihm während der Unterhaltung zuzusehen, das war einfach großartig. Jetzt brannte es nieder. Bereit zum Schlafengehen, wie die Menschen.

Papa hat mal gesagt, Holz wärme einen dreimal: wenn man es schlägt, wenn man es heimbefördert und wenn man es verbrennt.

„Es wird Winter, Papa."

„Ganz bestimmt."

„Ich meine, ich brauch vielleicht 'ne neue Winterjacke."

„Sag das lieber deiner Mutter, damit sie sich ans Nähen macht."

„Ich möchte eine Jacke aus dem Laden. Ich brauch eine."

„Ich auch. Aber eins mußt du dir merken, Rob. Brauchen ist 'n schlappes Wort. Hat nichts mit dem zu tun, was man bekommt. Was du brauchst, darauf kommts nicht an. Sondern was du machst. Und deine Mutter macht dir eine neue Jacke."

„Nur einmal", bat ich. „Nur einmal möcht ich so schrecklich gern eine fertiggekaufte Jacke. Eine rot-schwarz karierte Jacke aus Plaidstoff wie die von Jacob Henry. Nur ein einziges Mal möcht ich mit Geld in der Tasche ins Kaufhaus gehen und all die Jacken befühlen.

Jede einzelne. Alle befühlen und riechen, wie neu sie sind. Wie bei neuen Schuhen."

„Schön wär das. Wirklich schön."

„Jacob Henry sagt, im Laden in Learning ließen sie einen jede Jacke anprobieren, die man will, und man darf im Laden damit rumspazieren, auch wenn man sie nicht kauft. Aber weißt du, was ich tun würde? Ich würde eine rot-schwarze kaufen wie die von Jacob Henry. Die hätt ich dann für immer und würd sie nie abtragen."

„Nehm an, daß du sie eher ausgewachsen als abgetragen hättest."

„Kann sein. Aber ich möchte zu gern so 'ne Jacke. Warum müssen wir zu den einfachen Leuten gehören, Papa? Warum, Papa?"

„Weil wir es sind."

„Ich glaub, ich kann nie so 'ne Jacke haben, nicht?"

„Doch! Wenn du dir eine verdienst. Du bist bald ein Mann."

„Eines Tages", sagte ich.

„Nicht eines Tages, Rob. Jetzt schon. Diesen Winter. Deine Schwestern sind aus dem Haus, sind alle vier unter der Haube. Deine beiden Brüder sind tot. Tot geboren und in unserm Obstgarten begraben. Also ist die Reihe an dir, Rob."

„Warum sagst du das, Papa?"

„Warum, mein Sohn? Weil dies mein letzter Winter ist. Ich hab ein Leiden. Ich weiß das."

„Bist du bei Doktor Knapp gewesen?"

„Nicht nötig. Alles geht zu Ende, das ist so."

„Nein, Papa. Das sollst du nicht sagen."

„Hör zu, Rob. Hör zu, mein Junge. Ich sag dir die Wahrheit. Du mußt dich darauf einstellen. Du darfst nicht kindisch sein."

„Papa, Papa . . ."

„Du darfst das weder deiner Mutter noch Tante Carrie sagen. Aber von jetzt ab mußt du die Farm bewirtschaften lernen. Wir brauchen noch fünf Jahre, dann gehört das Land uns. Mit allem. Und bis dahin hast du die Schule hinter dir."

„Ich geh von der Schule und arbeite auf der Farm."

„Nein, das tust du nicht. Du bleibst und bekommst eine Schulbildung. Lernst alles, was du lernen kannst."

Ich stand von meinem Stuhl auf, um ihm näher zu sein. Ich berührte den Ärmel seines Hemdes und spürte, wie sein ganzer Körper steif wurde. Als er sprach, schaute er weg.

„Du mußt es tun, Rob. Deine Mutter und Tante Carrie schaffen es nicht allein. Kommendes Frühjahr bist du nicht mehr der Sohn auf dem Hof. Du bist der Mann. Ein Mann von dreizehn. Und trotzdem ein Mann. Und was auf diesem Land zu tun ist, mußt du tun, Rob. Weil kein anderer mehr da ist, Junge. Nur du."

„Papa, nein . . ."

„Deine Mutter und Tante Carrie können nicht länger für dich sorgen. Bald mußt du für sie sorgen. Sie sind auch alt. Nach Jahren voller Arbeit. Deine Mutter ist nicht mehr jung, und Tante Carrie ist beinah siebzig. Um die Sache kurz zu machen, ich könnte mich irren, aber ich hab das Gefühl, daß es mit mir bald aus ist. Tiere wissen, wann. Und ich meine, ich bin mehr Tier als Mensch."

Ich glaubte es nicht, und ich fand keine Worte. Ich hoffte, er würde die Hand nach mir ausstrecken und mich berühren oder mich küssen oder sonst was. Aber er stand von seinem Stuhl auf, wickelte einen heißen Stein aus dem Kamin in einen Sack fürs Bett und ging nach oben. Mama und Tante Carrie hatten die Küche verlassen und waren auch nach oben gegangen. Das Wohnzimmer lag still und dunkel.

Ich blieb sitzen und sah zu, wie die rote Asche grau wurde. Ich blieb, bis das Feuer erstarb. So brauchte es nicht einsam zu erlöschen.

OKTOBER kam, mit Farben so bunt wie Wäsche auf der Leine. Dann war November, und morgens im Dunkeln auf dem Weg zum Melken dachte ich oft, die Luft würde mir in die Lunge schneiden.

Seit Wochen sah Papa jeden Tag nach Rosie. Er sagte sogar, ich solle sie mit was Neuem füttern und Fleischschnitzel in ihr Mengfutter mischen. Nicht zu knapp, damit sie wild und brünstig würde. Aber es gab keinerlei Zeichen, daß Rosie erwachsen wurde.

Als ich Mr. Tanner einmal oben am Hang beim Waldhühnerschießen traf, erzählte ich ihm von meinem Schwein und fragte ihn, ob er meine, Rosie sei unfruchtbar. Er käme am nächsten Morgen vorbei, sagte er.

Er kam. Kaum war ich mit der Morgenarbeit fertig, als ich seinen Ochsenkarren den Weg herunterrumpeln hörte. Bob und Bib zogen ihn. Waren *die* aber gewachsen! Der Wagenkasten hinter dem Sitz war mit Latten verschlossen, so daß ich nicht sehen konnte, was drinnen war. Als Mr. Tanner in den Hof einfuhr, rannte ich nach drau-

ßen, um ihn zu begrüßen, und spähte zwischen den Latten durch. Er
war es, der beste Eber im Landkreis. Groß und gemein und durch und
durch männlich. Den konnte nie jemand essen. Schinken von dem
wäre hart wie Baumrinde und ganz talgig.

„Wo ist deine junge Sau?" fragte Mr. Tanner.

„Da hinten", sagte ich und deutete auf den Pferch, in dem wir
Rosie hielten.

„Dein Vater daheim?"

„Nein", sagte ich. „Er ist früh weggegangen. Im November hat
er viel zu tun."

„Macht nichts", sagte Ben Tanner. „Die Sache ist so. Vielleicht
ist dein Schwein unfruchtbar, vielleicht auch nicht. Manches Mädchen
will einfach 'n bißchen hofiert werden. Du und ich können Rosie
nicht aufregen, weil wir in ihren Augen nicht hübsch genug sind.
Aber warte bloß, bis sie Samson wittert. Der kann Hitze wittern,
wo wir's nicht können. Und wenn er's tut, dann wird sie schon
'nen andern Ton anschlagen."

Wir fuhren den Ochsenkarren rückwärts zu dem kleinen Pferch
und legten eine Rampe für Samson. Als ich Mr. Tanner die Latten
entfernen half, bekam ich den Eber zum erstenmal richtig zu sehen.
Er muß vier oder fünf Zentner gewogen haben. Ein mächtiger Pole.
Mr. Tanner gab ihm einen Schubs, woraufhin er den Karren verließ
und die Rampe hinunterschritt wie ein König. In dem großen Mes-
singring in seiner Nase fing sich die Sonne, so daß er hell auf-
leuchtete.

„Alle meine Säue sind trächtig, deshalb wird er überglücklich sein,
helfen zu können. Über eine Woche hat er einsam in einem Pferch
verbracht. Er ist sowieso fällig."

Ich ging nach hinten und rief Rosie. Sie wollte aber nicht, und
zum Schieben war sie viel zu dick, deshalb mußte ich mit einer kleinen
Gerte nachhelfen. Den ganzen Weg zum Pferch haute ich tüchtig auf
sie ein, und dann ging sie hinein, um sich mit Samson zu paaren. Als
sie durchs Gatter ging, klatschte Ben ihr eine Handvoll Schmalz auf
die Hinterseite. Unter den Schwanz.

Rosie war groß. Aber neben Samson wirkte sie bloß halb ausgewachsen. Sie streifte ihn nur mit einem Blick, und die Nase am
Boden wie gewöhnlich, versuchte sie zu erschnuppern, was es mit
ihm auf sich hätte.

Samson grunzte. Er ging auf sie zu und stieß sie mit dem Rüssel an. Noch ein zweites Mal ließ sie sich das gefallen, dann machte sie kehrt. Er ging neben ihr her und rieb seine Schulter an der ihren. Als er versuchte, richtig Witterung von ihr zu bekommen, riß sie aus und trat mit den Hinterbeinen nach ihm. Er versuchte es mehrere Male, aber sie hielt nicht still. Sie drehte sich nach ihm um und hatte ihm ihre Zähne ins Ohr geschlagen und den Rand zerfetzt, ehe Mr. Tanner ihr mit seinem Stock einen ordentlichen Schlag versetzen konnte.

„Gehört alles zur Werbung", erklärte er. „Samson hat bloß 'ne Ohrfeige bezogen. Das ist alles."

Die beiden Schweine standen da und sahen einander an. Jetzt entzündete Ben Tanner seine Pfeife.

„Dein Vater", sagte er. „Wie gehts ihm gesundheitlich?" Er stellte die Frage ganz unbefangen, als habe sie gar nichts zu bedeuten. Aber ich wußte, daß sie was zu bedeuten hatte. Ben Tanner sah mich an und wartete auf eine Antwort.

„Gut", sagte ich. „Papa ist so robust, er hat sein Leben lang keinen Tag beim Schlachten gefehlt."

Ich mußte wegsehen, als ich das sagte, und hatte keinen Schimmer, wie ich fortfahren sollte. Während ich mir was auszudenken versuchte, sagte Mr. Tanner: „Mein Junge, wenn Samson deine Sau deckt, dann erwarte ich eine Deckgebühr. Fünfzig Dollar oder zwei Ferkel aus dem Wurf. Du hast die Wahl."

„Ihr könnt zwei Ferkel aus dem Wurf haben", sagte ich.

„Abgemacht."

Jetzt war die Sache in Gang, und Samson hatte offenbar erraten, was wir von ihm erwarteten. Er stieß Rosie mit seinem Rüssel kräftig gegen die Schulter und drehte sie halb herum. Rasch wie Quecksilber sprang er auf ihre Kehrseite, trieb sie gegen den Zaun und kam dann hart auf sie herunter. Rosie quiekte, als werde ihr die Kehle durchgeschnitten, und ich haßte Samson. Haßte ihn, weil er so groß war und so gemein und so schwer.

„Warts nur ab", sagte Ben Tanner. „In ganz Vermont gibts keine Sau, die Samson ablehnt. Er ist Eber durch und durch."

Das war er, und so kam er denn zum Ziel bei ihr. Aber sogar als er genug von ihr hatte und abließ, hörte sie nicht auf zu wimmern. Nicht einmal dann.

Sie schwankte, als könne sie nicht stehen, und ihr ganzer Körper bebte. Ich schwang ein Bein über den Zaun, um sie ein bißchen zu streicheln und zu säubern. Aber Ben Tanners starke Hand auf meiner Schulter zog mich zurück.

„Bist du verrückt, Junge? Wenn du jetzt in den Pferch gehst und dich ihr näherst, frißt dich der Eber zum Frühstück. Wo hast du deinen Verstand?"

„Ich glaube, ich hab keinen", sagte ich.

„Zeit, daß du welchen kriegst. Wie alt bist du, Rob?"

„Zwölf, Sir. Nächsten Februar werd ich dreizehn."

„Gut. Zwölf ist 'n Junge, dreizehn 'n Mann. Sieh dir mal Rosie an. Bis heute morgen war sie bloß 'n Mädchen. Ein dickes, kleines Mädchen. Aber von jetzt ab ist sie eine Sau. Und beim nächstenmal heißt sie den großen Kerl willkommen. Da wird sie sich sogar durch Stacheldraht zwängen, um bei ihm zu sein und von ihm gedeckt zu werden. Verstanden?"

„Ja, Sir. Ich glaube."

„Dein Vater ist beim Schlachten, ja?"

„Ja."

„Schwere Arbeit. Er sollte sichs langsam 'n bißchen leichter machen, jetzt, wo du den Hof bewirtschaften kannst."

„Papa arbeitet immer. Er ruht nie aus. Und was am schlimmsten ist, er arbeitet innerlich. Ich kann das an seinem Gesicht sehen. Wie wenn er sein ganzes Leben versucht hätte, etwas einzuholen. Aber was es auch ist, es ist immer vor ihm, und er kanns nicht erreichen."

„All das denkst du dir allein aus?"

„Ja, Sir."

„Du bist 'n heller Bursche, für einen Shakerjungen. Wie bist du in der Schule?"

„Ich hab ein A in allem. Fast."

„In allem?"

„Allem außer Englisch. Darin krieg ich nie 'n A, und, zum Kukkuck, ich weiß nicht, warum. Die Lehrerin sagt, ich sei begabt. Ich könnte was Besseres werden als Farmer."

„Was Besseres als Farmer!" Ben Tanner war ein bißchen rot geworden. „Was kann ein Mann denn Besseres sein? Es gibt keine höhere Berufung als Tierzucht und Dinge zum Leben und zum Wachsen zu bringen. Es ist unser Los, all die guten lebendigen Gaben unseres Gottes zu pflegen, und ich sage, was Höheres gibt's nicht."

„Das sagt Papa auch. In genau fünf Jahren gehört uns diese Farm. Alles."

„Das hör ich gern. Ihr Pecks seid gute Nachbarn."

Ich lachte. „Das sagen Papa und ich immer von Euch. Ihr seid gute Nachbarn."

„Ich hab all deine Schwestern aufwachsen sehen. Hübsche Mädchen waren das. Machten euch richtig Ehre. Aber jetzt bist du dran, Robert. Und einen Anfang hast du gemacht. Rosie wirft vielleicht zehn Ferkel, im Frühling und im Herbst – wenn du sie genau drei Tage, nachdem sie entwöhnt hat, wieder decken läßt. Das sind zwanzig Schweine im Jahr. Und in fünf Jahren hundert."

„Was! Hundert Schweine."

„Es ist nicht nur die Zahl, Junge. Rosie ist kein gewöhnliches Schwein. Sie stammt aus einer kräftigen, fleischigen Rasse. Und Samson auch. Die Sau, die ihn geworfen hat, warf manchmal zwölf statt zehn. Zwei extra. Das bedeutet Dollars, Junge. Dollars, mit denen du die Farm abbezahlen kannst. Gute solide Yankeedollars, zum Anlegen auf der Bank."

Die ganze Unterhaltung über Schweine und Dollars und Fleisch und Bank ging mir wie ein Mühlrad im Kopf herum. Es kam mir nicht christlich vor, aber schließlich lebten ja nicht alle Menschen auf der Welt genau nach dem Buch der Shaker.

„Wir gehören zu den einfachen Leuten, Sir. Vielleicht ist es nicht recht, soviel haben zu wollen."

„Unsinn, Junge. Bess und ich sind gottesfürchtige Christen, genau wie ihr."

„Aber Ihr seid keine Shaker, nicht wahr?"

„Nein. Ich bin Baptist! Überzeugter Baptist. Bin als Baptist geboren und hoff auch so zu sterben. Aber noch nicht."

SIEBEN

DIE Apfelernte fiel schlecht aus.

Es war kälter geworden, und wir waren froh, wenigstens ein paar von den Sorten Baldwin und Jonathan für den Winter in unsere Apfelfässer im Keller zu bekommen. Papa hatte recht gehabt. Die Ernte war kümmerlich. Die Äpfel waren nicht dick und viele wurmig. Der eingegangene Baum war unser Grünapfelbaum gewesen und hatte kleine und sehr saure Äpfel getragen. Kuchenäpfel. Aber diesen Winter gabs keine Kuchen.

Zweimal hatte Papa einen Rehbock mit mehreren Rehen oben auf dem Kamm zu Gesicht bekommen. Aber bis er Flinte und Munition bereit hatte, waren die Tiere verschwunden. Jacob Henrys Vater erlegte einen Bock. Ira Long ebenfalls. Aber Papa hatte kein richtiges Jagdgewehr, nur eine Schrotflinte mit Kugelladung. Er mußte zu nah rangehen, wenn er treffen wollte.

Er pirschte fast jeden Morgen und hoffte noch vor der Arbeit einen Rehbock zu erlegen. Kein Jagdglück. Einmal saß er vier Stunden lang bei kaltem Regenwetter an. Hinterher hustete er.

Der tiefsitzende Husten schüttelte ihn so, daß er sich irgendwo anklammern mußte. Aber das Schlimmste kam, als seine Lungen so schlecht wurden, daß er nicht mehr bei Mama schlief. Er schlief im Stall. Im behaglichen Dunstkreis von Daisy und Salomon war es wärmer.

Der erste Schnee fiel. Noch wars kein schwerer Schneefall, und als am nächsten Morgen die Sonne wieder durchkam, schmolz er weg. Aber es war ja nicht der letzte.

Rosie warf keine Jungen. Sie war gedeckt, und sie war unfruchtbar. Und für ein Schoßtier fraß sie zuviel. Zweimal hatte Samson sie gedeckt, aber es gab keinen Wurf. Sie wurde eben nicht brünstig, nicht ein einziges Mal.

In der Morgenfrühe eines dunklen Dezembertages kam das Ende. Es war Samstag und keine Schule. Nach der Morgenarbeit kamen Papa und ich zum Frühstück ins Haus. Ich machte mich an eine große Schüssel heißen Haferbrei, aber er schmeckte mir wie Seife. Und Daisys frische, warme Milch war schal. Ich brachte sie nicht hinunter. Papa saß bloß am Küchentisch, fingerte an einer Pfeife herum, die er nicht rauchen konnte, und schaute auf ein Frühstück, auf das er keinen Appetit hatte. Schließlich stand er vom Tisch auf und schaute aus dem Fenster. Draußen ging die Mondnacht ins Morgengrauen über. Als er sich nach mir umdrehte, war sein Gesicht ernst.

„Rob, wir wollen's hinter uns bringen."

Ich fragte nicht, was. Ich wußte es. Und Mama und Tante Carrie auch, denn als Papa und ich unsere Jacken anzogen, um nach draußen zu gehen, kamen sie herbei und taten, als müßten sie nur helfen, mich einzumummeln.

In der Nacht war leichter Schnee gefallen. Grade soviel, daß der Boden bedeckt war – wie wenn Mama ihr Kuchenbrett mit Mehl bestreute. Ich folgte Papa in den Raum, wo wir die Werkzeuge aufbewahrten, und stand dabei, wie er auf einem Schleifstein die Messer schärfte. Das Stechmesser war kurz und abgestumpft, mit gebogener Klinge. Die Schneide wurde besonders scharf geschliffen. Er zog schwere Gummistiefel an und band sich zum Schutz ein Ledertuch um die Mitte. Wir waren fertig.

Ich schleppte einiges Handwerkszeug und eine Knochensäge nach draußen und ging dann mit Papa an den Platz, an den Salomon mit der Winde die Maisscheuer gezogen hatte – zu Rosies Haus. Drinnen lag sie zusammengerollt im sauberen Stroh. Ein mildwarmer Geruch erfüllte den Stall.

„Komm, Rosie." Ich versuchte einen heiteren Ton anzuschlagen. „Es ist Morgen." Aber mir war die Kehle wie zugeschnürt, die Worte wollten einfach nicht raus. Ich schubste Rosie mit dem Fuß, aber schließlich mußte ich eine Gerte nehmen, um sie auf die Füße zu bringen. Sie kam zu mir und bohrte mir ihren Rüssel ins Bein.

Ihr Ringelschwänzchen bewegte sich, als freute sie sich über den neuen Tag. Die Leute sagen, Schweine hätten kein Gefühl. Und sie wedelten nicht mit dem Schwanz. Ich für meine Person weiß jedenfalls, daß Rosie genau wußte, wer ich war, und ihr Schwänzchen wußte es auch.

Während Papa ein Feuer anmachte, um das Wasser zu kochen, trieb ich sie aus ihrem Stall in eine Hürde, dieselbe, in der sie mit Samson gewesen war. Am Tor bockte sie, und ich mußte ein paarmal kräftig zuschlagen, um sie vorwärts zu treiben. Wahrscheinlich tat es ihr weh, aber was machte das jetzt noch aus.

Wir gingen hinter ihr hinein und schlossen das Törchen mit einem Riegel. Ich kniete im Schnee nieder, legte ihr die Arme um den dicken, weißen Nacken und sog ihren guten, soliden Geruch ein. Rosie, sagte ich innerlich, versuch es zu verstehen. Wenn es nur einen andern Weg gäbe. Wenn Papa im Herbst nur ein Stück Wild geschossen hätte. Oder wenn ich alt genug wäre, um Geld zu verdienen. Wenn nur . . .

„Hilf mir, Junge", sagte Papa. „Es ist Zeit."

Er legte seine Werkzeuge auf den Boden und behielt nur ein Brecheisen mit drei Klauen in der Hand. Keiner von uns hatte Handschuhe an, und ich wußte, wie kalt das Brecheisen sich anfühlte. Ich hatte es getragen, und es war eisiger als der Tod.

„Tritt zurück", sagte er.

„Papa", sagte ich, „ich glaube, ich kann nicht."

„Darum gehts nicht, Rob. Wir müssen."

Ich stand auf und ging von Rosie weg, als Papa neben ihren Kopf trat. Da stand sie im frischen Schnee und schaute auf meine Füße. Ich sah, wie Papa das Brecheisen fest packte und es hoch über seinen Kopf hob.

Da machte ich die Augen zu, und mein Mund öffnete sich, als wollte ich an ihrer Stelle schreien. Ich wartete. Ich wartete auf das Geräusch, das ich dann schließlich auch hörte.

Ein lautes, malmendes Krachen, das man nur hört, wenn ein schweres Eisen einen Schweineschädel einschlägt. In diesem Augenblick haßte ich Papa. Ich haßte ihn, weil er Rosie getötet hatte, und ich haßte ihn wegen eines jeden Schweines, das er im Lauf seines Lebens je getötet hatte ... wegen Hunderter und aber Hunderter geschlachteter Schweine. „Beeil dich", sagte er.

Ich öffnete die Augen und trat zu ihr. Sie lag im Schnee. Regte sich, atmete, aber sie lag. Ich half sie auf den Rücken wälzen, stand über ihr und hielt ihre beiden Vorderbeine gerade in die Luft. Mit der linken Hand drückte Papa ihr Kinn zurück, daß ihr Rüssel den Boden berührte. In der rechten Hand hielt er das abgestumpfte Messer mit der gebogenen Klinge. Er stach tief in ihre Kehle und zog das Messer durch den Hals auf sich zu, wobei er die Hauptschlagader durchschnitt. Sprudelnd ergoß sich ihr Blut auf den Boden. Zum Teil auf meine Füße. Ich wollte davonrennen und weinen und schreien. Aber ich blieb stehen und half sie festhalten.

Es war still wie am Weihnachtsmorgen. Als Papa fortfuhr, das Schwein auszuweiden, hielt ich die Füße fest nach oben. Um uns herum war der Boden mit warmem Schweineblut gefleckt, das aus ihr herauspumpte und auf dem kalten Schnee dampfte.

Zwischen meinen Knöcheln konnte ich ihre letzten Zuckungen fühlen. Ich mußte wegsehen. Während Papa an ihr arbeitete, hielt ich fest und starrte die alte Maisscheuer an, die einmal Rosies Haus gewesen war.

Papa arbeitete ruhig und schnell. Die Eingeweide wurden heraus-
gezogen und lagen als dampfende schmutzige Masse auf der Erde.
Dann steckten wir jeder einen Haken in die Kinnbacken und zogen
den Körper in kochendes Wasser. Er wurde gebrüht, von allen Haaren und Borsten freigeschabt und in zwei Hälften gesägt.

Papa schnaufte, wie weder Mensch noch Tier schnaufen dürften.
Ich wußte, daß seine Hände beinah abgefroren sein mußten, aber er
arbeitete weiter, ohne Handschuhe.

Dann endlich hielt er inne, schob mich weg, drehte mich zu sich
um, so daß ich dem Schwein den Rücken kehrte. Er stand vor mir,
und sein ganzer Körper war feucht von der Arbeit. Ob ich wollte
oder nicht – ich mußte an Rosie denken. Meine süße, dicke, saubere,
weiße Rosie, die mir überallhin nachgelaufen war. Das einzige, was
je wirklich mir gehört hatte. Das einzige, auf das ich deuten und ...
mein sagen konnte. Aber es gab keine Rosie mehr. Nur noch ein
feuchtes rotes Etwas. Ich weinte.

„O Papa. Mein Herz ist gebrochen."

„Meines auch", sagte Papa. „Aber ich bin glücklich, daß du ein
Mann bist."

Ich verlor die Fassung, und Papa ließ mich meinen Schmerz aus-
weinen. Ich schluchzte und schluchzte, das Gesicht gen Himmel und
die Augen geschlossen, und hoffte, Gott werde mich hören.

„Das nämlich bedeutet es, ein Mann sein, Junge. Weiter nichts
als das: tun, was getan werden muß."

Ich spürte die Berührung seiner großen Hand auf meinem Gesicht,
und das war nicht die Hand, die Schweine tötete. Sie war beinah
so sanft wie Mamas Hand. Rauh war sie und kalt, und als ich die
Augen öffnete, konnte ich an ihren Knöcheln das Schweineblut sehen.
Es war die Hand, die grade eben Rosie geschlachtet hatte. Er hatte
es getan. Weil er mußte. Es war ihm verhaßt, und er mußte es doch.
Und er wußte auch, daß er mir nicht zu versichern brauchte, wie
traurig er war. Seine Hand an meiner Wange, die mir die Tränen
abzuwischen versuchte, sagte mir das alles. Seine grausame Faust mit
den dicken Fingern, die Schweine abstach und doch so sanft auf
meiner Wange lag.

Ich konnte nicht anders. Ich zog seine Hand an den Mund und
hielt sie gegen meine Lippen. Trotz Schweineblut und allem. Ich
küßte sie wieder und wieder, trotz ihrer Fettschmiere und dem

Geruch nach totem Schwein. So verstand er wohl, daß ich ihm auch dann vergäbe, wenn er mich tötete.

Noch immer hielt ich seine Hand, als er sich groß gegen den grauen Winterhimmel aufrichtete. Er schaute auf mich herunter und wandte dann den Blick ab. Mit dem Jackenärmel seines freien Arms fuhr er sich über die Augen. Es war das erstemal, daß ich ihn das tun sah.

Das einzige Mal.

ACHT

Papa lebte noch den ganzen Winter. Am dritten Mai starb er im Schlaf, draußen im Stall.

Er stand sonst immer vor mir auf. Als ich aber an dem Morgen in den Stall kam, war alles still. Er lag auf dem Strohbett, das er sich hergerichtet hatte, und noch ehe ich zu ihm trat, wußte ich, daß er tot war.

„Papa." Ich sagte nur einmal seinen Namen. „Es ist gut. Du kannst dich heute morgen ausschlafen. Gar kein Grund, dich aufzuraffen. Ich mach schon die Arbeit. Du ruhst dich bloß aus."

Ich fütterte und tränkte Salomon und Daisy. Ich molk Daisy. Dann warf ich den Hühnern Futter hin, sah nach, ob sie Wasser hatten, und sammelte die Eier. Eins war noch feucht vom Legen. Es waren nur sieben: fünf weiße und zwei braune. Ich wischte sie sauber und brachte sie in den Keller.

Dann ging ich in die Küche, wo Mama und Tante Carrie schon tätig waren. Mit meinen dreizehn überragte ich sie beide. Ich legte um jede einen Arm und drückte sie fest an mich.

„Tut mein Frühstück in einen Korb", sagte ich. „Ich fahre mit Salomon in die Stadt zu Mr. Wilcox. Papa kommt nicht zum Frühstück. Heute morgen nicht und überhaupt nie mehr. In ungefähr zwei Stunden bin ich zurück, aber ich fahre bei Matty und Hume vorbei und sag es ihnen."

„Geh nur", sagte Mama. „Carrie und ich werden schon fertig. Es deinen Schwestern zu sagen bleibt keine Zeit. Sie wohnen ja über ganz Vermont verstreut und könnten doch nicht kommen."

„Ich schreibe ihnen", sagte ich. „Jetzt das Begräbnis. Hat er irgend etwas Gutes zum Anziehen?"

„Ja", sagte Mama. „Die Sachen liegen schon länger bereit, oben in der Kampfertruhe am Fußende ... unseres Bettes."

„Mama, wenn du sie herausholen und richten könntest, bis Mr. Wilcox kommt, wäre das eine Hilfe."

„Ich mache es", sagte sie.

Ich küßte beide auf die Stirn, ging nach draußen und spannte den Ochsen ein. Am Eingangstor ließ ich Salomon halten, ging in die Küche, bekam etwas, das in eine saubere karierte Serviette eingeschlagen war (ich habe es nie gegessen), und fuhr nach Learning.

Ich sagte Mr. Wilcox, einem guten Shaker, der unsere Toten besorgte, Bescheid. Nachdem ich es auch Matty und Hume, unseren Verwandten, erzählt hatte, fuhr ich heimwärts. Ich hielt nur noch zweimal an: bei Mrs. Bascom und Ira und bei Mr. und Mrs. Tanner.

Bis ich heimkam, war Mr. Wilcox schon da. Sein kleiner Wagen mit dem rotbraunen Wallach stand dicht beim Stall. Hinter dem Kutschbock ein Sarg aus ungestrichenem Holz ohne Griffe. Eine Gabe der Shakergemeinde in Learning. Irgendwo würde ich Geld auftreiben, um Mr. Wilcox zu bezahlen. Hoch war seine Gebühr bestimmt nicht, weil er ja auch der Leichenbeschauer des Kreises war.

„Die Leute kommen gegen Mittag, Mr. Wilcox", sagte ich zu ihm, während er Papa vorbereitete.

„Es wird alles fertig sein, Robert."

„Ich danke Euch, Sir."

Ich sagte Mama und Tante Carrie wegen der Stunde des Begräbnisses Bescheid. Sie würden bereit sein, das wußte ich, in ihrem Besten und Schlichtesten.

„Viele werden nicht kommen", sagte ich. „Vielleicht sechs, mehr nicht."

„Rob", sagte Mama, „ich bin froh, daß wir dich haben, um alles zu erledigen. Allein hätte ich es nicht fertiggebracht."

„Doch, Mama, das hättest du. Wenn du die einzige bist, die etwas tun kann, dann wirds immer getan."

In der Familienecke unseres Gartens hob ich ein Grab aus. Danach ging ich auf die Suche nach einer Arbeit, nach Beschäftigung. Am Tage vor Papas Tod hatten wir in der Geschirrkammer eine Pflugschar ausgebessert. An der arbeitete ich ein bißchen. Und hatte sie fast fertig, als die Gäste kamen.

Ehe ich die Geschirrkammer verließ, fiel mir etwas auf, was ich noch nie bemerkt hatte. Die meisten von Papas Werkzeugen waren altersdunkel und die Griffe tiefbraun. Aber wo Papas Hände sie angefaßt hatten, waren sie heller. Fast golden. Durch die Abnutzung bei der Arbeit waren sie glatt und glänzend geworden. Sämtliche Griffe seiner Werkzeuge sah ich mir an. Richtig schön, durch Arbeit vergoldet.

Ich fühlte das Verlangen, die Hand auszustrecken und sie anzurühren. Sie in meinen Händen zu halten wie er, nur um zu sehen, ob meine Hände groß genug dafür waren.

Unter den Werkzeugen bemerkte ich eine alte Zigarrenkiste, ganz grau verstaubt. Sie enthielt ein altes Stück Papier und einen abgeschriebenen Bleistift. Ich entfaltete das Papier und sah, daß Papa seinen Namen zu schreiben versucht hatte. Eins von den „Haven Peck" war annähernd vollkommen; beinah hatte er's herausgehabt.

Das Papier war brüchig und vergilbt, als habe er über einen langen Zeitraum geübt. Sorgsam faltete ich es genau wieder so zusammen, wie er es getan hatte, legte es in die Zigarrenkiste zurück und machte den Deckel zu.

Dann ging ich ins Haus, um mich umzuziehen, weil es fast Mittag war. Als Junge hatte ich einen von Mama genähten schwarzen Anzug gehabt. Aber in dem war ich mir immer wie ein Prediger vorgekommen. Außerdem war er mir jetzt viel zu klein. Und was Papa besaß, war auch zu dürftig. So zog ich denn nur ein Paar neue Arbeitsschuhe an, gelbbraune, und ein Paar von Papas alten, schwarzen Hosen, die ich oben einschlug und mit Nadeln feststeckte. Eins seiner Hemden trug ich ohne Krawatte. Ich betrachtete mich im Spiegel, um mich zu vergewissern, ob ich würdig genug aussah, um eine Familie zum Grabe zu geleiten. Ich glich aber eher einer Vogelscheuche als einem Leidtragenden. Das Hemd paßte mir nicht. Und die lohfarbenen Arbeitsschuhe stachen so ins Auge, daß meine Füße wie barfuß wirkten. Ich riß mir das Hemd herunter und warf es auf den Boden.

„Hör mich, Gott", sagte ich. „Arm sein ist die Hölle."

Bis Mittag waren alle eingetroffen. Wir hatten Papa gerade angekleidet und seinen Sarg ins Haus getragen.

Matty und Hume waren die ersten. Mrs. Bascom kam mit Ira Long. Nur daß sie jetzt ordnungsgemäß und legal Mrs. Long hieß. Für mich blieb sie immer Mrs. Bascom. Mr. Tanner und seine Frau kamen

im schwarzen Wagen mit einem schwarzen Gespann davor. Ich ging
nach draußen, um sie zu begrüßen.

„Ich bin Euch dankbar, daß Ihr gekommen seid, Mr. Tanner."

„Robert, mein Name ist Benjamin Franklin Tanner. Alle Nachbarn
nennen mich Ben. Ich meine, zwei Männer, die gute Freunde sind,
sollten einander beim Vornamen nennen."

„Und ich bin Bess", sagte seine Frau, „von jetzt ab."

Als die Tanners zu den andern Gästen ins Wohnzimmer gegangen
waren, schaute ich den Weg hinauf. May und Sebring Hillman kamen
angefahren. Und aus der Stadt Jacob Henry und seine Leute. Als
letzter kam Mr. Clay Sanders, der Mann, für den mein Vater geschlachtet hatte. Mit mehreren seiner Männer, Papas Arbeitskamera-
den. Heute wurde nicht gearbeitet. Es war ein Tag, an dem keine
Schweine starben.

Ich war froh, daß sie kamen. Einige waren nicht besser angezogen
als ich. Aber sie wollten helfen, Haven Peck in die Erde zu betten.
Sie kamen, weil sie Achtung vor ihm hatten und ihn ehren wollten.
Als ich mir alle ansah, die etwas verlegen in unserm kleinen Wohn-
zimmer herumstanden, war ich glücklich für Papa. Er war nicht reich.
Aber arm war er auch nicht, verflixt noch mal. Er sagte immer von
sich, er sei nicht arm, aber ich hatte das immer für Spaß gehalten.
Nein, er besaß eine ganze Menge, mein Vater.

Der offene Sarg stand in der Küche auf dem langen Tisch. Das
war unter unserm Dach der einzig mögliche Platz. Papa war ein
großer Mann. Aber vom Wohnzimmer aus, wo unsere Freunde versammelt waren, konnte man ihn nicht sehen, und das war mir sehr
recht. Ein Mann kann nicht ruhen, wenn er angesehen wird.

Mir als dem einzigen Sohn fiel die Aufgabe zu, über meinen Vater
zu sprechen. Was sollte ich denn nur sagen? Meine Gedanken über
Papa ließen sich nicht aussprechen. Sein Sohn zu heißen, das war, als
sei man mit einem König bekannt. „Haven Peck", sagte ich. „Ein
liebevoller Mann und Vater, ein tätiger Farmer und guter Nachbar.
Geliebt von seiner Frau, vier Töchtern und dem einzigen lebenden
Sohn. Wir alle sind dankbar, daß wir ihn gekannt haben. Und wir
beten nur dafür, daß seine Seele in das Himmlische Königreich eingehen und dort auf immer wohnen möchte."

Mr. Wilcox hatte mir wegen der passenden Worte ein paar Hin-
weise gegeben, und ich denke, daß ich's richtig gemacht habe. Wir

verließen das Wohnzimmer und gingen einer hinter dem andern durch die Küche, um Papa ein letztes Mal anzusehen. Mehrere sagten „Amen", als sie an ihm vorbeigingen.

Wir nagelten den Deckel der rohen Holzkiste zu, dann hoben sechs Männer sie auf und trugen sie nach draußen an das Grab im Obstgarten. Mit Seilen ließen sie den Sarg auf zwei kleine Balken hinunter, so daß sie die Seile wieder heraufziehen konnten. Nach dem Buch der Shaker war es ungehörig, die Seile mit dem Sarg zu begraben. Vermutlich, weil die Seile so teuer waren. Das wäre ein vernünftiger Grund.

Ich hatte zwei Schaufeln neben das offene Grab gelegt. Sobald der Sarg unten war, begannen Ira Long und Sebring Hillman, zwei der Stärksten, das Grab zuzuschaufeln. Die ersten Schaufeln enthielten auch ein paar Brocken Vermontgestein, das wie Trommelschlag auf den Sarg prallte. Aber je mehr Erde drauf kam, um so leiser klang es. Als schließlich die ganze Erde an ihren Platz geschaufelt war, glätteten sie den Hügel mit den flachen Rückseiten ihrer Schaufeln. Kein Kreuz, kein Grabstein. Nichts, was verriet, wer hier lag und was er in seinen sechzig Lebensjahren vollbracht hatte.

Dann gingen wir alle weg, Tante Carrie und Mama rechts und links von mir. Beide sahen so ordentlich aus und verhielten sich so würdig, daß ich stolz war, zwischen ihnen gehen zu dürfen. Mamas liebes Gesicht war völlig klar und leer. Was sie mit ihm verloren hatte, ließ sich mit Worten nicht sagen. Jedem von uns fehlte er auf eine andere Weise.

„Rob", sagte Benjamin Tanner, als alle sich verabschiedeten, „wenn Bess und ich was tun können oder irgendwie helfen, dann sag es."

„Ich danke dir, Ben", sagte ich. „Du bist ein hilfsbereiter Nachbar."

„Wie du das so sagst", erwiderte Ben, „meint man deinen Vater zu hören."

„Das möchte ich auch, Ben."

Dann waren sie fort. Mama und Tante Carrie hatten im Haus zu tun und schalten miteinander, um nicht weinen zu müssen. Ich zog mein Arbeitszeug wieder an und glättete einen Holzkeil für die Tür der Milchkammer.

Salomon hatte eine Verletzung am Auge (wovon, war mir rätselhaft), die ich, so gut ich konnte, mit Bor behandelte. Ich räumte die

Geschirrkammer auf und dengelte eine Sense. Ich fällte einen jungen Sassafrasbaum, bereitete ihn so vor, daß ich einen neuen Bogen für Salomons Joch draus machen konnte, und bohrte in beide Enden Löcher für die Schließbolzen.

Zur Stallzeit molk ich Daisy, fütterte, tränkte und brachte frisches Stroh. Dann aß ich mit Tante Carrie und Mama zu Abend. Außer Bohnen war nicht viel auf dem Tisch. Davon lebten wir schon den ganzen Winter. Von Bohnen und Schweinefleisch. Und beides schluckte sich nicht leicht.

Als das Abendbrotgeschirr gespült und abgetrocknet war, fiel mir auf, wie müde Mama aussah. Carrie auch. So schickte ich die beiden nach oben zu Bett, jede mit einer Tasse heißem Tee.

Weil ich wußte, daß ich nicht schlafen konnte, zog ich meine Jacke an und ging nach draußen. Ich warf einen Blick zu Daisy und Salomon hinein; beide standen still wie der Abendstern. Sie wurden langsam alt und waren gern im Stall. Selbst in einer so schönen Frühlingsnacht wie heute.

Etwas streifte meinen Knöchel. Miß Sarah, die Katze, einfach bloß so zur Begrüßung. Ehe sie zur Maulwurfsjagd auf die Wiese hinausging.

Ich weiß nicht, warum ich zum Obstgarten ging. Zu tun war dort nichts mehr. Aber ich glaubte, ich mußte Papa gute Nacht sagen und mit ihm allein sein.

Die Grillen waren draußen, und ihr Zirpen umgab mich von allen Seiten. Beinah wie ein Chor. Ich kam zu dem frischen Grab mit seinem sauber geschichteten Hügel. Irgendwo da unter all dem Vermonter Lehm lag mein Vater, Haven Peck. Tief in das Land gebettet, auf dem er so viel Schweiß vergossen und nach dessen Besitz er sich so gesehnt hatte. Und jetzt besaß es ihn.

„Gute Nacht, Papa", sagte ich. „Wir haben dreizehn gute Jahre gehabt."

Das war alles, was ich sagen konnte. So kehrte ich nur um und verließ ein kleines Stück Land, auf dem kein Gras wuchs.

Robert Newton Peck

In den Traditionen der Shaker-Sekte aufgewachsen, hat der Autor noch gelernt, in der Weise der Shaker zu leben und zu arbeiten – einer Lebensart, die auch dann noch weiterbestand, als die Lebenskraft der Sekte schon abgenommen hatte. Die Verkörperung dieser erdhaften Frömmigkeit ist Haven Peck, der den Segen des Glaubens weniger im Wort als im Tun sieht. „Eines Mannes Gottesdienst ist nichts wert, wenn sein Hund und seine Katze nichts davon merken."

Robert Newton Peck wurde ganz in der Nähe des Schauplatzes seiner Erzählung geboren. Er hat den Staat Vermont gut kennengelernt; als Junge, wenn er mit seinem Vater durch die Felder ging, und später als junger Mann im Holzfällerlager.

Aber schon als Kind packte ihn manchmal das Verlangen nach etwas, das ihm das harte Farmerleben nicht geben konnte. Mit siebzehn ging er von zu Hause fort und diente zwei Jahre bei der 88. Infanteriedivision in Europa. Den Militärlagern folgten Forstlager und eines Tages das College, wo aus dem Geschichtenerzähler der Schriftsteller wurde. Mitte der fünfziger Jahre begann er seine Laufbahn als Inseratenwerber in New York, wo er auch Dorothy Anne Houston kennenlernte und heiratete. Seit seiner Kindheit liebt Robert Newton Peck die Musik. Besonders gern komponiert er selbst volksliedhafte Balladen. Zweiundzwanzig Lieder hat er schon veröffentlicht.

1962 erschien sein erstes Buch, eine Satire auf das Anzeigengeschäft. In seinem zweiten Buch, *Einfache Leute,* setzt er seinem geliebten und bewunderten Vater ein Denkmal.

Die Pecks wohnen im Staat Connecticut und haben zwei Kinder: Anne Houston und Christopher Haven.

Wohin der Wind die Blüten trägt

EINE KURZFASSUNG DES BUCHES VON
MADELEINE BRENT
INS DEUTSCHE ÜBERTRAGEN VON HANNA LUX
ILLUSTRATIONEN VON JACK McCARTHY

Deutsche Buchausgabe:
„Wohin der Wind die Blüten trägt"
(Moonraker's Bride)
Marion von Schröder Verlag GmbH, Düsseldorf 1974
© 1973 by Madeleine Brent

„Brichst du die Klinge und den Stein,
so ist das Glück im Tempel dein.
Wohin der Wind die Blüten trägt . . ."

*Mit diesen Worten beginnt ein seltsames gereimtes Rätsel,
und damit auch eine Kette von seltsamen Ereignissen in
Lucy Warings Leben. Lucy Waring ist Engländerin, aber
sie wächst halb wie eine Chinesin auf und lernt dabei nicht
nur die Sprache wie eine Eingeborene, sondern auch
chinesische Sitten und Anschauungen, die Lucys europäi-
schen Zeitgenossen oft allzu ungewöhnlich vorkommen.*

*Als man sie dann nach England bringt, das sie noch nie
gesehen hat, wird sie in einen Kampf auf Leben und Tod
zwischen zwei Männern verstrickt, die Lucy für sich
gewinnen wollen und gleichzeitig danach trachten, durch
sie die Lösung des geheimnisvollen Rätsels zu erfahren.*

*Lucy, die sich in England fremd fühlt, findet unerwartet
Verbündete in einem einsamen kleinen Jungen und einem
Butler mit mysteriöser Vergangenheit und höchst un-
konventionellen Ansichten. Aber manchmal fürchtet sie
gerade jene am meisten, die ihr am freundlichsten erscheinen, bis eine dramatische Wendung der Ereignisse sie
schließlich nach China zurückführt, wo sie im Peking des
Jahres 1900 die Belagerung des Gesandtschaftsviertels
miterlebt.*

*Fast alle Menschen in diesem packenden Roman wurden
von der Kultur und den Gebräuchen Chinas mitgeprägt –
eines Landes, dessen Eigenart bis heute fremd und faszi-
nierend geblieben ist.*

EINS

AM MORGEN jenes Tages im März 1899, im Jahre des Schweins, als der häßliche Fremde nach Tsin Kei-leng kam, erwachte ich in der Dämmerung, und jähe Verzweiflung packte mich, als ich merkte, daß alles noch beim alten war. Das war wohl dumm von mir, denn ich hatte schon vor langer Zeit gelernt, daß Sorgen kaum je über Nacht verschwinden; bei meinen war das überhaupt recht unwahrscheinlich.

Ich mußte fünfzehn Mädchen und Miß Prothero satt kriegen, und die Speisekammer war leer bis auf ein Häufchen Kartoffeln und ein paar Pfund Hirse. Es gab nur eine Lösung: ich mußte wieder einmal nach Tschengfu gehen und Geld stehlen.

Fröstelnd zog ich die fadenscheinige Decke über die Schultern und kuschelte mich in den buckligen Strohsack, der mir auf dem blankgescheuerten Holzboden als Liegestatt diente. Es wäre sinnlos gewesen, wenn ich versucht hätte, in den Straßen von Tschengfu zu betteln. Die Leute mochten Betteln zwar für eine durchaus ehrbare Tätigkeit halten, weil es ihnen Gelegenheit bot, ihre Nächstenliebe zu beweisen, aber die Bettlerzunft ließ nicht mit sich spaßen. Obwohl ich mein Leben lang Chinesisch gesprochen hatte und es ebensogut beherrschte wie alle hier, zählte man mich immer noch zu den *yang kueit-tzu* – den fremden Teufeln. Das eine Mal, als ich versucht hatte zu betteln – vor einem Jahr, ich war damals erst sechzehn –, schnappten mich prompt drei Männer der Zunft. Zu meinem Glück gelang es mir, sie mit einer Bemerkung zum Lachen zu bringen, sonst hätten sie mir wahrscheinlich die Ohren abgeschnitten. So kam ich mit Stockhieben davon. Mein Rücken war damals so steif, daß ich Miß Prothero vorschwindeln mußte, ich sei in einen Graben gefallen und habe mir dabei die Schulter gestoßen.

Durch die Fensterläden drang aus dem Hof das Morgenkonzert der Vögel herein, und ich wußte, daß ich verschlafen hatte. Es war schon sechs Uhr vorbei. Für den Weg nach Tschengfu und zurück würde ich

vier Stunden brauchen, und bevor ich aufbrechen konnte, hatte ich
noch eine Menge zu tun. Auf der anderen Seite des zerlumpten Vor-
hangs, der mich vom übrigen Teil des langen Raumes trennte, wurden
die Kinder schon unruhig. Kimi, das Baby, weinte, und ich hörte,
wie Yu-lan es beruhigte.

Ich stand auf, wusch mich über der Schüssel, die ich am Abend
zuvor mit Wasser gefüllt hatte, schlüpfte in Jacke und Hose und zuletzt in meine Sandalen. Die dünne Wattierung meiner Kleidung
schützte mich nicht sehr gegen die Kälte, aber bei der Arbeit würde
mir gleich warm werden. Der einzige Spiegel im ganzen Haus stand
nun auf dem Frisiertisch in Miß Protheros Zimmer, denn im vergangenen Winter hatte ich fast alles verkauft, was wir nicht unbedingt
brauchten. Aber in die Wand meiner kleinen Schlafnische war ein
länglicher Bronzeschild eingelassen, den ich eifrig blank hielt, um ihn
als Spiegel zu benützen. Bevor Miß Prothero und ihre Schwester mit
ihrer Arbeit im Dorf begannen, war die Missionsstation ein verlas-
sener chinesischer Tempel gewesen. Der alte Bronzeschild war das
einzige Überbleibsel aus jener Zeit, denn alle Darstellungen der chinesischen Götter hatte man schon lange vor meiner Geburt entfernt; sie
waren sogar schon längst verschwunden, als Vater und Mutter, von
der Christlichen China Mission zur Unterstützung der Schwestern
Prothero geschickt, hier eintrafen.

An meine Eltern konnte ich mich nicht erinnern. Sie waren, ebenso
wie Miß Adelaide Prothero, an der Cholera gestorben, als ich ein
Jahr alt war. Nur Adelaides Schwester Victoria blieb damals übrig.

Ich mochte meinen seltsamen Spiegel. Die gekrümmte Oberfläche
zeigte alles verzerrt; sie nahm meinen großen, runden Augen die Häß-
lichkeit, und die Bronze breitete einen gnädigen Schimmer über meine
absonderlich weiße Haut. Wenn ich mich darin betrachtete, konnte
ich mir sogar einbilden, leidlich hübsch zu sein – mit einem glatten,
gelblichen Teint, schönen schmalen Augen und winzigen, geschnürten
Füßen ... Ich bürstete flüchtig mein Haar, dann zog ich den Vorhang
zurück und begab mich auf meinen allmorgendlichen Weckgang. Das
Baby lag gut verpackt in einer Schreibtischlade, die wir aus dem Schul-
zimmer herübergeschafft hatten. Daneben hockte Yu-lan, die mit
ihren vierzehn Jahren unsere Älteste war. Sie schaute lächelnd zu mir
auf, als ich neben ihr niederkniete.

Yu-lan war ein sehr hübsches Mädchen mit einem freundlichen

Wesen, und nicht zum erstenmal dachte ich, was für ein Jammer es doch war, daß Miß Prothero mir nicht erlaubte, Yu-lan als Dienerin oder Konkubine zu verkaufen. Eines von beiden würde sie ohnehin werden, wenn sie die Mission verließ, obwohl Miß Prothero stets glaubte, sie hätte die Mädchen bei einer „ordentlichen Familie" untergebracht. Sie verstand noch immer viele der jahrtausendealten chinesischen Sitten nicht, die mir ganz natürlich und unvermeidlich erschienen.

Ich blickte auf Kimi hinunter, und es gab mir im Herzen einen Stich bei dem Gedanken, daß man sie gleich nach der Geburt in der Kälte ausgesetzt hätte, wenn ihre Mutter nicht mit ihr in die Mission gekommen wäre. Mädchen galten eben als nutzlos. Das war eine Anschauung, die mich befremdete und mit der ich mich nicht abfinden konnte, obwohl ich mich die meiste Zeit selbst für eine Chinesin hielt.

„Was gibt's denn zum Frühstück, Lu-tsi?" fragte Yu-lan. Keines der Kinder konnte „Lucy" richtig aussprechen.

„Heute essen wir mal was anderes", antwortete ich lächelnd. „Statt Sojabohnen mit Milch und Haferbrei gibt es Haferbrei und Milch mit Sojabohnen."

Yu-lan quietschte vor Vergnügen. Die Mädchen lachten über jeden noch so anspruchslosen Scherz, auch wenn sie ihn zum zehnten Mal hörten. „Und zu Mittag?" fragte sie weiter.

„Kartoffeln." Seit einer Woche gab es mittags nichts als Kartoffeln, und ich hatte nicht das Herz, darüber Witze zu machen.

Yu-lan stand auf und sah mich besorgt an. „Was wirst du tun, Lu-tsi? Die Kleinen sind immer hungrig."

„Keine von euch hat je Hunger leiden müssen", sagte ich ärgerlich. „Wenigstens nicht allzu sehr. Außerdem haben wir noch genug für zwei Tage."

„Und wo willst du dann was zum Essen hernehmen?"

Ich gab ihr die einzige Antwort, die mir darauf einfiel und mit der mich Miß Prothero immer vertröstete. „Der Herr wird schon für uns sorgen", sagte ich und ging in die Küche hinüber, wobei ich daran dachte, was ich heute in Tschengfu tun mußte, und hoffte, der Herr würde wenigstens darauf achten, daß ich nicht erwischt wurde, wenn ich ihm schon die Arbeit abnahm.

Zehn Minuten später brachte ich Miß Prothero das Frühstück. Sie sah so grau und abgezehrt aus, wie sie da auf ihre Kissen gestützt im Bett saß, daß man in ihr kaum die rundliche, warmherzige Frau wiedererkannte, die mir fast von Geburt an wie eine Mutter gewesen war. Sie und ihre Schwester Adelaide waren vor vierzig Jahren im Auftrag der Mission nach China gekommen. Die beiden waren schon über fünfzig, als 1882 meine Eltern, Charles und Mary Waring, als Hilfe hier eintrafen, um sie endlich ein wenig zu entlasten. Aber schon nach achtzehn Monaten raffte die Cholera meine Eltern und Adelaide hinweg. Zur selben Zeit war die Christliche China Mission in Streitereien mit anderen Missionsgesellschaften verwickelt und zog sich daraufhin aus dem nördlichen China zurück.

Aber Victoria Prothero blieb, mittellos und mit zwanzig Chinesenmädchen und Lucy Waring, dem einjährigen Baby, auf dem Hals. Irgendwie hatte sie es geschafft, Schwächen und Kümmernisse hinter sich zu lassen und die Aufgabe anzupacken. Ihr Vater hatte ihr ein Legat ausgesetzt, das für ihre alten Tage in England bestimmt war. Sie ließ das Geld an eine Bank in Tschengfu überweisen und benutzte es mit größter Sparsamkeit dazu, die Mission viele Jahre lang in Gang zu halten.

Miß Prothero hatte eine Menge Schrullen und sonderbare Vorstellungen, aber ich liebte und bewunderte sie mehr als irgendeinen anderen Menschen auf der Welt.

Nun konnte sie schon seit sechs Monaten das Bett nicht mehr verlassen, und ich wußte, daß ihre Tage gezählt waren. Ich hatte Dr. Langdon, den amerikanischen Arzt, aus Tschengfu geholt, und er hatte es mir gesagt. In der Nacht weinte ich das erste Mal, seit ich ganz klein gewesen war. Dann trocknete ich meine Tränen, weil ich begriff, daß es nur eines zu tun galt: für die Zeit, die ihr noch blieb, mußte ich alle Sorgen und Schwierigkeiten von Miß Prothero fernhalten.

Darüber hinaus konnte ich keinen klaren Gedanken fassen. Ich erinnerte mich, daß ich Miß Prothero einmal gefragt hatte, wie es ihr gelungen sei, all die schrecklichen Hindernisse zu überwinden, die sich ihr in den Weg stellten. „Wenn du dir nicht mehr vorstellen kannst, wie es weitergehen soll, liebe Lucy, dann tu einfach das, was als nächstes drankommt, und mach von da weiter", hatte sie erwidert.

Miß Prothero lächelte unbestimmt, als ich ihr das Tablett mit der Schale Tee, der Schüssel Sojabohnenmilch und dem Haferschleim, dem ich feingeschabte Schafsleber beigemengt hatte, auf den Schoß stellte.

Für die Leber hatte ich dem Bauern Hsun einen Entwässerungs-
graben ausgeputzt.

„Danke, liebe Lucy, das schaut ja verlockend aus." Ihre Stimme
war leise, aber fest. Dann runzelte sie die Stirn. „Ich möchte wirklich,
daß du dein hübsches Kleid trägst, Kind." Das Kleid, das sie meinte,
war aus blaßgrünem Baumwollstoff mit einem Faltenrock. Sie hatte
es mir genäht, als ich sechs Jahre alt war.

„Es ist gerade in der Wäsche", antwortete ich. Das war heute die
erste Lüge, die der Engel, der gute und böse Taten jedes Menschen
aufzeichnet, auf der für Lucy Waring reservierten Seite seines Buches
eintragen mußte. Miß Prothero war all die Jahre viel zu sehr damit
beschäftigt gewesen, uns durchzufüttern, als daß ihr noch viel Zeit
geblieben wäre, uns zu unterrichten, aber jeden Tag hatte sie einmal
aus der Bibel vorgelesen und mit uns darüber gesprochen, so daß ich
alles über diesen Engel wußte. Ich wagte gar nicht daran zu denken,
wie viele Seiten er schon über mich vollgeschrieben hatte. Abgesehen
von vier Expeditionen mit einschlägigem Zweck nach Tschengfu, be-
log ich Miß Prothero nun schon seit Monaten.

Vor fast einem Jahr hatte ihr Gedächtnis begonnen, sie im Stich zu
lassen. Sie erfaßte einfach nicht, daß ihr ganzes Geld aufgebraucht
war, obwohl der Bankdirektor es ihr mitgeteilt hatte. Da sie schon
zu schwach war, um selbst nach Tschengfu zu gehen, stellte sie
mir eine Vollmacht aus. Der Direktor behandelte mich sehr höflich,
wenn man bedenkt, daß ich nur ein Mädchen war, aber er machte
mir unmißverständlich klar, daß es eben kein Geld mehr auf
dem Konto gab. Damals sah ich mich gezwungen, mit dem Stehlen
anzufangen.

„Lucy, ich sehe es gar nicht gern, wenn du die ganze Zeit in Hosen
herumläufst", sagte Miß Prothero. „Vergiß nicht, daß du Engländerin
bist. Deshalb darfst du dir nicht etwa einbilden, etwas Besseres zu
sein als ein Chinesenkind, aber es ist nur recht, wenn man stolz auf
seine Heimat ist."

„Ja, Miß Prothero." Ich setzte mich auf den Stuhl neben ihrem
Bett. „Wollen Sie nicht Ihr Frühstück essen, bevor es kalt wird?"

„Frühstück?" Sie schaute auf das Tablett. „Ach ja. Ich fürchte, ich
bin nicht sehr hungrig, Kind."

„Aber Dr. Langdon sagt, Sie dürfen die Medizin nur nach den
Mahlzeiten nehmen."

Sie nickte flüchtig und begann zu essen. Gleich darauf wurde ihr Gesichtsausdruck lebhafter.

„Hältst du wohl alles schön sauber, Lucy? Auch die Kinder?"

„Ja, Miß Prothero. Das Tagesprogramm wird pünktlich eingehalten."

„Ich habe den Morgenchoral noch nicht gehört, Liebes."

„Der kommt später. Vor dem Frühstück, wenn wir aufgeräumt haben."

„Natürlich. Wie dumm von mir." Ich bemerkte, wie sie starr wurde, als sie einen Schmerzanfall unterdrückte. „Nun zum Lesen, Lucy. Es wäre hübsch, diesmal etwas von Jane Austen zu nehmen."

Das war eine tägliche Gewohnheit, seitdem ich lesen konnte, denn Miß Prothero vertrat den Standpunkt, ich dürfe den korrekten Gebrauch meiner Muttersprache nie verlernen. Jeden Morgen las ich ihr eine halbe Stunde vor, und eine Stunde lang frönten wir jeden Abend der „Kunst der Konversation", wie sie es nannte. Die Bücher gefielen mir, obgleich mich ihre Handlung oft verwirrte, weil sie doch in der sonderbaren Welt der fremden Teufel spielte. Die Welt, die ich kannte, bestand aus der Missionsstation und dem benachbarten Dorf Tsin Kei-leng, dessen alte Lehmziegelmauern nur zwei- oder dreihundert Seelen beherbergten. Die Welt, die Miß Prothero vertraut war, lag für mich auf einem anderen Stern.

Als ich mein Pensum aus *Stolz und Vorurteil* erledigt hatte, sah ich, daß Miß Prothero ihr Frühstück nur zur Hälfte verzehrt hatte und mit geschlossenen Augen in den Kissen lag. Ich glaubte, sie sei eingeschlafen, aber als ich das Buch auf das Regal zurückstellte, fragte sie: „Hast du die Arbeit für heute eingeteilt, Lucy?"

„Ja, Miß Prothero. Nach dem Frühstück gebe ich den Kindern Unterricht, und am Nachmittag will ich versuchen, ob ich auf dem Hof von Hsun eine Halbtagsarbeit für die Älteren bekommen kann." Ich zögerte. „Außerdem muß ich bei der Bank in Tschengfu etwas Geld abheben."

Schon wieder eine Lüge, und es wird nicht die letzte sein, dachte ich unglücklich.

„Geld? Aber du hast doch erst vor ein oder zwei Monaten welches geholt. Wirklich, Liebes, du mußt sparsamer damit umgehen. Es wächst ja schließlich nicht auf den Bäumen. Aber nun spute dich. Es ist sicher schon Zeit für den Morgenchoral."

Ich nahm das Tablett, um es in die Küche zurückzutragen. Im Vorraum mußte ich mich erst ein wenig sammeln, weil mir die Brust fast zu zerspringen drohte. Es gelang mir, die Tränen zu unterdrücken, und ich war sehr froh darüber. Wenn die Kinder mich weinen sahen, glaubten sie bestimmt, das Ende der Welt sei gekommen.

Als ich das Frühstück zubereitet hatte, hörte ich, wie Yu-lan die Kinder zusammenrief. Ich ging zu ihnen, setzte mich an das knarrende Harmonium und schaute mir den Choral an, den Yu-lan ausgesucht hatte; es war „Brot des Himmels". Ich konnte keine Noten lesen, aber ich hatte vier Choralmelodien eingeübt. Ich stimmte den Ton an und sagte: „Also Kinder, nun singt recht laut, damit Miß Prothero euch hören kann. Eins, zwei, drei . . . los!"

Ein Grund, warum ich wußte, daß ich von den fremden Teufeln abstammte, lag darin, daß ich mir genau wie Miß Prothero eine Melodie merken konnte. Die Chinesenkinder hatten kein Ohr für Musik. Sie schrien die Worte einfach heraus, alle im selben Ton und so schnell wie möglich. Sie machten keine Pause zwischen den einzelnen Strophen, und ich mußte immer schneller spielen und singen, um mit ihnen Schritt zu halten. Yu-lan war als erste fertig, aber ich war kaum langsamer. Dann beteten wir das Vaterunser und begannen mit dem Frühstück.

Für mich verging der Vormittag nur allzu schnell. Mir graute schon vor dem Augenblick, wo ich mich auf den Weg nach Tschengfu machen mußte. Ich schickte Yu-lan zu Mr. Hsun. Sie sollte ihn fragen, ob er vielleicht irgendeine Arbeit für uns hätte. Er ließ sie eine Stunde warten, um ihre Bedeutungslosigkeit hervorzuheben, und teilte ihr dann mit, er habe die Absicht, am kommenden Tag Lehmziegel für eine neue Mauer zu machen, und könne zum Treten von Lehm und Stroh vier der älteren Mädchen gebrauchen. Das würde wenigstens ein bißchen Milch für Kimi einbringen.

Mittags aßen wir heißen Kartoffelbrei, und danach ging ich mich umziehen. Die Hände zitterten mir schon vor Aufregung, als ich meine warmen Filzstiefel und den Mantel, den ich mir aus einer alten Decke genäht hatte, anzog. Zuletzt stülpte ich mir noch den kegelförmigen Strohhut auf den Kopf, den ich deshalb so schätzte, weil er fast eine Art Tarnkappe war. Ich ging zu der kleinen Holzkiste am Kopfende meines Lagers. Diese Kiste enthielt all meine Schätze:

eine verblaßte Photographie meiner Eltern, ein Gebetbuch, ein paar Tücher, die meine Mutter bestickt hatte, und ein Stück von einem ehemals blauen Haarband. Und dann war da noch das Bild.

Es faszinierte mich, seit ich es vor drei Jahren unter einer dicken Staubschicht in dem Winkel des Kellers entdeckt hatte, wo wir unser Brennholz lagerten. In kühnen schwarzen Tuschestrichen auf grobe Leinwand geworfen, zeigte es ein vornehmes Haus auf einem Hügelkamm mit einer Baumreihe auf der einen Seite. Mächtige Kamine ragten aus einem steilen Dach, das gerade Giebel und nicht die in China üblichen nach oben geschwungenen Traufen hatte; darunter waren zwei Reihen harmonisch angeordneter Fenster und ein schönes Portal zu sehen. Vor den Giebeln befanden sich Brüstungen, die kleine Pfeiler mit Steinkugeln trugen. Unter dem Bild stand geschrieben: *Moonrakers.*

Miß Prothero hatte keine Ahnung, woher die Zeichnung stammte. „Sie muß schon vor meiner Zeit dagewesen sein", meinte sie. „Höchst eigenartig."

„Wer war denn vor Ihnen hier, Miß Prothero?"

„Hier? Niemand! – Oder doch, ja, irgendwelche Tempelpriester. Das Gebäude wurde in den Opiumkriegen übel zugerichtet und danach jahrelang nicht benutzt."

„Glauben Sie, daß *Moonrakers* der Name des Hauses ist?"

„Ja, Liebes, das ist durchaus möglich. Das Wort bedeutet etwas, aber ich kann mich nicht entsinnen . . ."

Miß Prothero erwähnte dieses Thema kaum noch, aber mich beschäftigte es unentwegt. Nicht nur das Bild selbst spukte mir im Kopf herum, sondern auch das Geheimnis, das sich dahinter verbarg. Oft versuchte ich, mir eine Geschichte auszudenken, um eine Erklärung für die von unbekannter Hand angefertigte Zeichnung zu finden. Ich war sicher, daß sie von einem Engländer stammte. Die Skizze war liebevoll ausgeführt. Vielleicht wirkte sie deshalb so tröstend auf mich, wenn mich Sorgen quälten. Das Haus übte eine seltsame Anziehungskraft auf mich aus; mein ganzes Herz schien ihm zuzufliegen. Ich saß oft da und schaute es an, und wenn ich es dann beiseite legte, um das Problem in Angriff zu nehmen, das als nächstes auf mich wartete, erfüllten mich plötzlich wieder Ruhe und neue Hoffnung.

Auch jetzt blickte ich auf das Bild nieder, aber diesmal nahm ich es kaum wahr: meine Gedanken kreisten schon zu sehr um Tschengfu.

Als ich die Leinwandrolle in meine Kiste zurücklegte, hörte ich Yu-
lan rufen: „Lu-tsi! Komm und sprich du mit ihm! Da ist ein neuer
fremder Teufel mit goldenen Haaren!"

Ich lief zu ihr hinaus. Und dann sah ich ihn. Sein Haar hatte wirklich die Farbe von blassem Gold, und seine kalten Augen schimmerten
blau wie der Sommerhimmel. Sein Gesicht war von Wind und Wetter
gebräunt, und die Augen, die genauso rund waren wie meine, glichen
jetzt schmalen Schlitzen, als er sie zusammenkniff und um sich blickte.
Er trug Reithosen und einen kurzen Überrock, aber keinen Hut. Er
machte den Eindruck, als sei er schon viele Tage unterwegs und hätte
so manche Nacht in seinen Kleidern am Straßenrand geschlafen; dennoch sah man ihm sofort an, daß er eher gewöhnt war zu befehlen,
als zu gehorchen.

Der häßliche Fremde wartete auf seinem Pferd vor der Nordmauer
der Mission. Als ich näherkam, hob er eine Hand, um die Kinder,
die ihn schnatternd umringten, zum Schweigen zu bringen. Dann zog
er einen Zettel zu Rate, den er in der anderen hielt, und sprach ein
paar Worte, die wohl Chinesisch sein sollten. Ich sagte: „Guten Tag,
Sir. Kann ich Ihnen behilflich sein?"

Er beugte sich vor und spähte mir ins Gesicht. „Nimm deinen Hut
ab, Mädchen", verlangte er barsch. Als ich gehorchte, richtete er sich
im Sattel auf. „Hol mich der Henker. Du bist ja Engländerin. Was
tust du hier?"

„Ich war schon immer da. Und ich sorge für die Kinder in der
Mission."

Er zog die Brauen hoch. „So, wirklich? Und wie alt bist du?"

„Siebzehn, Sir."

„Und wie heißt du, Mädchen?"

„Lucy Waring, Sir." Automatisch machte ich einen Knicks, wie es
mir Miß Prothero beigebracht hatte. Dann löste etwas in meinem
englischen Blut Ärger und Widerwillen gegen diesen Mann und seine
Schroffheit aus. „Bitte machen Sie sich nicht die Mühe, sich vorzustellen, wenn es Ihnen lästig ist."

Sekundenlang schaute er mich anerkennend an, dann sagte er:
„Falcon. Robert Falcon." Er schwang sich vom Pferd. „Ich suche
einen bestimmten Tempel." Er knöpfte seinen Rock auf, zog aus
einer Innentasche eine Lederhülle, entnahm ihr ein gefaltetes Pergament und strich es auf dem Sattel glatt. Es war eine mit schwarzer

Tusche gemalte Landkarte. Ich sah darauf ein oder zwei Hügel eingezeichnet, einen Fluß, ein paar Baumgruppen und eine mauerum-
gebene Stadt oder vielleicht auch ein Dorf. Namen waren keine auf-
geführt.

„Einige wichtige Einzelheiten fehlen hier", erklärte Mr. Falcon.
„Sie befinden sich auf einer zweiten Karte. Erst wenn man die beiden
Karten zusammenfügt, können sie richtig gelesen werden. Aber in
dieser Gegend müßte der Tempel sein, und vielleicht erkennst du
hier genug, um mir einen Tip zu geben."

Ich schüttelte den Kopf. „Was hier eingezeichnet ist, trifft auf
Hunderte von Orten zu, Sir. Die kleinen Dörfer in China gleichen
einander wie ein Ei dem anderen. Ich weiß nur, daß unser Dorf nicht
gemeint sein kann, weil der Lauf des Flusses nicht stimmt."

Er zuckte die Schultern, faltete das Pergament zusammen und
steckte es ein. „Bist du gut im Rätsellösen?" fragte er dann.

„Ich glaube nicht, Mr. Falcon. Darin habe ich nicht viel Übung."

Er lächelte kalt. „Ist ja egal, hör dir das mal an:

> ‚Brichst du die Klinge und den Stein,
> so ist das Glück im Tempel dein.
> Wohin der Wind die Blüten trägt,
> golden verkehrt die Welt sich dreht,
> weist dir der kleine Bär der Nacht,
> der Tigeraugen kalte Pracht.'"

Er wartete auf meine Antwort. „Tut mir leid", sagte ich entschuldigend. „Das verstehe ich nicht."

Er ging wieder mit einem Achselzucken darüber hinweg. „Ich
möchte gern wissen, ob die Dorfbewohner eine Legende kennen, die
von irgendeinem besonderen Stein handelt oder vielleicht von einem
Schwert oder etwas Ähnlichem."

„Die Leute in Tsin Kei-leng haben natürlich ihre Sagen, Sir, aber
keine, die auf Ihr Rätsel paßt."

„Fällt dir gar nichts dazu ein?"

„Nein, Sir. Nur, daß es ein sehr stümperhaftes Gedicht zu sein
scheint."

„Verstehst du was davon?"

Ich errötete. „Nein, aber ich habe Miß Protheros Buch über
Tennyson gelesen."

„Aha. Na, das hier stammt jedenfalls von meinem Großvater."

Ich fühlte, wie mir das Blut aus den Wangen wich. Ich hatte einen seiner Ahnen beleidigt. Ein schlimmeres Vergehen konnte man sich kaum vorstellen.

„Schau nicht so verlegen drein, Mädchen", sagte er. „Ich bezweifle, ob er einen einzigen anständigen Vers zustande gebracht hätte, selbst wenn es um sein Leben gegangen wäre, das so oder so reichlich kurz war. Der Idiot hat sich bei einem Duell umbringen lassen, als er so alt war wie ich."

Vor Erleichterung seufzte ich insgeheim tief auf. Ich wußte, wie sehr die Chinesen ihre Ahnen verehrten, und ich hatte vorhin wie eine Chinesin gedacht. Offensichtlich hegte Mr. Falcon keine solchen Gefühle für seine Vorfahren. Eine Hand auf den Sattel gestützt, stand er gedankenverloren da und schien meine Gegenwart beinah vergessen zu haben. Dann ließ er sein Pferd stehen und schlenderte zu der Stelle hinüber, wo wir jede Woche die Asche vom Küchenherd ausleerten. Er nahm ein angekohltes Stück Holz und zog damit einen kräftigen Strich auf der Wand des Missionshauses.

Ich hielt vor Erstaunen den Atem an. Unter dem rußigen Stock begann sich auf der Wand ein Gesicht abzuzeichnen, ein deutliches Bild aus nur wenigen Linien: das hagere Antlitz eines Mannes mit einem breiten Mund und einer langen Nase. Das dichte Haar fiel lockig bis über die Ohren, die Mundwinkel kräuselten sich zu einem leichten Lächeln. Die Augen waren zwar nur flüchtig mit Ruß auf rauhen Stein gemalt, doch sie lebten und sprühten wie von verschmitzter Bosheit.

Mr. Falcon warf den Stock fort und wischte sich die Hände ab.

„Kennst du den?" fragte er, indem er mit dem Kinn auf das Gesicht deutete.

Ich konnte nur den Kopf schütteln. Mr. Falcon ging zu seinem Pferd zurück. „Es ist gut möglich, daß du ihn eines schönen Tages zu sehen bekommst", sagte er mit grimmigem Blick. „Falls er hier auftaucht, wird er dir dieselben Fragen stellen wie ich und dir dasselbe Rätsel aufgeben. Ich rate dir, nicht zu erwähnen, daß du mit mir gesprochen hast."

„Aber was soll denn das schaden, Sir?"

„Was das schaden soll? Das will ich dir sagen. Er wird vielleicht denken, du könntest mir geholfen haben und ich hätte dich bestochen, *ihm* nicht zu helfen. Dann wärst du deines Lebens nicht mehr sicher, Lucy Waring, denn der Bursche ist gefährlich. Einem Kerl, der den an Verschlagenheit und Skrupellosigkeit übertrifft, wirst du kaum je begegnen."

Er zog den Sattelgurt seines Pferdes fest, und während ich ihn beobachtete, kam mir plötzlich der Gedanke, daß er ungeachtet seiner groben Reisekleidung gewiß nicht zu den Ärmsten zählte. Wenn ich ihm ein bißchen Geld abbetteln konnte, brauchte ich vielleicht eine Woche oder länger nicht nach Tschengfu stehlen zu gehen.

Ich hatte schon genug Bettler gesehen und wußte daher, wie man es machen mußte. Ich krümmte den Rücken, hielt den Kopf schief und humpelte auf ihn zu, wobei ich einen Fuß nachzog. „Eine kleine Gabe, Sir, bitte, nur eine kleine Gabe", flehte ich mit weinerlicher Stimme. „Die Herrin der Mission ist sehr krank, und ich habe fünfzehn Mäuler zu stopfen. Wir haben nichts zu essen. Bitte..."

Im nächsten Augenblick schlug er mir mit der flachen Hand ins Gesicht, daß ich taumelte. „Wie kannst du es wagen!" sagte er streng. „Du bist doch kein hungerndes Bauernkind, sondern was Besseres – das sieht man dir auf den ersten Blick an. Was fällt dir ein, dich so zu erniedrigen! Als ob du das nötig hättest!"

Er setzte einen Fuß in den Steigbügel und schwang sich in den Sattel. Ich wollte ihn dazu bringen, mit mir zu kommen und einen Blick in unsere Speisekammer zu werfen, und dann wollte ich ihn fragen, was ich denn seiner Meinung nach nötig hätte. Aber ich war zu verwirrt. Während ich dastand und mir die schmerzende Backe hielt, kam mir jäh zu Bewußtsein, daß der häßliche Fremde und ich in zwei völlig verschiedenen Welten lebten. In meiner Welt bedeutete Betteln nichts Unehrenhaftes. Aber zum Teil gehörte ich auch in seine Welt, denn dieses Erbe lag mir im Blut, und ich fühlte mich beschämt, so tief beschämt, daß ich die Verachtung ermessen konnte, die er für mich empfand.

„Mr. Falcon", begann ich, „es tut mir so leid..."

Er wendete wortlos sein Pferd, trieb es mit einem Schenkeldruck an und sagte: „Los, Moonraker." Dann stoben sie davon. Im Galopp ging es den Hügel hinunter, und ich schaute ihnen nach, wie sie einen Bogen um das Dorf schlugen und sich dann auf der Straße, die nach Tschengfu führte, nach Süden wandten. *Moonraker*. Er hatte sein Pferd Moonraker genannt. Und in meiner Kiste lag das geheimnisvolle Bild eines Hauses mit dem gleichen Namen, das vor langer Zeit eine ebenso kühne und geschickte Hand wie die Robert Falcons gezeichnet hatte.

ZWEI

DA YU-LAN während meiner Abwesenheit die Aufsicht übernahm, erklärte ich ihr, bevor ich nach Tschengfu aufbrach: „Ich werde erst spät nach Einbruch der Dunkelheit zurückkehren. Gib den Kindern zum Abendessen, was eben noch da ist." Ich zögerte und fuhr dann fort: „Und für den Fall, daß ich mich verspäte oder – oder etwas passiert, weswegen ich heute abend nicht heimkommen kann, gebe ich dir vorsichtshalber das hier."

In den Saum meiner Jacke hatte ich einen Silber-Tael eingenäht: meine kostbare Reserve für den äußersten Notfall. Ich zupfte mit den Fingernägeln an den Fäden, drückte die Münze heraus und gab sie Yu-lan. Sie starrte mich ängstlich an. „Aber du kommst doch zurück, Lu-tsi?"

„Natürlich. Aber du bist jetzt erwachsen. Wenn etwas Unerwartetes geschieht, kannst du dir schon irgendwie helfen. Wenn du sorgfältig einteilst, reicht dieser Tael aus, um euch einige Tage durchzufüttern. Dann...", ich zitierte Miß Prothero, „mußt du einfach das tun, was als nächstes drankommt." Ohne eine Antwort abzuwarten, öffnete ich die Tür, schritt den Weg hinunter und auf das Tor zu.

Das Dorf Tsin Kei-leng lag in der weiten Schleife, die der Fluß am Fuße unseres Hügels zog. Als Residenz für einen eigenen Regierungsbeamten war es zu klein und unterstand deshalb dem Mandarin von Tschengfu, Huang Kung, der es nur dann zur Kenntnis nahm, wenn er seine Steuereintreiber schickte. Er war eine sehr bedeutende Persönlichkeit, ein Mandarin dritter Klasse, der Schrecken aller Missetäter und als Hasser der fremden Teufel berühmt. Wenn man mich beim Stehlen erwischte, mußte ich mich glücklich schätzen, mit Stockhieben davonzukommen. Viel wahrscheinlicher würde man mir eine Hand abhacken.

Als ich die Dorfbrücke erreichte, drehte ich mich um und blickte hinauf zur Missionsstation, dem einzigen Zuhause, das ich je gekannt hatte: ein langes, graues Ziegelgebäude mit einem zweistufigen, an den Kanten nach oben geschwungenen Dach. Eine kleine Marmorpagode, Teil des ursprünglichen Tempels, stand an der Westecke. Auf der einen Seite erhob sich eine große, alte Zeder, und auf der anderen standen zwei Pflaumenbäume vor dem Fenster meiner Schlafnische. Die Pflaumenbäume waren schon sehr alt, und es waren früher mehr gewesen, wie Miß Prothero sagte.

Ich wandte mich ab, schritt schnell die Straße entlang und versuchte dabei, das komische Gefühl im Magen loszuwerden, an dem wohl meine Angst schuld war. Hinter dem Dorf wand sich die Straße zwischen felsigen Hügeln hindurch und dann über eine Ebene, auf der ein scharfer Wind blies. Nach einer Stunde traf ich eine junge Dorfbewohnerin, die auf einem Eselskarren nach Tschengfu fuhr und angehalten hatte, um die beiden Tiere grasen zu lassen. Sie lud mich ein, auf dem Karren mitzufahren; eine sehr barmherzige Tat dafür, daß sie die erste Konkubine des Sandalenmachers war, und ich dankte ihr im Namen der Dame Eselsfuß, wie man Miß Prothero wegen der weiten Strecken, die sie zu Fuß zurückzulegen pflegte, hier in der Gegend allgemein nannte.

Wir führten höfliche Gespräche auf unserer Reise und waren sorgsam darauf bedacht, uns gegenseitig zu beweisen, für wie unwürdig und unbedeutend jede sich selbst im Gegensatz zur Würde und Bedeutung der anderen hielt. Diese jahrhundertealte chinesische Sitte war mir in Fleisch und Blut übergegangen und schien mir viel normaler als die Kunst der Konversation, die ich mit Miß Prothero übte.

Schließlich erreichten wir Tschengfu. Für mich war es immer eine große Stadt, aber Miß Prothero hatte mir erzählt, daß es in Peking oder Tientsin verschwinden würde. Die Straßen wimmelten von Karren, Rikschas und Eselreitern, zwischen denen gelegentlich die Sänfte einer hohen Persönlichkeit auftauchte. Unmittelbar vor mir trieb eine Frau eine Schar Gänse vor sich her. Auf dem Rücken schleppte sie ein riesiges Bündel Brennholz. Es war in eine Decke eingeschlagen und diese an einem Tuch, das als eine Art Stirnband diente, befestigt. Ich machte es genauso, wenn ich etwas tragen mußte, und es war erstaunlich, welche Lasten ich auf diese Weise befördern konnte.

Wir kamen auf den Platz vor dem Gerichtsgebäude, wo sich die Leute zu versammeln pflegten, wenn jemand ausgepeitscht oder sonst ein Urteil vollstreckt wurde. Einmal hatte ich den Henker sogar gesehen, eine unheimliche Gestalt in einem schwarzen Lederwams und mit einem langen Krummschwert im Gürtel. Ich trennte mich von meiner Reisegefährtin, nachdem wir die erforderlichen Höflichkeiten ausgetauscht hatten, und beschloß, mein Glück in der Straße der Goldschmiede zu versuchen, denn die waren reich, und es schien mir weniger schlimm, sie zu bestehlen als ärmere Leute. Aber die Goldschmiede waren auch auf der Hut, und so wußte ich, daß mein Unternehmen gefährlich sein würde. Vermutlich aus Feigheit entschied ich mich dafür, zuerst Dr. Langdon aufzusuchen und eine weitere Flasche Medizin für Miß Prothero zu erbitten, um mir einen zweiten Ausflug in die Stadt im Laufe dieser Woche zu ersparen. Es lebte kaum ein halbes Dutzend fremder Teufel in Tschengfu. Dr. Langdon war einer von ihnen, ein Amerikaner mit grauem Haar und müden Augen, der schon vor meiner Geburt nach China gekommen war.

Ich begab mich zu dem großen Haus, das man nun in eine Anzahl von Zweizimmerwohnungen aufgeteilt hatte, deren papierverklebte Holzgitterfenster mit den buntlackierten Rahmen alle auf einen Hof hinausblickten.

Dr. Langdon war eben mit der Untersuchung eines Patienten, dem kleinen Sohn einer Chinesin, fertig und begrüßte mich mit einem freundlichen Lächeln. „Hallo, Lucy. Möchtest du Tee?"

Ich sah den Doktor nur drei- oder viermal im Jahr, wenn er uns in der Missionsstation besuchte, und so kam es fast einer Auszeichnung gleich, daß er sich meinen Namen gemerkt hatte. Ich unterdrückte den Wunsch, zu beteuern, daß eine so unbedeutende Person wie ich es sich nicht träumen ließe, einem ehrenwerten Älteren solche Mühe zu machen, und sagte statt dessen einfach: „Danke, Herr Doktor, gern."

Er musterte mich verschmitzt. „Du siehst mir ganz danach aus, als könntest du auch einen Happen zu essen vertragen. Zieh deinen Mantel aus und nimm Platz."

Während er den Tee bereitete, fragte ich, ob ich noch eine Flasche Medizin haben könnte. Er nickte. „Ich mach sie dir gleich. Leider ist das alles, was ich für Miß Prothero tun kann, aber wenigstens lindert es ihre Schmerzen."

Es war ein komisches Gefühl, einem Mann beim Teekochen zuzuschauen, obwohl ich wußte, daß Dr. Langdon keine Frau hatte, die ihm diese Arbeit abnahm. (Miß Prothero hatte mir erzählt, daß in England die Männer ihren Frauen sogar erlaubten, mit ihnen am

gleichen Tisch zu essen.) Er schob mir einen Teller mit drei Sesam-
kuchen hin, forderte mich auf, nichts übrigzulassen, und setzte sich
auf einen Stuhl.

„Wie kommst du auf der Station zurecht?" fragte er.

„Manchmal ist es schwierig, Herr Doktor, aber irgendwie schaffen
wir es schon."

Er runzelte beinah ärgerlich die Stirn. „Warum zum Teufel hilft
euch denn keiner von euren englischen Missionaren?"

„Wir haben schon seit Jahren keinen Kontakt mehr mit den anderen Missionsgesellschaften. Miß Prothero hat vor etlichen Monaten
an eine Gesellschaft in Sutschau geschrieben, aber eine Antwort blieb
aus."

Er nippte an seinem Tee. Dann stand er auf und begann, in dem
kleinen Raum auf und ab zu gehen. „Ich bin wie Miß Prothero aus
eigenem Antrieb nach China gekommen. Aber wie ist das mit dir,
Lucy? Du bist Engländerin. Du solltest in deiner Heimat aufwachsen,
eine ordentliche Erziehung genießen und nicht wie eine Sklavin schuf-
ten, nur um ein paar Chinesenbälger am Leben zu halten." Ich schaute
ihn wohl sehr betroffen an, denn er fuhr fort: „Oh, selbstverständlich
muß man für sie sorgen, aber das ist nicht deine Aufgabe. Wenn die
britische Regierung für die Missionen nur halb soviel ausgeben
würde, wie sie hier in die Opiumkriege steckt, oder wenn die Vereinigten Staaten ..."

Mit einem Achselzucken hielt er inne. „Nein, das ist nicht gut
möglich. Die Chinesen würden niemals zulassen, daß ganze Horden
von uns Barbaren ins Land kommen und Ordnung schaffen ... Aber
ich sage dir, Lucy, es braut sich was zusammen. Lange kann es nicht
mehr dauern, bis die Chinesen zu der Auffassung kommen, daß überhaupt keiner von uns hier was verloren hat, und dann werden die
Köpfe rollen."

Er blieb vor mir stehen. „Du mußt nach Hause fahren, Lucy. Ich
werde an deinen Botschafter in Peking schreiben und an eine amerikanische Mission. Irgend jemand muß sich um die Kinder kümmern,
damit du heimkehren kannst."

„Ja, Herr Doktor", sagte ich, weil es sehr unhöflich gewesen wäre,
einem Älteren, und noch dazu einem Mann, zu widersprechen, aber
was er da vorschlug, war ganz unmöglich. Manchmal sehnte ich mich
schon sehr danach, dieses seltsame England kennenzulernen, doch ich

wußte genau, daß mein Wunsch für immer unerfüllt bleiben würde.
„Wenn ich nur mehr für euch tun könnte", sagte Dr. Langdon
wieder, während er die Arznei mischte. „Aber ich habe eben eine
neue Sendung Medikamente bezahlt und bin das, was man so gemein-
hin ‚pleite‘ nennt. Mit anderen Worten, ich habe überhaupt kein
Geld." Er rührte den Trank mit einem langen Glasstab um. „Die
meisten meiner Patienten sind so arm, daß ich kein Honorar von
ihnen bekomme."

Er füllte die Medizin in eine Flasche. „Bitte sehr, mein Fräulein.
Wenn die Schmerzen stärker werden, mußt du die Dosis erhöhen.
Nächste Woche schaue ich dann bei euch vorbei, wenn ich bis dahin
nichts von dir höre."

Ich hatte die Kuchen ganz langsam gegessen, um den Genuß möglichst auszudehnen, und war jetzt bei dem Gedanken an meine Diebestour schon weit weniger nervös. Vielleicht hatte mich auch nur der
Hunger so ängstlich gemacht. Ich zog meinen Mantel an und bedankte
mich für den Tee. „Ich muß noch etwas erledigen", sagte ich. „Ist es
Ihnen recht, wenn ich die Medizin erst auf dem Rückweg mitnehme?"

„Jederzeit. Wenn ich einen Kranken besuchen muß, holst du sie
dir einfach nebenan."

Ich besann mich auf meine englische Erziehung und reichte ihm mit
einem kleinen Knicks die Hand. Er hielt sie mit sanftem Druck fest
und fragte: „Weißt du eigentlich, wie hübsch du bist, Lucy?"

Ich errötete heftig, denn ich dachte, er wollte mich necken. Aber
dann sah ich, daß er es ganz ernst meinte, und kam zu dem Schluß,
daß Mädchen mit runden Augen und weißer Haut den fremden Teufeln offenbar gefielen.

ZWANZIG Minuten später schlenderte ich die Straße der Goldschmiede entlang und überlegte, welcher Laden mir die größte Aussicht auf Erfolg bot. Lehrjungen betätigten die Blasebälge der kleinen
Ziegelöfen, in denen die Schmelztiegel hingen, während die Meister
an ihren Werkbänken saßen.

Als ich weder Geld noch irgend etwas aus Gold entdeckte, das ich
unbemerkt hätte verschwinden lassen können, kehrte ich um und bog
in die schmale Gasse hinter den Läden ein. Wenn es mir gelang,
durch einen Hintereingang zu schlüpfen, fand ich vielleicht einen
Lagerraum, der etwas Lohnenswertes enthielt. Ich versuchte vorsich-

tig, die einzelnen Türen zu öffnen, aber nur eine am Ende der Gasse war nicht versperrt.

Das Herz klopfte mir bis zum Hals. Ich hatte mir eingebildet, ich könnte mich ans Stehlen gewöhnen, aber mir war nur von Mal zu Mal elender dabei zumute. Als etwas Kaltes, Feuchtes meine Hand berührte, fiel ich vor Schreck fast um, doch es war bloß einer der vielen streunenden Hunde, die es in Tschengfu gab. Ich scheuchte ihn lautlos fort und preßte die Hände fest aufeinander, damit sie nicht zitterten, als ich behutsam die dünne Brettertür aufzog.

In dem kleinen Raum hing allerlei Werkzeug an den Wänden; auf dem Boden standen verschiedene Töpfe, und dazwischen entdeckte ich noch Stücke von einem alten Seil, aber nichts, was als Beute für mich in Frage gekommen wäre. Durch die angelehnte Tür gegenüber konnte ich den Goldschmied hämmern hören.

Ich schlüpfte wieder hinaus und ging zurück in die Straße. In meinem Laden war kein Lehrling zu sehen. Der Goldschmied, ein hochgewachsener Mann mit einer Lederschürze, arbeitete an einer Filigranbrosche. Ich beobachtete ihn, wie er sie geschickt zwischen die Backen eines hölzernen Schraubstocks spannte und dann einen feinen Stahlstichel zur Hand nahm. Plötzlich kam mir eine Idee.

Ich eilte wieder in das Hintergäßchen. Der Hund war noch da. Ich schnippte leise mit den Fingern, lockte ihn zu der Brettertür, zog sie auf, nahm ein Stück Seil und schlang es dem Hund um den Hals. Dann schob ich ihn hinein und schloß die Tür so, daß ich gleichzeitig das freie Ende des Seiles fest einklemmte. Nun rannte ich schnell wieder nach vorn zum Laden, blieb vor dem Geschäft nebenan stehen und tat, als wäre ich ganz in den Anblick der Kämme und Haarnadeln versunken, die es dort zu kaufen gab. In Wirklichkeit schielte ich nach dem Goldschmied und spitzte die Ohren, denn ich wartete auf ein bestimmtes Geräusch. Im nächsten Augenblick vernahm man auch schon ein Winseln und Bellen aus dem Abstellraum. Der Goldschmied sprang auf, um nach dem Rechten zu sehen. Mit drei Schritten war ich bei seiner Werkbank. Während ich hastig die Brosche aus dem Schraubstock löste, hörte ich, wie er schimpfend versuchte, die Brettertür zu öffnen, um den Hund davonzujagen. Ich schnappte meine Beute und rannte los.

Gerade als ich zur Tür hinausstürzen wollte, tauchte der Lehrjunge mit dem Essen für den Meister auf. Ich sah nur noch den verblüfften

Ausdruck auf seinem Gesicht, dann stießen wir zusammen. Die Reis-
schüssel flog ihm aus der Hand, und ich landete auf allen vieren auf
dem Boden.

Der Junge begann zu schreien. Ich rappelte mich hoch, aber da
wurde ich schon mit einem Ruck herumgerissen und blickte in das
wütende Gesicht des Goldschmieds. „Sie hat die Brosche genommen,
Meister!" kreischte der Junge. „Sie hat sie noch in der Hand!"

Ohne meine Schulter loszulassen, packte mich der Schmied am
Handgelenk und zwang mir die Finger auseinander. „Du diebischer
fremder Teufel!" fuhr er mich an. Er gab mir eine so derbe Ohrfeige,
daß ich durch den Laden taumelte, an die gegenüberliegende Wand
schlug und dort halb betäubt niedersank. Jeder Knochen im Leib
schien mir weh zu tun, aber diese Schmerzen waren gar nichts im Vergleich zu meiner Angst vor dem, was mir jetzt blühte.

Jemand zog mich auf die Füße und schüttelte mich grob. Einer
von Huang Kungs Polizisten stand breitbeinig vor mir. Er fragte
mich etwas, aber ich konnte nicht klar denken. Ich schüttelte nur
stumm den Kopf und versuchte, ihm begreiflich zu machen, daß ich
ihn nicht verstand, aber er nahm mich ohne viel Umstände am Kragen
und führte mich ab. Während wir durch die Straßen marschierten,
hielt er mir eine Strafpredigt und sagte hämisch, der Mandarin Huang
Kung wüßte schon, wie man mit Barbaren umging, die das Volk des
Himmels bestahlen.

Im Gefängnis angelangt, notierte ein Schreiber die Einzelheiten
meines Verbrechens. Dann wurde ich dem Gefangenenwärter übergeben, einem gedrungenen Mann, der einen breiten metallbeschlage-
nen Ledergürtel umgeschnallt hatte. Auf der einen Seite hing daran
ein großer Schlüsselbund, der bei jedem Schritt klirrte, auf der anderen trug er ein Krummschwert in einer ledernen Scheide. Er stritt sich
ein paar Minuten mit dem Schreiber herum und knurrte, er habe
keinen Platz mehr in der Frauenabteilung, weil die Westmauer ausgebessert werde. Schließlich brachte man mich über ein paar Stufen
in einen breiten Steinkorridor mit schweren Gittertüren hinunter.
Dahinter lagen Doppelzellen, die vom Boden bis zur Decke reichende
Eisenstäbe trennten. In manchen Zellen war trotz dieser Stäbe ein
Spielchen im Gange. Ich wunderte mich, um was die Männer spielen
mochten, bis ich plötzlich begriff, daß man den Gefangenen sicherlich
ihr Geld ließ, damit sie die Wärter bestechen konnten, um sich so

eine bessere Behandlung zu erkaufen. Bestechung war in China seit Jahrtausenden gang und gäbe.

Am Ende des Korridors befand sich eine ziemlich kleine Doppelzelle. Der Wärter stieß mich hinein, sperrte die Tür zu und ging brummend davon. Zweifellos hätte er einen männlichen Gefangenen bevorzugt, in dessen Taschen die Münzen klimperten.

In der Zelle gab es nichts als eine schmutzige Matratze, einen Kübel und einen Stuhl, auf den ich mich setzte. Wie würde Yu-lan zurechtkommen, überlegte ich verzweifelt. Was würde sie tun, wenn Miß Protheros Medizin ausging? Es konnten Tage vergehen, ehe der Mandarin sich herabließ, meinen Fall zu behandeln. Natürlich würde er mich schuldig sprechen, und dann . . .

Eine Stimme sagte ein paar Worte in schlechtem Chinesisch. Ich blickte auf und sah einen Mann hinter den Gitterstäben stehen, die meine Zelle von seiner trennten. In dem schmalen Lichtstreifen, der durch das winzige Fenster hoch oben in der Mauer fiel, sah ich sein Gesicht, und als ich die Züge erkannte, durchfuhr mich ein eisiger Schreck. Trotz der Bartstoppeln auf dem Kinn wußte ich sofort, daß dies das Gesicht war, das Robert Falcon mit dem rußigen Stock auf die Wand des Missionshauses gezeichnet hatte. Mir gegenüber stand der gefährliche Mann, vor dem er mich damals gewarnt hatte.

Er war einige Zentimeter größer als Mr. Falcon, aber nicht so kräftig gebaut. Er trug Reithosen, Lederstiefel und eine warme Schaffelljacke. Ich ging zu ihm hinüber, nahm meinen Hut ab und sagte unsicher: „Guten Tag, Sir."

„Großer Gott! Ein Mädchen – und noch dazu Engländerin!" Er sprach mit tiefer, schleppender Stimme. „Was zum Teufel machst du im Gefängnis, und in diesem Aufzug?"

„Ich trage nie was anderes, Sir. Ich lebe hier in der Nähe." Meine Wangen brannten vor Scham. „Und hier bin ich gelandet, weil ich versucht habe, eine Goldbrosche zu stehlen, und man mich dabei erwischt hat."

„Pech", sagte er mit einem spöttischen Grinsen. „Dabei hätte ich dir eine Schwäche für Schmuck gar nicht zugetraut."

„Ich habe die Brosche nicht für mich gestohlen. Ich muß für die Kinder in der Missionsstation sorgen, und wir haben kein Geld und auch nichts mehr zu essen, und als ich es mit Betteln versuchte, haben mich ein paar von der Bettlerzunft schon einmal verprügelt . . ."

Er griff zwischen den Stäben hindurch, und sekundenlang war ich wie versteinert. Aber er legte mir nur sanft die Hand unters Kinn und drehte meinen Kopf zum Licht. Ich hatte mich von meinem Schreck schon erholt und brachte es fertig, ihm in die Augen zu schauen. Endlich ließ er mich los. „Das ist seit langer Zeit das erste vertraute Gesicht, das ich sehe, und du kannst dir gar nicht vorstellen, wie wohl mir das tut. Hol deinen Stuhl, und unterhalten wir uns ein Weilchen." Er rückte seinen eigenen Hocker näher heran. Ich tat es ihm gleich, und wir saßen Seite an Seite in der sinkenden Dämmerung. Das alles schien mir völlig unwirklich, und ich wollte, es hätte so bleiben können, denn die Wirklichkeit war viel bedrohlicher.

„Ich finde, wir sollten uns bekannt machen", sagte er. „Ich heiße Nicholas Sabin, von Beruf Hansdampf in allen Gassen und ohne festen Wohnsitz."

„Ich heiße Lucy Waring und lebe in der Missionsstation von Tsin Kei-leng."

„Sehr erfreut, Miß Waring."

„Ebenfalls, Mr. Sabin."

Wir schüttelten uns höflich durch die Gitterstäbe die Hand, und ich fragte: „Worüber würden Sie sich gern unterhalten, Sir?"

„Vielleicht könnten wir mit dir anfangen, Lucy. Ich darf dich doch Lucy nennen?"

„Oh ... ja, natürlich. Bitte."

„Na gut. Dann berichte mir alles über dich und die Mission."

Ich hatte schon gefürchtet, daß er mit mir über Shakespeares Dramen oder die Bücher von Miß Austen sprechen wollte. Ich begann, in kurzen Worten meine Geschichte zu erzählen, aber er unterbrach mich dauernd mit Fragen, und so dauerte es fast eine Stunde, bis ich mit meiner Schilderung zu Ende war. Das Kinn in die Hand gestützt, saß er eine Weile schweigend da. Schließlich wandte er mir den Kopf zu und sah mich an, obwohl es inzwischen so düster geworden war, daß wir einander nur schemenhaft erkennen konnten.

„Deine Miß Prothero liegt im Sterben, den Kindern wird bald der Magen knurren, und du sitzt hier im Gefängnis. Was nun?"

„Ich hoffe, man wird mich morgen vor Gericht stellen und nur auspeitschen. Aber ...", ich versuchte, meiner Stimme einen festen Klang zu verleihen, „... ich muß wohl damit rechnen, daß man mir eine Hand abhackt."

Selbst im Halbdunkel sah ich das plötzliche Aufblitzen in seinen Augen, und mir lief unwillkürlich ein kalter Schauer über den Rücken. Jetzt konnte ich mir wirklich vorstellen, daß dieser Mann gefährlich war. Aber er fragte nur ruhig: „Hast du keinen Freund hier, der dir helfen kann?"

„Doch, Doktor Langdon, aber er hat kein Geld. Er ist pleite, hat er gesagt."

„Angenommen, er hätte Geld, was dann?"

„Nun, dann könnte er zum Goldschmied gehen und ihm drei Sovereigns zahlen, damit er seine Anklage zurückzieht. Dem Schreiber müßte man einen Sovereign geben, damit er das Protokoll vernichtet, und dem Wärter einen halben, damit er vergißt, daß er mich je gesehen hat. Oh, und natürlich auch einen dem Polizisten..." Ich seufzte. Es war hoffnungslos.

Mr. Sabin schien erleichtert. „Sagen wir also insgesamt sechs Sovereigns." Er langte in einen seiner Stiefel und zog ein daumendickes, schlauchförmiges Ledersäckchen hervor, öffnete es an einem Ende und stürzte es um. Im nächsten Moment funkelte Gold in seiner Hand. Die seltsame Börse schien mit Sovereigns prall gefüllt zu sein. Sie mußte etwa hundert Stück enthalten.

Ich starrte auf die sechs Goldmünzen, die er mir entgegenstreckte.

„Das geht doch nicht", flüsterte ich. „Ich – ich weiß nicht, warum Sie im Gefängnis sind, aber wenn Sie den Mandarin beleidigt haben, werden Sie Ihr ganzes Geld selber brauchen."

„Auch wenn ich zehnmal so viel hätte, würde es nicht reichen, um Huang Kung umzustimmen." Er grinste. „Ich bin nach China gekommen, um etwas zu finden, und dabei habe ich einen schweren Fehler gemacht. Er hat ganz bestimmte Pläne mit mir, wie er mir beim Verhör gesagt hat. Also los, Lucy. Ruf den Wärter, und fang schon an mit der Feilscherei."

Bevor ich antworten konnte, hörte man auf den Steinplatten des Korridors Schritte hallen, und der Wärter erschien mit Dr. Langdon. „Da ist sie", brummte er, indem er seine Öllampe an einen Haken hängte. „Ein paar Minuten können Sie mit ihr sprechen." Er warf eine kleine Münze in die Höhe, fing sie wieder auf und trottete davon, nicht ohne vorher verächtlich auszuspucken.

Dr. Langdon rang nach Luft, als wäre er gelaufen. „O mein Gott, dann ist es also wahr!" sagte er atemlos. „Mir ist zu Ohren gekommen, daß eine fremde Teufelin beim Stehlen erwischt wurde. O Lucy, was ist dir denn nur eingefallen!"

Ich schwieg beschämt. Aus der Zelle nebenan ließ sich Mr. Sabin vernehmen: „Willst du mich nicht deinem Freund vorstellen, Lucy?"

Dr. Langdon war offenbar zu besorgt um mich, um große Überraschung darüber zu zeigen, daß sich in der Nachbarzelle ein Engländer befand, aber sein Gesichtsausdruck, als ihm Mr. Sabin die Sovereigns in die Hand drückte, sollte mir unvergeßlich bleiben. Seine müden, bekümmerten Züge erhellten sich plötzlich vor Erleichterung.

„Mir fehlen die Worte, Ihnen zu danken."

„Ich pfeife auf Ihren Dank." Nicholas Sabins Stimme klang hart. „Warum haben Sie ihr nicht geholfen, damit sie erst gar nicht zu stehlen brauchte? Dieser magere kleine Unglückswurm steht mutterseelenallein auf der Welt und trägt die Verantwortung für ein Rudel Kinder und eine Frau, die mit dem Tode ringt. Sie riskiert, eine Hand zu verlieren, nur damit sie ihre Schäfchen ein paar Tage über Wasser halten kann, und kein Mensch schert sich darum!"

„Ich schon, Mr. Sabin", erwiderte Dr. Langdon ohne Bitterkeit. „Sie sind ein junger Mann und können nicht wissen, wie grausam dieses Land ist. Wenn jedes Jahr nahezu Millionen verhungern, sollte man dagegen zwar nicht abstumpfen, aber man tut es eben doch. Ich habe, was Lucy betrifft, einen Fehler begangen, aber irgendwie werde ich sie jetzt nach England verfrachten, und wenn es das letzte ist, was ich auf Erden noch zustande bringe."

Mr. Sabin warf einen Blick zu dem winzigen Fenster hinauf. Auf dem kleinen Fleckchen Himmel schimmerten die ersten Sterne.

„Die Zeit drängt", sagte er. „Können Sie heute nacht noch alles erledigen?"

„Keine Angst." Dr. Langdon klopfte auf die Tasche, in die er die Sovereigns gesteckt hatte. „Wenn von Geld die Rede ist, sind die Chinesen hellwach." Er hielt inne. „Ich fühle mich Ihnen auch persönlich verpflichtet, Mr. Sabin, denn ich habe dem Wärter meinen letzten halben Dollar gegeben, um überhaupt hereinzukommen, und ohne Ihre Großzügigkeit hätte ich nun selbst mein Glück als Dieb versuchen müssen. Ich glaube allerdings nicht, daß ich mich sehr geschickt dabei angestellt hätte."

Er verschwand durch den Korridor. „Ich wünschte, ich könnte Ihnen sagen, wie dankbar ich Ihnen bin", begann ich, indem ich wie-

der an das Gitter zwischen den beiden Zellen trat. „Aber in Worten
läßt sich das nicht ausdrücken."

Er schüttelte den Kopf. „Lucy, du bist mir ein Rätsel. Ein Rätsel,
das ich gern lösen würde." Er schaute mich mit einem leisen Lächeln
an. „Eigentlich bin ich ja hier, um ein Rätsel zu lösen. Hör zu."

Die Ereignisse des Tages hatten mich zu sehr mitgenommen, als
daß mich noch etwas hätte erschüttern können. So stand ich nur
stumm da, während er die Verse sprach, die ich ohnehin erwartete:

> „Brichst Du die Klinge und den Stein,
> so ist das Glück im Tempel dein.
> Wohin der Wind die Blüten trägt,
> golden verkehrt die Welt sich dreht,
> weist dir der kleine Bär der Nacht,
> der Tigeraugen kalte Pracht."

Ich versuchte zu überlegen, ob ich ihm von meiner Begegnung mit
Robert Falcon berichten sollte oder nicht, aber dann schwieg ich, weil
ich zu müde war, um mich auf Erklärungen einzulassen.

„Kommt dir das wie kompletter Unsinn vor?" fragte er. Als ich
nickte, zuckte er die Schultern und fuhr sich mit der Hand durchs
Haar. „Was anderes ist es vermutlich auch nicht. Na, wie dem auch
sei, Nicholas Sabin hat offenbar auf eine falsche Karte gesetzt." Er
schaute wieder zum Fenster hinauf. „Doktor Langdon wird eine
Weile brauchen, um alles zu regeln. Versuch zu schlafen, Lucy. Ich
möchte jetzt nicht mehr reden. Ich muß nachdenken."

Er wandte sich ab und legte sich auf seine Matratze. Ich streckte
mich auf meiner aus, und während ich so dalag, überlegte ich, was
Mr. Sabin wohl damit gemeint haben könnte, als er sagte, er habe auf
eine falsche Karte gesetzt.

Es war ein Schock für mich, als ich merkte, wie selbstsüchtig ich
eigentlich war. Ich hatte kaum einen Gedanken daran verschwendet,
was Nicholas Sabin bevorstehen mochte, wo doch womöglich sein
Leben in Gefahr war.

Im gleichen Moment muß ich eingeschlafen sein, denn ich kann
mich erst von dem Augenblick an wieder erinnern, als ich eine Stimme
wie im Traum „Lucy, Lucy ..." rufen hörte. Ich tauchte aus den
Tiefen meines Unterbewußtseins und sah Mr. Sabin am Gitter
kauern. Ich ging zu ihm und hockte mich bei ihm nieder.

„Bist du wach, Lucy?" fragte er. „Richtig wach?"

Ich rieb mir die Augen. „Ja, Mr. Sabin."

„Dann hör mir zu. Gibt es einen anglikanischen Priester in Tschengfu?"

„Ja, den alten Mr. Tattersall. Er ist geblieben, als die Mission in Tschengfu aufgegeben wurde. Sie haben ihm seine kleine Kirche niedergebrannt, aber er wollte nicht gehen. Doktor Langdon kennt ihn bestimmt."

„Gut. Also weiter: Wie alt bist du?"

„Siebzehneinhalb."

„Ist Miß Prothero dein gesetzlicher Vormund?"

„Nein. So was hab ich nie gehabt."

Er rieb mit dem Daumen sein stacheliges Kinn, und ich entdeckte ein verschmitztes Funkeln in seinen Augen. „Lucy, willst du etwas für mich tun?"

„Ja, Mr. Sabin. Ich glaube nicht, daß ich Ihnen je entgelten kann, was Sie für mich getan haben, aber ich bin zu allem bereit."

Er streckte die Arme zwischen den Eisenstäben hindurch und ergriff sanft meine Hände. „Dann hab jetzt keine Angst, denn dazu besteht kein Grund. Worum ich dich bitten will – falls es sich überhaupt machen läßt –, ist, mich zu heiraten. Ich möchte, daß du noch heute nacht meine Frau wirst."

DREI

ICH war wie betäubt, und mein Gesicht glühte, obwohl ich in der kalten Zelle fror. Ich fürchtete, daß er sich über mich lustig machen wollte, doch dann sah ich, daß es ihm bitter ernst damit war. In meinem Kopf herrschte ein heilloses Durcheinander, und ich konnte nur stottern: „Aber... aber warum? Warum sollte ein englischer Gentleman wie Sie ein Mädchen heiraten wollen, von dem er gar nichts weiß?"

„Ich glaube, ich habe dich in dieser kurzen Zeit recht gut kennengelernt, Lucy Waring", sagte er nachdenklich. „Aber darauf kommt es nicht an. Es gibt etwas, das mein Eigentum ist, und wenn ich eine Frau habe, wird sie es erben. Sonst fällt es vielleicht an jemand, der mein Feind ist, und das will ich mit allen Mitteln verhindern."

„Aber Ihre Frau würde es doch nur im Falle Ihres Todes erben. Und selbst wenn ich mit Ihrem Vorschlag einverstanden wäre, würde Mr. Tattersall sicher verlangen, daß wir mit der Hochzeit warten, bis Sie aus dem Gefängnis sind."

Nicholas Sabin zögerte und meinte dann fast entschuldigend: „Um ehrlich zu sein, Lucy, ich komme nicht mehr heraus."

„Werden Sie – werden Sie *hingerichtet?*" fragte ich entsetzt.

„Ruhig Blut, Lucy." Er drückte meine Hände fester, als könnte er dadurch erreichen, daß sie nicht mehr zitterten. „Ich fürchte, ja. Ich habe einen bösen Fehler gemacht. Ich wollte etwas finden, was vor langer Zeit versteckt worden ist, und suchte danach in einem kleinen Tempel. Nur war es leider kein Tempel, sondern Huang Kungs Familiengruft. Wenn das kein Pech ist . . ."

Das Blut wich mir aus dem Gesicht. „Aber Mr. Sabin, die Chinesen treiben einen großen Kult mit ihren Ahnen! Ihre Gräber sind heilig!"

„Das ist mir inzwischen klar. Die Soldaten haben mir das nachdrücklich zu verstehen gegeben, als sie mich verhaftet haben."

Ich setzte eben zu einer Antwort an, da hörten wir Schritte, und Dr. Langdon kam lächelnd auf uns zu. Der Wärter mit seinem klirrenden Schlüsselbund ging respektvoll neben ihm her. Ein Goldstück hatte sein Verhalten sehr schnell geändert.

„Alles in Ordnung", sagte Dr. Langdon mit einem Seufzer der Erleichterung. „Du bist frei, Lucy. Ich weiß nicht, wie ich Ihnen danken soll, junger Mann."

„Was das betrifft, habe ich Lucy bereits einen Vorschlag unterbreitet", erwiderte Nicholas Sabin kurz. Der Wärter schloß meine Tür auf, und als ich aus der Zelle trat, fragte ich ihn auf chinesisch: „Wollt Ihr uns gütigst erlauben, daß wir ein paar Minuten mit dem gefangenen fremden Teufel sprechen, geehrter Herr?"

Er mußte einen ganzen Sovereign bekommen haben, denn er sagte grinsend: „Meinetwegen so lange du willst", und schlurfte durch den Korridor davon.

Ich kämpfte gegen eine so bleierne Müdigkeit, daß ich das Gefühl hatte, als erlebte ich das alles im Traum. „Herr Doktor", sagte ich, „dieser Gentleman will mich heiraten. Noch heute nacht."

Dr. Langdon blinzelte. „Sind Sie verrückt?" fragte er Nicholas Sabin.

„Nein, keineswegs. Es gibt dafür eine ganz einfache Erklärung.

Mir bleiben noch höchstens vierundzwanzig Stunden zu leben, und ich habe zwingende Gründe, warum ich vor meinem Tod rechtskräftig getraut werden will. Lucy ist zwangsläufig die einzige Kandidatin." Er wiederholte in kurzen Worten seine Geschichte.

„Großer Gott, Junge", stöhnte Dr. Langdon entsetzt, „einen schlimmeren als Huang Kung hätten Sie sich in ganz China nicht zum Feind machen können. Er haßt uns Ausländer."

„Es war ihm zweifellos ein Genuß, sich über die Einzelheiten meiner Himmelfahrt zu verbreiten", bemerkte Nicholas Sabin gelassen. „Aber daran läßt sich nichts ändern. Sehen Sie eine Möglichkeit, die Heirat zu arrangieren? Lucy hat einen gewissen Mr. Tattersall erwähnt. Er könnte eine Nottrauung vornehmen."

Dr. Langdon zog ein Taschentuch hervor und trocknete sich damit die Stirn. „Ja, er ist Ihre einzige Hoffnung, vor allem, weil er auf seine alten Tage ein bißchen schwach im Kopf geworden ist. Aber die Sache gefällt mir nicht. Verdammt noch mal, Sabin, sie ist schließlich erst siebzehn."

„Na und, spielt das eine Rolle? Sie wird ohnehin gleich Witwe und kann mich dann beerben. Und noch etwas: ich besitze rund hundertzwanzig Sovereigns. Sie werden zwar einen Teil davon brauchen, um das Unternehmen durchzuführen, aber immerhin dürften schätzungsweise hundert übrigbleiben. Damit müßte sie die armen kleinen Bälger in der Mission eine Weile am Leben erhalten können."

Dr. Langdon rieb sich unschlüssig das Kinn und fragte schließlich: „Was meinst du dazu, Lucy?"

Ich schwieg lange, während ich versuchte, über meine Lage nachzudenken. Eine unerklärliche Traurigkeit befiel mich. Ich stand diesem Mann gegenüber in einer unendlich tiefen Schuld. Er hatte mir den einzigen Weg gezeigt, wie ich ihm seine Großzügigkeit vergelten konnte, und selbst das würde mich nichts kosten. Ganz im Gegenteil, ich würde sogar noch eine Menge dabei gewinnen. Wenn ich einwilligte, brauchte ich lange Zeit nicht jeden Morgen mit der Angst aufzuwachen, wie ich die Kinder ernähren sollte.

Ich hatte die Trauungszeremonie in Miß Protheros Gebetbuch gelesen und wußte, daß ich geloben mußte, Nicholas Sabin zu lieben und zu ehren, bis der Tod uns schied.

Ich schauderte. Schließlich sagte ich: „Wenn Sie mich heiraten wollen, Mr. Sabin, ich bin einverstanden."

„Danke, Lucy", antwortete er höflich. „Du erweist mir wirklich einen großen Gefallen."

Er bat uns, dem Schreiber eine Feder und Papier abzukaufen, damit er sein Testament machen könne. Dann fuhren wir in einer Rikscha zu Mr. Tattersall. Er war schon zu Bett gegangen, schien aber über die Störung nicht ungehalten zu sein. Er und Dr. Langdon unterhielten sich eine geraume Weile, und ich mußte bestätigen, daß ich weder Eltern noch einen Vormund hatte und der Heirat zustimmte. Der alte weißhaarige Priester brauchte eine Zeitlang, bis er alle notwendigen Formulare zusammengekramt hatte, aber endlich konnten wir wieder in eine Rikscha steigen und durch die dunkle, schweigende Stadt zurück zum Gefängnis fahren.

Als wir durch den Korridor gingen, wartete Nicholas Sabin schon an seiner Zellentür. Für ein kleines Trinkgeld schaffte der Wärter einen Stuhl und ein Tischchen für Mr. Tattersall herbei. Die ganze Szene wirkte gespenstisch. Mr. Tattersall stellte Nicholas Sabin alle möglichen Fragen und trug verschiedenes in die Papiere ein, die er mitgebracht hatte. Es schien eine Ewigkeit zu dauern, bis er endlich zufrieden und bereit war, die Zeremonie zu vollziehen.

Der Wärter hatte sich, selbst für einen ganzen Sovereign, geweigert, die Tür aufzusperren. Er würde sein Leben riskieren, sagte er, wenn er dem Gefangenen eine Gelegenheit zur Flucht bot, und so wurden wir getraut, obwohl uns das Gitter einer Zellentür trennte.

Als ich Mr. Tattersall meine Gelöbnisse nachsprach, kam mir meine Stimme vor wie die eines Missionskindes, das englische Choräle sang, ohne sie zu verstehen. Nicholas Sabin zog seinen Siegelring vom Finger, griff zwischen den Stäben hindurch, nahm meine Hand und streifte ihn mir über, während er Mr. Tattersalls Worte wiederholte. Ich mußte meinen Finger krümmen, damit der Ring nicht herunterglitt, denn er war viel zu groß. Im flackernden Lampenschein sah ich, wie Mr. Sabin mir beruhigend zulächelte, aber ich war wie betäubt von dem Gedanken, daß der Mann, den ich heiratete, bald ein gewaltsames Ende finden würde. Und im Unterbewußtsein hörte ich Robert Falcons Stimme: *Der Bursche ist gefährlich. Einem Kerl, der den an Verschlagenheit und Skrupellosigkeit übertrifft, wirst du kaum je begegnen...*

Ich unterdrückte diese Erinnerung. Ich wollte das alles nicht glauben. Nicholas Sabin hatte mir nur Gutes getan. Und selbst wenn Ro-

bert Falcons Behauptung stimmte, war das nun belanglos. Der Mann, den ich heiratete, würde nie wieder eine Gefahr für jemand sein.

Mr. Tattersall schloß: „... und einander beistehen in guten wie in schlechten Tagen, bis daß der Tod euch scheidet. Amen."

„Danke, Lucy", flüsterte Mr. Sabin in dem Schweigen, das darauf folgte. „Jetzt möchte ich die Braut küssen." Er nahm meine Hand und zog sie an die Lippen. Seine Bartstoppeln kratzten auf meiner Haut. „Doktor", sagte er, „da ist mein Letzter Wille, in dem ich meinen ganzen Besitz Lucy hinterlasse. Er muß von Zeugen bestätigt werden. Wenn Sie also so freundlich sein wollen?"

Dr. Langdon nahm das Testament, um es gemeinsam mit Mr. Tattersall zu unterzeichnen. Ich starrte Nicholas Sabin an. Mein angetrauter Gatte; ich konnte es kaum glauben. Er beobachtete die beiden Männer, die sich über den Tisch beugten, und seine Augen funkelten triumphierend, als sei ihm eben ein böser Streich gelungen. „Vielleicht nehmen Sie Lucys Dokumente in Verwahrung, bis Sie alle Vorbereitungen für ihre Heimreise nach England getroffen haben", sagte er zu Dr. Langdon. Er zog seine schlauchförmige Börse aus dem Stiefel. „Und auch ihr Hochzeitsgeschenk. Sie kann davon verbrauchen, soviel sie will."

Als er das Ledersäckchen durch die Gitterstäbe herausreichte, dachte ich, wie sehr er sich doch irrte, wenn er glaubte, daß ich bald nach England fahren würde. Es gab sicher niemand, der mir die Sorge um die Kinder in Tsin Kei-leng abnahm, und ich würde sie nie verlassen.

„Soll ich irgend jemand benachrichtigen?" fragte Dr. Langdon gepreßt.

„Nein. Sie brauchen sich um nichts mehr zu kümmern. Auf der Rückseite des Testaments steht die Adresse meiner Anwälte in England. Lucy muß nur hingehen, die Papiere vorlegen und ihre Rechte beanspruchen. Und jetzt bringen Sie sie fort, Doktor, ja? Das arme Kind ist ja ganz blaß und schläft fast schon im Stehen ein." Er legte mir die Hand auf die Schulter. Ich wollte ihm danken, daß er mich gerettet und so reich beschenkt hatte, ihm sagen, wie leid es mir tat, daß er sterben mußte, aber die Kehle war mir wie zugeschnürt. Ich glaube, er verstand, wie mir zumute war, denn er sagte: „Lucy – versuch an all das nicht mehr zu denken, bis du in England bist. Glaub mir, es ist nur ein Traum. Leb wohl, Lucy."

DEN Rest der Nacht verbrachte ich auf einem Sofa in Dr. Langdons Sprechzimmer. Am nächsten Morgen in aller Frühe verabschiedete ich mich von ihm am Nordtor. Ein kräftiges Maultier stand vor dem Karren, der mit den Vorräten beladen war, die wir auf dem Markt gekauft hatten. In den Saum meiner Jacke hatte ich zwei Sovereigns eingenäht. Die übrigen lagen in einem sicheren Versteck in Dr. Langdons Haus. „Darf ich Sie noch um etwas bitten, Herr Doktor?" fragte ich. „Ich bemühe mich zwar, nicht daran zu denken, was mit Mr. Sabin geschehen wird . . ." Die Stimme versagte mir. Dann stieß ich hastig hervor: „Aber wollen Sie bitte versuchen, seinen . . . Leichnam zu bekommen und für ein anständiges Begräbnis sorgen? Nehmen Sie von dem Geld, soviel Sie brauchen."

Ich konnte nicht mehr weitersprechen. „Überlaß nur alles mir, Lucy. Ich werde mein Bestes tun", antwortete er.

Ich nickte stumm und trieb das Maultier an. Es fiel in gleichmäßigen Trott, und als ich zurückblickte, sah ich Dr. Langdon neben dem Tor stehen und mir nachwinken. Ich hob noch einmal grüßend die Hand, dann wandte ich mich dem Weg zu, der vor mir lag. Das Herz war mir schwer. Ich versuchte, mir unsere volle Speisekammer und das Vermögen vorzustellen, das sich noch in Dr. Langdons Obhut befand, aber dauernd drängten sich mir andere Bilder vor Augen. Meinen Ehering hatte ich mir an einem Zwirnfaden um den Hals gehängt. Ich spürte ihn unter meiner Jacke und sah im Geist, wie die Soldaten des Mandarins Nicholas Sabin aus dem Gefängnis schleppten, um ihn all den Grausamkeiten auszuliefern, die sich Huang Kung für ihn ausgedacht haben mochte.

Yu-lan mußte jemand als Wachtposten ans Fenster gestellt haben, denn ich war den Hügel erst halb herauf, als mir die Kinder schon jubelnd entgegenliefen. Ich fuhr durch das Tor, und als ich vom Karren stieg, umringten mich die Kleinen, und jedes wollte einen Zipfel meiner Jacke erhaschen.

„Wie geht es Miß Prothero?" fragte ich Yu-lan. „Hat sie brav ihr Frühstück gegessen?"

Sie schaute mich mit ihren schönen Mandelaugen traurig an. „Lutsi", flüsterte sie, „als ich ihr heute morgen das Frühstück brachte, war sie tot. Ich glaube, sie ist im Schlaf gestorben. Lu-tsi, ich habe mich so gefürchtet und gebetet, daß du heimkommen sollst."

Alles um mich begann sich zu drehen. Mit unendlicher Anstrengung brachte ich die Welt wieder zum Stillstand. „Braves Mädchen", sagte ich zu Yu-lan, der die Tränen über die Wangen kullerten. „Du hast dich tapfer gehalten."

Sie lächelte zaghaft. „Ich hab die Kinder den Morgenchoral singen lassen. Ich dachte, das wäre ihr recht."

„Sie ist sicher sehr stolz auf dich. Und der Engel wird es mit ganz großen Buchstaben auf der Seite für deine guten Taten eintragen."

Wir gingen mit den Kindern ins Haus. „Du kümmerst dich jetzt um Kimi und die anderen", sagte ich. „Ich habe eine Menge zu tun." Ich betrat Miß Protheros Zimmer in der dummen kleinen Hoffnung, Yu-lan könnte sich geirrt haben. Aber genau wie ich war sie schon zu oft dem Tod begegnet, um ihn nicht zu erkennen. Ich kämmte Miß Protheros Haar und zog ihr ein frisches Nachthemd an. Sie war leicht wie eine Feder, und es kostete mich keine Mühe, sie ordentlich in eine Decke zu hüllen, so daß nur ihr Gesicht freiblieb. Dann ging ich zu Yu-lan zurück.

„Wir müssen die Kinder irgendwie beschäftigen, dann nehmen wir ein Brett als Bahre und tragen Miß Prothero in die Kapelle." Damit meinte ich einen winzigen Raum an der Rückseite des alten Tempels. „Ich lasse heute noch im Dorf einen Sarg zimmern, und morgen bringe ich sie dann auf dem Karren nach Tschengfu. Mr. Tattersall wird mir helfen, das Begräbnis vorzubereiten. Die Kinder sollen in der ganzen Mission Frühjahrsputz machen. Wir haben heute keine Zeit, sie zu unterrichten." Die viele Arbeit war ein Segen. Sie lenkte mich von meinem Schmerz um Miß Prothero ab und auch von dem schrecklichen Gedanken, was wohl in diesem Augenblick mit Nicholas Sabin geschah. Am Abend war ich so müde, daß ich es Yu-lan überließ, die zappeligen Kleinen zu Bett zu bringen.

Ich stand gerade in der Küche, als ich das unverkennbare Knarren hörte, mit dem draußen das große Holztor aufschwang. Ich lief zu der schweren Vordertür, um durch das Guckloch hinauszuspähen. Einer der größten Ochsenwagen, die ich je gesehen hatte, fuhr eben in den Hof. Ein fremder Teufel begleitete auf einem Pferd das Gespann, und neben dem Chinesen auf dem Kutschbock saß eine große Frau, die sich gegen die Kälte dick vermummt hatte.

Als ich die Tür öffnete, ritt der Mann im hellen Mondlicht auf mich zu. „Hab keine Angst", sagte er auf englisch. „Ich heiße Stanley Fenshaw. Wir kommen von der anglikanischen Mission in Tientsin."

Er wandte sich um und rief: „Hier sind wir richtig, Margaret!" Dann schwang er sich aus dem Sattel. Er mochte etwa vierzig sein und hatte ein breites, braunes Gesicht mit tiefen Falten um die Augen. Sie waren sehr hell und freundlich und paßten eigentlich gar nicht zu seinen strengen Zügen.

„Du bist sicher Lucy Waring." Er zog einen Handschuh aus und nahm mich an der Schulter. „Nun, Lucy – Miß Prothero hat lange auf Hilfe warten müssen. Aber ihre Sorgen haben nun ein Ende, und deine auch, denn jetzt sind wir endlich da."

Ich wußte nicht, ob ich lachen oder weinen sollte. Nach all den Jahren voller Schwierigkeiten kam die Hilfe nicht einmal einen Tag nach Miß Protheros Tod. Ich machte die Tür weit auf. „Kommen Sie herein, Sir. Sie müssen ja völlig durchfroren sein. Ich werde gleich den Teekessel aufsetzen."

Die große Dame war mit zwei jungen chinesischen Frauen vom Wagen gestiegen. Sie hatte rotes Haar und unwahrscheinlich grüne Augen. Im Vorraum schlug sie ihren Mantel zurück, stützte die Arme in die Hüften und schaute sich grimmig um. Dann sagte sie mit einem ganz komischen Akzent: „Ein Haufen Gören in dieser Ruine und nur eine alte Jungfer von über siebzig, um sie zu versorgen. Da gibt's Arbeit für uns."

„In der Tat." Mr. Fenshaw blickte mich lächelnd an. „Vielleicht sagst du Miß Prothero jetzt, daß wir hier sind, Lucy."

„Es tut mir leid, Sir", stammelte ich. „Miß Prothero war schon seit Monaten krank, und vergangene Nacht ist sie gestorben."

Die beiden schauten einander lange schweigend an. Dann wandten sie sich mir wieder zu. „Seit Monaten krank?" fragte Mr. Fenshaw. „Heißt das, du hast dich allein um alles kümmern müssen?"

„Ja, Sir. Es gibt sonst niemand."

Die rothaarige Dame trat zu mir und legte mir den Arm um die Schultern. Ihre Stimme war jetzt sanfter und klang viel weniger grimmig, als sie sagte: „Jetzt gibt's jemand, Mädel."

IN DER nächsten Stunde zeigte ich dem Ehepaar Fenshaw die ganze Station, wobei jeder von uns eine prächtige, neue Öllampe trug. Die Vorräte, die sie auf ihrem Wagen mitgebracht hatten, ließen meine kostbare Fracht von heute morgen ganz unbedeutend erscheinen. Pastor Stanley Fenshaw und seine Frau hatten die letzten fünf Jahre in der Mission in Tientsin verbracht und konnten recht gut Chinesisch. Mrs. Fenshaw unterhielt sich mit den Kindern und gab dann den beiden jungen chinesischen Schwestern, die sie mitgebracht hatte, ihre Anweisungen. Schließlich führte ich die Fenshaws in die Kapelle, wo Miß Prothero aufgebahrt lag. Mr. Fenshaw sprach für sie ein paar Gebete.

Danach begaben wir uns in Miß Protheros Zimmer. „Alles blitzblank, wo man hinguckt", sagte Mrs. Fenshaw. „Und die Gören haben sogar ein bißchen Fleisch auf den Rippen. Du bist ein Prachtmädchen, Lucy Waring."

Ich verstand sie nicht ganz und begnügte mich daher mit einem höflichen Lächeln. Mr. Fenshaw sprang auf, verschränkte die Hände auf dem Rücken und begann, hin und her zu gehen. „Mir graut, wenn ich daran denke, daß dir eine solche Verantwortung aufgebürdet war, meine Liebe", meinte er. „Miß Prothero hat etliche Male an die Mission geschrieben und um Hilfe gebeten, aber leider konnten wir ihrem Ersuchen nicht nachkommen. Für die vielen Aufgaben ist nie genug Geld vorhanden. Aber nun", fuhr er fort, „hat sich etwas ereignet, was für mich beinah an ein Wunder grenzt. Ein gewisser Mr. Charles Gresham, ein englischer Gentleman, hat sich mit einer höchst ungewöhnlichen Bitte an unsere Londoner Zentrale gewandt. Er ist daran interessiert, ein junges Mädchen aus Nordchina, das Englisch beherrscht, in seine Familie aufzunehmen. Wie es scheint, hat er jahrelang wissenschaftliche Studien über diese Gegend angestellt. Wenn wir ihm ein entsprechendes Mädchen empfehlen können, will er unserer Organisation eine großzügige Schenkung machen. Unser Leiter in Tientsin erinnerte sich an Miß Protheros Briefe, in denen sie ziemlich ausführlich über dich berichtete. Er fragte telegraphisch in London an, ob Mr. Gresham auch mit einer jungen Engländerin, die von Geburt an in China lebt, einverstanden wäre, und Mr. Gresham war von dem Vorschlag entzückt."

Ich hörte mit wachsender Beunruhigung zu, als Mr. Fenshaw fortfuhr: „Natürlich haben wir uns eingehend über Mr. Gresham erkundigt. Er ist verheiratet, hat selbst Kinder und gilt als hochgeachteter Mann. Du wirst es bestimmt schön bei ihm haben, Lucy. Eine angesehene englische Familie, und man wird gut für dich sorgen." Er lächelte mich erwartungsvoll an. Offenbar rechnete er damit, daß ich begeistert sein würde.

„Das . . . ist sehr freundlich." Meine Stimme zitterte. „Aber ich – ich würde lieber hierbleiben, bitte. Ich könnte Ihnen sicher nützlich sein."

Mr. Fenshaw wirkte ein bißchen enttäuscht, aber er antwortete nicht ohne Mitgefühl: „Ich fürchte, nein, meine Liebe. Mr. Gresham läßt unserer Mission die Spende, die es ermöglicht, daß wir unsere Tätigkeit hier aufnehmen, nur zukommen, wenn du zu ihm nach England fährst. So lautet die Abmachung. Möchtest du denn, daß wir wieder gehen und dir allein die Sorge für die Kinder überlassen? Gewiß nicht, wenn du sie liebst."

Meine Hoffnung schwand. Es war eine ganz erbärmliche Feigheit von mir gewesen, überhaupt zu fragen, ob ich bleiben könnte. Ich hatte es nie richtig von Miß Prothero gefunden, daß sie sich weigerte, unsere Mädchen zu verkaufen, sobald sie das Alter überschritten, bis zu dem sie in der Mission leben durften. Jetzt, wo ich verkauft werden sollte, hatte ich demnach kaum ein Recht, mich zu beklagen. Ich überlegte flüchtig, was für ein Mensch Mr. Gresham wohl war, und zwang mich dann schnell, nicht mehr an ihn zu denken. „Ja, ich verstehe, Sir", antwortete ich mit einem mißglückten Lächeln. „Wann muß ich fort?"

„In ein paar Tagen. Ich bringe dich selbst zur Bahn. Die Mission wird jemand schicken, der dich nach Tientsin begleitet." Er schaute mich ermutigend an. „Zwei von unseren Helfern, die nach England zurückkehren, nehmen dich dann auf dem Schiff in ihre Obhut. Ich bin überzeugt, du wirst dich mit Mr. und Mrs. Colby glänzend verstehen."

„Danke, Sir", sagte ich und stand auf. Ich hatte ein ganz komisch leeres Gefühl im Kopf, so als wäre mein Verstand in den hintersten Winkel gekrochen und eingeschlafen, um alles eine Zeitlang zu vergessen.

„So, und jetzt marsch ins Bett", befahl Mrs. Fenshaw nicht unfreundlich. „Mußt ja hundemüde sein, Kind."

Ich schlief tief in dieser Nacht, aber nicht gut, denn es quälten mich Träume – beängstigende Träume, die mir das Haus auf dem geheimnisvollen Bild zeigten, das Haus, das Moonrakers hieß. Ich trat ein und ging zwischen englischen fremden Teufeln umher, die mich weder sahen noch hörten und durch mich hindurchschritten, als wäre ich ein Geist.

Am Morgen nahm ich die Zeichnung dann aus der Kiste. Diesmal wurde mir irgendwie unbehaglich, ja fast beklommen zumute, als ich sie ansah; aber ich sagte mir, das sei nur deshalb, weil sie mich an das seltsame Land erinnerte, wo ich bald ein neues Leben beginnen mußte, und ich legte das Bild wieder fort.

Die nächsten zwei Tage kam ich mir beinah wirklich wie ein Geist vor, denn ich hatte plötzlich nichts mehr zu tun. Die Arbeit auf der Missionsstation verlief so reibungslos, daß ich mich ganz unglücklich fühlte, als ich erkannte, wie kläglich ich damit zurechtgekommen war. Am zweiten Tag wurde Miß Prothero beerdigt – es war besser, daß sie an dem Ort, wo sie so lange gewirkt hatte, die letzte Ruhe fand.

Mr. Fenshaw hielt den Trauergottesdienst und ließ einstweilen ein Holzkreuz auf dem Grab aufstellen, bis er einen ordentlichen Grabstein beschaffen konnte.

Tags darauf besuchte ich Dr. Langdon in Tschengfu. Als er mir die Tür öffnete, merkte ich gleich, wie eingefallen sein Gesicht war und daß dunkle Ringe unter seinen Augen lagen. Es schien mir auch, als ob er es vermied, mich anzuschauen. „Komm herein, Lucy. Ich habe nicht erwartet, dich schon so bald zu sehen."

Er machte sich daran, Tee zu bereiten. „Bitte, Herr Doktor", sagte ich, „was ist mit Mr. Sabin?"

„Ich konnte deine Bitte erfüllen", antwortete er, indem er auf den Kessel starrte. „Ich begleite dich später zum Friedhof."

Das Sprechen fiel mir schwer. „Was ist passiert? Was haben sie mit ihm gemacht?"

Er schüttelte den Kopf. „Es ist dumm von dir, danach zu fragen. Und es ist jetzt auch belanglos. Er hat dir doch gesagt, du sollst nicht daran denken. Erzähl mir lieber, was es bei dir Neues gibt. Wie geht es Miß Prothero?"

Als ich meine Fassung halbwegs wiedergewonnen hatte, schilderte ich ihm, was geschehen war. Die Nachricht von Miß Protheros Tod überraschte ihn nicht, und während wir unseren Tee tranken, lauschte er mir mit sich zusehends erhellender Miene.

„Du wirst also in England bei einer netten Familie leben", sagte er, wobei er auf seine Tasse niederblickte. „Nun, das löst eine Menge Probleme. Aber bist du denn überhaupt nicht aufgeregt? Du erzählst das, als würdest du eine Einkaufsliste vorlesen."

„Das liegt wahrscheinlich daran, daß ich nicht fort will."

„Es ist das Beste für dich, Lucy. China ist ein Pulverfaß, das bald hochgehen wird. Wenn ich noch jung wäre, würde ich selbst von hier verschwinden." Er erhob sich, sperrte ein Schränkchen auf und nahm ein braunes Kuvert und ein einzelnes zusammengefaltetes Blatt Papier heraus. „In diesem Umschlag befinden sich deine Heiratsurkunde und das Testament. Am gleichen Morgen, an dem du Tschengfu verlassen hast, bin ich noch zu Mr. Sabin gegangen, um ihn zu fragen, ob ich noch etwas für ihn tun könnte. Er hat diesen Brief geschrieben und mich gebeten, ihn dir zu geben."

Ich nahm das Blatt und machte es auf. Die wenigen Zeilen waren schwungvoll geschrieben:

> Liebe Lucy! Ich weiß nicht, wann du nach England fährst, aber ich möchte, daß du sechs Monate wartest, ehe du etwas von unserer Heirat sagst oder zu meinen Anwälten gehst. Sei auch so gut, und gib Dr. Langdon einen Teil des Geldes, das du als Hochzeitsgeschenk bekommen hast. Ich habe selbst nichts mehr und möchte mich ihm für seine Güte erkenntlich zeigen.
>
> Bleib die alte.
>
> Alles Liebe, Dein ergebener Gatte
>
> Nick

Meine Augen brannten, und ich hätte gern geweint. Ich konnte mir nicht vorstellen, daß der letzte Satz als Neckerei aufzufassen war. Ich spürte darin eher eine gewisse Selbstironie und sah förmlich, wie er grinste, als er das schrieb. „Was bedeutet ,bleib die alte'?" fragte ich leise.

„Vermutlich heißt es, daß du ihm gefallen hast, wie du bist."

„Ich erfülle ihm seine Bitte gern, Herr Doktor. Behalten Sie das ganze Geld. Sie brauchen es für Ihre Arbeit jetzt nötiger als die Mission."

„Ich bin dir zutiefst dankbar, Lucy. Es ist bestimmt nicht vergeudet."

Als wir unseren Tee getrunken hatten, gingen wir den Berg hinauf zum englischen Friedhof. Auf einem frischen Erdhügel stand ein Holzkreuz, in das der Name Nicholas Sabin eingebrannt war. Wir sprachen nicht. Das Herz tat mir weh, und ich war beinah froh, daß ich ein China verlassen konnte, wo Menschen wie Huang Kung ungestraft so schreckliche Dinge tun durften.

Hier und dort blühten schon kleine weiße Frühlingsblumen. Ich pflückte ein Sträußchen und legte es auf das Grab. „Ruhen Sie in Frieden, Mr. Sabin", sagte ich. Dann gingen wir schweigend Seite an Seite wieder den Hang hinunter.

Als wir uns in der Straße, in der er wohnte, verabschiedeten, küßte mich Dr. Langdon auf die Wange. „Alles Gute, Lucy. Und wenn du an mich denkst, vergiß bitte nie, daß ich dein Freund gewesen bin."

„Wie sollte ich das je vergessen?"

Er schaute bekümmert und unsicher drein. „Man kann nie wissen."

Während ich nach Tsin Kei-leng zurückging, grübelte ich über diese Worte nach. Was mochte er bloß damit gemeint haben? Ich fand keine Erklärung, aber wenigstens dachte ich so nicht an meine Zukunft unter Fremden in einem fremden Land.

Als ich in der Mission ankam, eilte mir Mrs. Fenshaw schon aufgeregt entgegen.

„Lucy!" schrie sie. „Wo zum Kuckuck hast du denn gesteckt?"

„Ich war in Tschengfu", antwortete ich verdattert, „weil ich mich von Doktor Langdon verabschieden wollte."

Ihre Stirn glättete sich. „Komm jetzt essen", sagte sie und nahm mich an der Hand. „Morgen wird's ein anstrengender Tag für dich sein."

„Morgen?"

„Ja", lächelte sie. „Wir haben Nachricht aus Tientsin bekommen. Morgen kommt dich jemand abholen. Der erste Schritt auf einer langen Reise, Lucy. Aber dann wirst du zu Hause sein. Bist ein Glückspilz, daß dich so ein netter Herr wie Mr. Gresham bei sich aufnehmen will, findest du nicht?"

Ich schluckte. „Ja, Mrs. Fenshaw. Ich bin ein Glückspilz."

VIER

ICH sah meine Heimat zum erstenmal an einem Juniabend, knapp vor Sonnenuntergang. Als wir mit dem Dampfer durch den Kanal fuhren, drängten sich alle Passagiere an der Reling und spähten zu der fernen Küste hinüber. Ich war neugierig und ein bißchen gerührt bei dem Gedanken, daß ich nun endlich das Land meiner Vorfahren betreten sollte, aber zugleich war ich auch schrecklich nervös.

Obwohl ich jetzt europäische Kleidung trug – Mrs. Colby hatte dafür gesorgt –, wußte ich, daß ich innerlich noch keine richtige Engländerin war. Zuerst hatte ich es nahezu unmöglich gefunden, mich in den langen Röcken zu bewegen, die mir um die Knöchel flatterten, und ich konnte nach wie vor nicht verstehen, warum ich darunter mit Rüschen besetzte Baumwollwäsche tragen mußte. Gleichviel – ich hatte mittlerweile gelernt, stets nur langsam zu gehen und dabei winzige Schritte zu machen, so daß ich mich in den Röcken nicht verhaspelte. Auf der zehnwöchigen Reise hatte ich mir auch das Haar wachsen lassen, meine Wangen waren voller geworden, und meine früher brüchigen, abgestoßenen Nägel schimmerten nun glatt und gepflegt. Trotz all dieser Veränderungen wußte ich jedoch, daß ich auf Grund meiner Erziehung in vielem noch wie eine Chinesin empfand.

Am glücklichsten war ich auf der Reise, wenn ich nach Einbruch der Dunkelheit irgendwo auf dem Deck einen stillen Winkel finden und allein unter dem Sternenhimmel sein konnte. Dann dachte ich an die Kinder in der Mission und an all das, was wir gemeinsam erlebt hatten: wie wir mühsam unser armseliges Fleckchen Boden bebauten, wie aufgeregt wir waren, als wir unsere ersten Kartoffeln ernteten, wie Yu-lan und ich drei Nächte lang das kranke Baby pflegten und dabei um sein Leben bangten, weil wir fürchteten, Kimi würde das Fieber nicht überstehen.

Manchmal dachte ich auch an Nicholas Sabin und die Nacht im Gefängnis, die mir jetzt so fern schien, als sei das alles in einer anderen Welt geschehen. Mir fielen die Worte ein, die er zuletzt zu mir gesagt hatte: „Glaub mir, es ist nur ein Traum." Genauso kam es mir nun vor. Trotzdem stimmte mich die Erinnerung an Nicholas immer traurig. Vielleicht hatte Robert Falcon recht gehabt, und er war wirklich ein übler Kerl gewesen, aber sein Lachen war begnadet gewesen, und er hatte vor Leben nur so gesprüht.

Am nächsten Tag glitten wir langsam die Themse zum Royal Albert Dock hinauf. Meine Angst wurde mit jedem Moment größer. Als man uns schließlich sagte, wir könnten an Land gehen, und wir die Gangway hinunterschritten, klammerte ich mich an Mrs. Colbys Arm. Rund um uns am Kai gab es freudige Begrüßungsszenen. Dann sah ich, wie sich ein älterer Mann mit einem blassen, schmalen Gesicht und schütterem, dunklem Haar bei einigen Damen entschuldigte und auf uns zukam. Er blieb vor uns stehen und lächelte von einem Ohr bis zum anderen. „Guten Tag. Darf ich fragen, ob ich das Vergnügen mit Herrn Dr. Colby und Gemahlin habe?"

„In der Tat", sagte Dr. Colby. „Und Sie müssen Gresham sein. Unglaublich, wie schnell Sie uns herausgefunden haben, verehrter Freund."

„O nein, nein, nein", protestierte Mr. Gresham und klemmte sich den Spazierstock unter den Arm, um den beiden die Hand zu schütteln. „Sie waren das einzige Paar in Begleitung einer jungen Dame." Nun ergoß sich der Glanz seines Lächelns über mich, ein Lächeln, das etwas zu breit war und wie eine Nummer zu groß für ihn wirkte. „So, so, das ist also Lucy Waring. Willkommen in England und doppelt willkommen in meiner Familie."

Er streckte mir die Hand entgegen. Ich ergriff sie und machte einen Knicks, wobei ich leider zu spät merkte, daß er sich vorgebeugt und mich ein wenig zu sich hin gezogen hatte, um mich auf die Wange zu küssen. Der Erfolg war, daß ich ihm, als ich mich aufrichtete, leicht mit dem Kopf ins Gesicht stieß.

„Oh, entschuldigen Sie bitte!" rief ich und rückte mir feuerrot vor Verlegenheit den Hut zurecht.

„Ganz meine Schuld", erwiderte er mit einem nervösen Lachen und wandte sich wieder den Colbys zu. „Darf ich Sie jetzt mit meiner Familie bekannt machen?"

Mrs. Gresham und ihren beiden Töchtern wurde ein verwirrtes Wesen präsentiert, das sie nur wortlos anstarrte. Mr. Gresham plauderte und lachte munter weiter, aber ich war so betäubt vor Scham, daß ich nicht einmal eine Antwort über die Lippen brachte, als mich jemand etwas fragte. Mr. Gresham hatte ein sonderbares, mechanisches Lächeln, das er nach Belieben an- und abschalten konnte. Nach scheinbar einer Ewigkeit verabschiedete sich das Ehepaar Colby, und zehn Minuten später fuhren wir in einem Motorboot die Themse hinauf.

„So kommen wir am schnellsten nach Charing Cross." Mr. Gresham spielte mit seinem Spazierstock. „Was sich heutzutage auf den Straßen tut, ist einfach schrecklich."

Danach fuhren wir in einer Kutsche zum Bahnhof. Ich hatte noch nie so viele fremde Teufel auf einmal gesehen, und auch der Zug war riesig und eine wahre Pracht im Vergleich zu dem, der mich nach Tientsin gebracht hatte. Ich trug das beste von meinen drei Kleidern, aber wir waren kaum in unserem Abteil, als ich merkte, wie schäbig ich gegen Mr. Greshams Töchter mit ihren zauberhaften Seidenroben und den mit großen Federn geputzten Hüten aussah. Bisher war es mir ganz gleich gewesen, was ich anzog, aber plötzlich kam mir zu Bewußtsein, wie unscheinbar ich eigentlich wirken mußte.

Der Zug fuhr an. Im Abteil herrschte Schweigen. Nur die beiden Mädchen flüsterten miteinander. Mr. Gresham las seine Zeitung, und Mrs. Gresham fächelte sich mit einem kleinen Fächer Kühlung zu. Sie war klein und rundlich und hatte blaue Augen und einen zartrosa Teint. Ihr sandelholzfarbenes Haar fand ich besonders hübsch. Ich hätte gern etwas zu ihr gesagt, aber sosehr ich auch nachdachte, mir fiel einfach nichts ein. Ich beobachtete, wie sie einen Moment die Augen schloß und dabei seufzte. Wenn ich mir vorstellte, welchen Eindruck ich bisher auf sie gemacht haben mußte, konnte ich es ihr kaum verübeln, daß sie bekümmert war.

Eines der beiden Mädchen mochte etwa achtzehn sein, das andere schätzte ich auf ein paar Jahre jünger. Die ältere Schwester, Emily, war klein und rundlich wie ihre Mutter. Die jüngere, Amanda, sah mehr Mr. Gresham ähnlich. Als sie jetzt kicherten und immer wieder heimlich zu mir herüberspähten, wäre ich fast lieber auf Diebestour in Tschengfu gewesen.

Plötzlich sagte Mrs. Gresham scharf: „Hört sofort mit dem Gegacker auf, ihr zwei! Setzt euch ordentlich hin und unterhaltet euch mit Lucy, wie es sich für wohlerzogene Mädchen gehört!"

Sie schauten einander ratlos an, dann sagte Emily zu mir:

„Papa hat uns vor kurzem in eine komische Oper von Mr. Gilbert und Sir Arthur Sullivan mitgenommen. Sie spielte in China und hieß ‚Der Mikado', genau wie der König da. Hast du ihn je gesehen? Ich meine, den richtigen Mikado?"

Ich schüttelte den Kopf. Ich hatte nie von ihm gehört.

„Das war doch nicht China, du Schaf, das war Japan", sagte Amanda zu Emily.

„Sei nicht ekelhaft zu deiner Schwester, Liebes." Mrs. Gresham wippte mit dem Fächer. „Schließlich dürfte zwischen China und Japan kein allzu großer Unterschied sein."

„Entschuldige, Mama", sagte Amanda. Es klang aber nicht so, als täte es ihr wirklich leid. Dann wandte sie sich mir zu. „Wen hast du denn in China gesehen, Lucy?"

Wie durch ein Wunder fand ich meine Stimme wieder. „Einfach nur Menschen. Chinesen eben. Und einmal den Mandarin Huang Kung. Er ist eine sehr bedeutende Persönlichkeit."

„Na also! Siehst du?" sagte Mr. Gresham hoffnungsvoll. „Lucy hat einen Mandarin gesehen. Ist das nicht nett?"

„Im ‚Mikado' hat auch ein königlicher Henker mitgespielt", fuhr Emily fort. „Hast du schon mal einen Henker gesehen?" Ich nickte. „Hat er ein großes Schwert gehabt und damit den Leuten die Köpfe abgeschlagen?" fragte sie kichernd.

„Nicht immer." Ich gewann nun an Boden. „Wenn zum Beispiel jemand gestohlen hatte, sollte er ihn eigentlich nur mit einem glühenden Eisen brandmarken. Aber Huang Kung ist sehr streng – sein Henker erhielt meistens Befehl, dem Dieb eine Hand abzuhacken."

Die beiden starrten mich mit großen Augen an. Emily stieß einen leisen Entsetzensschrei aus.

„Das ist jetzt wirklich genug, Lucy!" sagte Mrs. Gresham aufgebracht. „Wir wollen keine solchen dummen Gruselgeschichten hören, danke."

Ich zog mich erschrocken wieder in mein Schneckenhaus zurück und überlegte, was an meinen Worten falsch gewesen sein könnte. Mr. Gresham stellte mir zuliebe sein bleckendes Lächeln an. „Ich würde an deiner Stelle mal aus dem Fenster schauen. Nun kannst du England zum erstenmal richtig sehen."

Ich fühlte mich erleichtert und war überzeugt, daß es den anderen ebenso ging. Dankbar folgte ich seinem Rat und begann allmählich die Landschaft in mich aufzunehmen, die da draußen grün wie ein Smaragd lag und so schön war, daß ich kaum meinen Augen trauen konnte. Hier gab es keine weiten Ebenen, wie ich sie seit jeher kannte; es kam mir vor, als sei die Erde ein einziges sanftes Wogen. Ich sah große Pferde mit zottigen Beinen auf den Feldern den Pflug ziehen, wunderschöne Kühe und Schafe grasten auf saftigen Weiden, und überall waren Bäume. Wilde Blumen säumten die Hecken, und an den Wänden kleiner Häuser rankten sich Rosen empor.

Was mich am meisten überraschte, war, daß keine Mauern die Dörfer umschlossen. In China war selbst das kleinste Dorf durch einen Lehmwall geschützt. Ich spürte den Frieden, der wie eine unsichtbare Decke über das Land gebreitet war, und ahnte mit einem Mal, daß ich mit dem Erbe in meinem Blut auch eine unerklärliche

Sehnsucht mit mir herumgetragen hatte, die jetzt erst erwachte. Da wußte ich plötzlich, daß ich zu diesem England gehörte, auch wenn es mir einstweilen noch so fremd erscheinen mochte.

Tränen traten mir in die Augen. Emily rümpfte die Nase und zischelte Amanda zu: „Guck mal, die Heulsuse."

Mr. Gresham blickte mit einem Ruck von seiner Zeitung auf. „Was fällt dir ein, Emily!" fuhr er sie an. „Das war eine höchst geschmacklose Bemerkung. So geht das nicht! Nein, so geht das wirklich nicht."

Emily zog einen Flunsch, als wollte sie gleich selber anfangen zu weinen. „Charles", rügte ihn Mrs. Gresham entrüstet, „wie kannst du nur so grob zu dem armen Häschen sein. Schau, wie du sie gekränkt hast."

„Sie ist kein armes Häschen", antwortete Mr. Gresham gereizt. „Sie ist eine junge Dame, die ihre Manieren nicht vergessen sollte. Du verwöhnst sie zu sehr, meine Liebe."

Er warf mir einen offenbar freundlich gemeinten Blick zu und vertiefte sich wieder in seine Lektüre. Dumpfes Schweigen trat ein, und das bißchen Glücksgefühl, das ich noch vor einer Minute empfunden hatte, löste sich in nichts auf. Ohne überhaupt den Mund aufgemacht zu haben, hatte ich die Familie schon wieder verärgert.

Ich beugte mich aus dem Fenster und wagte kaum noch zu atmen. Nach einigen Stationen erreichten wir einen Ort namens Chislehurst, der, wie man mir erklärte, für seine in der Nähe gelegenen Höhlen berühmt war.

Am Bahnhof erwartete uns ein Kutscher mit einem großen offenen Wagen und fuhr uns über eine Straße mit vielen Kehren einen Hügel hinauf.

Amanda saß neben mir. Plötzlich schob sie mir eine Hand unter den Arm. „Es muß schwer sein, in ein völlig fremdes Land zu kommen. Wenn ich aus heiterem Himmel allein nach China reisen müßte, hätte ich bestimmt furchtbare Angst."

Ich hätte vor Dankbarkeit am liebsten geweint, aber ich lächelte ihr zu und schaute dann Mr. Gresham an, der mir mit seiner Frau gegenübersaß. „Es tut mir so leid, Sir", stammelte ich. „Ich weiß, ich habe mich dumm und unhöflich benommen, aber das wollte ich nicht. Ich war so aufgeregt, und – und es ging einfach alles schief."

„Ganz und gar nicht", versicherte er schnell. „Das ist durchaus verständlich, meine Liebe. Du wirst dich bald eingewöhnen und bei uns ganz zu Hause fühlen." Damit lehnte er sich zurück, und auf seiner Miene malte sich unverkennbare Erleichterung.

Mr. Greshams Haus, High Coppice, stand am Rande der winzigen Ortschaft Hawkfield. Als wir in die Auffahrt einbogen, sah ich, daß das Haus auf einem Hügelkamm erbaut war. Dahinter senkte sich der Hang in sanfter Neigung hinunter zu einem breiten Tal. Das Gebäude war riesengroß und zeigte nur gerade Linien. In China ließen die reichen Leute ihre Häuser mit aufwärts geschwungenen Dächern errichten, um mit den Geistern der Erde, des Wassers und der Luft zu harmonieren, doch die einzige Harmonie, die ich an High Coppice entdecken konnte, war die natürliche Schönheit des Efeus, der die kahle Strenge der gelben Ziegelwände milderte.

Die Kutsche hielt vor dem großen Portal, und ein würdevoller Butler erschien, um seinen Herrn zu begrüßen. Ein weniger bedeutender Dienstbote, ein junger Mann in Hemdsärmeln, nahm meinen Koffer und trug ihn hinein. In der weiten Halle, wo die Treppe zu einer Galerie hinaufführte, blickte ich mich sprachlos um. Noch nie in meinem Leben hatte ich so viele Möbel gesehen, so viele Bilder, Spiegel, Ziergegenstände und Statuetten. Außer einem Bild in der Kapelle war der einzige Schmuck in der Mission mein Bronzespiegel gewesen, und dieser hatte nur überlebt, weil ich es nicht übers Herz bringen konnte, ihn aus der Wand zu brechen und zu verkaufen.

„Ah, da bist du ja, mein lieber Edmund", rief Mrs. Gresham. Ein Mann von etwa Mitte zwanzig in einem dunklen Anzug mit einem hohen, steifen Hemdkragen schritt die Treppe herunter: offenbar Mr. Greshams Sohn. Er hatte dasselbe blasse, schmale Gesicht, aber während Mr. Gresham ein wenig zerfahren wirkte, machte der Sohn einen eher nüchternen, beherrschten Eindruck.

„Guten Abend, Mama", sagte er. „Hattet ihr eine gute Reise? Wie ich sehe, habt ihr Papas neueste Errungenschaft wohlbehalten nach Hause gebracht." Er widmete mir ein sorgfältig bemessenes Lächeln, doch daß er mich als Errungenschaft seines Vaters bezeichnete, verschaffte mir neuerliches Unbehagen.

Mrs. Gresham antwortete: „Ja, das ist Lucy Waring. Lucy, darf ich dir unseren Sohn Edmund vorstellen."

„Willkommen in High Coppice, Lucy", sagte er, und wir reichten uns die Hand.

„Edmund arbeitet in London und wohnt auch dort", erklärte Mrs. Gresham. „Er ist heute eigens gekommen, um dich zu begrüßen."

„Das ist sehr freundlich von Ihnen, Mr. Gresham."

„Du solltest mich lieber Edmund nennen." Ein weiteres, sparsames Lächeln. „Sonst stiftest du unter Umständen Verwirrung." Er warf einen bezeichnenden Blick auf seinen Vater, der sich noch mit dem Butler unterhielt.

„Edmund ist Anwalt und sehr gescheit", ließ sich Amanda vernehmen. Sie schlenkerte mit ihrer Tasche. „Mama, kann ich Lucy ihr Zimmer zeigen?"

„Nicht ,kann ich'; ,darf ich'." Mrs. Gresham seufzte. „Also gut, Liebes."

Ich war froh, aus der Halle flüchten zu können. Amanda war die einzige, in deren Gegenwart ich mich halbwegs wohl fühlte. Sie führte mich die Treppe hinauf und durch einen Gang in ein Zimmer, das zweimal so groß war wie das von Miß Prothero in der Mission und auch entsprechend eingerichtet. Allein der große Kleiderschrank hätte genug Brennholz geliefert, um unseren Küchenherd eine Woche lang damit zu heizen.

„Nimm deinen Hut ab und setz dich. Ich packe für dich aus." Amanda fingerte an den Schlössern meines Koffers herum. „Sag, war die Reise nicht schrecklich? Tut mir leid, daß Emily so eklig zu dir war, aber sie kann nichts dafür. Ich kümmere mich gar nicht darum. Meine Güte, viel Garderobe hast du nicht, wie?" Sie breitete die Kleider auf dem Bett aus.

Ich trat neben sie und betrachtete meine Habseligkeiten. „Mehr hat man in der Mission in Tientsin nicht für mich gefunden."

Amanda hielt sich ein Kleid vor und schaute in den Spiegel. „Wahrscheinlich ist das der Missionsstil", sagte sie. „Ich werde Papa bitten, dir ein paar neue zu kaufen, aber wirklich hübsche."

„Deine finde ich schön", seufzte ich. „Ich bin an europäische Kleidung nicht gewöhnt, deshalb konnte ich meine bisher nicht beurteilen."

Sie blickte wieder in den Spiegel und zupfte an ihrem blaßblauen Seidenrock. „Ja, das ist mein bestes Reiseensemble. Aber Emily hat die hübschesten Sachen. Sie ist Mamas Liebling."

„Du meinst wohl nach dem erstgeborenen Sohn? Nach Edmund?"

„Lieber Himmel, nein! Ich glaube nicht, daß sich Mama sehr viel aus Jungen macht. Vermutlich wäre es ihr lieber gewesen, wenn sie lauter Mädchen bekommen hätte."

Ich schüttelte verwundert den Kopf. Wenn in China ein Mädchen zur Welt kam, hielt man das oft für eine Katastrophe. Anscheinend würde es lange dauern, bis ich dieses seltsame Land verstand.

Es klopfte an die Tür, und auf Amandas „Herein!" brachte ein Mädchen einen Kupferkrug mit heißem Wasser, über den ein Wolltuch gebreitet war, um ihn warm zu halten. „Füll erst mal die Waschschüssel, Beattie", befahl Amanda. „Hast du Seife und Handtuch bereitgelegt? Und auch sonst alles, was Miß Lucy braucht? Gut, dann kannst du gehen."

Das Mädchen verschwand, und Amanda fuhr fort: „Mama und Papa haben ihr eigenes Badezimmer, aber das dürfen wir nicht benutzen. In deinem Schrank ist eine Sitzbadewanne. Wenn du morgens aufwachst, zieh am Klingelzug, und wenn das Mädchen kommt, laß dir heißes Wasser für dein Bad bringen. Ich muß dir noch viel erklären, aber wir haben ja genug Zeit. Ich gehe mich jetzt umkleiden – bin gleich wieder da."

Als sie hinausgeschlüpft war, setzte ich mich aufs Bett und schaute mich ehrfürchtig um. Mr. Gresham war eindeutig ein unermeßlich reicher Mann. Es war mir komisch vorgekommen, daß jemand die Kosten nicht scheute, ein junges Mädchen aus China zu holen, aber jetzt begriff ich, daß er reich genug war, um sich jede Laune leisten zu können.

Ich zog mein Kleid aus, wusch mich und kämmte mein Haar. Seit ich es länger trug, flocht ich es zu einem dicken Zopf. Dann streifte ich mir ein frisches Kleid über – am Ellbogen zwar geflickt, aber nicht ganz so trostlos wie die beiden anderen. Nun ging ich zum Fenster, von dem aus man über gepflegte Gärten in ein waldiges Tal hinunterblickte.

Meine Gedanken wirbelten plötzlich durcheinander. Träumte ich? Jenseits des Tals stand ein Haus, das ich kannte. Das war die Skizze auf dem alten Leinwandstück, das noch in meinem Koffer lag. Das Haus war zwei Stockwerke hoch. Mächtige Kamine ragten aus einem steilen Dach, und Steinkugeln schmückten die breiten Pfeiler der kurzen Brüstungen vor den Giebeln. Alles war genau wie auf meinem Bild.

Da merkte ich, daß Amanda zurückgekehrt war und mir die Hand auf den Arm legte. „Was hast du, Lucy? Ist dir nicht gut?"

„Doch, doch, danke. Mir – mir war nur einen Moment schwindlig."

„Vielleicht ist dein Korsett zu eng?"

„Ich trage gar keins. Es schnürt mir die Luft ab. Aber bitte, sag deiner Mutter nichts davon. Mrs. Colby hat gemeint, es gehört sich nicht, kein Korsett zu tragen."

„Nein, ich verrate nichts. Aber du siehst ganz so aus, als würdest du eins tragen."

Ich konnte meinen Blick nicht von dem Haus da drüben losreißen.

„Hat das Haus einen Namen, Amanda?"

„Moonrakers." Sie kicherte. „Es gehört den Falcons, und Mama sagt, das sei genau der richtige Name für sie. Ein Moonraker ist jemand, der nicht ganz richtig im Kopf ist. Er sieht, wie sich der Mond in einem Teich spiegelt, glaubt, daß dort ein großer, runder Käse schwimmt, und holt einen Rechen, um ihn herauszufischen. Deshalb nennt man ihn einen Moonraker – einen Mondfischer."

„So?" sagte ich verblüfft. „Und du meinst, das trifft auf die Falcons zu?"

„Ja, sie sind gräßliche Menschen, die dauernd alle möglichen verrückten Dinge tun. Edmund sagt, sie sind richtige Bohemiens, was immer das auch bedeuten mag."

„Ist Mr. Falcon ein junger Mann?"

„O nein – ungefähr im gleichen Alter wie Papa. Aber seine Frau ist jünger als Mama und sehr schön. Und dann sind da noch Robert, aber der ist irgendwo im Ausland, und ein jüngerer Sohn, der noch zur Schule geht."

Ich wandte mich vom Fenster ab. Es schien mir noch immer unfaßbar, daß kaum eine Meile entfernt das Haus stand, das ein Unbekannter auf einen Fetzen Leinwand gezeichnet und diesen dann in der Mission in Tsin Kei-leng gelassen hatte. Robert Falcon war von hier nach China gefahren, ausgerüstet mit nichts als einer nutzlosen Landkarte und einem sinnlosen Rätsel, das ihm helfen sollte, eine bestimmte Spur aufzunehmen.

Ich überlegte, ob ich Amanda sagen sollte, daß ich ihm schon in China begegnet war, aber ich brauchte erst Zeit, um über alles nachzudenken.

„Du hast die Falcons doch eben gräßliche Menschen genannt", sagte ich.

Sie kicherte wieder. „Wir nennen sie nie anders. Wir hassen sie, weißt du, und sie hassen uns. Und das schon seit Jahren. Eine richtige Fehde, sagt Papa."

„Aber irgendwann einmal muß es doch einen Anlaß dafür gegeben haben."

„Es hat angefangen, als die Väter von Mr. Falcon und Papa als junge Männer gemeinsam bei der Armee in Indien waren. Sie waren dicke Freunde, aber dann kam es aus irgendeinem Grund zu einem Streit. Sie haben sich mit Pistolen duelliert und sich gegenseitig umgebracht. Papa und Mr. Falcon waren damals noch ganz klein, aber die Familien sind seitdem verfeindet." Sie zuckte die Schultern. „Im Moment ist es wohl nicht so schlimm, aber wir können uns nach wie vor nicht leiden, und wir reden auch nicht miteinander."

Mein Kopf begann zu schmerzen, so viele offene Fragen schwirrten darin herum. Was hatte Robert Falcon in China gesucht? Und Nicholas Sabin? Offenbar das gleiche, denn sie hatten mir beide dasselbe Rätsel aufgegeben. Und es mußte sich um etwas Wertvolles handeln, denn China konnte gefährlich sein, wie Nicholas Sabin am eigenen Leib erfahren hatte.

„Komm", sagte Amanda. „Ich zeige dir jetzt das Haus."

Ich nickte und versuchte keine weiteren Vermutungen mehr anzustellen. Mr. Gresham hatte eine Menge Geld für mich bezahlt, und ich lebte unter seinem Dach. Es gab genug, worüber ich nachdenken mußte, und es war Unsinn, mir noch zusätzlich das Gehirn nach einer Erklärung für ein Geheimnis zu zermartern, das ich bestimmt nicht lüften konnte. Mein neues Leben sollte nun beginnen, und ich hoffte inständig, ich würde allen Ansprüchen gewachsen sein und keine Fehler mehr machen.

Ich konnte ja nicht ahnen, daß ich noch an diesem Abend den allergrößten Fehler machen sollte.

FÜNF

Das Haus hatte drei Stockwerke, und die Dienstboten waren im obersten Geschoß untergebracht. Sie waren gegenüber der Herrschaft in der Überzahl, denn Mr. Gresham beschäftigte außer der Köchin, dem Butler, dem Kutscher und dem jungen Diener noch zwei Hausmädchen, ein Stubenmädchen und eine Zofe. Ich bemerkte, daß die Mädchen Schuhe mit elastischen Einsätzen an der Seite trugen, und Amanda erklärte mir, dadurch wolle man vermeiden, daß die Schuhe beim Gehen knarrten.

Nach einem Rundgang durch das Haus und den Garten kamen wir ins Eßzimmer, wo der Diener und das Stubenmädchen gerade unter der Aufsicht des Butlers den Tisch für das Dinner deckten. Bei der ersten Begegnung hatte ich den Butler schon für recht alt gehalten, aber jetzt sah ich, daß ich mich geirrt hatte. Sein dichtes, kurzgeschnittenes Haar war zwar weiß, doch das Gesicht darunter gehörte einem viel jüngeren Mann, als ich ursprünglich geglaubt hatte. Wie ich inzwischen wußte, hieß er Marsh und dirigierte den Haushalt mit höflicher Autorität.

Als wir den Salon betraten, fragte ich ziemlich beklommen: „Amanda, wozu sind denn all diese Messer und Gabeln da, die drüben auf dem Tisch liegen?"

Sie starrte mich an. „Für die verschiedenen Gänge. Du meine Güte, hast du in China etwa mit Stäbchen gegessen?"

„Nein, meistens mit dem Löffel."

„Nun, das mit den verschiedenen Bestecken ist ganz einfach. Fang von außen an, und wenn du nicht sicher bist, paß auf, was ich nehme."

Wir verbrachten eine Stunde damit, ein Photoalbum durchzublättern, dann gesellten sich Mr. Gresham und Edmund und kurz darauf Mrs. Gresham und Emily zu uns. Sie waren alle prächtig gekleidet. Edmund setzte sich in einen Fauteuil, lehnte sich zurück, legte die Fingerspitzen zusammen und sagte: „Du siehst hübsch aus, Lucy. Was für ein nettes Kleid."

Amanda seufzte. „Männer sind ja so dumm. Siehst du denn nicht, daß es ihr nicht richtig paßt? Es hat jemand anderem gehört und ist für sie geändert worden. Sie braucht unbedingt ein paar ordentliche Sachen, Papa", fuhr sie an ihren Vater gewandt fort. „Lucy hat überhaupt nichts, worin sie einen Besuch machen könnte."

„Wir werden sehen, wie man da Abhilfe schaffen kann", sagte Mr. Gresham herzlich. „Becky, meine Liebe, ich glaube, dafür bist du zuständig."

Seine Frau nickte, jedoch ohne sonderliche Begeisterung.

Emily saß auf einer Couch und spielte mit einem weißen Kätzchen. Als eine Pause im Gespräch eintrat, schaute mich Mrs. Gresham mit einem Lächeln an, das sie ziemliche Mühe zu kosten schien: „Gibt es in Japan auch Katzen, Lucy?"

Diese Frage überraschte mich. „Ich – ich glaube schon, Mrs. Gresham. In China jedenfalls gibt es welche."

„Das hab ich ja gemeint, Liebes. Du solltest nicht so voreilig jemanden verbessern, der älter ist als du, aber lassen wir das einstweilen. Ihr habt also Katzen in China. Magst du Katzen gern?"

„Immerhin lieber als gar kein Fleisch, Mrs. Gresham, aber Kaninchen schmeckt viel besser."

Ihre Augen wurden glasig. Ich blickte in die Runde und stellte fest, daß mich alle entsetzt anstarrten. Emily drückte ihr Kätzchen schützend an die Brust. „Verzeihung", sagte ich hastig. „Ich wußte nicht, daß Sie Katzen als Haustiere meinten. In China streunen so viele herum, und in Zeiten einer Hungersnot –"

„Das reicht, Lucy." Mrs. Greshams Stimme war eisig.

Ich senkte den Blick auf meine im Schoß gefalteten Hände, während mir das Blut in die Wangen stieg. Es war eine Erlösung, als Mr. Marsh eintrat, um zu verkünden, das Dinner sei angerichtet. Obwohl die Abendsonne noch schien, brannten im Speisezimmer schon die Wandleuchten. Es waren Gaslampen, die in ihrer Form an Schwanenhälse erinnerten. Mr. Gresham sprach das Tischgebet, und gleich darauf begannen der Diener und ein Mädchen unter Mr. Marshs Argusaugen zu servieren.

Selbst wenn sich mir meine Nervosität nicht so auf den Magen geschlagen hätte, wäre ich nie imstande gewesen, alles zu essen, was bei jedem Gang aufgetragen wurde, aber die Speisen waren wunderbar, sogar noch besser als auf dem Schiff, und als ich mich allmählich beruhigte, begann ich diese herrliche Mahlzeit zu genießen.

Man zog mich nicht ins Gespräch, und darüber war ich froh. Mr. Gresham redete nur sehr wenig. Sein Blick wirkte abwesend, als beschäftigte ihn irgendein schwerwiegendes Problem. Als das Mädchen und der Diener noch ein köstliches Dessert – Pfirsiche mit Sirup und Schlagsahne – serviert und sich danach zurückgezogen hatten, schien er aus seiner Versunkenheit zu erwachen. Er lehnte sich in seinen Stuhl zurück, betupfte sich den Mund mit einer Serviette und stellte sein Lächeln an. „Als man dir eröffnet hat, daß du in eine englische Familie aufgenommen werden sollst, da warst du wohl ziemlich überrascht, Lucy, wie?"

„Ja, Sir", antwortete ich bescheiden. Ich war eher unglücklich als überrascht gewesen, doch ich wollte ihn nicht kränken, indem ich ihm das sagte.

„Du errätst nie, warum Papa dich hergeholt hat", sagte Amanda.

Ich konnte mir nicht vorstellen, wieso sie glaubte, daß ich nicht Bescheid wüßte. Bisher hatte ich den Gedanken an diesen heiklen Punkt in meiner Zukunft unterdrückt, aber ich war schon oft Zeuge einer solchen Situation gewesen.

„Na los", forderte mich Amanda auf, „rate mal."

Ich zögerte. Da mich alle erwartungsvoll ansahen, verneigte ich mich höflich vor Mr. Gresham. Die Redewendungen, die mir einfielen, entsprachen chinesischen Floskeln, wie ich sie gebraucht hätte, wenn wir jetzt in China gewesen wären, und ich mußte sie in Gedanken übersetzen: „Ich weiß, Sie haben der Mission eine Menge Geld bezahlt, Sir ... ich – ich fühle mich sehr geehrt, daß sie eine so unbedeutende Person wie mich zur Konkubine erwählt haben, jetzt, da Ihre Frau alt wird."

Ein ganz schreckliches Schweigen folgte, als hätten alle zu atmen aufgehört. Das Blut schien mir in den Adern zu gefrieren, denn ich erkannte, daß ich eine fürchterliche Taktlosigkeit begangen haben mußte.

Mit zornrotem Gesicht sprang Mr. Gresham auf. „Wie kannst du es wagen!" Seine Stimme war zu einem drohenden Flüstern gedämpft. „Wie kannst du es wagen, vor meiner Familie etwas so Ungeheuerliches zu sagen! Hast du denn gar kein Schamgefühl?" Mit bebendem Zeigefinger wies er auf die Tür.

„Auf dein Zimmer! Sofort!"

Wie ein Blitz aus heiterem Himmel ging mir ein Licht auf. Was für ein Wahnsinn von mir! Ich wußte doch, daß sich ein englischer Gentleman keine Konkubinen hielt. Doch als man mir mitteilte, ein reicher Mann hätte mich gekauft, war ich eben irgendwie zu der Ansicht gekommen, ich sei zu demselben Zweck wie in China erworben worden. Ich war so betäubt von Mr. Greshams Zorn, daß ich nicht die Kraft aufbrachte, mich zu erheben. „Vater", murmelte Edmund, „vielleicht solltest du doch in Betracht ziehen, daß in China ..."

„Schweig, Edmund", fuhr ihn Mr. Gresham an. „Du wirst dich nicht zum Verteidiger obszöner Reden an meinem Tisch aufschwingen! Marsch auf Ihr Zimmer, Miß!"

Hinter mir sagte die ruhige Stimme von Mr. Marsh: „Wenn ich bitten darf, Miß Lucy." Er zog meinen Stuhl zurück, als ich aufstand, und geleitete mich zur Tür. „Es ist gut, Marsh", sagte Mr. Gresham schroff. „Wenn ich etwas brauche, werde ich läuten."

„Sehr wohl, Sir." Der Butler verließ mit mir den Raum. Bevor die Tür ins Schloß fiel, hörte ich Mrs. Gresham mit anklagend erhobener Stimme fragen: „Um Gottes willen, Charles, was für eine Kreatur hast du uns denn da aufgehalst?"

Völlig niedergeschmettert schritt ich auf die große Treppe zu. Da rief jemand meinen Namen. Als ich mich umwandte, sah ich Mr. Marsh und las in seiner Miene hinter all ihrer strengen Würde so etwas wie Sympathie und sogar Belustigung.

„Nehmen Sie es nicht allzu tragisch, Miß Lucy. Ich glaube, Mr. Edmund versteht, daß Sie diese Beleidigung nicht beabsichtigt haben, sondern daß Ihre Auffassung auf Ihre bisherigen Lebensumstände zurückzuführen ist. Er wird die Angelegenheit sicherlich mit dem Herrn besprechen, sobald Mr. Greshams Ärger sich ein wenig gelegt hat."

Ich fühlte eine so überwältigende Dankbarkeit in mir aufsteigen, daß mir die Tränen in den Augen brannten. „Sie sind sehr gütig, Mr. Marsh."

Er lächelte. „Nur die übrigen Bediensteten nennen mich so. Sie müssen Marsh zu mir sagen."

„Oh, das kann ich nicht, Sir. Sie sind älter als ich und ein Mann, und –"

„Sie sind nicht mehr in China, Miß Lucy. Um Ihrer selbst willen müssen Sie sich so benehmen, wie es Ihrer Stellung hier entspricht."

„Ja. Es tut mir leid." Meine Stimme zitterte. „Aber es ist so schwer für mich. Was ich auch sage – ich ärgere sie offenbar immer. Und Mrs. Gresham hält mich für eine notorische Lügnerin."

Er schnippte ein Stäubchen von seinem Ärmel. „Darf ich Ihnen einen Rat geben, Miß Lucy? Sie leben jetzt bei einer gutbürgerlichen englischen Familie, die ihre Tugenden und ihre Schwächen hat. Eine dieser Schwächen ist die Blindheit gegenüber allem, was jenseits der Grenzen ihrer kleinen Welt liegt. Diese Leute sind im Grunde ihres Herzens davon überzeugt, daß Gott ein englischer Gentleman ist, und daraus leiten sie ab, daß alles, was sie denken und tun, ebenfalls den Stempel himmlischen Segens trägt."

Ich war erstaunt über die Art, wie Mr. Marsh sprach. Er mußte es merken, denn er fuhr fort: „Sie wundern sich wohl, daß ein Diener sich so ausdrücken kann? Ich war viele Jahre Offiziersbursche und habe ein gut Teil dieser Zeit in den Kolonien verbracht. Zudem hatte ich das Glück, daß mein Vorgesetzter ein sehr gebildeter Mann war. Offizier und Gelehrter – eine seltene Kombination. In den Gesprächen mit ihm konnte ich mir ein bescheidenes Maß an geistigem Niveau aneignen und auch die erforderliche Gewandtheit für eine etwas anspruchsvollere Unterhaltung."

Ich mußte an Miß Prothero und meine Übungsstunden in der Kunst der Konversation denken. „Ich verstehe, Mr. Marsh. Verzeihung – Marsh."

Er lächelte anerkennend. „Das Wort Konkubine zum Beispiel würde in Gegenwart einer englischen Dame niemand in den Mund nehmen. Sie, Miß Lucy, haben seit jeher in China gelebt und wahrscheinlich auch Hosen getragen, wie es dort allgemein üblich ist. Hier wären die meisten Leute über den Anblick einer Frau in Hosen entsetzt. Wie Sie vielleicht schon bemerkt haben, sind sogar die Beine eines Klaviers verhüllt, weil man Beine hierzulande für etwas Unanständiges hält. Wenn man sie erwähnt, darf man nur von den ‚unteren Gliedmaßen' sprechen." Er schaute mich amüsiert an. „Ich hoffe, Sie können sich nun ungefähr vorstellen, was für ein Schock es für die Familie war, als Sie Mr. Gresham zu verstehen gaben, Sie seien überzeugt, er habe Sie als Konkubine gekauft."

„Ja. O ja", sagte ich schwach. „Aber – aber das mit den Klavierbeinen ist doch sicher nur ein Scherz?"

„Ich fürchte, nein, Miß Lucy. Ich habe ebenso wie Sie vieles gesehen, was sich die Greshams nicht einmal träumen ließen. Ich habe gesehen, wie die Menschen in Indien Erde aßen, um ihren Hunger zu stillen, oder wie man Diebe bestrafte, indem man sie grausam verstümmelte. Die Greshams werden ein Leben, wie Sie es geführt haben, nie begreifen. Sie ahnen kaum, wie die Armen hier in England ihr Dasein fristen. Halten Sie sich das immer vor Augen." Er blickte sich schnell in der Halle um. „Ich lasse Ihnen ein Glas heiße Milch hinaufbringen. Wenn ich Ihnen raten darf, tun Sie morgen so, als wäre nichts geschehen. Ich bin sicher, bis zum Frühstück werden sich die Wogen schon geglättet haben. Vermeiden Sie es, über Ihre Erfahrungen in China zu sprechen, und bemühen Sie sich, so schnell wie möglich mit den Gebräuchen dieses Landes vertraut zu werden." Er verneigte sich leicht. „Ich wünsche Ihnen eine gute Nacht, Miß Lucy."

Ich war so gerührt über seine Güte, daß ich kaum ein Wort über die Lippen brachte. „Danke, Mr. – danke, Marsh. Ich danke Ihnen von ganzem Herzen."

Ich ging auf mein Zimmer, und Beattie, das Mädchen, brachte mir die heiße Milch. Während ich daran nippte, nahm ich mir vor, am nächsten Tag ganz von vorne zu beginnen und keine Katastrophen mehr heraufzubeschwören. Ich schlief nur schlecht ein und wurde schon kurz nach Morgengrauen wieder wach. Gegen halb acht verdroß es mich bereits sehr, untätig zu warten, bis ich nach meinem Badewasser läuten konnte. Deshalb nahm ich das Reisenähkörbchen, das mir Mrs. Colby gekauft hatte, und vergewisserte mich, daß alle meine Sachen in ordentlichem Zustand waren. Da klopfte es an die Tür, und im gleichen Moment stürzte schon Amanda, in einen Morgenrock gehüllt, herein. „Lucy, gestern abend warst du einfach gräßlich! Emily hat mir erklärt, eine Konkubine ist so etwas wie eine zweite Frau! Kein Wunder, daß Papa so wütend war!"

„Amanda, ich bin an chinesische Verhältnisse gewöhnt, und –"

„Genau das hat Edmund auch gesagt. Es hat einen schrecklichen Auftritt gegeben, aber dann hat sich Papa doch entschlossen, die Angelegenheit zu vergessen... was soll er letzten Endes denn auch tun! Ich meine, er kann dich nicht gut nach China zurückschicken."

„Schwerlich", sagte ich und versuchte, mir meine Enttäuschung nicht anmerken zu lassen. „Amanda, warum hat mich dein Vater denn nun eigentlich nach England geholt?"

„Oh, das ist wieder eines von seinen Hirngespinsten. Er denkt sich immer alles mögliche aus, um uns reich zu machen, nur leider klappt es nie..." Sie rannte kichernd wieder hinaus, ehe ich ihr weitere Fragen stellen konnte.

Als die alte Standuhr in der Halle neun schlug, ging ich hinunter. Edmund war im Speisezimmer und mit dem Frühstück schon fast fertig. „Guten Morgen", grüßte ich schüchtern.

„Guten Morgen, Lucy." Der Blick, mit dem er mich betrachtete, war völlig neutral. „In England bedienen wir uns beim Frühstück selbst. Es steht alles dort drüben auf der Anrichte." Nachdem ich mir ein bißchen Speck und geröstete Nieren genommen hatte, stand er auf und sagte: „Wenn du mich jetzt bitte entschuldigst. Ich muß

Viertel nach zehn in meinem Büro sein und will noch den Zug erreichen. Ich schlage vor, daß wir das – äh – Mißverständnis von gestern abend nicht mehr erwähnen. Wir sehen uns ja, wenn ich zum Wochenende wieder herkomme. Also bis dann."

Ein paar Minuten nachdem er gegangen war, kamen die anderen. Die Atmosphäre war zwar ein wenig gespannt, aber viel besser, als ich zu hoffen gewagt hatte. Nach dem Frühstück sagte Mr. Gresham: „Zeit für deine Klavierstunde, Amanda. Nun komm, lauf schon. Ich habe mit Lucy in meinem Arbeitszimmer etwas zu besprechen."

Es war ein großes Zimmer und mit lauter seltsamen Dingen vollgeräumt. Überall sah ich Bücher, sogar auf dem Boden. In einer Ecke stand ein Schreibtisch mit einem großen Globus darauf und Stößen von Papier. Ein menschliches Skelett hing von einem Halter an einer Wand. Auf einem Dreifuß vor dem Fenster war ein staubiges Teleskop montiert. In einem anderen Winkel entdeckte ich eine Laterna magica und das Modell einer Dampfmaschine – natürlich erfuhr ich erst viel später, was das alles war.

„Nun, meine Liebe", sagte Mr. Gresham pathetisch, indem er mit einer weit ausholenden Geste auf das Durcheinander wies, „wie du siehst, widme ich mich mit Begeisterung der Erforschung des Orients."

Ich schaute mich hilfesuchend um. Auf dem Globus war die chinesische Provinz Jehol rot eingerandet, und an der Wand neben dem Skelett hingen handgezeichnete Landkarten in vergrößertem Maßstab. Auf dem Tisch vor dem Kamin stand ein wuchtiges Metalltablett mit einer in Ton oder etwas Ähnlichem nachgebildeten Landschaft.

„Komm jetzt", sagte Mr. Gresham eine Spur ungeduldig. „Du siehst doch gewiß, daß dies die Provinz Schansi darstellen soll?"

„Ich bin leider nie dort gewesen."

„Oh?" Er schaute mich verblüfft an. „Na, macht nichts. Dafür ist dir sicherlich vieles andere vertraut."

„Ich erkenne die Landkarte drüben an der Wand", sagte ich in dem Bestreben, ihm eine Freude zu machen, „und Sie haben die Provinz Jehol auf dem Globus markiert, aber eine Menge Dinge hier haben nichts mit China zu tun. Die Chinesen würden zum Beispiel nie ein Skelett aufhängen, es könnte ja der Vorfahre von irgend jemand sein –"

„Das Skelett tut nichts zur Sache", antwortete er gereizt. „Das betrifft meine früheren Interessen." Er schaute sich wie mit gelinder

Überraschung im Raum um. „Es scheint, ich habe hier noch ein paar Dinge aus einer Periode, in der ich mich mit anderen Themen beschäftigt habe, aber im Moment ist einzig und allein China wichtig, ja?" Er lachte leise in sich hinein. „Und du bist sicherlich Expertin auf diesem Gebiet." Er nahm eine kleine orientalische Schatulle und klopfte bedeutungsvoll mit dem Finger darauf. „Wir wollen etwas aufspüren, weißt du. Da du China kennst, bist du genau die Richtige, um mir bei der Suche zu helfen. Oh, ich erwarte keine Wunder, Lucy. Vielleicht werden Monate mühevoller Arbeit notwendig sein, um die Spreu vom Weizen zu scheiden."

Ich fand das alles sehr verwirrend. „Wollen Sie damit sagen, ich soll mit Ihnen nach China reisen, um Ihnen etwas finden zu helfen?"

„Du lieber Himmel, nein, mein Kind! Die praktische Durchführung wird jemand anderer übernehmen. Meine Aufgabe ist die Planung." Er lächelte selbstgefällig. „Edmund meint, ich sollte jemand beauftragen, an Ort und Stelle zu suchen, doch damit würde ich das Gelingen meines Vorhabens dem Zufall überlassen. Zuerst muß der logische Aufbau des Unternehmens erfolgen, und du, Lucy, mit deiner Kenntnis des Ostens wirst mir das Gerüst liefern, mit dessen Hilfe die Kraft meines Verstandes dann operieren kann." Er öffnete die Schatulle und nahm ein Stück Papier heraus. „Ich gebe dir jetzt einen seltsamen Anhaltspunkt, über den du nachdenken sollst", sagte er. „Hör zu."

Noch bevor er zu lesen begann, wußte ich, was nun kommen würde, aber deshalb zuckte ich nicht minder heftig zusammen.

„Brichst du die Klinge und den Stein . . ."

Ich kannte die Worte auswendig. Robert Falcon hatte sie vor der Mauer der Missionsstation gesprochen, und Nicholas Sabin im Gefängnis in Tschengfu . . . Erinnerungen brachen plötzlich über mich herein, Vergangenes wurde mit einem Schlag lebendig . . . Ich hatte einen Blumenstrauß auf sein Grab gelegt und besaß noch den Ring und die Dokumente, die er mir damals gab. Aber ich wollte nicht an ihn denken, weil es mich zu sehr schmerzte.

„. . . der Tigeraugen kalte Pracht", schloß Mr. Gresham.

Ich holte tief Atem. „Ich kenne das Rätsel, Mr. Gresham. Ich habe es schon gehört. In China. Ich habe dort Mr. Robert Falcon getroffen."

„*Was?*"

„Ja, wirklich, Sir. Amanda hat mir von der Familie erzählt, die auf der anderen Seite des Tals wohnt, und daß der älteste Sohn Robert sich im Ausland aufhält. Nun, ich bin ihm in China begegnet, und er hat mir dasselbe Rätsel aufgegeben."

„Du bist ihm begegnet? Hast du ihm geholfen? Hast du ihm die Lösung genannt?"

Mr. Greshams Stimme klang ebenso besorgt wie ärgerlich.

„Nein, Sir", beteuerte ich schnell. „Ich konnte ihm nicht helfen. Ich weiß nicht, was das Rätsel bedeuten soll."

Er seufzte erleichtert und begann, im Zimmer auf und ab zu gehen. „Höchst ungewöhnlich! Aber nein – vielleicht doch nicht! Wenn der Windhund ausgezogen ist, um im fraglichen Gebiet herumzuschnüffeln, ist es gar nicht so erstaunlich, daß er dir dabei über den Weg lief." Er wandte sich mit einem Ruck zu mir um. „Erzähl mir alles ganz genau."

So kurz ich konnte, berichtete ich ihm von der Begegnung. Mr. Gresham rieb sich das Kinn. „Hat er dir eine Landkarte gezeigt?"

„Ja, aber sie war nicht vollständig. Er sagte, alles, was auf seiner Karte fehle, sei auf einer zweiten eingetragen."

„Ich weiß. Er hat die Falcon-Skizze, und wir haben die Ergänzung dazu. Die beiden Karten sind einzeln wertlos." Er zog eine Schublade auf und entnahm ihr ein rechteckiges Stück Pergament. „Sieh dir das an, Lucy. Kannst du dich an die Skizze erinnern, die der junge Falcon dir gezeigt hat?"

Ich blickte auf die Linien, die mit schwarzer Tusche auf dem Pergament gezogen waren, und schüttelte den Kopf. „Versuch dich zu erinnern", befahl er stirnrunzelnd. Dann wies er mit einer Handbewegung auf den Globus, die Bücher, die sorgfältig angefertigte Miniaturlandschaft. „Ich bin dabei, nach und nach Informationen zu sammeln. Wenn wir Geduld haben, werden wir die Suche bald auf ein ganz kleines Gebiet begrenzen können." Sein jähes Lächeln blitzte auf. „Keine Angst, meine Methode wird sich der von Robert Falcon überlegen erweisen. Ich halte es für das beste, wenn du erst einmal die ganze Geschichte erfährst, dann wirst du verstehen, was ich vorhabe. Hast du je von den Opiumkriegen gehört?"

„Ja, Miß Prothero hat mir davon erzählt."

„Nun, mein Vater und John Falcon waren als junge Offiziere der britischen Armee 1842 in China. Beide hatten im vorhergegangenen

Jahr geheiratet. Während des Feldzuges wurden sie als Kuriere auf geheime Mission geschickt, die sie durch ein Gebiet führte, wo zwei Kriegsherren um die Macht kämpften. Sie umgingen das Schlachtfeld und fanden bei Einbruch der Dunkelheit einen schwerverwundeten Mann, der sich vom unmittelbaren Kampfgeschehen fortgeschleppt hatte. Sie verstanden kein Wort von dem, was er lallte, aber er trug eine prächtige Uniform, und daraus schlossen sie, er müsse der besiegte Anführer selbst sein. Noch während sie versuchten, seine Wunden zu verbinden, starb er."

Mr. Gresham ging zu seinem vollgeräumten Schreibtisch und nahm dahinter Platz. „Es gibt viele Einzelheiten, die wir nie erfahren werden – aber bei dem Toten fanden sie ... etwas. Eine Tasche, einen Beutel – wir wissen es nicht. Jedenfalls enthielt es den persönlichen Schatz des Toten." Er spreizte die Finger. „Was immer es auch war, mein Vater und John Falcon fanden es vernünftiger, es an sich zu nehmen, als es einem anderen zu überlassen, der nach ihnen die Leiche fand. Sie ritten weiter und blieben dann irgendwo über Nacht ..." Er zuckte die Schultern. „Sie waren eine Woche unterwegs, und wir kennen die Route nicht, aber ich glaube, daß sie einmal in einem Tempel übernachteten, weil ein Tempel in dem Rätsel erwähnt ist. Irgendwann merkten sie jedoch, daß feindliche Patrouillen ihre Anwesenheit entdeckt hatten, und sie schwebten in großer Gefahr, ihnen in die Hände zu fallen. Daher versteckten sie den Schatz."

Mr. Gresham schaute mich heftig zwinkernd an. „Sie hatten das Glück, ihren Auftrag durchzuführen, ohne daß einem von ihnen ein Haar gekrümmt wurde. Zwei Monate später wurde ihr Regiment aus China abgezogen und nach Indien verlegt. Sie hatten keine Möglichkeit mehr, an den Schatz heranzukommen. Mittlerweile hatte John Falcon sich das geheimnisvolle Verslein ausgedacht, das als Schlüssel zu dem verborgenen Vermögen dienen sollte; beide Männer machten ihr Testament und übergaben es ihrem Vorgesetzten zur sicheren Aufbewahrung. Jedem Testament war ein kurzer Bericht ihres Abenteuers beigelegt sowie eine Kopie des Rätsels und jeweils eine der beiden sich ergänzenden Landkarten." Mr. Gresham schnitt eine Grimasse. „Alles sehr romantisch ... sie wollten sichergehen, daß der Schatz zwischen ihren Familien geteilt würde, falls ihnen etwas zustieße."

Er schüttelte bekümmert den Kopf. „Und dann kam es zu einem

dummen Streit. Das Ergebnis war ein Duell, das sie natürlich im geheimen austrugen. Beide wurden tödlich verwundet."

Er stand auf und begann wieder hin und her zu gehen. „Nun sind die beiden Familien Rivalen. Niemandem steht der Schatz rechtmäßig zu, sondern er wird dem gehören, der ihn zuerst findet. Robert Falcon irrt offenbar in ganz China umher, um die richtige Spur aufzustöbern. Soll er ruhig seine Zeit vergeuden! Dieses Wettrennen wird der Verstand gewinnen, Lucy." Er tippte sich mit dem Finger an die Schläfe.

Eines war mir nicht klar. „Warum haben Sie oder Mr. Falcon nicht schon eher nach dem Schatz gesucht, Mr. Gresham?"

„Weil wir erst vor knapp zwei Jahren davon erfuhren. Bald nach dem Duell kam es nämlich zu einem Aufstand in Firospur, wo das Regiment stationiert war. Er wurde zwar rasch niedergeschlagen, aber der kommandierende Offizier fand dabei den Tod. Die beiden Testamente und alles andere, was ihm von meinem Vater und John Falcon anvertraut worden war, schickte man seiner Witwe, und die brachte es nie übers Herz, seine Habseligkeiten durchzuschauen. Sie hob einfach alles auf dem Dachboden auf. An die sechzig Jahre später fand dann ihr Enkel im Zuge einer großen Entrümpelung die beiden versiegelten Kuverts, beschriftet mit den Namen der beiden Männer. Er brachte sie ins Heeresministerium, und so kamen Harry Falcon und ich endlich in den Besitz der Dokumente. Bis zu diesem Zeitpunkt hatte niemand etwas von dem Abenteuer unserer Väter in China gewußt — und beide Familien haben seither das Geheimnis sorgsam gehütet."

Aber es mußte noch jemand von dem Schatz wissen. Nicholas Sabin hatte doch auch danach gesucht.

„Wenn wir nur eine Ahnung hätten, wonach wir eigentlich suchen sollen", seufzte Mr. Gresham. „Da ist zum Beispiel die Frage: Ist es groß oder klein?"

„Sehr groß kann es nicht sein, Mr. Gresham. Ich meine, Smaragde brauchen nicht viel Platz — sogar ein kleiner Beutel könnte ein Vermögen enthalten."

Die Augen quollen ihm förmlich aus dem Kopf. *„Smaragde?"* schrie er. „Woher weißt du das? Hast du es Falcon gesagt? Hast du mich eben angelogen? Raus mit der Sprache! Sofort!"

„Aber in dem Rätsel ist doch von Smaragden die Rede", stammelte ich. „Tigeraugen, Sir. So nennt man sie in der Gegend um Tschengfu.

Ich dachte, Sie wüßten das. Ich dachte auch, Mr. Falcon und überhaupt jeder wüßte es. Bitte verzeihen Sie, daß ich so begriffsstutzig war."

Er warf entzückt die Arme in die Höhe. „Dem Himmel sei Dank dafür! So hast du es Falcon wenigstens nicht gesagt! Siehst du, ich hatte recht – du ahnst gar nicht, wieviel du weißt, Lucy. Aber ich werde es schon aus dir herausholen. Dein Wissen und mein Verstand werden uns zum Ziel führen."

Beim Lunch verkündete Mr. Gresham stolz, er habe mit meiner Hilfe bereits entdeckt, worum es sich bei dem Schatz handle. Obwohl uns das dem Versteck keinen Schritt näherbrachte, schwelgte Mr. Gresham in der Überzeugung, daß er sich auf dem besten Weg zum Erfolg befand, was sich offenbar auch auf seine Einstellung mir gegenüber günstig auswirkte.

Ich hätte gern auch Mrs. Gresham und Emily dazu gebracht, mir ein wenig freundlicher gesinnt zu sein, doch ich erkannte bald, daß ich mir in dieser Hinsicht kaum Hoffnungen machen durfte. Edmund kam übers Wochenende aus London zurück, und ich war froh, ihn zu sehen, weil ich das Gefühl hatte, daß wenigstens er keine ausgesprochene Abneigung gegen mich hegte. Am Sonntag morgen gingen wir zur Frühmesse in die Dorfkirche. Ich freute mich schon darauf, denn ich war sicher, daß ich dabei alle meine Ängste und Nöte vergessen und zumindest für kurze Zeit meinen inneren Frieden finden würde.

In der Kirche sah ich die Falcons zum erstenmal. Wie es schien, waren sie und die Greshams die angesehensten Familien im Ort, denn ihre Bänke waren zwischen der eigentlichen Gemeinde und der Kanzel einander genau gegenüber aufgestellt. Mr. Falcon war genauso blond wie Robert und trug einen kurzen Bart. Seine Frau war ebenfalls blond, und ihr honigfarbenes Haar umrahmte ein schönes, ovales Gesicht. Schlank und anmutig saß sie da und machte ganz den Eindruck eines glücklichen Menschen.

Sie waren nicht allein gekommen. Ihre Begleiter waren alle auffallend gekleidet und wirkten sehr selbstsicher, als sie sich in ziemlich lautem Flüsterton unterhielten, bevor der Gottesdienst begann. Ich hörte, wie Mrs. Gresham ihrem Mann zuwisperte: „Hast du gesehen? Die haben zum Wochenende wieder ein paar von ihren leichtlebigen Künstlerfreunden zu Besuch. Wie man nur so skandalöse Leute in die Kirche mitbringen kann!"

Während der Messe gab es nur einen unangenehmen Zwischenfall. Wir sangen das Tedeum, und es traf mich ganz unvorbereitet, als etliche vor dem „Du scheutest nicht zurück vor dem Schoße der Jungfrau, um die Menschheit zu retten..." plötzlich verstummten. In dem so jäh geschwächten Chor vernahm man trompetengleich meine Stimme, und sofort fing ich einen indignierten Blick von Mrs. Gresham auf.

Erst als wir in der Kutsche saßen und nach Hause fuhren, stieß Mrs. Gresham mit einem langen, zischenden Laut die Luft aus, als hätte sie während der ganzen Andacht den Atem angehalten.

„Charles, dieses Kind hat uns vor versammelter Gemeinde blamiert. *Absichtlich* blamiert."

„Du hast keinen Beweis dafür, daß sie es absichtlich getan hat, Mama", warf Edmund ein.

„Unsinn!" fauchte sie. „Lucy Waring, die Worte in dieser speziellen Verszeile des Tedeums spricht eine Dame nicht aus."

In meine Niedergeschlagenheit mischte sich Erstaunen. Hielt man den Schoß aus irgendeinem Grund auch für unanständig? Mr. Gresham schwieg. Die Hand auf seinen Stock gestützt, starrte er finster vor sich hin.

DIE erste Woche auf High Coppice war bezeichnend für die Zeit, die ich noch dort verbringen sollte. Jeden Tag nach dem Frühstück bemühte ich mich nach besten Kräften, Mr. Gresham dabei behilflich zu sein, Schlüsse aus seinen Anhaltspunkten zu ziehen. Jeden Nachmittag machten oder empfingen wir „Morgenvisiten" – ein seltsamer Name für Besuche am frühen Nachmittag. Ich haßte das. Man mußte bei Tee und Gurkensandwiches Konversation machen; anfangs wurde ich viel über mein Leben in China ausgefragt, aber meine bisherigen Erfahrungen waren mir eine Lehre gewesen, und da ich nur einsilbige Antworten gab, hielt man mich bald für langweilig und uninteressant.

Die Abende verbrachten wir im Salon, wobei sich Mr. Gresham oft in sein Studierzimmer zurückzog. Das bot den Damen Gelegenheit, bei einer Handarbeit dem Klatsch zu frönen. Manchmal vertrieben wir uns auch die Zeit mit Gesellschaftsspielen. Am liebsten hatte ich Buchstabenversetzrätsel. Jeder von uns schrieb abwechselnd dem anderen zwei oder drei kurze Wörter auf, aus denen man dann ein langes Wort bilden mußte.

Wirklich wohl fühlte ich mich nur selten. Tag um Tag verging, ohne daß ich auch nur eine einzige Beschäftigung finden konnte, die in irgendeiner Weise nützlich gewesen wäre. Ich kam mir schrecklich undankbar vor, weil ich nicht glücklich war. Schließlich mußte ich jetzt nie mehr hungern, hatte hübsche Kleider, jede nur erdenkliche Bequemlichkeit und überdies auch keine Verantwortung mehr zu tragen. Und doch lag ich nachts oft wach im Bett und fragte mich, wie ich das Leben aushalten sollte, das da auf mich wartete, ein Leben mit Menschen, die mich nicht brauchten und im Grunde gar nicht mochten, ausgenommen vielleicht Amanda. Ich war gewöhnt, daß man mich brauchte, und die Kinder hatten mich geliebt. Das war es, was ich so sehr vermißte.

Im Juli begann Mr. Greshams Begeisterung für unsere tägliche Arbeit allmählich zu schwinden. Das überraschte mich nicht, denn wir hatten überhaupt keine Fortschritte gemacht, und Amanda hatte mich schon gewarnt, daß Ausdauer nicht eben die Stärke ihres Vaters war. Dennoch wurde immer wieder davon gesprochen, daß sowohl die Greshams als auch die Falcons eine Möglichkeit finden mußten, sich finanziell zu sanieren. Mir schienen beide Familien so reich, daß ich das nicht begreifen konnte, aber man erklärte mir, Mr. Gresham lebe nicht nur von den Zinsen seines Kapitals, sondern dieses schmelze langsam dahin, da er jedes Jahr ein wenig davon für die laufenden Unkosten verwenden müsse. Dasselbe galt für Mr. Falcon, nur daß dieser genau wie seine Frau laut Aussage der Greshams das Geld sinnlos zum Fenster hinauswarf.

Was mein allgemeines Unbehagen noch verstärkte, war, daß es mir nicht gelang, das Rätsel zu lösen, in dem sich der Hinweis auf den Schatz verbarg. Ich war ein zusätzlicher Esser und hatte als Gegenleistung nichts zu bieten.

Wenn ich mir vorstellte, was für eine große Enttäuschung ich für die Greshams sein mußte, sagte ich mir, daß sie unter diesen Umständen netter zu mir waren, als ich es verdiente.

SECHS

Eines Morgens, als wir schon fast fertig gefrühstückt hatten, trat Marsh ins Speisezimmer. Da er bei dieser Gelegenheit nie bediente, fragte Mr. Gresham erstaunt: „Ja, Marsh? Was gibt's?"

„Guten Morgen, Sir. Ich habe eben von Beattie gehört, daß sie gestern nachmittag Mr. Robert Falcon in einer Kutsche durch den Ort fahren sah. Ich dachte, Sie wünschten vielleicht, darüber informiert zu werden."

„Ah! Ist der Hammel also aus China zurück, wie?" Mr. Gresham strich sich das Kinn und musterte Marsh mit einem Anflug von Besorgnis. „Hat Beattie eine Bemerkung gemacht, wie er ausgesehen hat? Verdammt, Sie wissen ja, wohinter er her war. In Dienstbotenkreisen weiß man über die Angelegenheiten der Herrschaft immer besser Bescheid als sie selber. Hat er . . . zufrieden gewirkt?"

„Ich habe Beattie genau befragt, Sir. Um ihre Worte zu gebrauchen, hat er ein Gesicht geschnitten wie sieben Tage Regenwetter, und als ihm ein anderer Wagen in die Quere kam, war er stocksauer."

Mr. Gresham gluckste zufrieden. „Was anderes hab ich auch nicht erwartet. Noch keiner hat eine Nadel im Heuhaufen gefunden, wenn er blindlings darin herumgewühlt hat. Wir müssen unsere Arbeit wieder aufnehmen, Lucy. In letzter Zeit haben wir ein wenig getrödelt. Danke, Marsh. Das wäre alles."

Sobald Marsh verschwunden war, sagte Mr. Gresham zu mir: „Sehr bedauerlich, daß du diesen gräßlichen Kerl in China getroffen hast, Lucy. Dir ist doch bekannt, daß wir mit den Falcons keinen Umgang pflegen. Sollte dir also Robert Falcon hier begegnen, mußt du natürlich so tun, als sei er Luft für dich."

Ich fühlte dumpfen Zorn in mir aufsteigen. Was ging mich diese Fehde an! Außerdem fand ich es dumm und unrecht, jahrelang verfeindet zu sein. Und ich war auch ein bißchen traurig, denn ich hätte gern mit Robert Falcon gesprochen. Irgendwie gehörte er zu meinem früheren Leben.

Als ich mit meinen Gedanken wieder zu meiner Umgebung zurückkehrte, merkte ich, daß die Tischrunde gespannt auf Mr. Gresham blickte. Er hielt einen Brief in der Hand und schien die Aufregung der anderen sichtlich zu genießen. Amanda und ihre Mutter schnatterten gleichzeitig: „Was schreiben sie denn, Papa? Spann uns doch nicht so auf die Folter! Charles, ist sie aufgenommen worden?"

„Immer mit der Ruhe ... Zuerst muß ich Lucy erklären, worum es geht. Im April hat Amanda das Alter erreicht, mit dem sie der Schule in Chislehurst entwachsen ist. Wir haben uns daher für sie um einen Platz in einem hervorragenden Internat für junge Damen in Cheltenham beworben." Er wedelte mit dem Brief. „Man hat der Bewerbung stattgegeben. Im September kann sie dort mit dem Studium beginnen."

Amanda ließ einen Schrei des Entzückens hören. Mrs. Gresham zupfte sich ein Löckchen über dem Ohr zurecht und schaute genauso geschmeichelt drein wie ihr Gatte.

„Der Himmel weiß, wo wir das Geld dazu hernehmen sollen", fuhr dieser gutgelaunt fort, „aber wenn Lucy sich endlich ernsthaft bemüht und mir hilft, den Greshamschen Schatz zu finden, sind wir all diese Sorgen los."

Ich freute mich für Amanda, doch in diese Freude mischte sich auch ein Wermutstropfen. Sie war die einzige Freundin, die ich hier hatte. Ohne sie würde ich noch einsamer sein.

Eine Woche lang zitierte mich Mr. Gresham jeden Morgen in sein Studierzimmer, wo wir die ermüdende Beschäftigung wiederaufnahmen, über Landkarten, Büchern und diesem vertrackten Rätsel zu brüten. „Da muß es sein", sagte er eines Tages, indem er die Hand auf einen bestimmten Fleck auf einer der Wandkarten legte. „Falcon hat zu weit südlich gesucht. Der Kerl ist natürlich ein Esel."

„Ich sehe nicht ganz ein, warum er damit einen Fehler gemacht haben soll", sagte ich höflich, aber unbedacht. „Mit Sicherheit kann man das nicht behaupten."

„Himmel, Kind, hast du mir denn überhaupt nicht zugehört?" Da kam mir plötzlich die Erleuchtung. Ich hatte etwas übersehen, was derart in die Augen sprang, daß ich es kaum fassen konnte, wie vernagelt ich gewesen war. Mr. Gresham mußte mir den Schock anmerken, denn er fragte scharf: „Was ist los? Was machst du für ein Gesicht?"

„Mir ist gerade etwas eingefallen", rief ich. „Entschuldigen Sie mich, ich bin gleich wieder da!"

Ich stürzte aus dem Arbeitszimmer und rannte zwei Stufen auf einmal die Treppe hinauf. Kaum zwei Minuten später war ich wieder zurück. „Schauen Sie", keuchte ich und breitete das alte, zerknitterte Stück Leinwand auf dem Schreibtisch aus. „Das habe ich als Kind in der Missionsstation gefunden. Eine Zeichnung von Moonrakers."

Er befühlte den Stoff. „Großer Gott! Dieser Fetzen sieht mir ganz danach aus, als wäre er aus einem Tornister gerissen worden. Warum zeigst du mir das erst jetzt?"

„Ich hab nicht daran gedacht." Ich suchte selbst nach einer Erklärung dafür, wie ich es hatte vergessen können. „Wahrscheinlich, weil ich halb von Sinnen war vor Angst, mich wieder danebenzubenehmen. Aber verstehen Sie denn nicht, Mr. Gresham? Das bedeutet doch, daß John Falcon dort war — in unserer Mission. Er hat Moonrakers dort gezeichnet. Also muß die Missionsstation der alte Tempel sein, wo sie die Smaragde versteckt haben!"

Er blickte auf die Skizze nieder und schüttelte dann langsam den Kopf. „Das stammt von John Falcon, darüber gibt es keinen Zweifel. Er war so etwas wie ein Künstler, das liegt in der Familie. Aber du ziehst einen falschen Schluß, Lucy."

„Bestimmt nicht, Mr. Gresham. Wir wissen, daß John Falcon dort war."

„Sei nicht halsstarrig, Kind. Die beiden Soldaten haben sich monatelang in China aufgehalten und sind viel im Land herumgekommen. Falcon hat sicher unzählige Male Gelegenheit gehabt, diese Skizze anzufertigen. Möglicherweise hat er die Mission eine Zeitlang als Quartier benutzt, aber aus einem ganz einfachen Grund kommt Tsin kei-leng von vornherein für uns nicht in Frage: Du hast mir doch selbst gesagt, daß der Fluß bei eurem Dorf anders verläuft, als es in Robert Falcons Karte eingetragen war."

Die Knie wurden mir ganz schwach vor Enttäuschung, aber ich sah ein, daß Mr. Gresham recht hatte.

„Es tut mir leid", murmelte ich. „Mir ist das nur plötzlich eingefallen, und ich war so aufgeregt, daß ich gar nicht —"

„Nichts verloren, nichts gewonnen", meinte Mr. Gresham achselzuckend. Er nahm das Bild mit spitzen Fingern und reichte es mir. „Wirf das lieber weg, Lucy. Ich möchte es nicht im Haus haben. Und jetzt lauf! Morgen versuchen wir es wieder. Vielleicht hilft es uns weiter, wenn wir das Rätsel noch einmal Wort für Wort durchgehen. Wir werden ja sehen."

Schuldbewußt, weil ich entschlossen war, ihm nicht zu gehorchen, ging ich auf mein Zimmer. Das Bild war ein kostbares Andenken. Ich rollte es sorgfältig zusammen und legte es wieder in meinen Koffer. Nach dem Lunch, als sich Amanda in ihr Zimmer begeben hatte, um zu büffeln, ging ich auf die Terrasse hinaus. Marsh kam eben von einer Unterredung mit dem Gärtner zurück. Um diese Zeit war das Haus wie ausgestorben. Mrs. Gresham und Emily hielten ihr Mittagsschläfchen, und Mr. Gresham döste im Lehnstuhl in seinem Arbeitszimmer.

Marsh blieb stehen. „Hallo, Miß Lucy. Darf ich fragen, ob Sie sich schon ein bißchen eingewöhnt haben?"

„Ich glaube schon, danke. Ich hab nicht mehr ganz so viel Angst davor, unangenehm aufzufallen, aber das liegt wohl daran, daß ich mich fast immer ruhig verhalte und kaum noch den Mund aufmache. Ich komme mir vor wie in einem Käfig."

Er nickte mitfühlend. „Ja, es ist schwer für Sie, Miß Lucy. Müßiggang ist eine Kunst, die nicht leicht zu erlernen ist. Dazu muß man geboren sein."

Seine trockene Art reizte mich zum Lachen. Ich blickte über den Garten hin. Es war ein schöner Tag. „Glauben Sie, ich könnte ein bißchen spazierengehen?"

„Eine junge Dame geht eigentlich nie ohne Begleitung aus. Aber darf ich Ihnen etwas vorschlagen? Wenn Sie den Weg durch den Obstgarten nehmen, kommen Sie zu einem Pfad, der ins Tal hinunterführt. Er gehört noch zu Mr. Greshams Besitz, daher besteht wohl kein Grund, warum Sie nicht ohne Aufsicht ein wenig frische Luft schnappen sollten."

Ich hatte nicht gewußt, daß der Greshamsche Besitz über den Garten hinausreichte. „Wird er böse sein, wenn ich ohne Erlaubnis fortgehe? Ich möchte ihn jetzt nicht stören."

„Ich werde Mr. Gresham in Kürze selbst sehen. Überlassen Sie alles nur mir, Miß Lucy. Ich werde ihm sagen, daß ich Sie zu dem Spaziergang angeregt habe."

Am liebsten wäre ich Marsh um den Hals gefallen. Er hatte mir an dem ersten schrecklichen Abend nach meiner Ankunft geholfen und mir seither nur Gutes getan. Ich beherrschte mich, aber ehe ich mich versah, sprudelten mir schon die Worte über die Lippen. „O Marsh, Sie sind so nett zu mir, und ich hab Sie wirklich furchtbar gern. Ich habe meinen Vater nie gekannt, aber wenn ich mir einen aussuchen könnte, würde ich Sie nehmen." Ich biß mir auf die Lippen, weil ich fürchtete, mein Gefühlsausbruch könnte ihm peinlich sein.

„Das ist das größte Kompliment, das man mir je gemacht hat, Miß Lucy", sagte er ruhig und mit einem freundlichen Leuchten in den Augen. „Und wenn ich mir die Bemerkung erlauben darf, so beruht diese Sympathie ganz auf Gegenseitigkeit. Wir alle, ich meine die Hausangestellten, schätzen Sie sehr..." Dann fuhr er in seinem gewohnten formellen Ton fort: „Unten im Tal werden Sie sehen, daß der Pfad durch hohes Farnkraut zu einem Drahtzaun führt, hinter dem der Wald beginnt. Gehen Sie dort nicht weiter, Miß Lucy. Das ist schon Falcon-Land."

„Ich werde darauf achten. Und nochmals – danke."

„Es war mir ein Vergnügen, Miß Lucy." Er lächelte ernst, neigte den Kopf und schritt auf das Haus zu. Während ich durch den Garten schlenderte, dachte ich, wie herrlich es wäre, einen Vater wie Marsh zu haben, jemand, der mich gern hatte und sich um mich kümmerte.

Hinter dem Obstgarten wand sich der Pfad zwischen Föhren und Weißbirken den Hang hinunter. Ein frischer Duft hing über den Wiesen, und das Sonnenlicht, das in schrägen Strahlen durch die Zweige fiel, malte goldene Kringel auf das Gras. Unter den Bäumen lief der Pfad eine Weile an einer dichten Hecke hin und führte dann durch eine flache Mulde auf einen Hang, der von hohem Farnkraut überwuchert war. Ich ging langsam und genoß jeden Augenblick. Schließlich sah ich links einen Drahtzaun, und als ich mich widerstrebend entschloß umzukehren, hörte ich vor mir aus dem Dickicht, das Rhododendronbüsche und andere immergrüne Pflanzen woben, ein leises Rascheln. Ich bückte mich und spähte neugierig durch die fast undurchdringliche Blätterwand. Im tiefen Schatten leuchtete etwas Helles – ein kleines Gesicht mit einem blonden Haarschopf darüber.

Ich trat näher heran und fragte: „Ist da jemand?"

Eine Stimme antwortete: „Wart ein bißchen, ich komm raus." Es raschelte lauter, dann wurde ein großer, herabhängender Ast beiseite geschoben, und ein kleiner Junge von neun oder zehn Jahren tauchte aus einer Öffnung auf, hinter der eine Art Tunnel in die Büsche zu führen schien. Er trug Knickerbocker und eine Weste, und als er mich nun anblickte, malte sich auf seinem zarten Gesicht bekümmerte Resignation. Ich wußte sofort, daß er Robert Falcons Bruder sein mußte, denn die Ähnlichkeit seiner feingeschnittenen Züge mit denen seiner Mutter war nicht zu übersehen.

„Wirst du mich bei denen verpetzen, weil ich auf ihrem Grund bin?" fragte er ängstlich, indem er mit einem Nicken in die Richtung wies, aus der ich gekommen war.

„Nein, werde ich nicht."

„Danke. Sie würden es meinem Papa schreiben, und dann könnte ich nicht mehr hierherkommen. Ich weiß, wer du bist. Du bist Lucy Waring, das Mädchen, das mein Bruder Robert in China getroffen hat. Ich bin Matthew Falcon." Er reichte mir höflich die Hand. „Guten Tag, Miß Waring."

„Guten Tag, Matthew. Möchtest du nicht lieber Lucy zu mir sagen? Das klingt freundschaftlicher."

„Ja, gern. Ich hab sowieso keine Freunde hier." Er lächelte mich an, und es griff mir ans Herz. Wie unendlich lange schien es her, seit ich die unschuldige Wärme eines Kinderlächelns gespürt hatte. „Möchtest du eine Tasse Schokolade in meiner Burg mit mir trinken?" Er wandte sich um und zeigte auf die grüne Mauer hinter sich.

„Danke, Matthew. Eine Tasse Schokolade wäre wunderbar."

Er zog den großen Ast weg, und wir gingen durch einen Laubgang, der in eine kleine Lichtung in dem Dschungel mündete. Auf einer Seite schloß sie ein etwa sechs Meter hoher Felsen ab, der wie eine Miniaturklippe emporragte. Überall gab es Zeichen dafür, daß sich jemand hier öfter aufhielt: Halbierte Kokosnüsse hingen an den unteren Zweigen, damit die Vögel daran picken konnten; in einem grob gezimmerten Stall hausten eine Schildkröte und ein Igel, und auf dem Boden lagen Schüsseln und allerlei andere Dinge herum. In dem Felsen war eine Nische mit einem aus Zweigen geflochtenen Vordach, nicht tief genug, als daß man sie eine Höhle hätte nennen können, aber immerhin ausreichend, um vor Regen Schutz zu bieten.

In der Nische stand eine viereckige Blechdose mit einem Kochtopf darauf.

„Eigentlich kann niemand was sagen, wenn ich hier bin", erklärte Matthew. „Der Zaun hört nämlich dort drüben vor dem Rhododendron auf und geht erst auf der anderen Seite weiter. Deshalb kann ich behaupten, daß hier Papas Boden ist, und du kannst sagen, daß er Mr. Gresham gehört."

„Ich finde, hier gehört alles dir allein. Schließlich hast du die Stelle entdeckt, und es war ja wirklich Niemandsland."

„Du bist die einzige, die davon weiß." Er kniete nieder und nahm die viereckige Büchse von der Spirituslampe, über die sie gestülpt war. „Ich habe keine richtige Tasse, nur einen Becher, und den müssen wir uns teilen."

„Dann ist es um so netter von dir, mich einzuladen." Er stellte den mit Wasser gefüllten Topf auf seinen Ofen. „Wenn ich dir meinen Zoo zeige, erzählst du mir dann alles über China?"

„Ich erzähle dir auch so alles, was ich über China weiß, aber deinen Zoo würde ich trotzdem gerne sehen."

„Dann komm mit. Sehr groß ist er leider nicht." Er nahm mich bei der Hand, und plötzlich war ich glücklich. Bis vor wenigen Monaten hatten Kinder mich mein ganzes Leben lang bei der Hand genommen.

„Meine Schildkröte und mein Igel", stellte er vor. „Ich lasse den Stall offen, damit sie heraus können, aber es ist immer genug Futter und Wasser und Stroh da, wenn ich in den Ferien zu Hause bin." Er führte mich über die Lichtung und teilte die überhängenden Zweige. In einem Nest aus Gras, das in einer dicken Astgabel steckte, saß eine Drossel; ein Flügel war mit einem Röllchen aus dünnem Pappendeckel geschient.

„Sie gehört eigentlich nicht zu meinem Zoo, weil sie wegfliegen wird, wenn sie wieder gesund ist. Ich muß ihr nachher noch ein paar Würmer suchen." Ohne meine Hand loszulassen, führte er mich wieder über die Lichtung zurück zu der Miniaturklippe, teilte das Gebüsch und zeigte hinunter. Zwischen den Felsen rieselte ein winziges Bächlein und sammelte sich in einem Teich, kaum größer als ein Teetablett. Er wies auf einen großen, feuchten Stein. „Dort wohnt einer von meinen Fröschen. Zwei Eichhörnchen leben auch da, aber ich hab sie heute noch nicht gesehen. Oh, das Wasser kocht."

Er lief zu der Nische und nahm den Topf von dem improvisierten Spirituskocher. Aus einer kleinen Büchse brachte er eine Tafel Schokolade zum Vorschein, brach ein Stück ab, tat es in einen angestoßenen Becher und goß heißes Wasser dazu. Dann nahm er Würfelzucker aus seiner Tasche, rührte das Ganze mit einem abgerindeten Stöckchen um und stellte den Becher auf einen flachen Stein, um ihn auskühlen zu lassen.

„Mit Milch schmeckt der Kakao besser", sagte er, während er mir einen Armvoll Heu als Sitzkissen gab. „Aber heute hab ich leider keine." Er reichte mir den Becher und machte es sich neben mir bequem.

Ich kostete. „Schmeckt großartig, Matthew. So, jetzt bist du an der Reihe."

Er nippte gedankenverloren an der Schokolade. „Wenn ich für die Drossel nur eine bessere Schiene machen könnte", sagte er schließlich. „Pappe wird so schnell weich, aber Holz ist zu schwer."

„Wie wär's mit Fischbein?" In meinen verschmähten Korsetts steckte jede Menge davon. „Ich bringe dir nächstes Mal ein paar Stäbchen mit."

Er sah mich an. „Wirklich? Danke! Und ich freue mich, daß du mich wieder besuchen willst. In den Ferien bin ich fast jeden Tag da, und es ist fast noch einen Monat Zeit, bis die Schule wieder anfängt."

„Aber Matthew, wenn deine Eltern nichts von diesem Versteck wissen, sind sie manchmal doch sicher beunruhigt, wo du steckst."

„Och, sie wissen, daß ich mich gern im Wald herumtreibe. Solange ich pünktlich zu den Mahlzeiten nach Hause komme, regt sich niemand auf. Papa meint, in der Schule wird von einem Jungen genug Disziplin verlangt, da soll er wenigstens in den Ferien so viel Freiheit haben, wie er will, vorausgesetzt, daß er nichts anstellt."

„Dein Vater scheint sehr nett zu sein."

„Ja. Und Mama auch. Ein bißchen mehr reden könnten sie vielleicht mit mir, aber sie sind immer so beschäftigt mit Malen und lauter solchen Sachen, und dann haben sie auch einen Haufen Freunde. Robert schimpft oft mit Papa und Mama, daß sie ihre Zeit vergeuden und das Haus dabei total verkommen lassen, weil kein Geld da ist. Er liebt Moonrakers. Deshalb ist er auch nach China gegangen, um Großvaters Schatz zu suchen. Wenn er ihn gefunden hätte, wäre alles in Ordnung gewesen, aber leider hat er nicht."

Während Matthew weiterschwatzte, gewann ich ein immer klareres Bild von seinen Eltern. Allem Anschein nach war ihnen die Fehde ziemlich gleichgültig, aber sie konnten die Greshams einfach so nicht leiden und versuchten daher gar nicht, sich mit ihnen zu versöhnen. Nur Robert betrachtete die Greshams als Feinde, da sie ebenfalls hinter dem Schatz her waren.

Als wir die Schokolade getrunken hatten, sagte Matthew: „Du

darfst nicht böse sein, daß ich so viel rede. Das tu ich wahrscheinlich nur, weil mir sonst nie jemand zuhört. Erzählst du mir jetzt von China?"

„Warte mal... ich muß überlegen, wo ich anfangen soll." Ich schaute in den Himmel hinauf, während ich versuchte, meine Gedanken zu ordnen, und stellte entsetzt fest, daß die Sonne schon weit im Westen stand. „Du meine Güte, Matthew – hast du eine Ahnung, wie spät es ist?"

„Gerade hat die Kirchturmuhr geschlagen. Es muß halb vier sein. Ist die Zeit nicht schnell vergangen?"

Ich erhob mich auf die Knie. „Tut mir leid, Schatz, aber ich getraue mich nicht, länger zu bleiben. Mrs. Gresham wird mich sicher bei den Nachmittagsbesuchen dabeihaben wollen, und da muß ich mich noch schnell umziehen. Kann ich dir ein anderes Mal von China erzählen?"

„Ja, klar." Er sprang auf und half mir auf die Beine. „Beeil dich, Lucy. Ich will nicht, daß sie dir verbieten, wieder herzukommen." Kaum mehr als zehn Minuten später machte ich in meinem Zimmer hastig Toilette, um für die Teegesellschaft gerüstet zu sein.

Als ich abends zu Bett ging, war ich so glücklich wie noch nie, seit ich in England lebte, aber es vergingen zwei Tage, ehe ich Matthew wiedersah, und dann sprachen wir die meiste Zeit über China, während wir den Flügel der Drossel mit einem Fischbeinstäbchen schienten. Bald war es für alle auf High Coppice völlig normal, daß ich manchmal eigene Wege ging, und da ich mich nie vom Besitz entfernte, schien niemand daran Anstoß zu nehmen. Ich glaube, in Wahrheit waren sie ganz froh, mich los zu sein.

Zwei Wochen später gingen wir alle zu einer Party in den großen Garten hinter dem Pfarrhaus. In der kleinen Gemeinde gab es nur ein paar vornehmere Familien, die über den herrlichen Rasen schlenderten, um sich in kleinen Gruppen zusammenzufinden und miteinander zu plaudern. Die Kaufleute und Ladenbesitzer bildeten einen eigenen Kreis, und die Bauern blieben ebenfalls unter sich. Die Greshams und die Falcons hatten offenbar schon Übung darin, einander bei solchen Gelegenheiten aus dem Weg zu gehen, aber ich war doch gespannt darauf, ob ich hier vielleicht einen Blick auf Robert Falcon werfen konnte.

Und tatsächlich, gerade als ich mich mit dem Sonnenschirm herumplagte, den mir Mrs. Gresham unerbittlich aufgedrängt hatte, tauchte er vor mir auf und zog lächelnd den Hut.

Sein Gesicht war noch immer tief gebräunt, und er sah ungemein gut aus in seinem grauen Rock und den feinkarierten Hosen. Ich war viel zu überrascht und erschreckt, um mich darüber zu wundern, daß ich ihn auf einmal so eindrucksvoll fand, während ich früher, wenn ich an ihn dachte, nur den häßlichen Fremden in ihm gesehen hatte. Erst später erkannte ich, daß mein Leben in England meinen Geschmack verändert hatte.

„Miß Waring, wie schön, Sie wiederzusehen", begrüßte er mich ohne eine Spur von Verlegenheit. „Und was für ein bemerkenswertes Zusammentreffen." Er verbeugte sich leicht – zuerst vor Mrs. Gresham und dann auch vor den übrigen Familienmitgliedern. „Ihr Diener, Madam. Meine Damen ... Guten Tag, Sir."

Ich warf Mrs. Gresham einen hilfesuchenden Blick zu, aber sie war anscheinend sprachlos vor Verwirrung, und ihrem Gemahl ging es nicht besser. Daher antwortete ich schwach: „Guten Tag, Mr. Falcon."

Noch immer lächelnd, wandte er sich an Mr. Gresham: „Zweifellos hat Ihnen Miß Waring von unserer kurzen Begegnung in China erzählt. Gestatten Sie, daß ich sie Ihnen kurz entführe, um sie meinen Eltern vorzustellen?"

Mr. Gresham entrang sich so etwas wie ein unterdrücktes Stöhnen. Ohne eine Antwort abzuwarten, bot mir Robert Falcon den Arm. „Sehr gütig, Sir. Darf ich bitten, Miß Waring?"

Ich schoß Mr. Gresham noch einen letzten, flehentlichen Blick zu, aber er stand nur da wie versteinert. So hatte ich keine andere Wahl, als mich bei Robert Falcon einzuhaken, und im nächsten Moment machte er mich schon mit seinen Eltern und Matthew bekannt. Matthew zwinkerte unmerklich, als er mir höflich guten Tag wünschte. Ich hatte ihn mit seiner Familie am vergangenen Sonntag in der Kirche gesehen. Er hatte nur einmal zu mir herübergesehen und dann die ganze Messe lang mit ernstem Gesicht auf sein Gebetbuch niedergeblickt.

„Seit Robert uns von Ihnen erzählt hat, wollte ich Sie schon immer kennenlernen", sagte Mrs. Falcon. „Jetzt hat er den Stier bei den Hörnern gepackt, und darüber bin ich sehr froh."

„Was man vom alten Gresham nicht behaupten kann", ergänzte

Mr. Falcon amüsiert. „Robert, mein Junge, ich glaube, wenn er gleich zusammenbricht, bist du schuld daran."

„Harry, bitte benimm dich", ermahnte ihn seine Frau. „Lucy lebt doch bei den Greshams. Du darfst sie nicht in Verlegenheit bringen."

„Pardon", sagte Mr. Falcon fröhlich. „Nun, Lucy, konnten Sie Mr. Gresham bei der Lösung seines Problems unterstützen?"

„Nein, Sir. Ich fürchte, ich war ihm keine große Hilfe."

„Oh, sagen Sie das nicht. Er sollte sich glücklich preisen, Sie im Haus zu haben. Sie sind eine Augenweide, meine Liebe."

„Wenn du damit fertig bist, ihr die Schamröte in die Wangen zu treiben, Vater", mischte sich Robert ein, „dann schlage ich vor, wir spazieren ein bißchen herum. Ich bin sicher, es würde uns alle interessieren, wie es Lucy hier in England gefällt."

Die nächste halbe Stunde schlenderten wir plaudernd umher, wobei ich selbst nur sehr wenig zur Unterhaltung beitrug. Hin und wieder sah ich in einiger Entfernung die Greshams, und dann bedeutete mir Mrs. Gresham jedesmal durch einen Wink, ich solle mich zu ihnen gesellen. Zweimal versuchte ich, mich zu verabschieden, aber Robert stellte mir gleich wieder eine Frage, so daß es eine Ewigkeit zu dauern schien, bis er mich endlich an den Tisch führte, wo die Greshams inzwischen beim Tee saßen.

„Ich kann Ihnen wirklich nicht genug danken, daß ich die Bekanntschaft mit Miß Waring auffrischen durfte, Sir", sagte er. „Ich spreche auch im Namen meiner Eltern, wenn ich Ihnen versichere, daß es ein Vergnügen war."

Als er davonschritt, schickte ihm Mrs. Gresham einen Laut nach, der wie das Fauchen einer erbosten Gans klang.

Keine fünf Minuten später saßen wir in der Kutsche, und dann kam die erwartete Explosion. Ich entschuldigte mich und wagte sogar zu bemerken, es wäre mir lieb gewesen, Mr. Gresham hätte Robert nicht erlaubt, mich fortzuführen, aber alle meine Einwände wurden voller Empörung beiseite gefegt.

Am Tag nach dem Gartenfest eröffnete mir Mrs. Gresham, ich dürfe die Familie nicht zur Kirche begleiten, und sie würde dem Pfarrer sagen, ich hätte mir eine leichte Erkältung zugezogen. Natürlich würde jeder verstehen, daß es sich dabei nur um ein Ausrede handelte, durch die man Robert Falcon zeigen wollte, er solle die Kluft zwischen den beiden Familien respektieren.

Am Montag um fünf Uhr trank ich im Salon eben Tee im Familienkreise, als Marsh auf einem Silbertablett eine Visitenkarte hereinbrachte. Mrs. Gresham sah sie an, und ihre Augen weiteten sich vor Entsetzen.

„Robert Falcon?" sagte sie fassungslos. „Hören Sie, Marsh, Sie wissen doch genau, daß wir für einen Falcon *nie* zu sprechen sind!"

„Sehr wohl, Madam. Der junge Mann hat jedoch etwas mitgebracht, was offenbar als ganz spezielles Geschenk für Mr. Gresham gedacht ist." Damit legte er ein langes Kuvert auf das Tablett und schritt auf seinen Herrn zu. „Unter diesen Umständen hielt ich es für meine Pflicht, den jungen Mann zu bitten, er möge in der Halle warten, bis ich Bescheid erhalten habe."

„Zum Teufel mit dem unverschämten Kerl!" Mr. Gresham erhob sich, nahm mit einer heftigen Bewegung das Kuvert, riß es auf und zog ein längliches Stück Pergament heraus. „Großer Gott! Die zweite Karte! Das könnte die Antwort auf alle unsere Fragen sein! Nun, zumindest kann es nicht schaden, wenn wir den jungen Falcon kurz empfangen und uns anhören, was er zu sagen hat." Er wandte sich an Marsh. „Also gut, herein mit ihm!"

Marsh verschwand. Mr. Gresham stellte sich mit dem Rücken zum Kamin, umfaßte mit einer Hand seinen Rockaufschlag und nahm eine würdevolle Pose ein. Die Tür öffnete sich wieder. Marsh erschien, trat ein wenig zur Seite und verkündete: „Mr. Robert Falcon."

SIEBEN

Robert war mit äußerster Sorgfalt gekleidet. Eine Nelke steckte in seinem Knopfloch, Hut und Stock trug er in der Hand. Er näherte sich respektvoll.

„Ich bin entzückt über Ihre Güte, mich zu empfangen, Madam", begrüßte er Mrs. Gresham und fuhr dann mit einer leichten Verbeugung vor Mr. Gresham fort: „Ich hoffe, Sie befinden sich wohl, Sir?" Eine weitere Verbeugung vor den beiden Schwestern und mir: „Ihr untertänigster Diener, meine Damen."

Mr. Gresham räusperte sich. „Ich wäre Ihnen sehr verbunden, wenn Sie mir den Grund für dieses – äh – unerwartete Geschenk erklären würden."

Robert strahlte ihn mit einem gewinnenden Lächeln an. „Sir, während meines Auslandsaufenthaltes hatte ich Zeit nachzudenken. Ich kam zu der Überzeugung, daß es doch eigentlich traurig sei, wenn unsere Familien wegen eines Ereignisses, das längst der Vergangenheit angehört, verfeindet blieben. Daher haben mich zwei Gründe zu meinem Kommen bewogen: Erstens will ich Ihnen den Ölzweig des Friedens überreichen und gleichzeitig als Zeichen meiner Aufrichtigkeit dieses Geschenk, das Sie gewiß gerne annehmen werden."

Mr. Gresham wog mit ernster Miene die Karte in der Hand.

„Weiß Ihr Vater davon?"

„Selbstverständlich, Sir. Er hat mir seine Zustimmung erteilt. Ich habe versucht, den Schatz zu finden, aber leider ist es mir nicht gelungen. Wir hoffen, Ihnen möge mehr Erfolg beschieden sein."

„Unglaublich", murmelte Mr. Gresham verblüfft. „Ein – hm – höchst überraschender Entschluß. Erwähnten Sie nicht vorhin, Sie seien aus zwei Gründen gekommen?"

„Ja, Sir. Mein Wunsch, endlich Frieden zu stiften, entspringt auch einem etwas eigennützigen Motiv." Er lächelte mir zu. „Ich bitte Sie hiermit um die Erlaubnis, Miß Lucy besuchen zu dürfen, und hoffe, Sie werden sie mir nicht verwehren."

Emily entwischte ein leises Quieken. Mrs. Gresham drückte eine Hand an den Busen und schaute drein wie vom Donner gerührt. Amanda schnappte nach Luft und rutschte nervös auf ihrem Stuhl hin und her. In dem langen Schweigen, das nun folgte, stand Robert Falcon völlig gelassen da und wartete mit einem höflichen Lächeln.

„Hm . . ." Mr. Gresham wirkte höchst unsicher. „Wollen Sie nicht Platz nehmen, Falcon? Eine Tasse Tee vielleicht?"

„Vielen Dank, Sir, aber ich glaube, ich habe Sie schon zu lange belästigt. Sie werden sich Ihre Antwort bestimmt reiflich überlegen wollen." Wieder ein gewinnendes Lächeln. „Ich werde Ihre Entscheidung voller Unruhe erwarten, aber gleichgültig, wie sie auch ausfällt, mein kleines Geschenk bleibt natürlich in jedem Fall Ihr Eigentum." Er wandte sich an Mrs. Gresham. „Gestatten Sie, Madam, daß ich mich nun verabschiede."

Mr. Gresham zog, noch immer halb betäubt, an der Klingelschnur, und kaum hatte sich Robert korrekt vor uns allen verneigt, war auch schon Marsh da, um ihn hinauszugeleiten. Sobald die Kutsche draußen anfuhr, setzte schlagartig aufgeregtes Geplapper ein.

„Es ist einfach lächerlich!" kreischte Emily. „Warum will er ausgerechnet Lucy den Hof machen? Mama, das darfst du niemals erlauben!"

„Wir müssen die Angelegenheit unter vier Augen besprechen, Charles", sagte Mrs. Gresham. „Ich lege weiß Gott keinen Wert darauf, mit den Falcons auf freundschaftlichem Fuß zu stehen, aber man muß bedenken, daß Lucys Aussichten, einen Mann zu kriegen, nicht besonders rosig sind und daß wir womöglich auf unbegrenzte Zeit die Verantwortung für sie tragen."

Mr. Gresham beachtete sie gar nicht, sondern beugte sich gierig über die Karte. „Schau, Becky! Das wird Lucy und mir einen großen Schritt weiterhelfen!"

Ich versuchte inzwischen, meine Gedanken zu entwirren. Wollte ich denn überhaupt, daß Robert Falcon mich besuchte? Wollte ich, daß er mir den Hof machte? Ich spürte eine seltsame Sehnsucht. In China hatte ich vierzehnjährige Mädchen von hübschen jungen Männern im Dorf schwärmen hören. Jetzt ahnte ich, was dabei in ihnen vorgegangen war. Ja, ich wünschte mir, daß mich jemand in die Arme nahm, der mich liebte. Aber da sah ich auf einmal ganz deutlich Nicholas Sabins Gesicht vor mir, und sogleich überkam mich das Gefühl eines schmerzlichen Verlustes.

Ich raffte mich auf und erhob mich. „Bitte, Mrs. Gresham, es wäre mir wirklich lieber, wenn mich Robert Falcon nicht besuchen dürfte."

„Siehst du, Mama!" schrie Emily triumphierend. „Sogar *ihr* ist klar, daß es sich nicht gehört, wenn sie vor mir einen Verehrer hat!"

Mrs. Gresham maß mich kalt. „Es wäre sehr angenehm, Lucy, wenn du zur Abwechslung einmal nicht so naseweis sein würdest. Ob Robert Falcon dich besuchen darf oder nicht, haben einzig und allein mein Mann und ich zu entscheiden. Du wirst dabei überhaupt nicht gefragt."

Mr. Gresham schaute von der Karte auf. „Wir sprechen später darüber, Becky. Jetzt soll Lucy mit mir ins Arbeitszimmer kommen. Wir müssen die Karten vergleichen."

Vor und nach dem Essen fertigten wir eine neue Skizze an, auf der wir alles durchpausten, was in den beiden alten Karten eingezeichnet war. Ich hatte das Gebiet, mit dem wir es nun zu tun zu haben glaubten, nie gesehen und konnte daher nichts erkennen, was irgendein Anhaltspunkt gewesen wäre.

Die Hoffnung, die Roberts Geschenk in ihm geweckt hatte, ließ Mr. Greshams Begeisterung fast eine Woche lang anhalten, ehe sie allmählich wieder zu schwinden begann, wenn er das auch nicht zugeben wollte. „Es ist ein Geduldspiel", sagte er. „Vielleicht fehlt uns nur noch ein einziges, kleines Steinchen im Mosaik, und wir erkennen plötzlich, was das Ganze darstellen soll."

Noch ein Steinchen würde uns genauso wenig nützen wie alles übrige, dachte ich verdrießlich. Ich ahnte nicht, wie sehr ich mich da irrte.

Man hatte Robert Falcon ziemlich kühl davon benachrichtigt, daß er mich vorläufig besuchen dürfe. Ich wußte genau, daß Mrs. Gresham einem Falcon nie erlaubt hätte, sich um ihre Tochter Emily zu bemühen, aber ich war ein Anhängsel, das es so bald wie möglich unter die Haube zu bringen galt; zu diesem Zweck war ihr jeder junge Mann in annehmbaren Verhältnissen recht, der mich haben wollte.

Robert kam zweimal in der Woche, und dann machten wir in Gesellschaft von Mrs. Gresham Konversation. Für mich waren diese Stunden im Salon eine Qual, aber Robert hielt sich bewundernswert und plauderte mit ungezwungener Liebenswürdigkeit. Was für ein himmelweiter Unterschied war doch zwischen diesem aufmerksamen, charmanten Mann und dem schroffen, jähzornigen Fremden, den ich in China kennengelernt hatte! Welcher mochte wohl der wahre Robert Falcon sein? Ich wußte, daß man uns später, falls sich Mrs. Gresham entschloß, seine Werbung weiter zu begünstigen, bei jedem Besuch eine kleine Weile allein lassen würde, und ich konnte mir nicht darüber klar werden, ob das die Sache für mich dann erleichterte oder nur noch erschwerte.

Dann mußte Matthew in die Schule zurück, und Amanda wurde unter großer Aufregung von ihren Eltern nach Cheltenham gebracht. Mein Leben wurde leerer denn je. Ich vermißte es sehr, daß ich mich nicht mehr mit Matthew in seinem Versteck treffen konnte und daß er mich nicht mehr bei der Hand nahm, um mir einen neuen Gast in seinem Zoo zu zeigen.

Am Wochenende kam Edmund regelmäßig nach High Coppice. Ich freute mich jedesmal darauf, weil er auf seine formelle Art immer freundlich zu mir war und manchmal mit mir Dame spielte oder versuchte, mich in die Kunst des Schachspiels einzuweihen.

Am meisten genoß ich es jedoch, wenn ich mich mit Marsh unterhalten konnte, nur bot sich dazu leider nicht oft Gelegenheit. Bei einem dieser Gespräche sagte ich: „Ich möchte Mr. Gresham gern um etwas bitten, aber vorher möchte ich Sie um Ihre Meinung fragen. Es geht um folgendes: Als wir seine Frau besuchten, habe ich ein- oder zweimal Dr. Cheyne getroffen, und er scheint sehr nett zu sein. Was glauben Sie – ob ich ihm wohl in seiner Praxis helfen und ihn bei den Visiten begleiten könnte? Er hat immer so viel zu tun, und ich könnte ihm bei den Entbindungen zur Hand gehen."

Zum erstenmal verlor Marsh sekundenlang die Fassung. „Bei den Entbindungen? Wissen Sie, was Sie da sagen?"

„Ich habe Miß Prothero schon mit vierzehn geholfen, Babys auf die Welt zu bringen. Als sie dann krank wurde, mußte ich es allein machen, und seitdem hab ich Übung darin, wirklich."

„Ich muß gestehen, Sie versetzen mich in Erstaunen, Miß Lucy. Aber darf ich Sie darauf hinweisen, daß Ihre Hebammendienste nicht unbedingt ein Thema sind, das Sie im Familienkreis aufs Tapet bringen sollten?"

„Oh, ich werde mich hüten. Aber Dr. Cheyne machte einen ganz vernünftigen Eindruck. Schließlich ist es nun mal so, daß Damen Babys kriegen."

„Das ist allerdings nicht abzuleugnen. Nur nimmt man diese Tatsache kaum zur Kenntnis." Seine Miene blieb unbewegt, aber seine Augen zwinkerten verräterisch. „Viele Damen neigen zu der Ansicht, der Allmächtige hätte sich zu diesem Zweck eine weniger vulgäre Prozedur ausdenken können. Ich fürchte, ich muß Ihnen abraten, Mr. und Mrs. Gresham zu fragen, ob Sie Dr. Cheyne helfen dürfen. Man wird es Ihnen sicher nicht erlauben und Sie wahrscheinlich nur schelten, daß Sie eine solche Möglichkeit überhaupt in Betracht gezogen haben."

Meine Enttäuschung war groß, denn als mir die Idee gekommen war, hatte ich einen Lichtschimmer am Horizont gesehen. Nun schien mir alles noch düsterer als zuvor. Marsh erwies sich jedoch als rettender Engel und überdies als großer Diplomat. Ohne mein Wissen sprach er mit Mr. Gresham und spielte geschickt darauf an, daß meine Manieren wohl als Folge meines bisherigen Lebens in der Mission nicht ganz so seien, wie man es von einer jungen Dame erwartete. Er machte sich daher erbötig, mir im Hinblick auf den guten Ruf der Familie eine Stunde täglich in den vielen Feinheiten

von Anstand und guten Sitten, welche die Gesellschaft von ihren
Mitgliedern forderte, Unterricht zu erteilen.

Von da an war die Stunde mit Marsh für mich die schönste Zeit
am Tag.

Ich paßte genau auf, wenn er mir die unzähligen verwirrenden
Regeln der Etikette erklärte und mir zum Beispiel zeigte, wie man
korrekt den Tee umrührte oder wie ich zur Begrüßung meine Hand
ausstrecken mußte, damit nur die Fingerspitzen ergriffen wurden.
Wenn er dabei die Rolle einer Dame oder eines Herrn übernahm,
damit ich die verschiedenen Formalitäten üben konnte, konnten wir
oft kaum ein Lachen unterdrücken, aber ich lernte rasch, denn ich
wußte, daß uns mehr Zeit zum Plaudern blieb, wenn ich eine gute
Schülerin war. Er schilderte mir dann seine Zeit in der Armee und
hörte seinerseits interessiert zu, wenn ich ihm mein Leben in China
beschrieb.

Ich erzählte ihm von Miß Prothero und Dr. Langdon und hätte
gern mit ihm über Nicholas Sabin gesprochen, aber wenn ich Marsh
auch rückhaltlos vertraute, so mußte ich doch dem Wunsch des Mannes entsprechen, den ich geheiratet hatte, und durfte mein Geheimnis
erst lüften, nachdem ich bei seinem Anwalt gewesen war.

Und hier lag ein scheinbar unüberwindliches Problem. Die sechs
Monate, die ich warten mußte, waren beinahe um, und ich fragte
mich, wie ich je nach London kommen sollte, ohne es Mr. Gresham
vorher zu erklären. Das würde eine sehr unerfreuliche Unterhaltung
bedeuten, und ich rechnete damit, daß es mir Mr. Gresham sogar
verbot. Aber gegen Mitte Oktober kam mir Marsh – diesmal durch
Zufall – wieder zu Hilfe. Er hatte jeden Monat einen freien Tag, und
als dieser nun näherrückte, erwähnte er Mr. Gresham gegenüber, es
könne meiner Erziehung nur zuträglich sein, wenn ich Londons
Sehenswürdigkeiten zu Gesicht bekäme.

Mrs. Gresham schwankte zwar, ob sie mir gestatten sollte, in Begleitung eines Butlers einen Ausflug zu machen, aber sie war so angetan von dem Ergebnis, das Marshs Bemühungen zeitigten, daß sie
schließlich meinte, ein Abstecher nach London könne mir nicht schaden. Also gab Mr. Gresham Marsh Geld für die Reise und für einen
Imbiß in einem einfachen Restaurant.

Der große Tag war ein Mittwoch. Ich steckte den Umschlag mit
den Dokumenten in meine Handtasche und begab mich mit Marsh

zum Bahnhof, um den Zehnuhrzug zu erreichen. Wir hatten ein Abteil für uns. Als der Zug aus Chislehurst abfuhr, sagte ich: „Marsh, wollen Sie mir einen ganz besonderen Gefallen erweisen? Es ist schwer zu erklären, weil es ein Geheimnis ist, über das ich erst später sprechen darf. Aber ich möchte ein Anwaltsbüro in Gray's Inn aufsuchen."

„Ein Anwaltsbüro? Ich will mich keinesfalls in Ihre Angelegenheiten mischen, Miß Lucy, aber darüber hätten Sie Mr. Gresham doch sicher informieren sollen?"

„Das hole ich heute abend nach. Sie müssen mich verstehen: ich habe einem Mann in China fest versprochen, sechs Monate nach meiner Ankunft in England verschiedene... Dokumente bei einer Anwaltsfirma abzugeben und vorher keinem Menschen ein Wort von der ganzen Sache zu verraten."

Marsh hob das Kinn. „Ein Versprechen muß man immer halten. Ich nehme an, der Mann war Engländer. Ist er noch in China?"

„In gewisser Weise." Ich schluckte schwer. „Ich – ich wollte Ihnen das eigentlich nicht sagen, aber ich muß. Er hat ein Grabmal geschändet, und der Mandarin ließ ihn dafür töten. Ich habe später die Stelle gesehen, wo er beerdigt wurde."

„Dann handelt es sich sozusagen um die Bitte eines Sterbenden", überlegte Marsh. „In diesem Fall müssen Sie Ihre Pflicht um so mehr erfüllen, Miß Lucy. Wir fahren nach Gray's Inn, und wenn Mr. Gresham böse ist, was er zweifellos sein wird, werden wir seinen Zorn gemeinsam über uns ergehen lassen."

Ich war bestürzt. „Oh, Marsh, Sie kommen durch mich in Schwierigkeiten!"

„Machen Sie sich meinetwegen keine Gedanken." Er nahm meine Hand und drückte sie einen Augenblick ganz fest. „Wenn Mr. Gresham mich entläßt, weil ich geholfen habe, den letzten Wunsch eines Todgeweihten zu erfüllen, wäre es mir nur recht, einem anderen Herrn zu dienen."

Ich war so gerührt, daß mir die Tränen kamen. Ich lehnte mich an ihn, drückte die Wange an seine Schulter und genoß das Gefühl, zu wissen, daß er noch immer mein Freund war.

Von Charing Cross gingen wir zu Fuß nach Gray's Inn, vorbei am Markt von Covent Garden, wo eine Unmenge beladener Karren ein scheinbar heilloses Durcheinander bildete, und durch Holborn, wo ich meinen ersten Dampfomnibus sah. Bei jeder anderen Gelegenheit hätte ich das alles furchtbar aufregend gefunden, aber so bedrückte mich die unangenehme Aufgabe, die mir bevorstand, viel zu sehr. Gray's Inn war ein weiter Platz, den auf drei Seiten hohe Häuser einschlossen und auf der vierten ein schweres schmiedeeisernes Gitter begrenzte. In der Mitte standen ein paar Bäume auf einer großen, rechteckigen Rasenfläche.

„Wollen Sie, daß ich mitkomme?" fragte Marsh, als wir stehenblieben. „Ich kann sicher in einem Vorraum warten, während Sie mit dem Anwalt sprechen."

Ich zögerte, denn seine Unterstützung wäre mir willkommen gewesen, doch dann nahm ich meinen ganzen Mut zusammen. „Danke, aber ich glaube, ich sollte allein gehen."

„Sie haben recht." Er nickte zustimmend. „Ich setze mich inzwischen auf die Bank dort unter den Bäumen. Und noch etwas, Miß Lucy: Sie brauchen sich nicht verpflichtet zu fühlen, mich noch weiter in Ihr Geheimnis einzuweihen. Ich werde Ihnen keine Fragen stellen, wenn Sie zurückkommen. Sie sollten sich völlig danach richten, was der Anwalt Ihnen rät. So ist es am besten."

Zwei Minuten später stand ich vor einem Haus mit einem Messingschild neben dem Eingang, auf dem *Girling, Chinnery und Brand* zu lesen war; die gleichen Namen wie auf dem Umschlag, den ich in der Tasche trug. Als ich mich umdrehte, sah ich, wie Marsh es sich auf einer Bank unter einer Platane bequem machte. Ich läutete. Ein älterer Mann im schwarzen Anzug und weißen Hemd mit einem sehr hohen Kragen öffnete mir die Tür. Er bat mich, einzutreten, führte mich in ein muffiges Wartezimmer, bot mir dort Platz an und fragte, was mich herführte.

Ich holte tief Atem. „Ich bin Mrs. Nicholas Sabin. Mein Mann ist vor sechs Monaten im Ausland gestorben. Er hat mich gebeten, nach Ablauf einer bestimmten Frist seinen Anwalt aufzusuchen. Ich habe eine Reihe von Dokumenten mitgebracht."

Der kleine Mann zeigte keinerlei Überraschung. „Sehr wohl, Mrs. Sabin. Darf ich Ihnen mein Beileid ausdrücken. Ich bin der Bürovorsteher, aber Ihr Gatte hat uns nur selten beehrt, und ich muß daher gestehen, daß ich mich nicht an ihn erinnere. Darf ich fragen, welcher der Herren seine Interessen wahrnimmt?"

„Oh – Sie meinen Mr. Girling oder einer der anderen?"

Er lächelte traurig. „Es gibt keinen Mr. Girling oder Mr. Brand mehr bei uns. In der Zwischenzeit sind einige neue Herren in die Firma eingetreten."

„Ich weiß leider nicht, wer für Mr. Sabin zuständig war."

„Das macht nichts, Mrs. Sabin. Wenn Sie sich bitte einen Moment gedulden wollen – ich werde mich sofort erkundigen. Hier sind Zeitschriften, falls Sie Wert darauf legen – ich fürchte nur, der *Punch* ist auch nicht mehr, was er einmal war. Viel zu radikal. Aber . . ."

Er verschwand. Ich starrte auf den *Punch,* doch die Zeilen verschwammen mir vor den Augen. Nach fünf Minuten erschien der Bürovorsteher wieder und führte mich zu einer Tür. Er klopfte, öffnete sie und meldete: „Mrs. Nicholas Sabin." Ich dankte ihm mit einem Lächeln und trat ein.

Edmund Gresham erhob sich hinter einem Schreibtisch. „Guten Morgen, Mrs. Sab–" Weiter kam er nicht. Er starrte mich nur sprachlos an, während die Tür leise hinter mir geschlossen wurde.

Edmund? Ich blieb wie angewurzelt stehen. Er war nicht weniger verblüfft.

„*Du,* Lucy? Was in aller Welt soll das bedeuten?"

„Ich – ich hatte keine Ahnung . . . Mr. Sabin hat mir nicht gesagt, daß du das bist. Ich meine die Firma, für die du arbeitest. Ich –"
Vor Verwirrung brachte ich kein Wort mehr heraus.

Edmund ging um den Schreibtisch herum und stellte mir einen Stuhl hin. „Setz dich, Lucy, und komm erst mal zu dir. Wir müssen jetzt die Ruhe bewahren." Er ging an seinen Platz zurück und schaute mich abwartend an. Langsam erholte ich mich von meinem Schreck. Ich hatte ja gewußt, daß Edmund in einem Anwaltsbüro arbeitete, aber er hatte den Namen der Firma nie erwähnt. Welch seltsamer Zufall, daß ausgerechnet er Nicholas Sabins Anwalt war . . . oder sollte es etwa kein Zufall sein? Nicholas hatte eine Lösung für das Rätsel gesucht, daher war es vielleicht gar nicht so abwegig, wenn es zwischen ihm und Edmund Gresham eine Verbindung gab.

Ich überlegte gerade, wo ich mit meiner Geschichte beginnen sollte, als Edmund sagte: „Ich glaube, ich werde dir am besten ein paar Fragen stellen. Also – erstens: Bist du auf eigene Faust hergekommen?"

Ich schüttelte den Kopf. „Nein, Marsh hat heute seinen freien Tag, und deine Eltern haben ihm erlaubt, mir London zu zeigen. Im Zug habe ich ihn gebeten, mich hierherzubringen. Er wartet draußen auf einer Bank."

„Meine Eltern wissen also nichts davon?"

„Nein. Ich sage es ihnen, wenn ich wieder zu Hause bin. Vorher konnte ich nicht, weil ich ein Versprechen halten mußte. Siehst du –"

„Moment, Lucy. Mit Erklärungen befassen wir uns später. Zuerst möchte ich einmal die Tatsachen wissen. Du behauptest, du bist Mrs. Nicholas Sabin und dein Mann ist tot. Kannst du das beweisen?"

„Ja, Edmund."

Ich nahm das Kuvert aus meiner Handtasche und gab es ihm. Wir schwiegen beide, während er die einzelnen Dokumente sorgfältig durchlas.

„Hm", machte er schließlich. „Das hält vor Gericht zweifellos stand, wenn nötig. Hätte mich auch gewundert, wenn Nick dafür keine hieb- und stichfesten Unterlagen beschafft hätte." Er nahm den Brief, den Mr. Sabin mir vor seinem Tod geschrieben hatte. „Weißt du, warum er wollte, daß du diese sechs Monate wartest?"

„Nein."

„Aha ... Hast du mit jemand darüber gesprochen? Mit Robert Falcon vor allem?"

„Nein. Ich habe Marsh lediglich gesagt, ich hätte in China einem Mann vor seiner Hinrichtung gelobt, hierherzugehen, aber den Namen Sabin habe ich nicht erwähnt."

„Vor seiner Hinrichtung?" Zum erstenmal hörte ich eine Spur echter Anteilnahme in Edmunds kühler Stimme. „Ein solches Ende hat er genommen? Mein Gott ... armer Nick. Hat er also doch einmal zu viel riskiert."

Ich hatte mich inzwischen wieder beruhigt und glaubte, die Reihe sei nun an mir, Fragen zu stellen. „Du scheinst Mr. Sabin recht gut gekannt zu haben. Hast du von seiner Reise nach China gewußt?"

Edmund lächelte unglücklich. „Er ist ja in meinem Auftrag gefahren. Das war *mein* Plan, den Schatz der Greshams zu finden. Ich war überzeugt, wenn überhaupt jemand Erfolg haben könnte, dann Nick Sabin, und als Belohnung bot ich ihm ein Fünftel dessen an, womit er zurückkommen würde." Er senkte den Blick wieder auf meine Papiere. „Aber wie es scheint, habe ich mich getäuscht. Er wird nicht zurückkommen."

Ich unterdrückte den vertrauten Schmerz, der mich mit der Erinnerung an das Grab mit meinen Blumen darauf überkam. „Hast du ihn gut gekannt, Edmund?"

Er spitzte den Mund. „Niemand kannte Nick gut. Ein paar Frauen vielleicht. Wir waren Schulkameraden, Nick und ich und Robert Falcon."

„Robert Falcon?"

„Ja, leider. Wie du dir vorstellen kannst, hat Falcon mich gehaßt, weil ich ein Gresham bin, und sich nach besten Kräften bemüht, mir das Leben zu vergällen. Nick machte es Spaß, mich so weit als möglich vor ihm zu beschützen." Er zuckte die Achseln. „Aber das ist jetzt alles schon lange her. Ich habe dann mit meinem Rechtsstudium angefangen. Nick dagegen zog es vor, sich zu amüsieren. Er war ein Abenteurer, Lucy – Waffenschmuggler in Südamerika, Kartenhai auf den Mississippidampfern..." Er klopfte auf die Dokumente, die vor ihm lagen. „Und jetzt würde ich gern erfahren, wie es dazu gekommen ist."

Es muß nahezu eine Viertelstunde gedauert haben, bis ich mit meiner Geschichte fertig war. Er lauschte mir aufmerksam und kritzelte hin und wieder etwas auf seinen Notizblock. Erst als ich zu Ende erzählt hatte, ließ er sich zu einer persönlichen Stellungnahme herbei. Er schraubte gemächlich seinen Füllhalter zu, schüttelte den Kopf und tat einen langen, tiefen Atemzug. „Ich hätte mir denken können, daß Nick niemals Falcon den Sieg davontragen lassen würde", sagte er trocken.

„Er hat mir erklärt, er wolle nur heiraten, damit seine Frau etwas erbt, was sonst einem Feind von ihm in die Hände fiele. Ist dieser Feind Robert Falcon?"

„Ja." Edmund stand auf und ging langsam zum Fenster hinüber. „Die beiden waren schon immer Rivalen. Irgend etwas an Falcon hat Nick gereizt, und umgekehrt. Sie gerieten dauernd aneinander, ob beim Sport oder im Unterricht. Nick war sehr arm und hatte ein Stipendium. Ich glaube, sein Vater ist schon sehr früh gestorben, weil Nick nie von ihm sprach. Seine Mutter arbeitete als Näherin. Ich sah sie nur einmal. Sie starb, knapp bevor ich nach Cambridge ging. Ein Stipendiat ist ein Außenseiter, weißt du, auf den besonders die Lümmel herunterschauen, die kein Hirn, aber dafür reiche Eltern haben. Nick war das völlig egal, außer bei Robert Falcon."

Edmund kehrte an seinen Schreibtisch zurück. „Nun wollen wir uns aber mit diesem Testament beschäftigen. Er hinterläßt dir sein ganzes Vermögen." Edmund schaute mich so gespannt an, als sei er im Begriff, eine Bombe zu zünden. „Das bedeutet unter anderem, daß du in ungefähr einem Jahr die Herrin von Moonrakers sein wirst."

In meinem Kopf drehte es sich. „Moonrakers? Aber das verstehe ich nicht! Es gehört doch den Falcons?"

„Im Augenblick, ja. Aber Harry Falcon ist ein ziemlicher Bruder Leichtfuß. Er hat einem reichen Freund namens Ramsey für eine beträchtliche Summe eine kurzfristige Hypothek auf Moonrakers eingeräumt. Sollte er nicht imstande sein, das Geld innerhalb von fünf Jahren zurückzuzahlen, würde der Besitz an Ramsey fallen."

„Aber was hat Mr. Sabin damit zu tun?"

„Der reiche Ramsey hat sich gern am Kartentisch produziert. Dein Gatte, Lucy, gehörte dem gleichen Londoner Klub an und organisierte ein Spiel, bei dem es um sehr hohe Einsätze ging. Es ist eine recht dramatische Geschichte mit dem Knalleffekt, daß Nick ihm die Hypothek abgewann. Wenn also in einem Jahr die Schuld fällig wird und Harry Falcon nicht zahlen kann, gehört dir als Nicks Witwe das Haus. Aber nimm bitte zur Kenntnis – als Testamentsvollstrecker bin ich verpflichtet, den Besitz zu versteigern, falls die Hypothek nicht abgetragen wird."

Wenn ich in diesem Moment überhaupt etwas empfand, dann höchstens leise Traurigkeit darüber, daß Nicholas Sabin mich nur zur Frau genommen hatte, um seinem Feind eins auszuwischen.

„Dann ist da natürlich noch der Rest von Nicks Vermögen", sagte Edmund. „Er gab sein Geld immer genauso schnell wieder aus, wie er es verdient hat, deshalb bezweifle ich, daß es mehr als ein-, zweitausend sein werden. Allerdings hat er sich immer eine gewisse Reserve für seine Spekulationen zurückgelegt. Ich werde mich bei seiner Bank erkundigen und dir dann mitteilen, was du diesbezüglich zu erwarten hast. Hörst du mir zu, Lucy?"

„Ich versuche es, Edmund. Glaubst du, deine Eltern werden böse sein?"

„Auf jeden Fall überrascht. Aber sobald sie die ganze Geschichte kennen, werden sie die Überraschung als angenehm empfinden, denn wenn du selbst Vermögen hast, entbebt sie das ihrer Verantwortung für dich. Vielleicht ist es am günstigsten, wenn du jetzt deine Besichtigungstour mit Marsh fortsetzt und um vier Uhr wieder herkommst, damit wir gemeinsam heimfahren können. Ich werde Vater dann selbst alles erklären."

„Oh, dafür wäre ich dir wirklich dankbar, Edmund. Mir hat ohnehin davor gegraut."

„Mach dir keine Sorgen mehr. Ich rate dir nur, mit niemand darüber zu sprechen, nicht einmal mit Marsh. Wenn Robert Falcon davon erfährt, versucht er womöglich, durch irgendeine Verzögerungstaktik Zeit zu gewinnen." Er lächelte verschwörerisch. „Und wir wollen die Falcons lieber überrumpeln, wenn es soweit ist."

Ich konnte seine Freude nicht teilen. Ich wollte den Falcons ihren Besitz nicht wegnehmen, aber ich sah keine Möglichkeit, die Lawine aufzuhalten, die Nicholas Sabin ins Rollen gebracht hatte.

Gleich darauf war ich wieder bei Marsh. Ich erzählte ihm, daß Mr. Edmund der Anwalt war und daß wir am Nachmittag mit ihm nach Hause fahren würden. Mehr dürfe ich ihm leider nicht sagen.

„Lassen Sie's gut sein, Miß Lucy", antwortete er freundlich. „Ich bin sicher, Mr. Edmund hat nur Ihr Bestes im Auge."

Am Abend, nachdem Emily und ich zu Bett gegangen waren, erzählte Edmund seinen Eltern die seltsame Geschichte, und beim Frühstück am nächsten Morgen entging mir nicht, wie aufgeregt Mr. Gresham war, obwohl er sich bemühte, sich nichts anmerken zu lassen. Bald danach rief er mich ins Arbeitszimmer.

„Laß Edmund nur machen", flüsterte er wichtigtuerisch, sobald wir allein waren, „dann kannst du nächstes Jahr den Falcons die Koffer vor die Tür stellen. Da du nun praktisch seit sechs Monaten Witwe bist, kommt es natürlich nicht in Frage, Robert Falcon weiter zu ermutigen. Ich werde ihm schreiben, daß er dich nicht mehr besuchen soll."

Ich spürte eine unerwartete Enttäuschung. Roberts Besuche hatten zwar stets so etwas wie eine Strafe für mich bedeutet, aber er war netter zu mir gewesen als alle anderen, außer Marsh und Amanda und dem kleinen Matthew Falcon.

WÄHREND der nächsten Wochen begann ich den hämischen Ausdruck zu hassen, den ich manchmal auf den Gesichtern von Mr. und Mrs. Gresham entdeckte. Sie schwelgten schon in der Vorstellung von der künftigen Niederlage ihrer Feinde, und das verursachte mir einen schlechten Geschmack im Mund, denn ich wußte, daß ich das Instrument war, dessen sie sich bedienen wollten, um diese Niederlage herbeizuführen.

Anfang November kam Amanda auf Semesterferien heim. Die Freude über ihre Rückkehr verging mir jedoch bald, denn sie war sehr hochnäsig geworden. Bei ihrer angeborenen Gutmütigkeit mußte das zwar bald vorübergehen, wenn sie sich erst daran gewöhnt hatte, eine Dame zu sein, aber im Augenblick machte es uns zu Fremden. Von den Dienstboten erfuhr ich zu meiner Bestürzung, daß Matthew Falcon an Windpocken erkrankt war und die Ferien über im Internat blieb. So mußte ich seine langersehnte Gesellschaft entbehren.

Mit dem 5. November kam der Tag, an dem man in England des Schießpulveranschlags auf das Parlamentsgebäude gedenkt. Amanda redete groß, sie fände das alles kindisch, doch als Mr. Gresham vorschlug, wir sollten darauf verzichten, den Guy Fawkes Day auf High Coppice zu feiern, meinte sie, das sei unmöglich, weil doch das Personal den Spaß immer so sehr genoß.

Tags zuvor war im Tal, wo der Hang flacher wurde und ein weites Plateau bildete, auf freiem Feld ein Scheiterhaufen errichtet worden. Marsh hatte Dienst, doch die übrigen Hausangestellten durften an dem Fest teilnehmen. Die Köchin hatte für jeden von uns Butterbrote eingepackt, und später wollten wir auf einem Rost neben dem Scheiterhaufen Würstchen braten. Um sechs Uhr, als der Holzstoß angezündet wurde, war es schon ziemlich finster. Die Familie war vollzählig versammelt. Dick eingemummt gegen die Kälte, standen wir in einiger Entfernung um das Feuer und schauten zu, wie die Flammen emporzüngelten und bald die Puppe mit ihrer häßlichen Maske verschlangen.

Dann zischten auch schon die ersten Raketen in den Nachthimmel hinauf. Amanda quietschte vor Aufregung und hatte plötzlich die ganze Verachtung vergessen, die sie als „Erwachsene" für dieses „Theater" empfand. Im ganzen Tal leuchteten die Feuer, und von überall her knatterte Feuerwerk. Der Rauch wurde dichter und hing bald wie ein Nebelschleier über dem Tal. Als man frisches Holz auf unseren Scheiterhaufen warf, wurde der Qualm so stark, daß mir die Augen zu tränen begannen. Ich wich ein kleines Stück zurück. Während ich dort stand und die Szene traumverloren beobachtete, sah ich hie und da schattenhafte Gestalten vorbeihuschen, hörte Stimmen und Gelächter. Ich weiß nicht, wie lange ich so verzaubert ins Dunkel starrte, aber plötzlich war ich nicht mehr allein, denn ein Mann kam durch die kreisenden Rauchschwaden auf mich zu. Robert Falcon.

Er blieb vor mir stehen und blickte mich aus seinen harten, blauen Augen mit einem unergründlichen Ausdruck an. Langsam streckte er die Hände nach mir aus und faßte mich an den Schultern. Ich spürte, wie er mich an sich zog, und sträubte mich nicht.

Seine Arme umschlangen mich und hielten mich fest, während er mich küßte. Mir war, als ob etwas in mir erwachte. Meine Arme hoben sich wie von selbst und legten sich um seinen Nacken, und mit einemmal kam mir zu Bewußtsein, daß ich seinen Kuß erwiderte. Da löste er sich von mir, hielt mich von sich ab und starrte mich an, als wunderte er sich über das, was er getan hatte. Ich wollte sprechen, aber noch ehe ich Worte fand, ließ er die Hände sinken, drehte sich um und ging rasch davon.

Rauch und Dunkelheit schlossen sich hinter ihm wie eine Mauer. Ich begann zu laufen, stolperte ihm blindlings über die holprige Wiese nach. Eigentlich war mir gar nicht klar, was ich für ihn empfand, aber er war aus dem Dunkel zu mir gekommen, hatte mich in die Arme genommen und geküßt. Da konnte er doch nicht einfach ohne ein Wort wieder gehen?

Ich erkannte undeutlich seine Gestalt, und es sah aus, als schritte er das Tal in entgegengesetzter Richtung von Moonrakers hinauf. Er mußte mich hören, denn er hielt inne und wandte den Kopf, um durch den Rauch zurückzuspähen. Ein plötzlicher Windstoß teilte die grauen Schleier, und mit einem Schlag fiel die Benommenheit von mir ab. Das war nicht Robert Falcons Gesicht. Das war das Gesicht eines Mannes, der auf der anderen Seite der Welt begraben lag, das Gesicht von Nicholas Sabin.

Ich preßte die Hände vor die Augen, und der Gedanke durchzuckte mich, ob ich plötzlich verrückt geworden sei. Das Antlitz stand trotzdem vor mir. Jede Einzelheit war meinem Gedächtnis wie eingebrannt. Ich sah das dichte, schwarze Haar, das lockig in die Stirn fiel, das hagere Kinn, den großen Mund. Nur eines war anders. Das verschmitzte Funkeln, das sonst aus den Augen sprühte, war verschwunden, und statt dessen lag auf ihrem Grunde jetzt Leere. Langsam nahm ich die Hände vom Gesicht.

Nichts. Dunkelheit und träg ziehender Rauch. Nichts.

Hatte ich einen Geist gesehen oder den Verstand verloren?

Ich drehte mich um und rannte. Die Beine trugen mich kaum. Ich wollte einen großen Bogen um das Feuer schlagen und so nach High Coppice zurückgelangen, wollte allein sein, den vielen Menschen drüben auf der Wiese ausweichen. Plötzlich fand mein Fuß keinen Halt mehr – ich stürzte, rollte einen steilen Abhang hinunter, versuchte verzweifelt, mich an den hohen Grasbüscheln festzukrallen... Ich hatte völlig vergessen, daß ich mich auf einem flachen Vorsprung der Talseite befand, und war über den Rand hinausgetreten.

Mein Fall ins Nichts dauerte nur ein paar Sekunden. Dann verfing sich mein Fuß in einem Hindernis, ich spürte einen Ruck, und im gleichen Augenblick schien ein grelles Licht in meinem Kopf zu explodieren. Die Welt verlöschte in schwarzer Nacht.

ACHT

Ich fror bis ins Mark. Ein dumpfer Schmerz pochte in meinem Kopf. Ich lag auf der Seite, auf kaltem, feuchtem Stein. Mühsam setzte ich mich auf und betastete die Beule an meiner Schläfe, wo ich auf den Felsen geschlagen war. Ich hatte das Gefühl, als erwache ich nicht aus einer Ohnmacht, sondern aus einem Traum. Ich glaubte noch, die starken Arme zu spüren, die mich getragen hatten, eine leise Stimme zu hören, die mir etwas zuflüsterte – nein, das bildete ich mir nur ein.

Langsam erhob ich mich auf die Knie und blickte mich um. Plötzlich stockte mir vor Entsetzen der Atem – ich war blind. Ich sah keinen einzigen Lichtschimmer, nur undurchdringliche Dunkelheit. Verzweifelt begann ich umherzukriechen, tastete nach den Grasbüscheln, über die ich hinuntergekollert war, aber ich spürte nur Stein. Das war gar nicht die Stelle meines Sturzes.

Wie seltsam die Luft war – kein Windhauch, kein Laut, Totenstille. Ich hüllte mich fester in meinen Mantel. Da – ein fast unmerkliches, klapperndes Geräusch. Eine Zündholzschachtel, kaum halbvoll... Ich hatte sie in die Tasche gesteckt, bevor ich aus dem Haus ging, für den Fall, daß ich vielleicht eine Rakete zünden durfte. Als ich das Streichholz aufflammen sah, hätte ich vor Erleichterung beinah geweint. Ich war nicht blind.

Mit dem winzigen Flämmchen leuchtete ich umher. Neben mir eine gewölbte Felswand. Wo sie aufhörte, war in dem kläglichen Lichtschein nicht zu erkennen. Gegenüber, etwa sechs Meter entfernt, ebenfalls roh behauener Stein. Über mir eine tropfende Felsdecke. Die Flamme verbrannte mir die Finger, und ich ließ das Hölzchen fallen. Nun wußte ich, wo ich war, und das erfüllte mich mit neuem Entsetzen. Ich war in den Höhlen von Chislehurst, einem Irrgarten von unterirdischen Gängen, einem Labyrinth, das man ungefähr auf eine Länge von zwanzig Meilen erforscht hatte, ohne dabei ein Ende zu finden.

Ob man mich getragen oder ob ich mich unbewußt selbst hierhergeschleppt hatte – ich konnte mir nicht erklären, wie ich in die Höhlen kam. Der einzige Einstieg, den ich kannte, befand sich in der Nähe des Bahnhofs von Chislehurst. Hier waren die Höhlen zu bestimmten Zeiten für die Öffentlichkeit zugänglich. Kleine Gruppen durften sie in Begleitung eines Führers ein paar hundert Meter auf genau festgelegten Wegen durchwandern. Dahinter waren die Stollen versperrt, um die Leute daran zu hindern, sich weiter in das Gewirr von Gängen vorzuwagen und sich darin zu verirren.

Die Kälte wurde immer unerträglicher. Ich wußte, daß ich erfrieren würde, wenn ich nicht in den nächsten Stunden den Ausgang fand, doch meine Hoffnung, dem Labyrinth zu entrinnen, war so gering, daß ich kaum daran zu denken wagte. Ich konnte nur meine Panik unterdrücken und so hartnäckig wie möglich versuchen, das Beste aus meinem einzigen Vorteil zu machen – den Streichhölzern. Ich durfte sie unter keinen Umständen verschwenden.

Ich zwang mich, zu überlegen, was mir sonst noch nützen könnte. Ich hatte nichts bei mir außer einem Taschentuch und dem Paket mit Butterbroten. Auf dem Kopf trug ich noch meinen Filzhut, festgesteckt mit einer langen Nadel, der ich es verdankte, daß ich ihn bei meinem Sturz und allem, was mir in der Zwischenzeit widerfahren war, nicht verloren hatte. Ich schürzte mein Kleid und begann, so gut es in der Dunkelheit ging, Streifen von meinem Unterrock zu reißen. Sobald ich ein paar davon beisammen hatte, flocht ich sie zu kurzen Zöpfen und steckte alle bis auf einen in die Tasche. Die Zähne klapperten mir, als ich die dick bestrichenen Brote auswickelte und meine primitive Fackel mit Butter einzureiben begann, wobei ich innerlich die Köchin wegen ihrer Großzügigkeit pries.

Dann zog ich meine Hutnadel heraus und stach sie durch das ungefettete Ende des Zopfes, damit ich ihn, sobald er angezündet war, halten konnte, ohne mich zu verbrennen. Ich strich ein Zündholz an, ging vorsichtig in die Mitte des Stollens und blieb ganz still stehen. Es war kein Luftzug zu spüren, aber die Flamme wehte unmerklich nach rechts. Ich hielt sie an das baumelnde, eingefettete Ende des Zopfes. Er fing Feuer und begann langsam zu brennen.

Ohne noch eine Sekunde Zeit zu verlieren, folgte ich dem Stollen in der Richtung, in die sich die Flamme geneigt hatte. Vielleicht war es falsch, zu glauben, daß jede auch noch so leichte Luftströmung auf eine Öffnung hinwies, aber es schien mir besser, nach irgendeinem Konzept vorzugehen, als ziellos umherzuwandern.

Schon nach dreißig Schritten stieß ich auf einen weiteren Gang, der im rechten Winkel vom Stollen abzweigte. Es war schwer, festzustellen, wohin die Flamme zog. Ich bildete mir ein, es sei in die Richtung, die ich eingeschlagen hatte. Daher ignorierte ich den Seitengang und ging weiter. Nach siebenundvierzig Schritten gabelte sich der Stollen. Diesmal zeigte die Flamme eindeutig nach links. Ich konnte rasch etwa hundertdreiundzwanzig Schritte tun, denn obwohl der Stollen einen Bogen beschrieb, gab es auf diesem Stück keine Abzweigungen. Meine Fackel ging aus, und ich hockte mich nieder, um den nächsten Lumpenzopf mit Butter einzureiben.

Innerhalb der nächsten Minuten verbrauchte ich drei Fackeln. Ich befand mich in einem Teil der Höhlen, wo viele Stollen sich kreuzten, und meine Augen begannen zu tränen, so angestrengt beobachtete ich bei jeder Gabelung, wohin die Flamme wies. Manchmal konnte ich kaum eine Veränderung an ihr entdecken.

Für meine letzte Fackel hatte ich fast keine Butter mehr. Zuerst wollte sie nicht brennen, und dann, als ich den Zopf etwas lockerte, loderte die Flamme empor und verzehrte die Stoffstreifen viel zu schnell. Ich stand im Dunkeln und wußte, daß ich nur noch ein Streichholz hatte ... Aber der winzige Funke, der noch an der verkohlten Fackel gloste, leuchtete plötzlich hell auf, bevor er endgültig erlosch. Mein Herz schlug höher. Das konnte doch nur einen stärkeren Luftstrom bedeuten?

Ich strich mein letztes Hölzchen an und beobachtete die Flamme genau. Sie flackerte deutlich zu mir her. Das begriff ich nicht, denn ich stand mit dem Rücken zu einer Wand. Als ich mich umwandte, sah ich nichts als einen langen, dunklen Schatten. Ein Schatten? Was konnte einen Schatten werfen außer mir? Und ich stand jetzt hinter der Flamme. Als ich einen Schritt nach vorn machte, ging das Hölzchen aus.

Meine Hände fanden sie – die zerklüftete Öffnung vom Boden bis zu einer Höhe, die ich gerade mit dem ausgestreckten Arm erreichen konnte. Als ich durch die kaum einen Meter breite Spalte schlüpfte, spürte ich einen Lufthauch auf meinem Gesicht und faßte jähe Hoffnung. Ein schmaler Pfad wand sich durch die Felsen und stieg bei jedem Schritt an. Ich fürchtete schon, er würde sich zu einem Riß verengen, aber dann gab es rings um mich plötzlich keinen Felsen mehr, und mein Fuß trat auf raschelndes, trockenes Laub.

Ich befand mich in einem Dickicht von Büschen und Brombeerranken. Als ich aufblickte, sah ich die Sterne zwischen den Föhrenwipfeln über mir flimmern. Nie in meinem Leben war ich so froh gewesen, den Himmel zu sehen. Ich zwängte mich durch die Sträucher und trat gleich darauf ins Freie. Jetzt wußte ich, wo ich war. Diese Föhren waren mir auf dem Weg zu Matthews Versteck oft aufgefallen. Sie standen nur einen Steinwurf von dem Pfad entfernt, der zu Mr. Greshams Besitz führte.

Als ich mich nach links wandte, sah ich am Talhang den Scheiterhaufen der Greshams glühen. Ich kletterte die steile Wiese hinauf, wobei ich mich vom Feuerschein fernhielt. Ich wollte niemand begegnen, denn ich war zu Tode erschöpft. Als ich das Haus betrat, fand ich es still und leer. Die Uhr zeigte fünf vor halb acht. Zuerst dachte ich, sie müßte stehengeblieben sein. Aber nein, sie tickte.

Ich konnte kaum meinen müden, brennenden Augen trauen. Gegen halb sieben war ich den Abhang hinuntergestürzt, also war ich nicht länger als etwa vierzig Minuten in diesem schrecklichen Labyrinth gewesen.

Ich ging in mein Zimmer und legte mich aufs Bett. Ein stechender Schmerz zuckte in meinem Kopf, und knapp hinter der Schläfe spürte ich unter dem Haar eine große Beule. Während ich mir ein feuchtes Tuch auf Stirn und Augen drückte, überschlugen sich meine Gedanken. So viel war geschehen. Da war Robert Falcon, der wie ein Schemen aus dem Dunkel auftauchte, mich küßte und wortlos verschwand. Dann Nicholas Sabin. Aber das war unmöglich, ein Streich, den mir meine Phantasie gespielt hatte. Nicholas Sabin war vor mehr als sechs Monaten gestorben. Dr. Langdon selbst hatte mir das Grab gezeigt.

Wie war ich in die Höhlen gekommen? Wer mich auch dorthin gebracht hatte, war ein Feind, denn nur einem glücklichen Zufall hatte ich es zu danken, daß ich nicht in der Finsternis umhergeirrt war, um schließlich ein elendes Ende zu finden. War es ein Falcon, den ich fürchten mußte? Oder ein Gresham?

Nichts ergab einen Sinn. Konnte Edmund, dieser korrekte Mann des Gesetzes, mir aus einem unerklärlichen Grund Übles wollen? Oder sein Vater? Oder vielleicht Roberts Vater oder gar Robert selbst? Nein, er nicht. Wenn er mir ein Leid hätte zufügen wollen, wäre ihm das ein leichtes gewesen, als er mich in den Armen hielt. Dann vielleicht Nicholas... Aber ich hatte Nicholas Sabin ja nicht wirklich gesehen, sondern nur eine Vision.

Es gab nur eine Erklärung – ich war nach meinem Sturz umhergeirrt, ohne daß ich mich daran erinnerte, und dabei irgendwie durch den verborgenen Eingang in die Höhle geraten.

Den Geräuschen im unteren Stockwerk entnahm ich, daß die Familie eben heimkehrte. Ich wußte, daß ich von all diesen Ereignissen niemand erzählen konnte; die Greshams würden mir nie im Leben glauben, und sogar Marsh würde eine derartige Geschichte höchst zweifelhaft finden. Bald danach klopfte Amanda an die Tür. Ich nahm das feuchte Tuch von der Stirn. „Da bist du also!" sagte sie. „Was ist dir denn nur eingefallen, einfach so mir nichts, dir nichts zu verschwinden?"

„Es tut mir leid, aber ich habe plötzlich Kopfschmerzen bekommen. Morgen früh ist es bestimmt wieder vorbei. Bist du so nett und sagst es deinen Eltern? Ich glaube nicht, daß ich zum Dinner hinunterkommen kann."

„Na gut. Lieber Gott, du siehst aber auch käsig aus..."

Als sie gegangen war, blieb ich mit geschlossenen Augen liegen und versuchte, nicht noch einmal die Todesängste zu erleben, die ich in den Höhlen ausgestanden hatte. Endlich fiel ich in unruhigen Schlaf.

Den ganzen nächsten Tag quälte mich das dumpfe Pochen in den Schläfen, doch nach einer weiteren Nacht war ich wieder auf dem Damm. Ich unterdrückte jede Erinnerung an mein Abenteuer, teils weil es mir allmählich immer unwirklicher vorkam, hauptsächlich aber wohl aus Feigheit. Ich wollte nicht daran denken.

Ende der Woche fuhr Amanda nach Cheltenham zurück. Bis Weihnachten waren es nur etwas mehr als sechs Wochen, aber mir schien es eine endlose, öde Zeit. Mrs. Gresham und ich waren offenbar dazu verdammt, uns andauernd mißzuverstehen. Ich hatte stets das Gefühl, daß sie mit jedem Wort etwas an mir bekrittelte, womit ich ihr gewiß manchmal unrecht tat.

Mitte November teilte mir Edmund mit, er habe Nachricht von Nicholas Sabins Bank erhalten: nach Bestätigung des Testamentes durch das Gericht würde ich etwas mehr als sechzehnhundert Pfund erhalten. Danach dachte ich manchmal daran, von High Coppice fortzulaufen. Mit so viel Geld konnte ich leicht irgendwo unterkommen. Meine Hände juckten geradezu nach einer sinnvollen Arbeit, meine Beine nach Bewegung, und sogar mein Rücken sehnte sich danach, sich über die gute Erde zu beugen. Immer wenn ich ein solches Verlangen spürte, plagte mich sofort das schlechte Gewissen. Auch wenn mich Mr. Gresham zu einem sehr eigennützigen Zweck nach England geholt hatte, stand ich doch in seiner Schuld. Ich tröstete mich mit dem Gedanken, daß ich der Familie, wenn ich sie verließ, wenigstens ihre Auslagen für mich zurückerstatten konnte, und zugleich wußte ich, daß es für alle nur eine Erleichterung wäre, mich los zu sein.

Mittlerweile war ich am glücklichsten, wenn mir Marsh im Handarbeitszimmer Unterricht gab. Eines Tages in der zweiten Woche im Dezember verspätete er sich, und ich beschäftigte mich damit, das letzte von den Taschentüchern zu vollenden, die ich als Weihnachtsgeschenk für die Greshams bestickte. Als Marsh endlich kam, fiel mir auf, wie bleich er war. Er ging zu einem Stuhl. „Darf ich mich setzen, Miß Lucy?"

„Oh, Marsh, benehmen Sie sich doch nicht immer wie ein Diener, wenn wir allein sind." Ich sprang auf. „Sie müssen sich sogar setzen. Fühlen Sie sich nicht wohl?"

Er ließ sich auf einen bequemen Stuhl sinken. „Ich brauche erst einen Moment, um mich wieder zu fassen. Vor ein paar Minuten ist etwas passiert..." Er kramte in einer seiner Taschen. „Beattie hat das auf dem Boden vor Ihrem Zimmer gefunden und mir gegeben. Gehört es Ihnen, Miß Lucy?"

Auf seiner ausgestreckten Hand lag der Siegelring, den mir Nicholas Sabin geschenkt hatte und den ich seitdem stets an einem Band unter dem Kleid um den Hals trug. „Ja, der Ring gehört mir." Ich griff in meinen Ausschnitt. „Hier, das Band ist gerissen."

„Darf ich ... darf ich mir die Frage erlauben, wie Sie zu diesem Schmuckstück kommen?"

Ich zögerte. „Genau kann ich es Ihnen nicht erklären. Mr. Edmund hat gesagt, ich darf mit niemandem darüber sprechen. Aber ich bekam es von dem Mann, der in China gestorben ist ... Marsh, was ist los? Sie sehen so erschüttert aus."

„Ich kenne diesen Ring, Miß Lucy." Seine Stimme war sehr leise. „Er hat eine ungewöhnliche Form. Ich habe ihn als junger Soldat in Hongkong gekauft und später meiner Frau gegeben."

„Ihrer Frau? Ich wußte nicht, daß Sie verheiratet sind."

Marsh drehte den Ring. Er schien mich gar nicht zu hören. „Das war vor langer Zeit, und damals trug er noch meine Initialen. Wie ich sehe, zeigt er statt dessen jetzt die Buchstaben N. S." Er blickte zu mir auf. „Stehen sie für Nicholas Sabin?"

Ich starrte ihn sprachlos an. „Ja ... aber woher wissen Sie das?"

„Nicholas Sabin ist mein Sohn."

Ich konnte es kaum glauben, und dennoch war ich überzeugt, daß Marsh mich nicht anlügen würde. Mein ganzes Herz flog ihm zu, als ich den Kummer in seinen Augen sah. Ich kniete vor ihm nieder und umschloß die Finger, die den Ring hielten, mit beiden Händen.

Er holte tief Atem. „War es Nick?" fragte er dann ruhig. „Nicht vielleicht ein anderer, der in den Besitz des Ringes gelangt war? Schwarzes, lockiges Haar, ein langes Kinn wie seine Mutter. Und Augen, die immer über etwas zu lachen schienen, das nur er sah?"

Ich hielt seine Hand ganz fest. „Es war Nick", sagte ich. „Es tut mir so leid, Mr. Marsh." Das „Mister" kam mir wie von selbst über die Lippen. Dieser gütige Mann war in den letzten Sekunden mehr als nur ein Diener geworden. Viel mehr. „Aber wieso haben Sie nicht denselben Namen?"

„Das ist eine ebenso einfache wie traurige Geschichte. Ich heiratete über meinem Stand, und meine arme Frau mußte es büßen. Ich war ein junger Soldat und hatte mich für einundzwanzig Jahre verpflichtet. Die meiste Zeit verbrachte ich im Ausland, und meine Frau war ganz allein, denn als wir gegen den Willen ihrer Eltern heirateten, wurde sie von ihnen verstoßen. Wir hatten ein Kind, Nicholas, und in den ersten zehn Jahren seines Lebens sah ich ihn nur dreimal. Später wollten mich weder er noch seine Mutter bei den seltenen Gelegenheiten sehen, wo ich auf Urlaub heimkam."

Mr. Marsh verzog ein wenig den Mund. „Es ist durchaus verständlich, daß meine Frau verbittert war. Von meinem Sold lebte sie in London in einer armseligen Behausung, und sogar da mußte sie noch als Näherin arbeiten, um halbwegs ein Auskommen zu finden. Aber sie zog den Jungen tadellos auf und lehrte ihn, sich wie ein Gentleman zu benehmen. Er bekam ein Stipendium für eine vornehme Schule."

„Das hat mir Edmund erzählt. Nick war sein Schulfreund. Weiß Edmund, daß Sie Nicks Vater sind?"

Er schüttelte hastig den Kopf. „Davon hat niemand eine Ahnung. Bevor er in die Schule eintrat, nahm Nick den Mädchennamen seiner Mutter an, Sabin. Er verachtete mich, wissen Sie, und je älter er wurde, desto mehr verstärkte sich dieses Gefühl. Daß ich Offiziersbursche war, beschämte ihn tief. Als ich ihn das letztemal sah – damals war er vierzehn –, erklärte er mir bitter, er würde nie irgendeinem Menschen dienen, ob als Soldat oder Zivilist ... Ich schickte ihnen jeden Penny, den ich erübrigen konnte, aber meine Frau rackerte sich für den Jungen zu Tode, und ich habe mich immer dafür verantwortlich gefühlt, daß sie schon so früh sterben mußte. Man sollte nie zu hoch greifen, wenn man sich an jemand bindet. Als ich meine Zeit bei der Armee abgedient hatte und die Stellung hier annahm, war es ein Schock für mich, als ich entdeckte, daß Master Edmund die gleiche Schule besuchte wie Nick."

„Hat Ihr Sohn ihm denn nie gesagt, daß Sie hier angestellt sind?"

„Er wußte nichts davon. Wir sahen und hörten nichts von einander. Er wollte mit einem Vater, der nicht sein eigener Herr war, nichts zu tun haben."

„Das war grausam von ihm", sagte ich traurig.

„Vielleicht. Aber die Jugend neigt dazu, das Gestern mit dem Maßstab von morgen zu messen. Heutzutage ist kaum noch jemand stolz darauf, zu dienen, und wer kann behaupten, daß diese Einstellung falsch ist? Außerdem gab es noch einen anderen Grund, warum Nick mich so ablehnte. Er bildete sich ein, ich hätte seine Mutter vernachlässigt und sie unversorgt zurückgelassen, während ich selbst in fremde Länder zog. Da hatte er natürlich recht. Eine Soldaten- oder Seemannsfrau hat meist nur die Einsamkeit als Gefährten."

Wir schwiegen lange. Schließlich kehrte Mr. Marsh in die Gegenwart zurück und schaute mich an. Ich hielt noch immer seine Hand.

„Wollen Sie sich nicht setzen, Miß Lucy?" fragte er verlegen. „Es schickt sich nicht, daß Sie vor mir knien."

Ich rührte mich nicht. „O doch, es schickt sich schon. Es ist paradox, zur gleichen Zeit glücklich und traurig zu sein, aber ich bin es. Ich bin traurig um Ihretwillen und auch um meinetwillen, aber andererseits bin ich auch glücklich. Ich habe einmal gesagt, ich wünschte, Sie könnten mein Vater sein. Sie *sind* mein Vater, Mr. Marsh. Ich bin mit Ihrem Sohn verheiratet. Wir hatten keinen anderen Ehering als diesen."

Mr. Marsh blieb ein paar Sekunden reglos sitzen, dann rieb er sich die Augen und schüttelte langsam den Kopf, als könne er den Sinn meiner Worte noch immer nicht begreifen. „Sie... sind mit Nick verheiratet?" fragte er benommen.

„Ja. Bei unserer Trauung hat er mir seinen Siegelring gegeben, und seither habe ich ihn immer getragen."

Ich erzählte ihm alles, und als ich fertig war, hatte sich Mr. Marsh von seiner ersten Überraschung erholt. Seine bekümmerte Miene erhellte sich ein wenig.

„Ja dann, Lucy, Kind... dann ist mir eine große Ehre widerfahren." Er beugte sich vor, um mich auf die Wange zu küssen, und ich schlang ihm die Arme um den Hals und drückte mich an ihn. Als er sich erhob und mir aufhalf, trat ein besorgter Ausdruck in seine Augen. „Aber das muß unser Geheimnis bleiben, Lucy. Die Greshams wären schockiert, daß du mit dem Sohn ihres Butlers verheiratet bist."

„Ich schäme mich dessen nicht", sagte ich heftig.

„Trotzdem – es ist einfach undenkbar", sagte er mit Entschiedenheit. „Du bist ein Mitglied der Familie, und ich nur ein Diener. Wenn sie es erfahren, gibt es noch größere Schwierigkeiten, als du ohnehin schon hast. Bitte hör auf mich." Er gab mir den Ring. „Hier, Kind. Ich habe eine Silberkette, die Nicks Mutter gehörte. Ich bringe sie dir später, dann kannst du den Ring daran tragen." Er legte mir die Hand auf die Schulter. „Wir haben den Jungen beide kaum gekannt, aber er war mein Sohn und dein Mann. Ich freue mich, daß du den Ring in Ehren hältst." Er richtete sich auf. „Wenn Sie gestatten, werde ich mich nun zurückziehen, Miß Lucy." Er neigte den Kopf und ging in seinem gewohnten, gemessenen Schritt zur Tür, die er geräuschlos hinter sich schloß.

Ich nahm meine Stickerei wieder auf den Schoß für den Fall, daß unerwartet jemand eintrat. Ich wollte vor Mr. Marsh nun keine Geheimnisse mehr haben, aber ich brachte es nicht übers Herz, ihm zu erzählen, daß ich Nicholas Sabin hier in England gesehen oder mir zumindest eingebildet hatte, ihn gesehen zu haben. Ich war überzeugt, daß es sich um eine Sinnestäuschung handeln mußte. Nick Sabin war tot. Es wäre nur grausam gewesen, in seinem Vater falsche Hoffnungen zu wecken.

Es schmerzte mich, vor der Familie geheimhalten zu müssen, daß Mr. Marsh mein Schwiegervater war, doch ich konnte mir vorstellen, daß Mr. Gresham ihn entlassen würde, sobald er die Wahrheit erfuhr. Und dazu durfte ich es nicht kommen lassen, solange ich kein Geld besaß, um Mr. Marsh zu helfen, bis er eine neue Stellung fand. Wenn es soweit war, wollte ich ihn bitten, mit mir fortzugehen.

Eine Woche vor Weihnachten kam Amanda heim und am nächsten Tag Matthew. Es war wunderbar, ihn wiederzusehen. Wir brauten gemeinsam heiße Schokolade in seinem Versteck, und er machte mich voller Stolz mit seinem zahmen Kaninchen bekannt, das er aus der Schule mitgebracht hatte. Der Gärtner der Falcons hatte aus einer alten Kiste und Drahtgitterresten einen kleinen Verschlag gezimmert.

Ich hielt das Kaninchen, während Matthew Stroh in den Stall breitete und auch für Futter und Wasser sorgte. „Länger als zwei Tage dürfen wir es nicht ohne frisches Futter und Wasser lassen", sagte ich. „Und wir müssen aus einer Schnur eine lange Leine machen, damit wir es jedesmal ein bißchen spazierenführen können, wenn wir hier sind."

„Ich komme jeden Tag. Papa und Mama kriegen Besuch von ein paar Freunden, da wird es sie nicht mal Weihnachten stören, wenn ich für eine Weile weg bin. Hör mal, kannst du nicht auch kommen, Lucy? Ich bringe zwei Knallbonbons mit, und wir machen uns ein eigenes Fest. Ein ganz kurzes, ja? Bitte!"

„Schrecklich gern, Matthew, aber ich glaube nicht, daß ich fortkann. Daß du mir ja nicht hier wartest und frierst."

Auf dem Heimweg dachte ich, welch furchtbarer Verrat es an Matthew wäre, wenn die Falcons Moonrakers verlieren würden — noch dazu an mich, seine Freundin. Der bloße Gedanke daran erfüllte mich mit Verzweiflung. Aber ich konnte nichts tun, denn Edmund war verpflichtet, die Bedingungen des Testamentes zu erfüllen.

Am Abend kostete es mich wie immer Nerven, als ich zusehen mußte, wie Marsh die Familie beim Dinner bediente. Zu allem Überfluß machte Emily noch eine sarkastische Bemerkung, als er sie fragte, ob er ihr noch ein Stück Roastbeef nachlegen dürfe. Als ich zu Bett ging, wünschte ich mir nichts sehnlicher, als High Coppice zu verlassen, um nie wiederzukehren.

Am Abend vor Weihnachten saßen wir nach dem Dinner im Salon und vertrieben uns wieder einmal die Zeit mit Buchstabenversetzrätseln. Edmund war wegen des heftigen Schneefalls später als erwartet aus London gekommen. Draußen war alles unter einer dicken, weißen Decke begraben. Züge konnten ihren Fahrplan nicht einhalten, und auf den Bahnhöfen mußte man den Passagieren rasch erst den Weg freischaufeln. Edmund hatte zwanzig Minuten gebraucht, um in dem fast knietiefen Schnee den Hügel heraufzustapfen.

Und es schneite noch immer. Im Kamin knackten die Scheite, die ein riesiges Feuer nährten. Ich hielt einen kleinen Notizblock auf den Knien und schrieb das Anagramm nieder, das Edmund uns eben aufgegeben hatte. Die Worte waren „Monster" und „Regen", und daraus sollten wir nun ein einziges Wort bilden.

Mir fiel nichts ein. Ich trödelte herum und kam plötzlich auf die Idee, ob es möglich sei, auch chinesische Ortsnamen zu einem neuen Wort umzustellen. Unwillkürlich kritzelte ich „Tientsin", dann „Tsin Kei-leng" und „Schanghai" ...

„Ich geb's auf", sagte Amanda. „Sag, was es ist, Edmund."

„Ganz einfach: ‚Morgensterne'." Edmund lächelte ein wenig selbstgefällig. „Das hat nichts mit dem Morgenstern am Himmel zu tun. Gemeint sind die mittelalterlichen Waffen, die Morgensterne, eine Art stachelbewehrter Keulen."

„Nein, das gilt nicht! Woher sollen wir denn solche Wörter kennen? Papa – sag ihm, daß er nicht so gemein sein soll!"

Ich hörte nicht, was Mr. Gresham antwortete, denn ich starrte auf die Buchstaben auf meinem Block. Ein Bruchstück des Rätsels, das John Falcon vor sechzig Jahren geschrieben hatte, war mir plötzlich ins Auge gesprungen – so deutlich, daß ich nicht begriff, wie ich es hatte übersehen können. Und dann, in der jähen Klarheit, die sich wie ein Licht immer weiter ausbreitete, fügten sich andere Teile des Rätsels in das Bild ein wie die letzten Steine in einem Puzzlespiel.

Ich kämpfte vor Aufregung mit den Tränen, als die Tür zum Salon geöffnet wurde und Mr. Marsh eintrat. Ohne zu warten, bis man das Wort an ihn richtete, sagte er drängend: „Verzeihung, Sir. Es handelt sich um eine wichtige Angelegenheit. Mr. Harry Falcon bittet, Sie einen Augenblick sprechen zu dürfen. Es handelt sich um einen Notfall."

Sekundenlang herrschte Totenstille, dann erhob sich Mr. Gresham langsam. „Harry Falcon? Hier?"

„Ja, Sir. Aus Rücksicht auf Ihre Gefühle, und weil er mit seinen Stiefeln keinen Schmutz hereintragen will, wartet er in der Vorhalle. Er scheint sehr beunruhigt zu sein."

„Nun ... dann werde ich mal lieber fragen, was das alles soll", sagte Mr. Gresham zögernd. Ich war plötzlich froh über die Unterbrechung, die mich daran gehindert hatte, meine Entdeckung auszuposaunen. Ich war nämlich keineswegs sicher, ob ich mein Geheimnis ausschließlich den Greshams verraten wollte. Wenn die Smaragde wirklich dort lagen, wo ich sie versteckt glaubte, so sollten die beiden Familien den Schatz teilen, wie es dem Willen ihrer Vorfahren entsprach. Ich beschloß, eine Weile zu warten und mir alles noch einmal gründlich zu überlegen.

Wir spielten weiter, aber keiner war ganz bei der Sache. Nach etwa zehn Minuten kam Mr. Gresham zurück. Er wirkte nervös. „Anscheinend wird der kleine Falcon vermißt", erklärte er. „Vor ungefähr einer Stunde war er noch im Haus, aber jetzt ist er verschwunden. Sie suchen nach ihm, aber bei dem Schneesturm ist das äußerst schwierig. Falcon kam, um mich zu fragen, ob der Junge vielleicht hier Unterschlupf gefunden hat. Er bat mich um Unterstützung bei der Suchaktion. Ich habe ihm Marsh und Albert mitgegeben." Er blickte seine Frau beinah schuldbewußt an. „Unter diesen Umständen fühlte ich mich zu dieser Maßnahme verpflichtet."

„Selbstverständlich", sagte Edmund fest und stand auf. „Und Eile tut not. Bei dieser Kälte wird das Kind nicht lange durchhalten." Er schritt auf die Tür zu. „Ich ziehe mir nur rasch meinen Mantel an und gehe den Feldweg ab."

Das alles hörte ich wie aus großer Entfernung, denn ich war halb betäubt vor Schreck. Dann fiel die Lähmung plötzlich von mir ab. Ich schrie auf und rannte zur Tür. „Ich weiß, wo er ist!" rief ich außer mir. „Er ist in seinem Versteck – wegen des Kaninchens! Er hat sicher Angst gehabt, es würde erfrieren!"

Mr. Gresham starrte mich an, als sei ich verrückt geworden. Dann kniff er ärgerlich die Lippen zusammen, packte mich unsanft am Arm und führte mich an meinen Platz zurück. „Was fällt dir ein! Und ich habe mich schon in der Hoffnung gewiegt, du hättest endlich diese widerliche Gewohnheit abgelegt, uns Hirngespinste aufzutischen!"

Meine Stimme war nur ein Krächzen. „Das ist kein Hirngespinst, Mr. Gresham! Bitte, kommen Sie mit! Im Tal unten gibt es eine Lichtung. Er hat dort einen Zoo, und wir treffen uns da oft, wenn er Ferien hat."

„Unsinn!" Auf Mr. Greshams Gesicht zeigten sich Zornesflecken. „Du wirst es doch nicht gewagt haben, dich mit dem kleinen Falcon anzufreunden!"

„Wenn Sie mir nicht helfen wollen, dann – dann gehe ich eben allein!"

„Du wirst nirgends hingehen, außer auf dein Zimmer. Du bist ein ganz böses, verlogenes Ding, und ich verwünsche den Tag, an dem ich dich in dieses Haus gebracht habe. Auf dein Zimmer, und zwar sofort! Keine Widerrede!"

Mit unendlicher Mühe beherrschte ich mich. „Wie Sie wollen, Mr. Gresham. Verzeihen Sie, daß ich Sie geärgert habe." Ich ging hinaus. Kaum hatte ich die Tür hinter mir geschlossen, raffte ich die Röcke und stürzte die Treppe hinauf. Beattie deckte eben die Betten auf, als ich über die Galerie rannte.

„Beattie! Schnell!" Ich lief in mein Zimmer. Sie folgte mir mit vor Erstaunen weit aufgerissenen Augen. Ich fuhr schon aus meinem Kleid. „Ich brauche ein Paar Hosen, Beattie. Ja, Hosen. Hol mir welche aus Mr. Edmunds Zimmer, die ältesten, die du finden kannst."

„Oooh, Miß, das traue ich mich nicht!"

„Ich werde sagen, ich hätte sie mir selbst genommen. Bitte, Beattie. Ich gewinne dadurch ein paar Minuten. Der kleine Falcon ist knapp davor, zu erfrieren, und ich weiß wo, aber sie wollen mir nicht glauben."

Sie blinzelte, dann nahm ihr hageres Gesicht einen entschlossenen Ausdruck an. „Gut, Miß. Ich bin gleich wieder da."

Drei Minuten später stand sie in der Halle vor der Tür zum Salon Schmiere, während ich auf Zehenspitzen die Treppe hinunterschlich. Kleid und Unterröcke hatte ich ausgezogen; statt dessen trug ich drei Blusen und eine Wolljacke unter dem Mantel. Der Kofferriemen hielt als Gürtel Edmunds Hose fest. Die viel zu langen Röhren steckten in den hohen Filzstiefeln, die ich aus China mitgebracht hatte. Jetzt zog ich mir noch rasch die Handschuhe an. Unter den Arm hatte ich eine zusammengerollte Wolldecke geklemmt.

Ich war noch keine fünfzig Meter weit, als ich mich fragte, ob ich Matthews Versteck je erreichen würde. Der Schnee lag fast einen halben Meter hoch und fiel noch immer in einem dichten Schleier vom Himmel. Ein bitterkalter Wind peitschte mir die Flocken ins Gesicht. Die Sterne waren ausgelöscht, nur das scheinbar unendliche Weiß ringsum leuchtete schwach, so daß ich ein paar Schritte weit sehen konnte. Mühsam, aber stetig stapfte ich den Hügel hinunter. An den Heimweg wollte ich noch gar nicht denken. Endlich erreichte ich das Gebüsch vor Matthews Versteck. „Matthew! Matthew!" schrie ich und versuchte, das Pfeifen des Sturms zu übertönen.

Keine Antwort. Auf der Lichtung hinter den Büschen lag der Schnee genauso hoch. Ich stolperte zu dem Felsvorsprung. Nichts. Ich wischte mir den Schnee vom Gesicht und spähte noch einmal in die Dunkelheit. Und dann sah ich ihn. Er hockte zusammengekauert in der Nische, den Kopf in den Armen geborgen. Eine dünne Schneeschicht war schon über ihn gebreitet wie ein Laken.

„Matthew!" Ich kniete vor ihm nieder, rüttelte ihn an der Schulter. In dem trüben, gespenstischen Licht sah ich sein Gesicht marmorbleich schimmern. Seine Augen waren geschlossen. Ich rief ihn, preßte ihn an mich, blies ihm meinen warmen Atem ins Gesicht. Sekundenlang öffneten sich seine Lider einen Spalt, dann schlossen sie sich wieder, und er hing schlaff in meinen Armen.

Die Kälte war ein stechender Schmerz, aber nun spürte ich einen noch viel größeren, denn ich wußte, daß Matthew nie mehr erwachen würde, wenn ich ihn nicht bald ins Warme brachte. Ich wußte auch, daß ich es niemals schaffen würde, ihn den Hügel hinauf nach High Coppice zurückzutragen. Und mir blieb keine Zeit, Hilfe zu holen. Ich wußte mit erbarmungsloser Gewißheit, daß ich alles, was zu tun war, allein tun mußte.

Während ich die Decke aufrollte, preßte ich zwischen meinen halb erstarrten Lippen hervor: „Tu, was als nächstes drankommt, Lucy. Tu, was als nächstes drankommt, und mach von da weiter."

NEUN

ICH breitete die Decke auf dem Schnee aus und zog Matthew darauf, so daß er diagonal lag. Dann schlug ich zwei Enden ein und knotete sie über seinem Bauch zusammen. Die beiden anderen an seinem Kopf und seinen Füßen schlang ich zu einem großen, doppelten Knoten. Meine Finger waren völlig gefühllos, aber endlich hatte ich es geschafft.

Indem ich Matthew den Rücken zuwandte, kniete ich nieder, griff hinter mich, packte den Knoten und zerrte mit aller Kraft, um mir die Schlaufe, zu der die Decke nun gebunden war, über den Kopf zu ziehen. So hatte ich in China – wie die Bauern dort – schwere Lasten getragen. Matthew lag als Bündel auf meinem Rücken, und die Schlaufe diente mir als Stirnband.

Irgendwie kroch ich durch den Tunnel. Dann straffte ich die Schultern, spannte die Halsmuskeln an und versuchte verzweifelt, mich aufzurichten. Als ich dann auf den Beinen war und mich dem Gewicht des Bündels entgegenstemmte, schien mir Matthew nicht mehr ganz so schrecklich schwer zu sein.

Gut... Ich hatte getan, was als nächstes drankam. Aber wie ging es weiter? Die Antwort ergab sich von selbst, als ich die Schneeflocken von mir fort ins Dunkel wirbeln sah. Ich war noch nie den Weg zu Moonrakers hinaufgegangen, aber ich wußte, daß der Hang dort nicht so steil war und daß es wegen des starken Südwinds wenigstens keine Verwehungen geben würde.

Dreimal kam ich von dem gewundenen Pfad ab, der völlig zugeschneit durch den Wald führte. Ich schleppte mich tief gebeugt voran, denn Matthews Gewicht erdrückte mich fast. Schultern und Nacken schmerzten mich unerträglich, mein Atem ging rasselnd, und die ganze Zeit dachte ich verzweifelt daran, daß Matthew, der noch immer reglos in der Decke auf meinem Rücken hing, immer tiefer in das tödliche Koma sank, mit dem die Kälte ihre Opfer umkrallt. Ich weiß nicht mehr, wie oft ich glaubte, keinen Schritt mehr weiter zu können, aber dann erwachte ich wieder wie aus halber Bewußtlosigkeit und merkte, daß ich doch noch einen Fuß vor den anderen setzte.

Es nahm kein Ende. Selbst wenn ich mich zu einer Million Schritte zwang, würde das erst der Anfang sein.

Verzweiflung packte mich, als der Schnee plötzlich noch tiefer wurde. Langsam dämmerte mir als Erklärung dafür, daß der Schutz der Bäume wohl schon hinter mir lag und ich mich dem Hügelkamm näherte ... Dem Hügelkamm? Ich hob den Kopf. Durch die wirbelnden Flocken sah ich die hellerleuchteten Fenster eines großen Hauses. Moonrakers. Zweihundert Schritt vor mir. Ich taumelte darauf zu, fiel, raffte mich wieder auf, kroch auf allen vieren weiter, grub mich durch den Schnee, in den mir der Kopf schon vor Erschöpfung sank. Das Gewicht auf meinem Rücken war ein Fels, ein Berg ...

Da spürte ich Kies unter meinen Knien. Wieder blickte ich auf. Das große, warme Haus war jetzt ganz nah. Zwei Gestalten standen dicht nebeneinander, schienen ein paar Worte zu wechseln, gingen dann mit ihren Laternen in entgegengesetzter Richtung davon. Ich hob den Kopf und schrie. Es war nur ein dünner, schriller Laut.

Einer der Männer blieb stehen, wandte sich um, kam langsam näher. Er hob die Laterne, stürzte dann plötzlich mit großen Sätzen auf mich zu und fiel neben mir auf die Knie. Ich schaute in das abgezehrte Gesicht von Matthews Vater.

„Ich hab ihn", flüsterte ich. „Er ist in der Decke. Bitte, wärmen Sie ihn ... schnell."

Dann war mit einemmal ein dumpfes Dröhnen in meinen Ohren, und ich glitt durch einen langen, dunklen Schacht ins Nichts.

Die Schmerzen in meinem Nacken und Rücken weckten mich. Ich lag, auf hohe Kissen gestützt, in einem großen Himmelbett in einem riesigen und ziemlich kahlen Raum mit viel weniger Möbeln als in den Schlafzimmern von High Coppice. Ein Feuer prasselte im Kamin. Ich zog die Arme unter der Decke hervor und sah, daß ich ein hübsches, spitzenbesetztes rosa Nachthemd trug. Mrs. Falcon saß auf einem Stuhl neben dem Bett. Ihr schönes Gesicht wirkte müde, aber ruhig.

Ich stützte mich auf einen Ellbogen. „Matthew? Ist alles in Ordnung?"

„Pst, Liebes! Matthew geht es gut." Sie stand auf und ergriff meine Hand. „Es ist jetzt mehr als drei Stunden her, seit Harry euch beide gefunden hat. Dr. Cheyne ist es gelungen, sich zu uns durchzuschlagen. Er hat Sie und Matthew untersucht. Wir haben die Greshams sofort benachrichtigt, damit sie wissen, daß Sie in Sicherheit sind." Mrs. Falcon schüttelte verwundert den Kopf. „Wir können noch immer nicht begreifen, wie Sie es geschafft haben, den Jungen bei diesem Schneesturm hierherzutragen."

„Ich bin recht stark für meine Größe, Mrs. Falcon."

„Ihr Wille ist stark, meine Liebe, und das ist das Entscheidende." Die Augen wurden ihr plötzlich feucht, und sie küßte mich auf die Wange. „Gott segne Sie, Lucy. Ich weiß nicht, wie ich Ihnen danken soll."

Ich war selbst vor Erleichterung den Tränen nahe. „Ich bin froh, daß ich helfen konnte, Mrs. Falcon. Aber ich fürchte, Mr. Gresham wird schrecklich böse auf mich sein... Bitte, muß ich heute noch zurück? Ich bin so müde, und..."

„Heute noch zurück? Kommt gar nicht in Frage. Dr. Cheyne hat gesagt, Sie müßten unbedingt im Bett bleiben, bis er wiederkommt."

Erst als sie mir einen Teller Suppe gebracht und zugesehen hatte, wie ich aß, erlaubte sie ihrem Mann und Robert, das Zimmer zu betreten. Ich kam mir reichlich dumm vor und fand das alles furchtbar peinlich.

Mr. Falcon sah man die Angst noch an, die er ausgestanden hatte, aber er küßte mich lächelnd auf die Stirn und dankte mir ganz schlicht und herzlich. Robert schien keine Worte zu finden. Er stand nur mit grimmiger Miene sichtlich verlegen herum und murmelte schließlich ein paar formelle Phrasen. Ich erkannte ihn kaum wieder, so sehr unterschied sich sein Benehmen von seiner sonst so selbstsicheren Art.

Nachts schlief ich tief und traumlos. Als ich am nächsten Morgen erwachte, waren die Vorhänge zurückgezogen, und ich sah, daß es aufgehört hatte zu schneien.

Meine Schultern taten mir noch immer weh, aber ich fühlte mich schon viel besser und war sogar hungrig. Ein Mädchen saß neben mir und eilte, sowie ich die Augen aufschlug, davon, um seiner Herrin Bescheid zu sagen. Nach etwa zehn Minuten kam es mit einem Frühstückstablett zurück, und Mrs. Falcon folgte ihm.

„Guten Morgen, Lucy. Hoffentlich haben Sie gut geschlafen. Matthew fragt schon nach Ihnen, aber ich habe ihm gesagt, er müsse sich noch gedulden, bis der Arzt bei Ihnen war."

Während ich mein Frühstück verzehrte, stand sie am Fenster und plauderte ganz ungezwungen über Schönheit und Grausamkeit der Natur, während sie auf das verschneite Tal hinausblickte. Ich ging bereitwillig darauf ein und dachte dabei, wie anders hier doch alles war. Für Mrs. Gresham hatte es als Gesprächsthema nur den Haushalt und Klatsch gegeben.

Im Laufe des Vormittags kam dann Dr. Cheyne, ein gemütlicher Mann mit einem roten Gesicht. Als er mir den Puls gefühlt und meine Temperatur gemessen hatte, sagte er: „Also, junge Dame, wie haben Sie das bloß gemacht? Die meisten Leute hätten sich nach so einem Ausflug eine Woche lang ins Bett legen müssen. Sie wollen mir offenbar ins Geschäft pfuschen, wie?" Er wandte sich an Mrs. Falcon. „Lassen Sie Matthew noch einen Tag im Körbchen, Madam. Aber wenn die hier aufstehen will – meinetwegen. Die ist sowieso ein Wunder." Damit zwinkerte er mir zu und verabschiedete sich.

Eine Stunde später besuchte ich Matthew. Ich trug eine meiner Blusen, aber einen geborgten Rock und Schuhe, die ebenfalls nicht mir gehörten. Matthew erinnerte sich kaum an sein Abenteuer am vergangenen Abend. Seine größte Sorge galt dem Kaninchen. Ich versprach, Robert zu bitten, das Tier zu suchen, und das beruhigte ihn. Dann ließen wir ihn allein, damit er schlafen konnte.

Eigentlich war das Haus ein bißchen schäbig, aber es hatte einen Stil, den ich liebte. Statt mit Möbeln vollgestopfter Räume gab es hier Weite; statt kleinlichem Schnickschnack schmückten hier einzelne erlesene Dinge auf Kaminsimsen und Tischen: Holzschnitzereien; bizarre Gräser, in einer schlanken Vase geschmackvoll arrangiert; eine große Amethystdruse auf einem schönen, hölzernen Sockel. Die Falcons hatten sich auch ein Atelier eingerichtet, und überall hingen von ihnen selbst oder ihren Freunden gemalte Bilder.

„Nichts Wertvolles", bemerkte Mr. Falcon vergnügt, als wir beim Kaffee im Salon saßen. „Außer einer unserer Freunde entpuppt sich unerwartet als Genie. Erst neulich hat mir jemand erklärt, ich könnte ein hübsches Stück Geld verdienen, wenn ich reiche Frauen porträtierte, aber ich hab keine Lust dazu." Er wandte den Kopf, als die Tür geöffnet wurde. „Ah, Robert. Na, was ist mit dem Kaninchen?"

„Gerettet. Der Stall war unter all dem Schnee kaum noch zu finden, aber wahrscheinlich hat es drin gehockt wie ein Eskimo in seinem Iglu." Er war wieder ganz der alte. Völlig unbefangen schritt er auf mich zu, nahm meine Hand und beugte sich nieder, um mich auf die Wange zu küssen.

„Schon auf, Lucy? Was für ein erstaunliches Mädchen Sie sind. Und wie schön, Sie bei uns zu haben."

„Hallo, Robert. Ich bin auch glücklich, daß ich hier sein kann." Eigentlich hatte ich erwartet, daß es mich verlegen machen würde, mit ihm seit jenem Augenblick im Dunkeln zum erstenmal beisammen zu sein, doch seine Eltern schufen eine so herzliche Atmosphäre, daß man sich nicht im geringsten unbehaglich fühlen konnte. Ohne zu überlegen, fügte ich hinzu: „Ich mag gar nicht daran denken, daß ich wieder nach High Coppice zurück muß."

Robert blickte seinen Vater an. „Kann Gresham sie dazu zwingen?"

Mr. Falcon kratzte sich den Bart. „Wenn er ihr gesetzlicher Vormund ist, denke ich schon."

„Er ist nicht mein Vormund", warf ich ein und ergänzte dann hastig: „Aber bitte glauben Sie nicht, daß ich mich Ihnen aufdrängen will. Ich hätte das überhaupt nicht erwähnen –"

„Warum nicht? Sie sind hier jederzeit willkommen, Lucy." Er lächelte seiner Frau zu. „Das richten wir schon ein, nicht wahr, Liebling?"

„Bis jetzt ist es uns noch immer gelungen, Harry." Sie richtete ihren offenen Blick auf mich. „Ich wäre wirklich glücklich, wenn Sie blieben, meine Liebe."

„Sie sind sehr gütig", antwortete ich zögernd. „Aber Mr. Gresham hat mich aus China geholt und die ganze Zeit für mich gesorgt. Es wäre unrecht, zu Ihnen zu kommen, wenn er will, daß ich bei ihm bleibe."

„Wir wollen Sie in keiner Weise dazu überreden", sagte Mrs. Falcon ruhig. „Jeder sollte nach seinem Gutdünken handeln." Ihr Blick streifte Robert. „Solange dadurch niemand Schaden erleidet."

Mr. Falcon lachte. „Ich wette, der alte Gresham hält uns für verrückt. Nun ja, vielleicht machen Tina und ich uns nicht so viel aus materiellen Dingen, wie es vielleicht nötig wäre. Aber dafür leben wir wenigstens so, wie wir wollen, stören keinen und jammern auch nicht, wenn das Schicksal uns hin und wieder eins aufs Dach gibt." Er stand auf, ging zu seiner Frau und küßte sie ungeniert. „Und wir sind glücklich dabei, nicht wahr, Liebling?"

Ich freute mich so für sie, daß mir die Tränen kamen. Bei Mr. und Mrs. Gresham hatte ich nie Anzeichen von Zuneigung gesehen.

„Deine Lebensphilosophie in allen Ehren, Vater", sagte Robert durchaus liebenswürdig, „aber eines Tages wirst du damit Schiffbruch erleiden." Seine Miene wurde ernst. „Wer weiß, vielleicht schon nächstes Jahr."

„Deshalb geht die Welt auch nicht gleich unter, Robbie", sagte Mrs. Falcon. „Dein Vater und ich könnten uns in einem Häuschen in Cornwall niederlassen. Ich liebe Moonrakers, aber ein Haus ist schließlich nicht das Wichtigste."

„Für mich ist es wichtig, Mutter."

„Ich weiß. Das ist bei dir eine Art Besessenheit, und ich wünschte, du könntest dich davon befreien. Aber vielleicht verlängert Mr. Sabin die Frist."

„Nick Sabin? Mutter, unsere einzige Chance für eine Fristverlängerung wäre, daß er nie aus China zurückkehrt. Ich habe bis jetzt nichts davon gehört, daß er wieder im Lande ist, also haben wir vielleicht Glück."

„Du darfst ihm nicht den Tod wünschen, Robbie", sagte seine Mutter rasch. „Es wäre schrecklich, auf so etwas zu hoffen."

Robert zuckte die Achseln. Ich hatte ein schlechtes Gewissen, daß ich schweigend hier saß, wo ich doch so viel zu sagen gehabt hätte, aber ich fand einfach nicht den Mut, ihnen zu erklären, daß sie noch vor Jahresende Moonrakers verlassen müßten, weil ich es erben würde.

Ich hoffte, vor diesem Tage würde noch ein Wunder geschehen, das Nicholas Sabins Pläne durchkreuzte.

Eine Stunde später saß ich bei Matthew im Zimmer und spielte mit ihm, als die Glocke an der Eingangstür läutete. Gleich darauf kam Mrs. Falcon herein. „Entschuldigen Sie, Lucy, aber Edmund Gresham wartet im Salon auf Sie."

Ich stand widerstrebend auf. „Dann werde ich wohl hinuntergehen müssen."

Edmund erhob sich, als ich eintrat. Wir begrüßten uns verlegen und schwiegen dann. Diesmal schien Edmund ein wenig peinlich berührt zu sein. Um das Schweigen zu überbrücken, sagte ich: „Es tut mir leid, daß ich deine Hosen genommen habe, Edmund, aber in den langen Röcken hätte ich es nie geschafft."

„Gewiß, gewiß." Er wurde rot. „Hm – was ich dich fragen muß, Lucy –, bist du bei den Falcons gut untergebracht?"

„O ja, sie sind reizend zu mir."

„Vermutlich läßt es sich nicht machen, daß du – äh – bei ihnen bleibst? Um ehrlich zu sein, wäre es eine Erleichterung für meine Eltern, wenn du nicht mehr zurückkämst, Lucy. Mein Vater ist kein logisch denkender Mensch, und die Tatsache, daß du gestern abend vollkommen im Recht warst, hat ihn nicht milder gestimmt. Vielleicht schämt er sich, ohne es sich einzugestehen, und wie die meisten Choleriker neigt er dazu, dann den wilden Mann zu spielen ... Kurz und gut, deine Gegenwart schafft eine gespannte Atmosphäre. In erster Linie ist mein Vater daran schuld, denn es war ein Fehler von ihm, dich nach High Coppice zu bringen, und das habe ich ihm auch offen gesagt."

Ich fand vor Entzücken kaum Worte. „Wenn er mich nicht mehr sehen will – Mr. und Mrs. Falcon haben schon gesagt, ich könnte hierbleiben."

Es war schwer zu entscheiden, ob Edmund eher überrascht oder erleichtert war. „Nun, das ist wirklich höchst angenehm. Ich muß dir aber noch etwas sagen. Bald nachdem wir dein Verschwinden entdeckt hatten, kam Marsh zurück. Als er von Beattie erfuhr, was geschehen war, vergaß er sich und – äh – kritisierte meinen Vater in einer Art, die eher zu einem Hauptfeldwebel gepaßt hätte als zu einem Butler. Im Laufe dieser – hm – mehr als deutlichen Meinungskundgebung enthüllte er auch die erstaunliche Tatsache, daß er dein Schwiegervater ist. Zweifellos war dies auch der Grund für seine Besorgnis und seinen berechtigten Zorn."

„Ja, das stimmt, Edmund", sagte ich. „Ich besitze Nicks Siegelring, und Mr. Marsh hat ihn erkannt. Ich habe niemandem davon erzählt, weil ich fürchtete, Mr. Marsh würde dann seine Stellung auf High Coppice verlieren."

Edmund legte die Fingerspitzen aneinander. „Ganz recht. Jedenfalls wurde er wegen seines ungebührlichen Betragens fristlos entlassen. Er ist heute morgen gegangen." Edmund zog ein Kuvert aus der Tasche. „Und er bat mich, dir diesen Brief zu geben."

Ich versuchte ungeschickt, den Umschlag zu öffnen. „Darf ich ihn gleich jetzt lesen, bitte?" Edmund nickte, und ich zog den Bogen heraus.

Meine liebe Lucy!
Gott sei Dank ist dir und dem kleinen Jungen nichts passiert.
Mach dir bitte um mich keine Sorgen. Ich habe meine Pension
von der Armee, und ich bin sicher, daß mir mein ehemaliger
Herr, der jetzt eine wichtige Stellung im Heeresministerium
bekleidet, mit einem Empfehlungsschreiben helfen wird. Ich
würde mich sehr freuen, von Dir zu hören und Dich vielleicht
auch gelegentlich zu besuchen, falls sich das machen läßt. Du
kannst mich unter dieser Adresse erreichen: Greenwich, Ludford
Road 14.

Es grüßt Dich herzlich Dein Dich liebender Vater
Thomas Marsh

Ich blickte auf. „Er schreibt mir nur seine neue Adresse und daß
ich mich nicht um ihn sorgen soll. Danke, daß du mir den Brief
gebracht hast, Edmund."

„Keine Ursache." Er dämpfte die Stimme. „Wirst du den Falcons
erzählen, daß du Nicks Witwe bist und Moonrakers erben wirst?"

„Ich weiß es nicht. Es ist schrecklich schwer. O Edmund, mußt du
seine Anweisungen unbedingt befolgen? Kann man den Termin nicht
verlängern?"

„Auf keinen Fall, Lucy." Er wirkte schockiert. „Ich bin gesetzlich
verpflichtet, mich an die testamentarischen Bestimmungen zu halten.
Ich verstehe ja, daß es dich in eine unangenehme Situation bringt,
aber daran läßt sich nichts ändern."

„Edmund... findest du nicht, daß es für beide Familien gut
wäre, wenn sie übereinkämen, den Schatz – vorausgesetzt, daß er
je gefunden wird – zu teilen, wie es eure Großväter ursprünglich
wollten?"

Er nickte. „Das wäre wunderbar. Nur werden meine Eltern nie
damit einverstanden sein, und Robert Falcon ebensowenig. Außerdem
glaube ich, offen gesagt, daß man die Smaragde nie finden wird."

Ich lauschte ihm mit zwiespältigen Gefühlen, denn ich war ja überzeugt, jetzt zu wissen, wo der Schatz verborgen lag, wenn er nicht
inzwischen aus seinem ersten Versteck fortgebracht worden war.
Sagte ich es den Falcons, war es ein Verrat an Mr. Gresham, unter
dessen Dach ich die vergangenen sieben Monate verbracht hatte. Und
den Greshams konnte ich es wiederum nicht sagen, weil der Schatz

die einzige Möglichkeit schien, Moonrakers für die Falcons zu retten, und das wollte ich unter allen Umständen.

Edmund stand auf. „Ich lasse deine Sachen einpacken und herüberbringen. Ich muß jetzt gehen, Lucy. Vielleicht sollte ich noch mit Harry Falcon sprechen, um sicherzugehen, daß er wirklich damit einverstanden ist, wenn du bleibst."

„Ich rufe ihn gleich. Edmund, du bist immer so nett zu mir gewesen. Ich möchte dir für deine Güte danken."

„Güte?" Er blickte aus dem Fenster. „Ich habe meine Pflicht getan, aber Güte kann ich mir wohl kaum als Verdienst anrechnen. Das Gesetz kennt kein Gefühl, weißt du; es versucht nur, unparteiisch und gerecht zu sein. Mehr bin auch ich dir gegenüber nie gewesen. Vielleicht bin ich dem Gesetz ziemlich ähnlich."

Das gehörte zum Traurigsten, was ich je gehört hatte, aber ich wußte nichts darauf zu erwidern. Nach einem Augenblick gab ich ihm die Hand und sagte ihm Lebwohl. Dann ging ich Mr. Falcon holen.

NACH dem Schreck über Matthew, der so knapp dem Tod entronnen war, telegraphierten die Falcons ihren Freunden und sagten sämtliche Einladungen für Weihnachten ab. Statt dessen verbrachten wir die Festtage in aller Stille, und ich merkte bald, daß ich hier auf Moonrakers lebte wie in einer anderen Welt. Wie Mrs. Falcon schon einmal erwähnt hatte, konnte jeder tun und lassen, was er wollte, solange dadurch niemand Schaden erlitt. Ich durfte den Angestellten helfen – lauter freundliche Leute, die sich offenbar glücklich schätzten, in den Diensten der Falcons zu stehen. Ich lernte, englische Gerichte zu kochen, und machte mich beim Staubwischen nützlich. Nebenbei widmete ich mich Matthew, bis er ins Internat zurückkehren mußte.

Bald nach Weihnachten schrieb ich Mr. Marsh und bekam eine liebevolle Antwort von ihm. Er arbeitete als Kammerdiener im Londoner Haus seines ehemaligen Herrn, der nun den Rang eines Generalleutnants im Heeresministerium bekleidete. Er freute sich sehr über die Nachricht, daß ich bei den Falcons so gut untergebracht war, und hoffte, mich an einem freien Tag bald besuchen zu können.

Die Greshams sah ich zum erstenmal in der Kirche wieder. Als wir nach dem Gottesdienst aneinander vorbeigingen, machte ich einen Knicks und sagte: „Guten Morgen." Edmund lüftete den Hut. Amanda hauchte sichtlich verlegen: „Hallo, Lucy." Emily ignorierte mich. Mrs. Gresham neigte arrogant den Kopf, und Mr. Gresham hob als Gruß andeutungsweise seinen Spazierstock. Ich war froh, diese erste Begegnung hinter mir zu haben. Sie sollte bezeichnend für unsere weitere Beziehung sein.

Sobald Matthew wieder im Internat war, begann Robert meine Gesellschaft zu suchen, besonders, wenn sich eine Gelegenheit bot, bei der wir allein sein konnten. Er war sehr aufmerksam und nett zu mir, doch er erwähnte nie den Abend, an dem er mich im Dunkeln geküßt hatte, und ich konnte mich des Gefühls nicht erwehren, daß ihn irgend etwas davon abhielt, das auszusprechen, was ihm am Herzen lag. Ich war überzeugt, er würde mir früher oder später gestehen, daß er mich liebte, und fragte mich, was ich dann tun würde. Immer, wenn ich Mr. und Mrs. Falcon zusammen sah, glaubte ich zu wissen, wie Liebe sein sollte. Ein goldener Strom verband die beiden, so warm und natürlich wie die Sonnenstrahlen, die zur Erde niederfluten. Nein, das empfand ich weder für Robert noch für irgendeinen anderen Mann.

Einmal sagte Mrs. Falcon sehr behutsam zu mir: „Wenn Robert Sie um Ihre Hand bittet, dann – dann hoffe ich, Sie werden ablehnen." Ich war verblüfft und auch verletzt, aber ich wußte ja, daß die Falcons dem Landadel angehörten, und verstand daher, daß man von Robert erwartete, eine gute Partie zu machen.

So traf es mich nicht unvorbereitet, als Robert mich tatsächlich fragte, ob ich ihn heiraten wolle. Stotternd dankte ich ihm für die Ehre, die er mir zuteil werden ließ, und erklärte, ich sei vielleicht noch nicht erwachsen genug, um an eine Ehe zu denken.

Er wirkte in keiner Weise verstimmt. „Du bist achtzehn, Lucy, und viel erwachsener für dein Alter als die meisten englischen Mädchen. Aber wahrscheinlich brauchst du Zeit, um dich an den Gedanken zu gewöhnen. Ich werde mich ein Weilchen gedulden und dich dann noch einmal fragen. Sagen wir, nächste Woche." Er lachte und ließ mich mit meiner Verwirrung allein.

Als ich abends zu Bett ging, konnte ich nicht einschlafen. Ich zündete das Nachttischlämpchen an, warf mir meinen Schlafrock über, schlang die Arme um die Knie und versuchte Ordnung in meine verworrenen Gefühle zu bringen. Dabei begann eine Idee in mir aufzukeimen ...

Was ich brauchte, war eine Möglichkeit, Moonrakers zu retten und gleichzeitig sicherzugehen, daß die Greshams und die Falcons sich den Schatz teilen würden. Die Lösung schien ganz einfach. Ich würde einwilligen, Robert zu heiraten, wenn er mir dafür versprach, die Hälfte des Schatzes den Greshams abzutreten. Dann würde ich ihm sagen, daß ich hinter den Sinn des Rätsels gekommen war, und er konnte nach China fahren und die Smaragde holen. Wenn nach seiner Rückkehr der Schatz geteilt war, konnte er die Hypothek auf Moonrakers tilgen. Dann würde ich ihn heiraten. Und ich würde mich nach besten Kräften bemühen, ihm eine gute Frau zu sein.

Ich nahm Papier und Bleistift aus der Kommode, stieg wieder ins Bett und schrieb das Rätsel auf, weil ich fand, daß mein Geheimnis nicht nur in meinem Kopf aufbewahrt sein durfte.

> „Brichst du die Klinge und den Stein,
> so ist das Glück im Tempel dein.
> Wohin der Wind die Blüten trägt,
> golden verkehrt die Welt sich dreht,
> weist dir der kleine Bär der Nacht
> der Tigeraugen kalte Pracht."

Dann begann ich die Lösung zu schreiben:

„Ein Anagramm. Wenn man ‚Klinge' und ‚Stein' bricht, also die Buchstaben versetzt, ergeben sie Tsin Kei-leng. Unsere Missionsstation, früher ein Tempel, steht auf einem Hügel über Tsin Kei-leng."

Das war die Erleuchtung, die mir an dem Abend gekommen war, als wir uns mit Anagrammen die Zeit vertrieben. Bis zu jenem Augenblick hatte ich es für unmöglich gehalten, daß mit dem Tempel in dem Rätsel unsere Mission gemeint sein könnte, weil der Fluß auf der Karte ganz anders eingezeichnet war, als er in Wirklichkeit verlief. Aber dann war mir etwas eingefallen, was ich einmal gehört hatte: vor ungefähr dreißig Jahren war der kleine Fluß gestaut und umgeleitet worden. Damit und mit der Bestätigung, daß unsere Missionsstation der richtige Tempel war, ergab sich der Rest von selbst. Ich schrieb:

„Ein paar Meter vor der Nordwand der Mission stehen alte Pflaumenbäume. Das erklärt die Zeile: ‚Wohin der Wind die Blüten trägt'."

Ich hielt inne und dachte daran, wie oft ich in einer Sommernacht bei offenem Fenster im Bett gelegen und gesehen hatte, wie sich die

Sterne in dem Bronzeschild an der Wand spiegelten. Mein Bleistift bewegte sich wieder übers Papier:

„Mit dem ‚kleinen Bären der Nacht‘ ist das Sternbild des Kleinen Bären gemeint. Sein hellster Stern, der Polarstern, scheint durch ein Fenster auf einen Bronzeschild, der in die Mauer eingelassen ist. Wenn man diesen Schild poliert, glänzt er wie ein Spiegel und zeigt die Welt verkehrt. ‚Wo golden verkehrt die Welt sich dreht‘ muß demnach bedeuten, hinter diesem Schild.“

Ich merkte, daß die Lösung noch nicht vollständig war, und fügte hinzu: „‚Tigeraugen‘: ein Ausdruck, den man in diesem Teil Chinas für Smaragde gebraucht.“

Ich faltete das Blatt zusammen, steckte es in einen Umschlag, versiegelte ihn und schrieb Mr. Marshs Namen und Adresse darauf. Dann ergänzte ich noch: „Persönlich“ und „Streng vertraulich“. Ich steckte den Brief zu meiner kleinen Sammlung von Schätzen in den alten Koffer und legte mich wieder ins Bett. Das Ganze kam mir jetzt ziemlich dumm und melodramatisch vor, aber wenigstens hatte ich dafür gesorgt, daß ich mein Geheimnis nicht mit ins Grab nehmen konnte, und wenn der Brief je in Mr. Marshs Hände kam, sollte er damit machen, was er für das Beste hielt.

Nächste Woche bat mich Robert ein zweites Mal, ihn zu heiraten. Am gleichen Morgen war ich zu einem wichtigen Entschluß gelangt. Sollte sich die Gelegenheit ergeben, wollte ich meinen Plan durchführen und ihm alles erzählen, um ihm als Gegenleistung das Versprechen abzunehmen, daß er den Schatz mit den Greshams teilte. Als Robert und ich dann am Nachmittag im Salon saßen und er mich wieder fragte, ob ich ihn heiraten wolle, begann ich: „Robert, bevor ich Ihnen antworten kann, muß ich Ihnen etwas sagen –“ In diesem Moment schellte es laut und vernehmlich an der Eingangstür.

„Lassen Sie sich nicht stören, Lucy“, meinte er. „Sprechen Sie weiter.“

„Vielleicht warten wir lieber. Ich möchte nämlich nicht unterbrochen werden, weil –“

Die Tür ging auf, und Nellie, eines der Dienstmädchen, erschien mit bestürztem Gesicht auf der Schwelle. „Mr. Robert“, platzte sie heraus, „draußen ist ein Herr, der zu Miß Lucy will. Er sagt ...“ Ihre Stimme schwankte. „Oh, ich mag es gar nicht wiederholen, was er sagt ...“

„Dann besorge ich es selbst", unterbrach sie eine Stimme, bei der ich wie von der Tarantel gestochen aufsprang. Eine Hand schob Nellie energisch beiseite, und Nick Sabin trat ein. „Ich komme, um meine Frau zu holen."

Ohne den Stoppelbart, den er im Gefängnis getragen hatte, wirkte sein Gesicht länger und hagerer denn je. Davon abgesehen sah er genauso aus, wie ich ihn in Erinnerung hatte, nur daß in seinen dunklen Augen keine Kobolde mehr tanzten. Sie waren ausdruckslos.

Es war unfaßbar, aber wahr. Da stand Nick Sabin in voller Lebensgröße. Ich spürte, wie ein Blitzstrahl der Erleichterung den Panzer meiner Benommenheit durchdrang.

„Mr. Sabin . . .?" Ich konnte nur flüstern. „Sie – Sie leben! Ich bin – ich bin ja so froh!"

„Wirklich, Lucy?" Sein Blick glitt über mich hinweg, und etwas flackerte kurz darin auf. War es Trauer? Oder Bitterkeit? „Na, dann ist es ja gut", sagte er. „Geh und pack deine Koffer, ja?"

Plötzlich bekam ich Angst. Wenn Nick Sabin lebte, dann hatte ich ihn in jener Nacht wirklich gesehen. Und wenn mich jemand in die Höhlen von Chislehurst getragen hatte, dann bedeutete das . . . Nein, ich wollte nicht daran denken, was das bedeutete. Ich zwang mich, die beiden Männer anzublicken. Robert war so blaß wie ich wohl selbst in diesem Augenblick.

„Deine Frau?" sagte er. Seine Stimme war leise, aber sie jagte mir einen Schauer über den Rücken.

„Meine Frau", bestätigte Nick Sabin gelassen. „Wir haben ein paar Stunden bevor ich hingerichtet werden sollte, im Gefängnis von Tschengfu geheiratet. Du kannst Edmund Gresham fragen. Er ist mein Anwalt und hat alle Dokumente. Oder noch besser, frag Lucy."

Ich nickte bloß. Robert griff sich mit beiden Händen an den Kopf. „Aber warum, Lucy, warum?"

Ich rang noch nach Worten, als Nick Sabin bereits sagte: „Der Grund spielt jetzt wohl kaum eine Rolle. Aber wenn Lucy vielleicht so gut ist und sich jetzt ans Packen macht, werde ich dir in der Zwischenzeit kurz erzählen, was vorgefallen ist."

Robert streckte das Kinn vor. „Ich kenne mich mit dem Gesetz zwar nicht genau aus, aber ich bezweifle, ob du sie gegen ihren Willen zwingen kannst, mit dir zu gehen."

Nick schaute mich an. „Weigerst du dich, mich zu begleiten, Lucy?"

Ich schüttelte den Kopf. Gleichgültig, wie es dazu gekommen war, ich war Nick Sabins Frau. Und außerdem hatte ich Angst davor, was passieren würde, wenn ich nicht mitging, denn Robert stand, die Hände in die Hüften gestützt, leicht vorgebeugt und mit funkelnden Augen da, als wollte er seinem Feind gleich an die Kehle springen. Ich versuchte vergeblich, meiner Stimme einen festen Klang zu verleihen: „Ich brauche nur ein paar Minuten, Mr. Sabin."

Er bürstete lässig mit dem Ärmel ein Stäubchen von seinem Hut. „Du solltest dir allmählich angewöhnen, Nick zu mir zu sagen."

ZEHN

WIE im Traum packte ich meinen Koffer und legte Hut und Mantel bereit. Mrs. Falcon hatte gehört, was geschehen war, und kam, um mir zu helfen. Ihre Augen schwammen in Tränen. Während wir gemeinsam meine Sachen zusammensuchten, erzählte ich ihr mit erstickter Stimme von jener seltsamen Nacht, in der ich Nick Sabin geheiratet hatte. „Ich wollte es Ihnen immer schon sagen", schloß ich unglücklich. „Ich hasse Geheimniskrämerei. Aber es war alles so schwer. Ich wußte nicht, was ich tun sollte."

Sie stellte keine Fragen, sondern drückte mich nur einen Moment fest an sich. „Robert hat uns immer erklärt, Nick sei ein schlechter Mensch. Ich bete zu Gott, daß am Ende alles gut wird, Lucy."

Kurz darauf half mir mein Gatte in die Kutsche, die ihn hergebracht hatte. Robert erschien nicht, aber Mr. und Mrs. Falcon küßten mich zum Abschied und sagten mit gezwungenem Lächeln, sie hofften, wir würden sie bald besuchen. Nick Sabin verneigte sich, stieg ein und nahm neben mir Platz. Am Ende der Auffahrt drehte ich mich um und sah Mr. und Mrs. Falcon vor dem Haus stehen und mir nachwinken. Sekunden später, als wir in die Straße einbogen, verschwanden sie aus meinem Blickfeld.

Mein Gatte lehnte sich zurück. Sein Gesicht zeigte noch immer keine Regung. Nach einer halben Meile sagte ich schüchtern: „Mr. Sabin, sind –"

„Du solltest mich lieber Nick nennen", unterbrach er mich, während er abwesend auf die Straße hinausstarrte. „Das ist zwischen Mann und Frau so üblich."

„Entschuldige, Nick. Bist du böse auf mich?"

Er blickte mich ernst an.

„Warum sollte ich böse auf dich sein?"

„Ich weiß nicht, aber ... offenbar willst du nicht mit mir sprechen ... Bitte versuch doch, mich zu verstehen. Die ganze Zeit über dachte ich, du wärst tot, deshalb war es natürlich ein Schock für mich, dich plötzlich leibhaftig vor mir zu sehen. Aber ich bin so froh." Ich berührte seinen Arm. „Es ist wunderbar, daß du entkommen bist. Wie hast du das nur geschafft?"

„Dr. Langdon hat mir geholfen", sagte er ruhig. „Nachdem er dich fortgebracht hatte, kam er noch einmal ins Gefängnis zurück und fragte mich, ob ich nicht lieber riskieren wolle, mich von ihm töten zu lassen als von den Soldaten des Mandarins."

„Das verstehe ich nicht."

„Mir ging es zuerst auch nicht besser. Es gibt eine Droge, die aus Opium gewonnen wird. Eine große Dosis ruft eine dem Tod so ähnliche, tiefe Bewußtlosigkeit hervor, daß sogar ein Arzt Schwierigkeiten hat, den Unterschied festzustellen. Manchmal *ist* sie tödlich. Der Arzt kann lediglich achtundvierzig Stunden warten, ob der Patient wieder zu sich kommt." Er grinste, und flüchtig sah ich die Kobolde wieder in seinen Augen tanzen. Mir war plötzlich leichter. „Ich war natürlich einverstanden", fuhr er fort, „nur verlieh ich der Sache noch ein bißchen persönliche Note. Als der Wärter in meine Zelle kam, lag ich auf dem Boden, ein Stück meines Gürtels wie eine Schlinge um den Hals und ein bildschönes Strangulierungsmal rund um die Kehle. Das andere Ende des Gürtels baumelte von dem Laternenhaken in der Decke. Es sah aus, als hätte ich mich erhängt, und der Gürtel wäre unter meinem Gewicht gerissen. Das hatte ich inszeniert, bevor ich die Droge nahm. Als der Mandarin hörte, daß ich Selbstmord begangen hatte, schickte er seine Ärzte los, um sich zu vergewissern, ob ich auch tatsächlich tot sei. Sie bestätigten es. Dann erschien Dr. Langdon und bot zwanzig Sovereigns dafür, wenn er meine Leiche hinausschmuggeln dürfe, um mich auf dem englischen Friedhof zu begraben. Am gleichen Tag wurde ein Sarg voller Steine eingebuddelt, und der alte Tattersall sorgte für das nötige Zeremoniell. Es kann nicht viele Priester geben, die innerhalb von vierundzwanzig Stunden ein und denselben Mann erst trauen und dann beerdigen."

„Er war nicht eingeweiht?"

„Nein. Er hätte sich vielleicht verplappert. Zur gleichen Zeit lag ich im Dornröschenschlaf in einem alten Hühnerstall hinter Dr. Langdons Haus."

Ich war perplex. „Aber der Doktor hat mich doch zu deinem Grab geführt und Blumen darauf legen lassen. Warum hat er mir da nicht die Wahrheit gesagt?"

„Weil er es mir versprochen hatte. Erst mußte ich aus der Gegend verschwinden, und ich wußte, wenn man mich erwischte, würde Huang alle hinrichten lassen, die in dieser Verschwörung mit drinsteckten." Seine Mundwinkel kräuselten sich zu dem Lächeln, das ich zum erstenmal in der Kohlezeichnung auf der Mauer des Missionshauses aufblitzen gesehen hatte. „Nachdem ich deine Hand gerettet hatte, Lucy, wollte ich nicht, daß du zu guter Letzt noch deinen Kopf verlierst."

Die Kutsche hielt am Bahnhof. Nick half mir heraus und verfiel wieder in düsteres Schweigen. Der Kutscher trug meinen Koffer auf den Bahnsteig, und ich wagte meinen Mann nicht anzureden, bis wir allein in einem Abteil erster Klasse im Zug nach London saßen. Dann raffte ich mich auf: „Darf ich was sagen, Nick?"

Er schien überrascht. „Hast du das Gefühl, daß du mich da erst fragen mußt?"

„Du scheinst so in Gedanken vertieft."

„Sprich, wenn du willst." Seine Augen waren hart. „Und frag mich vorher nie wieder um Erlaubnis."

Ich war verwirrt. Seine Worte paßten nicht zu seinem Benehmen, doch es gelang mir nicht, zu erraten, was in ihm vorging. Mir brannte eine sehr wichtige Frage auf der Zunge: „Wann bist du nach England zurückgekommen?"

Er blickte aus dem Fenster. „Vor einer Woche", sagte er. „Ich hielt mich monatelang in Tschengfu versteckt, bis ich wieder zu Kräften kam. Als es dann soweit war, legte ich den Großteil der Strecke nach Tientsin als chinesischer Bauer verkleidet zu Fuß zurück. Huang Kung hat einen langen Arm, und ich konnte nicht riskieren, erkannt zu werden."

Ich war sicher, daß er log. Am Abend des fünften November war er in England gewesen. „Hast du mir den Brief, in dem es hieß, ich solle sechs Monate mit dem Besuch bei deinen Anwälten warten, geschrieben, kurz bevor du die Droge genommen hast?"

Er nickte. „Ich dachte, wenn ich überlebe, würde ich noch vor Ablauf dieser Zeit zu Hause sein, aber ich hatte nicht mit einer so langen Krankheit gerechnet. Übrigens war ich gestern bei Edmund im Büro." Das unmerkliche Grinsen erschien wieder auf seinem Gesicht. „Er schien es höchst rücksichtslos von mir zu finden, plötzlich lebendig aufzukreuzen, wo ihm doch mein Tod schon solche Umstände gemacht hat. Wie er sagt, soll es sich bei dem Schatz um Smaragde handeln. Mehr hast du dem alten Gresham nicht bieten können?"

„Nein." Ich zögerte. „Willst du es noch mal versuchen?"

Er schüttelte den Kopf. „Aussichtslos. Besonders jetzt, wo es durch die sogenannten Boxer überall im Lande gärt. Das ist ein Geheimbund mit dem Ziel, alle Ausländer zu vernichten."

„Aber die Kaiserin würde nie zulassen, daß sie die fremden Teufel angreifen!"

„Du bist nicht im Bilde, Lucy. Bis zum Ende des Winters wird sie ihre Leute sogar dazu ermutigen."

„Und Dr. Langdon und die Mission?"

„Wer klug ist, wird in die Gesandtschaften in Peking flüchten, bevor der Wirbel richtig losgeht. Noch Klügere werden sich rechtzeitig in die großen Hafenstädte begeben, wo sie unter dem Schutz der britischen Flotte stehen."

Ich hing meinen Gedanken nach. Erst als der Zug langsamer wurde, kam ich wieder zu mir, und als wir in Charing Cross hielten, fragte ich: „Wohin gehen wir jetzt?"

Er nahm meinen Koffer aus dem Gepäcknetz. „Ich habe ein Häuschen in Chelsea. Aber es gibt dort keine Dienstboten. Ich kann Dienstboten nicht leiden."

Dabei fiel mir etwas ein. Als wir in einer Droschke saßen, fragte ich: „Weißt du das ... von deinem Vater?"

„Daß er Butler bei den Greshams ist? Ja, schon seit Jahren, aber ich habe nie darüber gesprochen. Und ich weiß auch, warum er seine Stellung verloren hat. Edmund hat mir alles erzählt."

„Mr. Marsh glaubt, daß du tot bist, Nick. Du mußt ihm heute noch schreiben."

„Nicht notwendig. Edmund hat ihn bereits davon benachrichtigt, daß ich lebe und dich heute heimbringe." Er runzelte die Stirn. „Allerdings habe ich noch nicht ausgekundschaftet, wie du dahintergekommen bist, daß er mein Vater ist."

Ich erzählte es ihm. „Sieh mal", schloß ich, „dein Vater hat mir
eine hübsche Kette für deinen Ring geschenkt." Ich knöpfte meinen
Kragen auf und zog den Ring heraus. „Die Kette hat einmal deiner
Mutter gehört, genau wie der Ring."

Er wandte sich ab. „Warum trägst du ihn?"

„Wahrscheinlich weil du gut zu mir warst. Ich habe ihn als Andenken behalten. Habe ich dich verärgert? Willst du nicht, daß ich
ihn trage?"

Er lehnte sich in seinen Sitz zurück und schloß die Augen. „Nein,
du hast mich nicht verärgert." Danach schwieg er. Nach ein paar Minuten nahm ich meinen Hut ab und machte es mir ebenfalls bequem.
Ich war sogar zu müde, um zu überlegen, was die nächsten Stunden
und Tage mir bringen würden.

Ich döste vor mich hin, bis die Droschke vor einem kleinen Haus
in einer Straße hielt, die vom Themseufer nach Norden führte. Wilder Wein rankte sich über die weißgestrichenen Wände fast bis zu
dem niedrigen Dach. Zu ebener Erde befanden sich die Küche und
zwei hübsche Räume; darüber lagen zwei Schlafzimmer, ein Badezimmer und eine kleine Rumpelkammer.

Das Haus war sparsam eingerichtet, aber es vermittelte den Eindruck behaglicher Eleganz.

Als Nick mir alles zeigte, war ich entzückt. „Es ist wunderschön",
sagte ich, als wir in dem größeren Schlafzimmer standen. „Wie ein
Miniaturpalast."

„Du stellst keine großen Ansprüche, nicht wahr?" Er setzte meinen
Koffer ab. „Pack in Ruhe aus. Ich gehe inzwischen in den Salon."

Der erste Schrank, den ich öffnete, war leer und mit einer an-
schließenden Kommode offenbar mir zugedacht. Während ich meine
Kleider aufhängte, konnte ich es noch immer nicht glauben: Vor weniger als drei Stunden hatte mich Robert auf Moonrakers gebeten,
seine Frau zu werden, und hier war ich nun mit Nick Sabin, meinem
angetrauten Gatten, einem Mann, den ich kaum kannte. Warum hatte
Nick seine Rechte geltend gemacht? Und warum behauptete er, erst
kürzlich nach England zurückgekehrt zu sein? Da er ohne weiteres der-
jenige hätte sein können, der mich damals in die Höhlen von Chislehurst schleppte, hätte ich mich eigentlich vor ihm fürchten müssen,
aber seltsamerweise empfand ich nicht einmal den leisesten Anflug
von Besorgnis.

Ich wusch mir das Gesicht und brachte mein Haar in Ordnung.
Dann ging ich hinunter in den Salon. Ein Gasfeuer brannte hell im
Kamin. Keine Kohle zu schleppen, kein Rost zu putzen – in einem
solchen Haus mußte es wirklich schwer sein, genug Arbeit für einen
Dienstboten zu finden. An einer Wand sah ich ein wohlgefülltes
Bücherregal und auf einem Tischchen einen Stoß Zeitungen und Maga-
zine. Nick saß in einem Lehnstuhl und hatte die Beine vor dem Feuer
ausgestreckt. Als ich eintrat, stand er auf.

„Hast du dieses Haus schon lange, Nick?"

„Ich habe es schon vor mehr als einem Jahr gemietet, besitze aber
das Vorkaufsrecht. Es ist so ziemlich alles da, aber wenn wir noch
etwas brauchen, sag's mir." Er zog seine Brieftasche heraus und
entnahm ihr drei Fünfpfundnoten. „Hier, Lucy, für deine persönlichen Bedürfnisse. Die Speisekammer ist recht gut gefüllt, aber du
kannst ja morgen einkaufen gehen. Ich rechne mit den Händlern
immer wöchentlich ab, aber da hast du vorsichtshalber noch was für
unvorhergesehene Ausgaben." Er drückte mir noch eine Fünfpfund-
note in die Hand. Insgesamt entsprach die Summe jetzt dem Jahres-
lohn eines Küchenmädchens.

„Du ... du bist sehr großzügig", stammelte ich. „Ich werde nicht
verschwenderisch sein, das verspreche ich dir. Wann willst du essen?"

Er schüttelte den Kopf. „Ich gehe aus", sagte er fast schroff.
„Nimm dir, wozu du Lust hast."

Ich starrte ihn verwundert an. Die Uhr auf dem Kaminsims zeigte
zehn Minuten nach sechs. „Wirst du denn zum Dinner nicht zurück
sein?"

„Nein. Ich komme wahrscheinlich erst gegen Mitternacht. Ich habe
meinen Schlüssel, also kannst du ruhig zu Bett gehen, wenn du
willst." Er schritt zur Tür, blieb stehen und wandte sich mit einem
flüchtigen Lächeln zu mir um. „Na, wenigstens bist du besser dran
als im Gefängnis von Tschengfu."

Sekunden später hörte ich die Eingangstür hinter ihm zufallen.

Gegen zehn Uhr hatte ich zu Abend gegessen, das Geschirr gespült
und die Küche und die unteren Räume saubergemacht. Ich setzte mich
mit einem Buch vor den Kamin. Um halb elf drehte ich das Gasfeuer
ab und ging hinauf ins Schlafzimmer.

Während ich in dem großen Doppelbett lag und auf meinen Mann
wartete, gingen mir alle möglichen Fragen im Kopf herum. Warum

hatte Nick mich erst hierhergebracht und dann allein gelassen? Warum schlug seine Stimmung immer so schnell um?

Nach einer Stunde hörte ich, wie er die Eingangstür aufsperrte. Dann vernahm ich seine Schritte auf der Treppe. Ich hielt den Atem an und lauschte. Angst hatte ich nicht, ich war nur plötzlich merkwürdig aufgeregt. Ich hatte die Tür nur angelehnt. Jetzt erreichte Nick den Treppenabsatz. Er blieb stehen, und ein paar Sekunden lang war es still. Dann fiel die Tür zu dem anderen Schlafzimmer ins Schloß.

Ich setzte mich auf, strich ein Zündholz an und griff nach der Kette der Gaslampe über mir. Mit einem leisen „plopp" ging das Licht an. Ich stieg aus dem Bett und ging zu dem zweiten Schrank, von dem ich geglaubt hatte, er sei für Nick. Er war leer. Langsam kletterte ich wieder ins Bett zurück und drehte das Licht ab.

Das war gar nicht *unser* Schlafzimmer. Es gehörte mir allein.

WÄHREND der nächsten beiden Wochen war ich manchmal glücklich und dann wieder der Verzweiflung nahe. Es machte mir viel Freude, das kleine Haus blitzblank zu halten und leckere Mahlzeiten zuzubereiten. Ich genoß meine Einkaufsbummel und die Spaziergänge am Flußufer, wo die Künstler ihre Staffeleien auf der Brücke oder auf dem Bürgersteig aufstellten. Die Leute in Chelsea waren freundlich, und es herrschte ein buntes, fröhliches Treiben.

Aber Nick blieb ein Fremder, den ich nur wenig zu Gesicht bekam. Meist verbrachte er mehrere Stunden täglich an der Londoner Metallbörse, was irgend etwas mit dem Kauf und Verkauf von Kupfer und Zinn und dergleichen zu tun hatte. Als ich ihn fragte, was er dort eigentlich tat, antwortete er einfach mit einem seiner seltenen Lächeln, es sei eine respektable Art von Glücksspiel und sehr einträglich.

Die Abende verbrachte er in seinem Klub. Ab und zu gab es kurze Perioden, wo er so von Lebhaftigkeit sprühte, wie ich ihn von Tschengfu her kannte. Dann verbrachte er vielleicht einmal einen Abend mit mir zu Hause oder führte mich in ein Restaurant. An einem Sonntag, als er in dieser Stimmung war, machten wir einen Ausflug mit einem Flußdampfer. Dann trennte uns unvermutet wieder eine unsichtbare Schranke, und er verwandelte sich in einen Mann, dem meine bloße Gegenwart unerträglich schien. Es fiel mir schwer, mir nicht anmerken zu lassen, wie ich mich kränkte, wenn er sich scheinbar voll kaltem Widerwillen von mir abwandte.

Eines Tages, als er in die City gefahren war, spürte ich plötzlich große Sehnsucht, Mr. Marsh zu sehen. Ich wußte die Adresse seines Herrn, des Offiziers, dem er in der Armee gedient hatte und der nun Generalleutnant Lord Shipley war. Vielleicht konnte Mr. Marsh mir Nicks seltsames Benehmen erklären und mir raten, was ich tun sollte.

In wenig mehr als einer Stunde hatte ich das Haus gefunden. Es war hoch und schmal und stand in einer erhöht gelegenen Straße zwischen einer Reihe ähnlicher Häuser. Ich nahm an, daß Lord Shipley es als eine Art kleine Stadtwohnung benutzte, wenn er in London war. Seine Güter befanden sich wohl anderswo.

Ein schmaler Durchgang führte zur Rückseite des Hauses. Durch die Hintertür gelangte man direkt in die Küche. Eine rundliche Dame mit einer Schürze und einer Morgenhaube öffnete mir.

Ich fragte nach Mr. Marsh, da hörte ich ihn schon rufen: „Lucy!",
und im nächsten Moment tauchte er hinter der Frau auf. „Lucy, was für eine wunderbare Überraschung! Komm herein, Liebes."

„Komme ich auch nicht ungelegen?" fragte ich.

„Ganz und gar nicht, Kind. Meine Pflichten sind leicht, und Seine Lordschaft ist den ganzen Tag im Heeresministerium. Mrs. Burke, das ist meine Schwiegertochter, Lucy."

Als Mrs. Burke einkaufen gegangen war, schüttete ich Mr. Marsh mein Herz aus. Er runzelte verwundert die Stirn, während er mir zuhörte. „Ich weiß, es gibt keinen Grund, weshalb er mich mögen sollte", schloß ich, „aber wenn er mich nicht leiden kann, begreife ich nicht, wieso er darauf bestanden hat, mich als seine Frau heimzuholen."

Mr. Marsh seufzte. „Ich kenne den Jungen noch weniger als du, Lucy. Ich habe nicht die leiseste Ahnung, warum er sich so komisch aufführt."

Wir sprachen eine Weile von anderen Dingen, dann kehrte schon Mrs. Burke zurück. Ich war enttäuscht darüber, daß ich nun ebenso klug war wie zuvor, aber ich tröstete mich damit, daß es ganz dummer Optimismus gewesen war, von Mr. Marsh zu erwarten, er könne mir helfen, Nick zu verstehen. Mrs. Burke war eine freundliche Person und eine große Plaudertasche. Ich wurde zum Lunch eingeladen, durch das kleine, aber elegante Haus geführt und verbrachte schließlich eine Stunde damit, einige von Mrs. Burkes Rezepten abzuschreiben.

Als ich nach Hause kam, war es schon dunkel. Nick trat aus dem Salon, in der einen Hand eine Zeitung, in der anderen eine Zigarre. „Du solltest nicht so spät heimkommen, Lucy."

„Ich bin deinen Vater besuchen gegangen, Nick. Er ist jetzt wieder bei seinem früheren Herrn angestellt, in einem Haus in der Nähe von Whitehall, und ... Ich hätte dich fragen sollen, aber ich bin einer momentanen Eingebung gefolgt. Ich hab ihn so gern, Nick, und mir war heute gar nicht nach Alleinsein zumute."

„Es macht mir nichts aus, wenn du meinen Vater besuchst", sagte er. „Aber du bist *gegangen?* Hin und zurück?"

„Ich wollte dein Geld nicht für eine Droschke ausgeben", stotterte ich. „Und es sind ja nur ein paar Meilen."

„Wirst du es denn nie begreifen?" schrie er wütend. „Du hast Rechte, Lucy. *Rechte!* Du bist nicht mehr in China! Und du bist auch nicht mehr arm! Daß du mir ja nicht mehr so tust, als wärst du mir über deine Ausgaben Rechenschaft schuldig!"

Ich war völlig durcheinander.

„Es tut mir leid", sagte ich und bemühte mich dabei, das Zittern in meiner Stimme zu unterdrücken. „Ich hab nicht gedacht, daß du böse sein würdest, wenn ich Geld für eine Droschke ausgebe. Du würdest mir deshalb keine Vorwürfe machen, das weiß ich. Es ist nur, weil ich – weil ich eben schlechte Gewohnheiten habe. Verzeih mir, bitte."

„Schlechte Gewohnheiten?" Er holte tief Atem, und seine Miene wurde milder. „Es gibt nichts zu verzeihen, Lucy. Wenn ich dich je wieder anbrülle, brüll zurück. Du bist weder mein Dienstbote noch mein Eigentum. Schreib dir das hinter die Ohren, oder du wirst dein Leben damit verbringen, vor irgendeinem aufgeblasenen, überheblichen Ehemann auf den Knien zu rutschen."

Ich sagte bestürzt: „Aber Nick ... *du* bist mein Ehemann."

Er blinzelte einen Augenblick verwirrt und sagte dann in einem eigenartigen Tonfall, während er in den Salon zurückging: „Ja, das bin ich, Lucy. Das bin ich."

Da fragte ich mich zum erstenmal mit jäher Beunruhigung, ob Nick vielleicht zeitweise nicht ganz normal war. Das hätte vieles erklärt, was mir unbegreiflich schien.

Nach einer kleinen Pause sagte ich hoffnungsvoll: „Bleibst du heute abend zum Essen, Nick? Ich möchte ein neues Rezept ausprobieren."

Er schaute mich nicht an, sondern betrachtete die glühende Spitze seiner Zigarre. „Nein, ich gehe gleich weg. Warte nicht auf mich, Lucy."

In den nächsten Tagen änderte sich nicht viel in unseren Beziehungen, und ich schwankte zwischen der Hoffnung, daß meine Angst, Nick könne geistesgestört sein, lächerlich war, und der Befürchtung, daß mein Verdacht stimmte. Als ich in der letzten Maiwoche eines Morgens vom Einkaufen heimkam, stand eine Droschke vor dem Haus, und Mr. und Mrs. Falcon warteten vor der Eingangstür. Ich war außer mir vor Freude, sie wiederzusehen, und bald saßen wir bei einer Tasse Kaffee gemütlich im Salon.

„Es ist etwas passiert", sagte Mrs. Falcon und blickte dabei ihren Mann an. „Das ist auch der Hauptgrund, weshalb wir Sie unangemeldet besuchen, Lucy. Ich hoffe, Nicholas wird nichts dagegen haben."

„O nein, Mrs. Falcon, er hätte nur etwas dagegen, wenn ich ihn um Erlaubnis gefragt hätte. Was ist denn geschehen?"

„Robert ist fort. Er hat keine Nachricht hinterlassen, und wir waren gerade in Cornwall. Wir glauben, er will mit dem Schiff in den Fernen Osten. Vielleicht können Sie uns mehr darüber sagen. Bei den derzeitigen Unruhen in China sind wir ziemlich besorgt."

Ich hatte selbst aufmerksam die Berichte in der *Times* verfolgt, weil ich mir immer mehr Sorgen um meine Freunde in China machte. Die Boxer wurden zweifellos von Tag zu Tag gefährlicher.

„Robert ist nach China gefahren?" sagte ich deshalb erstaunt. „Was für eine verrückte Idee! Wie kommen Sie zu der Annahme, ich könnte Näheres darüber wissen, Mr. Falcon?"

„Nun... es ist eine seltsame Geschichte, in die Sie vielleicht etwas Licht bringen können. Erinnern Sie sich an Nellie, unser Hausmädchen? Sie erzählt, sie hätte eines Tages die Nachttischlampe in Ihrem ehemaligen Zimmer gereinigt und den Docht gestutzt. Dabei kratzte sie den Ruß ab und nahm dazu das oberste Blatt eines Notizblocks, den sie in einer Schublade fand, als Unterlage. Als sie fertig war, sah sie, daß sich durch den Ruß schwache Schriftzüge auf dem Papier abzeichneten – das, was auf dem Blatt darüber stand, bevor es abgerissen wurde. Anscheinend haben die mit Bleistift geschriebenen Zeilen auf das nächste Blatt durchgedrückt, so daß sie jetzt durch den Ruß zum Vorschein kamen.

Nellie konnte nur ein paar Worte entziffern, aber sie hatten irgend etwas mit einer Klinge und einem Stein zu tun. Sie war noch ganz in das Blatt vertieft, als sie die Treppe hinunterging. Da begegnete ihr Robert. Sie zeigte ihm, was sie gefunden hatte, und er wurde daraufhin sehr aufgeregt, nahm das Blatt an sich und meinte, er würde es schraffieren, um die ganze Schrift sichtbar zu machen ...

Und seitdem hat Nellie das Blatt nicht mehr gesehen", sagte Mr. Falcon bekümmert. „Offenbar ist Robert am nächsten Tag abgereist. Wir haben uns bei allen Schiffahrtsgesellschaften erkundigt. In den letzten zwei Wochen ist kein Schiff mit direktem Kurs nach China ausgelaufen, aber er könnte eine Passage nach Bombay oder Singapur gebucht und von dort dann ein anderes Schiff genommen haben. Wir vermuten natürlich, daß er irgend etwas entdeckt hat, was mit diesem verdammten Rätsel zusammenhängt."

Mrs. Falcon legte ihre Hand auf die meine und schaute mich mit ihren schönen Augen angstvoll an. „Wissen Sie, was auf dem Block stand, Lucy?"

„Die Lösung für das Rätsel." Ich erklärte ihr alles. „Ich habe keinem Menschen etwas davon gesagt. Es tut mir leid. Ich hätte nie wissentlich etwas getan, um Robert in Gefahr zu bringen."

„*Sie* trifft überhaupt keine Schuld", versicherte mir Mrs. Falcon rasch. „Nun, wenigstens wissen wir jetzt Bescheid, Harry. Das ist besser als diese Ungewißheit."

„Wir können nur tun, was unzählige Eltern auf der ganzen Welt tun", sagte Mr. Falcon. „Hoffen und bangen." Er sah mich mit einem gezwungenen Lächeln an. „Und Sie haben niemandem davon erzählt? Ich wußte immer, daß Sie über einen gesunden Menschenverstand verfügen, Kind. Dieser Schatz hat ein halbes Jahrhundert lang nichts als Haß und Mißgunst hervorgerufen. Was Tina und mich betrifft, so wären wir froh, wenn er auf dem Grund des Ozeans ruhte. Aber für Robert bedeutet er die Rettung für Moonrakers. Dafür würde er alles aufs Spiel setzen."

Zehn Minuten später verabschiedeten sie sich und versprachen, mich zu benachrichtigen, wenn sie etwas Neues erfuhren. Den Rest des Tages saß ich wie auf glühenden Kohlen. Als Nick abends heimkam, erzählte ich ihm von dem Besuch und gab ihm das Blatt, auf dem ich die Lösung niedergeschrieben hatte. „Das ist mit dem Rätsel gemeint, Nick. Wenn du das Gefühl hast, ich hätte es dir früher sagen sollen, tut es mir leid. Um ehrlich zu sein, habe ich seit dem Tag, an dem du mich hierhergebracht hast, gar nicht mehr daran gedacht. Und außerdem wollte ich nicht, daß irgend jemand zu diesem Zeitpunkt nach China geht. Es wäre Wahnsinn."

Er setzte sich und las. Dann blickte er auf. „Eine Ironie, wenn man bedenkt, daß all die Jahre über, wo du kaum das Geld für ein paar Schüsseln Hirsebrei zusammenkratzen konntest, ein Vermögen in deinem Zimmer verborgen war." Er grinste plötzlich. „Und jetzt ist der kühne Robert ausgezogen, um sich der Smaragde zu bemächtigen und Moonrakers vor meinen gierigen Klauen zu retten. Sehr interessant."

Ich war verblüfft über seine gute Laune, wo er doch allen Grund gehabt hätte, böse auf mich zu sein. „Es macht dir nichts aus, daß Robert die Smaragde vielleicht finden wird?"

„Das gehört auch zum Spiel", meinte er achselzuckend und gab mir das Blatt Papier zurück. „Und jetzt marsch ins Bett mit dir. Es ist schon spät. Gute Nacht, Lucy." Er beugte sich vor und küßte mich auf die Wange.

Die nächsten drei Tage waren die schönsten, die ich seit meiner Ankunft in Nicks Haus erlebte. Seine gute Stimmung hatte noch nie so lange angehalten. Ich ertappte mich dabei, daß ich zu hoffen wagte, alles, was ihn bedrückt hatte, sei nun endgültig vorbei und vergessen, und wir könnten doch noch zu einem glücklichen und normalen Zusammenleben finden, denn während der vergangenen Wochen hatte ich mich danach gesehnt, auch wirklich seine Frau zu sein. Ich wußte, daß dies höchst ungehörige Gefühle für eine junge Engländerin waren, doch ich war froh, daß ich anders war.

Am vierten Tag, als ich beim Frühstück in die Küche ging, um noch Kaffee zu holen, war die Herrlichkeit schlagartig wieder vorbei. Als ich in den Salon zurückkehrte, saß Nick da und starrte auf seine Hände. Ein grimmiger Zug lag um seinen Mund, und ich sah die Zeitung zerknüllt auf dem Boden liegen, als hätte er sie wütend von sich geschleudert.

„Stimmt etwas nicht, Nick?" fragte ich so beiläufig wie nur möglich.

„Was?" Er blickte auf, schien mich aber kaum wahrzunehmen. „Nein, danke, keinen Kaffee mehr. Ich muß fort." Er erhob sich, ging ins Vorzimmer, und im nächsten Moment hörte ich den Knall, mit dem die Eingangstür zuschlug. Den Rest des Tages grübelte ich darüber nach, wie er sich ohne ersichtlichen Grund so plötzlich in einen anderen Menschen verwandeln konnte.

Am Abend kam er nicht nach Hause, und am nächsten Morgen stellte ich fest, daß sein Bett unberührt war. Dann brachte mir ein Bote von Nicks Klub einen vom Vortag datierten Brief:

> Entschuldige die Kürze, aber ich muß heute nacht noch den Kanaldampfer erreichen. Ich fahre nach China, um dort eine alte Rechnung zu begleichen. Edmund Gresham ist bevollmächtigt, Dir so viel Geld, wie Du brauchst, zur Verfügung zu stellen. Er wird dir ein Konto bei der Bank in Chelsea eröffnen. Bleib die alte. Gruß, Nick.

Die Zeilen verschwammen mir vor den Augen. Nick war unterwegs nach China, um eine alte Rechnung zu begleichen. Er war seinem Feind, Robert Falcon, gefolgt. Was war das für eine Rechnung? Und wie wollte er sie begleichen?

ELF

IN DEN folgenden Tagen führte ich den Haushalt und erledigte meine täglichen Pflichten wie ein Automat. Nachts schlief ich wenig, und wenn, quälten mich Angstträume. Tagsüber fühlte ich mich wie gelähmt durch meine Hilflosigkeit. China war jetzt ein Hexenkessel, wo alles passieren konnte. Ich hatte eine bedrückende Vorahnung, daß Nick und Robert, falls sie überlebten, in Tsin Kei-leng aufeinandertreffen würden. Und dann . . .

Ich erinnerte mich, wie sie sich im Salon auf Moonrakers gegenübergestanden hatten – sprungbereit und voll geballter Feindseligkeit. Wenn ich nur selbst nach Tsin Kei-leng gelangen, sie auf der langen Reise überholen könnte – gewiß würde ich einen Weg finden, um zu verhindern, daß ihr Haß mit einer Tragödie endete.

Acht Tage nach Nicks Abreise besuchte ich Mr. Marsh. Ich wählte die Zeit, in der Mrs. Burke meist ihre Einkäufe besorgte, und schilderte ihm alles, was sich ereignet hatte und was ich befürchtete. „Ich fahre nach China", sagte ich. „Ich weiß, es klingt unmöglich, aber es läßt sich schaffen. Manche Schiffe sind schneller als andere, und vielleicht habe ich Glück und finde eins, mit dem ich ihren Vorsprung aufholen kann. Ich werde das nötige Geld von der Bank abheben und dann zu einem Schiffsagenten gehen. Ich muß rechtzeitig dort sein."

„Ich glaube, du machst dir kein Bild davon, wie sehr sich die Situation in China plötzlich verschlechtert hat", antwortete Mr. Marsh sanft. „Mein Herr hat mir gestern abend davon erzählt. Peking ist abgeschnitten, und die ausländischen Gesandtschaften werden belagert. Er wurde vom Heeresministerium mit der Angelegenheit betraut. Es herrscht dort Kriegszustand, Lucy."

Ich war entsetzt über diese Neuigkeiten, doch das tat meiner Entschlossenheit keinen Abbruch. „Robert und Nick geben beide nie auf", sagte ich.

Er rieb sich die Stirn. „Ja, sie sind beide Männer, die es verstehen, sich durchzuschlagen ... Aber bei einem Mädchen liegen die Dinge anders, Lucy."

Mit allem Nachdruck, dessen ich fähig war, erwiderte ich: „Sie müssen quer durch China. Ich weiß, ich bin nur ein Mädchen, aber wenn man uns drei irgendwo in China absetzen würde, käme ich am schnellsten voran. Ich kenne die Schwierigkeiten, und sie machen mir nichts aus."

Er musterte mich eingehend und nickte dann langsam. Plötzlich setzte er sich kerzengerade auf, als wäre ihm ein überraschender Einfall gekommen. „Ob es wohl ...? Hmmm ... Es gibt eine Chance, eine echte Chance." Er nahm meine Hand. „Wenn ich dich davon abbringen könnte, Lucy, würde ich es tun. Aber ich kenne dich, Kind. Du läßt dich nicht umstimmen. Deshalb ist es das beste, wenn –" Er hielt inne und dachte nach. „Geh zu Mr. Edmund", fuhr er dann fort. „Sag ihm, du verreist, und er soll sich um jemand kümmern, der ab und zu nach dem Haus sieht. Dann fahr heim und pack zusammen, was du für das Unternehmen für nötig hältst, und komm um sechs Uhr abends reisefertig wieder hierher. Einverstanden?"

Die nächsten Stunden war ich so mit überstürzten Vorbereitungen beschäftigt, daß ich kaum Zeit fand, mich zu fragen, was Mr. Marsh vorhaben könnte. Pünktlich um sechs Uhr fand ich mich in dem Haus in der Duke of York Street ein.

Mr. Marsh empfing mich gelassen, stellte sich stramm wie ein Ladestock vor mich hin und inspizierte mich wie einen Soldaten beim Appell.

„Ausgezeichnet, Lucy", sagte er. „Und jetzt gehen wir zu Seiner Lordschaft. Folg mir, bitte, und hab keine Angst vor ihm. Hunde, die bellen, beißen bekanntlich nicht."

Generalleutnant Lord Shipley trug keine Uniform. Er war groß und sehr hager und hatte ein knochiges Gesicht und tiefliegende Augen, in denen das Weiße leicht gelblich verfärbt war. Sein schütteres, straff zurückgekämmtes Haar war wohl schwarz gewesen, aber nun schimmerte es schon grau. Er hielt ein gutgefülltes Brandyglas in der Hand.

Ich knickste und sagte: „Guten Abend, Mylord." In die eingefallenen braunen Wangen stieg langsam eine dunkle Röte. „Gott verdammich, Marsh", bellte er gereizt, „das ist ja ein Weibsbild!"

„Ganz recht, Mylord. Diese junge Dame ist Lucy Sabin, meine Schwiegertochter. Darf ich eine Erklärung abgeben, Sir?"

„Du tätest gut daran, Marsh."

„Danke, Mylord. Gestern abend schilderten Sie mir ziemlich ausführlich die Situation in China. Wenn Sie gestatten, werde ich für Lucy rekapitulieren: Die Kaiserin hat ihre Gesinnung geändert und sich nunmehr hinter die Boxer gestellt. Hunderte von Flüchtlingen sind in der Britischen Gesandtschaft in Peking eingeschlossen und haben nur eine Handvoll Marineinfanteristen zu ihrem Schutz."

Ich lauschte entsetzt, während Mr. Marsh fortfuhr: „Wenn ich Sie recht verstanden habe, Mylord, marschiert eine aus Engländern, Franzosen und anderen Nationen zusammengestellte Truppe auf Tientsin, mit dessen rascher Eroberung man rechnet. Dann muß sich das Expeditionskorps in das etwa hundert Meilen entfernte Peking durchschlagen, um die Kaiserin und ihre Minister gefangenzunehmen. War meine Zusammenfassung bisher korrekt, Sir?"

„Bei dir klingt das alles wie ein Kinderspiel, aber weiter."

„Unsere Streitkräfte vor Tientsin haben keine Verbindung mit den Belagerten in Peking. Wie Sie betonten, Sir, brauchen die Flüchtlinge in der Britischen Gesandtschaft jetzt vor allem Hoffnung."

„Sehr richtig." Lord Shipley wandte sich an mich. „Klassische Situation. Die Leute in Peking wissen nicht, was draußen vorgeht. Mit jedem Tag werden Nahrungsmittel, Wasser, Munition knapper. Nun, meine Liebe, in einer solchen Lage kann der Wille zum Widerstand leicht erlahmen, vor allem, wenn es sich bei der Mehrheit um Zivilisten handelt. Wenn sie aber wissen, daß Hilfe unterwegs ist, werden sie irgendwie durchhalten, sogar wenn die Ration pro Tag nicht mehr als einen Fingerhutvoll beträgt. Verstanden?"

„Ja, Sir. Ich kann das sehr gut verstehen."

„Gut. Nun, laut unserem dortigen Truppenkommandanten ist es unmöglich, eine Nachricht nach Peking zu bringen, außer durch einen Kurier. Und jeder Ausländer, der versucht, so weit vorzudringen, wird von der ersten Horde Boxer, der er über den Weg läuft, in Stücke gerissen. Selbst wenn ein Chinese sich bereit erklärte, diese Aufgabe zu übernehmen, wären wir nie sicher, ob wir ihm trauen können."

Er richtete seinen Blick streng auf Mr. Marsh. „Du hast gesagt, du hättest genau den Richtigen gefunden – jemand, den wir schnellstens mit der *Crocodile* losschicken können und der sich verläßlich bis Peking durchschlägt. Was zum Teufel fällt dir ein, mir erst den Mund wäßrig zu machen und mir dann dieses – äh – sehr charmante junge Mädchen zu präsentieren?"

„Mylord", erwiderte Mr. Marsh ruhig, „bis vor einem Jahr hat Lucy in China gelebt, und das von Geburt an. Sie beherrscht die Sprache des Landes genauso gut wie jeder Einheimische. Sie werden sich vielleicht entsinnen, daß ich Ihnen vor einiger Zeit von einer gewissen jungen Dame erzählte, die nach High Coppice –"

„He?" Lord Shipley zog die Brauen hoch. „Du meinst, das ist die Kleine von der Missionsstation, die alles darangesetzt hat, die verhungerten Bälger dort durchzufüttern? Und die ganz allein in den Schneesturm raus ist, um den jungen Dingsda zu retten?"

„Jawohl, Sir. Sie ist abgehärtet wie ein Soldat. Es macht ihr nichts aus, an einem Tag zwanzig Meilen zu Fuß zu gehen, und das durch ein Land, das von Banditen verseucht ist. Ich würde ihr mein Leben anvertrauen, Sir." Er lächelte. „Und das habe ich in der Tat auch vor, denn ich hoffe, daß sie mir erlauben wird, sie zu begleiten."

Lord Shipley drehte sich mit einem Ruck zu mir um. „Wenn Marsh in dieser Tonart redet, bin ich ungeheuer beeindruckt. Aber ich begreife nicht, warum er seine reizende Schwiegertochter einer solchen Gefahr aussetzen will."

„Das tut er nur, weil er weiß, daß ich in jedem Fall entschlossen bin, nach China zu gehen, Sir. Ich habe zwingende Gründe."

Ohne den Blick von mir zu wenden, sagte Shipley: „Ist das ihr Ernst, Marsh?"

„Durchaus, Mylord. Sie ist ein sehr halsstarriges Persönchen."

„Gut. Das gefällt mir." Lord Shipley kicherte. „Ein Mädchen ... wer käme auf die Idee, daß ein Mädchen für die Armee den Kurier spielt? Sie hätte doppelt soviel Chancen wie jeder Mann. Wissen Sie was, Lucy, wir wollen es versuchen! Und nun passen Sie auf: Die *Crocodile* ist ein schneller Zerstörer, der auf Abruf im Hafen von Marseille liegt. Sie können morgen abend an Bord sein, und bis Tientsin schaffen Sie es dann in zweiundzwanzig Tagen. Aber zuerst müssen Sie meine Interessen wahrnehmen, bevor Sie sich Ihren eigenen zuwenden, junge Dame."

Zweiundzwanzig Tage! Eine solche Rekordzeit hätte ich mir nicht träumen lassen. Ich konnte auf dem Landweg nach Peking reisen und Tsin Kei-leng trotzdem noch vor Robert oder Nick erreichen, obwohl Robert schon vor drei Wochen aufgebrochen war. „Ich bin Ihnen sehr dankbar, Mylord", sagte ich.

Er schaute grimmig auf mich hinunter. „Kann sein, daß ich Sie in den Tod schicke, Mädel. Aber da Sie ohnehin zu Ihrem Privatvergnügen Kopf und Kragen riskieren wollen, soll sich der Einsatz wenigstens lohnen. Schätze, daß gut und gern tausend Seelen in Peking eingeschlossen sind. Es geht um tausend Menschenleben, Lucy. Also tun Sie Ihr Bestes. Wir haben niemand anderen, der es mit Ihren Kenntnissen und Ihrer Erfahrung aufnehmen kann. Du wirst sie nach Tientsin begleiten", fuhr er an Mr. Marsh gewandt fort. „Aber nach Peking geht sie allein. Dir würde keiner den Chinesen abkaufen, und das hieße nur, das Unternehmen gefährden."

In Mr. Marshs Augen blitzte es flüchtig auf, doch dann sagte er: „Sehr wohl, Mylord. Darf ich vorschlagen, daß Sie uns eine schriftliche Vollmacht ausstellen, die wir dem britischen Kommandanten in Tientsin vorweisen können? Und dann brauchen wir auch die entsprechenden Reisepapiere. Wenn wir noch heute nacht über den Kanal wollen, müssen wir innerhalb einer Stunde aufbrechen."

Ich war die einzige Frau an Bord der *Crocodile* und erhielt die Kabine des Ersten Offiziers zugewiesen. Der Kapitän und seine Mannschaft taten, was sie konnten, um uns die Reise so angenehm wie möglich zu machen, und behandelten uns mit unverkennbarem Respekt. Man stellte uns keine Fragen. Nicht einmal der Kapitän wußte über unseren Auftrag Bescheid.

WOHIN DER WIND DIE BLÜTEN TRÄGT 479

Als wir in Colombo anlegten, um die Kohlenbunker aufzufüllen, ging Mr. Marsh an Land und kehrte mit einem Paket zurück. Am nächsten Tag klopfte es an meine Kabinentür. Ich öffnete und erstarrte vor Erstaunen, als ein chinesischer Kuli mit geneigtem Kopf vor mir stand. Er trug derbe Sandalen, zerlumpte Hosen, eine Jacke aus grobgewebtem Stoff und einen völlig formlosen Filzhut, dessen breite Krempe ihm fast bis über die Augen hing. Einen Augenblick später sah ich, daß dem „Kuli" der Zopf fehlte und auch sonst allerlei nicht stimmte: zum Beispiel die Art, wie er die Hände steif hielt, oder wie die billigen Bauernkleider an ihm schlotterten.

„Wer sind Sie?" fragte ich. Der Mann blickte auf. Es war Mr. Marsh. Er hatte sich das weiße Haar schwarz gefärbt, was ihn um zehn Jahre jünger erscheinen ließ, und das verschmitzte Funkeln in seinen Augen erinnerte mich an seinen Sohn.

„Ich weiß, ich muß noch eine Menge lernen, bevor ich wirklich als Chinese gelten kann", sagte er, „aber je früher du damit anfängst, mir das Nötige beizubringen, desto besser. Diese Kleider sind natürlich nur ein einstweiliger Behelf. In Hongkong können wir eine echte Chinesenmontur beschaffen."

Also beabsichtigte er, mit mir nach Peking zu gehen! „Aber Lord Shipley hat doch gesagt –"

„Ich weiß. Aber ich bin jetzt kein Soldat mehr und kann es mir daher leisten, einen Befehl nicht zu befolgen. Ein junges Mädchen allein in einem von Kriegswirren zerrissenen Land – du wärst Freiwild für alles mögliche Gelichter."

„Das ist mir klar. Aber ich werde vorsichtig sein. Und ich kann sehr schnell laufen –"

„Laß mich ausreden, bitte. Versuch doch, einen chinesischen Bauern aus mir zu machen. Gib mir einen Namen, sag mir, welche Arbeiten ich verrichten und mit welchen Problemen ich mich tagtäglich herumärgern muß. Wir haben noch Zeit, bis wir Tientsin erreichen. Dann kannst du selbst entscheiden. Bin ich gut genug, nimm mich mit. Wenn nicht, werde ich mich deiner Entscheidung fügen. In deinem Interesse."

Ich willigte nur ein, um ihn nicht zu kränken. Als erstes ließ ich ihn auf Deck ein paarmal hin- und hergehen. „Jeder würde sofort merken, daß Sie ein fremder Teufel sind", seufzte ich. „Ein Kuli geht nicht wie ein Grenadier. Machen Sie den Rücken krumm und lassen Sie die Arme baumeln ... So, und jetzt laufen Sie ein paar Schritte – aber vorgebeugt bleiben – und nun langsamer, und schlurfen Sie dabei – ja, so. Es ist eine Art Trott. Ach du lieber Himmel, irgendwas stimmt noch immer nicht ..."

Mit jedem Tag, den wir übten, wurde ich optimistischer, denn Mr. Marsh schien tatsächlich in die Haut eines chinesischen Bauern zu schlüpfen. Als es mit seinem Gang klappte, mußte er dazu noch den Kopf schiefhalten und den Mund offenstehen lassen, so daß er aussah wie ein Idiot. Abends lehrte ich ihn, mit hoher, zittriger Stimme ein altes chinesisches Kinderlied zu singen. Seine Darbietung war recht beachtlich.

In Hongkong kaufte ich für uns beide alte Kleider, Kulihüte und Safran, mit dem wir uns das Gesicht einrieben. Später, als wir uns umgezogen hatten, ging ich mit Mr. Marsh an Land. Er trug einen Zopf von mir, den ich an seinem eigenen Haar befestigt hatte, und über einem Auge einen Lederfleck, dessen Schnur über die andere Braue lief. Meine eigenen Augen schminkte ich mit schwarzer Tusche, damit sie länger und schmäler aussahen. Er war jetzt Lu-Yen und ich seine Tochter.

Ich führte ihn an der Hand durch die schmalen Straßen. Er schlurfte neben mir her, wackelte mit dem Kopf und lallte hin und wieder ein paar Takte seines Liedchens. Ich blieb vor verschiedenen Läden stehen, um ein Gespräch anzuknüpfen, aber niemand kam auf den Gedanken, in uns jemand anders zu vermuten als ein junges Chinesenmädchen aus dem Norden mit seinem kranken Vater. Jetzt wußte ich, daß er auf der Reise keine zusätzliche Gefahr für mich bedeuten würde. Vielleicht fiel ein Mädchen in Begleitung eines Mannes sogar weniger auf als allein. Es war ein wunderbares Gefühl, daß ich mich nicht von ihm zu trennen brauchte.

Tientsin wimmelte von Soldaten. Der Kapitän gab uns zwei Offiziere als Geleit ins britische Hauptquartier mit, und Mr. Marsh legte unsere Dokumente dem befehlshabenden Oberst Strake vor, einem kleinen, untersetzten, mürrischen Mann. Er las Lord Shipleys Brief ohne jede Begeisterung. „Im Norden von Tientsin sieht es zur Zeit verheerend aus", sagte er. „Diese Boxer sind völlig übergeschnappt. Sie glauben, ihr Zauber macht sie kugelfest, und nun haben sie auch noch die regulären chinesischen Truppen auf ihrer Seite. Schlecht organisiert, natürlich. Vielleicht gelingt es Ihnen mit viel Glück, bei

Nacht durch ihre Linien zu schlüpfen. Dann folgen Sie den Eisenbahnschienen nach Peking." Er zwirbelte mit düsterer Miene seinen Schnurrbart. „Offen gestanden habe ich nicht viel Hoffnung, aber wenn Sie es durch irgendein Wunder schaffen, sagen Sie dem Gesandten, wir werden die Belagerung in ... na, sagen wir, um die Mitte August aufheben. Wenn er bis dahin aushält, pauken wir ihn raus."

Oberst Strake musterte mich zweifelnd und fragte dann Mr. Marsh: „Beabsichtigen Sie im Ernst, diese junge Frau auf eine solche Expedition mitzunehmen?"

Mr. Marsh lächelte. „Kleiner Irrtum, Herr Strake. Sie nimmt nämlich mich mit."

LANGE Zeit danach, als ich wieder in England und ein zweites Mal verheiratet war, baten mich Bekannte, die von meinen Abenteuern wußten, doch von unserer Reise nach Peking zu erzählen, weil sie glaubten, dies müsse der gefährlichste Teil unseres Vorhabens gewesen sein. In Wirklichkeit aber gerieten wir gerade dabei nie in ernsthafte Schwierigkeiten.

Wir kauften einen Esel, auf den wir Decken und Tragkörbe mit Proviant und Wasser für vier Tage packten. Mr. Marsh trug eine Pistole unter seinem Kittel. Ich hatte meine Filzstiefel an und besorgte in Tientsin auch welche für Mr. Marsh – er sagte, so bequem sei er noch nie marschiert. Die Boxer trugen rote Bänder um Hand- und Fußgelenke und dazu noch rote Gürtel. Als Zeichen, daß wir es mit ihnen hielten, schlangen wir uns billige rote Tücher um den Hals.

Bei Nacht und Nebel verließen wir Tientsin, und als der Morgen graute, lagen die chinesischen Linien hinter uns, und wir folgten bereits etliche Meilen nördlich davon dem Bahngleis. Manchmal begegneten wir chinesischen Soldaten oder einer Horde Boxer. Dann nahm ich den Strick, den ich Mr. Marsh um den Arm gebunden hatte, so daß es den Anschein erwecken mußte, als führte ich nicht nur den Esel, sondern auch ihn. Er rollte dann wieder mit dem Kopf und wimmerte sein Kinderliedchen, und ich hielt den Blick demütig gesenkt.

Wir marschierten von der Morgendämmerung bis Einbruch der Nacht und legten täglich etwa dreißig Meilen zurück. Alle zwei Stunden machten wir eine Viertelstunde Rast. Schlafen konnten wir unter freiem Himmel, denn die Nächte waren nicht kalt.

Einmal kamen wir an einem kleinen buddhistischen Tempel vorbei, vor dem einige Boxer unter vielen Verneigungen nach Südosten Zauberformeln leierten. Es war das seltsame Ritual, das ihnen die Kraft verleihen sollte, Kugeln abzuwenden. Als einige von ihnen argwöhnisch zu uns herüberspähten, deutete ich auf mein rotes Halstuch, winkte und schrie: „Sha! Sha!" Das war ihr Kriegsruf und bedeutete: „Töte!" Sie schrien zurück, und wir gingen unbehelligt weiter.

Gegen Mittag des vierten Tages sahen wir Peking vor uns liegen und hockten uns in eine Mulde am Straßenrand, um die Karte zu Rate zu ziehen, die uns Oberst Strake mitgegeben hatte. Wir prägten uns ein, wo das Gesandtschaftsviertel lag. Eine Stunde vor Sonnenuntergang betraten wir durch das Südtor die Stadt. Überall zwischen der Bevölkerung sah man Soldaten und Boxer. Hin und wieder hörte man knatterndes Gewehrfeuer. Niemand beachtete uns, als wir langsam um das Gesandtschaftsviertel gingen und dabei auskundschafteten, von wo aus die Chinesen auf die Verteidiger schossen.

Manchmal blieb es eine halbe Stunde oder länger ruhig. Dann zerriß plötzlich eine Salve der Angreifer die Stille. Als Antwort darauf krachten von den Mauern immer nur zwei oder drei Schüsse. Mr. Marshs Anwesenheit war eine große Hilfe für mich, denn er konnte die Situation militärisch genau einschätzen.

Zwei Stunden nach Sonnenuntergang schlichen wir, uns immer im Schatten haltend, auf die Mauer des Gesandtschaftsviertels zu. Die letzten fünfzig Meter krochen wir auf allen vieren zwischen provisorisch errichteten Barrikaden hindurch. Dabei mußten wir auf kaum dreißig Schritt an einer Gruppe Soldaten vorbei, die eben ihr Nachtlager aufschlugen. Endlich lagen wir hinter einem niedrigen Wall in Deckung, und nur noch die leere Straße trennte uns von der hohen Mauer gegenüber. Mr. Marsh hatte hier tagsüber offenbar einen Wachtposten entdeckt, denn er formte nun mit den Händen einen Trichter vor dem Mund und rief in einem scharfen, durchdringenden Flüsterton: „He, Wache!"

Eine leise Stimme antwortete: „Wer da?"

„Gut Freund. Zwei Engländer. Laßt eine Leiter herunter. Wir kommen rauf."

„Stehenbleiben!" schnauzte die Stimme. „Gebt euch zu erkennen, oder ich schieße!"

In diesem Augenblick schwebten wir in der größten Gefahr. Mr. Marsh, der flach neben mir auf dem Bauch lag, holte tief Luft. „Schrei nicht so, du Kesselflickerbastard, und rede mich gefälligst mit ‚Sir‘ an, oder ich ..." Es folgte eine derart mit mir unbekannten Ausdrücken gespickte Redeflut, daß es sich anhörte, als spreche er eine fremde Sprache. Aber der Soldat oben auf der Mauer schien zu verstehen, denn als Mr. Marsh innehielt, hörte man ein unterdrücktes Lachen in der Dunkelheit, und dann sagte eine Stimme: „Schon gut, schon gut. Wir lassen die Leiter gleich runter."

Leise, scharrende Geräusche drangen zu uns herüber, dann sagte die Stimme des Wachtpostens: „Im Laufschritt – marsch!"

Wir sprangen auf und rannten über die Straße. Eine Strickleiter hing über die Mauer. Ich war als erste oben und rollte auf eine Plattform, die als Feuerstellung an die Mauer gebaut war. Zwei Männer standen vor mir. Einer zielte mit dem Gewehr auf mich, der andere leuchtete mich mit einer abgeschirmten Laterne an. „Jesses, das ist ja ein Mädchen!" sagte der erste.

Im nächsten Moment kam Mr. Marsh über die Mauer. „Also, wer zum Teufel sind Sie?" empfing ihn der zweite.

„Oberst Marsh", antwortete Mr. Marsh von oben herab. „Sonderbeauftragter des Heeresministeriums im zeitweiligen Offiziersrang. Wer hat hier das Kommando?"

„Sir Claude MacDonald, Sir", sagte der Mann mit der Laterne.

„Dann bringen Sie uns gefälligst sofort zu ihm."

„Ja, Sir. Darf ich fragen, wer dieses Chinesenmädchen ist?"

„Sie ist Engländerin, mein Führer und Adjutant, und sie hat mich in vier Tagen sicher von Tientsin hierhergebracht. Und jetzt bringen *Sie* uns zu Sir Claude, und ein bißchen plötzlich, junger Mann."

Sir Claude war hochgewachsen und trug einen ungeheuren Schnurrbart im schmalen Gesicht. Als Mr. Marsh ihm Bericht erstattete und unsere Papiere vorlegte, merkte man ihm die Erleichterung deutlich an.

„Gott sei Dank", sagte er. „Die Stimmung hier ist allgemein bedrückt. Wir fürchteten schon, daß die Außenwelt glaubte, wir seien bereits massakriert, und daß man daher keinen Versuch unternehmen würde, uns rasch Hilfe zu schicken."

„Sir", sagte Mr. Marsh, „ich soll Ihnen von Oberst Strake ausrichten, ‚noch drei Wochen‘. Ich konnte mir ein genaues Bild von der Lage zwischen hier und Tientsin machen, und ich glaube, seine Schätzung dürfte stimmen."

Sir Claude lächelte müde. „Ich fragte mich schon, ob wir es noch sieben Tage schaffen würden, aber nach dieser Nachricht sieht alles anders aus. Wir werden die Rationen noch mehr kürzen und die Munition nur mit äußerster Sparsamkeit verwenden. Irgendwie werden wir schon durchhalten, wenn jeder weiß, daß ihm die Rettung gewiß ist."

Erst am nächsten Tag, nach zwölf wundervollen Stunden Schlaf, erkannte ich, wieviel unser Kommen den Belagerten bedeutete. Auf Schritt und Tritt hielten uns Männer und Frauen verschiedenster Nationalitäten an, um ängstlich zu fragen, ob wirklich Verstärkung eintreffen würde. Unsere Antwort ging, in viele Sprachen übersetzt, von Mund zu Mund, und mit einemmal schien Entschlossenheit die dreitausend Menschen im Gesandtschaftsviertel zu beseelen. Davon waren nur dreihundertfünfzig Soldaten – fünfzig waren bereits auf den Mauern gefallen.

Ich fragte, ob die Fenshaws und die Kinder von der Missionsstation Peking erreicht hätten, und erfuhr zu meinem Schreck, daß niemand etwas von ihnen wußte.

Man hatte schon früher Soldaten ausgeschickt, um Missionare und bekehrte Christen aus den umliegenden Gebieten in Sicherheit zu bringen. Viele Abteilungen waren nicht zurückgekehrt. Man glaubte, sie seien abgeschnitten worden, und vermutete, daß im ganzen Umkreis kleinere Belagerungen stattfanden, wobei jeweils eine Handvoll Soldaten eine Missionsstation oder Kirche verteidigte, wo Ausländer Zuflucht gesucht hatten.

Am siebenten Tag – wir konnten nicht fort, ehe die Belagerung aufgehoben war – besuchte mich Mr. Marsh im Spital, wo ich arbeitete. „Letzte Nacht ist es einem Chinesen gelungen, durch ein trockenes Abflußrohr in die Stadt zu gelangen. Er kommt aus Tsin Kei-leng. Sprich lieber du mit ihm. Sein Englisch ist nicht eben prächtig, und ich kann ihn nicht verstehen."

Ich fand den Mann in einer der Küchen, wo er gierig dünne Suppe aus einem Napf schlürfte. Ich erkannte ihn sofort. Es war Chang-li, der den Ochsenwagen gefahren hatte, mit dem Mr. und Mrs. Fenshaw in die Mission gekommen waren. Er wollte des langen und breiten seinem Erstaunen darüber Ausdruck geben, mich hier anzutreffen, doch ich ließ ihn gar nicht erst zu Wort kommen: „Wie steht es in der Station, Chang-li?"

„Oh, es sieht schlecht aus, Lu-tsi. Ich glaube, sie werden alle sterben. Bevor die Boxer kamen, brachten die Dame mit dem roten Haar und ihr Gatte uns immer viel zu essen, und dann hatten wir auch genug Wasser vom Brunnen. Aber nun sind die Soldaten in Tsin Keileng. Drei Wochen lang haben sie angegriffen. Vierzig, fünfzig auf einmal."

„Drei Wochen lang? Wie habt ihr euch da halten können?"

„Die äußere Mauer ist stark. Und dann kommen sie auch nicht von der Nordseite, die am schwierigsten zu verteidigen ist. Sie ist ihnen nicht geheuer, wir wissen nicht, warum. Und knapp vorher ist noch der amerikanische Doktor aus Tschengfu mit zwei Gewehren eingetroffen. Er schießt mit dem einen und mit dem anderen der Gatte der Dame mit dem roten Haar. Und dann ist da noch einer. Er kam vor zehn Tagen. Er hat auch ein Gewehr."

„Und wer ist das?"

„Ein Engländer. Er heißt Fal-con. Er ist sehr wild und schrecklich. Er kam auf einem Pferd, in den Kleidern eines Boxers, den er getötet hatte, und mit einem roten Turban auf dem Kopf, so daß niemand sehen konnte, daß er ein fremder Teufel ist."

Als ich mich an Mr. Marsh wandte, konnte ich vor Schreck kaum sprechen. „Er sagt, Robert ist in der Mission. Sie verteidigen sie gegen eine Horde Boxer."

„Robert? Wie in aller Welt hat er das so schnell geschafft? Und was will dieser Bursche jetzt hier? Frag ihn, Lucy!"

Chang-li zuckte als Antwort die Achseln. „Wir können uns nicht halten. Fal-con hat mich vor drei Tagen bei Nacht ausgeschickt, um Hilfe zu holen."

Zehn Minuten später standen Mr. Marsh und ich vor Sir Claude MacDonald. Sein Gesicht war gezeichnet, und sogar der lange Schnurrbart schien müde herabzuhängen.

„Kommt nicht in Frage, Marsh", sagte er kurz. „Ich kann unmöglich eine Abteilung zu einer neunzig Meilen entfernten Mission schikken. Sie müssen das verstehen."

„Ja, Sir. Ich bitte um Erlaubnis, daß Lucy und ich allein gehen dürfen. Wir können durchkommen."

„Das bezweifle ich nicht. Aber wozu soll das gut sein?"

Ich sagte drängend: „Bitte, Sir! Es sind meine Kinder – ich meine, ich habe jahrelang für sie gesorgt."

Sir Claude runzelte die Stirn, zupfte an seinem Schnurrbart und nickte schließlich.

NOCH in der gleichen Nacht verließen wir – wieder verkleidet – das Gesandtschaftsviertel durch den trockenen Abwässerkanal. Wolken verbargen den Mond. Mr. Marsh hatte ein Gewehr in unsere Decken eingerollt. Die Pistole trug ich selbst. Sie steckte unter meinem Kittel im Gürtel. Außerdem nahmen wir einen kleinen Sack mit Proviant und eine Flasche Wasser mit.

Sobald wir glücklich aus der Belagerungszone geschlüpft waren, warteten wir in einem verlassenen Stall bis zum Morgengrauen und gingen dann, ohne Verdacht zu erregen, zum Stadttor hinaus. Während der ganzen drei Tage, die wir nach Tsin Kei-leng unterwegs waren, fühlte ich mich so betäubt, als gehöre ich gar nicht zu meinem Körper. Es war schwer zu glauben, daß ich jetzt zur Mission zurückkehrte, wo aller Leben in Gefahr war, und noch schwerer, daß sich Robert Falcon dort aufhielt. Am dritten Tag schlugen wir kurz nach Mitternacht einen Halbkreis um Tschengfu und näherten uns der Station von Norden. Unten im Dorf flackerten Lichter, aber es waren keine Anzeichen dafür vorhanden, daß gerade ein Angriff stattfand. Wir krochen auf die Nordmauer zu. Der Mond trat kurz hinter einer Wolkenbank hervor. Während wir uns flach auf den Boden preßten, starrte ich voraus und hätte vor Verblüffung beinah laut aufgeschrien. Dort, an der Außenwand, schaute mir verblaßt, aber sogar im Mondlicht deutlich zu erkennen, das Porträt von Nick Sabin entgegen. Der poröse Stein mußte den Ruß aufgesaugt haben.

Wolken zogen wieder vor den Mond. Mr. Marsh hob mich hoch, und ich schwang mich über die Mauer. Sekunden später sprang er neben mir nieder, und wir rannten zur Küchentür. Auf halbem Weg rief Yu-lans Stimme von einem Fenster. „Doktor! Sie kommen von Norden!"

„Yu-lan!" rief ich gedämpft. „Laß niemand schießen! Hier ist Lu-tsi! Laß uns hinein! Rasch!"

Wir drückten uns an die Wand neben der von innen verbarrikadierten Tür.

„Lu-tsi!" rief Yu-lan ängstlich. „Bist du es wirklich?"

„Ja, ich bin Lu-tsi. Woher sollte ich sonst deinen Namen wissen? Oder den von Kimi? Ich komme mit einem Freund. Laß uns hinein."

„Warte, Lu-tsi, warte!"

Gleich darauf hörte man, wie die Balken von der Küchentür weggezogen wurden. Als sie sich einen Spalt öffnete, sah ich im Licht der Lampe, die von der Decke hing, Dr. Langdon mit angelegtem Gewehr im Hintergrund des Raumes stehen. Als ich eintrat, nahm ich den Hut ab, um mein Gesicht zu zeigen. Langsam ließ er das Gewehr sinken. Seine Wangen waren eingefallen. „Guter Gott", krächzte er. „Wie in drei Teufels Namen . . .?"

Mrs. Fenshaw tauchte hinter der Küchentür auf. Sie hatte einen Besenstiel in der Hand, an dem ein Fleischmesser befestigt war. Ihr Gesicht war schmäler, aber die grünen Augen blitzten so energisch wie eh und je. „Lucy Waring! Was um Christi willen tust du hier? Und wer ist dieser Chinese, den du da mitgebracht hast?"

Hinter mir schloß Mr. Marsh die Tür und verkeilte sie wieder. Ich stellte ihn vor und erzählte, wie wir hierhergekommen waren, wie es in Peking stand und wie wir die Leute dort davon benachrichtigt hatten, daß die Truppen zu ihrer Befreiung in ungefähr zehn Tagen eintreffen mußten.

Dr. Langdon tauschte einen Blick mit Mrs. Fenshaw. „Dann müssen wir unter allen Umständen versuchen durchzuhalten. Sobald Peking fällt, wird der Spuk hier schnell vorbei sein, denn der Kaiserin wird nichts anderes übrigbleiben, als ihre eigenen Soldaten gegen die Boxer einzusetzen."

Yu-lan kam aus dem oberen Stockwerk herunter, um mich zu umarmen, und ich erfuhr, daß Mr. Fenshaw auf einem Ausguck an der Südseite der Mission Wache stand. Yu-lan und einige der älteren Mädchen wechselten einander als Wache an den Fenstern ab, die man alle mit erdgefüllten Säcken so verrammelt hatte, daß man gerade noch durch Schießscharten hinausspähen konnte. Die beiden chinesischen Kinderschwestern kümmerten sich um die Kleinen, bereiteten von den schwindenden Vorräten die Mahlzeiten und übernahmen ebenfalls abwechselnd die Wache.

„Bei Nacht haben sie Gott sei Dank erst zweimal angegriffen", sagte Dr. Langdon. „Es scheint ihnen nicht sehr zu liegen. Wenn sie tagsüber kommen, müssen sie den Hang vom Dorf heraufstürmen, und da haben wir sie auf dreihundert Meter im Visier. Bisher konnten wir sie zurücktreiben, bevor sie den Wall erreichten, aber wir müssen Munition sparen."

Endlich brachte ich die Frage über die Lippen, die mir am meisten am Herzen lag. „Chang-li sagte mir, daß vor zwei Wochen noch ein Engländer eingetroffen ist. Stimmt das?"

Dr. Langdon nickte. „Ohne ihn hätten sie uns fertiggemacht. Er hat unsere Verteidigung reorganisiert und uns neuen Mut gegeben. Und Munition hätten wir auch keine mehr, wenn er nicht nachts allein ins Tal geschlichen wäre, um den Teufeln da unten welche zu stehlen." Er schaute mich seltsam an. „Du kennst ihn gut."

Mr. Marsh sagte: „Wir kennen ihn beide, Herr Doktor. Können wir ihn sehen?"

„Mr. Marsh, er hat eine Kugel in die Brust bekommen. Die Wunde an sich ist nicht schlimm, aber die Kugel steckt an einer so unglücklichen Stelle, daß es gefährlich ist, sie zu entfernen. Wenn ich sie aber nicht herausnehme, stirbt er an der Infektion. Jede Stunde zählt."

Mein Magen krampfte sich zusammen. „Bitte ... dürfen wir zu ihm?"

„Ja, Lucy. Aber selbst wenn er bei Bewußtsein ist, bezweifle ich, ob er dich erkennt." Dr. Langdon nahm die Lampe von dem Haken in der niedrigen Decke, und wir folgten ihm in den Raum hinauf, der einst Miß Protheros Zimmer gewesen war. Ein Mann lag auf dem Bett. Eine Decke war bis zu dem Verband auf seiner linken Seite über ihn gebreitet. Dr. Langdon hob die Laterne, und Mr. Marsh und ich rangen gleichzeitig vor Erstaunen nach Atem.

Der Mann, der hier mit geschlossenen Augen vor uns lag, war nicht Robert Falcon.

Es war *mein* Mann. Nick Sabin.

ZWÖLF

WÄHREND der Sekunden, die ich ungläubig auf ihn niederstarrte, tat mir das Herz so weh, daß ich es beinah wie einen körperlichen Schmerz empfand. Ich ergriff sanft seine schlaffe Hand. „Nick", flüsterte ich. „Lieber Nick."

Seine Lider flatterten, doch auch als er die Augen aufschlug, schien er mich nicht zu erkennen. Die trockenen Lippen teilten sich zu einem verzerrten Lächeln. „Ich träume schon wieder", stammelte er heiser, „träume von Lucy ... die beste von allen ... nicht aus dem gleichen Holz geschnitzt wie die andern ... viel zu gut für mich. Sagen Sie ihr nie, wie sehr ich sie geliebt habe, Doktor. Versprechen Sie's mir ..."

Seine Augen schlossen sich wieder, und seine röchelnden Atemzüge erfüllten überlaut den Raum. Ich blickte Dr. Langdon an. „Wann ist es geschehen?"

„Erst vor ein paar Stunden." Dr. Langdon wischte sich mit dem Handrücken den Schweiß von der Stirn. „Die Boxer haben heute eine kleine Kanone aufgestellt und damit die Mission beschossen. Ein Teil der Kapelle und ein Eckzimmer sind zerstört. Drei Kinder wurden dabei leicht verwundet."

„Aber Nick ist doch von einer Gewehrkugel getroffen worden?"

„Ja. Als es dunkel wurde, ging er hinaus. Er blieb über eine Stunde weg. Wir hörten eine Explosion – er hat die Kanone mit ihrem eigenen Pulver in die Luft gesprengt. Dann fielen Schüsse, und er kam über den Wall zurück. Er hat sogar eine kleine Kiste Schießpulver mitgebracht ... Gott allein weiß wie, mit dieser Wunde. Er murmelte irgendwas von Bomben, die wir daraus machen sollten."

Mr. Marsh blickte auf Nick nieder. „Die Kugel muß heraus", sagte er. „Haben Sie die nötigen Instrumente? Und ein Betäubungsmittel?"

Dr. Langdon nickte. „Ich habe alles mitgebracht, als ich herkam, aber die Kugel sitzt an einer gefährlichen Stelle. Unter diesen Umständen traue ich mich nicht, den Eingriff vorzunehmen. Meine Augen und mein Tastsinn sind nicht mehr gut genug."

„Meine Augen und Hände sind auch nicht mehr jung", sagte Mr. Marsh. „Aber die von Lucy. Könnte sie unter Ihrer Anleitung operieren, Doktor?"

„Lucy?" Dr. Langdon starrte mich in dem gelben Licht an. „Bringst du das fertig, meine Liebe?"

Starr vor Angst wollte ich schon den Kopf schütteln, als Mr. Marsh gelassen sagte: „Lucy bringt alles fertig, was sie muß. Seit jeher schon."

Was ich in der nächsten Stunde erlebte, sollte mich noch monatelang wie ein Alptraum verfolgen. Unter Dr. Langdons Aufsicht wusch ich mir die Hände in einer antiseptischen Lösung, während Mr. Marsh in der Küche die Instrumente auskochte. Dr. Langdon schläferte Nick mit Äther ein. Als ich die Kleidung entfernt und den Wundbereich gesäubert hatte, mußte ich mit dem Skalpell einen Einschnitt machen, um mit der Zange weiterarbeiten zu können. In diesem Moment fiel die Angst von mir ab. Ich fühlte gar nichts mehr. Nur Miß Protheros Stimme sagte: „Tu, was als nächstes drankommt, Lucy, Liebes, einfach das, was als nächstes drankommt."

Mr. Marsh hielt die Lampe und reflektierte mit Hilfe eines Handspiegels von Mrs. Fenshaw das Licht auf die Wunde. Ich zwang mich zu vergessen, daß es Nick war, der hier lag, daß es sich überhaupt um ein menschliches Wesen handelte. Dr. Langdon gab mir ruhig seine Anweisungen, während ich vorsichtig mit der Zange nach der Kugel tastete.

Endlich zog ich das blutbeschmierte Instrument heraus und hielt ein häßliches Stück Blei in die Höhe.

Plötzlich wurden mir die Knie weich. „Mach jetzt keinen Unsinn, Lucy", befahl Mr. Marsh scharf. „Noch ist es nicht vorbei."

Ich riß mich zusammen. Dr. Langdon sagte mir, wie es weiterging. Ich reinigte die Wunde – reinigte sie noch einmal und noch einmal –, bevor ich eine Kanüle einführte, damit das Wundsekret abfließen konnte, und die Wundränder vernähte. Dann legte ich einen frischen Verband an und befestigte ihn mit Heftpflaster.

Dr. Langdon holte tief Atem. „Brav, Lucy. Ob er am Leben bleibt oder stirbt, niemand hätte das besser machen können."

Als ich vom Bett zurücktrat, schien der Boden unter meinen Füßen zu schwanken. Ich hörte mich albern kichern und einen Gedanken aussprechen, der mir zufällig durch den Kopf gegangen war. „Miß Prothero sagte mir einmal, Heftpflaster habe sich vom englischen Hof aus verbreitet, wo die Damen es benutzten, um sich kleine Schönheitspflästerchen ins Gesicht zu kleben ..." Ich drehte mich zu Mr. Marsh um, und er fing mich auf, als meine Beine nachgaben. Dann wurde alles dunkel.

Als ich erwachte, lag ich auf einer Matratze in einem südseitigen Raum im oberen Stockwerk der Mission. Ich hörte Gewehrfeuer und setzte mich mit einem Ruck auf. Mrs. Fenshaw stand an dem mit Sandsäcken gesicherten Fenster und spähte durch die Schießscharte hinaus, durch die ein kegelförmiger Strahl hellen Sonnenlichts ins Zimmer fiel. „Greifen sie an?" fragte ich.

„Ja. Eine Rotte stürmt den Hügel rauf." Sie machte mir Platz, damit ich ebenfalls hinaussehen konnte. Etwa zwanzig Boxer rannten vom Dorf aus den Hang herauf, wobei sie immer wieder stehenblieben, um ihre Gewehre abzufeuern. Ich konnte ihre roten Schärpen erkennen.

„Warum schießen wir nicht auch?" schrie ich.

„Still, Kind", sagte sie schroff. „Dein Mr. Marsh hat jetzt das Kommando. Er hat eine Überraschung für die armen irregeleiteten Teufel bereit."

Die Boxer kamen immer näher. Als sie schließlich nur noch zwanzig Schritt entfernt waren, flog etwas über die Mauer und schlug mit einer lauten Explosion mitten unter ihnen ein. Einige stürzten zu Boden, der Rest gab Fersengeld.

Mrs. Fenshaw sagte: „Das war eine Bombe von deinem Mr. Marsh. Schießpulver und Nägel in eine Kakaobüchse gestopft, den Deckel durchbohrt und eine Zündschnur reingesteckt. Schätze, heut kommen die nicht wieder... Als gute Christin bin ich gegen jede Gewalt, weißt du. Aber noch mehr hab ich dagegen, unschuldige Kinder abschlachten zu lassen. Gott der Herr wird das hoffentlich verstehen."

Mr. Marsh erschien auf der Schwelle. „Diesmal haben wir es ihnen ordentlich gegeben, Madam. Ah, Lucy, wie fühlst du dich?"

„Gut. Aber ich wollte nicht so lange schlafen. Ist Nick ...?"

„Er schläft und atmet ruhig. Das Fieber sinkt, sagt Dr. Langdon. Na, na, Kind, deshalb brauchst du doch nicht zu weinen." Er legte den Arm um mich. „Nun geh zu Nick. Ich glaube, wir haben jetzt eine Zeitlang Ruhe. Mrs. Fenshaw, ich möchte mir gern die Befestigungsanlagen anschauen. Sind Sie so gut und führen mich? Ich denke, wir könnten da und dort vielleicht etwas verbessern."

Mrs. Fenshaw lächelte. „Ich hab das Militär nie besonders geliebt, aber ich gestehe, es ist ein großer Trost, Sie jetzt hier zu haben, Mr. Marsh. Sie sind ein tüchtiger Mann."

„Ich verstehe mein altes Geschäft noch recht gut, Madam."

Sie gingen gemeinsam fort, und ich begab mich in Nicks Zimmer. Yu-lan saß bei ihm. Sie lächelte, als ich eintrat. Nicks Stirn war noch immer heiß, aber er schien tief und ganz normal zu schlafen. Yu-lan huschte hinaus, und ich setzte mich ans Bett und blickte auf meinen Gatten nieder.

Wenn ich in ihn hineinschauen könnte, wäre ich dann entsetzt über

den Haß, der ihn dazu getrieben hatte, Robert Falcon bis hierher zu
verfolgen? Würde ich als Erklärung für sein seltsames Benehmen mir
gegenüber das Dunkel eines umnachteten Geistes vorfinden? Sein
Kinn war mit Bartstoppeln bedeckt, und außer daß sein Gesicht nun
hagerer war, sah er fast genauso aus wie damals im Gefängnis von
Tschengfu, als er meine Hände gehalten und beruhigend auf mich
eingesprochen hatte.

Etwas regte sich in mir, ein Gefühl, das mich mit jäher Heftigkeit
überkam. Tränen begannen mir über die Wangen zu rinnen. Ich
wußte kaum, was ich tat, als ich neben dem Bett niederkniete, seine
Hand in meine nahm und meine Lippen darauf preßte. Ich wußte
auch nicht, warum ich weinte, bis ich plötzlich begriff, daß mich in
diesem Augenblick, trotz aller Sorgen, eine Glückseligkeit erfüllte,
wie ich sie noch nie gekannt hatte. Ich blieb einfach knien und flüsterte: „Nick ... lieber Nick ...“

Dann kam Dr. Langdon herein. „Hab keine Angst, Lucy, Kind“,
sagte er sanft. „Das ist ein sehr robuster junger Mann, und ich bin
sicher, er wird sich schnell erholen. Er hat natürlich Glück gehabt,
aber ich glaube, ein so entschlossener junger Bursche wie Nick ist
selbst seines Glückes Schmied.“

Ich erhob mich von den Knien und setzte mich. „Ich kann noch
immer nicht verstehen, wie er so rasch von England hierherkommen
konnte. Er ist nur acht oder neun Tage vor Mr. Marsh und mir
abgereist, und wir kamen doch mit dem Zerstörer, der viel schneller
ist als jedes gewöhnliche Schiff.“

Dr. Langdon lächelte. „Nick ist nicht mit dem Schiff gekommen,
sondern hat die Strecke größtenteils mit der Bahn zurückgelegt. Die
Transsibirische Eisenbahn ist zwar noch nicht fertig, aber sie geht
fünftausend Meilen quer durch Rußland bis Sretensk, und von dort
gibt es eine Verbindung mit Flußdampfern zur Bahn nach Wladi-
wostok. Von da an hat er die Reise auf einem russischen Truppen-
transporter fortgesetzt, indem er sich als Kriegsberichterstatter aus-
gab und die entsprechenden Leute bestach.“

„Aber Chang-li hat uns doch gesagt, der Engländer hieße Falcon.“

„Daß er den Namen eines Mannes gebraucht hat, der schon einmal
hier war, war nur eine Vorsichtsmaßnahme. Unser alter Freund
Huang Kung, der Mandarin von Tschengfu, hat nämlich die meisten
seiner Truppen zur Belagerung von Peking abgestellt. Bisher hat er

sich nicht übermäßig für diese kleine Mission interessiert, außer daß er vierzig oder fünfzig Boxer hergeschickt hat. Aber stell dir vor, Lucy, er hätte Chang-li gefangen und gehört, daß Nicholas Sabin noch lebt und sich hier in der Mission aufhält! Er hätte sämtliche verfügbaren Soldaten in Tschengfu zusammengetrommelt und sie auf uns gehetzt."

Dr. Langdon zog seine leere Pfeife aus der Tasche, betrachtete sie wehmütig und steckte sie wieder ein. „Geh jetzt erst mal in die Küche frühstücken, Lucy. Die Kinder werden natürlich wie die Kletten an dir hängen. Sie sehnen sich schon danach, dich zu sehen."

Im weiteren Verlauf des Tages wurden mir meine Pflichten zugeteilt. Eine bestimmte Zeit sollte ich mich um Nick kümmern und dann ebenfalls die Wache übernehmen. Im Falle eines Angriffs mußte ich mit Mr. Marshs Pistole an die Küchentür und sie verteidigen, so gut ich konnte. Ein Problem hatte den Männern Sorgen bereitet. Bei einem Angriff mußten sie mit ihren Gewehren im oberen Stockwerk bleiben, um ein besseres Schußfeld zu haben, was bedeutete, daß Mrs. Fenshaw und die älteren Mädchen allein mit den Boxern fertigwerden mußten, falls diese die Mauer erreichten. Nun hofften wir jedoch, sie uns mit den Bomben, die Mr. Marsh machte, vom Leib halten zu können, so daß es vielleicht nie zu einem Kampf „Mann gegen Mann" an der Mauer kam. Daher brauchte ich gottlob nicht damit zu rechnen, daß ich gezwungen sein würde, Mr. Marshs Pistole auch zu benutzen.

Den ganzen Tag über schien Mr. Marsh allgegenwärtig zu sein, um mit zuversichtlicher Gelassenheit seine Anweisungen zu geben. Als es dunkelte, stieg er über die Mauer und spannte in Kniehöhe Stricke, an denen Konservenbüchsen hingen, die uns vor jeder nächtlichen Annäherung warnen sollten. Ich war in der Küche, als er von seinem Alleingang zurückkehrte.

„Ich hatte nicht genug Stricke, um auch an der Nordseite einen Stolperdraht zu ziehen", sagte er nachdenklich. „Ich weiß, dort greifen sie nie an. Aber es stört mich, daß ich den Grund nicht kenne."

„Ich glaube, es ist Nicks Porträt, das Robert Falcon auf die Nordwand gezeichnet hat. Sie halten es für das Bild eines Dämons der fremden Teufel und haben Angst davor. Die Boxer sind sehr abergläubisch."

In diesem Moment kam Dr. Langdon herein. „Nick ist wach, Lucy", sagte er lächelnd, „und er fragt nach dir."

Nicks Mundwinkel verzogen sich zu einem Anflug seines ver-
schmitzten Grinsens, als ich in sein Zimmer trat. „Also warst das
gestern abend wirklich du", flüsterte er. „Und ich dachte, ich träume
schon wieder. Du dummes kleines Äffchen, mir so weit nachzulaufen."
Ich beugte mich nieder und küßte ihn auf die Wange. „Wie geht's
dir, Nick?"

„Gar nicht so schlecht."

Ich setzte mich und ergriff seine Hand. Er wandte den Kopf ab.
„Sei nicht so lieb zu mir, Lucy. Das macht alles nur noch schwerer ...
Himmelherrgott, ich bin so verdammt schwach. Ich bring es nicht
einmal fertig, den Mund zu halten."

„Warum solltest du auch? Sag, was du mir sagen willst. Bitte."

Er schaute mich an. „Ach, Lucy, dabei käme doch nichts heraus."
Ein besorgter Ausdruck trat in seine Augen. „Doktor Langdon sagt,
mein Vater ist hier. Ich muß unbedingt mit ihm sprechen. Es muß
noch verschiedenes vorbereitet werden, ehe diese Verrückten wieder
angreifen."

„Laß nur. Dein Vater –"

Ich hielt inne, als Mr. Marsh ans Bett trat. „Hallo, Nick. Mir
scheint, Lucy hat bei dir ganze Arbeit geleistet."

„Ja ... Doktor Langdon hat es mir erzählt. Hör zu, Vater, ich
habe vorige Nacht eine Kiste Schießpulver organisiert. Daraus mußt
du Bomben machen. Füll das Pulver in Konservenbüchsen, und dann
brauchst du noch irgendwas, das du als Zündschnur verwenden
kannst. Genau hab ich mir die Sache noch nicht überlegt."

„Ich habe Pulver mit ein wenig Sand vermischt, Nick, damit es
langsamer brennt, und dann einen Strohhalm damit gefüllt und durch
ein Loch in die Büchse gesteckt. Es hat bestens funktioniert. Sie
haben heute bei einem Angriff schwere Verluste erlitten."

Nick starrte ihn aus hohlen Augen an. „Was hast du sonst noch
getan, Vater?" fragte er schließlich.

„Ein paar Verteidigungsstellungen hergerichtet, Stolperdrähte gezogen, eine Fallgrube am Tor ausgehoben ..." In knappen Worten
schilderte Mr. Marsh, was er unternommen hatte, und legte seine
Gründe dafür dar. „Mach nicht so ein überraschtes Gesicht, Nick",
schloß er seinen Bericht lächelnd. „Ich war in vierzehn Feldzügen mit
dabei, weißt du."

Nick schwieg eine Weile und sagte dann langsam: „Ich wüßte nicht, daß man zur gleichen Zeit ein Diener und ein ganzer Mann sein kann. Anscheinend habe ich dich mein Leben lang falsch eingeschätzt." Seinen blassen Lippen gelang ein schiefes Lächeln. „Aber einer meiner wenigen Vorzüge ist es, daß ich erkenne, wenn ich einen Fehler gemacht habe. Es tut mir leid, Vater."

Mr. Marsh schüttelte den Kopf. „Du brauchst dich nicht bei mir zu entschuldigen, Nick. Ich werde mich nie schämen, ein Diener zu sein, doch was ich dir und deiner Mutter gegenüber versäumt habe, werde ich immer als Schande empfinden. Vielleicht ist es zu spät, Freundschaft zu schließen, aber – könnten wir es nicht versuchen?"

Ich spürte den schwachen Druck von Nicks Hand. „Möglich, daß es uns sogar leichtfällt", sagte er.

„Ich bin sehr froh", antwortete Mr. Marsh schlicht. „Ich lasse dich jetzt mit Lucy allein. Und mach dir wegen dieser Boxer keine Sorgen. Bevor ich mit ihnen fertig bin, werden sie wünschen, sie wären nie geboren." Damit ging er, federnd und aufrecht, als wäre er nur halb so alt, wie er in Wirklichkeit war.

Nach einem langen Schweigen fragte ich: „Nick, Liebster, strengt es dich sehr an, wenn ich rede?"

„Nein." Er lächelte flüchtig. „Ich höre dir gern zu."

„Ich möchte dich um einen Gefallen bitten. Ich weiß, warum du hergekommen bist. In deinem Brief hast du geschrieben, daß du eine alte Rechnung begleichen willst. Aber kannst du deinen Haß gegen Robert Falcon nicht begraben? Bitte! Ich habe solche Angst, wenn ich mir vorstelle, was geschehen könnte, wenn ihr euch hier begegnet."

„Moment, Lucy!" Er blickte mich starr an. „Glaubst du etwa, ich habe Falcon verfolgt? Weil ich Böses gegen ihn im Schilde führe?"

„Ich wußte, daß du irgendwie verhindern wolltest, daß er die Smaragde bekommt, und ich hatte Angst, wie ... wie das ausgehen würde."

Er begann zu lachen, zuckte dann aber vor Schmerzen zusammen. „Aber die Smaragde sind mir doch ganz egal! Ich hab mir nicht einmal die Mühe gemacht, hinter den Bronzeschild zu schauen. Er kann sie haben und sich damit zum Teufel scheren." Er nahm meine Hand. „Schau, ich stehe tief in Dr. Langdons Schuld. *Diese* Rechnung wollte ich begleichen. Hast du denn an dem Morgen, an dem ich fort bin, die Zeitung nicht gelesen? Den kleinen Artikel von dem Auslandskorrespondenten über seine Reise nach Peking? Er schrieb, er hätte mit einem amerikanischen Arzt in Tschengfu gesprochen, der zu einer nahegelegenen Mission wollte, um den Leuten dort zu helfen. Der Arzt sagte, wenn nicht bald Verstärkung käme, würden sie alle sterben."

Mir fiel ein Stein vom Herzen. „Deshalb bist du also fort?"

„Ich mußte, Lucy. Ich verdanke Dr. Langdon mein Leben. Ich konnte nicht untätig in England sitzen, während er mit allen anderen hier abgeschlachtet werden sollte. Also kam ich her, weil ich dachte, sie könnten sicher jeden Mann gebrauchen."

„O Nick, Nick", rief ich zwischen Lachen und Weinen, indem ich seine Hand umklammerte, „ich war ja so dumm!"

Er schloß die Augen. „Ich würde Robert Falcon nie auch nur ein Haar krümmen. Ich weiß doch, daß du ihn liebst."

„Daß ich ihn liebe?" Ich hielt den Atem an. „Wie kommst du denn *darauf*, Nick?"

Er öffnete die Augen und sah mich mit einem müden Lächeln an. „Das ist das erste Mal, daß du nicht aufrichtig zu mir bist, Lucy. Ich weiß, daß du ihn liebst, denn ich habe dich an einem Abend im November in seinen Armen gesehen. Und ich kenne dich. Du bist ohne Falsch. Du würdest nie einen Mann umarmen und küssen, wenn du es nicht ernst meinst."

Entsetzt sagte ich: „Nick, bitte hör mich an. Ich war einsam und unglücklich, und ich hatte keine Freunde. Robert fing an, mir den Hof zu machen. Er war sehr geduldig mit mir – stell dir nur vor, wie fremd mir in England alles war. In der Nacht, als sie überall Feuer anzündeten, stand ich ganz allein ein wenig abseits im Dunkeln. Da kam er plötzlich auf mich zu, nahm mich in die Arme und küßte mich. Es war mein erster Kuß, und der Mann, der ihn mir gab, war immer gut zu mir gewesen.

Ja, ich habe seinen Kuß erwidert, und nachher hab ich dann darüber nachgedacht, ob ich ihn liebe. Wenn man noch nicht weiß, was Liebe ist, Nick, ist man unsicher ... Als ich dann später auf Moonrakers lebte, machte er mir wieder den Hof, aber wir haben uns nie mehr geküßt." Ich verkrampfte die Finger ineinander. „Ich will mich nicht rausreden, Nick. Du sollst nur nicht glauben, daß ich ihn liebe, bloß weil du uns ausgerechnet in diesem Augenblick gesehen hast –" Ich hielt bestürzt inne. „Dann war das also doch keine Halluzination! Du warst es damals wirklich!"

Er schaute mich sprachlos an. Dann nickte er. „Ja, ich war eben erst angekommen. Ich wußte von Dr. Langdon, daß du bei den Greshams lebst, und ging schnurstracks nach High Coppice, aber ihr wart alle bei dem Feuerwerk. Ich habe euch gesucht und dich dabei mit Robert gesehen." Er bewegte sich unruhig. „Danach ... bin ich im Rauch umhergewandert. Du warst wie vom Erdboden verschluckt. Ich wußte nicht, daß du mich auch gesehen hattest. Ich muß dir einen schönen Schrecken eingejagt haben. Tut mir leid."

„Das spielt jetzt keine Rolle, Nick. Erzähl weiter."

„Nun, ich ging wieder fort. Niemand ahnte, daß ich aus China zurückgekehrt war. Ich wollte in der Normandie einen Fischkutter kaufen und mich wieder ein bißchen als Schmuggler betätigen." Er lächelte verzerrt.

„Aber diese Art Beschäftigung hat mich nicht mehr gereizt. Deshalb kam ich wieder zurück. Deinetwegen."

Ich wollte ihn fragen, warum er meinetwegen zurückgekehrt war, aber dann fiel mir etwas anderes ein.

„Nick, kennst du die Höhlen von Chislehurst?"

Er schaute mich verblüfft an. „Ich habe davon gehört, aber ich war noch nie dort. Robert Falcon kennt sie natürlich gut – er hat vor einigen Jahren die Erlaubnis erhalten, sie zu erforschen, weil er eine Broschüre über sie herausgeben wollte. Warum willst du das wissen, Lucy?"

„Nachdem ich dich an jenem Abend sah, stürzte ich einen Abhang hinunter und schlug mit dem Kopf gegen einen Felsen. Während ich bewußtlos war, hat mich jemand in die Höhle getragen. Ich habe nur durch ein Wunder wieder herausgefunden. O Nick – manchmal dachte ich, daß du das gewesen bist."

Ich mußte ihn davon abhalten, sich aufzusetzen. „Allmächtiger Gott, das war Falcon", stieß er wild hervor.

„Aber er kann es nicht gewesen sein! Warum sollte er so etwas tun – ein paar Minuten, nachdem er mich geküßt hatte?"

Er ließ sich wieder in die Kissen sinken. „Warum? Weil er Robert Falcon ist. Ich kann dir nicht erklären, was in seinem Kopf vorgeht. Ich kann dir nur sagen, daß er manchmal zu allem fähig ist. Als er damals im Tal zu dir kam, hing dein Schicksal vielleicht an einem Haar. Wahrscheinlich schwankte er, ob er dich in der Hoffnung umwerben sollte, dich zu seiner Frau zu machen, oder lieber versuchen, dich umzubringen. Und als er dich später ohnmächtig fand ..." Nick schüttelte grimmig den Kopf. „Falcon geht über Leichen, um das zu bekommen, was er will. Er war nie ganz normal. Und für ihn ist nur Moonrakers wichtig. Hat dich seine Mutter nie gewarnt?"

„Ja, doch, aber ich dachte ... Aber Nick, warum hätte er mich beseitigen sollen?"

„Vermutlich, weil er glaubte, wenn du tot wärst, bestünde zumindest keine unmittelbare Gefahr, Moonrakers zu verlieren. Er wußte ja, noch bevor er aus China zurückkam, daß ich dich geheiratet hatte. Er war völlig perplex, als ich plötzlich auf Moonrakers erschien, um dich zu holen – aber das war nur die Überraschung, daß ich am Leben war, und nicht die Eröffnung, daß du meine Frau bist."

„Du meinst, er hat es die ganze Zeit über gewußt? Aber woher denn?"

„Ganz einfach. An dem Tag, als du dich von Doktor Langdon verabschiedet hast, kam er nach Tschengfu. Wenn man in einer fremden Stadt Erkundigungen einzieht, beginnt man am besten bei einem Landsmann. Dabei bot sich zwangsläufig Mr. Tattersall an, und der plauderte natürlich prompt aus, daß er uns getraut hatte. Das weiß ich, weil Tattersall es Doktor Langdon gegenüber erwähnt hat."

„Warum hat Robert mich dann gebeten, seine Frau zu werden?"

Nick runzelte nachdenklich die Brauen. „Es könnte einen Sinn ergeben, Lucy. Angenommen, er war überzeugt, ich sei tot – dann wäre der sicherste Weg gewesen, Moonrakers zu behalten, dich einfach alles erben zu lassen, aber natürlich unter der Voraussetzung, daß du ihn heiraten würdest."

Ich erinnerte mich an die Wochen, die ich mit Nick in dem kleinen Haus in Chelsea verlebt hatte – eine Zeit voller Glück und Verzweiflung. Ich wußte jetzt, daß ich ihn liebte. Ich hatte es in dem Augenblick erkannt, als ich neben ihm kniete und seine Hände küßte, während er bewußtlos im Bett lag. Ich war auch überzeugt, daß all das, was ich jetzt für ihn empfand, schon früher dagewesen war – nur unterdrückt von Zweifeln und Angst und meiner Gewißheit, daß er mich nicht wollte.

„Nick, Liebster, darf ich dir sagen, was ich wirklich fühle? Ich liebe dich. Ich weiß, es ist unanständig, wenn ein englisches Mädchen das so ungeniert ausspricht, aber ich bin nicht prüde. Ich bin in einer anderen Welt aufgewachsen. Du brauchst mich nicht zu lieben, Nick.

Niemand kann etwas für seine Gefühle, und es ist nicht gut, sich zu verstellen. Wenn das alles vorbei ist, kannst du –"

„Still, Lucy . . . Weißt du, was du da sagst?"

„Ja. Quäl dich nicht deswegen, Nick." Ich kühlte ihm das Gesicht mit einem feuchten Tuch.

„Quälen?" Er zuckte einen Moment vor Schmerzen zusammen. „Jetzt bist du an der Reihe, zuzuhören, während ich dir eine Geschichte erzähle. Es geht dabei um einen Mann, der ein hartes Leben führte und es genoß; einen selbstsüchtigen Mann, der keinen Gedanken an seine Mitmenschen verschwendete und auch keine Nachsicht kannte. Er tat, wozu er gerade Lust hatte, und scherte sich den Teufel um die übrige Welt." Nick ergriff meine Hand. „Und dann . . . dann kam der Tag, an dem er sterben sollte. Im Gefängnis lernte er ein Mädchen kennen, das so ganz anders war als alle, die er bisher kannte. Wie Aschenbrödels Pantoffel war sie aus Glas – man konnte durch sie durchschauen und sah dabei nichts als Mut und Liebe und Uneigennützigkeit."

„Nein, Nick, bitte! So bin ich nicht. Ich bin keine –"

„Sei still und hör mich an. Dieser Mann heiratete das Mädchen aus ganz egoistischen Gründen, weil er glaubte, sterben zu müssen. Aber er hatte Glück. Ein tapferer alter Arzt hat ihn gerettet. Während er sich versteckte, mußte er mehrere Wochen das Bett hüten, um wieder zu Kräften zu kommen. Und er hatte eine Menge Zeit, über dieses Mädchen nachzudenken. Zeit, zu begreifen, was für ein unendlich kostbarer Schatz sie war. Er verliebte sich in sie, Lucy. Als er heimkam, sah er sie wieder, und er machte dabei eine große Entdeckung. Er wußte endlich, was es bedeutete zu lieben."

Nick zog meine Finger an die Lippen. „Aber sie liebte einen anderen, oder das bildete er sich zumindest ein, weil er sie in seinen Armen sah. Deshalb ist er lieber fortgegangen, als ihr Glück zu zerstören. Er war nun nicht mehr ganz so selbstsüchtig, weil er sie liebte. Aber er machte sich Sorgen, denn er kannte den anderen Mann gut. Er wußte, daß sich hinter der Maske der Freundschaft ein kranker Geist verbarg. So hatte dieser kluge Narr am Ende solche Angst um das geliebte Mädchen, daß er beschloß, sein Recht als ihr Gatte doch geltend zu machen, um sie nicht länger dieser Gefahr auszusetzen."

Ich wollte sprechen, aber Nick hob abwehrend die Hand. „Um die Wahrheit zu sagen, war er ein klein wenig vernünftiger als früher, und deshalb erkannte er auch, daß er dieses Mädchen im Grunde gar nicht verdiente. Er brachte sie in sein Haus, aber sie lebten nicht wie Mann und Frau zusammen, weil er sie zu sehr liebte und glaubte, es würde sie unglücklich machen."

„Liebster Nick, warum hast du mir das nicht gesagt? Ich war so traurig, daß du mich nicht wolltest."

„Traurig?" Er seufzte. „Aber laß mich zu Ende erzählen, Lucy. Dieser Bursche dachte, wenn er seine Frau von dem gefährlichen Mann fernhielte, den sie liebte, würde sie ihn vielleicht vergessen. Und er hielt sich auch selbst von ihr fern, so gut es ging, und versuchte, ihr zu zeigen, daß sie ein Mensch mit eigenen Rechten sei. Aber manchmal überkam ihn seine alte Selbstsucht wieder, und dann führte er sie zum Essen aus oder ins Theater und sonnte sich an ihrer Gegenwart."

Ich hatte zu weinen begonnen. Nick streichelte mir sanft die Wange. „Und dann riß er sich wieder zusammen und ließ sie allein, weil er nicht wagte, in ihrer Nähe zu sein. Ja, er wagte nicht einmal im Traum zu hoffen, daß sie ihn eines Tages lieben könnte."

Ich nahm seine Hand. „Du sprichst, als wäre ich etwas Besonderes, Nick, und das bin ich doch nicht. Ich werde oft wütend oder verliere die Nerven, und dann bin ich unvernünftig. Ich lüge und habe schon gestohlen. Du weißt ja gar nicht, was alles in meinem himmlischen Sündenregister steht."

Das verschmitzte Funkeln glomm in seinen müden Augen auf. „Um so besser. Ich fände es schrecklich, wenn du zu vollkommen wärst. Willst du mich heiraten, Lucy Sabin? Mit allem Drum und Dran? Und diesmal meinen wir jedes Wort wirklich ernst?"

„Ja. Ja, bitte, Nick. Ich wünsche mir nichts sehnlicher."

„Dann sei doch noch mal unanständig und küß mich."

Ich beugte mich über ihn und drückte sanft meinen Mund auf seine trockenen Lippen. Er schlang den gesunden Arm um mich und hielt mich fest. Aber bald spürte ich, wie sein Arm zitterte, und richtete mich behutsam auf. Er lehnte in den Kissen und blickte mich mit einer Zärtlichkeit an, die ich in diesen dunklen, schalkhaften Augen nie zu sehen erwartet hätte.

„Bleib die alte", sagte er.

Die Mission wurde noch acht Tage belagert. Dreimal trieben wir die Boxer mit den Bomben und unseren Gewehren zurück. Die ganze Zeit über war ich mir der Gefahr, in der wir schwebten, kaum bewußt, denn Nick und ich lebten in unserer eigenen, verzauberten Welt. Ich ließ keine Wache aus, wenn die Reihe an mir war, denn ich wußte, daß er mich liebte und daß ich bald wieder bei ihm sein konnte.

Seine Wunde heilte gut. Wenn er meine Hand hielt oder den Arm um mich legte, war es eine Freude zu spüren, wie er wieder kräftiger wurde. Wir schmiedeten Pläne für die Zukunft oder sprachen von kleinen Begebenheiten aus der Vergangenheit, an die wir uns erinnerten. Ich war noch nie so glücklich gewesen.

„Ich weiß, daß du Moonrakers liebst", sagte er eines Tages, als ich seinen Verband wechselte. „Aber ich will die Falcons jetzt nicht mehr von dort vertreiben. Außerdem hast du jetzt selbst einen Mondfischer, Liebling. Nur ein halbblinder Idiot, der nicht imstande ist, den Mond von einem Käse zu unterscheiden, konnte nicht merken, wie unglücklich ich dich in Chelsea gemacht habe. Und ich dachte, ich sei einmal uneigennützig, wenn ich dich in Ruhe lasse."

„Ich war nicht die ganze Zeit unglücklich, Schatz. Nur wenn ich mir einbildete, daß du mich nicht leiden kannst."

„Nun, das ist vorbei. Ob es dir paßt oder nicht – du bist jetzt eine Mondfischerin . . . Lucy, wo willst du leben?"

„Wo du lebst, Nick. Ein Haus ist nicht wichtig. Erst die Menschen, die es bewohnen, machen es zu dem, was es ist. Ich liebe unser Häuschen in Chelsea."

„Alles gut und schön, aber für eine Familie ist es zu klein. Wie viele Kinder wünschst du dir, Lucy?"

„Vier wären nett."

„Ich werde es mir vormerken. Ich habe ein geradezu ekelhaftes Talent zum Geldverdienen, deshalb könnten wir uns vielleicht eine Farm kaufen oder eine Weile auf Reisen gehen, bevor wir irgendwo seßhaft werden."

An einem der folgenden Tage kam Mr. Marsh zu uns ins Zimmer und ließ einen kleinen, vor Alter schon fast schwarzen Lederbeutel aufs Bett fallen. „Da du immer so beschäftigt bist, Lucy, habe ich selbst einen Blick hinter den Bronzeschild geworfen. Nur trockener, ein paarmal übertünchter Lehm hat ihn in der Mauer gehalten."

Nick nahm den Beutel. „Also waren die Smaragde tatsächlich dort versteckt."

„Überzeug dich selbst."

Der Beutel enthielt sechsunddreißig ungeschliffene Steine. Sie sahen wie grünliche Kiesel aus, aber Nick schien ihre Kostbarkeit ermessen zu können. Er prüfte einen davon genau und pfiff dann leise durch die Zähne. „Für das bloße Auge sieht der hier fehlerlos aus, und das ist bei Smaragden selten. Wenigstens zehn oder fünfzehn Karat, würde ich schätzen, und dabei ist er nicht mal der größte. Was da vor uns liegt, Lucy, ist ein ungeheures Vermögen."

„Was hast du damit vor, Nick?" fragte Mr. Marsh.

„Das soll Lucy entscheiden. Sie hat die Steine gefunden. Aber ich möchte vorschlagen, daß sie ein Viertel des Wertes für die Mission und Dr. Langdon zurückhält. Wir wollen uns nie wieder vorstellen müssen, wie sie mit Müh und Not ein paar lausige Heller zusammenkratzen. Den Rest sollen sich die Greshams und die Falcons teilen. So wolltest du es doch, nicht wahr, Lucy?"

DIE Belagerung der Mission fand kein dramatisches Ende. Sie hörte einfach auf. Eines Morgens kam eine junge Chinesin den Hügel herauf, blieb vor der Mauer stehen und rief nach uns. Ich ging hinaus an das wuchtige Holztor, um mit ihr zu sprechen.

„Bist du es wirklich, Lu-tsi? Wir im Dorf unten dachten, du wärst in das Land der fremden Teufel gezogen."

„Ich bin zurückgekommen. Wieso haben die Boxer dir erlaubt, hier heraufzugehen?"

„Sie sind heute nacht fort. Man hat aus Tschengfu eine Nachricht gebracht. Soldaten der fremden Teufel haben Peking eingenommen, und die Kaiserin hat den Boxern unter Androhung der Todesstrafe befohlen, sich zu zerstreuen."

„Ist das wahr?"

„Ich schwöre es. Wir von Tsin Kei-leng haben die Boxer gehaßt, aber wir hatten Angst, etwas zu sagen, solange sie hier waren."

Ich verabschiedete mich und rannte zurück in die Mission, um den anderen die wunderbare Neuigkeit zu erzählen. In meiner überschwenglichen Freude glaubte ich, alle Sorgen und Gefahren seien nun vorbei. Ich hatte ganz vergessen, warum ich eigentlich nach China zurückgekehrt war.

Am nächsten Tag kam eine Abteilung amerikanischer Soldaten über Tschengfu auch zu uns, um die ausländischen Überlebenden aufzulesen und sie nach Tientsin zu bringen, wo sie bis zum Ende der Friedensverhandlungen bleiben sollten. Mr. und Mrs. Fenshaw schlossen sich mit den Kindern den Soldaten an. Der amerikanische Leutnant sagte, er käme mit seiner Kompanie in sechs oder sieben Tagen zurück und würde uns dann nach Tientsin begleiten, denn Dr. Langdon meinte, Nick sollte mit der Reise lieber noch etwas warten; er selbst wollte seine Praxis in Tschengfu wiederaufnehmen und verließ uns drei Tage später auf einem von den Dorfbewohnern geborgten Eselskarren.

Ich wollte mich natürlich nicht von Nick trennen und Mr. Marsh nicht von uns beiden. Auch Yu-lan blieb, weil ein armer Bauer im Dorf gefragt hatte, ob er sie als Frau für seinen Sohn haben könne. Mrs. Fenshaw hatte zugestimmt, und so sollte Yu-lan bald heiraten.

Es schien seltsam still in der Mission, als nur noch wir vier darin wohnten. Nach Dr. Langdons Abreise ging ich ins Dorf hinunter, um mir allerlei zu beschaffen, was ich zum Ausbessern von Nicks zerfetzter Jacke brauchte. Er war noch immer etwas unsicher auf den Beinen, bestand jedoch darauf, sich anzukleiden und aufzustehen. Als ich ging, saß er in Hemd, Hose und Stiefeln auf der Bettkante.

Ich hielt mich eine halbe Stunde oder länger im Dorf auf, weil ich vielen Bekannten begegnete, die mit mir plaudern wollten. Als ich wieder den Hügel hinaufstieg, sah ich, daß am Außentor ein Pferd festgebunden war. Es war schweißüberströmt wie nach einem scharfen Ritt, und ich überlegte, wer wohl gekommen sein könnte.

Die Tür des Missionshauses stand offen. Als ich eintrat, blieb mir das Herz stehen. Mr. Marsh lag auf dem Boden hingestreckt. Aus einer häßlichen blauen Beule an der Schläfe sickerte ihm Blut über das Gesicht. Voller Angst fiel ich neben ihm auf die Knie, aber zu meiner Erleichterung atmete er noch. Dann packte mich neues Entsetzen. Ich sprang auf, stürzte zur Treppe und schrie: „Nick! Nick!"

Als ich durch den Gang zu seinem Zimmer rannte, hörte ich ihn rufen: „Nein, Lucy! Kehr um! Lauf!"

Ich stieß die Tür auf und blieb wie angewurzelt stehen. Robert Falcon sagte: „Du hast dir doch nicht im Ernst eingebildet, sie würde davonlaufen, was, Nick?"

Er lehnte an der Wand, den Finger am Abzug einer Pistole. Nick saß mit steinernem Gesicht auf dem Bett. Ich lief zu ihm, und er legte den Arm um mich und zog mich an sich, ohne Robert Falcon dabei aus den Augen zu lassen.

Robert lächelte. „Endlich hat sich das Blatt gewendet. Zwei Wochen lang habe ich in Tientsin festgesessen und nur daran gedacht, wie ich schnellstens hierherkommen könnte, sobald der Krieg endlich aus ist. Und unterwegs habe ich dann die Soldaten mit den Leuten von der Mission getroffen. Ich wußte also, daß du hier bist und Lucy ebenfalls. Die liebe kleine Lucy, die des Rätsels Lösung fand und mir kein Wort davon sagte... Ich dachte schon, du hättest gewonnen, Sabin, aber das hast du nicht. Wer zuletzt lacht, lacht am besten." Etwas an seinem Lächeln erfüllte mich mit Grauen. „Am besten", wiederholte er. „Gib mir die Smaragde."

Nick griff mit der freien Hand unter das Kissen hinter sich und zog den alten Lederbeutel hervor. „Es fehlt keiner." Seine Stimme war ausdruckslos. Er warf Robert den Beutel vor die Füße. „Bedien dich, Falcon. Du solltest ohnehin deinen gerechten Anteil erhalten."

Robert schüttelte mit dem gleichen unheimlichen Lächeln den goldschimmernden Kopf.

„Wer gewinnt, teilt nicht, Sabin."

„Dann nimm alles und geh."

„Und dich soll ich am Leben lassen? Da würde ich mich nie sicher fühlen, alter Freund. Für dich ist hier Endstation."

„Meinetwegen. Aber laß Lucy gehen. Jetzt gleich."

„Damit sie die Geschichte ausquatscht? Kommt nicht in Frage. Dasselbe gilt für deinen Vater, wenn er nicht ohnehin schon tot ist. Ich hab ihm eins auf den Kopf gegeben. Wollte dich nicht durch einen Schuß warnen." Er blickte mich an, und sein Gesicht wurde plötzlich traurig. „Ich will dich nicht töten, Lucy, aber ich muß. Das verstehst du doch, nicht wahr?"

„Nein, Robert", sagte ich mit bebender Stimme, „das verstehe ich nicht. Bitte leg die Pistole weg. Du bist überreizt –"

„Hör auf damit!" fuhr er mich wütend an. „Wenn du es nicht verstehst, dann nur, weil du eine Idiotin bist. Ich hätte dich schon damals in der Höhle erledigen sollen, aber ich konnte mich nicht dazu überwinden. Mir ist schleierhaft, wie du wieder herausgefunden hast, aber für mich war das eine Lehre. Ein solcher Fehler unterläuft mir kein zweites Mal."

Je länger er sprach, desto größer war die Chance, daß dieser Anfall von Wahnsinn vorbeiging. „Warum hast du mich in der Höhle ausgesetzt, Robert?"

Auf seinem Gesicht malten sich Ärger und Ungeduld. „Was ist mir denn anderes übriggeblieben? Ich war bereit, dich zu heiraten. Bei Gott, *ich,* ein Falcon, war bereit, eine Waise zu heiraten, um Moonrakers zu retten! Aber dann hat mir der alte Gresham verboten, dich zu besuchen, und da mußte ich sehen, wie ich dich loswerde. Aber du bist mir entwischt, und erst als du dann nach Moonrakers kamst, konnte ich eine Heirat wieder in Betracht ziehen."

Ich hatte keine Hoffnung, daß uns Mr. Marsh zu Hilfe kam. Nach dem brutalen Schlag auf den Kopf würde er viel länger bewußtlos bleiben, als ich erwarten durfte, Robert ablenken zu können. Ich konnte nur beten, daß es mir gelingen würde, ihn irgendwie zur Vernunft zu bringen. „Du warst immer gut zu mir, Robert", sagte ich. „Hast du denn gar nichts für mich empfunden?"

Er wirkte irritiert. „Für dich? Das einzige, wofür ich etwas empfinde, ist Moonrakers. Oh, du bist recht hübsch – ich sagte ja schon, ich wollte dich nie umbringen. Auch jetzt will ich es nicht." Seine Augen glitzerten, und auf seiner Wange zuckte ein Nerv. „Aber mit Sabin will ich abrechnen, und deshalb muß ich dich auch verschwinden lassen. Das ist doch für jeden Idioten sonnenklar!" Er legte die Pistole an. „Zuerst du, Sabin!" sagte er.

Er zielte sorgfältig. Als der Schuß fiel, traf mich der Knall mit solcher Wucht, als hätte sich die Kugel in meinen Körper gebohrt. Aufschluchzend schlang ich die Arme um Nick. Er hatte sich nicht gerührt, sondern starrte Robert nur ungläubig an. So unfaßbar es auch war – die Kugel mußte ihn verfehlt haben. Ich wandte mich Robert zu, eine flehentliche Bitte auf den Lippen – aber ich blieb stumm. Seine Hand war herabgesunken, die Pistole glitt ihm aus den Fingern. Dann knickten ihm die Beine ein. Seine Augen erloschen, und er stürzte der Länge nach zu Boden.

Jetzt erst sah ich Yu-lan auf der Schwelle hinter ihm stehen. Sie umklammerte mit beiden Händen Mr. Marshs Pistole. Aus dem Lauf kräuselte sich eine Rauchfahne. „Ich mußte es tun, Lu-tsi", stammelte sie. „Dieser Mann hier hat Mr. Marsh getötet. Ich habe gesehen, wie es geschah, aber er hat mich nicht bemerkt. Da lief ich Mr. Marshs Pistole holen. Als ich sie gefunden hatte, bin ich hier heraufgeschlichen. Ich hab gehört, wie er sagte, er wolle euch töten. Ich mußte ihn daran hindern, Lu-tsi."

„Du hast uns alle gerettet, Yu-lan", sagte ich mit trockener Kehle. „Sei ganz ruhig. Und Mr. Marsh ist nicht tot. Er atmet regelmäßig."

Nick erhob sich mühsam vom Bett. Er war totenbleich. „Der arme Teufel", sagte er, indem er ihr die Pistole aus den zitternden Händen nahm. „Er hat den Verstand verloren. Wir werden dir das nie vergessen, Yu-lan."

„Nick –", ich nahm ihn am Arm, „– leg dich wieder hin. Du siehst schrecklich aus."

„Kein Wunder. Ich hab mich noch nie in meinem Leben so aufgeregt." Er straffte sich. „Ich kann mich nicht hinlegen, Lucy. Erst müssen wir uns um meinen Vater kümmern. Und um das hier..." Er blickte auf die leblose Gestalt am Boden.

„Überlaß das Yu-lan und mir. Wir haben schon eine Menge allein geschafft, und falls notwendig, kann ich einen Mann aus dem Dorf holen. Mach dir um uns keine Sorgen."

Er wankte, und ich führte ihn zum Bett. „Du hast viel zuviel allein tun müssen." Seine Augen blickten finster. „Aber das ist das letzte Mal, das verspreche ich dir, Lucy."

EINEN Monat später traten wir von Tientsin aus die Heimfahrt an. Mr. Marsh hatte sich inzwischen völlig erholt, und auch Nick war beinah wieder gesund. Es war eine wundervolle Reise. Nick und ich hatten eine Kabine mit zwei Kojen, aber ich schlief in seinen Armen. Unser Lager war eng und heiß, doch das störte uns nicht. Daß wir zusammen sein konnten und in Sicherheit waren, das war das einzige, was zählte.

Wir kamen heim nach England, als die letzten Blätter fielen, und erneuerten unser Ehegelöbnis in einer kleinen Kirche in Chelsea. Edmund Gresham kam zu unserer Hochzeit und Mr. und Mrs. Falcon mit Matthew.

Wir erzählten den Falcons eine Lüge, denn wir sagten, Robert sei während der Belagerung in Tsin Kei-leng bei uns gewesen und bei einem Angriff der Boxer gefallen.

Mrs. Falcon sah mich mit ihren schönen Augen traurig an und erwiderte gefaßt: „Robert war ein seltsamer Junge, und... es ist lieb von euch, uns damit zu trösten, daß er tapfer gestorben ist. So

wollen wir ihn auch in Erinnerung behalten." Er hatte auf dem englischen Friedhof von Tschengfu die letzte Ruhe gefunden.

Ein weiterer Gast bei unserer kleinen Feier war Lord Shipley. Er hatte nachdrücklich verlangt, dabeisein zu dürfen. „Daß Sie mir ja gut zu dem Kind sind, Sabin", drohte er Nick, „sonst lasse ich Sie in einer dunklen Nacht in der Themse ersäufen und heirate dieses Prachtstück selbst. Sie ist zehnmal soviel wert wie Sie, so wahr mir Gott helfe!"

„Wenn nicht das Doppelte, Sir." Die Kobolde tanzten in Nicks Augen. „Und wenn Sie dreißig Jahre jünger wären, würde ich Sie dafür zur Verantwortung ziehen, daß Sie sie nach Peking geschickt haben."

„Ganz Ihrer Meinung. Aber ich konnte sie nicht aufhalten. Und verdammt noch mal, die beiden haben sich glorreich geschlagen! Marsh – Champagner her! Oh, tut mir leid, alter Knabe, du gehörst ja heute zu den Ehrengästen. Bitte tausendmal um Entschuldigung. Bediene mich selbst."

Das Vermögen aus dem Erlös der Smaragde teilten wir auf, wie Nick es vorgeschlagen hatte. Wir erhielten einen ziemlich geschraubten Dankesbrief von Mr. Gresham. Die Falcons wollten ihren Anteil zuerst nicht annehmen, denn sie hatten beschlossen, Moonrakers aufzugeben und nach Cornwall zu ziehen. Aber ich redete ihnen so lange zu, bis sie sich schließlich erweichen ließen.

Dr. Langdon und der Mission ließ Nick das Geld durch eine Bank überweisen und stiftete fünfhundert Pfund aus seiner eigenen Tasche für Yu-lan, eine Summe, die sie in China zeit ihres Lebens zu einer reichen Frau machen würde.

Wenn das Glück lächelt, kennt es in seiner Großzügigkeit offenbar keine Grenzen. Zwei Monate nach unserer Hochzeit kam mit der Nachmittagspost ein Brief für mich. Wir waren an diesem Abend im Theater gewesen und hatten auswärts gegessen, so daß wir das Schreiben, das den Stempel des Heeresministeriums trug, erst fanden, als wir gegen Mitternacht in unser Haus in Chelsea zurückkehrten.

Noch während mir Nick meinen Abendmantel abnahm, riß ich den Umschlag auf. Ich überflog die Zeilen und rief fassungslos: „Es ist ein offizieller Brief von Lord Shipley mit einer Zahlungsanweisung an das Schatzamt über ... über tausend Pfund! Für ‚Ihrer Majestät Streitkräften geleistete Dienste'... Und dann steht da noch, dein Vater

soll annähernd die gleiche Summe erhalten! O Nick, was werden wir
denn mit all dem Geld anfangen?"

Er hob mich wie ein Kind auf die Arme. „Ein lächerlicher Betrag.
Weniger, als es kostet, wenn ein Schlachtschiff ein paar Salven ab-
feuert. Was wir damit anfangen, Lucy? Vielleicht könntest du dir
die Augen operieren lassen, damit sie nicht mehr so rund und häß-
lich sind wie bei den fremden Teufeln."

„Nick, hör auf mit dem Unsinn und laß mich herunter."

„Nein. Du bist viel zu schön. Wenn ich dich loslasse, stiehlt dich
womöglich einer." Er küßte mich und trug mich langsam die Treppe
hinauf.

„Nick, ich freue mich so für deinen Vater", sagte ich.

„Ja. Er könnte natürlich schon in den Ruhestand treten, aber er
will vorläufig noch Diener bleiben."

„Ein guter."

„O ja, Lucy, ein sehr guter sogar."

„Einer, auf den man stolz sein kann?"

„Ja, Lucy. Und was wirst du in Zukunft sein?"

„Ich? Ich möchte nur deine unanständige Frau bleiben, die dich
ganz furchtbar liebhat." Wir waren jetzt am Treppenabsatz. „Und
was ist mit dir?"

Er stieß die Schlafzimmertür mit dem Fuß auf und trug mich
hinein. „Ganz einfach, Liebling." Er küßte mich wieder und sagte
zärtlich: „Bleib du nur, wie du bist, dann bleibe ich der glücklichste
Mann auf der Welt."

Madeleine Brent

Schon Madeleine Brents früheste Erinnerungen sind mit dem Schreiben verbunden. Ihr Vater war Journalist, der sich auf Kriminalberichterstattung spezialisiert hatte. Er hatte sich zu Hause einen Raum als Büro eingerichtet, in dem auf Bücherborden lange Reihen von schwarzen Ordnern mit Zeitungsausschnitten standen. Schon als kleines Kind, als sie noch kaum lesen konnte, buchstabierte Madeleine Brent mühsam die Aufschriften der Ordnerrücken: „Koffermorde"; „Frauenmorde in der Badewanne"; „Jack the Ripper"; „Giftmorde"; „Frauen in der Todeszelle"; und so weiter. Später schmökerte sie heimlich in diesen Artikeln, um dabei das Gruseln zu lernen.

Miß Brent hatte einen älteren Bruder, den sie die meiste Zeit wie einen Helden verehrte, aber manchmal ganz abscheulich fand, weil er sie immer wieder zu Tätigkeiten drängte, die sich mit ihrer, wie sie sagt, ‚angeborenen Faulheit' nicht vertrugen. Er stachelte sie dazu an, noch als Teenager ihre erste Geschichte zu schreiben, die eine Jugendzeitschrift für vier Guineen kaufte. Das erfüllte sie einerseits mit Entzücken und andererseits mit Verzweiflung. Sie war begeistert, so reich zu sein, aber zugleich wußte sie, daß es mit dem süßen Nichtstun nun vorbei war.

Mit siebzehn arbeitete Madeleine Brent in einem Zeitungsverlag und trat zwei Jahre später der Fernmeldetruppe der weiblichen Heereseinheiten bei. Ihr Bruder, ein Kampfflieger, kam bei einem Einsatz ums Leben, aber die Erinnerung an seine unentwegte Sklaventreiberei läßt sie auch heute noch regelmäßig ein paar Stunden täglich hinter der Schreibmaschine verbringen.

Madeleine Brent ist ein neues Pseudonym, das die bekannte Autorin für Romane eines Genres benützt, in dem sie sich bisher noch nicht versucht hat – romantische und spannungsgeladene Abenteuergeschichten, die um die Jahrhundertwende spielen.

Die ungekürzten deutschen Buchausgaben von
„Der weiße Hai“, „Eine Handvoll Menschlichkeit“,
„Wohin der Wind die Blüten trägt“
sind im Buchhandel erhältlich